BIBLIOTHÈQUE ÉCOSSAISE
Dirigée par Keith Dixon

RETOUR DE FLAMME

DU MÊME AUTEUR

CHEZ LE MÊME ÉDITEUR

Les Couleurs de la ville, 2010

Là où vont les morts, 2015

Le Quaker, 2019

Liam McILVANNEY

RETOUR DE FLAMME

Traduit de l'anglais (Écosse)
par David Fauquemberg

Éditions Métailié
20, rue des Grands Augustins, 75006 Paris
www.editions-metailie.com
2024

Titre original : *The Heretic*

ISBN : 979-10-226-1351-4

Pour Isaac

"Des pas résonnent dans la mémoire
Au long du passage que nous n'avons pas pris
Vers la porte que nous n'avons jamais ouverte..."

T. S. Eliot, *Burnt Norton*

DIMANCHE 22 JUIN 1975

PROLOGUE

Elle se réveille au milieu de la nuit consciente qu'un truc cloche. Se redresse sur son coude, l'oreille aux aguets. Elle tourne la tête pour vérifier que la petite va bien. La petite a rejeté les draps à coups de pied de son côté du lit, elle est étalée là dans son short et son débardeur blanc crasseux. Denise tend le bras pour plaquer sa paume sur le front de sa fille, la chaleur la fait s'étrangler. La petite aurait-elle attrapé la fièvre ? Elle pose le dos de ses doigts sur la joue de sa fille – brûlante, rêche – et souffle sur le visage endormi, fait pivoter sa propre tête pour que l'air frais glisse sur le front, les yeux, le nez, les joues, le menton. La petite bouge, tourne sa tête vers la fenêtre.

Depuis des semaines maintenant, la ville est une étuve. C'est le problème avec ces vieux immeubles insalubres : pas moyen de les chauffer l'hiver, pas moyen de les rafraîchir en été.

Denise se laisse retomber sur le dos et contemple le plafond. Elle se demande ce qui a bien pu la réveiller en sursaut. Parfois, les jeunes font des virées tard le soir, brisant les vitres des appartements à l'abandon. On entend leurs rires, leurs pas lourds, leurs acclamations qui s'élèvent quand le verre se brise. Son immeuble à elle est pratiquement vide. Rien que la petite Kirsty et elle à cet étage, le vieux M. Stewart à celui du dessous. Mais toutes les vitres qu'il y avait à casser l'ont été, et de toute manière la sienne n'est pas facile à atteindre avec les pierres, du haut de son quatrième étage où ses voilages clairs – son drapeau blanc à elle – et une aspidistra fanée sur le rebord de la fenêtre témoignent que quelqu'un vit là.

Il y a *vraiment* un bruit, à présent qu'elle est tout à fait réveillée, mais ce n'est pas le rire dur des jeunes ni les chants alcoolisés des vieux clodos qui établissent parfois leur campement dans l'un des appartements délaissés. C'est un bruit doux, mais fort quand même, une sorte de rugissement assourdi, comme une rivière en crue ou le vent qui aurait forci et ferait trembler le bâtiment. Un orage d'été ?

C'est alors qu'elle comprend ce qui la perturbait depuis tout à l'heure. Il fait trop jour. Un étrange éclat, comme si le soleil avait décidé de se lever en pleine nuit. Repoussant les draps, elle sort du lit et, de nouveau, s'étrangle. Le plancher. Les lattes de bois sont chaudes, elles brûlent les plantes de ses pieds comme dans un sauna. Impossible de donner un sens à tout ça, alors elle se dirige sur la pointe des pieds vers les rideaux et marque une pause. Puis elle les écarte d'un geste sec.

Orange.

Le monde tout entier est orange et noir et jaune et crépite. L'entrepôt voisin est en flammes. Le feu jaillit à travers le treillis du toit d'où des ardoises se sont décrochées et des poutres effondrées. Le rugissement est celui des flammes qui s'élancent par à-coups, telles des chutes d'eau inversées, par les fenêtres des étages supérieurs.

Mais pourquoi le plancher est-il chaud ? Comment peut-elle sentir le brasier du bâtiment voisin sous la plante de ses pieds ? Elle défait les loquets de la fenêtre – leur métal déjà tiède entre pouce et index – et hisse le châssis trépidant. Un air surchauffé est aspiré vers l'intérieur de la chambre, des étincelles et de la suie, elle passe la tête dehors et se penche en avant puis vers le bas, le sol se propulse vers elle, à lui donner le tournis, trop loin pour sauter, beaucoup trop loin, et elle les aperçoit maintenant, les langues de feu mauvaises qui lèchent le vide depuis l'étage du dessous, l'appartement de M. Stewart. Son immeuble est en feu.

Elle va secouer Kirsty pour la réveiller mais une pensée l'arrête et elle glisse comme sur des roulettes vers le petit vestibule et presse ses deux paumes contre la porte. Son front vient se poser entre ses mains et elle sait, à la chaleur étourdissante entre ses yeux, elle sait déjà.

Elle décroche la chaîne tant bien que mal et fait coulisser le verrou. Elle tire sur la porte et un cri reste coincé au fond de sa gorge. Plongeant et virevoltant et tournoyant au-dessus du palier, des corbeaux, des chauves-souris, des démons – non, des *ombres* –, furieusement jetés par les flammes qui vocifèrent et grimpent pour les étreindre et les griffer depuis la cage d'escalier.

Denise s'approche de la rampe, se penche craintivement dans un courant ascendant qui lui gifle les joues et lui brûle les sourcils. La cage d'escalier est dévorée par les flammes. L'Enfer s'est invité dans un immeuble de Tradeston.

Elle recule en chancelant jusqu'à l'appartement, claque sa porte, remet le verrou puis la chaîne comme si l'incendie pouvait être repoussé par des défenses qu'un coup de semelle bien placé serait capable d'anéantir. Elle arrache des serviettes de toilette du panier de linge sale – deux, trois, quatre –, les mouille au-dessus de l'évier Belfast et les tasse au pied de la porte de la cuisine. Elle se replie à travers le lino cloqué de chaleur et les planches brûlantes jusqu'au lit-alcôve dans lequel Kirsty est en train de se réveiller en gémissant. Denise se recouche et prend l'enfant dans ses bras, calant la tête en sueur de la petite sur sa poitrine. Elle entend le fracas d'un objet qui tombe, quelque part en dessous. Elle serre plus fort encore la tête de sa fille contre sa poitrine et ferme les yeux de toutes ses forces.

Ce vieux M. Stewart. Pauvre con, songe-t-elle. Putain de pauvre con. T'as oublié une friteuse sur le feu, ou bien tu t'es endormi une clope à la main et ta bêtise va tous nous tuer, maintenant. J'espère que tu mourras dans d'atroces souffrances, brûlé dans cet enfer fabriqué par ta propre connerie, mais peut-être que ce n'était absolument pas M. Stewart. Peut-être que c'étaient des clodos, qui ont arraché les lattes du plancher d'un appartement désaffecté pour les brûler dans un brasero. Et elle imagine M. Stewart dans son inévitable veste à chevrons avec la crotte d'oiseau incrustée au niveau de l'épaule, elle voit son sourire édenté et son nez de boxeur, sa barbe de père Noël et son crâne plat et dégarni, elle le voit errant d'un côté puis de l'autre dans son appartement miteux, se tenant la tête à deux mains, ses mains avec leurs ongles pas coupés et jaunis de nicotine. Il pue autant qu'un tas d'ordures mais ne mérite pas de mourir comme ça. Aucun de nous ne le mérite.

Trop loin pour sauter. Quatre étages. Bien trop loin. Le feraient-elles ensemble, le moment venu ? Serait-elle capable de plonger d'une telle hauteur en tenant l'enfant dans ses bras ? Mais on viendrait les sauver bien avant. Elle va les entendre d'un instant à l'autre, les sirènes déchirant la nuit. Le tournoiement des gyrophares bleus. Ils grimperont l'escalier d'un pas lourd, les pompiers dans leur tenue de protection, fendant les flammes, abattant leurs haches sur la porte d'entrée, enfonçant d'un coup d'épaule le bois éclaté, pour les emmener en lieu sûr. Mais tout à coup elle comprend ce que c'était, ce bruit d'objet qui tombe, elle sait qu'il s'agissait d'un pan de l'escalier.

Personne ne viendra. Personne ne grimpera ces marches pour venir les sauver. Elles sont livrées à elles-mêmes, échouées sur leur lit-alcôve. Ce lit sera bientôt un radeau sur une mer de feu en furie. Pourront-elles flotter au loin, se demande-t-elle, dériver dans la nuit par-dessus les rues de la ville, portées par la brise, jusqu'à ce qu'un zéphyr les dépose sur le rivage, quelque part, toujours dans ce lit, côte à côte, sur les dunes de Prestwick ou de Troon ?

Oh mon Dieu.

Kirsty se tortille à présent, luttant pour redresser la tête. *Il fait trop chaud, maman*, et elle repousse les cheveux trempés du visage de la petite, *Je sais, ma chérie, je sais*, et souffle sur le haut de son front. Je ferai n'importe quoi, promet-elle. *Lumière, née de la lumière, vrai Dieu, né du vrai Dieu.* Si Tu nous protèges, je ferai tout ce que Tu voudras, je retournerai à la messe, je me remettrai avec Gordon, je le laisserai revenir, je serai prête à faire ça. *Et son règne n'aura pas de fin.*

Elle entend les sirènes maintenant, mais elles semblent si loin et la fumée s'immisce entre les serviettes sous la porte et monte entre les lattes du plancher, *Nous attendons la résurrection des morts*, et elle entend le crépitement des flammes. Je le laisserai revenir. *Et la vie du monde à venir.*

Protège-nous.

I

UN MONDE DE SPÉCULATION

MARDI 1ER JUILLET 1975

1

Duncan McCormack courait. Comme un possédé, comme un homme qui aurait les Furies aux trousses. Remontant Hyndland Road jusqu'après l'église paroissiale, puis Novar Drive où la grande cheminée du Gartnavel Hospital se cabrait au-dessus des immeubles délabrés.

À gauche sur Lauderdale Gardens, genoux tremblants, au bord de l'asphyxie. Il laissa derrière lui le club de bowling avec son parfait carré de pelouse, son pavillon à colombages vert et blanc, obliqua vers Queensborough Gardens avant de tourner brusquement à gauche dans une allée entre deux blocs d'immeubles. Il ne pénétrait jamais dans celle-ci sans penser à cette autre allée, à Battlefield, où l'on avait découvert la première victime du Quaker.

Débouchant sur Clarence Drive, il entendit, trop tard, le vrombissement de moustique d'une camionnette de laitier qui freina pour l'éviter – tintements et cliquetis de bouteilles et de caisses, juron étouffé du chauffeur – et McCormack leva la main pour s'excuser avant de repartir au sprint devant l'école privée de l'Hyndland Academy, de contourner une rue boisée en arc de cercle bordée de villas et de déboucher à nouveau sur Partickhill Road.

Il s'arrêta au coin de Gardner Street et consulta sa montre. Vingt-sept minutes et vingt secondes. Il avait amélioré son temps de près d'une minute au cours des deux dernières semaines.

Il planta ses mains sur ses genoux et se courba en deux, avalant l'air à pleins poumons, sentant le sang s'accumuler dans son visage et tout son crâne, sa sueur gouttant sur le trottoir. Au bout d'un moment, il se redressa et l'embrassa.

La vue.

La meilleure vue sur la ville, la vue qui justifiait à elle seule ces courses matinales. Le canyon de grès de Gardner Street dévalait devant vous tel un tremplin de saut à skis. La rue la plus pentue de Glasgow. Tout en bas, au pied de la colline, la circulation du petit matin sur Dumbarton Road. En levant les yeux, on voyait le fleuve et les grues et les vertes collines de l'Ayrshire vers le sud.

Le Sud.

En continuant tout droit, par-delà les Scottish Borders et le Yorkshire et les Midlands et l'Oxfordshire, on atteignait la tache grise en expansion de Londres. Et Peckham. Et la petite maison de brique au portail en bois, sur Marsden Road. La petite allée avec ses dalles de pierre menant à la porte d'entrée verte au vitrail fissuré, une tête apparaissant peut-être d'un bond derrière la vitre, une tête avec des cheveux bruns bouclés au-dessus d'une paire d'yeux verts, des yeux qui se plissaient lorsque la bouche se fendait d'un sourire.

Merde. Arrête. Il se détourna de la vue. Souleva le bas de son tee-shirt et s'épongea le visage avec, la brise glaçant ses côtes luisantes de sueur. Il se remit en marche le long de Gardner Street, prit à gauche dans Caird Drive. Il ne servait à rien de penser à ces choses. Les cheveux bruns. Les yeux verts. À quoi bon penser à ce qu'on a perdu ? Mieux vaut penser à ce qu'il te reste à trouver. Toi qui es revenu pour ça. Le job, c'était trouver Walter Maitland. C'était ainsi qu'il le formulait. Pas coincer Maitland ni arrêter Maitland. Trouver Maitland.

En un sens, trouver Walter Maitland était facile. Il vivait dans une grande maison à Bearsden. On pouvait remonter son allée et frapper à sa porte. Mais trouver Walter Maitland dans ses crimes ? C'était ça, le défi. McCormack se représentait tous les méfaits de la ville – drogue, protection monnayée, paris clandestins, filles – déployés sur la carte tel un obscur labyrinthe. Et la bête qui rôdait dedans, le Minotaure de Glasgow, c'était Walter Stuart Maitland. À l'affût depuis des mois, McCormack avait parcouru les couloirs de ce labyrinthe, arpenté ses coudes et ses impasses, revenant sans cesse sur ses pas. Sans jamais se rapprocher, manifestement, du monstre tapi en son cœur.

Il grimpait la volée de marches menant au numéro 43 quand une portière de voiture s'ouvrit.

– *Sir!*

McCormack pivota sur lui-même.

– Inspectrice Nicol ? – Il scruta théâtralement la rue. – Les gens vont jaser. Garée au pied de l'appartement du boss à sept heures du matin ?

Elle se fendit d'un sourire crispé, regarda sa montre.

– Sept heures vingt, *sir*.

– Alors quoi de neuf, inspectrice ? Qu'est-ce qui vous amène ?

Elle était debout à côté de la voiture, à présent.

– Un meurtre, *sir*. Sur Crawford Street. Un homme. Haddow nous a mis sur le coup. Vous étiez sur ma route, alors je me suis dit que j'allais passer vous prendre.

– OK. Écoutez, montez chez moi prendre une tasse de thé rapidement. Je vais me changer.

Nicol consulta sa montre. McCormack cala ses mains sur ses hanches.

– Il sera encore mort dans un quart d'heure, Nicol. Venez.

Elle verrouilla la voiture. McCormack la guida dans les escaliers, soudain conscient de sa sueur, de son souffle laborieux, secouant son trousseau de clés.

– Désolé, c'est tout en haut.

– Comme toujours, *sir*.

McCormack hocha la tête. C'était la vérité.

– À chaque intervention, putain. Quatrième étage. Pourquoi est-ce que rien n'arrive jamais au rez-de-chaussée dans cette ville ? On dirait que le crime monte, bon Dieu, comme l'air chaud.

Arrivé au dernier palier, McCormack vit que le facteur était passé. Il ramassa la lettre sur le paillasson et sut sans même regarder que cette enveloppe porterait l'écriture fluide et incurvée, le cachet de Londres : SE15.

Il conduisit Nicol jusqu'à la cuisine et alla ranger la lettre dans le tiroir du portemanteau, avec les autres enveloppes jamais ouvertes.

Il passa la tête dans la cuisine, où Nicol s'était assise à la table.

– Il y a du thé et du café dans le placard derrière vous, Nicol. Je vais prendre une petite douche. Quoi ?

Nicol souriait.

– Rien, *sir*. C'est juste que… – Elle désigna d'un geste la pièce. – On se croirait dans les années 1930, ici. On est loin des magazines de déco…

McCormack balaya la cuisine du regard. Il avait hérité cet appartement de sa grand-mère à l'âge de vingt-six ans ; il n'avait rien changé au cours des douze années qui s'étaient écoulées depuis. À présent, il étudiait la cuisine avec son carrelage mural vert menthe, son moule à cake à l'émail ébréché, sa cuisinière posée sur le lino à carreaux verts et jaunes, et il frotta de sa main les poils sur sa mâchoire.

– Que voulez-vous que je vous dise, Nicol ? La qualité, ça ne se démode jamais. Dix minutes. – Il se figea, les doigts agrippés au chambranle. – Qu'est-ce que vous faisiez au bureau à cette heure-là, au fait ?

Elle haussa les épaules.

– Je prenais de l'avance, *sir*.

– Vous irez loin, Nicol. Plus loin que tous les fainéants de la brigade criminelle de Glasgow. Y compris moi. Bon. – Il donna deux tapes sur le montant de bois. – Dix minutes. Max.

Un quart d'heure plus tard, ils s'engageaient sur Dumbarton Road.

– Lieu du crime, Crawford Street ?

– L'une des arrière-cours, *sir*, d'après ce que j'ai pu comprendre.

Un bus de ville à impériale déboîta brusquement devant eux, sa livrée vert, blanc et or éclaboussée de boue. Nicol écrasa le frein et frappa le klaxon du bas de sa paume. Le bras du chauffeur sortit par la fenêtre du bus, main levée pour reconnaître sa faute.

– Alors, qu'est-ce qu'il a dit ? interrogea McCormack.

– L'inspecteur divisionnaire Haddow ? – Nicol se concentra un moment sur la route. – Il a dit que nous avions consacré bien assez de temps à l'affaire Maitland, *sir*. Que c'était le moment de passer à autre chose.

– Ça me semble bien diplomatique pour Haddow… Vous êtes sûre qu'il a formulé ça comme ça ?

– Il est possible que l'expression "pisser l'argent des contribuables dans un violon" ait été utilisée. Le mot "branleurs", aussi.

McCormack secoua la tête, laissa échapper un *connard* dans un soupir las.

– En tout cas, au moins vous êtes sur vos terres, *sir*. – Nicol jeta un coup d'œil dans le rétroviseur. – Un meurtre en bas de chez vous.

Tandis que Nicol roulait, McCormack lui raconta l'histoire de ce quartier, Partick. Le village médiéval, évoqué par le roi d'Écosse David Ier en 1136 lorsqu'il céda les terres de "Perdyc" à l'Église. Comment l'archevêque avait construit là son palais d'été, avant que le vieux village, avec ses moulins et ses églises, ne soit balayé par le raz-de-marée de l'industrialisation. Chantiers navals. Teintureries. Imprimeries. Le quartier s'était alors scindé en deux, les ouvriers s'installant sur les terres basses jouxtant le fleuve tandis que les classes moyennes grimpaient les pentes vers le nord. Les marchands de charbon changeaient leurs prix dès qu'ils traversaient Dumbarton Road. Le sac à une demi-couronne des bidonvilles ouvriers devenait un sac à cinq shillings dans un immeuble d'appartements du haut de la colline. Il y avait le côté “demi-couronne” de Dumbarton Road et son côté “cinq shillings”.

– Et moi, déclara avec emphase McCormack, je viens du côté “cinq shillings”. Ne l’oubliez jamais.

– Je croyais que vous étiez des Highlands, *sir*.

– Effectivement, confirma-t-il. J’ai grandi à Ballachulish. Mais ma grand-mère vivait ici. Je descendais chez elle tous les ans à la belle saison. Je faisais des jobs d’été. Je traînais en ville. Donc je suis un Highlander de Glasgow, si vous voulez. – Il sourit. – C’est la meilleure sorte de Highlander qui soit.

Sur Crawford Street, un agent en uniforme leur fit signe de s’arrêter. McCormack tendit son badge en descendant de voiture, calant son feutre marron sur son crâne.

– Par ici, *sir*.

L’agent les conduisit à travers le terrain vague, où l’un des côtés d’un immense carré d’immeubles avait été démoli. L’odeur les prenait déjà à la gorge. L’arrière-cour côté Crawford Street était un vaste dépôt d’ordures à ciel ouvert. Une décharge. Un cloaque, au beau milieu d’une zone bâtie. Une mer intérieure de déchets en décomposition que des mouettes picoraient en criaillant, s’envolant et se stabilisant à coups d’ailes rageurs.

L’agent souleva le ruban rouge et blanc de la police et ils se courbèrent pour passer dessous. Un chemin avait été dégagé à travers les monticules de sacs-poubelles noirs et de cartons. McCormack songea à la mer Rouge tandis qu’il progressait vers la petite clairière.

Un deuxième agent en uniforme et un inspecteur en costume de la Criminelle attendaient près du corps. L’agent hocha la tête, recula pour faire de la place à McCormack et marmonna un “*sir*” envieux. L’homme en civil – il dépendait du vieux commissariat de The Marine, sur Anderson Street, et s’appelait Davin ou Devine – ne dit rien. McCormack l’avait croisé pendant l’enquête sur le Quaker, en 1969.

– Inspecteur principal Duncan McCormack, brigade de Répression du banditisme, se présenta-t-il, même si les deux hommes savaient forcément qui il était. Tous deux devaient lui en vouloir. Cela avait d'abord été leur meurtre. Maintenant, c'était le sien.

McCormack s'accroupit, tirant sur son pantalon au niveau des genoux. C'était un geste qu'il répétait sur les lieux de tous les meurtres dont il s'était occupé, et cela les fit remonter brusquement dans son esprit, tous ces cadavres qu'il avait examinés – tabassés, étouffés, tués par balle, poignardés.

À première vue, celui-ci avait été frappé à mort. Un homme de grande taille dans un bleu de travail deux fois trop petit. Acheté dans une friperie sans doute, ou récupéré au fond d'une poubelle. Il faisait des plis au niveau de l'entrejambe, les manches et les jambes du pantalon étaient trop courtes. L'homme était pieds nus. Les deux plus petits orteils de son pied droit étaient à vif, ensanglantés. Un accident. Des rats, peut-être, s'il était là depuis assez longtemps. Ses pieds étaient livides et bleuis.

Le bleu de chauffe était de ceux qui se fermaient avec des boutons-pression plutôt qu'une fermeture éclair. Les boutons étaient défaits quasiment jusqu'au bas-ventre. L'homme ne semblait rien porter dessous et il y avait des ecchymoses et des écorchures – marbrées, à vif – sur les parties exposées de son torse.

Il avait les cheveux blancs et assez longs, une barbe de trois jours aux reflets argentés sur le menton et dans le cou. Pour le reste, il était difficile de tirer le moindre enseignement de ce visage. On voyait qu'il s'agissait d'un visage. Au-delà de ça, on avait du mal. Il avait été frappé à de nombreuses reprises, peut-être avec l'une des briques ou demi-briques qui jonchaient le sol, ou l'une des bouteilles à fond large flottant sur cette mer d'immondices.

Les mains de l'homme étaient couvertes de bleus et boursouflées, les doigts noir et violet, avec du sang ou de la boue sous les ongles cassés. Il portait une bague au petit doigt de sa main gauche avec une sorte de rubis ou de grenat, et une chevalière à l'annulaire de sa main droite. Un V à l'envers était gravé sur la chevalière – en fait, non: c'étaient un compas et une règle. Un franc-maçon.

McCormack se releva.

– Qui l'a découvert?

L'homme de la Criminelle inclina la tête vers l'endroit où un vieux clochard en pardessus Crombie était adossé, tout voûté, à une façade d'immeuble, surveillé par un policier.

– Ce vieux, là? Le SDF?

– Je sais. Le premier clodo soucieux de l'intérêt public que le monde ait connu. Il a marché jusqu'à Dumbarton Road pour téléphoner à la police.

– Est-ce qu'il connaît la victime? demanda McCormack, et le nom du type de la Criminelle remonta soudain à la surface de sa conscience: *Devlin*. Est-il capable d'identifier le corps, lieutenant Devlin?

– Il dit que non. Qu'il ne l'a jamais vu. – Devlin marqua une pause. – Il dit que le corps était encagoulé, *sir*. Quand il l'a trouvé.

– Quoi?

– Une cagoule, sur la tête. Il l'a enlevée pour, enfin, vérifier. J'imagine que c'est ce truc-là.

McCormack le vit, alors. Un genre de sac de toile noir, à côté de la tête sanglante. Il souleva le sac entre pouce et index, le tendit à Nicol.

– Mettez-moi ça sous scellés, inspectrice Nicol.

Il entendit des pas derrière lui, un air sifflé joyeusement: *Comin' Thro the Rye*.

– C'était donc vrai. – Martin Seawright, le médecin légiste, se frayait un passage à travers les ordures. – Les lumières scintillantes de Londres n'ont pas su vous retenir.

Le photographe de scènes de crime le suivait comme son ombre. Et Jardine, le procureur, fermait la marche. Les trois sages, songea McCormack. La venue des Rois mages.

– Vous me manquiez trop, Martin. Votre joie de vivre. La rigueur de votre professionnalisme. Sans parler de l'air pur du Nord. Pas le choix, il fallait que je revienne.

– Bon…

Seawright sortit de son sac un rectangle de bâche grand comme un torchon, l'étala sur le sol et s'agenouilla près du corps. Il adressa à celui-ci un hochement de tête, comme s'il faisait sa connaissance. Il enfila une paire de gants chirurgicaux, posa deux doigts sur le cou de la victime, juste sous la mâchoire, et se tourna vers la mer de détritus sans la moindre expression. Au bout de quelques secondes, il hocha de nouveau la tête, consulta sa montre et griffonna des notes dans un carnet à reliure de cuir noir. Lorsqu'il commença l'examen médical, McCormack le laissa tranquille, s'écartant de quelques mètres et allumant une cigarette. La foule de l'autre côté du cordon de police était plus fournie à présent, dressée là avec la sombre vigilance habituelle, des mères et des enfants, des hommes d'un certain âge. Il repéra les boucles blondes agitées de Fiona Morrison, la journaliste du *Record* qui couvrait les affaires criminelles.

S'ils réglaient cette affaire sans trop tarder, ils pourraient de nouveau s'attaquer à Maitland. Haddow leur avait mis ce meurtre dans les pattes juste pour les faire chier, mais peut-être arriveraient-ils à le résoudre sans briser leur élan. C'était le SDF, à coup sûr. Celui qui les avait prévenus. Se faisant passer pour un témoin innocent. Et si ce n'était pas lui, alors un autre clochard. Une bagarre pour le fond d'une bouteille. Une querelle d'ivrognes qui avait dégénéré. Certes, la cagoule était un détail troublant. Et pourquoi la victime portait-elle encore ses bagues ? Une en or, l'autre ornée d'un rubis qui semblait authentique. Mais ils tireraient ça au clair. Ils feraient un porte-à-porte éclair, rameuteraient tous les clodos du quartier. Alors ils pourraient se concentrer à nouveau sur Walter Maitland. Sur quelque chose d'important.

McCormack acheva sa cigarette et l'écrasa sous sa chaussure.

– Inspecteur ! Inspecteur !

On aurait dit que Fiona Morrison était en train de héler un taxi.

– Inspecteur ! Pouvons-nous vous poser quelques questions ?

Elle employait toujours la première personne du pluriel, comme si chacune de ses paroles était investie de toute la puissance institutionnelle du *Record*. Courbant la tête, McCormack traversa ce carré de terrain vague. Morrison s'extirpa du petit attroupement et ils vinrent se planter chacun d'un côté du cordon distendu.

– Meurtre ?

Il ne fallait jamais espérer trop de mondanités de la part de Morrison.

– Eh bien, nous attendons le rapport du légiste. Mais oui, mort suspecte.

– Poignardé ? Étranglé ? Quoi ?

– Là encore, il appartiendra au légiste de le déterminer.

– Homme ? Femme ? Âge ?

Elle espérait sûrement une femme, songea McCormack. Jeune, jolie. Un meurtre sexuel. Un nouveau Quaker.

– La personne décédée est un homme âgé. Désolé de vous décevoir.

Morrison avait sorti son carnet. Elle releva les yeux de ses notes, le regard assassin.

– Vous êtes un vrai connard par moments, inspecteur principal McCormack, vous savez ça ? Il a un nom ?

– Pas pour l'instant.

– Un vagabond ?

– Le contraire d'une vraie personne, vous voulez dire ? Nous gardons l'esprit ouvert, mademoiselle Morrison. Vous devriez essayer, un jour.

Il pivota sur ses talons et retourna vers le corps. Seawright était en train de ranger son matériel. Le photographe, dressé sur la pointe des pieds, cherchait l'angle parfait pour un cliché vertical de la victime.

– Des idées ?

– Beaucoup, beaucoup d'idées, inspecteur principal McCormack. – Seawright fit claquer le fermoir de sa sacoche. – Des idées qui seront en première ligne dans mon esprit au moment de l'autopsie. À moins que vous soyez intéressé par des constatations préliminaires ?

– Tout à fait, confirma McCormack.

– Dans ce cas, je suggérerais comme cause probable du décès un traumatisme contondant à l'arrière du crâne. Possiblement infligé avec un marteau ou un objet similaire. Par un agresseur gaucher. L'heure de la mort reste à déterminer, même si selon mes premières estimations la victime est décédée depuis six à douze heures. Lieu du décès inconnu.

– Il n'a pas été tué ici ?

– Il a été tué ailleurs, puis balancé ici. Il n'y a pas assez de sang autour du corps. Ça a l'air moche, mais la vraie mocheté est ailleurs.

Seawright sourit, lèvres serrées, et lissa son imperméable de sa main libre. McCormack remarqua que les lunettes de Seawright avaient une teinte ambrée, comme s'il voulait mettre le filtre le plus épais possible entre lui et les visions de la journée.

– OK, Martin. On s'organise comment pour l'autopsie ? Vous pensez pouvoir vous en occuper ce soir ?

– Vous avez déjà une identification, inspecteur principal McCormack ? Bon sang, vous avez fait vite…

– Pas encore, non.

– Eh bien, vous connaissez la chanson, inspecteur. Pas d'identification, pas d'autopsie. Pas tant que ce gentleman… – il pointa du doigt le procureur – … n'en aura pas donné l'ordre. J'attends votre appel. Content de vous revoir. – Il s'éloigna, suivi du photographe et du procureur. – Ce n'est pas un sarcasme, au fait, lança-t-il. Je crois que je le pense vraiment.

Nicol, à ses côtés :

– Le corbi est là, chef. On est prêt ?

McCormack se tourna vers l'endroit où la camionnette noire était garée, devant le mur d'enceinte. C'était une sorte d'ambulance, un fourgon Sherpa sans vitres à l'arrière. Le chauffeur et son collègue traînaient derrière le véhicule.

– Ouais, on en a presque terminé ici.

Nicol fit un geste de la main, le chauffeur ouvrit les portes de derrière et son compère et lui se mirent au travail. Ils posèrent un brancard à côté du cadavre. Ils étalèrent une bâche en polyéthylène sur le brancard et une housse mortuaire par-dessus. Puis ils soulevèrent le corps pour le placer dans le sac, le manipulant comme un objet fragile, zippèrent la housse, enveloppèrent le tout de polyéthylène et portèrent le brancard jusqu'au corbillard.

Nicol donna une tape sur le flanc du fourgon et ils se mirent en route, se frayant un chemin avec précaution parmi la grappe de badauds, avant de prendre à droite sur Sandy Road. McCormack retroussa ses lèvres en visualisant leur destination, la salle carrelée de blanc, l'acier froid de ses tables, le sol gris et lisse avec les trous de drainage.

Il demanda les clés à Nicol et alla s'asseoir dans la voiture le temps de passer un appel à la radio. Il réclama une caravane de scène de crime, et des agents en uniforme pour participer au porte-à-porte et chercher des éléments de preuve dans les appartements vides. Si Seawright avait vu juste et que le SDF avait été tué ailleurs, alors ceux-ci constitueraient un bon point de départ.

– Oh, et puis nous allons avoir besoin d'un camion, dit-il au répartiteur.

– Un camion ?

– Le corps a été abandonné dans une décharge. Il va falloir mettre les ordures sous scellés, dans un rayon de cinq mètres autour du lieu où le cadavre a été découvert. J'ai besoin d'une équipe pour s'en occuper.

– D'accord. Bon. Vous allez vraiment être monsieur Populaire…

– Je me suis toujours demandé comment les gars m'appelaient dans mon dos. Merci de m'éclairer.

Ils se dirigèrent vers l'agent chargé de surveiller le SDF. McCormack le prit à part.

– Quel est votre nom ?

– Buchan, *sir*. Eddie.

– Vous a-t-il dit quelque chose, Eddie ?

– Juste son nom, *sir*. Joseph Turner. Joe.

McCormack s'avança vers le vieux SDF. La puanteur, même au milieu d'une décharge en plein été, l'ébranla comme un champ de force, une odeur de brûlé, aigre et nauséabonde, qui l'obligea à respirer par la bouche, à petits coups, et à reculer d'un pas. L'homme l'observait à travers sa frange sale, ses yeux d'un noir profond lui lançant des regards en coin.

– Monsieur Turner. Je suis l'inspecteur principal Duncan McCormack. Vous avez retiré la cagoule du corps de la victime…

L'homme leva les yeux vers McCormack puis les replanta dans le sol.

– Je voulais vérifier. Pour être sûr, quoi. Que le gars était mort.

– Ce n'est pas grave. N'importe qui aurait fait pareil. Mais, dites-moi, vous n'avez rien pris d'autre ? Il n'avait rien dans ses poches ?

Les mèches graisseuses de l'homme se balancèrent quand il secoua la tête, les yeux toujours rivés au sol.

– Rien. Que dalle.

– Les bagues me posent question, poursuivit McCormack. – Turner se contenta de hausser les épaules. – Pourquoi ne les avez-vous pas prises ? Vous auriez pu en tirer quelque chose en les mettant au clou, pas vrai ? Ou bien les échanger contre quelques canettes, une bouteille d'El Dorado ?

– Il était mort quand je l'ai trouvé, répliqua l'homme. C'est pas moi qu'ai fait ça.

– OK, Joseph. Vous créchez où par ce temps, dans un de ces appartements ?

Turner tendit son pouce par-dessus son épaule.

– Là-haut. Troisième étage.

– Seul ?

– La plupart du temps.

– Très bien, Joseph. On se parlera plus tard. Nous aurons d'autres questions à vous poser. – McCormack empoigna le coude de l'agent au passage, se pencha à son oreille et lui parla tout bas. – Emmenez-le au commissariat de Temple. Faites-le fouiller au poste.

– D'ac, *sir*. Comptez sur moi.

La pluie se mit à tomber, de grosses gouttes éparses crépitant sur les cartons abandonnés, claquant contre la peau tendue des sacs-poubelles.

– Allez, venez. – McCormack se lança à travers le sol jonché de gravats. – Au boulot.

Il s'arrêta au bout de dix pas, se retourna. Nicol n'avait pas bougé. On aurait dit qu'elle essayait de se souvenir de quelque chose.

– Nous allons faire du porte-à-porte, *sir* ?

– Vous avez d'autres plans ?

– Mais ce ne sont pas les agents qui… ?

– Nicol. S'il y a une seule chose que vous devez retenir, c'est celle-ci : la meilleure chance de faire une découverte décisive dans une affaire de meurtre, c'est tout de suite. Là, maintenant. Tant que le cadavre est encore chaud. Oui, les troupes feront l'essentiel du travail de terrain, mais, avec tout le respect que je leur dois, Nicol, les inspecteurs, c'est nous. Les gens par ici n'ont pas besoin de grand-chose pour refuser de coopérer avec les flics. Si on leur laisse le temps de s'habituer à l'idée qu'il y a un cadavre dans leur arrière-cour, ils ne nous diront rien. Le choc est notre meilleure arme. *Un type a été assassiné ici, cette nuit. Qu'est-ce que vous savez là-dessus ? Qu'est-ce que vous avez vu ?*

– Très bien, *sir*. J'ai compris.

Ils se frayèrent un chemin à travers les tours et les pyramides de détritus. La pluie s'abattait comme une bénédiction sur l'asphalte surchauffé et les sacs-poubelles en train de mijoter.

– C'était votre premier ? interrogea McCormack.

– Pardon, *sir* ?

– Meurtre, Nicol. C'était votre premier ?

Elle réfléchit quelques instants.

– Pas mon premier corps. Mais, oui, c'était mon premier meurtre. Enfin, le premier où j'ai pu voir la scène de crime.

– Bien. Vous avez assuré.

Nicol ne répondit rien.

– Désolé. Ça fait un peu paternaliste. Vous vous en êtes mieux sortie que moi, je veux dire. Pour mon premier meurtre. Un type poignardé à Blackhill. Pas beau à voir. Dans le ventre, avec un couteau à pain. Par sa femme. Il était assis là dans son fauteuil, comme s'il regardait le foot à la télé. Dans une mare de sang. Les cuisses poisseuses. J'ai dégueulé tout ce que j'ai pu devant le médecin légiste. Pas Seawright, Dieu merci.

Nicol hocha la tête. Elle pensait aux corps. Pas aux meurtres, mais à tous ces corps là-bas, dans l'Ayrshire, quand elle n'était encore qu'un simple agent. Incendies domestiques. Les gosses coincés dans les chambres, à l'étage. L'odeur impensable. Après le premier, on apprenait à réquisitionner d'emblée un nouvel uniforme. L'odeur ne quittait jamais l'ancien. Cet incendie à Tradeston, l'autre semaine… un enfant avait péri dans celui-là, pas vrai ?

Les incendies, c'était terrible, mais ce n'était pas le pire.

Le pire, c'étaient les accidents de la route.

De très loin. Cette nuit claire et glaciale, sur l'A77. Une collision frontale près de Fenwick. Le conducteur d'une des voitures était passé à travers le pare-brise. Il gisait sur le dos sur le terre-plein central, comme les effigies des vieilles tombes dans les églises. À un détail près : il manquait la tête. On l'avait retrouvée sous la voiture, tel un ballon de foot égaré. Les gens de la morgue l'avaient recousue et avaient glissé le défunt dans une tunique à col montant quand les proches étaient venus identifier le corps.

Ils étaient arrivés au pied de la falaise d'immeubles noirs. Nicol s'arrêta.

– Puis-je vous poser une question, *sir* ?

– Je vous écoute.

Il s'attendait à ce qu'elle l'interroge sur la procédure, sur ce qu'allait devenir le corps. Quand l'autopsie aurait lieu. À la place, elle lui demanda simplement :

– Pourquoi êtes-vous revenu ?

McCormack plongea les mains dans les poches de son imperméable et contempla le sol jonché d'immondices. Il laissa échapper un soupir. Qu'aurait-il pu lui dire ? Qu'il en avait assez de Londres, assez de son boulot, qu'il s'était dit qu'un changement d'air lui ferait du bien ? Qu'il n'arrivait plus à s'en sortir dans une vraie métropole, et qu'il avait dû rentrer en catastrophe ici, dans ce village qui se prenait pour une grande ville ? Qu'il s'était séparé après une histoire de trois ans et demi et ne pouvait plus supporter de se réveiller devant le papier peint, les rues, les putains de stations de métro et les taxis minables d'une ville où il avait été – contre toute attente – amoureux ? Qu'il avait opté, dans un amer éclair de génie, pour un retour dans ce lieu où le genre d'amour qu'il cherchait n'était même pas légal ?

À moins de lui dire la vérité ?

Il leva les yeux et sourit.

Non. Ça ferait mauvais genre.

– Je n'en pouvais plus de mon accent, dit-il.

2

Chaque matin, l'inspecteur divisionnaire Alan Haddow s'asseyait à son bureau et passait les pages du *Glasgow Tribune* au peigne fin, en quête de mensonges sur la police. Il examinait les gros titres, les encadrés, les actualités judiciaires. Il lisait le journal depuis la manchette jusqu'à la rubrique sport en dernière page. Il parcourait même les mots croisés, comme si leurs indices pouvaient contenir un message codé dénigrant les flics.

Originaire du Fife, il ne s'était jamais fait à Glasgow. On pouvait vivre vingt ans dans une ville, nettoyer ses rues et boucler ses racailles. On n'était pas obligé de l'aimer pour autant.

Le gros titre du jour était la défaite de Bugner contre Ali à Kuala Lumpur : "Ali conserve son titre grâce à une victoire facile." On pouvait toujours compter sur les quotidiens de Glasgow pour mettre à l'honneur des combats de boxe. Tout tournait à l'envers dans cette foutue ville. Le trivial faisait l'actualité, l'actualité devenait triviale. Bugner ? Si ce gros pataud chancelant avait mis Ali KO, l'avait envoyé au tapis, cela aurait peut-être mérité la une. Mais là, c'était un événement tout sauf extraordinaire.

Ils auraient peut-être un gros titre plus percutant, le lendemain, en fonction de la manière dont les choses allaient se passer avec cette histoire à Partick.

Il sirota son café et tourna la page. Certaines choses ne changent jamais, songea-t-il. Voilà que Scotland Yard se ridiculisait une fois de plus. Sous le titre *"Lucky Lucan"*, "Lucan le chanceux", l'article racontait comment deux inspecteurs de Scotland Yard étaient revenus de France, où des témoins affirmaient avoir aperçu Richard John Bingham, alias Lord Lucan, qui s'était volatilisé alors qu'on le soupçonnait d'avoir assassiné la nourrice de ses enfants. "Nous sommes contents de ce que nous avons trouvé", se réjouissait un inspecteur divisionnaire cité par le journaliste; "Nous pensons que nous sommes peut-être sur la bonne piste." Quel genre de piste ? se demanda Haddow en feuilletant les pages suivantes. Une piste de courses de lévriers ? Courant derrière leur lièvre ?

Pas grand-chose pour le contrarier dans le reste du journal. Aucune médisance balancée sur la police du Strathclyde. Ringo Starr avait divorcé. Il y avait eu vingt interpellations lors d'une marche orangiste. Un député de Glasgow réclamait une enquête sur des allégations de mauvais traitements au foyer pour enfants d'Auldpark, qui avait fermé ses portes un an plus tôt. En encadré, une nouvelle capitale : Ted Heath avait été éconduit de l'équipe de voile britannique engagée dans l'Admiral's Cup.

À chacun sa croix, se dit Haddow. Dressant la liste des infortunes récentes de l'ancien Premier ministre, l'article se poursuivait ainsi : "Au cours de l'année écoulée, M. Heath, capitaine victorieux de l'équipage britannique en 1971, a perdu les élections générales, la direction du Parti conservateur, un navire en mer, et subi un attentat chez lui à Belgravia."

Le côté positif, songea Haddow, c'est que Heath n'avait pas eu à gérer Duncan McCormack.

McCormack était un problème. Pire, c'était une erreur. Une erreur commise par quelqu'un d'autre, mais qu'Alan Haddow allait devoir réparer.

Six ans plus tôt, McCormack marchait sur l'eau : c'était le flic qui avait résolu l'affaire du Quaker. Le Quaker. Un meurtrier en série qui s'en prenait à des femmes fréquentant les soirées dansantes du Barrowland Ballroom. La ville était obsédée par ces meurtres – *accro*, semblait-il par moments, aux innombrables articles consacrés à cet assassin élégant, ce don Juan des dancings. Partout où l'on posait les yeux, des affiches exhibaient le visage du tueur tracé au crayon, ou son portrait-robot d'une sinistre beauté. Le Quaker était une célébrité, plus proche d'un footballeur ou d'une pop star que d'un meurtrier. Et McCormack l'avait coincé. Ou plutôt, puisque deux hommes étaient impliqués – un petit fonctionnaire nommé William Bickett qui séduisait les femmes, et un gangster, McGlashan, qui se chargeait de les assassiner –, McCormack les avait coincés tous les deux. Mais il avait également fait tomber Peter Levein, grand patron de la police judiciaire de Glasgow, et il l'avait fait avec ce que pas mal de gens – dont Haddow faisait partie – avaient jugé être une jubilation déplacée. Levein s'était suicidé deux ans plus tôt. L'homme n'était guère plus qu'une enveloppe vide, ratatinée. Et maintenant ces connards de St Andrew's Street avaient fait revenir McCormack, ils l'avaient exfiltré de Londres pour montrer à quel point ils étaient clean. Avaient accueilli de nouveau le lanceur d'alerte à bras ouverts. Lui avaient refilé un poste en or.

Les connards de St Andrew's Street pouvaient bien faire passer McCormack pour une sorte de héros. Tous les autres savaient ce qu'il était : un type qui dénonçait ses collègues policiers. Qui lavait leur linge sale en public. Un mouchard. Une balance.

Il était en outre, songea amèrement Haddow, la raison pour laquelle lui-même était en charge de ce service pourri. À l'époque où Peter Levein était encore patron de la police judiciaire, alors que la direction de la maison mère semblait lui tendre les bras, certains accords avaient été passés. Certains arrangements. Il était entendu que, quand Levein deviendrait chef de la police, Alan Haddow le remplacerait à la tête de la PJ. Mais alors le chevalier blanc Duncan McCormack était venu s'en mêler avec son Épée de la Justice, et tout était tombé à l'eau. Levein avait été expédié dans un autre genre de Grande Maison, et hop, rien ne va plus.

On avait confié le *big job* à un autre et Haddow avait dû se contenter de la Serious Crime Unit, la brigade de Répression du banditisme de la police du Strathclyde, au fin fond d'Anniesland, avec sa bande de divas.

Mais l'une de ces divas n'en avait plus pour très longtemps.

Nous verrons bien qui sera encore debout quand le gong sonnera, songea Haddow. Lequel de nous deux est Ali. Et qui est Bugner. Tu aurais dû rester loin, McCormack. Comme ce foutu Lord Lucan.

Haddow secoua la tête, se remit à tourner les pages.

Certaines personnes gardaient la rubrique Sport pour la fin. Ou le courrier des lecteurs. Haddow, lui, savourait en dernier les notices nécrologiques. Rien ne vous faisait vous sentir plus vivant que de lire ces textes sur des gens qui venaient de clamser. La litanie de ce qu'ils avaient accompli pouvait être aussi longue qu'on voulait. Cela n'y changeait rien. Ils étaient morts, et Alan Haddow, non. Il lisait chaque nécrologie jusqu'au bout et ajoutait mentalement trois mots, toujours les mêmes, à cette ultime phrase : "Il laisse derrière lui son épouse Gloria, leurs trois fils et leurs sept petits-enfants." *Et Alan Haddow.* Aucun doute là-dessus : les notices nécrologiques vous remontaient franchement le moral. Il lisait celle d'un professeur en génie hydraulique mort lors d'une expédition dans les Alpes françaises quand on frappa à sa porte.

– Entrez.

C'était Iain Shand. L'un des membres de l'unité de McCormack, spécialement choisi par Haddow.

– Inspecteur Shand. – Haddow abandonna avec un soupir la lecture du *Tribune*. Il ne proposa pas à Shand de s'asseoir. – Notre ami des Highlands, comment a-t-il pris la chose ?

– La mission à Partick ? J'imagine que ça ne le remplit pas de joie. Mais il s'en occupe. Il est sur place, avec l'inspectrice Nicol. Elle est passée le prendre en chemin.

Haddow hocha la tête.

– Bien. Vous savez ce qui vous reste à faire, fiston. Tenez-moi informé. S'il sort des clous, je veux être au courant. Et puis je vais lui dire de laisser tomber l'enquête sur Maitland jusqu'à nouvel ordre. Je veux qu'on éclaircisse cette histoire à Partick. S'il continue en douce à faire mijoter Maitland, prévenez-moi.

– Compris, *sir*.

– Et puis, Shand…

– Oui, *sir* ?

– N'oubliez pas qui vous soutient ici, fiston. OK ? Ne vous laissez pas embrouiller par les conneries de McCormack, "Nous contre le reste du monde"… Rappelez-vous à quel clan vous appartenez.

Shand acquiesça et referma la porte derrière lui.

Haddow but une gorgée de son café. Il était froid, mais peu importe. Haddow se replongea dans la vie de l'ingénieur, un petit sourire aux lèvres, comme si cette nécrologie était une blague dont il connaissait déjà la chute.

– Vous pensiez que ce serait différent, pas vrai ?

Nicol souriait. Mc Cormack aperçut l'éclat de ses petites dentes pointues du coin de l'œil, tandis qu'il tournait le volant : Crow Road et ses rangées bien droites d'immeubles délabrés.

– Que quoi serait différent ? demanda-t-il.

Ils roulaient vers le commissariat de Temple, dans un décor tout droit sorti des actualités de la Seconde Guerre mondiale. La grève des éboueurs entrait dans sa quatrième semaine. Les trottoirs étaient jonchés de sacs-poubelles, picorés en vol par les mouettes. Des landaus brisés, des réfrigérateurs, des colonnes de cartons chancelantes. Ces monticules dépassaient par endroits les deux mètres de haut, transformant les trottoirs en allées obscures, privant de soleil les appartements du rez-de-chaussée.

– Avec moi, je veux dire, répondit Nicol. Vous pensiez qu'ils parleraient en ma présence. Parce que je ne suis pas un vrai flic. Parce que je suis une femme.

– Qui a dit que vous n'étiez pas un vrai flic ?

– Vous voulez une liste de noms ? Tous les flics de Glasgow, à l'exception de deux ou trois.

– Quatre, alors. Ils ne parlent pas parce qu'ils ne parlent pas. Parce qu'on est à Glasgow. Parce que c'est comme ça que ça marche, Nicol. Ça n'a rien à voir avec vous. Ni avec moi.

Le porte-à-porte n'avait mené à rien. Nicol s'était plantée un peu en retrait de McCormack devant une succession confuse de portes, tandis que l'inspecteur délivrait ses trois coups mesurés de policier, le genre d'assignation que la Mort aurait pu tenter du bout de sa faux. Personne n'avait voulu leur parler. Tous s'étaient passé le mot. Ils étaient au courant, pour le cadavre ; personne n'avait rien vu. La seule colère que McCormack et Nicol avaient rencontrée était dirigée contre eux, pas contre l'assassin. *Ça fait des semaines que des connards balancent leurs trucs dans cette putain de cour. Faut qu'y ait un cadavre pour que vous vous bougiez le cul. Comment pouvez-vous être sûr qu'y en a qu'un seul, d'ailleurs ? Toute la défense du Partick Thistle Football Club pourrait être enterrée là-dessous que vous le sauriez même pas, bande d'abrutis.* Mais bon, au moins ils auraient l'occasion d'interroger tranquillement Turner une fois rentrés au commissariat.

Ils poursuivirent leur route en silence. S'éloignant du centre-ville. S'éloignant de l'action. Cela faisait six mois qu'il roulait dans cette direction, songea McCormack. Depuis qu'il était revenu de Londres. Il avait passé six ans dans les rangs de la Metropolitan Police, au sein de la brigade volante pour l'essentiel, les fameux Sweeney roulant des mécaniques avec leurs cheveux longs et leurs blousons de cuir, comme s'ils voulaient se faire eux-mêmes passer pour un gang de hors-la-loi. C'était réussi. Et voilà qu'il était de retour à Glasgow. Flett l'avait convaincu en le prenant par les sentiments. L'inspecteur divisionnaire Flett, son ancien boss au QG de St Andrew's Street. Revenez par ici, fiston. Oubliez tout ce bordel lié à l'affaire du Quaker, toute cette histoire avec Levein. Venez donc bosser pour la Serious Crime Unit, vous dirigerez une unité.

Mais alors Flett avait fait une crise cardiaque lors d'un match à Ibrox, et on l'avait évacué sur une civière devant les cous tendus des supporters. Il avait pris sa retraite avec effet immédiat. Et son remplaçant, Alan Haddow, avait clairement fait savoir que McCormack n'était pas son protégé. Pas très apprécié. Pas en odeur de sainteté. Si bien qu'à présent, McCormack se retrouvait à diriger une unité de chiens errants. Outre lui-même (l'inspecteur principal Duncan McCormack, le chasseur de bandits des Highlands, le roi des balances, l'homme du passé), cette unité comprenait : le lieutenant de police Derek Goldie, l'ancien partenaire de McCormack à l'époque de l'affaire du Quaker, gras, blond, renfrogné ; un jeune bellâtre prétentieux, cette petite merde d'inspecteur Iain Shand ; et Elizabeth Nicol, l'inspectrice symbolique que toutes les unités de plus de quatre membres étaient désormais obligées de compter dans leurs rangs, sous cette ère nouvelle de l'Intégration.

McCormack s'engagea dans l'allée et fit le tour du bâtiment jusqu'au parking situé à l'arrière, garant la Rover dans ces anciennes écuries reconverties. La Serious Crime Unit de la police du Strathclyde était hébergée par le commissariat de Temple, sur Bearsden Road. À l'évidence, le choix d'une personne qui avait le sens de l'humour. Le commissariat de Temple n'avait rien de *sérieux*. L'emplacement – dans le paysage docilement bucolique d'Anniesland, entre une scierie et une rangée d'immeubles respectables – était en soi une plaisanterie.

Le bâtiment proprement dit – un édifice en grès de deux étages auquel était accolé un bloc de cellules d'un seul étage – semblait tout droit sorti d'un livre d'images pour enfants. Le bloc de cellules était une version miniature du bâtiment principal : les mêmes façades de pierres rouges cernées de ciment blanc ; la même symétrie des fenêtres ; le même toit d'ardoise en pente. Le bloc de cellules – qui accueillait, outre la réception, les deux minuscules bureaux attribués à l'unité de McCormack – était surnommé l'Étable ; le bâtiment principal, la Grande Maison. Le commissariat de Temple ressemblait davantage au cottage d'un chef de gare qu'à un poste de police. On se serait presque attendu à voir des jardinières aux fenêtres, des paniers de fleurs suspendus.

Mais quand McCormack et Nicol poussèrent la porte d'entrée, les lieux étaient en ébullition. Des cris et des tambourinements leur parvenaient du bloc de cellules, et il n'y avait personne à la réception. Ils restèrent plantés là, sourcils froncés, pendant une minute, et l'agent de garde débarqua du bâtiment principal en poussant la porte d'un coup d'épaule, portant deux seaux tremblants à bout de bras, remplis d'eau à ras bord. Il les vida à la volée dans les cellules, d'abord l'un, puis l'autre, et les cris redoublèrent.

Le lieutenant Derek Goldie sortit du bureau, tandis que l'agent de garde repartait vers le bâtiment principal.

– Qu'est-ce qui se passe, bon Dieu, Derek ?

– C'est le clodo, *sir*, répondit Goldie. Le témoin que vous nous avez envoyé de Partick.

– Qu'est-ce qui lui arrive ?

– C'est peut-être à cause de la chaleur, j'sais pas. Mais dès qu'il a mis un pied dans la cellule, eh bien, bon sang, c'est là que ça a commencé…

– Bon Dieu, Derek : qu'est-ce qui a commencé ?

– Ce type est une infection. Il est *vivant.* Et elles se déversent toutes de lui, de ses cheveux et de sa barbe :

je ne sais quelles bestioles, des poux, des puces. Y en a partout dans le bloc, maintenant.

– Oh, mon Dieu…

L'agent de garde était de retour avec deux autres seaux. McCormack se fraya un chemin jusqu'au premier bureau, que se partageaient les membres de son unité.

– Il faut faire venir une entreprise anti-nuisibles, *sir*, fit remarquer Nicol. Et un coiffeur.

– Un coiffeur ne servirait à rien, Nicol. On ne peut pas lui couper les cheveux tant qu'ils n'auront pas été traités. Quoi ?

Iain Shand rôdait autour de lui.

– Le boss veut vous voir, *sir*. Il veut un rapport sur l'affaire de Partick.

McCormack secoua la tête. Il aurait voulu faire les cent pas dans le bureau, mais il n'y avait pas la place. Il se planta devant le tableau de liège avec ses photos mal exposées de Walter Maitland et de ses principaux associés. De gros visages renfrognés et hargneux qui semblaient le narguer depuis le mur.

– Et merde !

L'instant d'après il avait disparu, la porte claquant derrière lui. Il remonta comme une furie le couloir menant au bâtiment principal et s'engouffra sans même frapper dans le bureau de Haddow.

– McCormack. Qu'est-ce qui vous prend, bon sang ?

– Là, vous dépassez les bornes !

Il s'étrangla de colère.

– Asseyez-vous, McCormack.

– Pure malveillance. Vous faites ça par malveillance.

– Asseyez-vous, inspecteur ! Tout de suite.

– La mission, c'était Maitland. – McCormack se laissa tomber sur une chaise en plastique et abattit le dos de sa main sur son autre paume. – C'est pour lui qu'on m'a fait revenir. Et maintenant, vous nous refourguez ça ? Au moins, soyez honnête. Reconnaissez-le.

– Vous êtes sur cette affaire depuis votre retour. On vous a laissé des mois. Et vous avez dégoté quoi, au juste ?

– Si vous nous confiez une mission, confiez-nous-la vraiment. Faut pas nous la donner et la reprendre après.

Haddow contempla son bureau, les lèvres serrées. Il y avait un presse-papiers en verre devant lui, qu'il déplaça doucement, d'un centimètre vers la droite. Il garda les yeux baissés.

– Surveillez votre ton, inspecteur. Faites ci, faites ça. Auriez-vous eu une promotion qui m'aurait échappé ? Hein ?

McCormack passa sa langue sur ses dents du haut.

– Non, *sir*.

– Bien. Alors vous feriez mieux de ne pas perdre de vue qui est assis dans le grand fauteuil, fiston. De toute manière, c'est réglé. Les gars du commissariat de The Marine sont débordés, ils ont besoin de notre aide. C'est ça le boulot, inspecteur. – Il releva les yeux. – Aider la brigade criminelle en lui apportant notre expertise. – Il y avait une touche d'ironie dans sa manière de prononcer ce dernier mot. – Un homme de votre expérience devrait éclaircir ça en deux temps trois mouvements. Après, vous pourrez retourner vous occuper de Maitland.

– Hamill et ses gars ne pouvaient pas s'en charger ?

– Ils sont occupés. Le braquage de banque de Byres Road. À ce que j'ai cru comprendre, ils avancent bien.

– Armstrong ? Patterson ?

– C'est vous le maillon faible, fiston. Regardez les choses en face. Votre unité. Tous les autres sont en train de faire leur boulot. Oubliez un peu cette histoire avec Maitland. Juste temporairement.

– L'oublier ? Et qu'est-ce qui se passera, quand les Quinn se vengeront ? Il a fait cramer leur entrepôt, *sir*. Il a tué quatre personnes dans l'opération. Vous croyez que les Quinn vont, quoi, prendre ça avec philosophie ?

– Qu'essayez-vous de me dire, inspecteur ?

– Ce que j'essaie de vous dire, *sir*, c'est qu'il s'agit d'un putain de Pearl Harbor. Un acte de guerre. Les Quinn vont riposter. Et alors, il peut se passer n'importe quoi. Et moi, pendant ce temps, je suis coincé avec ça ?

– *Ça*, inspecteur, c'est un homme mort. Assassiné. Si vous voulez retourner vous occuper de Maitland, il faudra d'abord éclaircir cette affaire de Partick. Vous avez l'identité de la victime ?

– Pas encore, non.

– Eh bien, voilà votre priorité. Identifiez-moi cet homme. C'est par là qu'il faut commencer.

McCormack était déjà devant la porte quand Haddow l'interpella. Il se retourna.

– Vous voulez que je vous dise, McCormack ? Je n'arrête pas de me demander pourquoi vous êtes revenu. Je me demande comment Flett a fait pour vous vendre le truc. "Ça fait six ans, fiston, de l'eau a coulé sous les ponts, le département de police a été réorganisé, ce sera un nouveau départ." Quelque chose dans le genre ? Parce que vous savez quoi ? C'est des conneries. – Haddow se pencha en avant. D'un geste rageur, il pointa du doigt la fenêtre.

La chose intelligente aurait été de s'en aller maintenant. De se mordre la langue.

– Et votre pote Levein, répliqua McCormack. C'était pas une balance, peut-être ?

Haddow bondit sur ses pieds, se courba au-dessus du bureau.

– On ne balance pas ses collègues ! Putain, McCormack, comment voulez-vous que qui que ce soit vous fasse confiance maintenant ? Qui va croire que vous assurez ses arrières ? Pas un foutu flic. Point. Pas un seul. – Il se laissa retomber sur sa chaise en secouant la tête. Le *Tribune* était posé, ouvert, sur son bureau, et il le repoussa brusquement de côté. – Allez, fiston. Hors de ma vue.

3

Finalement, McCormack passa un coup de fil au procureur pour solliciter une dispense exceptionnelle, et un petit homme à la compétence solennelle vêtu d'une blouse en nylon marron se présenta au commissariat avec son attaché-case chromé et se mit aussitôt au travail avec ses cisailles. Le pardessus de Turner et ses autres vêtements furent inspectés en quête de traces de sang, avant d'être envoyés à l'incinération.

Quand McCormack et Nicol s'assirent en face de lui dans la salle d'interrogatoire cet après-midi-là, le vagabond ressemblait à son petit frère, voire son fils. On lui avait rasé le crâne et la barbe avait disparu. Ses joues lisses luisaient, rougeaudes. Il portait une chemise en flanelle à carreaux rouges et bleus, un pantalon noir récupéré dans les objets perdus. Les doigts avec lesquels il pianotait sur la table étaient longs et maigres, leurs ongles impeccablement taillés.

– Joseph Turner ? commença McCormack en consultant ses notes.

L'homme se racla la gorge.

– C'est moi, chef.

– Comment vous sentez-vous ?

– J'ai connu pire. – Il tendit les bras pour rajuster les manches de sa chemise en flanelle. – Jolie auberge que tu tiens là…

– Ah ouais ?

– Je la recommanderais bien à mes amis. Je veux dire, si j'en avais.

L'homme sourit. La transformation de son allure ne s'étendait pas à ses dents.

– Eh bien de toute manière, vos amis auraient dû patienter un peu, pas vrai ? Nous sommes en pleine rénovation. Certaines pièces sont en cours de désinfection.

– Ah… – Turner fit la moue. – T'étais vraiment obligé de mettre ça sur le tapis ?

Une odeur rose de crésyl se diffusa lorsqu'il écarta les bras, les arômes chauds des vêtements tout frais lavés. McCormack avait du mal à faire correspondre l'homme assis devant lui avec le clochard hirsute de la décharge de Crawford Street.

– Sur Crawford Street, monsieur Turner… les coupa l'inspectrice Nicol, concentrée sur le travail. Quelle heure était-il quand vous avez trouvé le corps, d'après vous ?

Les yeux de Turner se posèrent sur McCormack puis revinrent se fixer sur Nicol.

– Ben, j'ai pas de montre mais je dirais plus ou moins au lever du jour. Juste après l'aube. C'est la meilleure heure. Pour la biffe. Quand il fait assez clair mais que personne traîne encore dehors.

La *biffe* : l'un des plus anciens passe-temps honteux de Glasgow. Consistant à fouiller dans les poubelles d'autrui en quête de choses bonnes à garder. Depuis la grève des éboueurs, la biffe était devenue le sport national de cette ville, un passe-temps universel.

– Vous avez beaucoup de concurrents ? l'interrogea McCormack.

– Ben ouais. Mais pas aussi tôt le matin. Ils sont tous KO, à cuver leur Lanny. – Le surnom du Lanliq, un vin cuit, l'alcool de choix des clodos avisés.

– Et vous, vous ne buvez pas, c'est ça ?

– Je suis de la Band of Hope, moi, déclara fièrement Turner en se frappant du poing la poitrine. "*Je ferai de mon mieux et servirai du mieux possible, avec l'aide de Dieu, en m'abstenant de toute boisson alcoolique.*"

– Dieu nous garde, dit McCormack. Félicitations, en tout cas. C'est formidable. Bon, Joseph : quand la police est arrivée, il n'y avait aucune pièce d'identité sur le corps…

Turner hocha la tête.

– OK. D'accord.
– Or, vous étiez là le premier. Je veux dire, Joseph, écoutez, si vous lui avez piqué son portefeuille et l'avez planqué quelque part, je pourrais le comprendre. Dites-nous juste où il est et on n'en parlera plus.
– Dieu m'est témoin. Il n'avait rien sur lui. J'ai fouillé les poches de ce type : elles étaient vides.
– Pourquoi n'avez-vous pas pris les bagues ? Moi je l'aurais fait, à votre place.
Les sourcils de Turner s'arc-boutèrent. Son crâne rasé faisait paraître énormes ses yeux, comme ceux d'un bébé.
– Je les ai pas prises, c'est tout. Ça m'a pas paru bien.
Nicol intervint :
– Et pourquoi lui avez-vous retiré la cagoule ?
– Je te l'ai déjà dit : pour être sûr qu'il était mort.
– Vous n'aviez jamais vu de cadavre ?
– J'ai combattu à Monte Cassino, ma p'tite dame.
– Donc vous saviez qu'il était mort, insista Nicol.
– Bon… je voulais voir si je le connaissais.
– Et… ?
– Je l'avais jamais vu de ma vie.
– Il n'était pas du coin ?
– Tu m'as pas entendu ? Je l'ai jamais vu.
McCormack prit le relais.
– Vous créchiez dans l'un des appartements vides, Joseph ?
– Ouais. Un de ces immeubles condamnés.
– Vous n'avez rien vu pendant la nuit ? Rien entendu ?
Turner marqua une pause. Il tripotait ses joues imberbes, contemplait le bureau. La voix de McCormack baissa doucement d'une octave.
– Allons, Joseph… Dites-nous ce que vous avez vu. Après, nous vous laisserons partir.
– Il y avait une camionnette. Comme un p'tit autocar. Avec des phares très forts.
Ils attendirent la suite.

– Un genre de minibus, vous voulez dire ? lui souffla Nicol.

– Nan. L'avant était tout plat, comme un bus à un seul étage. Mais plus court.

– Rien d'autre ?

– Il était de deux couleurs. Une foncée, une claire.

– Bicolore… Vous n'avez pas pu distinguer quelles couleurs, au juste ?

– C'était en pleine nuit. Je crois que la foncée était en bas, la claire en haut. Ou peut-être l'inverse. J'sais plus.

McCormack lui demanda gentiment :

– Et que s'est-il passé, Joseph ?

– Un homme a descendu un truc de l'arrière en le traînant et l'a balancé dans les ordures.

– Un corps ?

– J'ai cru que c'était un rouleau de moquette ou un truc comme ça. J'sais pas.

– Ç'aurait pu être un corps ?

– Peut-être.

– Et l'homme ?

– J'sais pas. Chemise blanche, ou tee-shirt blanc. Pantalon noir. C'est tout ce que j'ai pu voir.

– Grand ? Petit ? Maigre ? Gros ? Jeune ? Vieux ?

– Jeune, je crois. Vingt ou trente ans. Il bougeait comme un jeune homme, il avait l'air en forme, quoi. Sportif. Taille moyenne. Enfin, plus petit que vous.

– Les cheveux ?

– Je crois qu'il portait un chapeau. Une casquette, peut-être.

– OK. Vous assurez, Joseph. Vous avez soif ? Une tasse de thé ?

– Oh, là tu me plais, fiston ! – Le sourire dévasté refit son apparition.

Ils firent une pause de quelques minutes. L'agent de garde leur apporta un plateau avec trois tasses de thé et une assiette de sablés. McCormack offrit des cigarettes. Allumant celle de Turner, il lui demanda :

– Combien d'argent aviez-vous sur vous la nuit dernière ?

– Quoi, tu veux m'emprunter un billet de cinq, fiston ? Je suis un peu juste en ce moment…

– Répondez à ma question, Joseph.

– Vingt pence.

– Et vous en avez dépensé deux pour appeler la police ?

Turner sentit le piège ; ses yeux se plissèrent.

– Et alors ? Tout le monde aurait fait la même chose.

– Ah, vous croyez ? Moi, je ne l'aurais pas fait. – McCormack croisa les bras sur sa poitrine. – À votre place, je me serais pas éternisé. Je me serais tiré vite fait. En laissant quelqu'un d'autre découvrir le corps. Pourquoi avez-vous appelé la police, Joseph ? Pourquoi avez-vous marché trois ou quatre cents mètres et dépensé une partie de votre cagnotte pour nous appeler ?

Turner passa la main sur son crâne rasé.

– Je me suis dit qu'on m'avait peut-être vu. J'ai pensé que vous alliez me chercher.

– Vous avez un casier ?

L'homme fit oui de la tête, fixa le sol, tira sur sa clope.

– Vous avez fait quoi, Joseph ?

– J'ai été pris dans une bagarre. Y a des années de ça. – Il releva les yeux. – Le type est mort. C'était pas ma faute.

– Vous avez tué un homme ?

– J'ai frappé un homme. Un coup chanceux. Malchanceux. J'voulais pas le tuer. C'est lui qui m'a cherché des crosses. Il a eu ce qu'il méritait.

– C'était quand ? Récemment ?

– Nan. En 61.

– Vous avez fait de la taule pour ça ?

– Huit ans. À Peterhead, surtout. C'était pas trop mal. Homicide involontaire, hein. Pas meurtre.

– C'est lui qui avait commencé, c'est ça votre excuse ?

– C'est la vérité.

– OK. D'accord. Dans ce cas, je suis surpris qu'on ne vous ait pas acquitté. Je veux dire, vous avez juste tabassé un homme à mort, Joseph.

– Voilà, c'est justement ça que je craignais. J'ai pas tabassé un homme à mort. J'ai foncé dans un type au Sammy Dow's, j'ai renversé toute sa pinte sur lui. Ruiné son beau costume. Il a commencé à faire le malin, il s'est mis en garde et il a voulu me coller une baffe. Je lui ai balancé un gnon. Un seul. C'est pas ma faute s'il est mort.

– OK, Joseph. Attendez-nous ici.

Ils regagnèrent leur bureau et Nicol tapa à la machine la déposition de Joseph Turner. McCormack l'accompagna lorsqu'elle alla faire signer la déposition par Turner. Il regarda celui-ci s'emparer du stylo. Turner signa de la main droite.

– L'homme dans la camionnette, lui demanda McCormack. Qu'est-ce qu'il a fait après avoir balancé le corps ? Je veux dire, il est juste reparti tout de suite ?

Turner rendit le document à McCormack.

– Ouais. Enfin, il a d'abord allumé une clope. Et a tiré deux, trois taffes.

– Il était tourné vers vous ?

– Quoi ?

– Quand il a allumé sa cigarette, Joseph. Il était face à vous ?

Turner écarta ses mains.

– Ouais. Mais bon, je reconnaîtrais pas sa tête. J'étais au moins à cent mètres de lui. Il faisait noir. Et l'allumette s'est éteinte en deux secondes.

– Ce n'est pas ma question, Joseph. La cigarette, il la tenait dans quelle main ?

Turner ferma les yeux. Il leva une main, rouvrit les yeux et la regarda.

– La gauche, dit-il. Il la tenait dans la main gauche.

McCormack raccompagna Turner jusqu'au trottoir, dans la rue. Il sortit un billet de sa poche.

– Achetez-vous un truc à manger, Joseph. Un vrai déjeuner. Pas un repas en bouteille. – Il regarda l'homme traverser Bearsden Road et se planter à l'arrêt de bus.

Il rentra. L'inspecteur Shand releva les yeux de son travail quand McCormack traversa la salle commune.

– Un type a appelé pendant que vous étiez avec le témoin, *sir*.

L'expression de Shand était indéchiffrable.

– Crachez le morceau, alors.

McCormack s'arrêta à la porte de son bureau.

– Un Anglais, *sir*. Accent londonien. Il a pas voulu donner son nom. Il a dit que ça faisait des heures qu'il essayait de vous joindre.

– Je vois. – McCormack restait planté là, la porte de son bureau ouverte, attendant que Shand poursuive. – Un message ?

– Eh bien c'est ça le truc, *sir*. Il en a pas laissé du tout. Il avait l'air chamboulé. On aurait dit, eh bien, on aurait dit qu'il pleurait, *sir*. Il a pas laissé de numéro.

McCormack hocha lentement la tête, comme s'il s'y attendait.

– Merci, inspecteur Shand.

Il laissa la porte se refermer derrière lui et s'affala sur le fauteuil de son bureau.

4

McCormack décrocha son téléphone et composa le numéro du *Record*.

– Fiona Morrison, demanda-t-il à la standardiste. Puis : Inspecteur principal Duncan McCormack.

– Pas besoin de téléphoner, déclara Morrison d'une voix enthousiaste lorsqu'elle décrocha. Une gerbe de roses aurait suffi. Jaunes, de préférence. Une boîte de chocolats Milk Tray. Mais enfin : excuses acceptées. On passe à autre chose.

McCormack renâcla. Il lui raconta le témoin, le type maigre balançant un truc de l'arrière d'une camionnette, bicolore, un minibus, peut-être un van Volkswagen. Il évoqua les bagues – la chevalière de franc-maçon, la pierre au petit doigt. S'il lui faisait parvenir une photo de ces bagues, voudrait-elle bien les mettre en valeur dans l'édition du matin ? Pour les aider à identifier la victime ?

– Et vous, vous me garantissez l'exclusivité en cas de nouvelles pistes ?

– Si les photos nous ouvrent des pistes, vous aurez l'exclusivité. Je m'en souviendrai, Fiona.

Les membres de son unité l'attendaient dans la salle commune. Ils attendaient ses encouragements, ses instructions. Ses paroles pleines de sagesse. Des oisillons dans un nid : *nourris-moi, nourris-moi.*

Il alla se planter devant le tableau de liège, mains sur les hanches. Quatre mois qu'il était planté là, à expliquer par le détail comment attraper Maitland. Sans le moindre foutu résultat. C'était presque un soulagement de se voir confier une mission aussi simple. Voici un corps. Trouvez l'assassin. Il exposa les faits : victime, lieu du crime, cause probable. Le van Volkswagen aperçu par Turner.

– Et vous l'avez laissé partir comme ça, *sir*?

Shand était incrédule.

– Ce n'est pas le vagabond, inspecteur Shand. Ce n'est pas Turner.

– Déjà condamné pour un acte de violence ? Huit ans de prison pour homicide involontaire ? Voyons, *sir*. Il a tout d'un coupable.

– Il a fait cinq cents mètres à pied pour appeler la police, rétorqua McCormack. Pourquoi ne se serait-il pas tiré sans demander son reste ?

– Double bluff? suggéra Goldie. – Il avait commencé à s'attaquer aux sandwichs de son déjeuner et en agita un rhétoriquement dans les airs. – Il sait peut-être que quelqu'un l'a vu.

– C'était une agression sauvage, répondit McCormack. Un tabassage sadique. Interminable. S'il avait fait ça dans cette cour, la moitié de Partick l'aurait entendu. Il n'aurait pas traîné dans le coin. De toute manière, d'après Seawright, le meurtre a eu lieu ailleurs. L'assassin a défoncé la tête de la victime, puis l'a emmenée jusqu'à Crawford Street pour la balancer au milieu des ordures.

– Ce qui écarte Turner, conclut Nicol.

– Ça n'écarte rien du tout, insista Shand. Il l'a sans doute tué dans un des appartements abandonnés. Puis il l'a traîné jusqu'en bas et abandonné là.

– Nous avons parlé aux agents qui ont fait le porte-à-porte, rétorqua Nicol. Il n'y a aucune trace de violence, dans aucun de ces appartements. Pas de taches de sang. Pas de vitre récemment brisée. Aucun signe de lutte.

– Ou bien il a tué ce type au coin de la rue. On dirait que tout le quartier a été bombardé. Il a des antécédents, ce Turner. Pourquoi chercher ailleurs ?

– OK, inspecteur Shand. – McCormack se tourna vers lui, les bras croisés. – Si ça peut vous faire plaisir, allez donc jeter un coup d'œil au dossier de Turner, pour voir s'il nous a pas caché des trucs. Des détails qui pourraient avoir un lien avec cette affaire-ci. *Modus operandi*, circonstances, âge de la victime, n'importe quoi.

Il évoqua de nouveau les bagues. Le rubis au petit doigt et la chevalière en or avec la règle et le compas.

– Vous êtes en train de nous dire que Turner ne les a pas prises ? s'étonna Goldie. Il est quoi, sensible ? Superstitieux ?

– Et le mort est un *franc-maçon* ? s'étrangla Shand.

Le bruit de la circulation s'engouffrait dans la pièce par la fenêtre ouverte, tandis qu'ils méditaient tout cela. Un homme avec une chevalière de franc-maçon n'était pas un clochard.

– Ça pourrait être un flic, dit tout bas Goldie.

– Ça pourrait être un tas de choses, répliqua McCormack. Mais quand même, ça réduit un peu le champ. Sans doute un protestant. Sans doute plutôt friqué, s'il s'agit d'un vrai rubis. Nos agents passent les ordures au peigne fin autour de l'endroit où on a trouvé le cadavre, on verra ce que ça donne. En attendant, Shand : épluchez-moi le casier de Turner. Nicol : voyez ce que vous pouvez trouver sur ce bleu de travail. S'il porte des marques distinctives. Qui fabrique ce genre de tenue. Où on peut les acheter. Derek : contactez toutes les loges maçonniques de la ville, au cas où quelqu'un aurait remarqué la disparition d'un frère. Fiona Morrison va publier une photo des bagues dans le *Record* de demain matin. On ne peut pas faire grand-chose de plus tant qu'on n'aura pas identifié le corps.

– Ah. Heureusement qu'on a Walter Maitland pour s'occuper, alors, fit remarquer Shand.

– Ouais, eh bien, Haddow veut qu'on laisse tomber Maitland. Pour le moment, dit-il.

McCormack fixa le sol en disant cela ; c'était plus facile que de croiser leurs regards.

Shand s'esclaffa.

– Laisser tomber Maitland ? Bon Dieu ! Autant hisser le drapeau blanc tout de suite, alors, et livrer cette ville à Wattie Maitland.

Il règne déjà dessus, songea McCormack. Mais il leur dit :

– Écoutez, on va continuer à s'intéresser à Maitland en même temps qu'au meurtre de Partick. Mais faisons-le discrètement. Et il faut concentrer nos efforts, maintenant. Quel est notre plan d'action ? Quelle est la meilleure manière de réussir ?

– Réussir ? Vous croyez qu'il veut qu'on réussisse, ce foutu Haddow ? – Shand était en train de rabattre ses manches retroussées. – Comment peut-on être sûr qu'il n'est pas l'un d'eux, hein ? L'un des flics apprivoisés de Maitland. Vendus.

McCormack se tourna brusquement vers lui, bras tendu, ses yeux fixant la mire de son index pointé.

– Je vais faire comme si je n'avais pas entendu, inspecteur. Ce genre de propos n'aide vraiment personne.

Shand écarta les mains, paumes vers le ciel.

– Mais alors, on n'a pas de mouchards à Maryhill ? Les gens là-bas veulent le voir disparaître tout autant que nous. Montrons-leur qu'on ne rigole pas, qu'on va le coffrer pour de bon, et ils se bousculeront pour le balancer.

Goldie s'essuya la bouche sur une serviette en papier.

– T'es déjà allé à Maryhill, Iain ? Tu saurais le placer sur une carte ?

– Ouais, ouais. Foutue loi du silence, hein ? C'est la loi de la peur, mon vieux. Si t'enlèves la peur, y a plus de loi qui tienne.

– Ce n'est pas la peur, rectifia McCormack.

– Comment ça, chef ?

– Ce n'est pas la peur, point. Iain, il ne vous est jamais venu à l'esprit qu'en fait, les gens aimaient Maitland ?

Que les habitants des cités trouvent leur intérêt dans ce qu'il fait ?

– C'est un parasite, chef.

– Ce que tu ne dois pas perdre de vue, intervint Goldie en parlant lentement, comme s'il s'adressait à un enfant, c'est qu'un tas de gens ont eu leur maison grâce à Maitland.

– Exactement. L'arnaque du bureau du Logement, qu'il a montée avec William Bickett.

– C'est quoi le rapport, là ?

Shand les regardait tour à tour, passant de l'un à l'autre avec de petits mouvements secs et indignés du cou.

– Il y a quelques années, répondit Nicol, quand Maitland travaillait encore pour McGlashan, ils ont monté une escroquerie avec le bureau des Logements sociaux. Pour avoir une maison pas chère, il suffisait de verser un pot-de-vin à Maitland. Cinquante livres, et vous vous retrouviez en haut de la liste d'attente. Et vous aviez votre joli trois-pièces à Knightswood ou ailleurs.

– Où voulez-vous en venir, Nicol ?

– Là où elle veut en venir, répondit McCormack, c'est que les gens n'ont pas oublié ces choses-là. Ça compte pour eux.

Shand plongea la main dans la poche de sa veste, cherchant ses clopes.

– Ça compte comment, *sir* ? Arrêtez un peu. Ils se rappellent que Maitland les a arnaqués ? Ils se rappellent avoir payé cinquante livres pour un truc qui aurait dû être gratuit…

– Non, fiston. – Goldie secouait la tête, tel un instituteur plein de patience. – Un truc qu'ils n'auraient jamais obtenu sans Walter Maitland.

– Donc ils sont reconnaissants. Et alors ? D'un seul coup, ils deviennent les soldats de Maitland ? Franchement, j'y crois pas une seconde.

Goldie retroussa ses lèvres et se tourna vers McCormack.

– Écoutez, Iain, dit celui-ci. C'est une somme de petites choses, d'accord ? De services anodins. Maitland a besoin de cacher quelque chose ? "Tu peux me garder ce carton ? Mets-le sous ton lit pendant quelques jours…" "Pas de problème, monsieur Maitland." Ou bien quelqu'un doit disparaître : "Mon ami peut se planquer chez toi quelques jours ?" "Pas de problème, monsieur Maitland." Ou a besoin d'un alibi : "Ah ouais, je l'ai vu au Duke jeudi dernier. Il est resté toute la soirée. Il a pas bougé de là." Vous comprenez comment ça marche ? Il a une armée de civils prêts à l'aider. Est-ce qu'ils commettraient des crimes pour lui ? Est-ce qu'ils braqueraient des banques ? Bien sûr que non. Mais ils rendent ces petits services. Ces trucs qui permettent au système de tourner sans accroc. Dire que Maitland "règne sur les rues grâce à la peur", c'est n'importe quoi – un gros titre de tabloïd, comme ceux du *Record*. Maitland règne sur les rues grâce aux services qu'il rend. Il aide les gens. Il les aide plus que nous. C'est à ça que nous sommes confrontés.

Shand parut réfléchir un instant. Il se pinça le nez entre pouce et index.

– Oh, et puis merde ! On devrait faire ce qu'ils font avec les Taigs.

– Les Taigs, inspecteur ?

– Les putains de cathos irlandais, *sir*. – Shand était en train d'éteindre sa cigarette dans le cendrier en métal, l'écrasant nerveusement, encore et encore. Ses mèches brunes tombèrent devant l'un de ses yeux. – Ces salopards de l'IRA. Les garder pendant une semaine. Pas de mandat, pas d'avocat, ni toutes ces conneries. Leur montrer à qui ils ont affaire.

McCormack attendit que Shand ait fini d'éteindre sa cigarette. Puis il se pencha et l'attrapa délicatement par le poignet. Il parla calmement.

– Y a un truc que vous devez comprendre, fiston. Il n'y a pas de raccourcis, ici. OK ? Un raccourci, c'est juste plus de boulot sur le long terme. Effacer ses traces. Inventer une histoire cohérente et s'y tenir. On bosse dans les règles chez nous, inspecteur Shand. On fait les choses comme il faut. Et si ça prend un peu plus de temps, ce n'est pas grave. Ça prend le temps que ça prend.

Il relâcha le poignet de Shand.

– Avec tout le respect que je vous dois, *sir*, c'est des conneries, ça. Combien de temps faudra-t-il pour que Haddow comprenne qu'on court encore après Maitland ? Une semaine ?

– Alors nous ferons tout ce que nous pouvons en une semaine. C'est ça le boulot, fiston. Y a pas de balles magiques. Si on manque de temps, on manquera de temps.

– Je vois. Et eux, *sir*, vous croyez que ça leur arrive de manquer de temps ? Walter Maitland et ses copains.

– On ne les bat jamais en s'abaissant à leur niveau, fiston. Chaque fois que ça s'est produit, c'est eux qui ont gagné. Oh, et j'y pense, fiston… – McCormack abattit sa main sur l'épaule de Shand. – Vous parliez des Taigs ? Votre supérieur hiérarchique en est un.

Goldie et Nicol riaient. Shand leva les mains devant lui.

– Ah, bon Dieu ! Écoutez, chef, je disais juste ça comme ça. Je voulais pas…

– Laissez tomber, fiston. Dans une semaine, vous aurez votre grand jour. Le Glorious Twelfth. Après, quand ce sera fini, vous pouvez mettre toute cette merde au placard jusqu'à l'année prochaine. OK ?

– Oui, *sir*. Absolument. – Shand hochait la tête comme si son cou était monté sur ressort. – Ça risque plus d'arriver. Encore une fois : je voulais pas vous insulter, chef.

Le mégot de Shand se consumait encore dans le cendrier. Goldie contempla la fine volute de fumée.

– L'incendie, dit-il soudain. L'incendie de Tradeston. Doit bien y avoir moyen de le coincer pour ça, non ?

– C'est une impasse, Derek. – McCormack s'assit sur un bureau vide. – On a déjà essayé. Les gars de la Division F ont retourné ça dans tous les sens. Il n'y a pas de témoins, pas de preuves.

– Quatre morts. Calcinés.

– Je sais. Dont une petite fille. Et on a l'enterrement jeudi.

Nicol leva la tête.

– Quel enterrement ?

– La mère et sa gamine. Haddow veut qu'on fasse acte de présence. Derek et moi. Pour représenter la police. Même si ça ne change pas grand-chose…

– Brûlés vifs dans leurs lits, soupira Goldie.

– Ouais. Et c'est Maitland qui a donné l'ordre. Aucun doute là-dessus. Mais a-t-il lui-même mis le feu ? Est-ce que nous savons qui l'a fait ? Voyons, Derek… Maitland est trop malin pour se salir les mains.

– C'est vrai. Tout passe par son frère Hugh. Et sa grosse merde de cousin… McPhail.

McCormack s'était relevé, et marchait d'un pas raide vers la fenêtre. On apercevait les gazomètres au bord du canal, leur délicate structure de cerceaux et de poutres d'acier se découpant sur l'horizon. Une vue qui le calmait en temps normal, mais pas ce jour-là. Goldie avait raison. Walter Maitland avait le droit de brûler vives quatre personnes, et on n'avait pas le droit de lui tomber dessus pour ça ?

– On se fout du monde ici, ou quoi ? – McCormack se retourna brusquement dans cette pièce exiguë. Trois visages se dressèrent vers lui… tristes et sombres, tels des chiens grondés par leur maître. – Brigade de Répression du banditisme. Tu parles d'une unité d'élite… Haddow a raison. Nous avons eu des mois pour bâtir un dossier contre Maitland. Qu'est-ce qu'on fout, putain ?

Les trois autres se trémoussèrent sur leur siège. Goldie était le plus haut gradé, c'était à lui de répondre.

– Iain a pas tout à fait tort quand même, commença-t-il. Je veux dire, c'est peut-être pas Haddow, mais quelqu'un refile des tuyaux à Maitland. Il a toujours un coup d'avance. On fait ce qu'on peut, Duncan. Mais si le jeu est truqué...

– Dans ce cas, faut qu'on le truque aussi, déclara Iain Shand. En *notre* faveur. C'est ça que je voulais dire, *sir*. Faire la guerre à Maitland. Faire la guerre à ces raclures.

– Non mais, vous vous entendez parler, fiston ? Faire la guerre à Maitland ! C'était quoi, déjà, votre idée géniale ? Le trafic de cigarettes ! Et ça nous a menés où, au juste ? Ça s'est bien goupillé ?

Maitland avait déniché un filon pour se procurer des clopes détaxées. Des Woodbine Embassy Filter. Qu'il refourguait dans ses pubs et ses bordels, vendait au détail dans des appartements de Maryhill. Ils avaient réussi à perturber cette opération à deux ou trois reprises, mais sans jamais parvenir à localiser la source. Les gens de la fabrique de cigarettes Wills, sur Alexandra Parade, juraient qu'il n'y avait aucune fuite chez eux.

– Mais il y a d'autres domaines... fit remarquer Nicol.

Goldie plissa le front.

– Le racket ? Les prêts illégaux ? On a déjà essayé.

– Je pensais plutôt à la prostitution, en fait, rétorqua Nicol. Ce n'est toujours pas légal. Enfin, aux dernières nouvelles.

McCormack et Goldie échangèrent un regard.

– Continuez, dit McCormack.

– Eh bien, nous savons que Maitland est en train de s'étendre géographiquement. Ou, du moins, que son frère s'en charge pour lui. Pourquoi ne pas nous concentrer là-dessus pour l'instant, et voir ce que ça donne ?

Shand avait trouvé un paquet de chips salées. Il le déchira le long des pointillés et le posa au centre de son bureau.

– Maitland est en train de s'étendre dans tous ses domaines d'activité. Les putains, ça a quoi de si particulier ?

– Déjà, il ne s'y attendra pas. Personne n'a jamais essayé de perturber ses opérations dans ce secteur-là.

Les putains, songea McCormack. Il était allé en voir une, il y avait des années. Il devait avoir vingt ans. À l'époque, il gardait encore espoir. C'étaient juste pas les bonnes, avait-il décrété. Les filles avec qui il avait été manquaient d'expérience, ne savaient pas ce qu'elles faisaient. Une pro allait le prendre en main. Une pro réglerait son problème.

Par une nuit venteuse d'août, il avait rassemblé la moitié de ce qu'il avait gagné cet été-là en jouant les serveurs (il ignorait combien coûtait une femme et ne voulait pas risquer d'être trop juste) et il s'était rendu en ville à pied. À Blythswood Hill, l'unique carré de verdure de tout le centre-ville, elle attendait au coin d'une rue, un pied calé contre le mur. Elle l'avait emmené au fond de West Regent Lane, dans l'embrasure d'une porte couverte de graffitis. Quelqu'un avait dessiné une bite au marqueur, à hauteur d'yeux, qui avait paru se moquer des efforts de la dame. Celle-ci s'était montrée aussi patiente qu'attentionnée, mais finalement, alors que McCormack aurait voulu depuis de longues minutes s'engouffrer dans la grille d'un égout et être emporté jusqu'à la mer, elle l'avait gentiment écarté et lui avait remonté sa braguette. Ce n'est pas grave, avait-elle soufflé. Le trac de la première. Ça arrive à tout le monde. Dès que tu l'auras fait une fois, plus rien ne pourra t'arrêter.

Elle avait raison, d'ailleurs, mais pas de la manière dont elle l'imaginait alors.

– Laissez tomber, Nicol, marmonnait Shand, la bouche pleine de chips. Vous avez déjà essayé de faire condamner quelqu'un pour revenus immoraux ?

– Oui, je sais. Ce n'est pas ce que je...

– Ça demanderait des semaines de surveillance. On les a pas.

– Je sais, Iain. Je pensais plutôt aux filles, aux femmes elles-mêmes.

– Comment ça ? l'interrogea McCormack.

– Eh bien, d'après mon expérience, elles entendent souvent des trucs. Toutes sortes de choses.

– Les putains ? – Goldie détacha ses yeux de son sandwich. – Qui irait raconter quoi que ce soit aux putes ?

– Aux *femmes*, rectifia Nicol. Vous seriez étonnés. Enfin, peut-être pas. Les mecs perdent toute prudence dans ce genre de situation. Sans doute qu'ils ont autre chose en tête.

– D'après votre expérience ? demanda McCormack. Vous voulez dire que ces femmes vous ont refilé des tuyaux ?

– Certaines d'entre elles, ouais.

– Mais ça pose quand même un problème de crédibilité, non ? intervint Shand. En tant que témoins, je veux dire.

Nicol tourna son éclatant sourire vers lui.

– Oh, je vois. Si je comprends bien, il n'y a que des directeurs de banque ? Des doyens de l'Église écossaise ? Des Chevaliers de l'ordre des Knights of the Realm ?

– Où ça ?

– Dans votre cheptel d'indics, répondit Nicol. Vous gravitez manifestement dans d'autres cercles que moi. Écoutez, *sir*, dit-elle en se tournant vers McCormack, c'est juste une idée. J'ai un peu d'expérience en ce domaine. Professionnellement, je veux dire.

Ça, je veux bien te croire, songea McCormack. Les femmes flics se voyaient refiler toutes les affaires sexuelles. Les outrages à la pudeur, les cas d'inceste ou de pédophilie. En ces temps d'intégration, c'était censé se passer autrement, mais cette culture avait la vie dure. Dès qu'une affaire de nature sexuelle se présentait, on la refourguait aussitôt à la femme de l'unité. Celle-ci faisait sa part de tout le reste – l'intégration était bien réelle, de ce point de vue –, mais s'occupait en plus des affaires de mœurs.

– Vous avez des contacts parmi les femmes qui travaillent pour Maitland ?

– Je ne sais pas. Peut-être. Ça tourne beaucoup. Il y a sans arrêt de nouvelles filles.

– C'est quoi le plan, alors ? Je vous écoute…

Nicol exposa ce qu'elle savait des bordels de Maitland. Elle détailla les différents types de prostitution pratiqués dans la ville, essentiellement pour l'inspecteur Shand, qui semblait croire qu'une pute était une pute.

Bien au contraire, lui expliqua Nicol. Il y a pute et pute. D'abord, vous avez les indépendantes. Les poules de luxe. Des sociétés unipersonnelles opérant dans des domiciles privés situés dans les quartiers chics de la ville. Des clients réguliers, cadres et professions libérales pour l'essentiel. Discrétion et hygiène de rigueur. Ce sont des endroits dont la police n'a jamais vent, si ce n'est par hasard.

Ensuite, il y a les saunas. Là encore, des filles haut de gamme. Bonne hygiène. Un peu de glamour. Un cadre agréable. Les filles reversent la majeure partie de leurs gains aux gangsters qui possèdent ces lieux, mais disposent ainsi d'un service d'ordre musclé quand les choses tournent mal. C'est autrement plus sûr que de bosser dans la rue.

À l'échelon du dessous, on trouve les bordels proprement dits, les bouges des cités les plus malfamées. Nitshill. Govan. Blackhill. Des lieux rudimentaires. Clients : les types du quartier. Là aussi, il y a toujours un gangster sur place, pour faire en sorte que les femmes soient en "sécurité". Là aussi, les femmes reversent l'essentiel de l'argent gagné en échange de cette protection. C'est pas un sauna, mais c'est pas la rue.

Et puis enfin, tout en bas de l'échelle, il y a les trottoirs de la ville. Des femmes dehors par tous les temps sous les porches de Blythswood Square ou Bothwell Street : les “putains” de l’inspecteur Shand. De pauvres femmes pas assez présentables pour espérer mieux. Faisant le trottoir pour nourrir leurs gosses. De manière saisonnière pour certaines, juste avant Noël. Elles prennent ce qui vient, courent les risques les plus idiots. Ce sont ces femmes-là que l’on retrouve mortes.

– C’est une hiérarchie comme toutes les autres, leur confia Nicol. Il y a un peu de mouvement. Parfois, une fille des saunas se laisse aller, elle picole trop, se retrouve dans la rue. Ou bien une jeunette commence sur le trottoir, on la repère, elle se retrouve à travailler dans un sauna. Mais, dans l’ensemble, c’est un système de castes : chacune reste à son niveau.

McCormack hocha la tête.

– Mais alors que proposez-vous, inspectrice Nicol ?

– C’est simple : concentrons-nous sur les saunas. Les filles d’en haut, les prostituées isolées, travaillent pour leur compte et n’ont aucun rapport avec les gangsters. Les femmes d’en bas, pareil : elles font le tapin pour nourrir leurs gamins ou leur ordure de petit copain qui joue les maquereaux. Les bordels ? D’accord, il arrive que les femmes entendent quelque chose ; elles évoluent dans un milieu criminel. Mais les vrais gangsters ne se tapent pas ces femmes-là ; elles ne sont pas considérées comme assez classe. Les saunas, c’est autre chose. Les caïds ont toujours recours aux femmes des saunas. Un avantage du métier… pour eux, c’est cadeau. Ce sont ces filles-là qu’il faut cibler.

– Donc on fait une descente dans un des saunas de Maitland, souffla McCormack comme pour lui-même, en hochant la tête.

– Sauf que c’est pas vraiment “discret”, si ? fit remarquer Goldie. Et si Haddow veut savoir pourquoi on s’en prend aux bordels de Maitland ?

– On remonte une piste, répondit Mc Cormack. Liée au meurtre de Partick. La victime était peut-être venue dans le quartier pour se payer une prostituée. Peut-être que ce type était un habitué des saunas locaux. Un peu maigre, mais ça devrait passer. – Puis quelque chose le titilla. Locaux ? Il fronça les sourcils. – Savons-nous seulement où ils se trouvent ? Ces saunas ?

Nicol se fendit d'un sourire.

– Eh bien oui, *sir*. *Nous* savons exactement où ils se trouvent.

5

Un diamant dans la fange. Tel était le Duke of Perth, perdu dans la grisaille noire de suie de Maryhill Road. Entre un coiffeur pour hommes et un bookmaker, ce pub proclamait son nom en bulbeuses lettres d'or sur fond vert bouteille. De part et d'autre, un bas-relief orné de fleurs de lys dorées. Ses vitres au verre dépoli sur leur partie basse portaient les inscriptions "VINS" et "BIÈRES" en peinture dorée. Mais ce rêve scintillant n'échappait pas tout à fait à la dure réalité de Maryhill : devant sa vitrine se déployait un ouvrage complexe de ferronnerie, des barreaux en fer forgé rehaussés d'une peinture bordeaux éclatante, qui donnaient à l'endroit l'allure d'une prison de luxe.

À l'intérieur, les prétentions du lieu s'effondraient totalement. Un lino rouge aussi craquelé qu'un mauvais steak, des tables en bois balafrées vissées au plancher, un long comptoir de bois grossier sur le côté. Deux pompes à bière : blonde et brune. Une pleine étagère de vins cuits et de whiskys bon marché, avec des noms comme Glenkinnan ou Clan Gathering. Les gens qui buvaient là n'étaient pas des connaisseurs. Ils venaient au Duke pour se soûler, et vite. Du moment qu'on remplissait leur verre d'un truc liquide et alcoolisé, ils étaient contents. Cette approche dominante de l'alcool avait quelque chose de désintéressé, d'ascétique presque… une sorte de dévouement monacal.

Outre ces buveurs sacrés, il y avait ceux qui fréquentaient le Duke par loyauté envers son propriétaire. Le pub avait beau rendre hommage au duc de Perth, le vrai seigneur local avait son nom imprimé en lettres beaucoup plus petites au-dessus de l'entrée : "*Titulaire : W. Maitland.*" Tout au fond de la salle, derrière une porte estampillée "SALLE DE RÉCEPTION", se trouvait le saint des saints, la pièce où Walter Maitland tenait audience en présence de ses principaux lieutenants – au premier rang desquels son frère Hugh, ainsi que quatre hommes dont les noms, quand on les prononçait, déclenchaient de lourds silences dans tous les pubs des quartiers nord. À l'échelon du dessous, un petit groupe de voyous plus jeunes aux costumes élégants, qui s'autoproclamaient "caïds" et traînaient dans la partie publique du pub. Plus bas encore, on trouvait toutes sortes de sous-fifres et de subalternes, et enfin les civils. Une hiérarchie matérialisée par la répartition de l'espace : les soldats de Maitland au fond de la salle, les clients lambda près de l'entrée.

Assis dans la partie civile du Duke of Perth, Christopher Kidd triturait un sous-bock. Son demi de bière brune était vide, et il ne savait pas s'il devait en commander un autre. C'était l'heure calme du milieu de journée, mais les jeunes caïds de Maitland étaient à leurs postes au fond du bar. Avec leurs pantalons taille haute à fines rayures et leurs semelles compensées, ils ressemblaient davantage à un groupe de pop qu'à une bande d'aspirants gangsters. Kidd tapota son sous-bock sur la table.

C'était il y a dix jours seulement qu'il était assis ici en face de John McPhail pour lui raconter son histoire ? McPhail avait écouté Kidd lui expliquer qu'il s'était rendu chez son cousin sur l'autre rive du fleuve, à Govanhill. Alors qu'il rentrait à pied en direction du centre le long de Victoria Road, un camion s'était arrêté à sa hauteur. Une demi-journée de travail, ça le tentait ? Un manutentionnaire manquait à l'appel et, avant de comprendre ce qui lui arrivait, Kidd avait empoigné l'avant-bras du contremaître, qui l'avait hissé à l'arrière du camion. Ce n'étaient pas les billets qu'il avait le plus durement gagnés dans sa vie, mais pas loin quand même. Le job consistait à faire rouler de gros barils sur deux planches jusqu'au premier étage d'un entrepôt, à

Tradeston. Le contremaître était un grand costaud en blouson de cuir noir, les cheveux plaqués en arrière. Les gars l'appelaient “Denny”.

– Denny *Quinn* ? avait demandé McPhail. T'as bossé pour Denny Quinn ?

– Ben je crois, oui. Enfin, je suis pas sûr à cent pour cent, mais ouais, je crois.

– Un bon mètre quatre-vingt-trois. Baraqué. Il ressemble au diable. Un petit bouc noir ?

– Ouais, c'est ce gars-là.

À ce moment de leur conversation, McPhail s'était rendu dans l'arrière-salle et en était revenu avec un autre type. Ils s'étaient assis tous les deux en face de Kidd.

– Dis-lui ce que tu m'as raconté.

Le récit terminé, l'autre type avait regardé McPhail, avant de se tourner vers Kidd.

– Et c'étaient les Quinn ?

– Je crois bien, ouais. Dennis Quinn en tout cas.

Le type avait hoché la tête, en jetant un regard pardessus les tables bondées, vers les vitres au verre à demi dépoli. Il parlait tout seul, à présent.

– C'est le whisky de leur filière irlandaise. Ils savent qu'on a repéré leur planque d'Alison Street, alors ils ont tout déménagé dans ce nouvel endroit. – Il avait de nouveau fixé Kidd droit dans les yeux. – T'es prêt à te faire un peu de fric, fiston ?

Kidd avait souri.

Alors ils s'étaient mis d'accord immédiatement : oui, Kidd allait le faire. À cette table du Duke of Perth, McPhail et l'autre type lui avaient tout expliqué en détail. Qu'il fallait d'abord chercher un chauffage mural ou une radio branchée ou une lampe pour y installer le matos. Comment, ensuite, verser une traînée d'eau entre cette source et la porte d'entrée, *avant* de verser l'essence, pour que celle-ci flotte en surface et soit ensuite indétectable. Le but, c'était que ça ait l'air d'un incendie accidentel. Les Quinn sauraient que c'était un coup de Maitland, mais personne ne pourrait rien prouver. Ce n'était pas sorcier, avaient-ils dit. Un vrai jeu d'enfant, à condition de garder la tête froide et de bien suivre leurs instructions. Ce que Kidd avait fait, à la lettre.

Mais alors pourquoi McPhail l'ignorait-il ainsi, maintenant ?

McPhail l'avait vu ; aucun doute là-dessus. Kidd jeta un regard amer vers le recoin du pub où se trouvaient les jeunes soldats de Maitland. L'un d'eux avait visiblement fait une bonne blague. Les quatre têtes se cabrèrent de rire et McPhail se retourna pour balayer la salle du regard, ses yeux se posèrent sur Kidd et le rire s'évapora. Il cligna lentement des paupières, le photographiant du regard. Puis il se tourna de nouveau vers les autres.

Kidd frotta une allumette, regarda la voile jaune de la flamme se hisser au long du bâtonnet noirci. Il avait imaginé cette scène maintes fois. Ce qui se passerait quand il aurait fait ses preuves aux yeux de Maitland et aurait le droit de s'installer au fond du pub, de plaisanter avec les gars. Il s'était représenté poussant la porte d'entrée dans un costume en mohair, saluant Jack le barman d'un geste du menton, le cercle magique au fond du bar s'ouvrant pour lui faire une place. Une petite bière atterrissait sur le comptoir devant lui. Il sortait un cigare de sa poche de poitrine et quelqu'un lui tendait un briquet allumé. Il se penchait sur la flammèche et pompait pour allumer le cigare, inclinait la tête en arrière pour relâcher un panache de fumée bleue vers le plafond, hochant la tête comme un juge, ratissant le pub de ses yeux impassibles aux paupières tombantes.

L'allumette lui brûla les doigts et il la secoua précipitamment. McPhail marchait vers lui sur le lino rouge éraflé. Kidd se raidit sur sa chaise mais McPhail continua de marcher la tête basse en reboutonnant sa veste, et se dirigea vers les toilettes.

Kidd lui emboîta le pas. Il entendit la pisse de McPhail tambouriner l'inox de l'urinoir. Il resta planté là à attendre que McPhail en ait terminé, qu'il se secoue sans hâte et remonte sa braguette. McPhail marcha vers le lavabo en inox. Ce n'est qu'une fois ses mains savonnées qu'il décida de remarquer Kidd. Il s'étudia dans le miroir, tordant sa mâchoire comme pour vérifier la perfection de son rasage, et éleva la voix pour couvrir le bruit de l'eau qui coulait.

– Dis-moi juste un truc, Chris : à quoi tu joues, putain ?

Kidd regarda autour de lui : l'urinoir, les boxes vides, le distributeur de Durex.

– J'étais censé vous trouver où ? Ça fait quatre jours, John.

– Je sais compter, Chris. Je sais combien de jours ça fait. Mais faut te servir de ta caboche, mon gars. Tu peux pas venir là. Et si Walter débarque ? Et si quelqu'un te voit avec lui ? Après ce que t'as fait...

Les gens voient Walter avec toi, John, pensa Kidd. Et tout le monde sait ce que tu as fait.

– J'ai fait ce qu'on me demandait, répliqua Kidd. Exactement comme vous me l'aviez expliqué.

– Ah, vraiment ? – McPhail avait fini de se laver les mains. Il tira deux ou trois fois sur la bobine de l'essuie-mains. – On t'a demandé de tuer quatre personnes, peut-être ? Dont une mère et sa gamine ? De les faire cramer comme du charbon de bois ? J'ai dû louper cette partie. Quand est-ce qu'on t'a demandé de faire ça, Christopher ?

– J'ai fait ce qu'on m'avait dit, répéta Kidd.

– Et alors, quoi ? Tu penses que tu fais partie des caïds, maintenant ? Tu penses que Walter va t'accueillir à bras ouverts et s'occuper de toi ? Tu crois que c'est comme ça que ça marche ?

Tu crois que je sais pas comment ça marche ? se dit Kidd. Tu crois que je connais rien aux gangs ? Les employés du foyer pour enfants d'Auldpark agissaient comme un gang, quand ils vous tiraient de votre lit après l'extinction des feux dans le dortoir. La putain d'Église était un gang, avec le pape en guise de parrain. Vous avez rien d'extraordinaire, vous autres.

– Écoute, Chris. Ça n'a rien de personnel. Faut juste que tu disparaisses, compris ?

Kidd s'étrangla. Il tendit la main vers le carrelage froid du mur, dans son dos, s'appuya dessus.

– Quoi ?

McPhail éclata de rire.

– Bon Dieu, fiston ! Reprends-toi un peu. Ce que je veux dire, c'est que tu dois quitter la ville quelque temps. Qu'est-ce que t'avais compris ?

– Rien. Mais j'irais où ?

– On va s'en occuper, Chris. Rentre chez toi et reste planqué. Quelqu'un va venir te voir d'ici un jour ou deux. T'expliquer le plan. D'accord ? Tiens, prends déjà ça…

McPhail pela une liasse pour en sortir des billets de dix : trois, quatre, cinq. Il les fourra dans la poche du haut de la veste de Kidd, les enfonçant de ses doigts tendus. Il empoigna les revers de la veste de Kidd, le secoua paresseusement, lui gifla la joue, deux fois, comme lorsqu'on essaie de ramener à lui un ivrogne.

– Compris, vieux ? Faut revenir sur terre, Chris. S'agit de garder la tête froide maintenant, mon pote. OK ?

Kidd courba le front comme un enfant qui boude. Il contemplait ses pieds. Avait-il vraiment le choix ?

– OK, John. J'ai compris.

Il fit le geste de lui serrer la main mais McPhail marchait déjà vers la porte, lui donnant une tape sur l'épaule au passage.

– Maintenant, casse-toi d'ici. C'est clair ?

Dehors, Kidd plissa les yeux, ébloui par le soleil de l'après-midi. Il cracha par terre et piétina la trappe métallique de la cave en se mettant en marche le long de Maryhill Road, le rebond nerveux de ce carré de trottoir creux se répercutant dans sa cheville.

6

Woodlands Road faisait partie de ces rues indéterminées – pas tout à fait le centre-ville, pas encore le West End, elle serpentait entre les parages aisés de Woodlands Hill et les immeubles délabrés de St George's Cross – où l'on avait des chances de trouver un sauna. Dans les années 1950, l'essentiel du vice à Glasgow restait confiné dans le centre. Les lumières jaunes des stands de café ouverts la nuit aimantaient les badauds sortant des clubs et des casinos, des dancings et des cinoches. Des filles jaillies de l'ombre s'avançaient alors dans le champ de vision des hommes ivres, les conduisaient dans les allées, s'occupaient d'eux pour une livre. Mais les mesures répressives prises à la fin de cette décennie avaient forcé les marchands de café à mettre la clé sous la porte et chassé les filles vers les hauteurs de la ville, autour de Blythswood Square et de West Campbell Street. C'est à ce moment-là que les saunas avaient commencé à prospérer.

Le Healing Hands (les "Mains qui soignent") possédait la vitrine-miroir, l'enseigne au néon (deux paumes grandes ouvertes, désincarnées, rose chewing-gum), et l'interphone.

McCormack appuya sur le bouton.

– Bonsoir, monsieur. Vous avez rendez-vous ?

– Non, je n'ai pas réservé.

Pause.

– Je regrette, mais nous sommes complets pour ce soir. Vous devriez téléphoner et prendre rendez-vous... Ah. En fait, je crois qu'un créneau vient de se libérer. – Il tendait sa plaque, bien en vue.

Nouvelle pause, plus longue.

– Un instant, inspecteur.

Les instants se multiplièrent – deux bonnes minutes sur la montre de Nicol – avant que la porte ne se déverrouille en bourdonnant. Pendant ce temps, la réceptionniste avait dû presser le bouton dissimulé sous son guichet, déclenchant une sonnerie dans toutes les cabines du sous-sol, et les prostituées et leurs clients s'étaient sans doute précipités vers la sortie de secours donnant sur l'allée de derrière, où deux agents en uniforme les attendaient pour les ramener à l'intérieur.

McCormack et Nicol se trouvaient dans le hall avec la réceptionniste au visage impassible – tunique bleu lavande, des anneaux aux oreilles – quand la troupe des évadés monta l'escalier d'un pas traînant. Cheveux en bataille. Chemises mal reboutonnées. Enfilées à l'envers. Même la réceptionniste ne put empêcher ses lèvres brillantes de se tordre en un semblant de sourire.

Comme d'un commun accord, les clients et les femmes s'étaient séparés, les hommes se rassemblant en une grappe chiffonnée près du distributeur. Quatre hommes. Trois types costumés, un en jean et polo.

– Messieurs. Je suis l'inspecteur principal McCormack. Et voici l'inspectrice Nicol. On aimerait voir vos pièces d'identité, s'il vous plaît.

L'un des types en costard-cravate plongeait déjà la main dans sa poche intérieure quand son voisin s'avança vers les policiers.

– Pas si vite.

Il était joufflu, et ses bajoues tremblèrent lorsqu'il secoua la tête. Sa chevelure plaquée en arrière était dégarnie par endroits. Sa chemise, à moitié ouverte. Il portait une médaille de saint Christophe au bout d'une chaîne en or.

– Attendez une minute.

C'est compliqué, songea McCormack. Compliqué de conserver sa dignité quand le bas de votre chemise ressort par la braguette ouverte de votre pantalon et que vous tenez l'une de vos chaussures à la main. Compliqué, mais enfin, certains aiment relever des défis.

– Nous n'avons aucune obligation, déclara saint Christophe en pointant sa richelieu vide comme un pistolet artisanal en cuir fin. Aucune obligation de décliner nos identités.

McCormack regarda les autres hommes. Celui qui avait fait le geste de sortir son portefeuille s'était figé net et ressortait à présent sa main vide. McCormack passa la langue sur sa gencive du haut, puis souffla par le nez. Les yeux du grassouillet luisaient d'un éclat de défi.

– Enfilez donc votre chaussure, monsieur l'as du barreau, lui dit McCormack. "Décliner nos identités" ! Et si je vous arrêtais sur-le-champ pour entrave à l'exercice de la justice ? Comme ça, j'aurais vos noms. Vous préférez ?

– La loi écossaise considère les transactions sexuelles comme une affaire privée entre deux individus, déclama l'homme. Vous n'avez aucun droit d'exiger nos noms.

Les autres hommes savouraient l'échange, à présent. Ils lissaient leurs vêtements, glissaient le bas de leurs chemises dans leurs pantalons, retrouvaient un peu plus leurs esprits à chaque manchette reboutonnée. L'homme en jean et polo restait un peu derrière, tête basse, remarqua McCormack. Il croisa le regard de l'inspecteur et se détourna aussitôt. Dans l'instant, McCormack comprit qu'il s'agissait d'un flic. Il ne le connaissait pas ; il savait juste que c'était un policier. Nicol adressa un signe du menton à McCormack et celui-ci pencha la tête de côté pour écouter. Il hocha la tête une fois. Puis deux.

– Très bien, messieurs. Vous pouvez y aller. Les policiers ici présents vont vous escorter jusqu'à vos voitures, pour assurer votre sécurité. – McCormack se tourna vers les agents en uniforme, qui hochèrent vivement la tête et poussèrent les hommes vers la sortie.

Quand les agents revinrent, ils disposaient des numéros de plaque d'immatriculation de trois des clients. Le quatrième – celui en jean et polo – prétendait être venu en bus.

– C'est terminé pour cette nuit, dit McCormack en s'adressant à la réceptionniste. – Celle-ci portait un badge sur sa tunique. – Annie. Passez le bonjour à Walter, Annie. Dites-lui que Duncan McCormack le salue.

– C'est qui, Walter ? Je ne connais aucun Walter.

Dehors, sur le trottoir, les femmes étaient en train de monter à bord des voitures de patrouille. McCormack recula d'un pas sur la chaussée pour étudier la paroi de l'immeuble qui se dressait au-dessus des commerces du rez-de-chaussée. Ils devaient être quelque part là-haut. Pas Maitland en personne, mais les hommes de Maitland, assis dans une pièce à jouer aux cartes peut-être, prêts à intervenir en cas de problème. McCormack était surpris que l'alarme actionnée par la réceptionniste ne les ait pas fait descendre, mais peut-être Annie leur avait-elle téléphoné avant d'ouvrir la porte : *Les flics sont là ; je m'en occupe.* Une forme bougea derrière l'une des fenêtres du premier étage, la silhouette d'un homme bloquant la lumière, puis elle disparut et les rideaux se refermèrent.

Dès l'arrivée au commissariat de Temple, alors que les femmes étaient soumises au protocole habituel en cas d'arrestation, le maillon faible sauta aux yeux – l'animal qu'on pouvait isoler du troupeau. Regard traqué, les épaules voûtées. Le cliquetis de ses bracelets lorsqu'elle farfouilla en quête de ses clopes. Nicol aussi l'avait vue. McCormack la laissa mener l'interrogatoire. C'était elle, l'experte. Il resta assis près d'elle sans rien dire, de leur côté de la table.

– Yvonne Gray, dit la femme.

– Depuis combien de temps travaillez-vous au sauna, Yvonne ?

– Dans celui-là ? Deux ans. Ouais, deux ans.

– Et avant ?

– D'autres saunas. – Elle redressa brusquement la tête. – Différents endroits, quoi.

– L'homme pour qui vous travaillez, Yvonne. Vous l'avez rencontré ?

– Qui ça ? J'sais pas.

Elle s'essuya le nez du revers de sa main.

– Mais vous avez entendu parler de lui, pas vrai ? Vous avez entendu parler de Walter Maitland ?

Yvonne contempla le bureau, les yeux affolés. Elle ne savait pas comment réagir. Tout le monde avait entendu parler de Walter Maitland.

– On travaille pour Annie Symes, dit-elle. C'est tout ce que je sais.

– Vous savez ce que Walter Maitland fait dans la vie, Yvonne ? À part jouer les maquereaux, bien sûr.

Elle secoua de nouveau la tête. Elle n'arrêtait pas de jeter des coups d'œil vers la porte, comme si quelqu'un allait venir à sa rescousse. Elle ne voulait pas être là. Elle ne voulait pas être celle qui allait parler de Walter Maitland aux flics.

– Écoutez, faut que je rentre chez moi. Sérieux. J'ai un gosse à la maison. – Elle gratta ses bras nus avec ses ongles, laissant des griffures roses. – Je peux y aller, maintenant ?

– Bientôt, Yvonne. On n'en a plus pour très longtemps.

Yvonne hocha la tête. Elle resta assise là dans sa tunique à boutons-pression bien repassée qui lui donnait l'air d'une infirmière, même si c'était elle qui avait l'air malade, le teint bleuté et cireux dans l'éclat cru des néons. Et c'était Nicol qui l'examinait comme un médecin, cherchant par ses questions à mettre au jour la source de ce mal.

– Vous connaissez cet homme ? interrogea-t-elle. Vous l'avez déjà vu au sauna ? Vous pourriez nous dire son nom ?

Il y avait six photos sur le bureau, posées à l'envers. Nicol les avait décrochées du panneau de liège de leur QG. Les frères Maitland et leurs quatre lieutenants. Elle avait retourné la première et Yvonne Gray fit non de la tête.

Nicol retourna les autres, une par une. Yvonne Gray devait connaître ces hommes, qui étaient certainement des habitués du sauna, mais elle enchaîna les moues sceptiques et secoua la tête jusqu'à ce que le dernier portrait la contemple depuis la table, par en dessous. C'était le visage charnu et brutal d'un quadragénaire, sa chevelure grisonnante rabattue en arrière. De profonds sillons creusaient ses traits de part et d'autre de son nez, et sa lèvre supérieure était tordue en un rictus mauvais. On aurait dit que quelqu'un l'avait interrompu au beau milieu d'une tâche qu'il adorait, ou lui avait peut-être simplement posé une question idiote. Quand Yvonne Gray découvrit ce visage, le sien se tendit. Tout son corps s'arc-bouta et son souffle s'étrangla en un sifflement saccadé.

– Cet homme a-t-il exigé de vous des relations sexuelles, Yvonne ? – Nicol avait parlé d'une voix égale, grave. – Vous ne risquez rien, nous voulons juste savoir la vérité.

Yvonne se grattait de nouveau le bras. Elle garda la tête basse.

– Nan. Je l'ai jamais vu.

– Mais vous l'avez reconnu, Yvonne. C'est Alex Kerr. Il prête de l'argent pour le compte de Walter Maitland. Vous savez qui c'est.

– Nan. Peut-être. Écoutez, j'ai cru que je le connaissais. Mais je le connais pas. Il y en a trop, pour être honnête. Ils finissent tous par se ressembler. J'peux pas vous aider.

Elle s'était totalement refermée, à présent. Si une chance avait existé, elle était passée. Cette fille ne leur dirait rien. L'idée folle de lui proposer de l'argent traversa l'esprit de McCormack. N'était-ce pas son truc ? Donner aux gens ce qu'ils voulaient. Mais il se ravisa à temps.

– Très bien, mademoiselle Gray. – Nicol lui tendit sa carte de visite entre pouce et index. – Si vous vous souvenez de ce que cet homme a fait, ou si vous voulez nous parler de quoi que ce soit, appelez ce numéro. Je viendrai vous chercher. Je vous aiderai. OK ?

Yvonne Gray prit la carte ; Nicol la retint jusqu'à ce que la fille acquiesce, puis lâcha. Yvonne glissa la carte dans la poche de poitrine de sa tunique.

Nicol la raccompagna jusqu'à la sortie. McCormack entendit la voix de Nicol et le claquement des talons d'Yvonne Gray dans le couloir. Il était temps de rentrer chez lui.

En chemin, il acheta la première édition du *Record* du lendemain. Arrivé chez lui, il se versa un grand verre de Springbank et s'affala dans son fauteuil avec le journal. Là, en page 7 :

Un cadavre découvert dans une décharge municipale.

Fiona Morrisson faisant tout son possible pour que cela ressemble à un règlement de comptes entre gangs. Il y avait un cliché en plan large de la scène du crime, le ruban de police rouge et blanc scindant en deux un groupe de personnes, dont faisait partie McCormack. Et un gros plan sur les bagues du mort. Au bas de l'article figurait un numéro à contacter au commissariat de Temple.

C'est un début, songea McCormack. Les téléphones sonneraient le lendemain, quelqu'un aurait peut-être vu quelque chose. Il se leva et marcha jusqu'à l'évier pour verser un peu d'eau dans son whisky. Quand il vint se rasseoir, une torpeur le cloua soudain au fauteuil, comme un poids mort sur ses épaules. Longue journée mais, bon sang, toutes les journées lui semblaient longues. Il n'avait peut-être plus l'âge, il était peut-être temps de confier les rênes à plus jeune que lui. Il pensa à Iain Shand, avec ses boutons de manchette et son arrogance. Son air suffisant. Shand n'avait aucune estime pour lui, il le savait. Il le considérait sans doute comme un dinosaure. L'homme du passé. Un flic complètement grillé.

Qui va vous faire confiance, maintenant? Le sarcasme de Haddow lui revint, tandis qu'il sirotait son whisky. Les journaux avaient beau vous présenter comme un lanceur d'alerte, ce n'était finalement qu'une manière un peu sophistiquée de dire "balance". Si l'on appelait "voisin" le partenaire avec lequel vous faisiez équipe dans ce métier, il y avait une raison à cela. On peut se plaindre de son voisin, et il peut exister des jalousies et des rivalités un peu mesquines. Mais, au bout du compte, les voisins vivent dans la même rue. Ils veillent les uns sur les autres. Et on avait besoin de ça dans le métier de policier. De cette solidarité. Sinon, ça ne marchait pas. Les civils n'avaient aucune idée de ce que c'était. Parfois, un suspect lançait des accusations mensongères. Parfois, une décision prise dans le feu de l'action se révélait être mauvaise. Parfois, il fallait brûler les étapes. Parfois, un témoin avait besoin d'un degré supplémentaire de persuasion. C'était comme ça, dans la vraie vie. Si vous étiez trop arc-bouté sur vos principes pour l'accepter, alors vous n'aviez rien à faire dans la police. McCormack, lui, l'acceptait. Ce qu'il n'acceptait pas, c'était l'idée qu'un policier comme Peter Levein – qui avait passé cinq ans dans la poche d'un gangster, au point de couvrir les auteurs de meurtres en série – puisse mériter la même protection que tous les autres. Levein s'était exclu de lui-même en faisant ce qu'il avait fait. Mais personne d'autre ne voyait les choses comme ça. Et, maintenant, c'était McCormack qui se retrouvait exclu pour avoir fait ce qu'il avait fait à Levein. Ce qu'il avait fait était une hérésie.

Et puis merde. Au moins, Goldie et Nicol étaient de son côté. Enfin, il l'espérait. Et Greg Hislop aussi. Il sourit en pensant à ce vieux grincheux. Hislop avait peut-être pris sa retraite, mais sa légende demeurait intacte. L'ancien inspecteur de la police judiciaire était toujours vénéré dans les réfectoires des commissariats et les bars de flics de la ville. Il avait fracassé les Billy Boys et les Norman Conks dans les années 1930, avait fait subir le même sort aux Boches pendant la Seconde Guerre mondiale, avait envoyé en taule Peter Manuel et Jimmy Boyle. C'était un gars des Highlands, originaire de Ballachulish, comme McCormack. Et même si McCormack n'était encore qu'un gosse quand il avait quitté la ville, Hislop avait joué au shinty avec son père. McCormack avait servi sous ses ordres dans la Division C. Bon sang, se rappela McCormack : quelle époque… Hislop et lui avaient terrorisé les racailles du West End et son aîné était devenu pour lui à la fois un mentor, un compagnon de cuite et un père de substitution. Quand il était rentré à Glasgow, c'était la première personne que McCormack avait contactée. Maintenant, ils se retrouvaient tous les jeudis soir au Park Ar, sur Argyle Street. La plupart du temps, c'était le meilleur moment de sa foutue semaine. Vivement jeudi, songea McCormack en portant un toast muet à Hislop.

MERCREDI 2 JUILLET 1975

7

Liz Nicol empoigna le couteau pour trancher la coquille, qui craquela plaisamment. Le jaune la contempla d'en bas tel un œil étonné. Elle tapota la salière au-dessus du disque coloré – ni coulant ni crayeux, caoutchouteux. Exactement comme elle l'aimait. *Un œuf pour aller travailler*, disait la fameuse publicité. Nicol consulta l'horloge. Deuxième jour d'une enquête pour meurtre. Pas le moment d'être en retard.

Le deuxième jour, mais on aurait dit que c'était le premier. Pour Liz Nicol, chaque jour semblait être le premier. À quel moment, s'il existait, avait-on enfin l'impression d'être arrivé, de ne plus devoir faire ses preuves chaque jour comme un débutant ?

Elle mangea la première moitié de l'œuf puis s'attaqua à l'autre, la plus petite. Son petit caillou de jaune se détacha et elle attrapa le reste d'un coup, bien compact, dans sa cuillère, la courbe parfaite et lisse du blanc bleuissant dans l'éclat de la fenêtre.

Une enquête pour meurtre. C'était peut-être maintenant qu'on allait voir ce que valait vraiment Duncan McCormack. Elle avait été tellement excitée à l'idée de servir sous ses ordres, lui, l'homme qui avait coincé le Quaker. Jusqu'ici, la mission de l'unité avait consisté à bâtir un dossier contre Walter Maitland, mais c'était comme vouloir mettre de la fumée en bouteille. Cette fois, leur but était on ne peut plus clair : trouver l'homme qui avait tué l'homme retrouvé sur Crawford Street.

Elle lissa sa jupe devant le miroir du meuble de l'entrée. Il y avait de quoi regretter l'uniforme. L'époque où il suffisait de sortir du placard la longue veste et la jupe bleu nuit, la casquette avec son *sillitoe tartan*, la bande à carreaux noirs et blancs de la police écossaise. Pour les hommes, ça ne changeait pas grand-chose. Ceux de la brigade criminelle passaient juste à un autre uniforme : une rangée de costumes pendus dans l'armoire. Il ne restait plus qu'à choisir une cravate chaque matin.

Elle avait opté pour le même look que d'habitude. Professionnel mais pas guindé. Chemisier en satin crème à large col avec deux boutons défaits, tailleur chocolat avec une veste longue et une jupe qui descendait sous le genou. Des collants brun clair et des escarpins à bride à petits talons. Elle fixa intensément la femme dubitative dans le miroir de l'entrée.

Sous certains aspects, l'intégration avait empiré les choses. En tant qu'inspectrice, Nicol évoluait parmi les hommes depuis des années, inscrite au tableau de service et travaillant par rotation comme tous ses collègues. Mais l'intégration des femmes dans les rangs des agents en uniforme avait changé l'ambiance, même chez les policiers en civil. Un soupçon de ressentiment était en train de s'installer subrepticement, l'impression que les inspectrices forçaient la porte, prenaient la place de types qui avaient des familles à nourrir. Elle en avait déjà surpris certains en train de la surnommer "Mme Thatcher" au réfectoire du commissariat de Temple. Mieux valait en rire, bon Dieu. Cette femme était peut-être en passe de prendre la tête du Parti conservateur. Qui sait, peut-être qu'un jour elle deviendrait Premier ministre. Mais une femme en charge de la brigade criminelle ? Ou même d'une simple division de la police de Glasgow ? Les poules auraient des dents.

Elle attrapa ses clés de voiture dans le plat posé sur le meuble de l'entrée et s'engagea d'un pas léger dans l'allée en gravier. Depuis que son mariage avait capoté, à Noël dernier, elle avait emménagé sur le terrain de la villa de ses parents à Newton Mearns. L'ancienne loge du gardien, reconvertie en ce que sa mère continuait d'appeler un "appartement de mamie".

Nicol referma sans bruit sa portière et démarra aussi délicatement que possible. Elle ne faisait pas cela par souci du sommeil de ses parents, mais parce qu'elle savait que si sa mère était réveillée, elle allait regarder de là-haut le départ de sa fille avec une insupportable expression de pitié.

Elle descendit l'allée et prit la direction d'Ayr Road. Elle se demanda vaguement comment l'appelait sa mère lorsqu'elle papotait avec ses camarades de gym. *La pauvre Lizzie*, sans doute. Pauvre Lizzie, la fille prodigue. Pas simplement célibataire, non : divorcée. Grillée pour de bon, dans l'esprit de sa mère.

La circulation était fluide sur la route traversant Giffnock, et elle choisit de franchir la Clyde en empruntant le Kingston Bridge. Le tunnel était plus rapide pour rejoindre Temple, mais elle aimait la voie d'accès qui vous élevait au-dessus du fleuve pour vous déposer sur le pont. On aurait dit une piste de décollage, comme si votre avion s'envolait et que vous planiez soudain au-dessus de Glasgow, le soleil parant d'argent la Clyde, la ville se déployant à perte de vue vers l'ouest et l'est.

Ç'aurait été comment, maintenant, se demanda-t-elle, de débuter sa carrière en uniforme dans cette police unifiée, où il n'existait plus de "section des femmes" ? Elle était contente, d'une certaine manière, d'avoir échappé à tout ça. Du fait d'être entrée à la Criminelle au moment où elle l'avait fait, elle était plus ou moins acceptée pour ce qu'elle était. Ses partenaires auraient peut-être préféré faire équipe avec un homme, mais ils ne l'avaient jamais traitée différemment. Il existait une sorte de bizutage débile dans certains commissariats, où on vous apposait le tampon du bureau sur les fesses, pour notifier que vous étiez désormais la "propriété" de ce poste de police. Mais une fois que c'était terminé, vous faisiez partie de l'équipe et pouviez presque oublier que vous étiez une femme.

Ce qui n'est pas trop difficile, songea Nicol. Ces derniers temps, elle avait eu tout le temps de s'entraîner dans le département. Depuis six mois que Kenny était parti, elle vivait comme une clarisse. Sœur Elizabeth de Temple. Les hommes n'aimaient déjà pas trop sortir avec des policières. Alors une policière divorcée… Les gens s'imaginaient que c'était dû à la pression du métier. Nicol ne prenait pas la peine de les contredire. Parfois, elle y croyait presque elle-même.

Lorsqu'elle arriva au commissariat, toute la bande était déjà rassemblée dans l'Étable : Shand juché sur son bureau, Goldie en train de se balancer sur sa chaise, McCormack se dressant dans l'encadrement de sa porte. Il était sorti courir ce matin ; ses cheveux étaient encore mouillés de la douche.

– Alors, des remarques ?

– La blonde, celle qui est toute maigre, répondit Goldie. Yvonne quelque chose. Elle avait l'air paniquée.

– Gray, intervint Nicol en posant lourdement son sac sur le bureau. Yvonne Gray.

– Elle a quoi, trente ans ? Trente-deux ? – Shand balançait ses jambes dans le vide, les bouts cirés de ses chaussures étincelant dans la lumière. – Elle en a vu d'autres, pourtant. Elle a dû se faire alpaguer une bonne dizaine de fois. Pourquoi réagir comme un lapin dans les phares ?

Ils se tournèrent tous vers Nicol. Elle s'assit à son bureau, ouvrit une boîte à archives remplie de dépositions de témoins.

– Liz. – McCormack lui fit un geste sec du menton. – Des idées ? C'est vous, l'experte.

– Vraiment ? – Elle laissa échapper un rire bref. – L'unique femme dans cette pièce en saurait plus que les hommes sur les prostituées ? En est-on bien sûr ?

– Répondez à ma question.

Elle avait touché un point sensible.

– OK, *sir*. – Elle poussa de côté la boîte de dépositions. – Ça peut être révélateur, mais pas forcément. Ces femmes voient des choses. Des choses qui se passent autour d'elles. Certaines deviennent sacrément superstitieuses.

Les doigts de Goldie étaient calés sur le rebord du bureau. Il n'arrêtait pas de se repousser en arrière et de retomber, en équilibre sur deux pieds de sa chaise. On aurait dit qu'il plaquait des accords sur un piano.

– Comme ne pas passer sous une échelle, vous voulez dire ? Ou les chats noirs portent malheur ?

– Porter malheur ? Toutes les chattes portent bonheur, répliqua Shand tout sourire. Quelle que soit leur couleur.

– Qu'entendez-vous donc par "superstitieuses" ? interrogea McCormack. Elles ont leurs petits rituels, c'est ça ?

– Effectivement, mais je pensais surtout aux histoires qu'elles racontent. Des sortes de légendes urbaines. Un croquemitaine qui assassine les prostituées. Qui ne se fait jamais prendre. Ne *peut pas* se faire prendre.

– Comme Jack l'éventreur ? suggéra Goldie.

McCormack plissa le front.

– Elles inventent des histoires pour se faire peur entre elles, vous voulez dire ?

– Je ne dirais pas ça comme ça, *sir*. Ces histoires-là sont bien réelles, jusqu'à un certain point. Des prostituées disparaissent. On les retrouve mortes. Sauf que ce n'est pas un seul et même homme qui en est responsable. Ça, c'est la partie conte de fées.

Il y eut un long blanc après ça. Les trois hommes avaient conscience de leur gêne partagée. Nicol faisait autorité dans ce domaine particulier. Ils le reconnaissaient. Mais eux auraient voulu croire à cette histoire. Ils avaient besoin de son aspect rassurant. Un seul homme, qui tuait des femmes. Un homme méchant, un monstre. Unique en son genre. Pas toute une cohorte d'hommes. Des hommes comme eux. Ils étaient comme les Garçons

Perdus de *Peter Pan*, attendant qu'une "Wendy à plumes" arrive et leur raconte une autre histoire. Ce fut Shand qui s'exprima le premier, avec un demi-rire perplexe.

– Et ils sont combien, d'après vous ? Combien d'hommes, je veux dire ? À écumer les rues en assassinant des femmes ?

– Eh bien, comment le savoir ? – Nicol les dévisagea tour à tour. – Savons-nous seulement combien de prostituées disparaissent ? Quelqu'un tient-il le compte des filles qui manquent à l'appel ? Est-ce qu'on fait même semblant d'en avoir quelque chose à foutre ?

McCormack s'appuya contre le chambranle. Il pensait au Quaker. Sa dernière grande affaire avant son départ pour Londres. Ils avaient eu recours à un portrait-robot, dessiné au crayon. Ce visage était partout, ce nom sur toutes les lèvres. Ce qui avait terrorisé la ville tout entière, c'était l'idée que n'importe qui pouvait être le Quaker. Votre voisin de palier. L'homme qui relevait votre compteur. Le type faisant la queue derrière vous au bureau de poste. C'était déjà terrible en soi. Sauf que si votre voisin se révélait être le Quaker, au moins, cela lavait les autres de tout soupçon. Mais ce que suggérait Nicol, c'était autre chose. Une équipe de football de Quakers. Une chorale masculine de Quakers. Des hommes capables d'avoir un travail régulier, de border leurs enfants le soir et de baiser une prostituée avant de la tuer.

– On s'égare là, dit-il, mais Nicol n'en avait pas terminé.

Elle tendit le doigt.

– Il y a deux ans, reprit-elle.

– Ah, bon sang, voilà que ça recommence ! "Il était une fois..." – Shand se tourna vers McCormack en désignant Nicol d'un geste du pouce. – Pas moyen qu'elle explique quelque chose sans raconter toute une histoire ?

– Il y a deux ans. – Nicol avait haussé la voix. – Je bossais pour la Division A.

Shand poussa un grognement. Il passa la main dans ses cheveux en secouant la tête. Mais il se laissa retomber sur sa chaise, les mains posées sur ses genoux et enveloppa Nicol d'un regard noir, *Allez, accouche.* L'inspectrice se pencha en avant, ses bras croisés sur le bureau, comme s'enfonçant dans son histoire.

– Sept heures du matin. Je marche vers Turnbull Street en coupant par une allée près de l'avenue Broomielaw, quand j'aperçois ce sac-poubelle noir dans le caniveau. Sauf qu'il bouge. Et qu'il fait du bruit.

– Et c'est un sac rempli de chatons que quelqu'un a oublié de noyer. Où est mon violon ?

– Allez vous faire foutre, Iain Shand. C'est une femme. Elle porte un imper noir en plastique bon marché, remonté par-dessus sa tête. Alors je m'approche. – Nicol passa le bout de sa langue sur sa lèvre. – On lui avait défoncé la tête et la capuche de son manteau était tout imbibée de sang. Un sang épais, gluant.

Shand ne dit rien, chercha ses cigarettes.

– Alors j'appelle les secours et les gars de l'ambulance… eh bien, une allée près d'Argyle Street, la victime est une femme, tôt le matin… ils savent que c'est une prostituée. Alors ils prennent tout leur temps. Et finalement, alors qu'on est dans l'ambulance en route pour le Royal Infirmary, ils préviennent l'hôpital par radio : *Bon, on vous amène une pute qui s'est fait tabasser.* Je les entends. Elle les entend. Et ils l'appellent comme ça.

Shand secoua son allumette.

– Ils sont là pour sauver des vies, Nicol. C'est ça, leur boulot. Pas d'aider les gens à se sentir bien dans leur peau. Une pute est une pute.

– Une pute est une femme, espèce de connard. La fille de quelqu'un. La mère de quelqu'un.

– Votre mère était une pute ? Ça en dit long…

– Assez ! aboya McCormack. Fermez-la, Shand. Vous allez trop loin. Nicol, terminez votre histoire.

Nicol prit une profonde inspiration, les yeux fixés sur Shand.

– Bref… – Elle fit durer ce mot. – Quatre ou cinq jours plus tard, elle a assez récupéré pour pouvoir parler. Me raconte ce qui s'est passé : elle a emmené ce type dans l'allée. Ils ont fini leur affaire et là, sans prévenir, il l'a frappée avec un pied-de-biche qu'il avait planqué dans un coin. Mais la meilleure partie de l'histoire ? Cette nuit-là, alors qu'elle gisait dans ce caniveau, le crâne fracturé, une voiture de patrouille est passée. Elle a appelé à l'aide et la vitre s'est baissée. Le flic l'a regardée : *T'es qu'une sale putain. Tu t'attendais à quoi ?* Et ils sont repartis. En la laissant pour morte.

Shand grogna.

– Ouais. Genre ça s'est passé comme ça…

– Vous insinuez qu'elle ment ? Ces salauds n'ont même pas pris la peine de vérifier. C'était une pute gisant dans une allée. Rien à foutre.

– Eh bien, si vous faites davantage confiance à la version d'une pute qu'à celle d'un collègue policier…

– Ouais, je lui fais plus confiance. Sans hésitation. Qu'à des types dans votre genre ? Sans hésitation. Vous auriez fait quoi, inspecteur Shand ? Vous seriez descendu de voiture pour lui venir en aide ? "Une pute est une pute."

– Elles connaissent les risques, Nicol. Si elles veulent monter dans des voitures avec des étrangers, ça les regarde.

– Bien sûr. Parce qu'elles ont un tas d'autres options… Vous vous entraînez pour être aussi bête ? Ou bien c'est inné ?

– *Sir!* – Shand avait les bras en l'air, comme un avant-centre réclamant penalty. – Je suis vraiment obligé de me laisser parler sur ce ton ?

– Ça n'a pas l'air de vous gêner de balancer ce genre de trucs aux autres, fiston. – McCormack fixait Nicol, refusant de croiser le regard implorant de Shand. – Ça ne vous ferait pas de mal de les encaisser un peu aussi, de temps en temps.

Shand secoua la tête. Il gratifia Nicol d'un sourire faux.

– Et qu'est-il arrivé, ensuite ? À votre petite copine ?

– Comme si vous en aviez quelque chose à faire… Est-ce qu'elle est morte, vous voulez dire ? Ouais, elle est morte. Pas cette fois-là. Un an plus tard. Somnifères.

– Et c'est de ma faute si une pute s'est suicidée ?

– Non, Iain. Mais c'est de votre faute si vous êtes trop con pour saisir ce que ces femmes traversent. Les femmes comme Yvonne Gray. Si vous ne faites pas l'effort de comprendre.

– C'est bon, Nicol. Ça suffit.

McCormack s'avança entre leurs deux bureaux et abattit sa paume sur celui de Nicol. Il avait trop laissé la chose dégénérer, en partie parce qu'il partageait l'aversion de Nicol à l'encontre de Iain Shand et avait voulu lui laisser une chance de faire entendre son point de vue. Mais, à un moment, esprit d'équipe et cohésion ne devaient pas être que des mots.

– Nous avons déjà bien assez d'ennemis à l'autre bout de ce couloir, déclara-t-il en désignant la porte d'un hochement de tête. Ne commençons pas à nous battre entre nous, d'accord ? Bon. Priorité du jour : localiser Yvonne Gray. Lui rendre visite, découvrir ce qui la ronge. Qui a pris son adresse ?

Shand brandit son carnet avec un regard en coin à Nicol, le feuilleta et tendit une page sous le nez de McCormack :

– 78, Shamrock Street.

– Shamrock Street ? – McCormack se dirigea vers le plan de la ville punaisé au mur. – C'est à Garnethill, n'est-ce pas ?

– Quel numéro, déjà ? – Goldie avait cessé de se balancer sur sa chaise.

– 78.

– 78 ? Mon frère habite sur Shamrock Street. Ils ont démoli cette extrémité de la rue il y a deux ans. Pour construire l'autoroute. Y a plus de numéro 78. Il n'existe pas.

McCormack avait trouvé la rue : Shamrock Street. La carte n'était plus à jour. Il remonta du doigt le fin trait noir jusqu'au carrefour de St George's Road. Mais à cet endroit de la ville, les nombreuses voies de l'autoroute M8 avaient saccagé le quartier de Garnethill, tronquant Shamrock Street et beaucoup d'autres rues.

McCormack réfléchit un moment. Yvonne Gray cachait quelque chose. S'ils l'arrêtaient et la plaçaient en garde à vue, ses patrons flaireraient le mauvais coup. Maitland pigerait tout de suite.

– Il va falloir la jouer fine, Nicol.

– Oui, *sir*.

– Retournez au sauna et obtenez sa vraie adresse. Demandez toutes les adresses pour ne pas éveiller les soupçons. Trouvez-moi où elle vit vraiment. Ce qu'elle a sur le cœur. Ça vous paraît jouable ?

– Comptez sur moi, *sir*.

– Et prenez Shandy avec vous… – Shand fixa son bureau d'un regard noir. McCormack et Nicol échangèrent un sourire. – Puisque vous vous entendez si bien. Oh et puis, Iain… ?

Shand était déjà debout, enfilant sa veste d'un coup d'épaules.

– Chef ?

– Vous avez jeté un coup d'œil au dossier de Turner ?

– Tout s'est passé comme il l'a dit, *sir*. Bagarre dans un pub. Pas de cagoule, pas de bleu de travail. Aucune similitude avec Crawford Street.

Aucune raison, donc, de garder Turner plus longtemps, songea McCormack. Aucune raison de faire ta petite crise tout à l'heure. Mais il ne dit rien. Laissa le silence parler de lui-même.

8

La devise de la police de Glasgow tenait en deux mots. À Glasgow, deux mots suffisent souvent. Parfois, il n'y a même pas besoin de mots.

Semper Vigilo.

Ça, c'était la devise officielle : Toujours vigilant. Mais dans les salles de réunion et les réfectoires des commissariats, les flics préféraient une version alternative, même si elle nécessitait davantage de mots.

Pas moyen de faire son boulot.

C'était la vraie devise, le mantra, le refrain, chaque fois que des membres du plus vieux département de police du Royaume-Uni se retrouvaient pour se plaindre des huiles.

Pas moyen de faire son boulot.

Assis dans le silence de l'Étable, le lieutenant Derek Goldie tapait les dépositions récoltées lors du porte-à-porte sur Crawford Street. À travers la porte ouverte de la petite pièce du fond, il pouvait voir McCormack en faire de même, assis stoïquement à son bureau. En examinant les décombres de ses vingt-quatre années de carrière, Derek Goldie avait la sensation qu'il était encore plus difficile qu'avant de le faire, ce boulot, sous bien des points de vue. Déjà, à cause de la fusion des services. En mai 1975, la police de Glasgow avait officiellement cessé d'exister. On l'avait regroupée avec sept autres départements pour former la police du Strathclyde, dont la juridiction s'étendait des Highlands jusqu'aux Scottish Borders. Putain, qu'est-ce qu'un flic de la ville pouvait bien avoir en commun avec un baiseur de brebis d'Inveraray ?

L'intégration des femmes aussi avait foutu le bordel. Au début de l'année, la section des femmes avait été dissoute, et des agentes introduites dans toutes les divisions des forces de l'ordre. "Introduites" lui tira presque un sourire amer, mais bon Dieu, avec l'allure qu'il avait ces temps-ci, Goldie aurait eu plus de chances avec les brebis.

Et voilà que, par-dessus le marché, la grève venait encore compliquer le boulot. Ces foutus éboueurs avaient fait ressembler la ville aux allées encombrées du Paddy's Market, un mauvais jour. Des lacs, des océans d'ordures. Des montagnes et des avalanches de déchets. D'immenses collines de sacs-poubelles dégueulant leurs entrailles de sachets de thé éventrés, de couches souillées, de peaux de banane, de canettes de bière écrasées, de serviettes hygiéniques, de paquets de chips, le contenu de cendriers et de sacs d'aspirateur.

Vous aviez parfois l'impression que l'odeur imprégnerait à tout jamais vos vêtements. Mais bon, cela faisait six ans que Goldie avait la sensation d'être planté sur un tas d'ordures. Depuis que Duncan McCormack était parti. Foutue casserole que d'avoir été le bras droit du flic qui avait fait tomber le boss.

Il repensa à sa première rencontre avec McCormack. Cela faisait un moment que Goldie bossait sur les meurtres du Quaker et l'enquête patinait, coûtant une fortune au département, si bien qu'on avait envoyé McCormack pour la "superviser" – ce que tout le monde avait traduit par : arrêter les frais. Tous ceux qui participaient à l'enquête avaient d'emblée détesté McCormack, et Goldie plus que les autres. Ils avaient même failli en venir aux mains, se rappela-t-il, un soir au Smiddy, pendant une partie de billard. Et puis le Quaker avait frappé de nouveau et, au lieu d'interrompre l'enquête, McCormack y avait apporté sa contribution. Il avait fait équipe avec Goldie et, tous les deux, ils avaient éclairci ce foutu mystère et coincé le Quaker. Mais, ce faisant, ils avaient aussi provoqué la chute de Peter Levein, chef de la brigade criminelle de Glasgow, et ça – comme Goldie avait pu s'en rendre compte dans une multitude de contextes et de mille manières au fil des mois harassants et des laborieuses années qui avaient suivi –, ce n'était pas malin. Trop de gens avaient trouvé refuge sous les ramures de l'arbre de Peter Levein.

Et à cause de cela, la réputation de Goldie était ruinée à tout jamais. Encore maintenant, quand des policiers se réunissaient au pub ou au réfectoire pour râler entre eux, Goldie figurait parmi les raisons pour lesquelles, selon eux, il n'y avait pas moyen de faire leur boulot. Aucune loyauté. Personne pour vous couvrir en cas de pépin. Regardez ce gros connard de Goldie.

La mutation de McCormack à Londres n'avait pas aidé. Quand le scandale Levein avait éclaté, McCormack était parti dans le Sud, pour prendre un nouveau départ au sein de la Metropolitan Police. Goldie avait donc dû affronter seul le retour de bâton. Au gré de ses affectations, il s'était parfois senti comme une Forteresse Volante prise dans des tirs de DCA. Si bien que quand McCormack était revenu et avait demandé que Goldie soit affecté à sa nouvelle unité, ce dernier y avait réfléchi à deux fois. Au bout du compte, il s'était dit : Et pourquoi pas, putain ? De toute manière, les gens baveraient toujours sur ses liens avec McCormack ; pourquoi ne pas leur donner une bonne raison de le faire ? S'ils avaient décidé de vous faire pendre pour avoir volé une brebis, autant se la taper d'abord.

Goldie fut interrompu dans ses pensées par un claquement de portière dehors, une soudaine agitation dans le couloir, un claquement de talons, des éclats de voix – dont une, snob et aiguë, qui s'élevait au-dessus du reste.

– C'est lequel ? Celui-ci ?

McCormack croisa le regard de Goldie, le soutint un instant, les deux hommes penchant la tête de côté.

La porte s'ouvrit brusquement et alla s'écraser contre un classeur à tiroirs. Une femme en robe d'été était plantée sur le seuil, serrant son sac à deux mains. Des traces rouges sur les pommettes. Le visage affolé de l'agent de garde sautillant par-dessus son épaule. Brian Imrie, tentant de récupérer son autorité.

– Écoutez, mademoiselle : vous ne pouvez pas... Je veux dire, il n'y a pas...

La femme promena un regard courroucé dans la pièce, cherchant une chaise.

McCormack se leva sans hâte et tira celle qui était posée en face de son bureau, avant de faire signe à la femme de s'y asseoir.

– C'est bon, Brian. Je m'en occupe.

L'agent de garde se retira et la femme avança d'un pas raide jusqu'à la chaise et y prit place, écrasant son sac à main sur le bureau. Elle portait une chaîne en or, un pendentif qui disparaissait dans le décolleté de sa robe crème ornée de grandes roses charnues qui semblaient, étrangement, trop intimes et trop roses dans l'éblouissement des néons. Des anneaux en or un peu ternes aux oreilles. Son menton était crispé en un petit nœud serré, légèrement tremblotant.

– Prenez votre temps. – McCormack se rassit au fond de son fauteuil. Il sentait le parfum de la femme – des notes opulentes, florales, qui semblaient émaner de sa robe imprimée. – Tout le temps qu'il faudra. Je peux vous offrir un thé ? Un café ?

– C'est mon père, bredouilla la femme. Gavin Elliot. L'homme sur le tas d'ordures. L'homme dans le journal. C'est mon foutu père.

McCormack et Goldie échangèrent un autre regard. Goldie se leva de son bureau avec son carnet et un stylo, tira une chaise sur le côté du bureau de son chef.

– Vous voulez dire que vous reconnaissez les bagues ? lui demanda McCormack.

Elle acquiesça d'un bref hochement de tête, sa main se portant à sa bouche.

– C'est lui. C'est mon père.

– D'accord. Nous allons juste noter quelques éléments, mademoiselle. Je suis l'inspecteur principal McCormack. Et voici mon collègue, le lieutenant Goldie. Pourrions-nous avoir vos nom et prénom, s'il vous plaît ?

– Eileen Elliot, répondit sèchement la femme, giflant nerveusement ses cheveux pour les repousser derrière son col. Il n'y avait pas d'or sur sa main pour faire pendant à celui des oreilles et du cou.

– Et vous pensez que votre père est l'homme dont on a retrouvé le corps ?

– Il a disparu depuis cinq jours. Sauf que personne ne l'avait remarqué. Il était censé être au Croft, dans les Highlands. Nous avons une maison là-haut, près d'Ullapool. Mon père l'appelle le Croft. Enfin, l'appelait. Mon Dieu…

Ses anneaux d'oreilles miroitèrent lorsqu'elle secoua la tête, en se massant la tempe avec pouce et index.

– Nous allons apporter du thé.

McCormack fit un geste à l'intention de Goldie, qui se leva de sa chaise.

– Je ne veux pas de thé ! s'exclama-t-elle violemment. Écoutez, je suis désolée. Je veux juste en finir avec cette histoire. Il n'y a pas le téléphone dans la maison d'Ullapool. Aucun moyen de contacter ceux qui s'y trouvent. C'était ce que mon père voulait mais, du coup, personne n'a su qu'il avait disparu. Tout le monde le croyait là-haut, au Croft.

– Je vois. – McCormack marqua une pause pour laisser la femme s'expliquer. Elle devait avoir dans les trente-cinq ans. – C'est qui "tout le monde", mademoiselle Elliot ?

– Pardon ? Oh, je comprends. Moi. Ma sœur à Londres. Et, j'imagine, Julia Ferris. C'est la *secrétaire* de papa.

Sa voix avait frémi de manière sardonique en prononçant ce mot.

– Et votre mère ?

– Morte. Il y a sept ans. Cancer.

– Je suis désolé.

– Ne le soyez pas. Elle, elle ne l'était pas. Elle s'en est saisie à deux mains. Comme une foutue bouée de sauvetage. – La femme laissa échapper un rire fugace. – Elle avait le choix entre un cancer ou passer le restant de ses jours avec mon père. Elle a choisi la facilité.

Les deux hommes ne surent que répondre à cela. Il y eut un blanc avant que McCormack ne reprenne :

– Mademoiselle Elliot, si la maison d'Ullapool ne dispose pas du téléphone, comment savez-vous qu'il ne s'y trouve pas ?

Eileen Elliot agita la main avec impatience.

– Le voisin a le téléphone. Il est allé vérifier. Aucun signe de papa, ni de personne, depuis des semaines.

McCormack la dévisageait, attendant la suite.

– Quoi ? Oh, le voisin… John Urquhart. U-R-Q-U-H-A-R-T. Il vit sur la route d'Ardmair. La maison de mon père se trouve un peu plus à l'ouest, à moins d'un kilomètre.

Goldie nota tous ces détails. Les pensées de McCormack avaient dérivé vers le quartier de Saltmarket et la salle d'autopsie au carrelage blanc de la morgue, où l'on disséquait les cadavres. Nous avons l'identité, songeait-il ; maintenant, Seawright va pouvoir se mettre au boulot. On va ouvrir cet homme, écarter sa peau, fouiller dans ses entrailles, lui découper le crâne à la scie sauteuse. En avoir le cœur net. Puis il remarqua que la tête d'Eileen Elliot était penchée de côté et qu'elle le regardait fixement. À l'évidence, elle venait de poser une question.

– Pardon, que disiez-vous ?

– Je disais : est-ce qu'il a beaucoup souffert ?

McCormack fut pris au dépourvu. Il ressentit comme un serrement au creux du ventre. Il ignorait quelle réponse espérait la femme assise devant lui. Il s'éclaircit la voix.

– Difficile à dire, mademoiselle Elliot. Nous ne le saurons qu'après l'autopsie.

– Qui aura lieu… ?

– Eh bien aujourd'hui, j'espère. Je veux dire, une fois que vous… enfin, quand nous serons sûrs que c'est lui.

Elle saisit brusquement son sac sur le bureau, le plaqua sur ses genoux, raide sur sa chaise.

– Vous voulez le faire tout de suite ? L'identification ?

McCormack hocha lentement la tête.

– Ah. Eh bien, il faut d'abord que je passe quelques coups de fil, mademoiselle Elliot. Que je m'organise un peu. Nous vous enverrons une voiture à votre domicile. Si vous voulez bien nous laisser l'adresse…

Elle arracha le carnet des mains de Goldie, griffonna quelques mots d'une écriture fluide, tout en boucles.

– Mademoiselle Elliot… – McCormack retourna le carnet pour regarder l'adresse. Beau quartier : Albert Drive, Pollokshield. – Que faisait votre père, dans la vie ?

– Ce qu'il faisait ? – Eileen Elliot avait l'air confuse. Elle repoussa les cheveux tombés sur son visage. – Faisait ? Il était Gavin Elliot. Voilà ce qu'il faisait.

– *Gavin Elliot?* Gavin Elliot le… – McCormack hésita, ne sachant comment achever cette phrase. Dans l'intensité du moment, il n'avait pas réalisé ce que recouvrait ce nom. Le cadavre en bleu de travail n'était pas celui d'un clochard – les dents, la chevalière en or et le rubis au petit doigt en étaient déjà la preuve. Mais, même en rêve, il n'aurait jamais imaginé que ce visage enfoncé puisse appartenir à Gavin Elliot. Ancien député et conseiller municipal du Parti conservateur. Marchand de sommeil. Restaurateur. Organisateur de galas de bienfaisance. Chevalier de l'ordre des Knights of the

Realm. – Gavin Elliot… l'homme d'affaires ? demanda-t-il.

– Oui, c'est tout à fait ça. – La femme se fendit d'un sourire lugubre. – L'homme d'affaires.

Goldie avait cessé d'écrire et le stylo menaçait de tomber de sa main. McCormack était avachi sur sa chaise, mains sur les cuisses. Eileen Elliot les dévisagea tour à tour. Elle sourit à McCormack. – Ce n'est pas là que vous êtes censé me demander si mon père avait des ennemis ?

9

– Gavin *Elliot* ?

McCormack était vaguement satisfait que Haddow ait la même réaction que lui. Tous ceux qui apprendraient le nom de la victime de Crawford Street éprouveraient sans doute ce besoin de le répéter deux ou trois fois, comme on vérifie l'authenticité d'une pièce de monnaie en la tapotant sur le coin d'un comptoir.

– *Gavin* Elliot ?

Haddow avait bondi de son fauteuil et regardait par la fenêtre en secouant la tête.

– Bon Dieu, McCormack ! Vous ne faites jamais les choses à moitié.

– À vrai dire, ce n'est pas moi qui ai commis ce meurtre, *sir*. Je me suis juste rendu sur les lieux du crime.

– Certes, mais quand même : je vous reconnais bien là. Bon sang, McCormack. Gavin Elliot ? Vous en êtes sûr ?

– Je sais, *sir*. Ça va faire beaucoup de bruit. Les journaux vont s'en donner à cœur joie. Mais enfin, ça reste un meurtre. Ça reste un mort. Mobile, moyens, circonstances...

– Ce n'est pas ça. Enfin, pas *que* ça. Je le connaissais, un peu.

– Vous connaissiez Gavin Elliot ?

McCormack repensa aux bagues – le compas et la règle de franc-maçon. Elliot et son patron appartenaient sans doute à la même foutue loge.

– J'ai enquêté sur lui. – Haddow contemplait toujours la rue. McCormack apercevait le spectre de son chef sur la vitre, mais ne put déchiffrer son expression. – Ça n'a débouché sur rien.

– Pour quels motifs ?

Haddow se retourna.

– *Ach*, McCormack : sexuels… Des accusations de viol. Qui se sont révélées mensongères. Une jeune nana qui cherchait à se faire du fric facile.

– Chantage ?

– C'était le plan. Mais je me souviens d'un truc, quand même… – Haddow se rassit à son bureau. – Cet homme avait un tas d'amis. Pendant que j'enquêtais sur les allégations de la fille, il était clair pour moi qu'on me surveillait. Je veux dire, je suis allé jusqu'au bout et j'ai établi les faits, sans me laisser intimider ni faire de faveur à personne. Tout était clean. Mais ces amis n'ont certainement pas disparu, McCormack. Vous comprenez ce que j'essaie de vous dire ? Ils vont suivre de près cette enquête, pour être sûrs que le coupable se fasse prendre. Vous feriez bien de le coincer.

Il marqua une pause, sans doute pour laisser le temps à McCormack d'exprimer son empressement à faire ce qu'on lui demandait. McCormack ne dit rien.

– Je mets deux autres unités sur le coup pour vous aider. Celles d'Armstrong et de Patterson. Vous continuerez de travailler avec vos hommes, pour l'essentiel. Mais chaque matin, vous brieferez l'ensemble du groupe, et Armstrong et Patterson répartiront les tâches au sein de leurs équipes comme ils le jugeront bon. Compris ? C'est tout, McCormack.

Sur le chemin de l'Étable, McCormack s'arrêta au réfectoire pour prendre deux thés. Il en déposa un en face de Goldie et resta debout avec l'autre, adossé au classeur à tiroirs.

– Haddow a le feu aux fesses, déclara-t-il.

– Ah ouais ?

Le bruit des touches de la machine à écrire était si fort qu'on en grimaçait presque. Goldie s'était remis à taper les dépositions.

– Il dit qu'on va nous avoir à l'œil. Elliot a des amis puissants.

– Ah. Eh bien, vous avez l'habitude, non ?

Les marteaux de la machine à écrire mordaient le rouleau.

McCormack prit la chaise de Nicol et s'assit en face de Goldie.

– Qu'est-ce qui s'est passé ici, Derek ?

Goldie fronça les sourcils.

– Avec la fille d'Elliot tout à l'heure, vous voulez dire ? Elle est froide comme du marbre, celle-là. Le choc, sans doute.

– Non. Je veux dire, qu'est-ce qui s'est passé *ici*. Qu'est-ce qui *nous* est arrivé. Qu'est-ce qui *vous* est arrivé.

McCormack agita la main dans un geste d'impuissance.

– Oh, je vois. – Goldie poussa sa tasse de thé à moitié bue au centre de la table. – Vous essayez de me faire croire que vous ne le savez pas ?

Bien sûr qu'il savait. Ce qui était arrivé à Goldie, c'était Duncan McCormack. Le salaud qui avait balancé Peter Levein. Au moment de partir pour Londres six ans plus tôt, McCormack n'avait pas eu le temps de s'inquiéter pour les autres. La priorité, c'était de se sauver lui-même. Mais pendant toutes ces années il avait souvent pensé à Goldie, laissé derrière lui à Glasgow. Tout le monde savait combien ils étaient proches, tous les deux. Et maintenant qu'il était parti, qui d'autre que Goldie allait devoir endurer les représailles, les murmures, les messes basses sarcastiques au réfectoire du commissariat ?

– *Ach*, je crois que ma question, c'est : ç'a été vraiment dur ?

Goldie sourit.

– Il vous a fallu tout ce temps pour seulement poser la question ? Vraiment ?

– Je vous la pose maintenant. Ç'a été vraiment dur ?

– Vous voulez dire, combien d'amis avait Levein ? Et à quel point il leur manquait ? Beaucoup. OK ? Un tas de types s'en sortaient bien grâce à Levein. C'était un bon plan pour eux, Duncan. Est-ce qu'ils étaient contents que ça s'arrête ? Pas vraiment, il faut bien le dire.

– Mais c'était moi, Derek. Je veux dire, s'il fallait s'en prendre à quelqu'un, c'était moi.

– Oh, ne vous inquiétez pas : ce mérite-là, tout le monde vous le reconnaissait ! Mais bon, vous n'étiez plus là, pas vrai ? Pour recevoir toute cette adulation.

McCormack avait connu des commissariats où un type était pris en grippe. Il savait comment ça marchait. Il avait lui-même été ce type. L'était toujours.

– Pourquoi vous n'êtes pas parti ? Pourquoi vous n'avez pas demandé votre mutation ?

– Dans la police de Londres, vous voulez dire ? – Goldie éclata de rire. – À vrai dire, ça m'a traversé l'esprit. Mais vous rigolez, ou quoi ? Jenny. Les gosses. Sa famille. Ma famille. Impossible.

McCormack se pencha en avant, posant ses coudes sur le bureau.

– Alors pourquoi venir ici, à Temple, Derek ? Pourquoi venir bosser pour moi ?

– Je sais pas. – Sa main droite s'ouvrit comme si un objet était posé en équilibre sur sa paume. – Je sais pas. C'est comme vous disiez, j'imagine : faut finir ce qu'on a commencé. Oh et puis, laissez tomber, Duncan. Plus que six ans et j'aurais fait mes trente années. Je prendrai ma retraite, bien méritée. Pas moyen de faire ce boulot. Je serai content de m'en aller.

McCormack se souvint de ce que lui avait dit Greg Hislop, six ans plus tôt, pendant l'enquête sur le Quaker. *Vous faites juste ce boulot pour empocher un peu de fric ?* avait-il demandé. *Parce que, si c'est ça, y a d'autres moyens plus faciles. C'est pas un boulot comme les autres, fiston.*

Si vous apportez pas votre pierre à l'édifice, avait conclu Hislop, *vous faites que gêner les autres.*

– Écoutez, Derek, je n'étais pas là. Vous, si. C'est vous qui avez tout pris. Je ne prétends pas savoir ce que vous avez traversé. Mais si vous voulez rendre les armes, bon sang, terminez au moins ce boulot-là avant de vous en aller. Terminez ce que nous avons commencé il y a six ans. D'accord ? Chopez-moi ceux qui ont tué Gavin Elliot. Envoyez-moi Maitland au frais. Au nom du bon vieux temps.

Goldie soutint son regard. C'était un homme obèse, fatigué, déçu, dans un bureau étriqué et miteux. Ses cheveux blonds dégarnis viraient au gris. Les dents dévoilées par sa lèvre protubérante étaient jaunes et tachées. Mais un éclat méprisant luisait dans ses yeux injectés de sang.

– Je ferai ça en mon nom à moi, Duncan. Je ne suis pas encore à la retraite.

McCormack acquiesça sans un mot, en sirotant son thé.

Shand changea de vitesse et accéléra, pied au plancher, sur une portion de route dégagée.

– Pourquoi on court partout après des prostituées ? Alors que la partie est presque terminée... On n'a pas mieux à faire ?

Sentant qu'il s'agissait d'une question rhétorique, Nicol continua de regarder défiler la ville, les rangées de maisons bordant Great Western Road, les étals de fruits devant les épiceries, des pommes, des oranges et des poires tout droit sorties d'un livre pour enfants, les sacs-poubelles amoncelés. Shand fit claquer sa langue.

– Il se raccroche à n'importe quoi, dit-il en secouant la tête.

– Elle sait des choses sur Maitland, Iain. Pourquoi aurait-elle paniqué comme ça, sinon ? Elle a reconnu Alex Kerr sur les photos.

– Pas étonnant. Elle doit le sucer tous les jours.

Nicol laissa échapper un “hmmm” évasif. Le ciel au-dessus des immeubles délabrés était couvert et agité, percé de reflets argentés entre deux nuages, bandes jaune vif zébrées d'un gris brumeux. La pluie allait venir. La pluie ferait du bien. Elle épongerait l'odeur de toutes ces ordures.

Ils se rendaient une nouvelle fois au salon de massage, pour obtenir l'adresse personnelle d'Yvonne Gray. Assise sur le siège passager, Nicol sentait le tremblement du moteur, les secousses des suspensions qui la plongeaient peu à peu dans un état de relaxation, comme en apesanteur, où le fait de savoir où se trouvait une prostituée ou l'assassin de Crawford Street apparaissait comme des problèmes assez abstraits. Elle se cala contre l'appuie-tête et laissa le bruit de sa respiration emplir ses oreilles.

– Écoutez, Nicol… ce qui s'est passé hier soir…

Elle rouvrit les yeux. Shand se passa une main sur la bouche et s'éclaircit la gorge.

Et voilà, songea-t-elle. *Des excuses en bonne et due forme de la part d'Iain Shand. Voyons voir ça.* Elle se redressa sur son siège. Mais non. Il déboîta pour doubler un bus.

– Je voulais pas vous vexer. J'essayais même pas de vous énerver.

– Vous n'essayiez même pas? siffla Nicol. C'est naturel chez vous alors, hein, mon p'tit Shand?

– Bon, écoutez, si vous ne voulez pas accepter mes excuses…

– Ah, c'étaient des excuses? Je n'avais pas compris. En général, les mots “Je suis désolé” apparaissent à un moment ou à un autre. C'est un peu à ça qu'on reconnaît les excuses.

Ils continuèrent de remonter Great Western Road. Le calme du milieu de matinée. Des nuages de pluie écrasant les immeubles. Shand changea la position de ses mains sur le volant. “Je suis désolé, Liz. OK? Je suis désolé. Vraiment.”

Alors la pluie se mit à tomber, une grosse averse orageuse pétillant sur le macadam, tambourinant sur le toit de la voiture. Ils traversèrent le torrent, essuie-glaces à plein régime. La lumière changea dans l'habitacle, se faisant plus intime. Cela donnait l'impression qu'ils étaient assis là depuis des heures, côte à côte, comme un vieux couple marié sur un banc. Sans compter qu'il l'avait appelée *Liz*.

– C'est juste plus facile si on arrive à s'entendre, Iain. Vous ne trouvez pas ? On fera un meilleur boulot. Et je sais que ça demande quelques ajustements. Toute cette histoire d'intégration… Je sais que ça n'a pas été facile pour tout le monde…

– Ouaaah, répliqua Shand. Je vous arrête, là. Vous croyez que c'est parce que vous êtes une femme ? Vous voulez jouer cette carte-là ?

– Ah. Parce que ça ne vous pose vraiment aucun souci de travailler avec une femme, Iain ? Ça saute aux yeux…

Shand s'arc-boutait contre son siège comme s'il se préparait à un choc imminent, et il donna un brusque coup de volant vers le trottoir en écrasant les freins, si fort que Nicol se retrouva plaquée contre sa ceinture avant de retomber au fond du siège.

– Ça suffit, putain ! s'emporta Shand en serrant sauvagement le frein à main. Est-ce que je vous ai donné la moindre raison de penser une chose pareille ?

Se remettant encore du choc de cet arrêt d'urgence, Nicol resta bouche bée.

– Parce que si vous dites que oui, alors vous êtes une foutue menteuse ! Oh, je sais ce que les gens racontent. Je les entendus, moi aussi. “Vous venez piquer le boulot des pères de famille, leur gagne-pain.” Des conneries, tout ça. Si vous êtes capable de faire ce boulot, alors vous le méritez. J'ai jamais rien dit d'autre.

Nicol se redressa, détendit sa ceinture.

– Bon Dieu, Iain. OK. C'est noté. – Elle repoussa les cheveux tombés sur ses yeux. – Merci.

Shand se réinséra dans la circulation.

– En tout cas, on devrait plutôt coffrer les sbires de Maitland. Leur mettre la pression qu'il faut.

– Le bon vieux coup de l'annuaire, hein ? Je ne crois pas que ce soit trop le style de McCormack. Et puis, on a déjà essayé de les emmener au poste. Ça n'a jamais marché. Ils ont plus peur de Maitland que de nous. Le boss a raison. Ça ne mène à rien d'agir sans réfléchir et de prendre des raccourcis.

Shand ne répondit pas, contemplant la route devant lui.

– Oh, Iain… – Nicol se tourna lentement vers lui. – Iain. Bon sang. Qu'est-ce que vous avez fait ?

– Je ne dirai rien.

– Vous allez *tous* nous mettre dans la mouise, vous en avez conscience ? Vous avez déjà oublié ce qu'il vous a dit ?

– Ça va, Liz. Honnêtement. C'est vraiment pas la fin du monde. Je vous mettrai sur le coup si ça marche comme prévu. On est arrivé.

Il y avait une place libre juste devant le Healing Hands. Shand y rangea la Velox.

– Que les choses soient claires. – Nicol posa deux doigts sur le poignet de Shand, alors qu'il se tournait déjà pour ouvrir sa portière. – Vous êtes tout seul sur ce coup-là, Iain. Quoi que vous ayez fait. Je ne veux surtout pas y être mêlée.

Annie, la réceptionniste de la veille, déverrouilla la porte pour eux. La tunique rose avait disparu, remplacée par un sweat-shirt gris, un jean et des baskets d'un blanc cassé. Un crucifix d'argent scintilla lorsqu'elle se baissa pour ramasser le courrier.

– Vous étiez pressés de revenir, hein ? On n'ouvre que dans deux heures.

– Nous avons juste besoin de quelques adresses, Annie. Deux ou trois des filles de cette nuit. Elles nous ont donné de fausses coordonnées.

– Je ne peux pas vous transmettre les adresses de nos employées. – Annie serra les lettres contre sa poitrine, l'air scandalisé. – C'est la politique de la maison. Nous ne faisons pas ce genre de chose. Ces filles prennent déjà assez de risques sans que tout le monde sache où elles vivent.

– Nous ne sommes pas tout le monde, Annie, fit remarquer Nicol.

– Pour moi, si.

Une porte claqua dans le couloir et une voix de femme s'éleva, qui chantait faux.

– Vous voulez que cette voiture de patrouille reste garée devant toute la journée? intervint Shand. Vous voulez une voiture banalisée de l'autre côté de la rue, avec un téléobjectif qui dépasse de la fenêtre? On peut vous arranger ça. Faudra juste voir si c'est bon pour les affaires.

Annie se tourna vers Nicol.

– Vous vous êtes fait des ennemis, ma chérie? Pour qu'on vous refile un partenaire aussi con? – Elle se pencha derrière le bureau et en sortit un registre, qu'elle feuilleta. – Bon, c'était qui? demanda-t-elle sans relever les yeux des pages. Quelqu'un qui avait des choses à confesser?

– Nous cochons juste toutes les cases, Annie. Si on nous donne une fausse adresse, on trouve la bonne, dit Nicol. C'est tout.

– Juste la routine, hein? – Elle secoua la tête devant Nicol. – Ah, voilà.

Elle fit pivoter le registre. Les noms et les adresses des filles sur deux pages, avec pour la plupart un numéro de téléphone.

Shand arracha les pages du registre.

– Hé! Ça nous appartient!

– Portez plainte, Annie. – Shand était déjà en train de plier les pages, qu'il glissa dans sa poche intérieure. – Je suis sûr que l'Inspection écossaise des forces policières de Sa Majesté en fera sa priorité.

L'adresse d'Yvonne Gray se trouvait à Dowanhill. Ils remontèrent Woodlands Road, Gibson Street en direction du campus universitaire, perché au sommet de la colline. La pluie avait cessé et les rues miroitaient. Ils dépassèrent Kersland Street et poursuivirent sur Byres Road.

C'était un studio en sous-sol, sur Bowmont Terrace. Ils appuyèrent sur les boutons de l'interphone jusqu'à ce que la porte d'entrée s'ouvre en bourdonnant. La chambre 6 était l'une des deux portes du sous-sol. Ils sonnèrent et attendirent. Shand abattit sa paume sur le bois.

– Vous arrivez trop tard.

Un homme était sorti de la chambre d'en face. La trentaine, svelte. Pantalon de flanelle gris et chemise à carreaux rouges et noirs. Bretelles bordeaux. Chevelure clairsemée gominée en arrière, barbe de trois jours. La dentition standard de Glasgow.

– Elle est déjà partie.

– Au travail, vous voulez dire ?

– Je veux dire qu'elle est partie, mon vieux. Elle s'est cassée. Elle a pris le large. Elle devait savoir que vous alliez venir.

Il rit tout bas. Shand hocha la tête.

– Comment vous le savez ? Qu'elle est partie pour de bon ?

– J'ai déjà vu des gens décamper en pleine nuit, mon vieux. Elle a pris son marmot, deux valises. Deux sacs-poubelles. Elle a mis les voiles.

– Il était quelle heure ?

– Je vous l'ai dit : la nuit dernière. Minuit. Une heure, peut-être.

Nicol ressentit une fois de plus l'étrangeté magique de son métier. Vous alliez partout dans la ville et les gens vous ouvraient leur porte et vous offraient des aperçus de leur existence. Comme si elle avait de nouveau six ans et jouait à sa maison de poupées, ouvrant la façade pivotante pour regarder à l'intérieur des pièces.

– Vous la connaissiez bien ? interrogea Shand.

L'homme haussa les épaules.

– On se croisait parfois dans la journée. Enfin plutôt la nuit, en général. Elle avait des horaires bizarres.

– Ah bon ?

– Ouais. Elle m'a dit qu'elle travaillait dans les quartiers ouest. – Il lança un regard malicieux à Nicol. – Masseuse. Elle rentrait à pas d'heure. Qu'est-ce qu'elle a fait ?

– Elle avait quoi, un seul enfant ?

– Ah, me faites pas dire ce que j'ai pas dit. Elle s'occupe de ce gosse. Il est toujours propre, bien habillé.

Nicol prenait des notes dans son carnet.

– Elle travaillait tard le soir, disiez-vous…

Nouveau haussement d'épaules.

– C'est le métier qui veut ça, non ? *Les* métiers.

– Comment ça, les métiers ?

– Elle bossait dans un bar, aussi. À Maryhill. Le Barracks Bar, je crois. Le boulot lui faisait pas peur, ça, je peux vous le dire. Pas comme d'autres, par ici. Alors, c'est quoi cette histoire ? Secret d'État, c'est ça ?

Le Barracks Bar, songea Nicol. Le pub de Hugh Maitland.

– Mais alors, qui gardait le mioche ? demanda Shand. Quand elle n'était pas là ?

Le regard de l'homme se porta sur l'escalier.

– Il y a une femme, là-haut. Je crois qu'Yvonne la payait pour ça. – Il lut l'expression sur les visages des deux flics. – Rez-de-chaussée. À droite en sortant de l'escalier. L'appartement juste au-dessus de chez Yvonne.

– Elle a un nom, cette dame ?

– Sur la porte, c'est marqué Bissett. Elle se prend pas pour rien, cette conne. Une vraie snobinarde, si vous voulez que j'vous dise.

Ils montèrent, frappèrent à la porte. Personne. Nicol écrivit: "Urgent. Appelez ce numéro" sur sa carte de visite et la glissa sous la porte.

Redescendant Great Western Road, Nicol et Shand réfléchirent en silence. Au bout d'un long moment, Nicol se tourna sur son siège.

– On l'amène au poste et elle se fait la belle juste après? Elle bosse dans le pub du frère de Maitland?

– Ne nous emballons pas, Nicol. Un tas de raisons peuvent expliquer qu'elle se soit tirée comme ça. Elle devait peut-être de l'argent à quelqu'un. Peut-être qu'elle n'avait pas de quoi payer son loyer.

– Elle se fait dix livres par fellation, Iain. Vingt livres pour la totale. Même en enlevant la commission de sa copine Annie, elle n'a certainement pas de souci pour payer le loyer d'un petit studio.

– Une addiction, alors. Elle doit du fric à un dealer.

– Vous avez entendu le voisin. Le gosse était propre. Heureux. Bien fringué. Sa mère n'est pas une junkie. C'est bien ce que je pensais: elle sait quelque chose. Peut-être qu'elle avait déjà prévu de quitter la ville. Sauf que nous l'avons effrayée cette nuit et elle a précipité son départ.

La pluie s'était remise à tomber pendant qu'ils parlaient. Les gens sortis faire leurs courses sur Great Western Road se tassaient dans les renfoncements de porte, s'abritaient sous les auvents des épiceries. Les sacs-poubelles qui jonchaient les trottoirs s'affaissaient les uns sur les autres tels des ivrognes.

– Elle a eu raison de se tirer, déclara Shand.

– Qu'est-ce qui vous fait dire ça?

– Eh bien, si elle n'était pas déjà dans le collimateur, maintenant c'est sûr qu'elle y est.

– Parce qu'on a demandé les adresses au sauna?

– Tout le monde voyait bien qu'Yvonne était le maillon faible. Notre chère Annie a dû sauter sur le téléphone pour rencarder Maitland. D'ici ce soir, la moitié des racailles de Glasgow seront à la recherche d'Yvonne Gray.

– Eh bien, dans ce cas… – Nicol remonta le zip de son manteau. – … la réponse est facile: il faut qu'on la trouve avant eux.

De retour au commissariat de Temple, Shand gara la voiture sur le parking de l'ancienne étable et coupa le moteur.

– Mais vous savez ce qui me tue chez lui? – Il avait encore la main sur la clé, enfoncée dans le contact. – C'est pas toute cette foutue routine d'enfant de chœur. C'est l'hypocrisie.

La pluie postillonnait sur le pare-brise.

– Ce n'est pas un hypocrite, répondit Nicol. Il est un tas de choses, mais certainement pas ça.

– Ah bon? Vous savez pourquoi il est rentré de Londres, alors? Pourquoi il a quitté la Metropolitan Police?

Nicol soupira. Faites votre choix, pensa-t-elle. Il s'est tapé la femme de son boss. Il touchait des pots-de-vin. Il a tapé dans une saisie de drogue. Il a frappé un commissaire. Le gang des Yardie avait mis sa tête à prix. Celui des Maltie l'avait chassé de la ville. Chacun avait son explication. Chacun avait une théorie sur le retour de McCormack, même s'il y avait, manifestement, pénurie de preuves.

– Un décès pendant une garde à vue, déclara Shand. Renseignez-vous donc. Je tiens ça d'un pote qui bosse pour la brigade des mœurs à Londres. McCormack n'était pas tout seul, mais c'était lui le responsable. Les choses ont dégénéré. Le détenu est mort. Il était sous sa garde. Alors, ouais. Moi, je dis que ça fait de lui un hypocrite.

Nicol ouvrit la portière.

– Si c'est vrai, répliqua-t-elle, ça explique peut-être pourquoi il veut qu'on bosse dans les règles. Ça explique peut-être pourquoi on devrait le faire. – L'instant d'après, elle avait disparu, sprintant sous la pluie vers la porte d'entrée.

Shand la rattrapa dans le couloir qui menait à l'Étable.

– Notre discussion de tout à l'heure, dans la voiture…

– Je ne suis pas une moucharde, Iain. Mais ne me demandez pas de vous couvrir. Si ça part en vrille, c'est sur vous que ça retombera, pas sur moi.

McCormack et Goldie les attendaient, McCormack dans son imperméable, dont il palpait les poches. On aurait dit qu'il guettait un bus en retard.

– Gardez votre manteau, Nicol. Nous partons pour Saltmarket.

– La Haute Cour, *sir* ?

– La morgue, Nicol, la morgue !

– La victime a été identifiée ? demanda Shand. Le clodo de la décharge ?

– Tu parles d'un clodo, rétorqua Goldie. Gavin Elliot, c'est un clodo pour toi ?

Nicol et Shand restèrent d'abord sans réaction, puis l'inspectrice percuta.

– Le député tory ? Mon Dieu…

– *Ancien* député.

– Gavin Elliot ? souffla Shand. Putain, Gavin Elliot… Ça, c'est la classe ! Haddow va péter les plombs.

Son sourire s'effaça quand McCormack traversa la pièce en deux enjambées et colla son visage au sien.

– La classe ? Un homme est mort, fiston. Reprenez-vous.

– Ben, il se payait notre tête, pas vrai ? – Shand recula d'un pas et ôta sa veste d'un coup d'épaule, la pendit au dossier de sa chaise. – Haddow, je veux dire. Il a voulu nous humilier en nous confiant ce meurtre sans importance, faire de nous les larbins des bourgeois de la Division B. Mais là, ça change tout ! Ce truc va faire les gros titres de tous les foutus journaux. Et il est à nous.

– Il ne s'agit pas d'un gros titre, inspecteur Shand. Il s'agit d'un putain d'être humain. Et si ce type avait été un clochard, il n'en aurait pas moins été un homme assassiné. On ne classe pas les victimes de meurtre ici, fiston. C'est pas le championnat écossais.

– Ouais, c'est ça, chef. Tous les hommes sont égaux. Aux yeux de Dieu, peut-être. Mais aux yeux de l'inspecteur divisionnaire ? Aux yeux des huiles de Turnbull Street, du ministère et du foutu *Daily Record* ? Les journaleux vont camper devant l'entrée. Là, on se retrouve en première division.

Shand roula des épaules. Il était dans son élément, à présent, la star de son petit film, l'inspecteur résolvant l'affaire du siècle. Nicol resserra la ceinture de son manteau et suivit McCormack jusqu'à la voiture.

10

La Haute Cour de justice domine un carrefour important sur la rive sud de la Clyde. Le haut portique de son entrée donne, par-delà Saltmarket, sur l'allée centrale du Glasgow Green et sur la grandeur imposante de la McLennan Arch.

Dans l'ombre de la Haute Cour, vers le nord, est tapi un édifice moins prestigieux, peu élevé et tout en longueur, aux façades de brique rouge sang. Ses grandes vitres en verre dépoli sont quadrillées par des barreaux.

C'est la morgue de Glasgow.

McCormack se baissa pour passer sous le linteau bas de la porte et suivit l'employé le long d'un couloir. Dans l'antichambre, il enfila une blouse et des gants de chirurgien, défit ses mocassins. Le choix de sabots en plastique alignés au pied du mur de l'antichambre était maigre, mais il en trouva une paire qui ne le serrait pas trop. Il inspira profondément et entra dans la salle d'autopsie.

Comme toujours, avec ses murs carrelés, ses employés vêtus de blanc et ses odeurs chimiques, cette salle lui fit penser à une piscine municipale. Une certaine agitation y régnait. Haddow était déjà à son poste, au garde-à-vous dans ses sabots blancs. Seawright était là aussi, l'air un peu renfrogné. McCormack se demanda ce qui le turlupinait, jusqu'à ce qu'il repère la haute silhouette du professeur Alistair Agnew, médecin légiste en chef de la police de Glasgow. C'était Agnew qui allait réaliser l'autopsie, Seawright étant simplement chargé de corroborer ses conclusions, comme stipulé par la loi dans les affaires de meurtre. Même Jardine, le procureur, avait fait le déplacement. Nicol et Shand se trouvaient à proximité, prêts à mettre sous scellés les vêtements et biens du défunt.

McCormack échangea des hochements de tête avec les autres, croisa le regard de Haddow et courba légèrement le front devant Jardine. Haddow hocha la tête en retour. Par courtoisie, le procureur était prévenu dès qu'une autopsie avait lieu, mais il prenait rarement la peine d'y assister. Le fait qu'il soit là, dans ses sabots en plastique blanc, ses mains gantées derrière le dos, montrait combien la hiérarchie prenait cette affaire au sérieux.

– Messieurs. – Agnew détendit ses doigts et leur adressa à tous un sourire. – Madame. – Il baissa gracieusement la tête en direction de Nicol, avec un sourire fugace. – Si nous commencions ?

Agnew découpa le bleu de travail et le tendit à Nicol et Shand, lequel recula en levant bien haut ses mains gantées pour que le photographe de police puisse faire des clichés du corps.

Les cheveux blancs de Gavin Elliot étaient ceux d'un homme de soixante ou soixante-dix ans, mais il avait le corps d'un homme plus jeune – musculeux, svelte, le ventre plat et ferme. Il était bronzé, avec un triangle de blanc autour du pubis. Pas de tatouage, pas de tache de naissance.

– Bon... – Agnew fit le tour du cadavre, baissant puis redressant la tête un peu comme un oiseau, pour l'étudier de plus près. – Si nous ne le savions pas déjà, je crois que nous pourrions conclure sans risque de nous tromper que ce gentleman n'était pas cantonnier. Ses mains ont reçu des coups et deux de ses doigts sont fracturés, mais les extrémités des doigts sont lisses, dépourvues de corne. Il a bénéficié de soins dentaires de qualité, onéreux. Notre homme était riche et prenait soin de lui.

– Ce n'est pas à Glasgow qu'il a bronzé comme ça, fit remarquer Haddow.

– J'imagine que non.

– Et ce bleu de travail n'était pas le sien ?

– Je crois que nous pouvons raisonnablement affirmer que le bleu de chauffe n'était pas la tenue habituelle de M. Elliot.

– Je parle de la taille, professeur. Il semble trop petit pour lui.

– C'est fort possible. Bon…

Agnew leva les bras pour ajuster les manches trop lâches de sa blouse de chirurgien. On aurait dit un prophète des landes écossaises invoquant les cieux. Puis il se mit au travail, ce travail que McCormack avait toujours du mal à regarder, malgré toutes ces années d'expérience. Peut-être à cause d'elles. Quand ce fut terminé, McCormack coinça le légiste en chef devant le grand évier en inox.

– Professeur Agnew. Les coups à la tête… c'est ce qui a causé la mort ?

Agnew tira sur ses gants avec un air de dégoût, les roula en boule et les jeta dans la poubelle.

– Il nous faudra attendre les résultats de la toxicologie, mais pour le moment, je dirais que la cause du décès est le traumatisme infligé au crâne par au moins trois coups puissants donnés avec un objet contondant.

– Il a été tabassé à mort.

– Comme je le disais, les résultats des analyses toxicologiques pourraient changer la donne. Mais c'est l'hypothèse la plus probable à l'heure où nous parlons.

– Très bien, professeur. Rien d'autre ?

Agnew haussa le ton pour couvrir le bruit du robinet, tandis qu'il se lavait les mains avec le savon chirurgical.

– Des fibres sont incrustées dans ses plaies. Provenant certainement de la cagoule.

– Il était cagoulé quand on l'a tué ?

– Ça en a tout l'air. Par ailleurs, il porte un grand nombre d'ecchymoses au niveau du torse et des bras. Certaines plus étendues que d'autres. Considérablement.

– Vous voulez dire qu'elles sont plus anciennes ? Liées à un incident antérieur… sans rapport avec le meurtre ?

– Cela pourrait se *concevoir*. – Agnew fit durer ce dernier mot, en penchant la tête de côté. Il s'essuya les mains avec des serviettes en papier. – À moins que l'assassinat proprement dit ait été plus… prolongé que nous ne le pensions.

– Je ne vous suis plus.

– Inspecteur McCormack, ce que je suggère, c'est que M. Elliot, tel que vous le voyez là, a subi des tortures. Il a été maintenu en captivité pendant trois ou quatre jours et on l'a torturé.

– Vous fondez cette conclusion sur la seule présence d'ecchymoses plus anciennes ?

Agnew fit non de la tête.

– Il y a aussi la question des résidus fécaux autour de l'anus et à l'arrière des jambes, ainsi que sur le bleu de chauffe.

– Mais cela arrive toujours, non ? C'est normal.

– Les intestins se vident au moment de la mort, inspecteur, oui. Mais dans ce cas précis, les matières fécales sont, là encore, considérablement plus anciennes.

McCormack posa ses mains sur sa nuque et s'étira le cou, incrédule.

– Ils l'ont laissé dans ses propres excréments ?

Agnew acquiesça.

– J'en ai bien peur. Je crois qu'on l'a emmené quelque part, qu'on lui a enfilé ce bleu de chauffe, qu'on l'a battu de manière répétée et qu'on lui a refusé l'accès à des sanitaires.

– Bon Dieu… – McCormack baissa les yeux sur ses sabots en plastique blanc. Il eut soudain envie d'une cigarette. Du coin de l'œil, il aperçut Haddow qui lui faisait signe d'approcher. – Y a-t-il autre chose ?

– Oui. La vésicule biliaire a clairement été distendue par la bile.

McCormack attendit la suite.

– Dans un langage simple, professeur. Vous vous adressez à un plouc des Highlands, là.

Agnew fit la moue.

– Bon. Ça ne veut peut-être rien dire. Mais cela pourrait indiquer que le défunt n'avait pas mangé depuis plusieurs jours.

– On ne peut pas le déterminer en examinant l'estomac ?

– Non. Absolument pas. La nourriture met environ quatre heures à quitter l'estomac. Un estomac vide permet donc simplement de conclure que le défunt n'avait pas ingurgité de nourriture pendant les quatre heures qui ont précédé sa mort. Mais là… Eh bien, on constate parfois ça en cas de malnutrition ou chez des personnes mortes de faim. Normalement, la vésicule biliaire se vide de sa bile lorsque la nourriture atteint l'intestin grêle. Pour qu'une vésicule atteigne une taille pareille, eh bien cela laisse entendre qu'aucun aliment n'a transité par l'intestin pendant plusieurs jours.

– On l'a privé de nourriture ?

– Je vous l'ai dit, c'est une possibilité. On remarque en outre des contusions et une abrasion circonférentielles linéaires au niveau de la cheville droite.

– Professeur, s'il vous plaît…

– Il a été menotté, inspecteur. On l'a enchaîné à un mur ou à un poteau. Comme un chien.

McCormack hocha la tête. Là, on ne pouvait pas faire plus clair. Agnew ôta sa blouse de chirurgien. Il avait l'air plus vieux dans son costume trois pièces gris, sa cravate à rayures obliques.

– Ça n'a pas été une mort facile, inspecteur. Quelqu'un voulait que cet homme souffre. Et il a souffert, aucun doute là-dessus.

Sur ces mots, il fit volte-face, comme si McCormack avait été complice des souffrances infligées à la victime.

McCormack ressortit de la morgue dans ce matin d'été, engloutit de grandes bouffées d'air. Nicol le rejoignit dehors. Ils traversèrent Saltmarket, passèrent sous la grande arche en pierre pour s'engager dans les allées du Glasgow Green. Le plus vieux parc de la ville brillait d'un éclat prodigieux au soleil. Ils marchèrent vers le grand obélisque du Nelson's Monument. McCormack était parfois venu ici, enfant, pour se livrer à de longues parties de football tentaculaires sur les terrains proches du méandre du fleuve, des matchs qui se prolongeaient jusque tard dans le crépuscule estival, et l'on jouait alors au bruit et au toucher, dans un monde de plus en plus flou qui ressemblait à cette accalmie bleue avant de sombrer dans le sommeil. Puis, en grandissant, il avait continué de venir ici, dans ce même crépuscule bleuté, pour jouer à un tout autre jeu, avec des garçons plus âgés ou des hommes, un jeu qui s'accompagnait un peu du même sentiment d'urgence onirique. Mais c'était fini, tout ça. Depuis qu'il était revenu à Glasgow, ces jeux avaient cessé.

Il sentit Nicol à ses côtés, trottinant presque pour le suivre. Il ralentit le pas.

– C'était assez raide là-bas, Nicol. – Il tourna brusquement la tête pour vérifier son expression. – Vous avez assuré. Comment vous sentez-vous ?

– Ça va, *sir*. Mais comment allons-nous expliquer à Eileen Elliot ce qui est arrivé à son père ?

– Je ne pense pas que nous saurons jamais vraiment ce qui est arrivé à son père, répliqua sèchement McCormack.

Ils poursuivirent leur marche. C'étaient les vacances scolaires. Des gamins tapaient dans un ballon sur la pelouse au bord de l'allée, s'encourageant, râlant, réclamant une passe, absorbés dans leur jeu, cet univers autonome délimité par des blousons en guise de buts et des lignes de touche invisibles.

McCormack s'éclaircit la gorge et cracha par terre, puis se tamponna les lèvres avec son mouchoir.

– Il y a du plaisir là-dedans, Nicol. Celui qui a fait ça a clairement pris son pied. Il a le mors aux dents…

– Vous croyez qu'il va recommencer ?

– S'il ne l'a pas déjà fait.

Le ballon s'échappa de la mêlée et rebondit jusqu'à eux à travers la pelouse. McCormack le contrôla proprement et le renvoya, du plat du pied, entre deux arbres.

– Merci, m'sieur !

– Vous croyez qu'Elliot n'était pas visé personnellement ? interrogea Nicol. Ça avait pourtant l'air très personnel…

– Oh, Elliot n'a pas été choisi par hasard. Ce n'est pas ce que je veux dire. Celui qui a fait ça lui en voulait. Il voulait briser Elliot, l'humilier. Le balancer sur ce tas d'ordures en faisait partie. Mais il y a trop de… *savoir-faire* dans ce meurtre. Ce type va se trouver une excuse pour recommencer. On n'est pas au bout de cette histoire, Nicol. – Il secoua la tête et contempla le sol, plissant le front. – Ce n'est peut-être même pas encore le début.

11

– Il y a mieux encore, déclara McCormack. Enfin, pire. Ils l'ont laissé mariner dans ses propres excréments. Pendant quatre ou cinq jours. Menotté à quelque chose. Un radiateur, probablement.

– Bon Dieu… Mais alors, on cherche quoi… une cave insonorisée ? Une sorte de tanière ?

– Possible, acquiesça McCormack. Il pourrait s'agir d'une ferme. D'un cottage isolé. Quelque chose dans le genre. En tout cas, ça a été organisé. Planifié.

– Vous pensez que l'assassin avait déjà fait ça ?

– Je crois que c'est hautement probable. Vérifiez dans les archives, Derek. Police du Strathclyde, les autres départements. On cherche des cadavres cagoulés. Des cadavres en bleu de travail. Des cadavres balancés dans des lieux publics. Des traces de torture. Des victimes d'un âge similaire à celui de Gavin Elliot.

– Dacodac, Duncan.

– Nicol… – McCormack se débattait pour enfiler son imperméable. – Faites un saut au Registre des sociétés et dressez la liste des associés d'Elliot. Commencez à les interroger. Nous cherchons de possibles rivaux, des négociations qui auraient mal tourné, des entreprises qui ont fait faillite, ce genre de trucs. Mais avant de vous rendre là-bas, prenez votre manteau : nous allons voir la fille d'Elliot. Shand : vous vous occuperez du *Record* et du *Trib*. Épluchez leurs archives pour voir ce qu'ils ont sur Elliot. Rendez-vous ici à quatre heures pour un débriefing. Quoi ?

Shand avait l'air interloqué.

– Éplucher tous leurs numéros ? Mais je vais y passer des semaines !

McCormack boutonnait son imperméable en dévisageant Shand, respirant par les narines.

– Bon sang, fiston. Ils vous ont trouvé où ? Vous ne savez pas comment fonctionnent les archives des journaux ? Nicol : je vais chercher la voiture. Expliquez-lui donc.

L'instant d'après, il était dans le couloir, et les portes coupe-feu claquèrent derrière lui.

– Putain, mais qu'est-ce qui lui prend ?

Shand se tourna vers Nicol, vexé.

– Dans les archives de presse, lui expliqua Nicol, avec douceur et bienveillance, les articles sont classés par noms. Chaque fois que vous apparaissez dans le journal, chaque fois que votre nom est mentionné, on découpe une copie de l'article, qui est conservée dans un dossier cartonné. Quand un journaliste a besoin d'écrire un papier sur vous, il va aux archives et épluche les articles archivés sous votre nom. Ceux consacrés à Elliot nous fourniront peut-être des indices. Faites-les photocopier et rapportez-les. C'est tout simple.

– Ça l'aurait tué de m'expliquer ça ? – Shand arracha son imperméable du portemanteau sur le chemin de la sortie. – Merci, au fait ! cria-t-il d'une voix bourrue depuis le couloir.

Goldie et Nicol échangèrent un sourire. Nicol alla rejoindre McCormack sur le parking.

Les archives du *Tribune* occupaient une pièce à part, une réserve en haut de l'escalier du fond, sous les combles. Le rédacteur en chef – voûté, barbu, cravate en tricot à bout carré – se chargea lui-même d'y conduire Shand et de déverrouiller la porte. L'endroit ressemblait un peu à une cellule de confinement. Une chaise en bois, un pupitre, une ampoule nue au plafond et des rangées entières de classeurs à tiroirs le long des murs.

– Je vous laisse vous débrouiller, annonça le rédacteur en chef. Si vous trouvez quelque chose d'utile, prévenez-moi… je demanderai à quelqu'un de vous faire une copie.

– Attendez… – La main levée de Shand arrêta l'homme sur le seuil. Shand désigna la pièce d'un geste désespéré. – Tout le monde est vraiment là ? Je veux dire, tous ceux qui ont été dans le journal ?

Le journaliste lui sourit. – Bon, pas tout le monde. On n'archive pas les pages Sport, ni les petites annonces. Mais les personnes qui ont figuré dans les actualités ou les articles de fond, disons, ces cinquante dernières années ? Eh bien oui, elles sont toutes là. Amusez-vous bien.

Après avoir refermé la porte, la première chose que fit Shand fut de localiser les "S", en tirant sur les lourds tiroirs. *Shadwell, Shaefer…* Bon Dieu ! Il était là. Juste avant le gros dossier estampillé "Shand, Jimmy", le musicien traditionnel écossais, se trouvait une version plus mince portant son nom à lui. Il éprouva une bouffée de soulagement, une palpitation de gratitude. Iain Shand existait. Il comptait. Ce dossier contenait des comptes rendus d'audience au tribunal, avec des passages paraphrasés et parfois même des citations directes des témoignages de Shand. Il ressentit une légère excitation de voir ses propres paroles, là, imprimées noir sur blanc. Et, à la fin de son dossier, il trouva un article avec une photo : la remise des diplômes de sa promotion à l'académie de police de Tulliallan. Le grand défilé de fin d'études. Le sourire forcé de Shand sous sa casquette ceinte du bandeau à carreaux noirs et blancs, son nom inscrit en gras dans la légende de la photo.

Shand se souvenait très bien de cette journée, le vent puissant qui agitait les fanions sur l'estrade et avalait des pans entiers du discours du chef de la police écossaise. Toutes les dames sur l'estrade gardaient la main sur leur casquette, comme dans un salut militaire. Le père de Shand avait loupé tout ça – en train de se soûler au pub, certainement – mais sa mère était présente, dans son plus joli twin-set vert, ses escarpins cirés étincelants pour briller autant que son fils. Elle avait apporté un cadeau – une cravate rayée, d'apparence militaire – et lui avait dit que c'était son père qui l'avait choisie. Mais quand Shand l'avait remercié ensuite, le vieux s'était contenté d'un sourire vague et Shand avait eu l'impression familière d'être à la fois invisible et, d'une manière ou d'une autre, fautif. Après être sorti de Tulliallan, il avait fallu moins de trois ans à Shand pour laisser tomber l'uniforme en obtenant un poste d'inspecteur, mais son père – un militaire de carrière qui avait atteint le grade de commandant avant de prendre sa retraite – semblait considérer tous ces grades civils comme des parodies puériles. Pourtant, si Shand parvenait à garder les faveurs de Haddow ou aidait à faire tomber Maitland, il ne tarderait pas à être nommé lieutenant. Ce serait déjà un début. En plus, Shand avait cet autre petit fer au feu. Il allait se passer des choses. Rien de plus certain. Mais pour l'instant, profite juste d'être Iain Shand, inspecteur de la brigade de Répression du banditisme.

Il reprit ses esprits et contempla la salle des archives, cette infinité de tiroirs remplis de dossiers bien classés. Presque avec révérence, il remit le sien en place, referma le tiroir et s'appuya au meuble. Cette salle semblait soudain magique, comme si Shand était Dieu et que toutes les âmes de la ville se trouvaient là, ordonnées, à sa disposition. Il ouvrit un autre tiroir et entreprit de passer en revue les dossiers.

En traversant le fleuve dans la voiture, Nicol songea à prévenir McCormack. Mais pour lui dire quoi ? Shand prépare un coup ? Vous feriez mieux de l'avoir à l'œil ? Il fallait d'abord en savoir plus. Comme, par exemple, quel genre de foutu coup préparait Shand, au juste. Mieux valait ne pas tirer tout de suite. Creuser un peu d'abord.

– Nous y sommes.

McCormack coupa le contact.

– Notre fille à papa s'en sort plutôt pas mal, fit remarquer Nicol. L'argent va à l'argent.

Elle défit sa ceinture et descendit de voiture.

– C'est quoi, un genre de truc biblique? demanda McCormack.

Elle le regarda.

– "Car on donnera à celui qui a, et il sera dans l'abondance", vous voulez dire? J'imagine que oui.

McCormack resta interdit. Nicol se fendit d'un sourire.

– Dans votre Église à vous, on ne fait pas grand cas des Écritures, pas vrai?

– Qui a besoin des Écritures? répliqua McCormack. Nous, nous avons un avantage, Nicol. L'arme absolue: l'intercession des saints.

Ils étaient garés dans l'allée de la villa d'Eileen Elliot, à Pollokshield. Discrètement fortifiée derrière un haut mur de pierre et une rangée d'une douzaine d'arbres adultes, cette maison dressait son imposante masse de grès blond au bord d'Albert Drive. Carrée et élégante; de grandes baies vitrées au rez-de-chaussée et un balcon de pierre surplombant l'entrée. Une tour ronde s'élevait à l'un des coins de l'édifice, sous un toit en chapeau de sorcière. Une girouette pointait sa flèche vers un quartier moins fortuné de la ville.

Une jeune adolescente vint leur ouvrir. Elle gratifia Nicol et McCormack d'un sourire incertain.

– Nous venons voir ta maman, ma chérie. Elle est à la maison?

La fille continua de sourire, mais sa bouche se ferma et un fossé se creusa entre ses yeux.

Un rire grave, vulgaire, retentit dans l'entrée et Eileen Elliot apparut, posant sa maigre main sur l'épaule de la fille.

– Merci, Sarah. Je m'en occupe.

La fille pivota sur ses talons et s'éloigna dans le couloir.

– Désolée. Je ne devrais pas rire… s'excusa Eileen Elliot.

Elle avait changé de tenue. La robe élégante de ce matin avait cédé la place à un pull bleu marine à col rond et un pantalon plissé gris anthracite. Des escarpins à talons courts. Des boucles d'oreilles en perles.

– Ce n'est pas votre fille, dit McCormack.

– Je devrais mal le prendre, inspecteur principal McCormack, mais vous aviez l'air si bêtes, plantés là. Je suis désolée. Sarah m'aide dans la maison. Entrez donc, tous les deux.

Ils la suivirent dans le couloir qui menait à un vaste salon lumineux au fond de la maison.

– Puis-je vous offrir à boire ? Café ? Thé ?

Parfois, il était préférable d'annoncer rapidement les mauvaises nouvelles, sans s'éterniser. Mais, d'un autre côté, on encaissait mieux les chocs avec une boisson chaude. Cela vous occupait les mains.

– Un thé, volontiers, répondit McCormack.

Nicol hocha la tête :

– La même chose pour moi, merci.

Eileen Elliot alla préparer le thé. Ils étudièrent la pièce : tout en longueur, trois fenêtres ménagées dans l'un des murs, sur le côté de la maison. Il y avait une moulure ouvragée autour d'un chandelier électrique, de gros blocs de mobilier taillés dans un bois sombre contrastant avec l'imprimé floral aux couleurs vives du canapé et des fauteuils. Sur un buffet près de la cheminée de marbre étaient posées des figurines en porcelaine espagnoles – une danseuse de flamenco, entre autres – et des photos sous des cadres d'argent, la plupart immortalisant une belle quadragénaire avec quelque chose de blessé dans le sourire. Pas une photo de Gavin Elliot.

– Vous avez une très belle maison, déclara Nicol quand Elliot revint.

– Merci. J'ai longtemps cherché une villa "grecque" d'Alexander Thomson, mais celle-ci est un substitut acceptable. – Elliot prit place dans son fauteuil et croisa les jambes, ajustant son pantalon.

D'un geste du menton, McCormack désigna le tableau au-dessus de la cheminée, un paysage marin où des vagues bleu-vert déferlaient sur le sable blanc d'une plage des Hébrides.

– Ce ne serait pas un… ?

Elle lui sourit.

– Un Peploe, inspecteur ? Si, c'en est un. Mais j'imagine que vous n'êtes pas venu débattre des mérites de nos coloristes écossais…

– Non, effectivement. – McCormack s'assit sur le canapé, à l'opposé de Nicol. Il contempla un moment le tapis entre ses genoux, tapotant doucement les accoudoirs avec ses paumes. Puis il releva brusquement les yeux. – Nous avons eu les premières conclusions de l'autopsie, mademoiselle Elliot. Le légiste confirme, j'en ai bien peur, ce que nous suspections : votre père a été assassiné.

Eileen Elliot hocha sèchement la tête.

– Continuez…

– La cause du décès est un coup à l'arrière du crâne. Votre père a été frappé avec un objet lourd. – McCormack grimaça. – À plusieurs reprises.

Il baissa de nouveau les yeux sur le tapis. Eileen Elliot pencha la tête de côté.

– Mais il y a autre chose, inspecteur, n'est-ce pas ? Quelque chose que vous ne me dites pas.

McCormack se racla la gorge.

– Votre père a subi de mauvais traitements avant de mourir, mademoiselle Elliot. Nous pensons qu'on l'a torturé.

Elliot se tourna vers Nicol comme pour lui offrir une chance de contredire son chef. Puis ses yeux contemplèrent la porte-fenêtre à l'autre bout de la pièce, ouvrant sur une pelouse verdoyante. Un portique avec une balançoire était posé dans l'herbe, pattes écartées, les chaînes de la balançoire enroulées autour de la barre transversale, si bien que le siège en plastique rouge était plaqué contre celle-ci. Sarah entra dans la pièce, portant un plateau cliquetant. Elle traversa le tapis comme une équilibriste et posa le service à thé sur une table basse en bois laqué.

– Merci, Sarah, dit Eileen Elliot sans quitter des yeux la porte-fenêtre. Ils s'occupèrent du thé. Il y avait des couverts en argent pour le sucre, des cuillères d'apôtre aux manches ciselés, un pot à lait décoré d'un faisan en vol.

– Quand vous dites torturé… reprit Eileen Elliot.

– Il a été frappé, brûlé. On lui a cassé des dents. Nous pensons qu'il a été séquestré quelque part pendant trois ou quatre jours. Menotté. Sans doute affamé. Votre père a été traité comme un chien, mademoiselle Elliot. Je suis vraiment désolé.

Eileen Elliot hocha de nouveau la tête.

– Le gâteau aux graines de pavot est délicieux, inspecteur. Je le fais venir d'un traiteur de Giffnock.

McCormack et Nicol attendirent qu'elle poursuive. Elliot secoua la tête.

– Un homme de soixante-neuf ans, soupira-t-elle. Qui ferait ça à un homme de soixante-neuf ans ?

– Nous trouverons celui ou ceux qui ont fait ça, répondit Nicol. Nous les traînerons devant la justice. Je vous le promets, mademoiselle Elliot.

Eileen Elliot se tourna vers McCormack pour avoir sa confirmation et hocha la tête lorsqu'il se fut exécuté.

– Merci, dit-elle simplement.

– Mademoiselle Elliot… Je suis désolé, mais je dois vous poser quelques questions au sujet de la carrière de votre père. De ses possibles ennemis. Dans le domaine politique, notamment. On s'en fait facilement dans ce jeu-là.

– Oh, non. – Elliot secoua vivement la tête. – Cela fait longtemps qu'il a quitté la politique. Il ne s'est plus présenté à aucune élection depuis, quoi… cinq ans ? Je ne sais pas quelle est la raison, inspecteur, mais sûrement pas la politique.

– Trois ans, en fait. – McCormack avait sorti son carnet. – Il s'est présenté pour la dernière fois aux élections municipales de Glasgow en 1972. Il a perdu son siège.

– Merci. Vous avez raison. Ce que je voulais dire, en réalité, c'est qu'il avait abandonné bien avant cela. Il faisait ça machinalement, inspecteur. Il avait perdu tout intérêt pour la politique depuis son départ de la Chambre des communes. Il considérait son poste de conseiller municipal comme, eh bien, une sorte de hobby, si vous voulez. La politique, pour mon père, c'était la scène nationale ; la mairie de Glasgow, il faisait ça comme on s'occupe de son jardin.

– Je vois. Mais vous comprendrez que nous devons explorer toutes les pistes. Et son parcours dans les affaires, alors ? Y a-t-il des associés qui auraient pu éprouver un certain ressentiment à l'encontre de votre père ? Ou bien des concurrents ?

– Du ressentiment, inspecteur ? – Eileen Elliot baissa ses paupières comme un rapace. – Vous dites que mon père a été torturé : cela va au-delà du simple ressentiment, vous ne trouvez pas ?

– Mademoiselle Elliot, j'ai besoin de votre aide. Si vous tenez à discuter mes choix de vocabulaire, c'est votre droit. Je veux juste découvrir qui a fait ça à votre père.

Elle laissa tomber une main sur l'assise rembourrée du fauteuil, une petite claque qui fit rebondir dans les airs un fin briquet doré.

– Vous avez raison, inspecteur. Je suis désolée. C'est juste que mon père n'évoquait quasiment jamais les détails de ses affaires. Je ne les connais pas plus que vous.

Je m'y intéressais assez peu et lui, il faut bien le reconnaître, ne faisait rien pour m'y encourager.

Nicol s'éclaircit la voix.

– Que faites-vous dans la vie, mademoiselle Elliot ?

– Je suis dans le commerce, répliqua-t-elle sèchement. Puis, comme surprise de sa propre brusquerie, elle ajouta : J'ai quelques boutiques de mode. Pas dans le centre ; en banlieue. Giffnock, Newton Mearns, Eastwood. Un marché très spécialisé.

Nicol désigna la pièce d'un geste vague.

– Vous vous en sortez bien, n'est-ce pas ?

– Nous nous en sortons plus que bien, je vous remercie. Pour répondre à votre question, inspecteur, mon père investissait dans l'hôtellerie. Il avait également des intérêts dans l'immobilier et le bâtiment. Avec pas mal de réussite. Donc, oui, il ne fait aucun doute que certaines personnes éprouvaient du ressentiment à son encontre. Il pouvait aussi se montrer parfois extrêmement déplaisant. Vous n'aurez aucun mal à lui trouver des ennemis, mais de là à penser qu'ils aient pu être capables de faire une chose pareille…

– Vous auriez des noms à nous donner, mademoiselle Elliot ? Des hommes qui auraient été des ennemis de votre père ? Ses rivaux dans le monde des affaires ?

– Je n'en ai aucune idée, inspecteur. Il n'y a plus guère que de grandes entreprises impersonnelles désormais, n'est-ce pas ? Dans l'hôtellerie et le bâtiment. Je n'en sais guère plus que vous.

Elle les raccompagna jusqu'à la porte. Comme ils redescendaient bruyamment l'allée de gravier, McCormack se retourna pour regarder la maison. Un rideau, à l'étage, s'était soulevé. Le visage de la jeune Sarah les contemplait de là-haut. McCormack lui sourit et agita la main. La fille n'esquissa pas un geste, pas un sourire, continuant juste de les observer sombrement.

Le siège du *Daily Record* était l'un des trésors architecturaux de Glasgow. C'est ce que son vieux prof d'arts plastiques à l'école avait dit à Iain Shand. S'arrêtant sous la grande arche en grès de l'entrée, Shand se dit qu'il allait le croire sur parole. Non pas que Shand n'eût aucune opinion en matière d'architecture. Simplement, l'emplacement du bâtiment, dans une étroite allée pavée derrière Central Station, n'offrait aucun recul d'où apprécier l'ensemble. Shand tendit le cou pour étudier cette vertigineuse falaise de briques vernissées blanches et bleues, ponctuée de fenêtres à meneaux, avant d'ouvrir la double porte qui donnait sur le hall, puis de traverser celui-ci jusqu'à la réception.

Il montra sa plaque à la femme qui tenait le guichet et demanda qu'on le conduise aux archives. Dix minutes plus tard, il feuilletait un dossier rassemblant les coupures de presse consacrées à Gavin Elliot quand la porte s'ouvrit brusquement. Une femme blonde aux cheveux bouclés fonça sur lui et planta ses paumes sur le bureau, penchée dans une attitude pugnace.

– Janey m'a dit que vous étiez là. Quoi, vous comptiez juste faire comme si je n'existais pas ?

Décontenancé, un peu paniqué, Shand se demanda s'il s'agissait d'une ancienne petite amie ou d'une aventure d'une nuit, une maîtresse rejetée venue lui reprocher de n'avoir pas rappelé. Mais non, il n'avait jamais vu cette femme.

– Je suis désolé. Qu'est-ce… ?

– Inspecteur Shand, c'est bien ça ? Vous bossez pour McCormack.

– Mmh-mmh. Et vous êtes… ?

– Je suis Fiona Morrison, chéri. Je suis celle qui a écrit le gros titre que vous avez lu ce matin en mangeant vos corn-flakes. Avec une jolie photo des bagues de votre macchabée. Et vous, vous êtes là pour me tenir au courant. Comme votre foutu chef me l'a promis.

Shand commençait à comprendre, mais pas encore tout à fait. Voyant l'attention de Morrisson se porter vers les coupures étalées sur le bureau, il referma le dossier et posa son avant-bras dessus. Il avait oublié, toutefois, que le dossier contenant les articles photocopiés du *Tribune* se trouvait à côté, et c'est celui-là que Morrison ouvrit.

– Elliot ? – L'air stupéfait, elle se tourna vivement vers Shand. – La victime est Gavin *Elliot* ?

– Attendez une minute. Nous n'avons pas dit ça.

– Bon Dieu ! – Les jointures de ses mains tapotèrent le bois du bureau. – L'autopsie a déjà eu lieu ? Elle a eu lieu, pas vrai ? Cette foutue autopsie a eu lieu. Qu'a-t-elle permis de découvrir ?

– Écoutez, mademoiselle Morrison. Un communiqué officiel va bientôt être publié. On donnera une conférence de presse cet après-mi…

– Iain ! Iain ! Mon chéri… – Morrison tira une chaise posée de son côté du bureau et la posa bruyamment près de Shand. Elle s'assit et se pencha en avant pour l'attraper par le poignet. Elle se pencha si près qu'il ne la voyait plus clairement et il repensa à la façade du bâtiment dans sa petite allée étroite. – Je vais vous expliquer comment ça marche, OK ? – Il distinguait la tache brillante de son rouge à lèvres, un gros anneau à son oreille miroitant dans la lumière. – C'est tout nouveau pour vous, je sais. Mais il y a des moments, dans la carrière d'un inspecteur, où on a besoin de quelqu'un comme moi. Pour faire bouger les choses. Dans une enquête, je veux dire. On a besoin que quelqu'un présente les faits d'une certaine manière, pour provoquer un suspect par exemple. Le faire paniquer. Ou pour faire connaître un indice au grand public, comme votre chef l'a fait avec ces bagues.

Elle ménagea une pause dans son discours, pour laisser Shand acquiescer. Il hocha la tête, avec raideur.

– Eh bien quand ça arrive, je suis la personne qu'il vous faut. L'inspecteur Shand a un accès direct à la une du *Record*. Mais ça marche dans les deux sens, inspecteur. Vous devez m'aider, vous aussi. Vous comprenez, n'est-ce pas ?

Ce n'est que lorsque Shand eut hoché la tête que Morrison se rassit au fond de sa chaise. Il y avait un carnet sur le bureau, et un stylo s'était matérialisé dans sa main. Elle le pointa sur Shand.

– Bon. Confirmons la chose tout de suite. La victime de ce meurtre est Gavin Elliot.

Shand regarda les coupures de presse photocopiées : Elliot sur le podium lors d'une soirée électorale, flanqué de ses rivaux, trois costumes ornés de cocardes. Morrison avait déjà tiré ses conclusions. Elle le dévisageait avec une esquisse de sourire. Elle allait l'apprendre lors de la conférence de presse, de toute manière. Quel mal cela ferait-il de lui offrir un peu d'avance sur les autres journaux ? Et quel mal cela ferait-il de se mettre un journaleux dans la poche ?

– Exact, répondit-il d'une voix déterminée. Le nom de la victime est Gavin Elliot.

– Bien. – Morrison passa la main dans ses cheveux et secoua ses boucles. Les anneaux d'oreilles se balancèrent. – Et l'autopsie s'est déroulée ce matin, n'est-ce pas ? Dites-m'en un peu plus…

12

Assis dans le séjour de son appartement, Christopher Kidd contemplait le ciel. C'était un vieil immeuble, et il était perché dans l'encadrement d'une fenêtre, adossé au montant, une jambe sur le rebord. Il n'avait quasiment pas bougé depuis deux heures. Une vieille boîte de tabac Golden Virginia était posée sur l'appui de fenêtre, juste à côté de son pied droit. Le soleil jouait avec le logo vert et jaune du couvercle.

Il ferma les yeux, concentré sur sa respiration. Le vrombissement d'un gros moustique, léger d'abord, puis de plus en plus fort. Levant la tête, Kidd aperçut un deltaplane motorisé qui découpait un pan de ciel. Le chevron pointu des ailes se détachant sur l'azur ; la minuscule silhouette allongée du pilote.

À quoi pouvait bien ressembler Maryhill vu du ciel ?

Ça doit être à peu près aussi classe que depuis le sol, supposa Kidd. Les blocs d'immeubles carrés aux allures de caserne, les toits rectangulaires des grandes tours. D'immenses terrains vagues.

Il se redressa sur l'appui de fenêtre, ramassa la boîte de tabac, fit levier sur son couvercle pour l'ouvrir. Dedans, il y avait cinq ou six mégots, un paquet de Rizla et un briquet Bic. Prenant chaque mégot tour à tour, il en enleva l'extrémité calcinée et arracha le filtre. Puis il effrita le tabac dans la fragile tranchée d'une feuille de Rizla. Les miettes n'étaient plus humides et élastiques comme le tabac à rouler frais ; elles étaient rêches et cassantes. Les extrémités de ses doigts étaient noircies, maculées de cendres, et l'odeur forte du tabac froid le fit saliver. Il roula la feuille, en lécha le rebord et la referma, puis il l'alluma avec le Bic.

Il avait encore le billet de 50 que McPhail lui avait filé. Il aurait pu s'acheter une centaine de paquets de clopes, s'il avait voulu. Mais au fil des années, il y avait pris goût. Au tabac pré-fumé. On prenait l'habitude de faire durer les choses, de les économiser.

Dehors, un chat se frayait un chemin dans le bric-à-brac de la cour intérieure. Un matelas à l'abandon, des chaussures trouées, un vieil anorak matelassé, une roue de poussette. Le chat se tassa sur son arrière-train, tremblant d'indécision, avant de bondir sur la muraille d'un tas d'ordures où il demeura immobile un moment, battant l'air de sa queue.

McPhail lui avait dit d'attendre.

OK, d'accord. Attendons.

Il songea à remonter Maryhill Road jusqu'au Duke, pour s'expliquer avec McPhail. Il se vit entrant dans les toilettes, une nouvelle fois, et tous les caïds lui emboîtant le pas.

Mieux valait attendre.

Attendre n'était pas un problème pour Kidd. Quand on grandissait au foyer pour enfants d'Auldpark, on devenait vite un expert dans cet art. On attendait devant le bureau du directeur afin de recevoir ses coups de règle quand on avait fait une bêtise. On attendait ses maigres repas. On attendait la fin de l'année qui semblait ne jamais venir, en tuant le temps dans les lugubres couloirs de Noël. Un dimanche sur deux, on attendait un visiteur qui ne venait jamais. On attendait que sa sœur Izzy arrête de faire la maligne devant les “Amis d'Auldpark” lorsqu'ils venaient pour leur dîner mensuel. On attendait juste d'être assez grand, putain, pour pouvoir se casser.

Et puis quelques années plus tard, quand ils vous coinçaient pour le coup du marchand de journaux sur Gallowgate, le jeu de l'attente repartait pour cinq ans, dans le bâtiment B de la prison de Barlinnie.

Attendre était le lot quotidien de Christopher Kidd. Sa routine.

Sauf que, cette fois, il se demandait ce qu'il était en train d'attendre au juste. McPhail allait-il seulement envoyer quelqu'un ? Kidd essaya de voir les choses de leur point de vue à eux, les gars du Duke. Viendrait-il aider Christopher Kidd, à leur place ?

Peut-être qu'ils trouveraient plus facile de faire passer le mot : c'était Chris Kidd qui avait allumé l'incendie à Tradeston. De rancarder les flics. De rancarder le gang des Quinn. Chacune de ces deux options les débarrasserait de Kidd pour de bon. Et l'enverrait direct à Saltmarket. Soit à la Haute Cour, soit à la morgue. L'une ou l'autre.

Kidd fuma sa cigarette en méditant la chose. Cette perspective, dans un cas comme dans l'autre, ne le surprenait pas. Il avait tué quatre personnes. Cela semblait si improbable qu'il le dit tout haut.

J'ai tué quatre personnes.

Ces mots restèrent comme suspendus dans l'air, un par victime. Il y avait quelque chose de presque libérateur dans le fait d'avoir causé la mort de quatre personnes, même si ce n'était pas votre intention. Cela faisait paraître triviale, presque déplacée, la vengeance des Quinn ou une condamnation au tribunal. Cela remettait tout en perspective – autre manière de le dire.

Vous étiez blindé. Vous n'en aviez plus rien à foutre.

Comme si plus rien ne comptait. Enfin, si cela avait été le cas avant.

Sauf Isobel.

Les seuls contours de son prénom lui tirèrent un sourire dans l'appartement vide. Ils étaient entrés ensemble au foyer pour enfants, quand leur père était parti, quand leur mère n'avait plus été capable de gérer. Isobel avait trois ans. Ce qui voulait dire qu'elle se souvenait de plus de choses. Au foyer, il n'arrêtait pas de l'embêter pour qu'elle lui parle de leur père. Du temps avant que leur père disparaisse, lorsqu'ils formaient encore une famille.

Il avait certains souvenirs, mais ne savait pas si c'étaient des choses qu'il se rappelait vraiment ou des choses qu'Izzy lui avait racontées. Il était jaloux de ses souvenirs à elle. Il savait que ça l'embêtait quand il lui demandait de raconter les mêmes vieilles histoires, encore et encore, mais il ne pouvait s'en empêcher.

En bas, le chat s'était allongé sur le tas d'ordures, prenant le soleil. Il leva la tête impérieusement puis jeta un regard autour de lui avant de se rallonger, pattes bien tendues.

À ses seize ans, Isobel avait quitté Auldpark. Kidd s'était senti perdu. Il s'était enfui deux ou trois fois, mais ils l'avaient rattrapé et ramené au foyer. Isobel n'avait jamais écrit, n'était jamais venue le voir. Quand, à son tour, il avait quitté le centre, il n'avait pas revu Izzy depuis plus de trois ans. Il avait décroché un contrat d'apprentissage dans une entreprise de peinture et de décoration, avait travaillé dur, loué un appartement à Maryhill. Un soir, dans un pub sur Great Western Road, il avait croisé un type qu'il connaissait de la primaire, Brian Gavaghan. Lorsque Chris lui avait confié qu'il cherchait Isobel, Gavaghan l'avait fixé bizarrement avant de détourner le regard. Au bout d'un moment, il avait fini par lui glisser qu'Izzy travaillait pour Walter Maitland, dans l'un de ses bordels de l'East End, à Dennistoun.

Christopher s'était rendu là-bas un soir, demandant à voir Isobel. On l'avait conduit jusqu'à une chambre humide avec un petit radiateur électrique. Il s'était assis sur le couvre-lit en chenille. Une femme était entrée dans la chambre et s'était agenouillée sur le plancher devant lui. Elle mesurait cinq bons centimètres de plus qu'Izzy et ses yeux n'étaient pas de la bonne couleur. Chris avait repoussé ses mains et bouclé sa ceinture. "On s'en fiche, non ? avait protesté la fille. Je peux être Isobel si tu veux."

Kidd finit sa cigarette, l'écrasa dans la boîte de tabac. Il ne servait à rien de se faire du mouron. McPhail enverrait quelqu'un ou bien il n'enverrait personne. Peut-être que les Quinn allaient se pointer. Ou les flics. Il avait calé une grosse planche sous la poignée de la porte. Ça ne tiendrait pas longtemps, mais il aurait au moins le temps de réagir si quelqu'un se mettait à enfoncer la porte.

Après sa mésaventure au bordel, il avait été à deux doigts de renoncer à trouver Izzy. Tout ce qu'il savait, c'est qu'elle avait bossé au bouge de Dennistoun et que celui-ci appartenait aux Maitland. Puis un jour, ça avait fait tilt : il n'avait qu'à lui-même leur proposer ses services. Aux Maitland. Se rapprocher d'eux. Il avait commencé à fréquenter le Duke, pour qu'on s'habitue à sa tête. Son plan consistait à démontrer sa valeur pour se faire embaucher, peut-être, par les gars de Maitland. Sa rencontre avec Dennis Quinn en rentrant de chez son cousin lui avait offert l'occasion rêvée. Maintenant, il pouvait leur être utile. Une fois qu'il aurait fait ses preuves, une fois qu'il aurait mérité de rejoindre le coin des caïds au fond du Duke, il pourrait commencer à se renseigner. Sur Izzy. Quelqu'un se souviendrait peut-être d'elle. Et saurait peut-être où elle était partie. À Londres ou là-haut, à Aberdeen. Sept ans, c'était long. Il y avait évidemment la possibilité qu'Izzy soit morte. Il fallait l'admettre. Mais peut-être qu'elle en avait juste eu marre de Glasgow et s'était cassée pour tenter sa chance ailleurs. Avait pris un train de nuit à Central Station. Sauté dans un bus à la gare routière de Killermont Street. Comment lui en vouloir ?

Il regarda par la fenêtre. Le chat avait disparu. Il entendit des pas dans le hall d'entrée de l'immeuble, qui se répercutaient dans la cage d'escalier. Kidd se laissa tomber de l'appui de fenêtre, et marcha sur la pointe des pieds jusqu'à la porte. Les pas grimpaient l'escalier. Il y avait un marteau à boule sur le rebord au-dessus de la porte, Kidd tendit doucement le bras pour s'en saisir. Il referma ses doigts sur le caoutchouc antidérapant du manche, laissa retomber son bras pour sentir le poids de la tête à double face. Il s'humecta les lèvres. Les pas se rapprochaient. Allez, viens. Sois pas timide. Ils s'arrêtèrent juste derrière la porte.

13

McCormack parcourait le rapport d'autopsie. Il lui semblait entendre la voix du professeur Agnew en lisant sa prose sèche et circonspecte. La question d'Eileen Elliot tournait en boucle dans sa tête : *Qui ferait ça à un homme de soixante-neuf ans ?*

Qui, effectivement ? Cette question le turlupinait. La torture, ce n'était pas trop le style de Walter Maitland. Maitland était sans pitié, capable d'éliminer des gens sans le moindre état d'âme lorsqu'il le jugeait nécessaire. Mais il faisait ça proprement. On l'apprenait par des indics : untel avait disparu, le corps n'avait jamais été retrouvé. Maitland ne s'y prenait jamais comme ça. Torturer un homme pendant trois ou quatre jours et balancer son cadavre dans un lieu public.

Il releva les yeux : Nicol à sa porte.

– Désolée de vous déranger, *sir*. On vient d'avoir le retour du registre des sociétés.

Il lui fit signe d'entrer.

– Des choses intéressantes ?

– Je crois, oui. Nous avons demandé la liste des sociétés appartenant à Elliot et de celles où il siégeait en tant qu'administrateur ou membre du conseil. Il y a une société qui s'appelle Wyndford Property. Gavin Elliot en était l'un des directeurs. Vous reconnaîtrez sans doute quelqu'un parmi les autres…

McCormack se rassit au fond de son siège, mains calées derrière la nuque.

– Ah bon ? Une célébrité ? – Il se mordilla la lèvre. – Maintenant, mon esprit me tourmente, inspectrice Nicol. Vous allez devoir abréger mes souffrances. Cette célébrité serait-elle une personne à laquelle nous nous intéressons, ou bien est-ce trop espérer ?

Nicol aspira un filet d'air entre ses dents serrées.

– Vous croyez, *sir*? Au contraire : je pense qu'il est tout à fait raisonnable de l'espérer.

– Ce n'est quand même pas Lui ?

Elle fit non de la tête.

– Mais pas loin. Carol Havlin.

Le sourire de McCormack s'affaissa.

– Carol Havlin ? Qui est Carol Havlin ?

– L'épouse d'un certain H. Maitland.

– Hugh Maitland? Le foutu frère de Walter... – McCormack arrondit ses lèvres pour siffler, puis se ravisa. – Mais on est bien sûr que c'est lui ? Il s'agit bien du même H. Maitland?

– L'adresse est un appartement sur Garrioch Road. Au-dessus du Barracks Bar.

– Le pub d'Hugh Maitland... bingo! Les Maitland, liés à un homme d'affaires local assassiné. Ancien conseiller municipal. Ex-député. Ça vous suffit, ça, inspecteur divisionnaire Haddow? Yes!

– Oh, et puis, *sir*? J'oubliais : le voisin auquel nous avons parlé devant l'appartement d'Yvonne Gray? Il nous a dit qu'elle travaillait aussi dans un bar. À Maryhill. Le Barracks Bar...

McCormack réfléchit quelques instants.

– C'est du bon travail, Nicol. OK : prévenez les autres.

– Je suis pas juste mignonne, alors ? – Elle resta plantée sur le seuil, prenant une pose de pin-up, lèvre mordillée, cou bien tendu.

McCormack s'était déjà replongé dans le rapport d'autopsie. Il leva les yeux.

– Allez prévenir les autres, Nicol.

Plus tard, ils en discutèrent dans la salle commune de l'Étable.

– Qu'est-ce qu'on fait maintenant, chef?

– Ce qu'on fait ? On va les voir. On met la pression sur les soi-disant caïds de Glasgow.

– Les Maitland ? – Shand était déjà debout, souriant comme un idiot. – Ces connards de Maitland ?

– C'est l'idée, oui, inspecteur Shand. Vu que nous sommes la brigade de Répression du foutu banditisme de la foutue police du Strathclyde.

– Eh bien, quand ?

– Je ne sais pas, inspecteur Shand. Je me disais que dans deux semaines à compter de ce mardi, ce serait un bon moment, si le calendrier des uns et des autres le permet. *Tout de suite*, inspecteur. On y va tout de suite.

– Vous voulez que je… ?

Shand désigna la porte d'un geste du pouce.

– Oui, Iain. Allez chercher la voiture. On va faire une sortie.

Quand McCormack et Shand furent partis, Nicol alla trouver l'agent de garde à la réception.

– Oh, Brian. J'ai eu la mauvaise idée d'oublier la clé de mon casier dans mon autre sac. Vous me prêteriez le passe-partout ?

– Tous ces sacs à main, Liz… C'est ça, le problème. Ils vous paient trop.

Il tendit la main vers la rangée de crochets, dans son dos.

– Ouais, c'est ce que je me dis aussi, Brian. Mon délire, c'est allumer mes clopes avec des billets de cinq livres enflammés. Mille mercis.

– Mais vous me le rapportez, hein ?

– Dans deux minutes.

La petite alcôve abritant les casiers du commissariat se trouvait dans le couloir menant au bâtiment principal. Il n'y avait personne en vue quand Nicol s'en approcha. Le casier de Iain Shand était juste à côté du sien. Même si quelqu'un se pointait, impossible de se rendre compte de ce qu'elle faisait. Elle inséra la clé et tourna.

Ils roulèrent en silence le long de Switchback Road, Shand au volant et McCormack perdu dans ses pensées.

Six ans, c'était long.

Quand McCormack avait quitté Glasgow, Walter Maitland était encore videur. Ou plutôt "superviseur de dancing", tel qu'il se présentait alors. Six ans plus tard, il n'y avait presque plus de dancings à superviser… rien que des discothèques tape-à-l'œil attenantes aux pubs. Boules à facettes. Des nanas qui se tortillaient sur des pistes de danse étriquées au carrelage en damier. Et, maintenant, Maitland était le boss.

Walter Maitland régnait sur la ville. Enfin, tout ce qui se trouvait au nord du fleuve.

L'ascension semblait fulgurante. Mais, enfin, il n'existait pas d'académie pour les gangsters de Glasgow. Pas de formation diplômante ni de contrats d'apprentissage. Il fallait se battre pour sortir de la rue, et virer les ivrognes du Barrowland était une voie aussi efficace que les autres. Dès qu'une chance se présentait, il fallait la saisir.

Walter Maitland avait saisi la sienne. Sa villa sur Manse Road, dans la banlieue de Bearsden, se dressait sur un terrain qui aurait pu accueillir un petit hôpital. La qualifier de maison "individuelle" semblait un peu mesquin : les demeures voisines se trouvaient à une bonne douzaine de mètres de distance, de part et d'autre, dissimulées derrière des rideaux d'arbres. Il y en avait tellement dans ce recoin des quartiers nord, si hauts et en bosquets si denses, que McCormack avait l'impression de rouler dans une forêt.

– On y est.

Shand montra l'endroit et engagea la Velox entre deux poteaux usés par les ans – l'un d'eux recouvert d'un tapis de lierre sombre –, puis remonta l'allée de la propriété de Maitland.

– Bon Dieu. – Shand freina et ils négocièrent au ralenti les courbes de l'allée.

McCormack hocha la tête. Il savait ce que Shand voulait dire.

Cette villa n'avait rien d'extravagant. C'était une simple ferme rectangulaire, en pierre jaune pâle, symétrique, avec deux bow-windows à chacun des deux étages et une grande baie vitrée au-dessus du fronton de l'entrée. Pas de tours, ni de créneaux, ni de pignon à redents. C'étaient les dimensions elles-mêmes qui vous estomaquaient. La façade se dressait comme les falaises de Douvres dans le ciel de Bearsden.

Ils se garèrent derrière une Jaguar Type E vert foncé. Pendant que Shand grimpait les marches pour aller sonner, McCormack reboutonna sa veste et se retourna pour embrasser les lieux du regard. L'arrondi de la grande pelouse courait jusqu'aux arbres délimitant la propriété. Il n'y avait personne. On aurait pu organiser un match de football ou la reconstitution d'une bataille sur son herbe manucurée. McCormack interpréta cette pelouse déserte comme une déclaration. Elle était immense, entretenue avec soin et ne servait – apparemment – à rien.

La porte d'entrée s'ouvrit et McCormack se retourna.

Walter Maitland se tenait debout sur la dernière marche du perron, passant sa langue sur ses dents. Il s'était épaissi depuis la dernière fois que McCormack l'avait vu, son torse remplissant une chemise en lin bleu clair. Sous le short écru sur mesure, ses mollets rachitiques descendaient jusqu'à des mocassins de cuir. Ses chevilles délicates, sans chaussettes, étaient d'une finesse comique sous sa carcasse de taureau. Mais personne ne riait.

– Tiens tiens, le p'tit gars des Highlands. Pas moyen de s'en débarrasser… C'est qui, votre copine ?

– C'est l'inspecteur Iain Shand, monsieur Maitland. Nous aimerions échanger quelques mots avec vous.

– Ouais, je m'en doutais un peu.

Ils le suivirent le long d'un couloir lambrissé de bois sombre, où leurs pas étaient assourdis par un tapis écarlate, jusqu'à une salle spacieuse et lumineuse au fond de la maison. Les portes-fenêtres ouvraient sur le soleil doré de cette fin d'après-midi. Maitland se laissa tomber dans un fauteuil et leur fit signe de l'imiter. McCormack et Shand prirent place sur le canapé, côte à côte.

Le mobilier de la pièce correspondait à l'idée qu'un truand se faisait d'un *gentlemen's club*. Des fauteuils en cuir vert capitonné étaient disposés en un cercle lâche autour d'une table basse circulaire jonchée de magazines. Les murs étaient à demi recouverts de panneaux de bois sombre. Gravures de chevaux de course. Cendriers sur pied décoratifs. Des accessoires de cheminée en cuivre scintillaient au milieu de l'âtre. Une sorte de vieux mousquet était exposé au-dessus de la cheminée de marbre.

– C'est le fusil de M. Tchekhov, non ? lança McCormack.

– Vous voulez voir mon permis ?

– Laissez tomber. – McCormack sortit son carnet de sa poche. – Bel endroit.

– Si on en venait au fait ?

– Non non, c'est *vraiment* beau. J'ai déjà vu une pièce comme celle-ci. – McCormack balaya ostensiblement la salle du regard. – Dans les quartiers sud. Sur St Andrew's Drive.

– Ah ouais ?

St Andrew's Drive, c'était là qu'avait vécu John McGlashan, l'homme auquel Maitland avait succédé au poste de Roi de Glasgow.

– Ouais. Enfin, pas exactement la même… évidemment. Dans l'autre, il y avait un bureau en noyer. Tapissé de cuir vert, vous voyez ? Et une bibliothèque plus grande, aussi. Classe. Oh, et il y avait aussi un mec sur un tapis devant la cheminée, le visage explosé. – McCormack hocha la tête. – Mais vous avez les mêmes goûts en matière de whisky. – Il fixa Maitland tout en pointant du doigt deux rangées de bouteilles sur des étagères, dans un coin, derrière un bar en L.

Un verre vide était posé dessus, avec une bouteille de whisky. Glen Grant.

Maitland passa la main dans ses cheveux, les aplatit. Ils étaient épais, toujours noirs, même si des traces de gris gagnaient du terrain autour des tempes.

– Si vous voulez un verre, dit-il, il suffit de demander. Vous êtes venu me parler de ça ?

– Non, malheureusement, répondit McCormack. Pas du tout. Non, nous sommes venus au sujet d'un ami décédé. On dirait que vous les collectionnez. Celui-là s'appelle Gavin Elliot.

– C'est pas un ami à moi.

– Un simple associé d'affaires, alors, intervint Shand. Vous aviez l'air assez copains, quand même…

Shand avait sorti une coupure de presse photocopiée de son dossier et la posa sur la table basse devant Maitland. Shand l'avait récupérée dans les archives du *Tribune*. On y voyait Walter Maitland les bras passés autour des épaules de deux hommes. L'un était Hugh Maitland. L'autre, Gavin Elliot. Tout sourires, en smoking, lors d'une soirée de bienfaisance dans un hôtel du centre-ville. Ils brandissaient un chèque en carton surdimensionné de huit mille livres, destiné au foyer pour enfants d'Auldpark.

Maitland passa de nouveau sa main dans ses cheveux.

– Il nous est donc arrivé d'être présents dans la même pièce… Un bon point pour notre inspecteur en herbe.

– La même pièce. Et la même société. – Shand rangea la photocopie dans son dossier. – Wyndford Property.

– C'est mon frère, ça, gamin. C'est pas moi. Discutez-en avec Hughie.

– Nous en avons bien l'intention, répliqua McCormack. Mais on ne peut pas en vouloir à mon collègue d'imaginer que vous gardez un œil sur tout ce que fabriquent vos subordonnés…

– Hughie a quatre ans de plus que moi.

– Ce qui fait de lui le boss, c'est ça ? Il est en charge de la famille ?

– Il fait ses lacets tout seul. Il se débrouille de son côté.

– Je vois. "Suis-je le gardien de mon frère ?"

– Quoi ?

– Oh, désolé. C'est dans la Bible, Walter. Abel et Caïn. Imaginez un peu : un catho, obligé de vous expliquer ça…

– La Bible, hein ? Elle dit aussi qu'il faut prier pour ceux qui vous persécutent. Comptez pas sur moi, putain.

McCormack trouva la réponse amusante. Il se tourna vers Shand pour partager cette blague avec lui, en désignant Maitland d'un geste du menton.

– Il pense que là, on le persécute… Vous trouvez, vous ? C'est que le début, Walter. On ne parle pas d'une de vos ordures de copains gangsters, là : c'est d'un ancien député qu'il s'agit, chevalier de l'ordre des Knights of the Realm. Vous ne pourrez même plus vous moucher le nez sans que la police du Strathclyde inspecte le mouchoir. Jusqu'à ce que cette affaire soit résolue.

– Vous avez eu des mois pour ça, répliqua Maitland. Des mois pour essayer de trouver des trucs sur moi. Et vous avez déniché quoi ? Des putains de clopinettes. Et maintenant, ça ? Voilà que c'est ma faute si quelqu'un se fait agresser ? Du côté malfamé de Dumbarton Road ?

– C'est là qu'on l'a retrouvé. Il a été tué ailleurs. En lieu sûr. On l'a tabassé. Torturé. Laissé dans ses excréments pendant des jours. Un homme qui allait sur ses soixante-dix ans. Il ne s'agit pas d'une agression, Walter. C'est quelqu'un qui le connaissait, le haïssait. Quelqu'un qui avait un compte à régler.

Maitland caressa sa barbe de trois jours du dos de ses doigts et se tourna vers la fenêtre.

– Une affaire personnelle, poursuivit McCormack. Une vengeance. Peut-être à cause d'une trahison. D'une affaire qui aurait mal tourné.

– Si vous avez une accusation à porter… – Maitland décroisa ses jambes et planta ses pieds sur le parquet, à un mètre l'un de l'autre. – … je vous écoute. Sinon, est-ce que vous pourriez vous casser de ma putain de maison ?

– OK. Eh bien, merci de votre hospitalité, monsieur Maitland. On se revoit bientôt. Sans doute chez nous, la prochaine fois.

McCormack et Shand se levèrent, Maitland aussi.

– Vous savez, vous devriez me féliciter pour tout ce que je fais pour cette ville.

– Vous féliciter de quoi ? D'avoir tué quatre personnes dans un immeuble de Tradeston ?

– De quoi vous me parlez maintenant, putain ?

– L'incendie de Tradeston, Walter. Qui d'autre l'aurait allumé, pour brûler l'entrepôt des Quinn ?

– Les Quinn ? Vous êtes débile, ou quoi ? C'est une arnaque à l'assurance. Ces putains de cathos, toujours à carotter. Oups, attendez. J'avais oublié : vous en êtes un…

– Je suis un Highlander, un *mhic ifrinn*.

– Et moi, je suis un entrepreneur. J'apporte de l'argent dans cette ville. Vous, vous apportez quoi ? – Maitland secoua la tête. – Qu'est-ce que vous foutez là, d'ailleurs ? Je croyais que vous vous étiez tiré à Londres ? Mais bon, c'est vrai que tout le monde n'arrive pas à faire son trou, là-bas.

McCormack se dirigeait déjà vers la porte, Shand sur ses talons.

– Vous êtes mieux placé que moi pour le savoir…

La rumeur courait que Maitland était descendu à Londres l'année précédente, pour essayer de se tailler une place en jouant les caïds, ce qui n'avait pas plu aux gangs de l'East End ni aux Maltese qui tenaient Soho. On disait que c'étaient eux qui l'avaient renvoyé chez lui.

– Pourquoi vous êtes revenu, alors ? – Maitland n'en avait pas terminé avec la provocation. – Un boulot à terminer ?

– Ne vous flattez pas trop, Maitland.

McCormack et Shand remontaient le couloir, mais Maitland en voulait encore.

– Ah ouais? J'ai entendu dire que vous aviez ma photo sur le mur, à Anniesland. Comme une foutue pin-up. Venez avec la prochaine fois, je vous la dédicacerai…

McCormack secoua la tête. Il savait que Maitland avait des flics dans sa poche, tout le monde le savait. Mais des flics de la brigade de Répression du grand banditisme?

– Je taperai vos aveux, plutôt. Comment vous avez fait cramer l'entrepôt de Tradeston. Tué quatre personnes dans l'immeuble d'à côté. C'est ça que vous me signerez.

– C'est votre conception du travail de flic? Balancer des accusations calomnieuses en espérant attraper quelque chose? Pas étonnant que la Metropolitan Police vous ait lourdé. Eh bien, gamin… – Ils étaient devant la porte d'entrée maintenant, tous les trois, et Maitland se tourna vers Shand en pointant du doigt McCormack. – Si tu veux faire ton chemin dans ce métier, suis pas ce gars-là. Il vaut plus un clou. Un putain de *has been.*

Ils se remirent en route vers Temple en empruntant Switchback Road. Aucun des deux hommes ne parla pendant quelques minutes.

– C'était quoi, cette histoire de whisky? finit par demander Shand.

McCormack baissa sa vitre de quelques centimètres pour balancer sa cigarette d'une pichenette dans le vent.

– Quand McGlashan s'est fait buter, on a retrouvé un verre sur les lieux du crime. Deux verres, plus exactement. L'un avec les empreintes de Glash et un centimètre de Macallan au fond. L'autre était vide, mais contenait des traces d'un autre whisky.

– Du Glen Grant?

– Maitland ne boit que ça.

– Maitland a buté John McGlashan ? Oh putain…

– Il n'y avait pas d'empreintes sur le verre. Et rien d'autre qui aurait pu prouver sa présence sur les lieux du crime. Mais bon… c'était logique. Peter Levein essayait de faire le grand nettoyage, d'effacer toutes ses traces. Or, sa plus grosse trace, c'était John McGlashan. Maitland lui a juste filé un coup de main.

En rentrant chez lui ce soir-là, comme si la voiture se pilotait toute seule, McCormack se surprit à tourner à gauche sur Great Western Road, au niveau du jardin botanique. Il longea le centre-ville, poursuivit vers l'est sur Cumbernauld Road avant de redescendre vers Gallowgate. Il se gara devant le cimetière de l'Eastern Necropolis et franchit le portail pour s'enfoncer dans la magnifique ombre verte des arbres.

Après une courte marche vers le bas de la colline, il s'immobilisa devant une stèle grise dépouillée. Ils n'avaient pas changé le nom – par quoi l'auraient-ils remplacé ? La pierre tombale portait la même inscription que six ans plus tôt :

HELEN THANEY
19 mai 1941 – 22 août 1969
RIP

La femme dans le cercueil avait été enterrée aux frais du bureau des Logements sociaux. Helen Thaney n'avait pas de famille en Écosse, et pas d'amis qui auraient pu se charger du corps. Il y avait certes un père là-bas, en Irlande, mais il l'avait envoyée chez les bonnes sœurs à seize ans et ne se souciait guère plus d'elle morte que vivante. Il ne restait donc plus que le bureau des Logements sociaux, qui avait au moins fait l'effort d'ajouter ces trois lettres – *RIP* – qui identifiaient la religion de la défunte.

Le problème, songea McCormack en s'accroupissant pour arracher les mauvaises herbes au pied de la stèle, avant de se relever et de s'essuyer les mains sur le bas de son imperméable –, le problème, c'était que ces trois lettres se révéleraient peut-être un jour superflues. La femme dans le cercueil était peut-être catholique, ou peut-être pas. En tout cas, une chose était sûre : ce n'était pas Helen Thaney.

McCormack passa sa main sur le granit rugueux de la pierre tombale. Le devant était poli, brillant, vous renvoyant un reflet flou de vous-même. Mais l'arrondi du dessus, grossièrement découpé, racla la paume de McCormack. Quand on clôturait une affaire, il restait toujours quelque chose. Une pièce qui ne rentrait pas. C'était vrai de l'affaire du Quaker. Les faits étaient assez clairs à la fin. Il y avait trois acteurs clés : John McGlashan était le gangster, le tueur ; il avait assassiné trois femmes entre mai 1968 et août 1969. William Bickett, l'employé du bureau des Logements sociaux, était le complice de McGlashan, qui abordait les femmes au dancing du Barrowland Ballroom pour les emmener dans une rue à l'écart. Et le flic qui les protégeait était Peter Levein, le patron de la brigade criminelle de Glasgow.

Levein avait tué McGlashan avant que le Quaker Squad, l'unité chargée de traquer le tueur, ait pu le coincer. Mais Levein et Bickett avaient été interpellés. Levein s'était ensuite suicidé en prison. On pouvait appeler ça un succès – plus ou moins. Mais la femme dans le cercueil était ce qui restait à la fin, une fois qu'on avait fait le compte. Elle venait rappeler qu'on ne réglait jamais vraiment rien jusqu'au bout. McCormack n'était pas naïf au point de penser qu'il pouvait revenir six ans plus tard et tout remettre en ordre. Mais l'une des raisons pour lesquelles il était revenu était cette femme dans le cercueil.

Ce soir-là, dans son appartement, McCormack se servit un verre de Springbank et se vautra dans son fauteuil, ses pieds en chaussettes posés sur la table basse. Il sirota son whisky. La discussion avec Maitland s'était déroulée comme il s'y attendait, mais celle avec Eileen Elliot ? Là, c'était autre chose. Il avait suffisamment d'expérience pour savoir que chacun réagissait de manière différente au meurtre d'un proche. Certaines personnes se refermaient ; d'autres s'ouvraient. Certaines se fabriquaient une carapace instantanée ; d'autres se liquéfiaient. Mais, quelle que soit la manière dont les gens prenaient la chose, il n'était pas facile de feindre un chagrin véritable. En scrutant leurs regards, vous aviez un aperçu assez précis de leurs sentiments.

Mais pas avec Eileen Elliot. Il repensa à la réaction qu'elle avait eue en apprenant les conclusions du rapport d'autopsie. Quand McCormack lui avait dévoilé par le détail les mauvais traitements subis par son père, Eileen Elliot avait fermé les yeux, inspiré lentement une longue bouffée d'air par le nez avant de la laisser filer par le "O" de ses lèvres. Cela aurait très bien pu être sa manière à elle d'encaisser le choc, mais McCormack y avait plutôt vu une forme de soulagement. Comment était-ce possible ? S'attendait-elle à pire ? Son imagination avait-elle compilé une sorte de catalogue d'horreurs qui, par comparaison, faisait des faits constatés une nouvelle bienvenue ?

Il fit tournoyer dans son verre le liquide huileux, huma ses arômes cuivrés, un peu acides. La réaction d'Eileen Elliot cachait-elle quelque chose ? Elle allait forcément profiter de la mort de son père. Un patrimoine d'un demi-million de livres avait de quoi faire tourner la tête, induire des comportements inhabituels. Mais Eileen Elliot était déjà riche. Elle vivait dans une villa du quartier huppé de Pollokshields. Sa Mercedes étincelait encore de la cire du concessionnaire. Quel que soit ce qu'elle avait prévu de faire avec l'héritage de son père, elle n'avait pas – à première vue – un besoin urgent de liquidités. “À l’aise”, c’était l’expression que les parents de McCormack avaient toujours utilisée pour parler des riches. Eileen Elliot était à l’aise, sans aucun doute. Tout comme lui, mais dans un autre sens, avec ses pieds calés sur cette table, un single malt de dix ans d’âge posé sur son accoudoir. Il pensa à Iain Shand, coincé dans l’habitacle étroit de la Velox, en planque dans les rues malfamées de Maryhill. Ça lui fera les pieds, songea-t-il. Il but une autre gorgée de whisky, la laissa rouler sur sa langue, savourant la douce brûlure.

C’était peut-être l’alcool, ou la petite victoire d’avoir fait perdre son sang-froid à Maitland, mais il eut soudain l’impression que tout n’était pas si terrible. La vie. Le boulot. Tout ça. Il fit tourner le verre dans la lumière, regarda le liquide doré retrouver l’horizontale. Les facettes du cristal s’imprimaient sur sa peau et, tout à coup, la sensation rugueuse de la stèle sous sa main lui revint. La femme dans le cercueil. C’était l’une des raisons de son retour. Oui. Mais pas la seule. Il n’était pas juste revenu à Glasgow, reconnut-il. Il avait fui Londres. En tant que flic, vous ne pouviez pas vous permettre d’être vulnérable. Vous ne pouviez pas vous permettre d’avoir des portes, dans votre vie, par lesquelles les méchants pouvaient vous atteindre. Et Victor était l’une de ces portes. Victor, si foutrement solide, si foutrement fiable. McCormack songea aux lettres jamais ouvertes dans le tiroir du meuble de l’entrée. Il se représenta la main qui avait tracé l’adresse sur ces enveloppes. Au bout de trois ans à Londres, McCormack avait perdu espoir de rencontrer quelqu’un. Semaine après semaine, il s’accordait ses plaisirs superficiels dans les parcs et les toilettes publics de South London. Ce n’était pas si mal, comme manière de vivre. Et puis Victor Fraser était entré sans prévenir dans sa vie.

Il y avait une fuite dans l’appartement de McCormack donnant sur le parc de Peckham Rye, et l’homme à tout faire envoyé par le propriétaire pour la réparer avait été Victor. Il avait su immédiatement. Il avait su sans l'ombre d'un doute que Victor était intéressé. Une fois la fuite réparée – c'était un tuyau de descente bouché qui en était la cause –, McCormack lui avait offert une bière. Ils avaient bu des bouteilles de Bass sur le petit balcon de brique dominant la maigre étendue de verdure de Peckham Rye. Victor avait parlé de lui. Il avait servi dans l'armée. Son père était de Glasgow, et Victor se considérait lui aussi comme un Écossais. D'ailleurs, le régiment où il avait servi était celui des Royal Highland Fusiliers. Il était même capable d'imiter de manière assez convaincante l'accent de Glasgow, ce qui les avait fait rire tous les deux dans un tintement de bouteilles. Après la deuxième bière, McCormack avait raccompagné Victor jusqu'à la porte et, quand Victor s'était retourné pour prendre congé, ils s'étaient brusquement embrassés en tirant passionnément sur les vêtements de l'autre.

Leur relation s'était développée à partir de là. Bientôt, McCormack s'était retrouvé à passer trois ou quatre nuits par semaine dans la petite maison mitoyenne de Victor sur Marsden Road. Victor était une drogue saine, inébranlable et hautement addictive. McCormack n'avait jamais rien ressenti de pareil. C'était ce qu'il avait toujours voulu, en fait. Et, justement pour cette raison, il s'était mis à paniquer. Il savait que, tôt ou tard, s'il devait choisir entre le boulot et Victor, il choisirait Victor. Par conséquent, il avait choisi le boulot pendant qu'il en était encore capable. Acceptant la proposition de son ancien chef au sein de la Criminelle, il s'était fait muter à Glasgow. Retour à la maison. Brigade de Répression du banditisme. Il ne l'avait annoncé à Victor que la veille du départ ; ne lui avait pas laissé la moindre chance de formuler ses objections. C'était, supposait-il, ce que faisaient ces lettres. Et qu'il s'agisse de supplications angoissées ou de reproches amers, elles avaient raison. Elles avaient raison et il lui était impossible d'y répondre – raison pour laquelle McCormack ne pouvait pas les lire. Et merde. Il vida d'un trait le *uisge beatha* et tituba jusqu'à son lit.

JEUDI 3 JUILLET 1975

14

Haddow s'engouffra dans le bureau de l'unité en agitant un journal, tel Chamberlain après Munich. Sauf qu'il ne venait pas avec la paix pour notre temps.

– Menotté. Tabassé. Affamé. Putain, c'est quoi ça ?

McCormack recula d'un pas, se postant au coin du tableau blanc. Il avait été interrompu au beau milieu d'une phrase, alors qu'il briefait le nouveau détachement spécial en charge de l'enquête – sa propre unité, plus deux autres. Maintenant, il cédait la scène à Haddow. Tous avaient vu la une du *Record*, ce matin-là : UN ÉLÉPHANT DU PARTI TORY TORTURÉ ET ASSASSINÉ : un ancien député massacré après un supplice de quatre jours.

– Certains détails… commença Haddow. Il y a des détails là-dedans qui dépassent ce que nous avons divulgué lors de la conf' de presse.

Il abattit le journal sur le bureau le plus proche, comme s'il écrasait une grosse mouche. Dans l'air confiné de cette pièce silencieuse, cela fit l'effet d'une détonation. Une partie des inspecteurs baissèrent les yeux, d'autres maintinrent agressivement le regard de Haddow, tandis que celui-ci passait en revue leurs visages. Ses yeux s'immobilisèrent sur celui de McCormack.

– Vous jouez à quoi ici, putain ?

Le ton de McCormack lorsqu'il répondit fut d'une douceur étudiée.

– Vous m'ôtez les mots de la bouche, *sir*.

Le sourire de Haddow dévoila l'éclat d'une incisive.

– Vous voulez bien m'expliquer, inspecteur ?

– Tout ce que je dis, c'est qu'il est difficile de faire filer droit son navire quand la moitié de la Criminelle de Glasgow est à bord. – Il désigna d'un geste vague la pièce surpeuplée. – Quand on élargit à ce point le cercle, il ne faut pas s'étonner qu'il soit facile à rompre.

Haddow posa avec délicatesse le journal sur le bureau. – C'est tout à fait vous ça, McCormack, pas vrai ? Calomnier vos collègues policiers…

– N'est-ce pas ce que vous faisiez à l'instant ?

– Nan, fiston. – Haddow marcha sur lui. – J'en avais juste après l'un d'eux. Celui qui se prend pour le second avènement du Christ. On devrait étaler des rameaux sur ce foutu parking quand vous arrivez le matin. Vous savez quoi, McCormack ? Vous avez intérêt à résoudre cette affaire. Histoire de vous faire des potes en haut lieu. Parce que je peux vous assurer une chose : vous allez en avoir besoin.

L'instant d'après il était reparti, la porte claquant derrière lui, laissant McCormack face aux bras croisés et aux fronts courbés des membres de la brigade de Répression du banditisme.

McCormack parcourut du regard ces visages hostiles, s'efforçant de retrouver le fil. Ce fut Derek Goldie qui prit la parole.

– Vous en faites pas, chef. Au moins, vous êtes habillé pour.

McCormack portait un costume sombre, une chemise blanche et une cravate noire. Les funérailles des victimes de l'incendie de Tradeston auraient lieu l'après-midi même.

– Merci pour cette remarque, inspecteur.

Goldie se fendit d'un sourire.

– Je viens pour enterrer Duncan, pas pour le louer.

Plus tard dans la matinée, McCormack se gara au bord de Lorraine Road, dans le West End de Glasgow, et continua à pied sur Great Western Terrace. *Millionaire's Row* : la rue des millionnaires, secrète, cachée derrière son écran d'arbres. À quelques mètres, les bus passaient en grondant sur la principale artère des quartiers ouest. Mais ici, les voitures étincelantes des riverains étaient garées dans la solitude d'une allée privée, et McCormack remonta les pavés de cette large rue, fermée par une barrière, en quête du numéro 7.

Ou plutôt, du VII, chacune de ces maisons de ville exhibant son numéro en chiffres romains dorés sur l'imposte centrale. Toutes possédaient le même portique majestueux, quatre colonnes ioniques soutenant un entablement imposant. Un élégant escalier de pierre, flanqué de lampadaires en fer forgé aux globes de verre gros comme des ballons de plage, menait à leur porte d'entrée. On était à mille lieues des taudis de Crawford Street.

McCormack était encore à vingt ou trente mètres du but lorsqu'il vit l'homme descendre précipitamment les marches d'une des maisons. Il n'était pas certain, à cette distance, qu'il s'agissait de l'adresse en question, mais il accéléra le pas.

L'homme se rua vers McCormack, tête basse, rabattant son imperméable sur un costume vert pâle. Arrivé à quelques pas, l'homme à l'imperméable lui jeta un coup d'œil de sous sa tignasse bouclée auburn et croisa le regard de McCormack. Ce contact ne dura qu'une fraction de seconde mais suffit à figer net l'inspecteur. Face à la concentration hostile du regard de McCormack, l'homme tressaillit. Ce qui, en soi, importait peu, mais tandis qu'il baissait les yeux et humectait d'un coup de langue sa lèvre inférieure, l'éclat de son regard trahissait un mélange aisément reconnaissable de culpabilité et de peur.

McCormack leva les yeux vers la maison la plus proche, scrutant l'imposte en quête du numéro, mais les dorures écaillées étaient peu lisibles. Il accéléra encore, parcourant quinze mètres de plus, jusqu'à distinguer les chiffres luisants : un V et deux I. Lorsqu'il se retourna, l'homme à l'imperméable s'engageait déjà sur

Westbourne Gardens, au coin de la rue. De là, il allait pouvoir disparaître dans l'une des allées ou s'enfoncer dans les rues de Hyndland. Il ne servait à rien de le prendre en chasse.

McCormack s'assit sur la marche du haut.

À quoi bon avoir de l'instinct, songea-t-il, si vous n'agissez pas en conséquence ?

Il alluma une cigarette et se repassa l'incident. McCormack avait vu l'homme descendre l'escalier. Était-il sorti de la maison, ou bien avait-il juste frappé à la porte avant de s'en aller faute de réponse ? McCormack ferma les yeux. L'homme avait dévalé les marches dans une sorte de course déséquilibrée, comme s'il avait claqué la porte en sortant et que son élan l'avait emporté jusqu'au pied des marches. Quand vous frappez à une porte et que personne n'ouvre, que faites-vous ? Vous ne repartez pas en gambadant dans l'escalier. Vous restez planté un moment, l'oreille tendue, guettant des bruits de pas dans le couloir. Et quand vous décidez de laisser tomber, vous repartez sans hâte, à contrecœur, vous empruntez l'escalier d'un pas lourd, en marquant peut-être un arrêt à mi-chemin, en vous retournant même pour jeter un dernier coup d'œil.

Il en était certain : l'homme était sorti de la maison.

McCormack finit sa cigarette. Il était toujours assis sur cette marche, dix minutes plus tard, quand Eileen Elliot arriva au volant d'une Jaguar XJ-S gris métallisé et monta l'escalier dans un cliquetis de talons, faisant la moue.

– Je suis en retard, inspecteur ? Je suis vraiment désolée.

– Vous n'êtes pas en retard. – McCormack se leva, époussetant les fesses de son pantalon de costume. – C'est moi qui suis en avance.

Il était toujours en avance. Des années qu'il faisait ça. Chaque fois qu'il avait rendez-vous avec quelqu'un, il arrivait vingt minutes plus tôt pour étudier les lieux, tâchant de glaner le moindre avantage.

Eileen Elliot farfouilla dans son sac à main et en sortit une clé. McCormack passa devant elle

– Vous permettez ? – Il lui prit la clé des mains, la glissa dans la serrure et fit pivoter son poignet. La porte s'ouvrit.

McCormack tendit un bras derrière lui, paume déployée, pour faire signe à Eileen Elliot de ne pas bouger. Il voulait savourer l'atmosphère de la maison sans que la présence de la femme à ses côtés ne vienne l'altérer avec son parfum, sa laque, les petits halètements contrariés de sa respiration.

Il enjamba le seuil. Était-ce son imagination ? Il décelait une agitation dans le couloir obscur, un tourbillon de molécules, comme si le passage d'un corps avait secoué l'air. Ce n'était pas l'air stagnant, paisible, d'une maison inoccupée depuis trois ou quatre jours. Et ces odeurs. Il ignorait comment Gavin Elliot sentait – du moins de son vivant – mais ces effluves virils (tissu, tabac, aisselles, gel pour cheveux Brylcreem) n'étaient-ils pas trop frais pour être les siens ?

Eileen Elliot lui parla tout bas :

– Que se passe-t-il, inspecteur ? – Une pause. – Vous pensez qu'il y a un intrus à l'intérieur ?

– Non, répondit McCormack. Je crois que nous venons de le rater.

Il lui raconta l'homme à l'imperméable. Le costume vert. Les cheveux brun-roux, ondulés.

– Ça ne me dit rien, non, dit-elle.

– Mademoiselle Elliot, qui a les clés de la maison de votre père ?

Elle fronça les sourcils. Dans la pénombre du couloir, elle compta sur ses doigts.

– Moi. Julia, la *secrétaire* de mon père… – De nouveau, la touche d'ironie vacharde sur ce mot. – Et la femme de ménage. Il a une femme de ménage qui vient deux fois par semaine. Le lundi et le vendredi.

– J'aurai besoin de ses coordonnées. N'y a-t-il personne d'autre à qui il aurait pu donner une clé ?

– Pas à ma connaissance, non, dit-elle. – Elle posa trois doigts sur le poignet de McCormack. – Il faut que vous compreniez, inspecteur : je n'étais pas spécialement proche de mon père. Je l'aimais, mais je n'ai pas toujours apprécié sa compagnie. – Elle le gratifia d'un petit sourire sec. – Ce que je veux dire, c'est qu'il a très bien pu avoir d'autres, disons, *relations* dont je n'ai pas eu connaissance.

McCormack repensa à une phrase de la nécrologie publiée dans le *Tribune* : "Il gardait sa vie privée à l'écart des projecteurs."

– Il en avait beaucoup ? Des relations avec des femmes ?

– C'est ce que j'essaie de vous dire, inspecteur : je n'en sais rien.

McCormack hocha la tête. Il était sur le point de répliquer : *Vous ne savez pas grand-chose, hein ?* Mais il se mordit la langue. Il demanda à Eileen Elliot de rester juste derrière lui tandis qu'ils traverseraient la maison. Ils commencèrent par la cave. Une salle de gym avec un rameur, un banc de développé-couché et des haltères. Une salle de billard à laquelle son plafond voûté et son lambris de bois donnaient des airs d'église dans ce silence, le tapis vert se détachant comme une pelouse impeccablement taillée dans la lumière du soupirail. Une buanderie avec une machine à laver et un séchoir, et un grand évier double aux formes anguleuses, en céramique blanche. Sentant un léger courant d'air, McCormack se retourna et découvrit la fenêtre forcée, l'empreinte de chaussure sur le rebord. Et, oui, le massif de fleurs piétiné dehors. Le jardin était désert. Il sortit de sa poche la petite matraque réglementaire de la brigade criminelle.

Au rez-de-chaussée se trouvaient le salon, la salle à manger et la cuisine avec son cellier attenant. McCormack posa sa paume sur les épais murs crème, sentit leur fraîcheur massive. Puis il empoigna la rampe en sucre d'orge de l'escalier et monta à l'étage, passant devant le vitrail du palier. Là-haut, il y avait une enfilade de chambres, quatre en tout, vides et innocentes, une immense salle de bains carrelée avec un spa enfoncé dans le sol et une baignoire victorienne aux pieds griffus. Et enfin, tout au bout du couloir, sous les vastes combles, visible à travers la porte entrouverte : le bureau d'Elliot.

Ils aperçurent le désordre depuis le couloir. Les livres désarticulés entassés par terre, le grand bureau en bois recouvert de cuir mis à sac, ses tiroirs béants, tous ses casiers vidés, les papiers éparpillés partout sur la moquette ou dépassant telles des langues pendantes de tiroirs à demi tirés, le fauteuil pivotant en bois et cuir capitonné renversé sur le plancher, à côté d'un jeu de stylos et d'un presse-papier, d'un cendrier, d'un briquet Dunhill en or, d'un verre à pied brisé dont le calice arrondi, ébréché, attrapait la lumière d'une lucarne.

McCormack s'accroupit pour examiner les papiers jonchant le sol. Des factures et des reçus, manifestement. Des documents d'entreprise. Eileen Elliot tendit une main précautionneuse vers le pied du verre brisé mais McCormack l'attrapa par le poignet.

– Empreintes digitales, la mit-il en garde.

Ses genoux craquèrent quand il se releva.

– Quel que soit ce qu'ils cherchaient ici, déclara-t-il en balayant du regard ce blizzard de papier, le monticule désordonné des livres et les étagères dénudées, il semble qu'ils ne l'ont pas trouvé.

Il sentait l'odeur du whisky tombé du verre cassé, ce fantôme de fumée de tourbe. Ils inspectèrent les autres pièces en quête d'objets de valeur. Un porte-clés ancien et une paire de boutons de manchette en platine étincelants sur la commode de la chambre principale. Un plateau doré sur le buffet de la salle à manger. Deux Cadell et un Fergusson accrochés aux murs.

Le vol n'était pas le mobile. Du moins, pas le vol communément pratiqué par les cambrioleurs, qui visaient les objets de valeur classiques. Ce qu'on était venu chercher ici était une chose très spécifique, qui n'avait de valeur que dans un contexte précis. Et n'avait pas été trouvée.

McCormack prit congé d'Eileen Elliot sur le perron de la maison.

– Je vous remercie d'avoir pris du temps, mademoiselle Elliot. La police scientifique vous contactera pour organiser le prélèvement des empreintes.

Elle sortit les clés de son sac à main, les lui tendit en les agitant doucement.

– Prenez-les. J'en ai un autre jeu à la maison.

– C'est très gentil à vous, merci.

– Je vous en prie. – Elle referma son sac à main d'un geste sec. – Qu'est-ce que cherchaient ces gens, d'après vous ?

– Difficile à dire. – McCormack fourra les clés dans la poche de son pantalon. – Certainement un document. Une lettre, peut-être. Quelque chose de sensible, de compromettant. Mieux vaut ne pas spéculer à ce stade. J'aimerais poursuivre cette conversation, mademoiselle Elliot, mais je suis attendu ailleurs…

Elle fixa sa cravate noire.

– Oui, j'avais remarqué. Je n'ai pas voulu vous poser la question. Pas quelqu'un de proche, j'espère…

– Non, heureusement. Mademoiselle Elliot, je tiens à vous assurer, une fois de plus, que nous retrouverons celui ou ceux qui ont tué votre père. Nous les retrouverons et les enverrons en prison.

Elle se pencha vers lui, ses yeux le dévisageant franchement, l'air presque heureuse.

– Je n'en doute pas un seul instant, inspecteur.

Le prêtre se chargea lui-même de prononcer l'homélie – le mari et père endeuillé semblait trop brisé pour faire davantage que rester affalé sur son banc d'église – et le thème du sermon n'était pas la miséricorde mais la justice. Les puissants qui s'en prenaient aux faibles ne devaient pas échapper au jugement. La vengeance devait s'abattre sur ceux qui faisaient le mal, quel que soit leur pouvoir, quelles que soient les *relations* qu'ils pouvaient avoir. Les flammes cruelles allumées dans cet immeuble délabré de Glasgow ne seraient rien comparées à celles qui allaient dévorer le coupable en enfer, mais il fallait aussi que brûlent les flammes de la justice terrestre, afin que la terrible iniquité de ce crime se consume dans le brasier du châtiment.

McCormack et Goldie étaient assis côte à côte au fond de l'église. McCormack sentait que le fait de se trouver là mettait Goldie mal à l'aise. Se lever et se rasseoir tant de fois avait ébranlé son âme de protestant, et quand McCormack se leva pour aller recevoir l'hostie, il dut poser sa main sur l'épaule de Goldie pour l'empêcher de le suivre.

Par-delà l'océan de chapeaux et de crânes dégarnis, McCormack apercevait le crâne blond coupé ras du mari et père. L'homme qui était là pour enterrer sa fille et l'épouse dont il était séparé. Chisholm, c'était son nom. Gordon Chisholm. Il était assis un peu à l'écart des autres sur son banc, dans l'éphémère célébrité du deuil, tel un personnage de Shakespeare, toute sa famille avait été fauchée d'un coup.

Puis l'orgue se mit à jouer et six porteurs calèrent le cercueil de la mère sur leurs épaules avant de remonter l'allée centrale. Chisholm se leva et porta seul celui de la fillette, posé sur ses bras telle une offrande atroce, marchant d'un pas raide dans le sillage de son ex-épouse. À son approche,

McCormack aperçut un éclat écarlate : les chaussettes de Chisholm, d'un pourpre incongru, élégant.

Plus tard, ils firent la queue derrière les autres pour serrer la main de Chisholm, lui dire qu'ils étaient désolés de ce qui lui arrivait. La poigne de l'homme était sans force, sa main vous glissait juste entre les doigts.

Dehors, les endeuillés se réunirent par petits groupes tourbillonnant sous les tilleuls. Les femmes s'enlaçaient. Les hommes allumaient des cigarettes en échangeant des hochements de tête.

McCormack se penchait vers Goldie pour profiter de son briquet lorsqu'il sentit une présence à ses côtés.

Un petit homme au visage comme un poing fermé. Il se tenait trop près de lui et s'exprimait d'une voix étranglée, meurtrière. McCormack se concentra sur le petit nœud serré de sa cravate.

– Ce putain de cancer, disait l'homme. Vous allez le laisser s'en tirer comme ça, ou bien vous allez le coffrer ?

McCormack sentit le whisky dans son haleine.

– Nous nous connaissons ?

– Vous étiez parti à Londres, pas vrai ? – Il avait dit cela comme une accusation. – Pourquoi vous êtes revenu, alors ? Si c'est pour faire que dalle. Tous les gens dans cette église. Tout le monde dans cette putain de ville sait qui a fait ça. Et vous, qu'est-ce que vous faites ?

La foule prenait peu à peu conscience qu'il se passait quelque chose – la posture de l'homme, l'électricité dans l'air. Des gens se tournaient pour les regarder. Des mains se portaient au-dessus des yeux pour les protéger du soleil. Des cigarettes s'immobilisaient à mi-chemin des lèvres. L'un des photographes se mit à les mitrailler.

Une femme apparut à côté de l'homme en colère.

– Ça suffit maintenant, Bobby.

Elle l'empoigna par le coude, tenta de le conduire à l'écart, mais il se dégagea d'un geste brusque et s'approcha à nouveau de McCormack.

– Vous vous pointez là dans votre beau costume. Avec votre tronche du dimanche et vos foutues larmes de crocodile. Faisant comme si vous en aviez quelque chose à foutre. Si vous en aviez vraiment quelque chose à foutre, Walter Maitland serait dans une cellule à Barlinnie. Si vous en aviez quelque chose à foutre, cette gamine et sa mère seraient encore là. – Il avait la bave aux lèvres, l'essuya d'un revers de main. – Vous avez une idée de ce que cet homme a traversé ? Gordon Chisholm. Il a vu son sergent se faire descendre en pleine rue. Là-bas, en Irlande du Nord. Il s'est vidé de son sang sous ses yeux. Et maintenant, ça ? Pourquoi ne pas faire preuve d'un peu de charité à l'égard de ce malheureux, hein ? Pourquoi ne pas faire votre foutu boulot ?

Il en avait terminé à présent et il s'éloigna brusquement comme s'il avait quelque chose d'urgent à faire ailleurs. La femme lui emboîta le pas, avant de se retourner.

– Au fait, dit-elle à McCormack, je suis d'accord avec tout ce qu'il a dit. Jusqu'au dernier mot.

Puis elle repartit tristement derrière le petit homme.

– Putain, c'était quoi ça ? – Goldie hocha la tête en direction de l'homme et de la femme. – C'est qui, eux ?

– Aucune idée. – McCormack laissa tomber sa cigarette et l'écrasa sous sa semelle. – Il m'a bien cerné, en tout cas.

– Dunc. Dunc, allons… Il est complètement à côté de la plaque. Vous travaillez comme un malade pour attraper Maitland. Comme nous tous, d'ailleurs.

– Vraiment, Derek ? Ça fait des mois qu'on court après Maitland. Est-ce qu'il s'est rapproché de la prison pour autant ? Est-ce qu'on a avancé d'un millimètre ?

– Vous l'avez dit vous-même, Dunc : c'est un marathon, pas un sprint. Allez. On s'y remet.

McCormack suivit Goldie jusqu'à la voiture. Les mots qu'il avait adressés à Shand lui revinrent. *Il ne règne pas sur les rues par la peur ; il règne grâce aux services rendus.*

C'était vrai pour certaines personnes. Mais il y en avait d'autres, aussi. Des gens qui se retrouvaient en travers de son chemin. Des gens qui payaient le prix des services rendus par Maitland. Ces endeuillés étaient une congrégation de personnes de ce genre, un rassemblement de victimes de Maitland. Et McCormack comprenait à présent qu'il n'aurait pas dû venir. Le petit homme avait raison. Sa présence n'apportait aucun réconfort à ces gens, ni à Gordon Chisholm ni aux autres. Ce n'était pas un geste de soutien, mais bien plutôt un affront. Une vaine bravade, alors que ce dont ces gens avaient besoin, c'était qu'on agisse, qu'on les débarrasse d'un tueur.

Le corbillard s'éloigna lentement et les Daimler noires le suivirent. Les portières claquaient sur un rythme syncopé, les moteurs embrayaient. Les endeuillés se préparaient à rouler jusqu'à Clydebank pour la crémation. Goldie inséra la Velox dans ce flot de voitures. Ils restèrent dans le convoi funèbre tandis que celui-ci serpentait le long de Dumbarton Road. Puis Goldie mit le clignotant pour tourner à droite et ils s'éclipsèrent, libres, remontant Crow Road en direction de Temple.

Ils passèrent devant une affiche pour la bière Kestrel Lager ("Elle mord"), et McCormack songea : *Une pinte. J'aurai bien mérité une pinte ce soir.*

15

Debout dans le salon de sa villa de Jordanhill, l'inspecteur divisionnaire Haddow se versa un verre de brandy. Il avait sorti l'un de ses beaux verres à pied, en cristal. Maintenant que Gillian n'était plus là pour l'en empêcher, il les utilisait tous les soirs. Il se servit un peu plus généreusement qu'à l'accoutumée, en hommage au genre de journée qu'il venait de passer. Il gagna le fauteuil en cuir avec son verre et posa celui-ci sur la petite table en marbre. Il ramassa le *Tribune*. Il n'avait pas encore trouvé le temps de s'attaquer aux nécrologies. En partie parce que les satanés journalistes du *Tribune* campaient devant le commissariat de Temple, à l'affût des dernières révélations sur l'assassinat d'Elliot. Il avait eu des réunions avec le chef de la police de Glasgow et avec son adjoint aux affaires criminelles, reçu des appels du maire de Glasgow et même du foutu ministre. Tout ce petit monde allait suivre de près les progrès de l'enquête, qui avaient intérêt à être rapides.

Oh, et puis merde. Ça, c'était le problème de McCormack. Shand était passé dans le bureau de Haddow ce jour-là, pour faire son rapport sur ce maudit Highlander. D'après Shand, McCormack était à fond la caisse, toutes voiles dehors, sur cette affaire. Eh bien, tant mieux. Shand lui-même était à deux doigts de mouiller son futal à l'idée de travailler sur un meurtre aussi important. Il n'allait pas tarder à se rendre compte que ça n'avait rien d'une partie de plaisir.

Haddow laissa une longue gorgée de brandy dévaler son gosier et atterrir telle une boule de feu dans son estomac. Il sentit la chaleur l'irradier du dedans, lui embrasant les joues, picotant le bout de ses doigts. Il se tourna vers la photographie encadrée posée sur la table de marbre. Colin, le jour de sa remise de diplôme. Il portait la toge universitaire avec sa capuche à liseré violet, tenant à la main le tube de carton écarlate contenant son diplôme. Il avait eu l'espoir à un moment que son fils marcherait sur ses traces et entrerait dans la police, mais le visage souriant sur cette photo semblait se moquer de ce lointain souvenir. Colin considérait les policiers comme des sortes de videurs un peu améliorés, comme des voyous salariés par l'État. Il vivait dans le Sud, à Londres, employé comme travailleur social par le conseil d'arrondissement de Lambeth. Et comptait certainement les jours jusqu'à celui où Haddow passerait l'arme à gauche, pour pouvoir vendre cette villa et tout ce qu'elle contenait. Eh bien, qu'il aille se faire voir. Haddow reposa la photographie, tournée dans l'autre sens. Il n'était pas encore mort. Il ouvrit le *Tribune* et chercha les nécrologies, celle en particulier qu'il avait hâte de savourer.

SIR GAVIN ELLIOT

L'ancien député du Parti conservateur Sir Gavin Elliot, mort à l'âge de 69 ans, était l'éternel espoir de la politique écossaise, ayant passé l'essentiel de ses quinze ans de carrière à la Chambre des communes comme simple député de base. Après des études secondaires à la prestigieuse Glasgow Academy, Elliot étudia le droit à l'université de Glasgow avant de passer l'examen du barreau écossais. Une grande carrière d'avocat lui semblait promise, après une série de succès dans des affaires criminelles en tant que représentant de la défense, dans sa ville natale. Toutefois, la véritable passion d'Elliot – en dehors de la sphère politique – se révéla être le monde des affaires. Il se découvrit un talent pour la spéculation immobilière, amassant rapidement un portfolio impressionnant de biens locatifs à Glasgow, avant d'étendre ses activités à l'hôtellerie.

Elliot décrocha le siège de Glasgow Cathkin pour le compte du Parti conservateur à l'occasion des élections générales de 1951. À la Chambre des communes, Elliot allait s'illustrer comme un représentant de l'aile traditionaliste du Parti tory, non seulement dans son style vestimentaire – arborant invariablement un costume croisé à fines rayures et un chapeau melon à l'anachronisme assumé – mais par son adhésion sans faille aux valeurs et aux causes conservatrices. Opposé à l'établissement de liens plus serrés avec l'Europe, il considérait le Marché commun et, plus tard, la Communauté économique européenne comme des menaces mortelles pour la souveraineté britannique. Il s'opposa à des sanctions contre la Rhodésie, suite à la déclaration d'indépendance unilatérale par le régime Smith, en 1965.

Partisan d'une discipline stricte, Elliot prônait le retour des châtiments corporels et de la peine capitale, et exigeait régulièrement l'instauration de peines plus lourdes pour les crimes de nature violente et sexuelle. Il tenta d'interdire par la loi que les criminels puissent tirer profit de la publication de leurs mémoires. En tant que doyen de l'Église écossaise, il était opposé à l'ouverture des commerces le dimanche et à l'assouplissement des lois sur la prostitution et l'homosexualité. Ces idées traditionalistes n'empêchèrent cependant pas Elliot de tirer parti de la faiblesse morale de ses frères humains lorsqu'il ouvrit l'un des premiers casinos de Glasgow en 1965.

Nombre d'observateurs furent surpris qu'Elliot n'obtienne jamais le siège ministériel que son talent semblait lui destiner et auquel lui-même aspirait à n'en pas douter. Il semblerait que Sir Alec Douglas-Home ait promis à Elliot le poste de ministre des Affaires écossaises à la veille des élections générales de 1964. La courte défaite du Parti tory face au Labour emmené par Harold Wilson fut un coup dur pour Elliot, qui ne cachait pas ses ambitions d'occuper de telles fonctions. Désabusé, Elliot renonça à se représenter aux élections générales de 1966 pour se concentrer sur ses affaires, qui prospéraient alors, à la fois dans le secteur du bâtiment et dans celui de l'hôtellerie.

Mais il ne put résister longtemps à l'attrait de la politique. À rebours du parcours politique classique, Elliot quitta la scène politique nationale pour siéger au niveau local, officiant comme conseiller municipal au sein de la Mairie de Glasgow de 1966 jusqu'à sa défaite électorale de 1972. Durant cette période, Elliot concentra tous ses efforts sur les plans de réaménagement de Glasgow, notamment la création du périphérique et du réseau autoroutier, qu'il avait défendue en tant que député de Glasgow.

Fort jaloux de sa vie privée, Elliot appréciait peu l'intérêt croissant de la presse pour les vicissitudes personnelles des hommes politiques, notamment à la suite du scandale Profumo. Elliot gardait sa vie privée à l'écart des projecteurs et fuyait toute publicité, y compris pour ses fréquentes actions caritatives. En 1941, il épousa Patricia Burgess, assistante juridique, qui décéda d'un cancer en 1968.

Gavin Elliot fut anobli par la reine en 1969 pour ses services rendus dans les domaines de la politique, des affaires et des actions caritatives. Il laisse derrière lui son unique fille, Eileen, une femme d'affaires de Glasgow.

Cette affaire pourrait être la bonne, songea Haddow. Celle qui ferait la différence entre un rôle éternellement subalterne et un poste ministériel. Si McCormack éclaircissait cette histoire rapidement, ce serait le pactole assuré pour Haddow le jour où le chef de la police prendrait sa retraite. Et si le catho se plantait, cela lui offrirait l'excuse dont il avait besoin pour dégager McCormack, le faire muter ailleurs au sein de la Criminelle, dans un trou perdu au milieu de nulle part, à Easterhouse ou Shettleston. Il n'aurait plus à supporter la vue de cette chochotte de Highlander moralisateur. C'était un double pari qu'il ne pouvait pas perdre.

Seul dans sa grande villa vide, Haddow leva son verre pour porter un toast.

16

McCormack avait toujours trouvé pour le moins étrange et dangereux le fait que les fléchettes soient un divertissement essentiellement pratiqué dans les pubs. Lancer ces projectiles acérés sur un disque de liège tandis que le tireur et ceux qui l'entouraient éclusaient des whiskys semblait une manière indue de tenter le diable. Il croisa le regard du barman et commanda deux Macallan, tressaillant lorsqu'une nouvelle flèche en tungstène passa à deux largeurs de main de sa tête.

Pour le client lambda de Glasgow, le Park Bar d'Argyle Street n'était qu'un pub de cathos parmi tant d'autres, un lieu où l'on entendait des airs de violon et des voix aux accents chantants. Pour la grande communauté des Highlanders de la ville, c'était une porte pour rentrer au pays, un endroit où l'on pouvait parler le gaélique et le chanter, acheter des tickets pour la soirée dansante annuelle de la Glasgow Skye Association, se chamailler sur le dernier match de shinty, trouver quelqu'un pour vous conduire à Ullapool, lire les petites annonces du *West Highland Free Press*. Pour Duncan McCormack, le Park Bar était le pub où il retrouvait Greg Hislop tous les jeudis.

Les Macallan atterrirent sur le comptoir. McCormack paya et porta les verres jusqu'à la table, dans un coin, où Hislop était en train de lire un livre.

Le vieil homme ôta ses lunettes et les rangea dans sa poche de poitrine.

– Qu'est-ce que vous lisez là ? demanda McCormack.

– Un roman. – Hislop retourna le livre pour que le titre soit visible. C'était *Les Canons de Navarone* d'Alistair Maclean. – Un vrai roman. Il a fait ci, ils ont fait ça. Il a dit, ils ont dit…

McCormack versa de l'eau dans son whisky avec le petit pichet en céramique posé sur la table.

– Super intrigue, Greg. Un vrai *page-turner*, on dirait.

– Ce que je veux dire, c'est qu'il est au passé, espèce de *gloidhc*. L'histoire est bel et bien terminée, et quelqu'un vous en raconte *a posteriori* les points essentiels.

McCormack plissa le front.

– Contrairement à… ?

– Contrairement à tous ces *sgudal* écrits au présent. Il marche vers la porte. Il ouvre la porte. Il sort dans la rue. Où tout est censé avoir l'air passionnant, que ce soit important ou pas. Il se prépare un thé…

– C'est censé rendre l'histoire plus vivante, répliqua McCormack. Et puis, c'est comme ça que ça se passe, non ? Dans la vie, je veux dire. Au moment où quelque chose arrive, on ne sait pas si c'est important ou pas.

– Dans la *vie* ? – Hislop fit la moue. – C'est un roman ! L'auteur devrait déjà savoir ce qui est important. Sinon, il vous fait juste perdre votre temps.

La vie de Hislop est comme un roman, songea McCormack. Du moins, la partie de sa vie que tout le monde connaissait ; ses aventures pendant la guerre dans la France occupée. Hislop était l'un des quatre hommes de Ballachulish – tous servant dans le bataillon des Argyll and Sutherland Highlanders – qui n'avaient pas été récupérés par la flotte britannique à Dunkerque. Tous les bateaux avaient filé au pays et les gars de Balla s'étaient retrouvés coincés là. Mais ils n'avaient pas dit leur dernier mot. Ils avaient gagné le sud de la France en se faisant passer pour des Russes, embobinant les Allemands en s'exprimant en gaélique. Ils avaient réussi à atteindre l'Espagne, pays neutre.

L'histoire avait une face plus sombre, aussi. Au cours de leur périple, les gars de Balla avaient tué quelqu'un – un prêtre, disait-on – qui menaçait de les dénoncer.

Dans certaines versions du récit, l'homme qui tranchait la gorge du curé était Greg Hislop.

Des acclamations s'élevèrent du coin des joueurs de fléchettes. Poignées de mains générales et tapes dans le dos : partie terminée. Les joueurs allèrent se masser devant le comptoir.

Tout le monde connaissait l'histoire de la marche de Hislop à travers la France occupée. Hislop la rabâchait sans cesse depuis trente ans. Mais il y en avait d'autres aussi, des histoires de l'ancien temps, avant la guerre. Hislop avait été une figure marquante du Glasgow des années 1930. Un sale flic à l'ancienne pour une sale période. L'un des fameux Cosaques de Sillitoe.

Quand on avait fait venir Percy Sillitoe de Sheffield pour le nommer chef de la police de Glasgow, à l'époque, on lui avait fixé pour mission d'anéantir les gangs de la ville. Pour ce faire, il avait recruté des hordes de durs à cuire des Highlands, des grands gaillards d'un mètre quatre-vingts et plus, originaires pour la plupart de l'Argyllshire. Et il les avait lâchés sur les gangsters comme une meute de chiens. En leur donnant *carte blanche** pour utiliser tous les moyens nécessaires. À la moindre alerte, les Cosaques se ruaient hors des fourgons, matraque au poing, pour faire voir des étoiles aux voyous de Glasgow. Hislop avait été l'un de ces élus, ramené de Balla pour briser des crânes à Glasgow.

– Bon… – Le visage de Hislop arborait un air entendu lorsqu'il se tourna pour allumer une clope. – Comment ça roule à Temple ? Ça avance, votre numéro d'Elliot Ness ?

– Oh, bon sang. Vous n'allez pas vous y mettre aussi… Doucement, Greg. Mais ça avance.

– Vous connaissez le problème bien sûr. – Greg agita l'allumette, tira à lui le cendrier. – Tout le monde l'a trop pris à la légère. Maitland, je veux dire. Et après, il

* En français dans le texte. (*NdT*)

était trop tard. À commencer par vous, d'ailleurs. Vous pensiez que c'était juste un petit voyou, pas vrai ? Un malheureux videur monté en grade. La vérité, c'est qu'il est plus malin que la plupart d'entre nous.

– Vous, vous n'aviez pas besoin d'être plus malin qu'eux, pas vrai ? rétorqua McCormack. Dans le temps. Je vous parle des années 30.

Hislop plissa les yeux.

– Les Cosaques ? – Il secoua la tête. – Autre époque, Dochie. Autres méthodes. C'est fini tout ça. Et c'est pas plus mal, d'ailleurs.

– Mais c'était aussi dingue qu'on le dit ? Je veux dire, certains anciens, les *seanairs*, à les entendre on croirait que c'était le foutu Far West…

Hislop retroussa ses lèvres. Sa grosse tête oscillait comme celle d'un cheval tandis que les souvenirs défilaient sous son crâne.

– *Ach*, qui sait, fiston ? C'était une sale période. – Il empoigna son verre de whisky, qui disparut totalement dans son énorme poing. Il déplaça son poids sur la chaise et se pencha vers McCormack. – Mais vous savez le problème que vous avez, Duncan ? Vous autres, les gars d'aujourd'hui ? Votre génération ?

– Vous avez décidé de résoudre les grands problèmes du monde ce soir, Greg.

– Vous voulez savoir ou pas ?

– Ah, parce que j'ai le choix ? Pardon. Je vous écoute.

– Vous en faites un gros secret honteux. – Hislop secoua la tête, dégoûté. – Vous faites ça derrière des portes closes. Traîner un *miastair* dans les cellules du poste. Vous entasser derrière lui pour qu'il sache pas qui l'a frappé. Ça, c'est pas bien. – Il abattit quatre doigts sur la table. – Nous, on s'y prenait autrement. On débarquait dans leurs putains de pubs et on les faisait sortir dans la rue. On leur cassait la gueule bien comme il faut, sous les yeux de leurs potes et des gens du quartier.

On prenait tout notre temps. À visage découvert. – Le sien rayonnait à présent d'une joie sauvage, toutes dents dehors. – On les balançait dans le caniveau, comme les *radain* qu'ils sont. Faut le reconnaître, Dochie... – Il fit tournoyer son whisky. – Vous n'êtes pas taillés pour ce genre de choses.

McCormack écarta son verre de sa bouche, le posa tranquillement sur la table. Hislop était-il vraiment en train de dire ce qu'il était en train de dire ? Hislop sentit ce froid soudain, releva les yeux, empoigna l'avant-bras de McCormack.

– Non, non, Dochie. Du calme. *Gabh air do shocair.* Ce n'est pas du tout ce que je voulais dire. Je dis simplement que vous n'êtes pas ce genre de flic. Rien de plus.

– OK, Greg.

– C'est tout ce que je voulais dire. Bon, je vais nous en chercher deux autres. *Té bheag?*

– Allez-y.

Hislop marcha jusqu'au comptoir, revint avec les whiskys. Il continua de parler, du temps jadis, de la ville à l'époque de la Grande Dépression. Il y avait un respect sincère dans sa voix lorsqu'il évoquait le *Sasannach*, Sillitoe. Comment le chef de la police avait rendu les flics de Glasgow plus élégants, en modifiant leur uniforme. C'était lui qui avait introduit le bandeau à carreaux noirs et blancs sur leur casquette – le fameux "Sillitoe Tartan" – inspiré du calot écossais du régiment des Highlanders. Tout le monde – policiers, voyous, badauds – avait reçu le message. Ceci est une guerre. La police de Glasgow est une armée. Frottez-vous à nous et on vous fera votre fête. Pas de quartier, ni demandé ni accordé.

Mais ça, c'étaient les années 1930. Aujourd'hui, tout avait changé. Les gangs s'étaient peu à peu reformés et plus personne ne craignait la police.

– Cette histoire à Partick, finit par demander Hislop. Vous êtes dessus ?

– L'éminent M. Elliot… Ouais. Je crois que Haddow cherche à me tenir à l'écart de Maitland.

– Vous savez que je l'ai rencontré, ce type.

– Elliot ?

– Dans le temps, ouais. Violences conjugales. La voisine nous a appelés en disant qu'elle entendait des cris à travers le mur, comme si quelqu'un était en train de se faire assassiner.

– Sur Great Western Terrace ?

– Sa grande maison de ville, ouais. Bref, j'étais dans le coin, alors j'y suis allé. Il a ouvert la porte dans sa belle robe de chambre en soie. Une vraie star de ciné ! Je suis terriblement désolé, monsieur l'agent. Je ferai plus de bruit. Ça ne se reproduira pas. Je lui ai dit qu'il fallait que je jette un œil dans la maison. Et là, sur le canapé du salon, je trouve une gamine avec une chemise d'Elliot sur le dos.

McCormack repensa aux accusations de viol contre Elliot évoquées par Haddow. Soi-disant calomnieuses.

– Gamine… *gamine* ?

– Eh bien, c'est justement le problème. Moi, j'aurais dit quinze ans. Mais la fille va chercher son sac à main et, sur son permis de conduire, elle en a dix-neuf. Je la prends à part et je lui demande si tout va bien. Elle me dit que oui. Et ces cris, alors ? Elle me répond : Oh, je me contrôle plus parfois. Je peux pas me retenir. Je pourrais vous montrer si vous voulez.

– Mon Dieu… Vous avez fait quoi, alors ?

– J'ai fait ce que je devais faire, Dochie. J'ai transmis l'information à la section des Femmes, à Stewart Street. Ce qu'elles en ont fait, j'en sais rien. Que dalle, sans doute.

Ils burent en silence pendant un moment. La section des Femmes n'existait plus en tant que telle. Toutes avaient été intégrées aux autres unités.

– Vous n'y avez pas réfléchi à deux fois ? l'interrogea alors Hislop de but en blanc. Vous n'avez pas eu de doutes au moment de revenir ?

En avait-il eu ? Il lui avait fallu du temps pour se sentir à nouveau chez lui. À vrai dire, c'était en venant ici, au Park Bar, qu'il se sentait vraiment chez lui. Pas au boulot. Pas en voyant son nom sur le verre nervuré d'une porte au commissariat de Temple.

– J'aurais dû ?

McCormack but une gorgée de Macallan, reposa bruyamment son verre sur le marbre de la table.

– Tssss… Non. – Hislop recracha un nuage de fumée bleue qui s'éleva dans la lumière du soir filtrant à travers la vitrine. – Seamus a' Ghlinne a trouvé les négatifs en fouillant la villa de Levein, pas vrai ? Et il les a brûlés. C'est du passé tout ça, Duncan.

Seamus a' Ghlinne, James MacInnes – James des Vallées – était le numéro 2 de la brigade criminelle de Glasgow quand son chef, Peter Levein, avait été inculpé et reconnu coupable de complicité dans les meurtres de trois femmes. Levein était en possession de plusieurs photographies de l'inspecteur Duncan McCormack dans ce que le *Daily Record* aurait certainement qualifié de "poses compromettantes".

– Le reste, c'est juste des ragots, Dochie, et de toute manière vous y auriez eu droit n'importe où.

Ils sirotèrent un moment leur whisky. McCormack ouvrit la bouche pour parler puis se ravisa. Au bout d'un moment, il posa son verre sur la table.

– C'est évident à ce point, Greg ? Je n'ai jamais pensé que ça sautait aux yeux.

Hislop haussa les épaules.

– Eh bien. Pas évident, non. Mais enfin, bon…

– Vous voulez dire que vous le saviez déjà ? Avant le Quaker ?

– Savoir, non, pas vraiment. Je m'en doutais, peut-être. Je me posais la question. Ça ne me regarde pas, Dochie. Ça ne regarde personne.

Ils burent en silence. Hislop avait changé pendant l'absence de McCormack. Sa chevelure s'était clairsemée. Ses oreilles paraissaient plus grandes – les oreilles d'un vieil homme, fines comme du papier. Il devenait aussi transparent qu'une feuille.

– Alors ça se passe comment, ce retour ? On vous cause beaucoup d'ennuis ?

– À cause de Levein, vous voulez dire ?

– Il avait des tas d'amis, celui-là.

Ça, c'est sûr, songea McCormack. Même si des amis, combien Levein en avait-il lorsqu'il s'était pendu avec un drap dans sa cellule à Peterhead ?

– Je suis bien placé pour le savoir, dit-il. Je bosse pour l'un d'eux.

– Je parle pas juste de Haddow. Un tas de gens avaient tout misé sur Levein. Quand vous l'avez mis au placard ? Eh bien, disons qu'ils ont perdu très gros. Les gars n'ont pas la mémoire courte, par ici. Ils ont eu tout le temps de penser à ce que vous leur avez coûté.

– Je n'ai fait que mon boulot, Greg. J'ai fait tomber un flic marron. Une ordure d'assassin.

– Vous pensez qu'ils devraient vous remercier pour ça ?

– Je crois qu'ils devraient s'estimer chanceux, Greg. Tous les jours que Dieu fait.

– Oh, arrêtez un peu, Dochie ! – Hislop secouait la tête, tout sourire. – Vous avez écrasé sous une maison la méchante sorcière de l'Est. Si vous trouvez des Munchkins quelque part, ils vous organiseront une foutue parade. Mais tous les autres ? Ils attendent l'occasion de vous planter un poignard dans le dos. C'est votre tournée, mon vieux.

McCormack prit leurs verres vides et se dirigea vers le bar.

17

Si vous cherchez des ennuis dans le nord-ouest de Glasgow, alors Maryhill n'est pas un mauvais endroit pour commencer. Même les Romains y ont rencontré des problèmes. Ils ont construit une muraille pour se protéger des autochtones, dont on aperçoit encore une portion au beau milieu de Maryhill Park. Un autre mur – deux mètres cinquante de haut, couronné de pierres pointues – a depuis été érigé autour de la caserne de Maryhill. Installée là dans les années 1870 pour contrôler les risques de "tumulte et d'émeutes" posés par les ouvriers du quartier, cette caserne abritait le Highland Light Infantry, ce régiment de l'armée anglaise dont les membres, surnommés les *Glesga Keelies* (les "Racailles de Glasgow") ou, en jouant avec son acronyme, *Hell's Last Issue* (la "dernière livraison de l'enfer"), cousaient, dit-on, des lames de rasoir dans leurs képis afin d'avoir un avantage lors des combats au corps à corps.

Mais rien ne dure éternellement. On avait démantelé la caserne dans les années 1960 et une cité HLM avait pris sa place. Des tours et des maisonnettes. Le tout bien blanc, brillant et futuriste. Mais le mur d'enceinte de la caserne se dressait toujours là. Noir, rugueux et couvert de mousse, il ceinturait presque toute la cité. De telle sorte que, si celle-ci figurait sur les cartes sous le nom de Wyndford Estate, tout le monde l'appelait la Caserne. Quant aux soldats du Highland Light Infantry – régiment qui avait depuis fusionné avec celui des Lowland Volunteers –, ils avaient déménagé à huit cents mètres de là dans une nouvelle caserne commune au bord de Hotspur Street.

Entre la caserne civile et la caserne militaire, l'ancienne et la nouvelle, sur une portion de Garrioch Road bordée d'immeubles de grès rouge, se dressait le Barracks Bar, le "bar de la caserne". Des caïds descendus de leurs tours et des soldats en goguette vidaient leurs pintes épaule contre épaule dans la salle spartiate de ce pub. Quelles que soient les tensions qui pouvaient naître entre ces deux groupes, elles restaient pour l'essentiel sous contrôle, sans doute parce que le propriétaire de ce bar était le frère de Walter Maitland. Si la présence de Hugh Maitland expliquait la paix précaire qui régnait en ces lieux, c'était également la raison pour laquelle l'inspecteur Iain Shand était garé de l'autre côté de la rue ce jeudi soir-là, au coin de Garrioch Quadrant.

Ou, du moins, cela expliquait pourquoi le supérieur d'Iain Shand, l'inspecteur principal Duncan McCormack, l'avait envoyé là. Shand avait pour sa part de la peine à comprendre ce qu'il foutait devant ce pub. Il surveillait la porte d'entrée du Barracks Bar depuis deux heures maintenant et n'avait rien vu de plus prometteur qu'un ivrogne en train de pisser sur la façade et un sergent de l'Armée du salut s'aventurant dans la salle avec sa boîte de collecte et des exemplaires de *The War Cry* (le "cri de guerre"), le journal du mouvement.

Shand se pencha sur son siège et, à l'aide d'un mouchoir, se ménagea un hublot dans la buée du pare-brise. Rester assis dans une voiture pendant deux heures, ce n'était pas un boulot de flic. C'était un boulot de larbin, un boulot débile, un boulot de merde. Le sergent de l'Armée du salut ressortit par la double porte avec un air de chien battu. Sa pile de journaux, posée sur son avant-bras comme le torchon d'un serveur, ne s'était pas vraiment amincie. T'es pas dans la bonne armée, aurait voulu lui dire Shand. Entre les soldats de Maitland et ceux de la reine, le Barracks Bar était déjà servi, sur le front militaire. Faut aller démarcher ailleurs, mec. En route, Soldats du Christ.

Un colosse émergea du pub. Un mètre quatre-vingt-dix, peut-être davantage. Il remplissait à lui seul le trottoir. Le crâne chauve, une moustache de morse. Il s'alluma théâtralement une cigarette, sans regarder vers Shand. Lorsqu'il entreprit de traverser la rue, toujours sans regarder dans sa direction, Shand sentit une boule se former au creux de sa poitrine et se redressa gauchement sur son siège. L'homme continuait d'avancer et Shand soupesa précipitamment ses deux options : rester là ou sortir de la voiture ? Descendre du véhicule risquait de faire dégénérer la situation mais, putain, vu le gabarit de ce type, la question ne se posait pas : quoi qu'il arrive, il valait mieux être debout.

Shand sortit de la voiture.

Le colosse s'arrêta à un mètre cinquante de lui.

Shand repoussa du bout des doigts la portière de la Velox, qui ne se referma qu'à moitié, le mécanisme s'enclenchant mal. La lampe de l'habitacle resta allumée. Shand remonta son pantalon et garda ses mains sur ses hanches. Puis il changea d'avis et les laissa retomber le long de ses cuisses. Sa main droite s'ouvrait et se refermait par intermittence.

Le colosse montra la voiture d'un hochement de tête.

– Votre portière est mal fermée.

– J'ai vu, répliqua Shand.

– Vous avez besoin d'aide ? – Le ton de l'homme était attentionné, patient.

Shand ne put produire une réplique intelligente.

– Vous pensiez à quoi, en particulier ? parvint-il tout juste à articuler.

– Eh bien, je ne sais pas. – Le colosse avança d'un pas. – Vous êtes planté là depuis deux heures. Si vous avez peur qu'on vous refuse l'entrée, laissez-moi vous rassurer : vous pourriez passer pour un gars de vingt et un ans. Enfin, sous la bonne lumière.

La veste du colosse était un peu de traviole, un objet dans sa poche en déformant les lignes. Il avait fini d'étudier Shand. Son attention se porta sur la voiture. Comme tous les véhicules banalisés de la police de Glasgow, la Velox possédait une antenne en plus pour les échanges radio. L'homme plissa le front.

– Donc vous n'êtes pas avec les Quinn ?

Shand vit les engrenages tourner dans le cerveau du gaillard, qui refaisait tous ses calculs.

– Mon gang est un peu plus grand que celui des Quinn.

L'inspecteur recula d'un pas et referma bien la portière. Voilà qu'il réapparaissait, le vieux Iain Shand roulant des mécaniques.

– Sûr, dit l'homme. Bref. Vous êtes le bienvenu à l'intérieur pour boire une pinte. C'est la soirée Quizz. Sifflez deux, trois copains et faites équipe ensemble. Vous pourriez gagner un week-end à Blackpool. Une caisse de Bass.

Shand hocha la tête.

– Ça fait partie du même lot ? Faut bien une caisse de Bass pour supporter un week-end à Blackpool.

Le colosse sourit sans ouvrir la bouche. Il se retourna pour partir.

– Pendant que je vous ai sous la main… – Shand avança d'un mètre. Le colosse se figea. Shand sortit la photo d'identité de Gavin Elliot de son portefeuille. – Vous avez déjà vu ce type ?

L'homme ne regarda même pas la photo.

– Nan, mon vieux. Vous avez mal compris, je crois. J'ai dit que c'était la soirée Quizz à l'intérieur. Pas ici dans la rue.

– C'est soirée Quizz tous les soirs, répliqua Shand. Si je le décide. – Il tendit la photo sous son nez.

L'homme retroussa ses lèvres.

– Je saurais pas dire. Pas assez de lumière.

– Elle sera sans doute meilleure au poste. Bien forte comme il faut dans les salles d'interrogatoire.

L'homme prit la photo.

– C'est Jock Stein. C'est Frank Sinatra. C'est votre paternel. Comment je le saurais ?

Shand hocha la tête.

– Mmh-mmh. Son petit nom, c'est Gavin Elliot. Il bossait avec votre patron.

L'homme pinça sa lèvre du bas entre pouce et index et tira dessus, l'air pensif.

– Quand vous dites "bossait", vous voulez dire qu'il est passé à autre chose ou qu'il est mort ?

– Vous lisez jamais les journaux ?

– Pourquoi je lirais les journaux ? La livre qui s'effondre. Les attentats de l'IRA. Le Moyen-Orient. Vaut mieux pas savoir.

Il rendit la photo à Shand.

– Désolé. J'peux pas vous aider, fiston.

– Cet homme est mort. – Shand glissa le cliché dans sa poche intérieure. – Assassiné. Vous ne l'avez jamais vu ?

L'homme fit non de la tête.

– Vous connaissez une femme qui s'appelle Yvonne Gray ?

– Je connais un tas de gens. On pourrait y passer la nuit.

– À vous de voir, mon vieux.

– Yvonne comment ?

– Yvonne Gray.

– Elle est morte, aussi ?

– Disparue. Elle se prostituait. Dans un sauna sur Woodlands Road.

– Je vais jamais au sauna, mon vieux. J'en ai jamais eu besoin.

– Yvonne Gray, répéta Shand.

– Vous avez une photo ?

– Juste le nom. La petite trentaine, un mètre soixante-quatorze. Maigre, blonde. Elle a bossé là-bas deux ans. Au Healing Hands. Ce sauna appartient à Maitland.

– Vous avez une photo du papi décédé et pas de la pute blonde ? C'est quand même pas de bol, ça, fiston.

– Ça veut dire non ?

– On a terminé, là ? J'ai une soirée Quizz à organiser.

– Ouais, on a terminé. Pour l'instant. – Shand regarda l'homme attendre un trou dans la circulation pour traverser la rue. – Je m'appelle Iain Shand, au fait, dit-il, à moitié pour lui-même. On se reverra.

Shand regagna la Velox. Il allait démarrer quand il aperçut une silhouette voûtée descendant la rue depuis la cité de la Caserne. Un homme, la petite vingtaine, des cheveux roux qui lui tombaient jusqu'aux épaules avec une raie au milieu, jean pattes d'eph', blouson de surplus militaire. L'homme entra dans le Barracks Bar. Shand attendit. Trois minutes plus tard, l'homme ressortit, remontant la fermeture éclair de son blouson, et repartit en direction de la Caserne. Shand tourna la clé dans le contact.

VENDREDI 4 JUILLET 1975

18

– Bon. Quels retours des autres départements de police ? Des affaires avec le même *modus operandi* ? Actes de torture ? Cadavres balancés dans un lieu public ?

– Non, rien. – Goldie tapota le bureau avec les jointures de sa main. – Que dalle. J'ai contacté toutes les divisions de Glasgow. Les autres départements de police, dans toute l'Écosse. Ce type est unique en son genre, Duncan. C'est un original.

– Ou peut-être *ces* types, rectifia McCormack.

– Ou bien cette fille, d'ailleurs, intervint Nicol.

– Passons au mobile… – McCormack se dirigea vers la fenêtre, cala ses fesses sur le rebord, croisa les bras. – Des hypothèses ?

– À moins qu'il s'agisse d'un psychopathe, répondit Goldie, quelqu'un qui prend juste son pied en faisant ça, c'est forcément une vengeance. Ça ne peut être que personnel. Tout le reste, ça tient pas debout.

– Et s'il essayait d'obtenir des informations ? suggéra Nicol.

Goldie écarta les bras.

– Vous croyez qu'un type de soixante-neuf ans aurait supporté la torture ? Pendant quatre jours ? Impossible. C'était personnel, Nicol. Celui qui a fait ça s'est éclaté.

– Quelqu'un continue pourtant à chercher des informations, répliqua McCormack. Celui qui est entré par effraction dans la maison d'Elliot n'a pas trouvé ce qu'il voulait.

Les agents de la police scientifique n'avaient pu recueillir aucune empreinte exploitable au domicile d'Elliot et un porte-à-porte sur Great Western Terrace n'avait rien donné non plus. L'homme au costume vert et aux cheveux roux avait tout simplement été absorbé par la ville, avalé par un immeuble ou un autre, à proximité.

– OK, je vais à la bibliothèque Mitchell, *sir*. Consulter les archives du *Tribune* pour essayer d'en savoir plus sur les sociétés d'Elliot.

– Avant que vous ne partiez, Nicol, vous avez des nouvelles d'Ullapool ?

Il lui avait demandé de contacter les policiers du Northern Constabulary, en charge des Highlands, au sujet de la maison de vacances d'Elliot.

– J'en ai, *sir*. Ils confirment ce qu'a dit le voisin. Ce M. Urquhart. Le Croft n'a accueilli personne depuis des semaines. Le lieutenant auquel j'ai parlé m'a expliqué qu'Elliot ne se mêlait jamais aux gens. Il venait de temps en temps au village pour manger au restaurant avec sa fille, mais ça n'allait jamais plus loin.

Elle quitta la pièce. Goldie se leva et se racla la gorge. McCormack se tourna vers lui.

– Quoi ?

– Eh ben, en fait faut que je m'éclipse pendant une heure ou deux. Enfin, si ça ne pose pas de problème…

C'est alors que McCormack remarqua le joli costume, la cravate en soie bleu clair.

– Vous êtes d'une élégance inhabituelle, inspecteur. En quel honneur ?

– Ma fille aînée. – Goldie parut soudain manquer de mots. Il leva les yeux, tout sourire. – C'est sa remise de diplôme. Je sais que c'est une enquête pour meurtre, Dunc, mais là, on traverse un petit temps mort. Je me rattraperai plus tard.

McCormack revit en pensée la fillette en manteau rouge avec son bonnet de laine à pompon, levant sa mitaine pour les saluer tandis qu'elle passait devant eux en patins.

– La gamine de la patinoire ? Elle a fini la fac ?

– Non ! – Goldie éclata de rire. – Elle, c'est Debbie. Il s'agit de Karen, là. Mon aînée. Elle est vétérinaire. Enfin, elle le sera dans deux ou trois heures.

– Bon sang, mon vieux. C'est formidable ! – McCormack empoigna la main de Goldie, le tira à lui pour le serrer dans ses bras. – Félicitez-la de ma part. Et Debbie ?

– Elle a dix-huit ans, répondit Goldie. Elle entre à l'université du Strathclyde cet automne.

– Mon Dieu… Où est passé le temps ? Filez, alors. Pas question de louper ça.

Arrivé devant la porte, Goldie se retourna, pointant du doigt McCormack.

– Je vous retrouve ici à deux heures.

– Parfait.

Une fois Goldie parti, McCormack resta assis un moment dans la salle désertée. Où était passé le temps ? Pas difficile à deviner : dans le boulot. Ce boulot dévorait le temps que vous auriez pu passer avec vos proches. Mais les autres avaient au moins un semblant de vie de famille, qui se déroulait en coulisse, comme un film projeté dans une autre salle. Ils rataient sans doute l'essentiel des trucs du quotidien à cause de ce métier. Les entraînements de foot, le club d'échecs. Mais ils répondaient présents lors des grandes occasions, des étapes importantes. Les remises de prix, les fêtes d'anniversaire, les premières communions, les remises de diplôme. Bientôt, ce seraient les mariages. Les baptêmes. Tout cela lui passait sous le nez. Il avait toujours envisagé, en grandissant, qu'il y aurait des enfants dans son avenir. Même s'il n'arrivait pas à se représenter le reste – une fille, une mariée, une table dressée pour le dîner –, il se disait quand même, étrangement, qu'il finirait par être père. Maintenant, il voyait à quel point c'était illusoire.

N'empêche. Il ne servait à rien de se morfondre ici. Il y avait du pain sur la planche. Tous les autres étaient sur le terrain. Shand en planque devant le pub de Hugh

Maitland. Ce dernier était soi-disant parti à Londres pour affaires, mais McCormack voulait que Shand campe devant le Barracks Bar pour s'en assurer. Et puis, pour être tout à fait honnête, comme ça il n'avait plus Shand dans les pattes. McCormack l'avait vu sortir en douce du bureau de Haddow, la veille. Il savait – ou du moins, soupçonnait – que Shand était le mouchard de Haddow, mais le voir ainsi confirmé, c'était différent. Le comportement de Shand lui inspirait une rage froide, presque impersonnelle. On s'efforçait de prendre un jeune sous son aile, de lui apprendre les bases du métier, et voilà qu'il s'empressait de balancer sur vous. Eh bien, il espérait que l'inspecteur Shand aimait le sale boulot, du genre passer d'interminables nuits dans sa bagnole. Il y a des gens à qui on ne peut pas expliquer les choses, songea McCormack. Ils doivent les apprendre à la dure.

Et merde, se dit-il. Allons donc enfoncer quelques portes. Retournons à Crawford Street pour voir si les vassaux du seigneur sont d'humeur plus bavarde.

Ce soir-là, McCormack prit le métro jusqu'au centre-ville et descendit deux pintes au Horseshoe Bar. Il n'était pas venu au Horseshoe depuis son retour de Londres et resta là, assis à l'une des extrémités de l'autoproclamé “plus long comptoir d'Europe”, à lire le journal et à savourer le bruit et la fumée et le goût d'orge brûlée de sa bière ambrée. Finalement, les riverains de Crawford Street ne s'étaient guère montrés plus coopératifs que le mardi précédent, mais dans l'agréable brouhaha du Horseshoe tout cela ne semblait plus avoir d'importance. Alors qu'il regagnait nonchalamment la station de métro de Buchanan Street dans l'éclat du crépuscule, McCormack entendit un grondement, dans la brise, qui ressemblait au bruit de pas d'un défilé. Il s'arrêta au coin de St Vincent Street. Il crut d'abord qu'il s'agissait d'une marche orangiste, mais non : une cohorte de soldats en tenue kaki et calot écossais, bâton à la main, défilaient par rangées de six sur fond de soleil couchant, avec, au centre de leur formation, un convoi de blindés. S'agissait-il d'une invasion ? D'un coup d'État militaire ? Alors, il se souvint : la grève avait pris fin. Les éboueurs avaient accepté les conditions proposées et l'armée avait été réquisitionnée pour ramasser les ordures dans les rues. Les soldats passèrent devant lui dans une ambiance de fête, souriant et agitant leurs bâtons à pointe de fer, telle une armée de gardiens de parc. Les véhicules blindés, réalisa-t-il alors, étaient en fait un trio de camions-poubelles.

Dans le métro qui le ramenait à Partick, McCormack croisa le regard d'un homme assis en face de lui. La trentaine, svelte, costume sombre et cravate, le dernier bouton de sa chemise défait. L'homme avait l'air légèrement éméché, comme s'il avait vidé deux ou trois alcools forts au pub en sortant du boulot. Il avait le teint cireux – verdâtre presque dans la lumière blafarde du wagon. Des poils noirs jaillissaient de l'échancrure de sa chemise et au dos de ses mains. Ses épaules roulaient paresseusement au gré des secousses de la rame. Il battait le rythme avec ses doigts sur son genou. Pas de bague.

McCormack leva les yeux sur la publicité au-dessus de l'inconnu – *Après le travail, une Guiness* – mais il sentait le faisceau de phare du regard de cet homme passer sur lui toutes les deux ou trois secondes. Quand le train ralentit, l'homme se leva, déséquilibré par une embardée, il tendit la main et agrippa le genou de McCormack pour ne pas tomber, se redressant d'une pression incluant une petite torsion quasi imperceptible. L'homme se planta devant les portes, accroché au pilier chromé balafré de rayures, se tournant vers McCormack, mais celui-ci continua de fixer la publicité jusqu'à ce que les portes s'ouvrent en frémissant et que l'homme descende sur le quai. Alors les portes se refermèrent dans un souffle et le train replongea dans l'obscurité.

McCormack prit une cigarette en secouant son paquet et l'alluma. Il y avait une différence entre prendre un risque idiot et délibérément foutre en l'air sa carrière, mais dans le cas de McCormack cette différence était assez infime. L'un pouvait vite mener à l'autre.

À Londres, cela avait été plus facile. La ville était immense, anonyme, il y avait des endroits où vous pouviez aller et vous sentir le bienvenu. Mais même dans cette grande métropole, avec sa ribambelle de pubs et de clubs gay, McCormack s'en était tenu à sa vieille routine. Rôder en quête du partenaire. Puis les toilettes publiques. Il ne s'était jamais senti chez lui au Black Cap de Camden ou au King William, à Hampstead. Toute cette camaraderie forcée. Ce sentiment d'appartenance surjoué, en gardant toujours un œil sur la porte d'entrée. McCormack n'avait jamais honte. Il assumait d'être celui qu'il était. Mais être gay, être queer, être homo, ce n'était pas un sport d'équipe. On était tout seul dans cette affaire. Un accouplement précipité dans une pissotière, un coup rapide derrière un bosquet n'y changeaient rien. Ce genre d'épisode n'était qu'un éclat d'allumette dans les ténèbres.

Mais certaines nuits, vous pouviez presque sentir le goût de ce frisson électrique du danger. La force gravitationnelle de ce rituel familier.

Trouver un arrêt de bus à proximité de toilettes publiques. D'autres personnes sont là – une femme avec son chien, une petite bande d'ados, un banlieusard solitaire – mais vous vous repérez. Le petit coup d'œil en coin. Puis un autre. Le regard délibérément neutre. Le regard juste un rien trop long. Puis la lueur de la reconnaissance, comme un rire : message reçu. Jeter sa clope dans le caniveau, s'éloigner de l'arrêt de bus et marcher mine de rien jusqu'aux toilettes pour hommes. En vous repeignant dans le miroir craquelé, sentir l'obscurcissement soudain, se retourner et voir la silhouette d'un homme dressée sur le pas de la porte.

Si des mots sont prononcés, c'est dans un murmure, un souffle : *Tu as quelque part où aller ?*

Un non de la tête vous précipite dans un box, mouvements brusques et tâtonnements, souffle court, un visage pressé contre la porte, et le rythme, le silence, les halètements, l'odeur âcre de l'homme, le martèlement sourd de votre cœur quand vous retenez tous les deux votre respiration, les talons d'un intrus claquant sur le carrelage.

Mais ça, c'était fini pour lui. Depuis six mois qu'il était rentré à Glasgow, McCormack faisait profil bas, se consacrant à son travail. Il restait à l'écart de Kelvin Way, de Queen's Park, du Glasgow Green, des toilettes au coin de St Vincent Street et Buchanan Street. Il y avait un club gay maintenant – le Bennett's, sur Glassford Street –, où même les hétéros venaient s'amuser avec leurs semelles compensées et leurs fringues à paillettes. N'empêche : McCormack ne pouvait pas se permettre de se faire prendre une nouvelle fois. C'était tout bonnement impossible.

La rame sortit en hurlant du tunnel et s'arrêta dans une ultime embardée dans la station de Merkland Street. McCormack s'extirpa de son siège. Rentré chez lui, il se versa un Springbank et s'assit dans le fauteuil près de la fenêtre. Les notes d'un piano lui parvenaient à travers le mur. Le petit garçon d'à côté prenait des cours, maintenant. McCormack l'avait aperçu dans la rue, galopant derrière sa mère. Un gamin de six ou sept ans. Tous les soirs après le goûter, il passait en revue, hésitant, son répertoire de mélodies : "Incey Wincey Spider", "Mary Had a Little Lamb", "Happy Birthday to You"... Ce soir, il y avait un nouveau morceau : "You Are My Sunshine."

McCormack sirota son whisky en laissant son esprit passer en revue les éléments de l'affaire. Il repensa au type dans le combi Volkswagen bicolore. Un détail l'avait alerté en entendant le signalement. Un petit interrupteur avait cliqué dans son cerveau. Il n'avait pas compris ce que c'était, sur le moment, mais à présent, oui : la petite trentaine, élégant, cheveux clairs et courts soigneusement peignés sur le côté. À qui cela te fait-il penser ? Il secoua la tête. Il ne manquait plus que les dents qui se chevauchent et la cravate rayée d'inspiration militaire. C'était ce maudit Quaker, de nouveau. McCormack revit les affiches avec le portrait-robot, ce visage qui avait hanté la ville des mois durant, ces yeux qui surveillaient leur moindre geste dans la salle des homicides du vieux commissariat de The Marine. Le Quaker.

Et même s'il avait lui-même attrapé le Quaker – ou plutôt les deux hommes qui s'étaient associés pour commettre ces meurtres –, le visage sur l'affiche le hantait toujours. Aujourd'hui encore, lorsqu'il se déplaçait à travers la ville, il lui arrivait de tomber sur une affiche fanée, collée sur un mur de brique ou se détachant du panneau en plexiglas d'un abribus. Les cheveux clairs. Le sourire entendu. Tout cela allait-il recommencer ? Gavin Elliot avait été séquestré quelque part, semblait-il. On l'avait torturé avant de l'assassiner et de le balancer dans cette décharge. Le degré de préméditation et de planification suggérait que le tueur avait déjà fait ça. Ou allait le refaire. Ton estomac est-il prêt à encaisser ça de nouveau ? Une nouvelle chasse à l'homme dans cette ville fracassée. McCormack vida le reste de son Springbank et fit claquer le verre sur l'accoudoir de son fauteuil.

Le garçon derrière le mur continuait d'assassiner son morceau. McCormack ferma les yeux et cala son crâne contre le repose-tête rembourré du fauteuil. La persévérance du gamin avait quelque chose de réconfortant. Le rythme était complètement à côté mais on sentait la joie simple qu'éprouvait le garçon d'être capable de déchiffrer un morceau. Quelle révélation : en bougeant juste vos doigts, vous pouviez capturer les chansons que votre maman fredonnait à l'heure du coucher.

Cette nuit-là, dans son lit, McCormack avait l'air du petit garçon qui tournait encore sous son crâne : "You Are My Sunshine." Il a raison, songea McCormack. Arrête d'essayer d'orchestrer cette enquête dans son ensemble. Fais des choses simples, l'une après l'autre. Déchiffre la mélodie.

LETTRES NON ENVOYÉES #1

Appartement 4c, 70 Craigpark
Glasgow
12 juillet 1969

Cher Chris
Je voulais attendre que les choses aillent mieux avant de te contacter. J'avais tout prévu, tu vois ? J'aurais un vrai boulot – gérante d'une boutique par exemple, ou réceptionniste dans un hôtel. Je serais mariée. Des gosses. La totale. Des jumeaux, c'était ce que je m'imaginais. Une jolie petite maison mitoyenne à Clarkston ou Bishopbriggs. On t'aurait invité à dîner, on aurait réappris à se connaître. On aurait laissé les mauvais jours là où ils doivent être – dans le passé. Je t'imagine avec un garçon sur chaque genou, en train de leur lire des histoires. Ou de les accompagner au parc pour faire un tour de balançoire. On aurait fêté Noël chez nous. Et, de temps en temps, tu serais venu faire ta lessive et on se serait assis à la table de la cuisine pour papoter dans le vacarme du lave-linge à double tambour.
Ç'aurait été quelque chose, pas vrai ? J'en rêvais souvent entre deux clients, dans la salle d'attente de Whitehill Street. Ça m'arrive encore, tu sais. Eh ouais… Me faire des illusions, c'est un truc que j'ai toujours su faire, hein ? Mais bon, je continuais d'espérer ; je continuais de repousser l'écriture de cette lettre, je repoussais, je repoussais, et maintenant je connais même pas ton adresse, Chris, et je sais plus ce que je voulais dire.
T'arrêtais pas de me harceler pour que je te raconte des trucs. Comment c'était quand papa était encore là et

qu'on était tous ensemble. Parce que je m'en souvenais encore, et pas toi. Les vacances ! Bon Dieu, t'arrêtais pas de me poser des questions sur les vacances. Je pourrais te parler de ça, si tu veux ?
Toi et moi sur la banquette arrière de la vieille Anglia d'oncle Billy, à regarder les gouttes de pluie qui glissent sur les vitres. En route vers Ardentinny ou Carradale pour une semaine au bord de la mer. Dès qu'on était arrivés, papa portait les valises à l'intérieur et on filait à la plage, lui avec sa chaise longue et un pack de bières. Maman avec un sac de pique-nique et une grande couverture écossaise. Elle te posait vite fait sur la couverture et s'installait à côté de toi avec un Miss Marple.
Et moi ? Je partais à l'aventure, escaladant les rochers, cherchant les mares. Je passais des après-midis entiers penchée sur les mares, dans les rochers. Parfois, un nuage cachait le soleil et la mare devenait claire tout à coup, et on pouvait tout voir, les bandes vertes des algues qui se balançaient dans l'eau, les anémones rouges et roses, les petits poissons, les crevettes transparentes qui glissaient leurs antennes sous les recoins des roches, parfois un crabe qui sortait en marchant de travers de sa cachette. Y avait des chapeaux chinois sur les rochers, comme des étoiles blanches, et ces algues avec des bulles qu'on pouvait éclater. J'ai toujours voulu voir une étoile de mer, mais je crois pas en avoir jamais vu.
Quand la marée commençait à remonter, papa me criait de m'éloigner mais je voulais jamais partir. Les mares étaient comme des univers minuscules, si spéciaux et complets, et j'aurais voulu rester là pour toujours. Mais la marée finissait par arriver et recouvrait les rochers, et alors c'était plus une mare, juste un bout de la mer parmi d'autres.
Papa a commencé à la frapper pendant un de ces séjours à la mer. À Carradale c'était. Peut-être qu'il

l'avait déjà fait, mais c'était la première fois que je le voyais. On était dans le vieux cottage de vacances sur la colline et je me souviens le choc que ç'a été. Je me rappelle plus pourquoi ils se disputaient, mais papa l'a frappée avec la main ouverte – pas une claque, plus une manchette sur le côté du crâne, et sa tête a tapé contre une étagère de la cuisine. Une jolie assiette de déco est tombée par terre et a explosé. La tête de maman était tout entaillée et elle saignait, mais maman s'est mise à genoux pour ramasser les morceaux. Va falloir rembourser l'assiette, il a fait, et ça l'a mis encore plus en colère. Il est resté penché sur elle pendant une seconde, comme s'il se préparait à faire un truc encore pire, en respirant comme un taureau, ses poings n'arrêtant pas de s'ouvrir et de se refermer, mais finalement il a fait demi-tour, il a claqué la porte derrière lui et il est descendu au pub en bas de la colline. Toi, tu dormais déjà dans le lit du bas. Maman m'a emmenée dans la chambre et m'a installée dans celui du haut, elle m'a caressé les cheveux et m'a dit qu'il n'avait pas voulu faire ça, que c'était de sa faute à elle, qu'elle l'avait provoqué. J'étais encore réveillée quand il est rentré du pub. J'entendais sa voix, toute basse et penaude, comme un taureau qui mugit, et puis le craquement des ressorts quand ils se sont mis au lit.

Le lendemain matin, tout semblait oublié. Papa s'est levé tôt pour faire griller des œufs, des saucisses et du bacon à la poêle en chantant "Bye Bye Blackbird", pendant que maman allait s'asseoir sur la véranda en bois qui donnait sur la côte. Elle avait un sparadrap sur la tête et son œil était noirâtre et tout enflé, mais ce jour-là elle l'a tartiné de maquillage et a porté un chapeau de plage.

Elle m'a prise à part le soir et m'a dit que papa s'était excusé. Ça n'arriverait plus jamais. Il l'avait promis.

C'est fini maintenant, elle a dit. Sauf que c'était pas fini : c'était que le début. Il a continué à s'en prendre à elle quand on est rentrés à Glasgow. T'étais trop petit pour comprendre ce qui se passait, mais tu sentais que quelque chose clochait, comme font les chiens. Tu partais sans rien dire dans la cuisine, pour faire rouler tes petites voitures sur le lino. Quand t'entendais le changement dans sa voix, tu t'arrêtais de jouer et tu restais assis avec une voiture enfoncée dans la bouche, à sucer le métal.

Ach, pardon, Chris. Qu'est-ce qui me prend ? C'était censé être une jolie histoire sur les vacances, pas vrai ? Les familles heureuses. Le bon vieux temps. Et, d'une certaine manière, c'était ça. Je veux dire, j'étais contente quand il est parti mais, tout méchant qu'il était, elle l'aimait quand même. Et il était bon pour elle, d'une certaine manière. Tant qu'il a été là, elle a dû préserver les apparences. Nous garder toujours bien habillés, ramasser les draps sur le fil à linge, nettoyer les parties communes quand son tour venait. Mais quand il est parti, elle est tombée en morceaux. J'ai fait ce que j'ai pu. Je me rappelle, un jour, j'étais en train de lessiver l'escalier, à genoux avec la brosse et le seau. C'était pas si mal. J'aimais bien ça, vraiment, le rythme du truc, le frottement mouillé de la brosse. Et là, j'ai entendu les pas qui montaient les marches et l'ombre s'est arrêtée, et tout de suite j'ai su, à l'odeur de crésyl et de pastilles à la menthe, j'ai su que c'était Mme Boyle, la dame du dernier étage.

"Tu remplaces ta mère encore une fois."

"Maman se sent pas bien, je lui ai dit. Elle a mal au ventre."

Je me suis retournée en me tordant le cou. Mme Boyle me regardait d'en haut et j'ai vu ce qu'elle pensait aussi clairement que si elle l'avait dit. *Tu crois que je suis bête, ou quoi ? Ta mère est ivre morte sur le*

canapé du séjour. À onze heures et demie du matin. C'est ça, son mal de ventre.
Mme Boyle m'a regardée, traînant par terre à côté du seau d'eau sale, avec ma brosse à la main. Elle a lâché un truc entre ses dents, avant de repartir dans l'escalier. *Eh bien*, elle a dit. *Ça te va bien, en tout cas.* Ses chaussures frottaient sur les marches en pierre et j'ai fait comme si je comprenais pas ce qu'elle voulait dire, mais j'ai tout de suite saisi. Elle me traitait de traînée. Je me suis levée, j'ai balancé d'un coup de pied ce seau d'eau sale dans l'escalier, et je suis rentrée dans l'appartement.
Je sais que ça a été dur pour toi, Chris. De savoir ce que je faisais à Auldpark. Ce qu'ils nous obligeaient à faire. C'était dur. Je le sais. T'étais trop petit pour les empêcher. Tout ce qui se passait là-bas, au foyer d'Auldpark : on n'avait vraiment pas le choix. On nous forçait à le faire. Mais ici dehors, maintenant, Chris, c'est différent. Je passe mes matinées au lit et j'ai toute ma journée pour moi, ou presque. Je travaille trois ou quatre heures par nuit. Y a des boulots pires, crois-moi. La plupart des clients sont de petits hommes solitaires. On les plaint plus qu'autre chose.
Les gars de McGlashan viennent aussi nous voir, c'est vrai. Un avantage en nature pour eux, ils ont droit à des petits cadeaux. Mais c'est pas si terrible. Certains sont gentils, ils nous traitent mieux que les clients, nous offrent de petits trucs. Il y en a un qui s'appelle Walter, il a un peu le béguin pour moi. Il m'a donné un flacon de parfum, l'autre jour. Du Shalimar. Tombé du camion, sans doute, mais quand même. Tout est bon à prendre, hein ?
J'arrête pas de repenser à ton visage, Chris. Le jour où je suis partie d'Auldpark. T'avais l'air si triste que j'en ai presque ri, Dieu me pardonne. *Qu'est-ce que t'as à faire cette tête-là ?* je me disais. On aurait dit

qu'on t'avait enlevé tous tes sourires et les paroles de la chanson de papa me sont revenues : "Y a personne ici pour m'aimer ou me comprendre." Et c'était vrai là-bas, Chris, pas de doute. Mais j'espère que c'est plus vrai, maintenant. J'espère que t'as trouvé quelqu'un. J'espère que t'as un boulot et une maison. J'espère que t'es juste ordinaire, voilà ce que j'espère.
Y a une nana dans l'appartement du dessous, elle passe la moitié de la nuit debout à chanter sur ses disques. Elle croit qu'elle va passer un jour dans *Top of the Pops*, comme cette gamine de Garfield Street. Tous ces gens qui ont des vies normales, Chris... Ils veulent être spéciaux. Personne leur a dit qu'ils l'étaient déjà ?

Ta sœur,
Isobel

19

La pluie avait cessé, si bien qu'au moins, il n'avait plus à tourner la clé dans le contact toutes les quatre-vingt-dix secondes pour actionner les essuie-glaces. Iain Shand était de retour au coin de Garrioch Quadrant, en face du Barracks Bar, avachi sur le siège de la Velox rouge. Des spots disco – rouges, verts et bleus – palpitaient en rythme derrière la vitrine en verre dépoli du pub. De là où il était assis, Shand entendait les notes graves et syncopées d'une basse et les claquements secs d'une caisse claire, et de soudains éclats de guitare quand la porte du pub s'ouvrait et que des couples hilares se ruaient à l'intérieur.

Il alluma une autre cigarette et repensa au Goldberry Arms de Bank Street, à Kilmarnock, se revit en train d'attendre son vieux dehors, le vendredi soir, assis sur le muret de l'église de Laigh Kirk. De temps en temps, son père sortait avec un paquet de chips et, parfois, une de ces petites canettes de limonade en verre. Mais la soirée s'éternisait et le ciel s'obscurcissait, et on finissait par oublier le garçon sur son muret. Quand la porte du pub s'entrouvrait un instant sur le brouhaha doré, il tendait le cou pour essayer de repérer son père parmi tous ces gens qui riaient et hochaient la tête. Ces soirs-là, le pub ressemblait à un paquet étincelant plein de promesses, un petit coin de Noël dans cette ville grise et froide.

Ce soir, le Barracks Bar avait la même allure. Shand consulta sa montre. Trois heures encore. Trois heures à surveiller ce pub au cas, hautement improbable, où l'un des Maitland se pointerait. C'était une corvée pourrie, mais bon : vous faisiez le boulot qu'on vous envoyait faire. Et quand vous captiez que ça rimait à rien, vous le faisiez avec d'autant plus de soin. McCormack avait voulu se débarrasser de lui – c'était aussi simple que ça. Le catho ne lui faisait pas confiance.

Une voiture était garée devant le pub, elle n'avait pas bougé depuis le début de sa planque. Une Rover, carrosserie sombre tirant sur le rouge. Shand pensa à ce jeu de cour de récré où on criait le nom du joueur qui devait traverser le terrain sans être pris : *Red Rover, Red Rover, let Shan-dy come over!* Ou Bri-an ou Bill-y ou Gor-don. Quand vous entendiez votre nom, il fallait quitter votre camp et traverser en courant le terrain jusqu'à l'endroit où l'équipe adverse se tenait serrée, en ligne, bras dessus, bras dessous, en se balançant. Si la ligne tenait bon quand vous fonciez dedans, alors vous deviez rejoindre l'autre équipe. Mais si vous parveniez à passer à travers, vous aviez le droit de ramener dans votre camp un des joueurs d'en face. Le jeu s'achevait quand tout le monde se retrouvait dans la même équipe.

Une femme se rua hors du pub en rajustant son sac à main sur son épaule, le visage courroucé. Un homme apparut aussitôt après et se planta sur le trottoir, criant son nom dans la rue, les bras écartés dans une pose implorante. Voyant la femme poursuivre son chemin, il leva un bras au ciel et rit tout seul en secouant la tête. Il resta sur le trottoir pendant un long moment, se balançant sur ses talons et regardant autour de lui. Puis il sortit ses clopes de sa poche, craqua une allumette dans le creux de sa main pour en allumer une et rentra en roulant des mécaniques.

Alors, le type aux cheveux roux de la veille au soir se pointa de nouveau. Il rentra dans le pub, en ressortit au bout de trois minutes. Peut-être une pause-pipi. Peut-être que tous les soirs au même endroit, ce type n'en pouvait plus de se retenir. Shand rit dans sa barbe de sa propre plaisanterie.

Il consulta encore sa montre. Deux heures cinquante. Son estomac grondait de manière extravagante, une longue spirale de son creuse, plaintive, grave, comme un hurlement de loup. Dans deux heures et cinquante minutes, il pourrait rentrer chez lui et manger. Il visualisa l'épais disque de tournedos dans son papier de boucherie, sur l'étagère du haut de son frigidaire, s'imagina en train de faire chauffer la poêle très fort, la graisse qui giclait, puis ce bruit si plaisant, ce claquement de percussion au moment où la viande se posait dans la graisse, une pression avec la spatule pour saisir les côtés, le sang qui suintait, puis les oignons émincés croustillants et carbonisés, cette odeur grisante et les deux moitiés dodues d'une tomate bien pulpeuse se ratatinant sous le gril.

Un claquement sur la vitre l'arracha à sa vision. Il crut d'abord qu'il s'agissait de la femme du pub mais, non, c'était cette foutue Nicol, penchée avec un sourire bête, ouvrant à présent la porte passager. Elle se laissa tomber sur le siège et jeta sur les genoux de Shand un paquet enveloppé de papier journal.

– Des frites, annonça-t-elle. Je savais pas si vous étiez oignons au vinaigre ou pas, alors j'ai préféré ne pas en prendre. Moi, par contre… – Elle venait de déballer son propre paquet et brandit le globe argenté d'un oignon mariné entre pouce et index. Elle le fourra dans sa bouche, le mâchant avec extase.

Shand ne demanda pas la permission. Il se mit aussitôt à l'ouvrage, dévorant les frites, les enfournant dans sa bouche tandis que des effluves de vinaigre, de gras, d'amidon et de papier journal mouillé embuaient les vitres de la voiture.

– Je vous remercierais bien, dit-il, dégageant du poing une lucarne sur la vitre embuée. Mais mon petit doigt me dit qu'une contrepartie ne va pas tarder…

– Un sachet de frites gratuit, ça n'existe pas. Hé, arrêtez ! – Nicol plissa son nez tandis qu'il tendait vers elle une frite verdâtre mal cuite avant de se pencher pour la jeter dans le cendrier. – Aucun signe du frère, alors ? Ou de Sir Walter en personne ?

Shand se tourna vers le Barracks Bar. La Rover était toujours garée devant. Ses yeux revinrent se poser sur Nicol.

– Liz, et si vous me disiez ce qui se passe, putain ?

Nicol pointa une frite sur lui.

– Le truc, Iain, c'est qu'il sait. McCormack sait. Et nous tous aussi.

Elle mordit dans la frite. Shand plissa le front.

– Ouais, mais ça ne répond pas à ma question, si ? À proprement parler. De quoi vous parlez, Nicol ? Qu'est-ce que vous croyez tous savoir ?

– C'est un peu tard, Iain, vous ne trouvez pas ? Un peu tard pour jouer les petits garçons perdus ? Mon conseil – et je vous dis ça, voyez, vraiment sans déconner. Mon conseil, c'est de partir maintenant. Avant qu'une enquête soit menée. Peut-être même qu'on vous laissera votre pension de retraite.

Shand avait terminé ses frites. Il froissa le papier journal, l'air pensif, le jeta par-dessus son épaule et baissa sa vitre.

– Ce que vous dites n'a aucun sens, Nicol, vous en avez conscience ?

– Arrêtez, Iain. J'ai ouvert votre casier, mon vieux. McCormack sait. Goldie sait. Nous savons tous.

L'air frais de la nuit s'engouffra dans l'habitacle. Shand contemplait le pub. Un chat était assis sur le capot de la Rover. Ses yeux luisaient d'un éclat vert et creux lorsqu'il tourna la tête vers eux.

– Vous êtes foutu, déclara Nicol. À proprement parler.

– Il appartient à… – Il se frotta la tempe du dos de sa main droite. – Le flingue appartient à un des gars de Maitland. D'accord ? On parle d'un type haut placé, là.

– OK, acquiesça Nicol. Ce que nous devons établir maintenant, c'est ce que fait une arme appartenant à l'un des lieutenants de Maitland dans le casier d'un flic.

– Et c'est vous, l'inspectrice ? Pourquoi croyez-vous qu'il est là, Liz ? J'essaie de retourner ce type. – Il hocha la tête. – Et je suis tout près d'y arriver.

– Oh, Iain… – Nicol éclata de rire. – Arrêtez vos conneries. Notre petit Shand va apprivoiser un des gros bras de Maitland pour en faire son indic ? C'est ça, votre explication ?

Shand laissa échapper un soupir, plongea la main dans la poche de sa veste pour prendre ses cigarettes.

– Vous n'avez jamais entendu parler du rasoir d'Ockham, Nicol ?

– J'ai arrêté tout ça, merci. Mais vraiment ? Vous pensez qu'il s'agit de l'explication la plus simple ?

– Et pas vous ?

– Je crois qu'une autre école de pensée est envisageable, Iain. Celle qui soutiendrait que vous êtes le type qui rencarde Maitland chaque fois qu'une descente est sur le point d'avoir lieu. Que vous le tenez informé, que vous lui dites tous les trucs dont il devrait s'inquiéter. Le flingue est une sorte de caution. Il vous permet de prouver que vous n'êtes pas corrompu, puisque vous avez récupéré le flingue d'un des méchants. C'est juste que vous n'avez pas encore eu le temps de le planquer au bon endroit.

– Kenny Hinshelwood. – Shand se tourna sur son siège. – Ce nom vous parle, inspectrice ?

Il lui parlait. Vaguement, lointainement, comme une cloche tintant sous l'eau dans le clocher d'un village englouti. Mais le visage ne lui revenait pas, ni le contexte. Juste la nébuleuse familiarité de ce nom : Kenny Hinshelwood.

Shand se fendit d'un fin sourire.

– J'ai l'impression que l'omniscience de l'inspectrice Nicol a des limites, après tout. Il y a deux ans.

Un cadavre retrouvé dans la cage d'escalier d'un vieil immeuble de Sighthill. Un sous-fifre de Maitland. Tué par balle à la sortie d'un bordel.

– C'était Hinshelwood ?

– C'était Hinshelwood. Buté par mon contact. Une histoire de came, apparemment.

– Vous êtes en train de me dire qu'il s'agit de ce flingue-là ? Que le flingue dans votre casier a servi à tuer quelqu'un ? Et ça, c'est une bonne chose ?

– Quand on veut retourner un gangster, oui, c'est une bonne chose. Une très bonne chose. Y a les empreintes de mon gars partout dessus.

– Et celles de Iain Shand ? Elles sont dessus aussi ?

– Bon sang, Nicol. Accordez-moi un peu de jugeote, quand même.

Le jeune rouquin était de retour, descendant de la cité de la Caserne. Les mains dans les poches de sa veste militaire. Il se glissa dans le pub.

– Comment avez-vous fait pour récupérer ce flingue ?

– Je l'ai récupéré, Nicol. Je peux pas vous dire comment.

Elle secoua la tête.

– Il est trop tard pour ces petits jeux, Iain. Enfin… Vous n'arriverez jamais à le retourner. Un sbire de Maitland ? Il vous enverra paître. Il purgera sa peine sans moufter. C'est comme une décoration, pour ces gars-là.

– Il n'y a pas que ça. Je crois qu'il cherche une porte de sortie. Il en a marre. – Shand se tourna vers Nicol. – Il s'est passé quelque chose. Je sais, je sais. Mais croyez-moi. Quelque chose a changé, c'est un autre homme, maintenant.

Nicol s'esclaffa.

– Un des caïds de Maitland a sa conscience qui le travaille ? Il faut pas d'abord avoir une conscience, pour ça ? Ou bien c'est comme ces histoires de membres fantômes ? Un élancement de douleur dans une jambe amputée ?

– Je suis sérieux, Nicol. Ça a quelque chose à voir avec l'incendie. Il n'arrêtait pas de répéter que l'incendie a tout changé. Que ça allait trop loin.

– L'incendie ?

– Je crois qu'il parlait de cette histoire à Tradeston. L'entrepôt, vous savez ? Ils ont mis le feu à l'entrepôt des Quinn et l'immeuble d'à côté a cramé. Quatre morts.

– Quoi, c'est l'idiot du village ? Quand on met le feu à des trucs, on a des chances que des gens soient brûlés. C'est le problème avec le feu, non ? Il se propage. On ne peut pas le contrôler.

– Je sais pas. Il en a pas dit plus mais quelque chose, dans cet incendie, l'a touché.

Ils restèrent assis à réfléchir en silence pendant un moment. Leurs souffles embuaient les vitres.

– Votre histoire avec ce Hinshelwood ? finit par reprendre Nicol. Si McCormack en parle à Haddow, vous finirez en taule. Vous ne serez pas juste viré de la police, non : direct à Barlinnie, mon pote. Et pas dans la section spéciale non plus, celle avec la moquette et les cours de dessin et la foutue table de ping-pong. Vous serez dans la section des pédophiles, celle où les gars se branlent dans vos macaronis au fromage.

– Ouais, OK, merci de me prévenir, Nicol. Mais si on retourne ce gars… – Shand se contorsionna sur son siège pour lui faire face. – Si on retourne ce gars, alors on tient Maitland. Réfléchissez un peu, Nicol. On a tout. Il faut que vous parliez à McCormack. Faut qu'il comprenne bien ça.

Nicol farfouillait dans son sac à main.

– Parfois, Iain, on croit tenir un indic et puis, un jour, on réalise que c'est l'indic qui vous tient. Vous voyez ce que je veux dire ? – Elle baissa son pare-soleil, arrangea son rouge à lèvres dans le petit miroir. – Écoutez. Je retourne à Temple maintenant. Je vais parler à McCormack, pour voir ce que je peux faire. Mais ça ne va pas lui plaire. À mon avis, il va vous tomber dessus. J'essaie de repasser plus tard. J'amènerai peut-être McCormack s'il ne menace pas de vous arracher la tête. Ne bougez pas d'ici, Iain.

Elle s'éclipsa dans la nuit en laissant derrière elle une trace de parfum et un mouchoir en papier sur lequel était imprimé un baiser rouge. Shand se sentit sale, comme si on l'avait obligé à faire ça, comme si on s'était servi de lui.

Un flingue dans son casier.

Un flingue dans son casier, ça ne voulait rien dire. Ou du moins, ça voulait dire ce qu'il venait de dire que ça voulait dire. Une piste. Une avancée décisive. La clé qui allait enfin permettre d'épingler Maitland. Il donnerait rendez-vous à son gars le lendemain et lui poserait un ultimatum. Choisis ton camp, mon pote. Viens du bon côté ou, alors, tente ta chance devant le juge.

Il resta assis là une heure de plus, à réfléchir à tout ça. Des gens entraient dans le Barracks Bar et en sortaient – des couples, des groupes, des hommes seuls. Mais le dealer aux cheveux roux ne réapparut pas. Shand alluma sa énième cigarette. Se faisait-il des illusions ? Était-ce un fantasme de croire qu'il pouvait retourner son contact chez Maitland ? Peut-être qu'il aurait dû lui-même passer voir Maitland quand il en était encore temps. Prendre le fric. Le jeu s'arrête quand tout le monde est dans le même camp.

Sauf que le jeu ne s'arrête jamais.

Shand jeta sa clope d'une pichenette par la vitre ouverte.

Le jeu ne s'arrête jamais mais la manière dont il se joue, elle, peut parfois évoluer. Tout allait changer, maintenant. Il était temps de reprendre l'avantage.

Pourquoi ne pas commencer par secouer un peu le dealer rouquin dans les toilettes du bar ?

Red Rover, Red Rover, let Shan-dy come over!

Shand descendit de la Velox. Il avait fait beau ce jour-là et un murmure de chaleur flottait encore dans la brise nocturne. Des senteurs – l'odeur de levure de la brasserie, mais aussi des notes étrangères, indéfinissables – semblaient suspendues dans l'air. Les nuits comme celle-ci, Glasgow ressemblait à Paris, du moins Paris comme on se l'imaginait. Un endroit enivrant, magique, où tout pouvait arriver. Les archives du *Tribune* lui revinrent alors en mémoire, toutes les vies réunies dans ces dossiers poussiéreux, toutes les âmes de cette ville. Il avala une longue bouffée d'air, la relâcha lentement. C'était bon de rester planté là une minute, après ces heures assis dans la voiture. Il eut soudain conscience de la force contenue dans ses cuisses, des blocs de muscles denses en travers de son torse, de ses biceps qui tendaient le fin tissu de sa chemise. La musique du pub palpitait vaguement dans la nuit.

Il repensa au petit garçon sur le muret de Laigh Kirk. Au goût de la limonade. *On peut y aller, papa?*

Il reboutonna sa veste. Cette embrouille avec McCormack allait s'arranger. Il était jeune, en forme, faisait son mètre quatre-vingt-cinq en chaussettes. Il était inspecteur de la brigade de Répression du banditisme affiliée à la Crim' de la police de Glasgow. Il était Iain Shand, putain.

Il s'avança sur la chaussée. Il passait devant la Rover quand le monde devint blanc.

II

DANS UNE FORÊT OBSCURE

SAMEDI 5 JUILLET 1975

20

Même si on n'a jamais fait l'expérience de l'explosion d'une bombe, il suffit de l'entendre pour savoir ce que c'est. McCormack et Nicol étaient en train de rouler sur Maryhill Road. Le bruit fut si assourdissant et intense que McCormack donna un brusque coup de volant, le redressant juste à temps pour éviter le bus qui venait dans l'autre sens. "Putain de merde", souffla-t-il entre ses dents. Nicol ne dit rien. Ils avaient tous les deux compris de quoi il s'agissait. Ça ne pouvait pas être autre chose.

En s'engageant sur Garrioch Road, ils aperçurent le nuage blanc de poussière et de fumée mêlées suspendu dans le ciel noir au-dessus des toits. Ils négocièrent le rond-point et tournèrent au coin de la rue. C'était comme conduire sur un champ de bataille.

Il y avait des corps sur la chaussée. Des silhouettes titubant à l'aveugle dans le faisceau des phares, les bras dressés comme pour bloquer des coups. Certaines couraient, évitant la Velox tandis que McCormack se rabattait sur le trottoir. Pendant que Nicol empoignait la radio pour prévenir le Central, McCormack sortit, hagard, dans l'éblouissement rouge et la fumée. On entendait déjà la palpitation des sirènes.

La façade du Barracks Bar avait disparu. Évaporée. Les trois étages d'appartements qui surplombaient le pub s'étaient effondrés en un V grossier. À travers la fumée et les flammes qui dévastaient encore l'intérieur du pub, on apercevait les poutres du plafond qui pendaient, de travers.

La déflagration avait projeté des gens de l'autre côté de la rue. Elle avait arraché leurs vêtements, mis le monde à l'envers. Un canapé gisait au milieu de la chaussée, entre trois tabourets de bar tordus et un frigidaire cabossé. Devant le pub en ruine se trouvait une voiture carbonisée, encore fumante, privée de ses vitres, le genre d'épave qu'on voyait sur les barricades au journal télévisé, les dernières nouvelles de l'Ulster en état de guerre. Toutes les vitres avaient volé en éclats à trois rues à la ronde – un déluge de verre brisé qui avait ravagé une centaine de pièces, entaillé les visages, criblé les miroirs et le papier peint des murs.

Un motard qui passait par là avait été précipité contre le pied d'un lampadaire. Son corps et la carcasse de sa moto étaient repliés autour comme des agrafes.

McCormack et Nicol se mirent au travail, secourant les blessés. Ils écartaient les briques et les poutres brisées à mains nues et avec les outils de fortune qu'ils purent trouver – McCormack se servit d'un plateau de serveur tordu pour pelleter les débris bloquant les jambes d'un homme qui râlait de douleur.

Et, pendant tout ce temps, ils cherchaient Iain Shand. Et Iain Shand demeurait introuvable.

Les renforts arrivèrent – parmi eux, Derek Goldie. Les habitants des immeubles voisins et des logements de la Caserne vinrent apporter leur aide, formant des chaînes humaines pour évacuer les décombres et les entasser en cairns fumants au bord de la chaussée. Les sirènes à deux notes montaient et s'estompaient, des lampes Klieg projetaient dans la nuit d'épaisses colonnes de lumière, créant une sorte de jour fantomatique. Des ambulanciers enjambaient les chevrons calcinés, inclinant les brancards pour maintenir leurs fardeaux humains à l'horizontale. McCormack poursuivit ses efforts jusqu'à ce que tous ses ongles soient arrachés, ses jointures à vif, ses doigts écorchés et entaillés, si bien que Goldie finit par l'emmener à l'écart et l'installa délicatement à l'arrière d'une voiture de patrouille.

À huit heures le lendemain matin, McCormack était allongé sur son lit au 42, Caird Drive, contemplant le plafond tandis que le soleil perforait les rideaux. Le réveil près de sa tête égrenait son tic-tac entêtant.

Les événements de la nuit défilaient comme un film sur l'écran blanc du plafond, si bien qu'il ferma les yeux. Ces mêmes événements continuèrent de se projeter sur le fond rouge de ses paupières closes, forçant McCormack à repousser les draps et à s'extirper de son lit.

Il y avait des traînées de poussière et de suie sur les draps. Il avait été trop épuisé pour prendre une douche quand la voiture de patrouille l'avait déposé devant chez lui au petit matin.

Dans la salle de bains, McCormack tira sur le cordon et la pièce explosa de lumière. Son défunt père était planté là comme un fantôme.

McCormack avança d'un pas vers le miroir. C'était à cause de la poussière. Encroûtant ses sourcils, mêlée à ses cheveux. Comblant les rides sur son front, les pattes-d'oie aux coins de ses yeux. La poussière de l'attentat. Il semblait avoir quatre-vingts ans.

De son index, il tira vers le bas sa paupière inférieure et ce croissant rouge vif sur son visage gris-blanc déclencha une image au cœur de son cerveau : *le lambeau de chair sanglante, la bosse blanche d'un os*. La nausée monta d'un coup et il vomit dans l'évier, une bile verte qu'il lava à grande eau, en s'essuyant la bouche du revers de sa main.

Il avait dormi tout habillé, s'effondrant sur le lit, hébété, après s'être débarrassé de sa veste et de ses chaussures. Maintenant, il s'attaquait aux boutons de sa chemise déchiquetée et défaisait la ceinture de son pantalon ruiné. Nu, il s'avança avec gratitude sous le jet.

Il prit la douche la plus chaude qu'il put, inclinant sa tête sous le jet, sentant la saleté se dissoudre. L'eau était une bénédiction. Il enfonça les doigts dans ses cheveux et frotta ses follicules pour en arracher toute la crasse, regarda celle-ci disparaître en tourbillonnant dans la bonde, granules sableux, écailles de poussière et de cendres. Dieu sait quoi encore. D'autres flashs, fragments épars : des silhouettes courbées dans l'éclat des lampes à arc, leurs ombres dansant dans la nuit ; une femme aux cheveux brûlés sur tout un côté du crâne ; un truc calciné et charnu fumant sur la chaussée. Il serra très fort les paupières et se concentra sur l'eau qui martelait son crâne.

Il ressortit de la douche rose comme un jambon. Toutes les saletés qui encombraient ses entailles étaient parties, et il laissait derrière lui des filets d'eau sanglante sur la moquette du séjour.

Il alluma la radio et entendit *des lâches* dans l'accent nasillard du Yorkshire de Wilson, le Premier ministre : *acte odieux… peuple britannique… nos valeurs… la vie normale continuera*. Il éteignit et noua la serviette autour de ses hanches. Il trouva une boîte de sparadraps et pansa ses doigts, les jointures parcheminées de ses mains.

Une odeur de fumée dans ses narines. Il récupéra son pantalon et sa chemise dans la salle de bains. Il marcha jusqu'à sa chambre, ramassa sa veste par terre, vida ses poches, dégagea le couvre-lit et en fit un ballot avec ses vêtements dedans, fourra le tout dans un grand sac-poubelle noir.

Normale, avait dit Wilson. *La vie normale continuera*. Le petit-déjeuner était une chose normale. McCormack enfila son deuxième meilleur costume et descendit la colline jusqu'à un café situé sur Dumbarton Road.

Il commanda un petit pain carré fourré à la saucisse et un thé. Il alluma une Regal. L'impact de la fumée dans ses poumons lui donna un haut-le-cœur et il écrasa précipitamment sa cigarette dans le cendrier, chassa la fumée. Il ferma les yeux.

Alors la serveuse lui apporta son thé dans une tasse et une soucoupe en pyrex, et une assiette avec son petit pain à la saucisse grillé à souhait. Il ouvrit le pain et versa une lichette de coulis de sauce brune sur la saucisse carrée, l'étala avec son couteau. Puis il referma le petit pain et mordit dedans, huma la croûte noircie et craquante, sentit le goût de la viande rose et chaude, et l'instant d'après il renversait des chaises vides en sprintant vers la sortie.

Il eut tout juste le temps de l'atteindre. Le vomi jaillit en un flot précipité, crépitant sur le trottoir. McCormack reprit son souffle, plié en deux avec les mains sur ses genoux, la vue obscurcie par les larmes, tandis qu'une silhouette traversait son champ de vision, tapotant un journal roulé sur une jambe en bleu de travail. "La nuit a été longue, mon pote ? s'amusa l'homme en passant. *Ach*, vaut mieux que ça sorte dans ces cas-là." McCormack se contenta de grogner. Ses cheveux pendaient en mèches agglutinées, sa gorge était à vif, l'acide lui brûlait les sinus comme du raifort.

Il se redressa et trouva un mouchoir, remonta la pente jusqu'à son immeuble. Il se brossait les dents pour la seconde fois ce matin-là quand on frappa à sa porte. Pas de sonnerie à l'interphone : un abruti avait encore laissé la porte de la rue ouverte, telle fut la première pensée de McCormack.

Il cracha le dentifrice dans l'évier, se rinça précipitamment la bouche. Il s'essuyait encore les lèvres dans son mouchoir quand il ouvrit la porte.

Il eut d'abord du mal à reconnaître l'homme qui se dressait devant lui. Sa silhouette était familière, mais comme étrangement sortie de son contexte. Il avait des cheveux bruns bouclés, des dents saines, un sourire qui commençait à s'affaisser.

Il crut un instant qu'il s'agissait de Shand, revenu d'entre les morts, tel un zombie aux yeux écarquillés, recousu en une seule pièce. Un spectre qui venait réclamer vengeance.

Puis les yeux verts se plissèrent et tout se mit en place.

– Seigneur…

– Pas tout à fait. Mais je prendrai tous tes péchés si tu me laisses entrer.

McCormack fit un pas de côté. L'homme laissa tomber son cabas et referma la porte derrière lui, tirant McCormack à lui. Ils s'embrassèrent, de manière hésitante d'abord, puis plus fougueusement, les dents cognant contre les lèvres, la main de l'homme sur la nuque de McCormack, le rabattant vers lui.

McCormack se dégagea.

– Putain, Victor, qu'est-ce que tu fous là ?

Victor prit la main de McCormack dans la sienne.

– Mon Dieu. Tes pauvres mains… – Il caressa les doigts bandés. – C'était vraiment terrible, Dunc ? C'était l'enfer ? Les journaux disent que tu as perdu un de tes hommes…

Vic avait été soldat. Il avait été au combat. Il savait ce que McCormack venait de vivre, savait ce qu'il ressentait avant même que McCormack lui-même n'en soit tout à fait sûr. McCormack aurait voulu se laisser aller, poser son front dans le cou de Victor, vider son sac, mais il retira ses mains et recula.

– Mais comment as-tu fait pour être là aussi vite ?

Victor sourit.

– Je ne savais pas, Dunc. J'ai pris le train de nuit. L'agent de service a récupéré les journaux à Carlisle. C'est là que j'ai appris la nouvelle.

McCormack secouait la tête.

– Tu ne peux pas venir ici, Vic. C'est trop… Je veux dire, merde. Je suis au beau milieu d'une enquête pour meurtre. Et, maintenant, ce foutu attentat à la bombe. Je fais des journées de douze heures. Sept jours sur sept. Tu sais bien, Vic. Tu sais comment ça marche.

Victor empoigna McCormack par le biceps.

– Je peux t'aider, Dunc. Je peux m'occuper de certaines choses pendant que tu travailles. Écoute, je suis monté ici pour tenter le coup. Pour arrêter de fuir la meilleure chose qui me soit jamais arrivée. Pour t'empêcher de fuir. Tu ne répondais pas à mes putains de lettres, alors je suis venu te le dire en personne. Mais peu importe. Ça peut attendre. Va donc bosser. Résous cette affaire. Quand ce sera terminé, nous parlerons. C'est tout. D'accord ?

McCormack préféra ne pas parler. Il acquiesça du chef, enlaça de nouveau Victor, cognant ses épaules contre les siennes, échangeant des tapes dans le dos.

– Espèce de tantouse du Sud.

– C'est moi.

– Il y a un double des clés dans le petit meuble à côté du lit. Fais comme chez toi. Il faut… Écoute, il faut vraiment que j'y aille.

– Bien sûr. T'en fais pas pour moi, Dunc. Vas-y. Je serai là quand tu rentreras.

21

– Sale affaire. – Haddow secouait la tête, incrédule. – Sale affaire. Six morts. Dont Iain Shand et le foutu frère de Maitland.

Ils étaient dans le bureau de l'inspecteur divisionnaire, au commissariat de Temple. McCormack restait planté là, sans rien dire.

– Je ne vais pas vous mentir, McCormack. Je crois que Flett a eu tort de vous faire revenir. Je crois que vous auriez dû rester là-bas. Vous le savez.

McCormack concentra son regard sur le tableau de liège, par-dessus l'épaule de Haddow. C'était une réaction physique, l'envie folle de frapper Haddow, de lui planter un énorme pain entre les deux yeux. En plissant les yeux, il apercevait les tableaux de service sur le panneau du divisionnaire.

– Mais là, ça dépasse les questions de personnalité, poursuivit Haddow. Vous avez perdu un homme. Nous avons tous perdu un homme, mais il faisait partie de votre équipe. Nous sommes vraiment désolés pour vous.

Si tu es désolé, songea McCormack, pourquoi tu ne me dis pas de m'asseoir ? Une tasse de thé ne serait-elle pas la bienvenue ? Je suis sur la sellette, ou quoi ?

Il articula une unique syllabe.

– *Sir*…

– Mais pour que les choses soient claires – et il *faudra* les clarifier officiellement, inspecteur, puisqu'une enquête s'impose –, que foutait l'inspecteur Shand devant le Barracks Bar ?

Il y avait un carré de papier sulfurisé sur le bureau de Haddow, où l'on apercevait les miettes d'un sandwich. McCormack sentit son estomac se tordre. *Oh mon Dieu*, songea-t-il ; *ne vomis pas, non. Pas ici.*

– C'était une opération de surveillance, *sir*. Liée à l'enquête sur le meurtre de Gavin Elliot.

– Liée comment ?

La chaise en bois se plaignit quand Haddow s'appuya sur le dossier en lissant sa cravate.

– Elliot était associé en affaires avec Hugh Maitland. Ou, du moins, avec l'épouse de celui-ci. Dans une société immobilière. Nous explorons la possibilité que cette connexion avec Maitland puisse avoir un rapport avec le meurtre d'Elliot.

– Ils étaient administrateurs de la même société ? Et alors ? Ça ne veut pas dire qu'ils étaient proches.

– Non, *sir*. Mais la fille de la victime confirme que son père avait des contacts réguliers avec les Maitland.

– Eileen Elliot a dit ça ?

– Elle s'est montrée catégorique sur ce point.

– Les Maitland, au pluriel ?

– Il me semble que si vous faites affaire avec Hugh, *sir*, Walter est forcément au courant...

Haddow respira par le nez, sa grosse langue poussant l'une de ses joues puis l'autre, avant de glisser sur ses dents du bas.

– Eh bien, Hugh ne fera plus affaire avec personne, maintenant. Mais il existe un lien, donc. C'est bien ce que vous dites ? Entre le meurtre de Gavin Elliot et l'attentat d'hier...

– C'est une possibilité, *sir*. Ces deux hommes étaient liés, cela ne fait aucun doute. Elliot et Hugh Maitland.

– OK. Eh bien, gardons cet élément à l'esprit, McCormack, et voyons où ça nous mène. En attendant, l'hypothèse la plus probable reste le terrorisme. Ils ont eu leur lot d'engins incendiaires, dans le Sud. Nous avions été épargnés jusqu'à présent, mais on dirait que ça vient de changer.

McCormack se balança d'un pied sur l'autre.

– L'IRA a signé une trêve, *sir*.

Haddow hocha la tête. Il replia le carré de papier sulfurisé sur les restes de son sandwich, en fit une boule.

– Ouais… Bon. Je suppose que ces gens-là n'envoient pas de communiqué de presse quand ils décident de rompre un cessez-le-feu. – Il se pencha en arrière pour jeter l'emballage froissé dans une corbeille à papier. – Sans doute, je sais pas… qu'ils posent juste une putain de bombe.

McCormack sentit le sang lui battre les tympans, une pression sur ses orbites. Il ferma les yeux, se massa les paupières, respirant profondément. Il rouvrit les yeux. Haddow le dévisageait avec insistance.

– Et le hasard a voulu que vous soyez en route pour le Barracks Bar avec l'inspectrice Nicol au moment de l'explosion ?

– C'est exact, *sir*.

– Puis-je vous demander pourquoi ?

Les yeux de McCormack se fermèrent de nouveau brusquement. *Parce que*, déclara la voix dans sa tête, *l'inspecteur Shand avait une arme non réglementaire dans son casier. Une arme à feu dont nous pensons qu'elle a peut-être servi à commettre un meurtre lié aux gangs. Nous allions demander des explications à l'inspecteur Shand à ce sujet, mais nous sommes arrivés trop tard. Shand n'est pas seulement un flic mort ; c'était un flic véreux.*

Il ouvrit les yeux et répondit :

– On voulait vérifier une info concernant une autre affaire. Une prostituée qui a disparu. La routine, quoi.

Haddow le fixa intensément encore une fraction de seconde, pour signifier son scepticisme, puis hocha la tête.

– Mais bon, dit-il, j'imagine qu'on devrait s'estimer heureux : la foutue saison de football n'a pas encore commencé…

Les deux clubs de la ville, le catholique et le protestant, les verts et les bleus. Le Celtic, l'équipe des immigrés irlandais, dont les supporters agitaient le drapeau vert-blanc-orange du pays voisin, et faisaient trembler de leurs chants rebelles cette vieille cabane en tôle qu'était leur stade délabré. Et les Rangers, protestants, flegmatiques, conservateurs, dans leur citadelle en brique sur la rive sud de la Clyde.

– C'est vrai, *sir*. Mais la saison des marches orangistes, elle, a commencé.

– Quoi ? Oh putain, McCormack. Vous avez raison.

Chaque année, le 12 juillet, les militants protestants de l'ordre d'Orange défilaient dans les rues de Glasgow. Des hommes en costume du dimanche et écharpes en V orange marchaient fièrement sur la musique d'orchestres de flûtistes en uniforme. Ils défilaient pour célébrer la victoire du roi protestant Guillaume III contre les forces fidèles au roi catholique Jacques II d'Angleterre. Lors de la bataille de la Boyne, en Irlande. En 1690. Glasgow : l'endroit où l'année 1690 était aussi présente dans la mémoire des gens que l'année 1960. Plus présente, même.

– Eh bien, merde, soupira Haddow. On ne peut rien y faire. Ça veut juste dire qu'il va falloir éclaircir tout ça encore plus rapidement. L'unité de Hamill et celle de Patterson seront sur le coup. Utilisez vos hommes comme bon vous semblera. Vous aurez tous les renforts que vous jugerez nécessaires. Il suffit de me prévenir.

– *Sir*…

– Nous devons partir du principe, poursuivit Haddow, qu'une cellule terroriste se balade dans la nature ici, à Glasgow. Qu'elle possède une planque. Plusieurs. Dans l'East End, probablement. À Gallowgate. Ou à Calton. Enfin, bon Dieu, un des gars du gang de Balcombe Street était de Toryglen… Je veux que vous et vos hommes dressiez une liste des sympathisants républicains. Des éléments subversifs connus. Le MI5 nous a envoyé un agent depuis Londres. Un bon à rien en costume croisé.

Spence, il s'appelle, il sera basé au QG de Turnbull Street. Il aura peut-être des idées. Bref, il faudra lui parler aussi.

– Je n'y manquerai pas, *sir*.

– Identifiez des suspects. Bouclez-les. Souvenez-vous : nous disposons de sept jours de garde à vue, si besoin, dans le cadre de la loi sur la Prévention du terrorisme. Je veux que vous frappiez un grand coup, mais, McCormack…

– Oui, *sir* ?

– C'est un sujet sensible. Il ne s'agirait pas de mettre le feu à la communauté. Nous ne voulons pas d'une série d'attentats, comme à Birmingham. Je vous fais confiance pour gérer ça. Compris ? – Il fixa McCormack d'un regard lourd de sens. – Vous êtes l'homme de la situation.

– Compris, *sir*.

McCormack remonta le couloir en secouant la tête. Magnifique. La putain de classe. Tout ce qu'il lui restait à faire, maintenant, c'était identifier une cellule de combat de l'IRA opérant dans les quartiers est de Glasgow, mais sans semer le trouble dans la population. Ce qui serait bien sûr un foutu jeu d'enfant puisque lui, l'inspecteur principal Duncan McCormack, en vertu de son appartenance au catholicisme romain, faisait partie de "la communauté". Le fait qu'il soit des Highlands alors que "la communauté" en question était irlandaise n'importait guère : c'était un catholique, un Fénien, un papiste, l'ami des Irlandais, un foutu catho, un égreneur de chapelet, un supporter du Celtic. Il était l'un d'eux.

Il passa la tête à l'intérieur de l'Étable. Nicol et Goldie relevèrent les yeux.

– Venez. On va prendre un peu l'air, annonça-t-il.

22

Ils marchèrent vers le nord le long de Bearsden Road. Le canal de Forth et Clyde passait sous la route à environ cinquante mètres du commissariat. McCormack emprunta les marches qui descendaient vers le chemin de halage.

C'était un autre monde, en bas, loin de la circulation. Tranquille, bucolique. De l'autre côté du canal, un bosquet d'arbres montait à l'assaut d'une colline jaunie. Cette portion du canal marquait la limite septentrionale de la ville – au-delà de ces arbres commençaient les champs et la lande. Ils auraient pu se trouver en pleine campagne si les structures squelettiques des deux gazomètres jumeaux ne s'étaient dressées à l'arrière-plan.

Ils marchèrent en silence jusqu'à ce qu'ils atteignent un banc. Nicol et Goldie s'assirent. McCormack resta debout. Il sortit ses cigarettes, en offrit à la ronde. Un homme s'approcha sur le chemin de halage, à bicyclette, une Pashley noire avec un panier de boucher sur le porte-bagage avant. Ils fumèrent sans rien dire le temps qu'il s'éloigne.

– Jésus, homme de douleur… souffla McCormack en secouant la tête. – Ce commentaire pouvait porter sur son entretien avec Haddow, sur la mort d'Iain Shand ou sur cette histoire d'attentat en général. Quelque chose parut le frapper et il fronça tout à coup les sourcils devant les deux policiers assis sur le banc. – Vous tenez le coup, vous ? Comment vous… gérez ça ?

Nicol et Goldie échangèrent un regard.

– Votre approche des patients laisse à désirer, ironisa Goldie.

– Bon sang, je suis votre foutu chef. Je suis censé veiller sur vous. M'intéresser à votre, comment dit-on déjà… bien-être.

Son regard se perdit en amont du chemin. L'homme à vélo s'était retourné pour les regarder.

– Nous allons bien, *sir*, répondit Nicol. Et vous ?

McCormack continua de fumer sans rien dire. Les doigts qui tenaient sa cigarette étaient bagués de sparadraps.

– À part le fait que j'aie envoyé un collègue à sa mort hier soir, vous voulez dire ? Super bien.

L'homme à bicyclette s'était arrêté. Il les observait sans même chercher à s'en cacher. McCormack détourna le regard puis pivota brusquement sur lui-même, faisant mine de se jeter en avant et piétinant l'allée en gravier en poussant un rugissement. L'homme remonta précipitamment sur son vélo et se lança, en équilibre instable, prenant de la vitesse avant de négocier la courbe.

Ils restèrent muets pendant une minute.

– Vous ne pouviez pas savoir, finit par déclarer Goldie. Ce n'est pas votre faute. C'était une tâche légitime que vous lui aviez confiée.

– C'était un moyen pour que Shand ne soit pas dans mes pattes, répliqua McCormack. Je voulais me débarrasser de lui. Nous le voulions tous.

Prononcer le nom du mort parut changer les choses. Comme s'il y avait besoin d'une reconnaissance, d'une sorte d'hommage.

– C'était un bon flic, tenta Nicol.

– Non, s'il vous plaît. – McCormack l'arrêta d'un geste de la main. – Pas de ça entre nous. Soyons honnête, Nicol : aucun de nous ne l'appréciait. Il était chiant comme pas permis. Mais, quoi qu'il ait pu faire, il a payé pour ça. Et le boulot qui nous attend maintenant est simple : trouver celui ou ceux qui l'ont tué. OK ?

Goldie acquiesça.

– OK, Dunc. On va réparer tout ça.

– On ne peut pas réparer. – McCormack lança sa clope dans le canal. – Un homme est mort. On va juste essayer de rendre la chose un peu moins injuste. Trouvons qui l'a tué. Et ce n'est pas en alpaguant des supporters du Celtic dans les pubs de Gallowgate qu'on y parviendra…

– Parce que c'est ce qu'il veut ? demanda Nicol. Haddow ?

– Il croit qu'une cellule locale de l'IRA est planquée dans un appartement du quartier.

– Vous ne vous êtes pas dit que, peut-être, il n'avait pas totalement tort ? intervint Goldie.

– L'IRA qui fait sauter un pub à Glasgow ? – McCormack secoua la tête. – Allons, Derek. Ils ont un principe : l'Écosse est hors limites. Personne n'a envie de faire de Glasgow un autre Belfast.

– Ils *avaient* un principe, répliqua Goldie. Les choses peuvent évoluer.

McCormack haussa les épaules.

– Ils ne l'ont pas revendiqué, si ?

– Ils n'ont jamais revendiqué l'attentat de Birmingham non plus.

C'était vrai. Les bombes à Birmingham, un an plus tôt. Deux pubs. Vingt et un morts. Tout le monde savait que c'était l'IRA, mais l'appel téléphonique revendiquant ces actes n'était jamais venu.

– Mais si la cible c'est l'armée, pourquoi ne pas juste s'en prendre à la caserne ? Elle se trouve dans la même rue, à deux cents mètres.

– Cette cible-là est plus facile, répondit Goldie. Ça permet de frapper des soldats en goguette, et aussi des civils. Ça redouble la terreur. C'est ce qu'ils ont fait à Birmingham.

– Mais là, c'est différent, dit McCormack. Il y a ce lien passé avec Elliot…

– C'est quoi le rapport entre Gavin Elliot et un attentat au Barracks Bar ?

McCormack secoua la tête.

– Je n'ai pas appris grand-chose en dix-huit ans de métier, dit-il. Mais j'ai appris ceci : dès qu'on commence à faire appel aux coïncidences pour expliquer un événement, alors on cesse d'être un policier.

Goldie se pencha en avant et cracha par terre entre ses pieds.

– J'y crois pas un instant. Vous savez bien comme c'est, Dunc. Tout paraît différent après un truc pareil. Un meurtre. Un attentat. Tout le monde a l'air coupable. On commence à voir partout des connexions qui n'existent pas.

– Voyons... – La bouche de McCormack se tordit en un rictus méprisant. – Gavin Elliot est retrouvé assassiné. On établit l'existence d'un lien entre Elliot et Hugh Maitland. Le pub de Hugh Maitland est réduit en miettes, et son proprio avec lui. Vous savez ce que veut dire une récurrence d'événements ? Bon sang.

– C'est un pub où vont les trouffions, insista Goldie. La caserne de l'armée est à deux pas de là.

– La cité de la Caserne est encore plus près, mon vieux. C'est le pub des Maitland avant d'être un pub à soldats.

– Écoutez, intervint Nicol en levant sa main en l'air. Nous ne pouvons pas tomber d'accord sur le fait que nous ignorons pourquoi ce pub a été visé ? Pour le moment. Nous pouvons l'accepter ?

– Le pub de Maitland a été détruit pour la même raison que Gavin Elliot a été assassiné, déclara McCormack. Nous ignorons juste quelle est cette raison.

Les autres restèrent silencieux. Un cygne à la dérive s'était approché et picorait tristement parmi les roseaux. McCormack tira sur son nœud de cravate.

– Ce qui a causé la mort d'Elliot, c'est son lien avec les Maitland. Ça doit être notre hypothèse de travail. Nous devons en savoir plus sur la nature de ce lien. Ce qu'Elliot faisait avec les Maitland, au-delà de simples spéculations immobilières. Et nous devons tomber comme un foutu piano à queue sur la tête des Quinn.

– Vous croyez que ce sont les Quinn qui ont fait sauter le pub ?

– Eh bien, si ce n'était pas l'IRA, c'était quelqu'un qui avait un sacré compte à régler avec Maitland. Et les couilles de poser une bombe devant le pub de son frangin.

Goldie frotta sa barbe de trois jours.

– Il n'y a pas que les Quinn qui ont des comptes à régler avec Maitland. En plus, auraient-ils seulement le savoir-faire nécessaire ? Vous ne trouvez pas que c'est un peu élaboré, là ?

– Il s'agissait d'une bombe ANFO, fit remarquer Nicol. Il suffit de mélanger du nitrate d'ammonium et du fioul. On peut ajouter aussi un peu de plastic pour augmenter l'effet. Ce n'est pas très dur à apprendre. En plus, ils ont des connexions de l'autre côté de la mer, pas vrai ?

– Bon, d'accord. – McCormack les regarda l'un après l'autre. – On va commencer par les Quinn. Derek : il nous faut un panier à salade et trois ou quatre agents en uniforme pour vingt et une heures ce soir. On va faire une descente au Dixon's. D'ici là, faites la tournée de vos indics… voyez ce qu'ils ont à raconter sur les Quinn.

– Et le flingue, alors ? l'interrogea Nicol. On va prendre tous ces risques pour un type qui avait le flingue d'un gangster dans son casier ?

– Vous avez raison. C'est l'autre problème. Vous avez encore la clé du casier de Shand ?

Nicol fit oui de la tête.

– Dois-je la remettre à la police scientifique ? Faire relever les empreintes ?

– Laissons ça pour l'instant, répondit McCormack. Je ne suis pas sûr qu'on ait envie de faire confiance à Haddow dans cette histoire. Mais il faut qu'on retrouve l'indic de Shand, son informateur au sein du clan Maitland. Dressez-moi une liste, Nicol. Il faut qu'on découvre qui c'est. Nous n'aurons qu'une seule chance avant qu'ils pigent qu'il y a une balance dans leurs rangs. Il faut viser juste du premier coup. – Il sentit dans sa bouche la bile de tout à l'heure. Il s'éclaircit la gorge et cracha dans l'herbe. – Pour une fois.

– Donc on mène notre enquête dans notre coin, maintenant ? demanda Nicol. Ses yeux se posèrent sur McCormack, puis Goldie. Elle n'avait pas l'air nerveuse ; elle voulait juste savoir à quoi s'en tenir.

– C'est le cas depuis le début, rétorqua McCormack dans un haussement d'épaules. Sauf que, cette fois, Haddow ne sait pas que nous avons un informateur.

Deux canards amerrirent sur le canal en battant bruyamment des ailes, les replièrent puis se laissèrent glisser.

– Je ne suis pas sûr que ça m'enchante vraiment, déclara Goldie. Pour être honnête. D'opérer dans le dos de Haddow.

– Vous avez peur que ça nuise à votre carrière, inspecteur ? demanda McCormack. Sa langue pointait entre ses lèvres entrouvertes. Goldie était toujours resté bloqué au grade de lieutenant, et ce bien avant le départ de McCormack pour Londres.

– Je vois… D'accord, monsieur le petit malin. Et c'est la faute à qui ?

– Insubordination, lieutenant Goldie ! Vous sous-entendez que c'est votre apparente proximité avec moi qui a ruiné vos chances de promotion ? Je crois que vous avez peut-être raison. Auquel cas, la marche à suivre la plus raisonnable serait sans doute celle-ci : pendant qu'on y est, autant finir ce qu'on a commencé.

– Ah, d'accord. Et vous, vous faites quoi pendant que je serai occupé à saboter ma propre carrière ?

– Moi ? Je m'occupe du boulot le plus facile. C'est moi qui vais devoir aller parler à la fiancée d'Iain Shand.

Il pivota sur ses talons et repartit dans l'autre sens le long du chemin de halage. Les deux autres se levèrent du banc et lui emboîtèrent le pas.

23

Millport, sur l'île de Cumbrae. La promenade du front de mer était encombrée de corps en mouvement. Nuages roses de barbe à papa. Chemisettes et robes d'été. Un petit garçon marchait vers lui en se dandinant, tirant des pétards en papier d'un paquet et les faisant claquer sur le trottoir. Kidd se rappela ceux qu'il avait fait péter dans sa jeunesse, ces petits tortillons de papier remplis de sable et d'explosifs qui retentissaient comme une détonation quand on les jetait par terre. Un Jack Russell jappait derrière le gamin et Kidd descendit sur la chaussée, coupant la route à un vélo dont la sonnette le fit bondir en arrière sur le trottoir.

Une femme lui rit grossièrement au nez en passant. Kidd essuya la sueur sur son front avec un mouchoir trempé. Il ne trouverait jamais Yvonne Gray dans cette cohue. Le type qui s'était présenté à la porte de son appartement de Maryhill avait été très clair : la mission de Kidd consistait à localiser Yvonne Gray, et au plus vite. Et transmettre aux hommes de Maitland les détails de l'endroit où elle se trouvait. Ils avaient creusé un peu et découvert qu'elle avait vécu un temps près de Largs, dans sa jeunesse. Si bien que Kidd avait passé son vendredi à arpenter dans tous les sens les rues de Largs, à traîner dans les cafés, à scruter les manèges de la foire du bord de mer, à chercher un visage correspondant à la photo qu'il avait dans sa poche. En vain. Ce jour-là, il avait eu la brillante idée de prendre le ferry effectuant la courte traversée vers l'île de Cumbrae pour tenter sa chance à Millport. Mais, à présent, il commençait à regretter de n'être pas resté à Largs. Il aurait voulu être loin du soleil et du bruit et de la foule et des odeurs. Planté sur la promenade, il tournait le dos à la plage, observant College Street jusqu'à l'endroit où la rue disparaissait dans la pénombre verte des arbres qui la surplombaient. Ça avait l'air calme et frais là-haut, et Kidd se lança à l'aveugle à travers Glasgow Street, comme étourdi.

Sur College Street, il longea les maisons d'un côté et le mur de la garnison de l'autre. Bientôt, l'ombre tachetée de lumière des arbres se mit à danser sur son visage. Il n'était qu'à cent mètres à peine de la promenade, mais eut l'impression de pénétrer dans un autre monde. Il continua d'avancer et une grande arche en pierre s'ouvrit dans le mur, sur sa droite. De l'autre côté de l'arche, un chemin descendait abruptement entre deux rangées de grands arbres dont les cimes se rejoignaient, formant une arche végétale. On aurait dit l'entrée de quelque château enchanté, mais la pancarte sur le mur indiquait: "Cathédrale des Îles. L'Église épiscopalienne écossaise vous souhaite la bienvenue." Alors il s'engagea sur ce chemin.

Au bout de celui-ci se dressait une volée de marches. Kidd les grimpa et aperçut sur sa gauche la petite cathédrale perchée sur sa terrasse herbeuse, avec une porte ménagée au pied du grand clocher gris.

À l'intérieur, l'église était à la fois minuscule et énorme. Elle ne contenait que cinq ou six rangées de chaises en bois de part et d'autre de l'allée, mais le plafond semblait haut comme le ciel, le maillage complexe de ses poutres en bois sombre dominant les murs blanchis à la chaux. Ces murs chaulés avaient l'austérité des églises écossaises, mais au fond de la nef, par-delà quelques marches et une arche de marbre gris, Kidd découvrit la magnificence de l'autel, croulant sous les riches tissus verts, les chandeliers dorés.

Cela le ramena au temps d'Auldpark. Tous les dimanches, les gamins du foyer avaient le choix de l'église. Les catholiques se rendaient à la messe et un groupe plus restreint – dont Kidd et sa sœur Izzy faisaient partie – prenait un minibus jusqu'à l'église d'Écosse la plus proche. C'était l'occasion d'échapper au foyer, de faire quelque chose de normal l'espace d'une heure. Mais ça ne se passait jamais vraiment comme ça. Les gamins d'Auldpark s'asseyaient ensemble sur deux bancs près de l'entrée. Les gens savaient qu'ils étaient des miséreux, qu'ils ne possédaient pas grand-chose, si bien qu'ils leur apportaient des petits cadeaux, des bonbons, des bandes dessinées, des gants en tricot. C'était gentil et bien intentionné, mais cela vous faisait sentir comme un chiot abandonné, un objet sur lequel les gens normaux pouvaient exercer leur pitié. Quand on sortait à la queue leu leu pour aller au catéchisme du dimanche dans la grande salle froide attenante à l'église, on voyait bien que les enfants normaux vous détestaient, qu'ils ne dissimulaient leur haine que parce qu'ils avaient également peur de vous. Kidd se souvenait d'un Noël en particulier où Izzy avait été choisie pour interpréter Marie dans la crèche vivante. Elle avait l'air si fière et heureuse dans sa tunique blanche, serrant l'Enfant Jésus sous son châle écossais comme s'il s'agissait de son propre bébé. Mais la haine des autres enfants atteignait des proportions quasi nucléaires. Elle était radioactive. Comment se faisait-il qu'une enfant du foyer interprète Marie ? Izzy lui avait confié par la suite qu'à la fin de la pièce, l'un des anges lui avait craché au visage, une vraie huître qui s'était accrochée à ses cheveux.

Kidd s'assit sur un siège près de l'entrée de l'église. Il y avait une autre personne, une femme aux cheveux noirs, installée près de l'autel de l'autre côté de l'allée. Plus tard, Kidd se souviendrait de ce moment comme d'un instant féerique, une prémonition, mais il sut tout de suite que cette femme était Yvonne Gray. Les cheveux n'étaient pas de la bonne couleur et il ne la voyait que de dos, mais, étrangement, il savait. Et quand, cinq minutes plus tard, elle se leva, fit volte-face et remonta l'allée, ses derniers doutes se dissipèrent : c'était bien le même visage que sur cette photographie glissée dans la poche de poitrine de sa chemise.

Kidd compta jusqu'à dix avant de se lever à son tour. La femme était déjà à mi-chemin de l'avenue quand il descendit au petit trot les marches de la cathédrale. Il la prit en filature le long de College Street, retrouvant le bruit et l'éblouissement du soleil. Elle entra dans l'un des cafés du front de mer, le bas de sa robe d'été s'envolant dans une bourrasque. Kidd accéléra le pas.

Il s'arrêta sur le seuil du café, un peu désorienté par tout ce vacarme, cette fumée et le brouhaha des conversations, mais il finit par la repérer assise à une table au fond de la salle, dans le coin opposé, en train de poser son chapeau de plage sur la chaise voisine.

Il se faufila discrètement à travers la salle bondée et s'arrêta derrière la chaise, ses doigts effleurant le dossier.

– Cette chaise est prise ? Je peux ?

Elle lui jeta un regard froid, puis ramassa son chapeau sur le siège d'osier et le posa sur ses genoux.

– Vous me sauvez la vie, lui dit Kidd. – Il prit le menu plastifié, s'éventa avec. – Quelle chaleur… Pfou.

– Je ne vous ai pas vu tout à l'heure ? demanda-t-elle. À la cathédrale ? Vous me suivez ?

– Non ! Enfin… – Kidd se fendit d'un sourire peu convaincant. – J'ai cru vous reconnaître. Vous ressemblez à une personne que je connais.

Il aurait voulu sortir la photographie de sa poche et la tenir près de son visage, pour être bien sûr.

– Ah. Cette personne que vous connaissez, elle aime prendre le thé ? Elle aime les scones ?

– Pardon ?

D'un geste du menton, la femme désigna un point derrière Kidd, et celui-ci, se retournant, vit la serveuse qui approchait.

– Oh. Vous avez raison. – Il commanda un café pour lui, un thé et un gâteau pour elle, puis resta là à sourire, cherchant ce qu'il pourrait bien dire.

– Vous êtes croyante ? finit-il par articuler.

– Quoi ? Non !

– C'est juste que vous aviez l'air de prier. – Il pointa son pouce derrière lui, par-dessus son épaule. – Dans la cathédrale, je veux dire.

– Eh bien, si vous voulez vraiment savoir, oui, je priais.

– Mais vous n'êtes pas croyante ?

– Je ne crois pas en Dieu mais, parfois, je lui adresse des prières, répondit-elle. Je me dis, on ne sait jamais. Ça ne peut pas faire de mal…

– Et ça marche ?

– Sincèrement ? – Elle sourit. – Pas super. Mais bon, vous savez ce qu'on dit : demain est un autre jour.

Il rit de bon cœur.

– Vous êtes ici en vacances ? demanda-t-il.

– Vous en avez, des questions…

– Je suis désolé. J'ai tendance à faire ça. C'est les nerfs. Et si vous me demandiez quelque chose ?

Ils lui avaient dit qu'elle tapinait. Elle n'en avait pas l'air. Elle bossait au sauna de Maitland, dans le West End. Pas vraiment un endroit classe, mais un cran au-dessus des bouges des cités.

Est-ce qu'elle se droguait ? Il baissa les yeux sur ses avant-bras et elle suivit son regard. Il rougit, et alors la serveuse revint avec un plateau et posa leur commande sur la table.

– Vous connaissez le Barracks Bar ? lui demanda Yvonne, une fois la serveuse repartie.

– Quoi ?

La tasse de Kidd tinta. Il était désarçonné. L'avait-elle déjà démasqué ? Avait-elle reconnu en lui un homme de Maitland ?

– Vous m'avez dit de vous poser une question. Je vous demande si vous connaissez le Barracks Bar, à Glasgow.

– Si je… ? Ouais. Je connais. C'est vers Maryhill. Pourquoi ?

Pourquoi me parle-t-elle d'un pub de Maitland ? Putain, elle veut en venir où ?

– Oh, vous n'avez pas entendu la nouvelle ? – Elle le fixa d'un regard dur. – Une bombe a explosé.

Kidd balaya la salle du regard, puis ses yeux revinrent se poser sur Yvonne.

– Qu'est-ce que vous racontez ?

Yvonne secoua la tête, en lui empoignant l'avant-bras.

– Je ne plaisante pas. Je vous jure. Il y a eu un attentat au Barracks Bar. Regardez… vous vous appelez comment ?

– Oh, Chris.

Il n'avait pas eu le temps de s'inventer un faux prénom.

– Eh bien regardez, Chris. – Un porte-journaux était accroché au mur derrière elle, à disposition des clients. Elle en attrapa un et le déplia devant lui : *L'ENFER !*, avec une photo granuleuse du pub dévasté, ses poutres brûlant encore.

Il lut l'article en diagonale pendant qu'Yvonne reprenait :

– Quelle mort atroce, hein ? Sauter comme ça quand on vient prendre un verre… Ils disent qu'une des femmes était encore vivante… genre, après l'explosion. Couverte de flammes. Vous imaginez un peu ? Vous êtes en train de siroter une Sweatheart brune avec vos amies, et l'instant d'après, putain, vous êtes en feu ! Ils ont réussi à éteindre les flammes et l'ont mise dans une ambulance. Mais elle est morte à l'hôpital.

Kidd s'agrippa à sa tasse de café. Il avait la nausée. Il repensa aux quatre malheureux dans l'immeuble de Tradeston, attendant que les flammes les dévorent. Ses quatre victimes. Et maintenant, ça. Bon Dieu. Mais tandis qu'il secouait la tête et enfouissait son nez dans sa tasse, une partie de lui songeait, *Ce Denny Quinn… Oh putain ! Sacrée manière de se venger. Sacré retour à l'envoyeur.*

Il repoussa le journal sur la table. Bon sang. Ça allait être la fête, maintenant. Maitland allait s'abattre sur les Quinn tel le courroux divin. Une expression lue dans un manuel, à l'école, lui revint : les "Lettres de feu et d'épée", désignant ces ordres donnés jadis par la justice écossaise de mettre à feu et à sang les terres d'un chef de clan récalcitrant. Voilà ce qui attendait les Quinn. Des lettres de feu et d'épée. Le journal évoquait la piste de l'IRA – n'importe quoi. C'étaient les Quinn. Il le savait d'instinct.

Et lui, alors ? N'était-il pas le foutu ange de la mort ? Apportant le malheur partout où il allait. Ces malheureux brûlés dans leur immeuble. Cette fille en face de lui. Quand il leur annoncerait qu'il l'avait retrouvée, ils s'en prendraient à elle, aussi. La liquideraient, peut-être.

Il releva les yeux. Elle tartinait son scone, heureuse comme pas possible. Le beurre puis le petit récipient de confiture de framboise, qu'elle étala sur cette couche jaune avant de reposer bruyamment son couteau dans l'assiette, tout maculé de rouge.

– Tout va bien ?

Elle le dévisageait, sincèrement inquiète, le scone figé juste devant sa bouche. Elle le reposa sur l'assiette.

– Vous avez mauvaise mine. Vous êtes blanc comme un linge.

– Tout va bien, lui dit-il. Je suis juste… On manque d'air, ici.

– On manque d'air ? se moqua-t-elle. On me la fait pas. C'est l'article du journal, pas vrai ? C'est pas grave… je trouve ça mignon. Je m'appelle Yvonne, au fait.

C'était son vrai nom, aussi. Enfin, son vrai prénom.

– Alors, que faites-vous dans la vie, Chris ?

Elle mordit dans son scone.

– Moi ? – Kidd haussa les épaules. – Je suis peintre-décorateur.

Elle rit, porta la main à sa bouche pour empêcher les miettes de tomber.

– Vraiment ?

– Nan. J'ai menti pour faire plus glamour.

Elle rit de plus belle.

– Ce n'est pas ce que je voulais dire. C'est juste que vous n'avez pas une tête de peintre-décorateur.

– Je regrette… je ferai mieux la prochaine fois.

– Un peintre-décorateur est un vieux type avec une salopette blanche, une grosse bedaine et des petites taches de peinture sur ses lunettes.

– Ça, c'est juste quand on travaille. Mais, dans le civil, on a cette allure-là.

Elle avala sa dernière bouchée de scone, la fit passer avec du thé.

– Sérieusement, vous faites quoi ?

– La même chose que vous, répondit-il. J'ai quitté la ville pour m'amuser. M'échapper un peu. En parlant de ça… – Il prit un accent à la James Cagney. – Tirons-nous d'ici, poupée.

– Laissez-moi finir mon thé.

Ils firent la queue devant le ferry. Lorsqu'ils furent rentrés à Largs, il proposa de la raccompagner à sa pension de famille. Elle lui dit qu'elle avait quelques courses à faire en ville. Peut-être pourraient-ils se revoir un autre jour, s'il prévoyait de rester dans les parages. Ils se donnèrent rendez-vous au café Nardini le lendemain soir. Kidd regagna son appartement.

24

Personne n'avait revendiqué cet acte. Ni l'IRA. Ni l'INLA, sa dissidence marxiste. Ni l'UDA, ni l'UVF, ces groupes paramilitaires loyalistes. Ni la Tartan Army. Ni la Fraction armée rouge, ni l'Armée du salut, ni la foutue Boy's Brigade, l'organisation de jeunesse chrétienne.

Au lendemain soir de l'attentat du Barracks Bar, l'atrocité n'était toujours pas revendiquée. Glasgow n'avait personne à qui s'en prendre.

Toute la journée, les autorités avaient attendu que les coupables se désignent. Le ministre de l'Intérieur avait décroché son téléphone à Londres pour appeler le ministre des Affaires écossaises à Édimbourg. Le ministre des Affaires écossaises avait téléphoné au chef de la police. Le chef de la police était allé à la télévision promettre que ses agents traîneraient les responsables devant la justice.

Mais personne n'avait revendiqué l'attentat. Personne à qui s'en prendre.

En fin d'après-midi, Roy Jenkins, le ministre de l'Intérieur, faisait une visite guidée des décombres sous un léger crachin, hochant la tête et plissant le front, les mains jointes dans le dos tel un membre mineur de la famille royale. Quand un journaliste lui demanda qui il tenait pour responsable de cet acte scandaleux, Jenkins déclara qu'il avait toute confiance en l'enquête des policiers.

Les journaux de Glasgow étaient moins circonspects.

DES TUEURS DE L'IRA ATTAQUENT LA VILLE.
BLOODY SATURDAY. ATTENTAT DES RÉPUBLICAINS IRLANDAIS : 6 MORTS. UN PUB DE L'ARMÉE VISÉ PAR UN ACTE ODIEUX DE L'IRA.

C'est plus tard cet après-midi-là que les premières infos avaient commencé à filtrer, faisant état de chapelles attaquées, de vitraux brisés. Quelqu'un avait peinturluré SALAUDS D'ASSASSINS en grosses lettres blanches sur le mur d'une école catholique de Drumchapel.

Un adolescent portant un maillot du Celtic s'était fait lyncher par la foule sur Sauchiehall Street : crâne fracturé, dents défoncées à coups de pied.

Visiblement, il y avait quand même des gens à qui s'en prendre.

L'archevêque de Glasgow avait demandé à la police et au gouvernement d'intervenir. Allait-on tolérer que des citoyens catholiques soient harcelés et agressés, privés de leurs droits de sujets britanniques ? Que leurs lieux de culte soient profanés ? À la messe de six heures, ce soir-là, des groupes de jeunes paroissiens formèrent la chaîne, bras dessus, bras dessous, pour protéger les entrées des églises catholiques de la ville.

Quelques heures plus tard, on laissa sans surveillance un autre repaire de jeunes catholiques, dans le South Side. Grave erreur. McCormack et ses hommes débarquèrent à grand bruit devant la Dixon's Tavern, sur Victoria Road. Un panier à salade et une voiture banalisée. Le crissement des pneus. Les portières qui claquent. Six agents en uniforme se ruant hors de la fourgonnette. Les bottes qui claquent sur le trottoir. Des casques à la place des casquettes. L'éclat sinistre des mentonnières métalliques.

McCormack et Goldie descendirent de la voiture, les pans de leurs imperméables battant au vent.

Un ivrogne était assis sur le trottoir, affalé contre le mur du pub, la tête entre les genoux. Il parut se réveiller en sursaut en entendant tout ce vacarme. Il jeta sa tête en arrière contre le mur pour regarder McCormack et les autres, marmonna une obscure malédiction et cracha sur le revers de sa propre veste.

Deux des agents en uniforme prirent position de part et d'autre des portes du pub. McCormack les poussa, ouvrant la voie aux autres.

Ils avaient programmé cette descente pour en maximiser l'effet. Il était neuf heures et demie du soir, une demi-heure avant la fermeture. Il y avait six rangées de clients massés contre le bar, se bousculant et titubant, les hommes portaient des pintes à leurs lèvres par d'infimes rotations de l'avant-bras, faute d'espace pour plier le coude. À l'avant de cette cohue, des bras sans corps poussaient avec insistance des billets vers le trio de serveurs qui couraient en tous sens, en s'évitant par Dieu sait quel miracle, tirant d'une main sur les pompes à bière tout en pressant de l'autre des petits verres sur les bouchons doseurs des bouteilles de whisky.

Les gens mirent un certain temps à remarquer la présence des flics mais alors, le silence déferla comme une vague depuis les tables situées près de l'entrée jusqu'aux boxes du fond.

McCormack s'avança, flanqué de Goldie. Les agents en uniforme restèrent plantés près de la porte, deux de chaque côté, matraque au poing.

McCormack se tourna vers le bar, mais le manager de service – un quadragénaire bedonnant en chemise blanche et cravate noire – n'était pas le patron, ici. Un box adossé au mur du fond offrait une vue sur toute la salle, et un homme s'en extirpa soudain, s'étira comme s'il sortait du lit avant de s'approcher.

Les buveurs s'écartèrent pour le laisser passer. Il était jeune – vingt-trois ou vingt-quatre ans – et pas particulièrement grand. Mais ses épaules étaient larges et il portait un costume à fines rayures, un trois-pièces noir avec un pantalon pattes d'eph' taille haute et un gilet boutonné jusqu'en haut. Le col pelle à tarte de sa chemise en soie turquoise chevauchait les revers de sa veste.

Il parcourut le pub du regard avec un sourire bienveillant aux lèvres, puis écarta les bras.

– Vous comptez rester planté là toute la nuit, m'sieur le flicard ? Vous avez perdu votre langue ?

McCormack sourit.

– Nous aimerions échanger quelques mots avec vous.

– Ah ouais ? – L'homme tira sur sa cigarette avant de l'écraser au fond d'un cendrier. – Vraiment ? Eh ben, c'est dommage. Parce qu'il se pourrait bien que je sois débordé.

– Ah ouais ? Donc il se pourrait aussi que vous ne le soyez pas, répliqua McCormack.

Il traversa sans hâte la foule qui s'écarta sur son passage. L'homme à la chemise turquoise souriait encore quand McCormack roula sèchement des épaules et lui assena un coup de poing dans le ventre. Pendant que l'homme se pliait en deux, McCormack sortit sa matraque de la poche carnier de son imperméable et l'assomma d'un coup sur la base du crâne. L'homme s'effondra sur le plancher comme un paquet de tringles d'escalier.

Le silence se fit plus épais dans le pub bondé.

Les quatre compagnons de l'homme s'étaient dressés d'un bond au moment où leur chef se faisait matraquer, mais ils ne sortirent pas du box. Ils oscillaient avec raideur, les cuisses bloquées par la table, à moitié levés, ouvrant et refermant leurs poings tels des flingueurs qui auraient égaré leurs flingues.

McCormack les observa d'un regard doux pendant un moment, les bras ballants, avant de se tourner sans hâte pour se diriger vers le bar. Les buveurs s'écartèrent tandis qu'il posait sa matraque sur le comptoir et remontait lentement celui-ci en la traînant derrière lui, fauchant au passage tous les verres, qui tombèrent sur le plancher. Les buveurs reculèrent de plus belle pour éviter les éclaboussures et les éclats de verre.

Quand il eut atteint l'extrémité du comptoir, McCormack souleva la trappe et passa de l'autre côté. Les serveurs battirent en retraite à l'autre bout du bar. McCormack marqua une courte pause puis abattit sa matraque sur la bouteille la plus proche – un magnum de Famous Grouse –, qui vibra sous le choc et se désagrégea, le whisky se répandant sur le lino crasseux. Puis il entreprit de remonter la rangée des bouchons doseurs, brisant les bouteilles les unes après les autres, trouvant son rythme de croisière, pulvérisant le verre dans un bruit de galets barattés par les déferlantes. Il s'arrêta au bout du bar pour reprendre son souffle.

Personne ne disait rien. Seul un petit gargouillis se faisait entendre, tel le murmure d'une dizaine de petits ruisseaux. McCormack ressortit de l'autre côté. Il empoigna un torchon sur le comptoir et essuya sa matraque souillée. Puis il adressa un geste du menton aux agents en uniforme postés près de la porte, et deux d'entre eux se ruèrent en avant pour relever l'homme effondré sur le sol en l'empoignant chacun par un bras, le traînèrent à travers la salle, ses pieds raclant le plancher derrière lui.

Ses quatre hommes de main furent menottés et escortés jusqu'au fourgon. McCormack observa la scène, les bouteilles éclatées, l'air de chien battu des hommes sous lequel perçait un ressentiment évident. Il restait planté là à hocher la tête, tout le pan droit de son imperméable luisant d'un mélange d'alcools forts. Puis il fit volte-face et ressortit du pub.

Une heure plus tard, il était de retour au commissariat de Temple, assis à côté de Goldie. Salle d'interrogatoire n° 1. L'homme de la Dixon's Tavern était installé en face d'eux, avachi sur sa chaise, les deux mains à plat sur la table. Le col de sa chemise turquoise était déchiré.

– Denny Quinn, commença McCormack. Ça va, votre tête ? Vous voulez une aspirine ?

– Ta gueule, putain de flicard véreux.

– Parfait. – McCormack le gratifia d'un hochement de tête amical. – Le côté positif, c'est que vous n'êtes plus si débordé, tout à coup. Un créneau vient de se libérer. Nous allons pouvoir discuter un peu.

– Je veux voir mon avocat. Vous avez que dalle pour me garder. Dans dix minutes, je suis dehors.

McCormack avait posé son gobelet de café en polystyrène devant lui. Il souleva le couvercle en plastique. Il releva les yeux sur Quinn et lui sourit. Il prit un sachet de sucre en papier brun et en déchira l'extrémité, versant les cristaux dans son café. Il remua le tout avec une spatule en plastique.

– Dehors ? dit-il. Vraiment ? Vous savez bien que vous êtes plus en sécurité ici que dans la rue. Vous avez eu de la chance que ce soit nous qui soyons venus vous chercher. Et pas les gars de Walter Maitland…

Quinn ne dit rien.

– Au moment où je vous parle, c'est le seul endroit où vous êtes en sécurité. Vous en avez conscience ? Si vous sortez dans la rue, Maitland vous aura. Si vous êtes incarcéré à Barlinnie, Maitland vous aura. Vous avez entendu ce qui est arrivé à votre gars dans l'aile D ? Eamon Fallon ?

– J'ai entendu.

– Quelqu'un l'a frappé. Le coup classique de la boule de billard dans une chaussette. Pommette éclatée. Triple fracture au niveau de l'orbite.

– J'ai entendu, j'vous dis.

– Vous n'êtes même pas capable de protéger vos soldats. Votre vie ne tient plus qu'à un fil, Denny. Maitland va vous liquider. Je mettrais ma main au feu qu'un de vos gars est en train de vous balancer à l'heure où nous parlons.

Il y eut un silence dans cette pièce fraîche et dépouillée. Puis Goldie prit la parole pour la première fois.

– Vous aviez pas un pub, avant ?

Quinn s'agita légèrement sur sa chaise en plastique. Il s'appuya sur le dossier, de côté par rapport à la table d'interrogatoire, ses longues jambes croisées au niveau des chevilles, ses bras croisés eux aussi. Il dévisageait Goldie de sous sa frange.

– C'est censé vouloir dire quoi, ça ?

Goldie tenait un gros crayon dans sa main, le faisant tourner entre ses doigts en tapotant le bout rond sur la surface rayée et noircie du bureau.

– La Dixon's Tavern, sur Allison Street ?

– Je l'ai encore, pauvre con. Où tu veux en venir ?

– Ah bon ? Ce pub vous appartient encore ? – Le crayon tournait toujours dans les doigts de Goldie, claquant sur la table. – Je suis désolé de vous l'annoncer : il y a eu un petit incident ce soir, après votre départ. Ces grandes baies vitrées en verre dépoli... Va sans doute vous falloir un bout de temps pour retomber sur vos pieds. Et, à ce moment-là, on refusera de vous donner votre licence. Voilà l'info de dernière minute, Denny : le domaine de l'hôtellerie, c'est fini pour vous.

Denny Quinn repoussa les cheveux tombés sur son visage et contempla Goldie, le visage inexpressif.

– Mais bon, je m'en ferais pas trop pour ça à votre place. – McCormack se pencha en avant, coudes posés sur la table. – Tous les autres domaines aussi, c'est fini. Vous croyez quoi... vous butez un flic et la vie continue comme si de rien n'était ?

Les pieds de la chaise raclèrent le béton sale. Quinn était assis bien droit maintenant, la main levée comme pour une bénédiction.

– Ouah... Attendez deux secondes, là. C'est quoi ces conneries ? – Il se tourna vers Goldie puis ses yeux revinrent se poser sur McCormack. – Buter un flic ? Qui a buté un flic ? Personne n'a buté de flic.

McCormack pointa du doigt la porte.

– Il y a un bureau vide là-bas, au bout du couloir. Vous voulez le voir ?

Quinn pressa ses paumes sur la table, se pencha vers l'inspecteur.

– Écoutez. Attendez un peu : vous croyez que c'est moi ? Vous croyez que j'ai fait sauter le pub de Walter Maitland ? Que j'ai dégommé son putain de frangin ? Vous croyez que j'ai envie de mourir ?

Goldie cessa de faire tournoyer son crayon et le pointa sur Quinn.

– Mauvaise réponse, fiston. Votre problème, c'est pas Walter Maitland. Votre problème, c'est l'inspecteur Iain Shand. Paix à son âme. Concentrons-nous sur lui.

– Tuer un Maitland ? Tuer un putain de *flic* ? – Cela devenait de pire en pire, pour Denny Quinn. Il passa le dos de sa main sous son nez. – J'ai jamais fait ça, putain. J'ai jamais posé de bombe. Denny Quinn ! – Tout à coup, il planta son index au centre de sa poitrine. – Moi, c'est Denny Quinn, de Cumberland Street. J'suis pas l'IRA, putain !

Des bruits de pas se firent entendre dans le couloir. Des voix tapageuses. Les autres flics savaient que Denny Quinn se trouvait là. L'un d'eux cogna au passage la porte de la salle d'interrogatoire, qui trembla sur ses gonds. Les pas et les voix s'estompèrent, leur vacarme étouffé par l'acoustique du couloir.

La tête de Denny s'effondra sur sa poitrine, comme s'il dormait. Il parlait tout bas maintenant, le front plissé, grommelant ses mots à destination de la table, de lui-même peut-être.

– Vous vous plantez grave, là. Faire sauter un pub ? Buter un policier ? C'est quoi l'intérêt ?

– Vous vouliez vous venger de Maitland, répondit McCormack. Après cette histoire à Tradeston.

– Nan. – Il y avait un gémissement désespéré dans la voix de Quinn. – Nan. C'est pas ce qui s'est passé.

– Vous ne vouliez pas vous venger ? Vous laissez Maitland brûler votre entrepôt sans bouger le petit doigt ? Vous, le grand méchant Denny Quinn ?

– On attendait le bon moment. – Quinn frottait ses paumes de haut en bas sur ses cuisses. Il secouait la tête plus vite à présent, comme s'il pouvait encore refuser de reconnaître toute cette situation. – On planifiait notre réponse.

– Pipeau ! – McCormack se pencha vers lui. – C'est du pipeau tout ça, fiston. Vous mouriez d'envie de lui faire payer ça, à Maitland. Quelle est la cible la plus facile ? Le pub de son frère. Garer une voiture piégée juste devant. Comme les gars d'Irlande du Nord. Un vrai petit soldat de l'IRA. Boum ! Faire voler en éclats ces connards d'Orangistes.

– Nan. Vous vous plantez. Je pourrais pas… c'est pas…

Quinn adoptait maintenant la voix saccadée et nasillarde de tous les hommes désespérés qui s'étaient assis avant lui sur cette chaise. McCormack y distinguait les jérémiades et les justifications qui avaient résonné entre les murs carrelés de centaines de pièces comme celle-ci.

Jamais entendu parler de lui.

J'étais pas là.

C'est qu'un mensonge.

Elle a tout inventé.

J'sais pas.

Je me souviens pas.

C'était pas moi.

Vous vous trompez.

C'était pas moi.

– Ferme-la, fiston. Et l'inspecteur Shand, alors ? Shand, c'est juste le hasard. Ça, je suis prêt à l'admettre. Dommage collatéral. Mais ça ne change rien : t'as tué un flic, fiston. T'as fait sauter un pub à soldats. Les gars de Birmingham ? – McCormack secoua la tête. – Les gars qui ont fait ce que t'as fait, poser une bombe devant un pub ? S'ils ont de la chance, ils prendront perpète. S'ils ont *vraiment* de la chance. Parce que, si on les laisse sortir un jour, ils ne vivront pas dix minutes.

Quinn tirait sur son col, le cou tendu, agitant la tête comme un cheval nerveux.

– J'ai besoin de mon avocat.

– Tu crois ? Non, fiston. – McCormack souriait. – T'auras pas d'avocat. T'auras rien tant que tu ne m'auras pas raconté ce qui s'est passé. On a sept jours devant nous, Denny. T'es ici pour de foutues vacances.

– Comment ça ?

– Prévention du terrorisme, Volontaire Quinn. T'es à moi pour une semaine.

Quinn regarda la porte.

– Non. C'est pas vrai. Faut que je parle à un avocat.

– Faut que tu parles tout court, Quinn. C'est ça qu'il faut que tu fasses. En fait, tu sais quoi ? Parle si tu veux. Mais si tu parles pas ? Toi et moi, on va aller jusqu'au bloc de cellules au fond du couloir et les collègues d'Iain Shand, qui ont très envie de faire ta connaissance, risquent de nous rendre une petite visite. Tu veux que j'ouvre cette porte ? – McCormack fixa Quinn droit dans les yeux et désigna la porte de sa main droite, pouce levé comme un pistolet armé, *bang-bang-t'es-mort*. – Ils se serviront de ta caboche comme d'un tambour irlandais. Ils vont te réduire en bouillie, fiston. On te tuera. C'est même pas une menace. On va te tuer sans hésiter. – McCormack dévisagea calmement Quinn, regardant à travers lui comme s'il était déjà mort. – Faut te remettre à la page sur toi-même, fiston. Ta carrière de John Dillinger du South Side ? Terminée. Finie. L'enjeu, maintenant, c'est de ressortir d'ici. Point. Alors si t'as des trucs à me dire, ce serait le bon moment. – McCormack se rassit au fond de son siège et laissa retomber ses deux mains sur ses cuisses.

– À moins que tu préfères aller au fond de ce couloir et qu'on t'organise une petite fête ?

Quinn planta ses coudes sur la table, pencha le crâne pour passer les doigts dans ses cheveux. Puis il laissa échapper un soupir rauque et sortit ses cigarettes de la poche de sa veste. McCormack poussa le cendrier vers lui.

DIMANCHE 6 JUILLET 1975

25

McCormack arriva de bonne heure au bureau. L'atroce attentat s'étalait en une de tous les journaux. Trouvez ces ordures de l'IRA. Rétablissez les pendaisons. Photos d'identité souriantes des victimes et clichés du pub dévasté. Récits de témoins. Dénonciations outragées des députés locaux. Condoléances de la reine. Drapeaux en berne. Les golfeurs écossais qui porteraient un brassard noir lors du British Open. Appels au calme de l'archevêque catholique de Glasgow et du Grand Maître de l'ordre Orange.

McCormack commençait à se dire qu'un attentat à la bombe était peut-être le pire crime sur lequel enquêter. Tellement perdu d'avance que c'en était presque comique. Les preuves se trouvaient partout et nulle part. Des rues entières pouvaient se retrouver touchées, l'œuvre du terroriste claire comme le jour, éparpillée sur des centaines de mètres. Mais les éléments de preuve qui comptaient vraiment – les empreintes digitales sur l'engin explosif ou sur le volant ou le plancher de la voiture, les fibres du siège – étaient annihilés par le crime lui-même.

En général, ce n'était pas trop grave, puisqu'on pouvait compter sur les terroristes pour revendiquer leurs actes. Mais lorsqu'un attentat ne l'était pas, sur quoi pouvait-on s'appuyer ? Sur des questions idiotes, pour l'essentiel.

Qui aurait pu remplir d'explosifs un coffre de voiture et rouler jusqu'à Maryhill ?

N'importe qui.

Qui sont vos principaux suspects ?

Les gens qui ont des voitures.

Denny Quinn avait parlé la veille au soir, mais que de choses sans intérêt. Des plaintes à l'encontre de Maitland qui empiétait sur son territoire, traversant le fleuve pour venir vendre sa drogue dans les pubs de Quinn. Il continuait de nier toute implication dans l'attentat, ne reconnaissait pas le moindre lien avec les gars d'Irlande du Nord. McCormack allait le garder quelques jours encore – toute la semaine, si nécessaire. Il allait peut-être falloir faire preuve de persuasion – six hommes de la Criminelle avec des bâtons et des chaussures coquées – mais, d'une manière ou d'une autre, Denny Quinn allait leur dire ce qu'il savait.

Sinon, l'unique espoir était que le terroriste ait fait quelque chose de bizarre ou de remarquable en garant sa voiture. Garrioch Road était une rue bordée d'immeubles en grès de quatre étages. Ça en faisait, des fenêtres. Peut-être que quelqu'un avait remarqué cette Rover en train de se ranger devant le Barracks Bar, et peut-être que cette personne se souviendrait du conducteur.

Les inspecteurs du commissariat de Temple et des agents de toute la ville avaient grimpé les escaliers des vieux immeubles, frappant aux portes et interrogeant tout le monde. L'hostilité habituelle à l'encontre des policiers semblait avoir été temporairement suspendue – personne n'apprécie qu'on fasse sauter le pub du coin de la rue, et ses propres fenêtres avec – mais les résultats de ce porte-à-porte étaient peu concluants. La voiture garée devant le Barracks Bar était une Rover rouge – tous les témoins étaient tombés d'accord là-dessus. On l'avait apparemment garée là dans la nuit du vendredi, à la faveur de l'obscurité. Une femme habitant juste en face, qui s'était levée au petit matin pour consoler son bébé en pleurs, disait avoir aperçu un homme ivre marchant le long des voitures garées, en essayant les poignées de porte. Il avait tenté d'ouvrir celle de la Rover mais elle était fermée à clé et il avait poursuivi son chemin. Ni la femme au bébé ni personne d'autre n'avait aperçu le conducteur.

Il y avait tout de même un autre élément que McCormack trouvait intriguant. Deux jours avant l'attentat, un homme vivant dans un appartement du troisième étage se tenait debout dans le bow-window de sa salle de séjour quand un van Volkswagen s'était garé juste en dessous dans la rue, en face du pub. Il devait être quatre heures de l'après-midi. L'homme – un ancien contremaître de l'usine de biscuits Macdonald, à Hillington – avait remarqué ce van Volkswagen parce qu'il remarquait toujours les vans Volkswagen. Il avait prévu d'en acheter un à la retraite pour faire le tour des Highlands avec son épouse. Mais sa femme était morte d'un cancer quelques années plus tôt et cette idée avait perdu de son attrait. Pourtant, il avait particulièrement admiré ce combi-là – carrosserie bicolore, crème et vert olive – en train de faire un créneau sous ses yeux. L'homme avait attendu que le conducteur descende, sans doute pour une commission au Barracks Bars. Ou que l'autre portière s'ouvre, s'il déposait un passager. À moins qu'il ne soit venu en récupérer un. Mais il ne s'était rien passé. Le chauffeur était resté derrière son volant, bien qu'il ait éteint le moteur. Personne n'était sorti des immeubles voisins ni du pub pour s'approcher du van. Cinq minutes plus tard, environ, le moteur avait démarré et la camionnette était repartie.

– Est-ce qu'il a vu le conducteur ? avait demandé McCormack à l'agent qui lui avait rapporté cette information.

– Non. Comme je vous l'ai dit, *sir*, le conducteur n'est pas descendu du véhicule, et le témoin ne distinguait pas son visage depuis sa fenêtre.

– Le van proprement dit… il a noté le numéro de plaque ?

– Non. Mais il l'a bien regardé. Il est sûr des deux couleurs. Il dit qu'il avait l'air en très bon état. Oh, et aussi qu'il avait un pare-brise papillon.

– Ça veut dire quoi ça, papillon ?

– Il y a deux types de pare-brise sur ces vans, *sir*. Certains ont une seule grande vitre. D'autres, un pare-brise en deux parties avec un montant au milieu.

McCormack réfléchit un moment. Des témoins avaient vu un van Volkswagen sur Crawford Street, le soir où le cadavre d'Elliot y avait été balancé. Lui-même avait déjà le sentiment que les deux crimes étaient liés. Si l'homme qu'ils cherchaient était le conducteur du van, alors cette enquête semblait un peu moins désespérée, même s'ils avaient épluché sans succès, ces cinq derniers jours, la liste de tous les propriétaires de van Volkswagen de la ville. Et, bien sûr, le principal intérêt de ce genre de véhicule, c'était qu'on voyageait avec. L'assassin pouvait très bien être basé en dehors de la ville.

McCormack se leva et se tourna vers la fenêtre. Tout dans son champ de vision semblait neuf et bien net : les petites bulles et autres imperfections du cadre en brique de la fenêtre ; la peinture verte écaillée des montants ; les motifs et les trous du voilage en dentelles un peu grisâtre qu'il poussait de côté. Il avait déjà remarqué la manière dont un meurtre renouvelait les choses. Comme la ville après une averse. Tout était rincé et plein d'espoir.

– *Sir*. – Nicol se dressait sur le seuil.

McCormack relâcha le rideau.

– Entrez, Nicol. Asseyez-vous.

Elle ne s'assit pas.

– Le flingue a disparu, annonça-t-elle sans préambule. Elle avait les joues rouges et palpitantes, comme si elle avait couru. McCormack jeta un coup d'œil pardessus son épaule au bureau déserté de l'unité et à la porte du couloir. Elle tendit le bras derrière elle pour fermer celle de son bureau.

– Quand ?

– Je ne sais pas, *sir*. J'étais en train de rassembler ses affaires pour pouvoir les remettre au parent le plus proche, la fiancée. – Ses mains se soulevèrent puis retombèrent sur ses genoux. – Il n'est plus là. Le flingue n'est plus là.

– Bon sang. – Ils se regardaient dans les yeux quand on frappa à la porte, et l'agent de garde pointa son nez à l'intérieur. – C'est Spence, *sir*. Le type qu'ils ont envoyé de Londres. Il veut vous voir tout de suite. Il s'est installé dans le bureau de l'inspecteur divisionnaire Haddow.

– Merci, Brian. J'y vais dans un instant. – La porte se referma. McCormack pointa son doigt sur sa collègue. – Ils vont s'en servir contre nous, vous en avez conscience ? Shand était l'un des nôtres. L'un des nôtres, et un flic véreux.

– Il est mort.

– Peu importe. C'était quand même un flic véreux.

– C'est Haddow qui était responsable de lui. Vous l'avez dit vous-même. Haddow l'a nommé dans l'équipe, *sir*. C'est Haddow qui l'a choisi. Pas vous.

– Il était corrompu, Nicol. Il faisait partie de notre unité. On nous fera porter le chapeau.

– Vous n'arrêtez pas de dire qu'il était corrompu. Nous n'en sommes même pas sûrs.

– Il travaillait de son côté. C'était le mouchard de Haddow. Et maintenant il mérite la George Medal pour récompenser ses actions héroïques ?

– C'était le mouchard de Haddow. Et alors ? C'était un sacré connard, aussi. Pas de doute là-dessus. Mais n'empêche, c'était un bon flic. Vous vous en seriez sans doute rendu compte si vous lui aviez accordé ne serait-ce qu'un semblant de confiance. Et on ne se retrouverait peut-être pas dans ce pétrin. Peut-être que vous n'auriez pas été obligé de fracasser des pubs comme un foutu gang de motards pour montrer à quel point vous êtes un super flic !

Nicol se tut brusquement. Sa rage soudaine lui avait fait franchir le bord de la falaise. Maintenant elle restait plantée là, horrifiée, attendant de heurter le sol. McCormack recula d'un pas, boutonnant sa veste.

– Ah, d'accord. Bon. C'est bien de connaître le fond de votre pensée.

– Je n'aurais pas dû dire ça, *sir*. Je suis allée trop…

– Oh oh ! Ne commencez pas à faire marche arrière maintenant, Nicol. Vous avez dit ce que vous aviez à dire. Assumez. Ça ne me dérange pas. Nous sommes tous sous pression, ici. C'est pour ça que nous devons éclaircir tout cela avant que quelqu'un d'autre le fasse. À commencer par cette histoire de flingue. Il faut que nous retrouvions l'indic de Shand. Mais, d'abord, il faut retrouver ce putain de flingue.

Sur ces mots, il quitta la pièce et s'engagea dans le couloir menant à la Grande Maison. Frappa à la porte de Haddow.

– Entrez !

Dans le bureau de Haddow l'attendait un homme mince, qui portait un costume gris pâle à fines rayures et une chemise de luxe, crème. Cravate aux couleurs d'une université : bleue, avec des rayures rouges, blanches et marron. Un carnet et un mug de thé étaient posés devant lui sur le bureau. Il avait des cheveux couleur chocolat.

– Je m'appelle Michael Spence. Je vous en prie, asseyez-vous. – Il ne se leva pas, ne tendit pas la main. – Merci de m'accorder un peu de temps, inspecteur.

McCormack s'assit sur la chaise sans rien dire.

– J'ai parlé à l'inspecteur divisionnaire Haddow. À certains des agents présents sur les lieux. Je crois que nous avons une idée assez claire de ce qui s'est passé.

McCormack se menotta le poignet gauche entre l'index et le pouce de sa main droite et les fit pivoter pour soulager un peu la raideur de l'articulation.

– Vraiment ?

– La bombe a été placée à bord d'une berline Rover bordeaux, garée durant la nuit de vendredi devant le

Barracks Bar. Elle a explosé aux environs de 21h15 le samedi soir, dévastant le bar et l'appartement situé juste au-dessus, et causant des dégâts dans un rayon de cinq cents mètres. Vingt-neuf blessés. Cinq morts.

– Ça a l'air bien ordonné quand vous le présentez comme ça.

– Je vous demande pardon ?

McCormack massait à présent son autre poignet.

– Ça semblait beaucoup plus chaotique vendredi soir.

– Effectivement. Eh bien, je vous laisserai le soin d'ajouter la couleur locale. Moi, je cherche à établir les faits. Un problème avec vos mains, inspecteur ?

– J'ai passé la soirée de vendredi à retourner des tas de briques et de débris. Pour essayer de trouver des survivants. Des corps. De retrouver mon collègue. Alors, oui : mes mains ont un problème.

Spence l'enveloppa d'un regard neutre.

– Je vois. Je me répète : je vise à établir les faits. J'aimerais, si vous le voulez bien, que vous me rapportiez ce qui s'est passé. Avec vos propres mots, inspecteur. Commencez par le commencement…

McCormack sourit. Ses yeux dérivèrent en direction du tableau, derrière son interlocuteur. Puis il se rendit compte que Spence ne souriait pas.

– Oh, merde. Vous êtes *sérieux* ?

– Vous pensez que c'est le moment de faire des plaisanteries ?

– Comment pourrais-je savoir ce qui s'est passé ? J'étais sur place, c'est tout. La fumée. La poussière. Les flammes. Des cris… beaucoup de cris. Les sirènes. J'ai essayé d'aider. J'ai essayé de secourir les gens. Et vous voulez faire une histoire bien ordonnée avec tout ça ? En trois parties, avec une conclusion limpide ?

– Je veux essayer de comprendre, inspecteur, oui. Avec votre aide, si ce n'est pas trop demander.

– Des morceaux de corps dans la rue. Une femme à moitié défigurée…

– Je saisis le tableau, inspecteur. C'était une scène de chaos. Vous ne pensez pas que votre homme, l'inspecteur Shand, aurait pu être la cible ?

McCormack émergea lentement des horreurs de Garrioch Road.

– Quoi ? Shand ? Non ! Impossible. Je veux dire, comment auraient-ils pu savoir qu'il serait là ?

– Il était présent sur les lieux le soir d'avant, n'est-ce pas ? En planque de… quoi ?… six heures à minuit ? Il avait même parlé à l'un des videurs, si j'ai bien compris.

– Mais c'était juste une fois. Je veux dire, personne d'autre ne savait qu'il reviendrait. Ce n'était pas quelque chose de récurrent.

– Combien de personnes savaient que vous aviez prévu d'envoyer l'inspecteur Shand surveiller ce pub pour la deuxième nuit consécutive ?

– Ah non. Allez vous faire foutre ! – McCormack s'était levé de son siège. – Vous êtes en train de suggérer qu'un membre de mon unité aurait pu balancer son pote à celui ou ceux qui ont posé cette bombe ? Nous avons perdu un putain de collègue ce soir-là. Nous avons perdu l'un des nôtres.

Spence prit un air vaguement peiné.

– Tâchez de vous reprendre, inspecteur. Écoutez, je comprends. Shand était votre copain. Je pose juste des questions. Je veux juste savoir ce qui s'est passé. Aidez-nous à attraper ceux qui ont fait ça.

McCormack se rassit au fond de sa chaise.

– De toute manière, Shand était garé de l'autre côté de la rue. S'il n'avait pas été en train de la traverser, il serait peut-être même encore vivant. Et puis, une *bombe* ? Quand on veut buter un flic, il existe des méthodes autrement plus simples.

– Eh bien peut-être pas, si on veut faire passer ça pour autre chose. Mais admettons que l'inspecteur Shand ne soit pas la cible. Qui était visé ? L'armée ?

McCormack réfléchit un instant.

– Laquelle ?

Spence sourit en secouant la tête.

– Vous voulez dire qu'il s'agit d'une histoire de gangs ?

– Je veux dire : putain, comment savoir ? Maitland est en guerre avec les Quinn depuis trois ou quatre mois. Ce serait un peu… ambitieux pour les Quinn, mais qui sait ?

– Et ils disent quoi, les Quinn ? Vous leur avez parlé ?

McCormack pointa son pouce sur la porte, derrière lui.

– Denny Quinn se trouve ici, dans la cellule numéro 3. Demandez-lui vous-même.

– C'est à vous que je pose la question.

– Il a un alibi. Il a toujours un alibi. Il pense que Maitland nous a dans sa poche, qu'on est là pour lui tendre un piège.

– Et *vous*, inspecteur, vous pensez quoi ?

McCormack lissa sa cravate.

– Je m'efforce de garder l'esprit ouvert.

Spence opina du chef.

– Vous avez travaillé un temps pour la Metropolitan Police, n'est-ce pas, McCormack ?

– Six ans.

– Donc vous savez comment ça se passe, pas vrai ? Les bombes, les alertes à la bombe. Les mouvements de panique. La terreur. Qu'est-ce qui vous fait croire que, cette fois, ce serait différent ?

– Qui a dit que je croyais ça ?

– Haddow. L'inspecteur divisionnaire Haddow dit que vous croyez ça. Il dit que vous ne pensez pas qu'il s'agisse des Irlandais.

McCormack s'agita sur sa chaise.

– Quel intérêt, pour qui que ce soit ? De transformer Glasgow en un autre Belfast. Sincèrement, je ne vois pas.

Spence but une gorgée de son thé.

– Vous êtes catholique romain, m'a-t-on dit, inspecteur McCormack…

– Quel rapport avec la choucroute ?

– Aucun, là d'où je viens. Mais ici, d'après ce que j'ai cru comprendre, c'est une autre histoire. Être catholique romain, ici, ça n'est vraiment pas rien, hein ? Être un *policier* catholique ?

– Sauf que je ne suis pas irlandais, si c'est à ça que vous pensez. Je viens des Highlands. Ça n'a vraiment rien à voir.

– Mais les personnes sectaires voient-elles la différence ? Les types qui écrivent "Merde au pape" sur les murs des toilettes ? Est-ce qu'ils se soucient de cette différence ?

McCormack repensa à la vieille blague : *Pourquoi les gens écrivent-ils "Merde au pape" sur les murs des toilettes ? Parce qu'ils ont la flemme d'écrire "Merde au modérateur de l'Assemblée générale de l'Église d'Écosse".*

– Quelque chose vous fait rire, inspecteur ?

– Non. C'est juste que je ne vois même pas où vous voulez en venir.

– C'est une question d'allégeance, inspecteur principal McCormack. Peut-être ne voulez-vous tout simplement pas croire que l'IRA ait pu commettre un attentat à Glasgow parce que, eh bien, peut-être que vous sympathisez un peu avec la cause. Ce qui pourrait se comprendre. J'essaie juste d'adopter un point de vue objectif.

McCormack se passa une main sur le visage.

– Évidemment. Ça fait sens. Parce que, je veux dire, on ne discerne pas chez vous la moindre putain de trace de préjugés.

Spence sourit sans ouvrir la bouche. Il posa son stylo sur le bureau, aligné avec la tranche de son carnet.

– OK. Écoutez, inspecteur principal McCormack. Je sais bien que la dernière chose dont vous avez besoin en ce moment, c'est que quelqu'un débarque de Londres pour vous rendre la vie encore plus compliquée.

McCormack pensa à Victor allongé sur le canapé de son appartement. *Tu n'as même pas idée*, aurait-il voulu répondre.

– Et vous avez bien raison, poursuivit Spence. Je suis un peu paumé, ici. Je ne connais pas le terrain, toutes ses subtilités. Alors pourquoi ne pas m'aider ? Au lieu de rester assis là à faire la tête ? Parlez-moi du meurtre sur lequel vous enquêtez.

– Quel meurtre ?

– Vous pensez que ces deux événements sont liés, n'est-ce pas ? L'attentat et le meurtre de cet homme d'affaires... – Il consulta ses notes. – Ce... Graham Elliot.

– Gavin, corrigea McCormack. Il s'appelle Gavin Elliot. Ex-député. C'est juste une idée. Une hypothèse.

– Fondée sur quoi, au juste ?

McCormack soupira.

– Fondée sur le fait que Gavin Elliot faisait affaire avec Hugh Maitland. Le Barracks Bar appartenait à Maitland.

– Mais il s'agit aussi d'un pub fréquenté par les soldats...

– Je me répète : c'est une hypothèse.

– Il n'y a rien d'autre, donc ? Aucun autre élément reliant ces deux événements ? L'attentat et le meurtre d'Elliot ?

McCormack pensa au van Volkswagen. Garé sur Crawford Street. Puis sur Garrioch Road.

– Non, rien. C'est juste que ça semble un peu gros comme coïncidence.

Spence hocha la tête.

– Ça arrive, dit-il. Les coïncidences. Tenez-nous au courant, inspecteur. Si de nouveaux éléments apparaissent, je veux être le premier informé. Compris ? Vous m'appelez. Avant qui que ce soit d'autre. Avant

Haddow. – Il baissa la tête sur les documents étalés devant lui. – Un tas de gens suivent cette affaire de près, McCormack. Et ils attendent des résultats. Des gens haut placés.

McCormack se leva.

– Vraiment? Eh bien, ici aussi, il y a des gens qui nous regardent. Des gens dont les pères et les frères, les sœurs et les fils sont sortis boire une pinte samedi soir et ne sont jamais rentrés. C'est pour être au service de ces gens-là qu'on me paie.

26

McCormack avait besoin d'air. Debout sur le seuil du commissariat de Temple, il contemplait la circulation descendant vers le centre-ville. Il y avait une atroce forme de génie là-dedans. La voiture piégée. Quelque chose d'aussi banalement omniprésent qu'une voiture garée était désormais une arme de guerre, susceptible d'exploser en une myriade d'éclats d'acier et de verre, dans toutes les directions, perforant les murs, déchiquetant alentour les chairs des humains.

Une voiture était garée sur une ligne jaune devant le commissariat. Une Austin Allegro beige. Vignette exhibée. Tous ses chromes rutilants. Tandis que McCormack restait planté là à tirer sur sa clope, la voiture parut se transformer sous ses yeux, tapie telle une bête malfaisante prête à bondir.

Il jeta sa cigarette sur le trottoir, l'écrasa sous sa semelle et marcha vers la voiture. Il en fit le tour, se baissa pour étudier le petit coffre incliné. Pouvait-il contenir une bombe ? Presque sans réfléchir, il tendit la main et poussa sur le bouton avec son pouce. Celui-ci s'enfonça et le coffre s'ouvrit brusquement. Dedans, il y avait une paire de chaussures de femme à talon haut, gisant sur le flanc. Un parapluie de golf, rouge et noir, impeccablement plié. La roue de secours rangée dans son compartiment. Une légère odeur de crésyl.

Il se redressa et referma le coffre, regagna le bas-côté et se pencha pour inspecter l'habitacle, le visage pressé contre la vitre passager, mains au-dessus des yeux pour masquer le reflet.

– Hé ! Je suis là ! Qu'est-ce que vous foutez ?

McCormack se retourna. Un homme s'approchait de lui à grands pas, un sac en plastique dans une main, ses clés de voiture se balançant sous l'autre.

– C'est quoi ce bordel ?

McCormack enfonça nonchalamment la main dans sa poche intérieure, ouvrit sa plaque d'un geste sec.

– C'est votre véhicule, monsieur ?

L'homme se raidit, recula comme si un champ de force émanait du badge que l'inspecteur tenait dans sa main.

– Ouais, c'est le mien. C'est quoi le problème ?

– Il est garé sur une place interdite.

– Vous déconnez, putain.

– Vous contestez les faits ?

– Je suis resté deux minutes. Cinq, max. Je suis juste allé faire une commission au coin de la rue. – Il souleva le sac. – J'ai pas trouvé où me garer là-bas. Alors quoi, soyez sympa. Vous allez me mettre une prune ?

McCormack ne releva pas sa question. D'un geste du menton, il désigna le caniveau, la bande jaune qui courait le long du trottoir.

– C'est quoi ça, alors ?

L'homme passa le pouce sur sa lèvre du haut.

– Vous êtes inspecteur, hein ? Vous et tous vos gars, là-dedans. Vous êtes de la Crim' ?

– Inspecteur principal, rectifia McCormack.

– Je vois. – L'homme parcourut du regard la rue, puis ses yeux revinrent se poser sur McCormack. – Les affaires tournent au ralenti ce matin, c'est ça ? Vous êtes totalement à jour sur tous les cambriolages, les viols et les meurtres ? La corbeille "Dossiers à traiter" est vide ?

McCormack sourit. À moins de dix mètres de là se trouvait une cellule blanchie à la chaux, aux murs insonorisés, avec un trou dans le sol en pente pour le laver à grande eau. Il sentit la tension de ces derniers jours remonter à la surface. Il garda les paupières baissées.

– *Sir!*

La voix venait de l'entrée du commissariat, derrière lui. McCormack rouvrit les yeux.

– *Sir*. Ça va vous intéresser…

Nicol se dressait dans l'encadrement de la porte. Elle regarda l'homme sur le trottoir, puis McCormack, une question au fond des yeux.

– Allez-y, lui dit-il. J'arrive dans un instant.

– Vous vous garez devant un commissariat de police ? dit McCormack à l'homme. Après ce qui s'est passé samedi ?

– Je vois pas… Qu'est-ce que ça… Je veux dire : merde. Je suis juste allé acheter des patates. – Il brandit le sac en plastique à hauteur d'yeux, comme s'il s'agissait d'une lanterne et qu'il étudiait McCormack à sa lumière. – Des patates…

McCormack avança sur l'homme, jeta le bras autour de ses épaules et l'attira à lui, collant sa tête contre la sienne, ses lèvres touchant presque l'oreille droite de l'homme. Il lui glissa tout bas :

– Allez vous faire foutre.

Il relâcha l'homme et rentra d'un pas furieux dans le commissariat.

Nicol l'attendait dans le couloir.

– C'est Quinn, *sir*. Il a bien profité d'une bonne nuit de sommeil. Il a récupéré de manière spectaculaire.

– Vous voulez dire qu'il a retrouvé la mémoire ?

– C'en est presque magique, acquiesça Nicol.

Quinn était allongé sur sa paillasse lorsqu'ils ouvrirent la porte de la cellule.

– Vous m'apportez une tasse de thé, au moins ?

– Quand vous l'aurez méritée. Allez.

Ils l'emmenèrent dans la salle d'interrogatoire. McCormack s'assit comme un homme prenant place à la table du dîner. Nicol s'installa à ses côtés. Quinn se glissa sur la chaise d'en face et se frotta la joue.

– Je vous écoute, dit sèchement McCormack.

– J'ai de la famille, lui répondit Quinn. De l'autre côté de la mer.

– Belfast ?

Quinn acquiesça.

– Adresses ?

– Écoutez, je veux pas qu'on leur cause des ennuis.

– C'est trop tard, fiston. Moi, je ne voulais pas que mon pote soit réduit en bouillie. Adresses.

Il en donna une dans le quartier de Short Strand.

– Et donc ? Qu'est-ce qu'ils viennent faire dans cette histoire ?

Quinn lui expliqua que les proches en question avaient des relations. Ajouta qu'il était difficile de ne pas en avoir dans ce genre d'endroit. Expliqua que les hommes qu'ils connaissaient, au sein de l'Organisation, contrôlaient une distillerie en République d'Irlande. Ils avaient besoin de quelqu'un pour acheminer leur whisky jusqu'en Grande-Bretagne, fournir les hôtels et les bars de Londres. En vendant moins cher que les fournisseurs officiels. Les Quinn s'en occupaient.

– En échange de quoi ?

– D'une petite gorgée. – Quinn cala ses pouces dans les poches de son gilet. Il portait encore son costume, après une nuit en cellule. – Une part des bénéfices.

– C'est l'entrepôt qui a brûlé ? L'incendie de Tradeston ?

Quinn fit oui de la tête.

– Vous avez dû vous faire des amis…

Quinn se tourna vers le carrelage blanc du mur, comme s'il y avait là une fenêtre. Il haussa une épaule, la laissa retomber.

– Je veux dire, y avait combien ? Cent fûts ? Plus ?

– Ouais. – Quinn se frotta le visage avec ses deux mains. – Quelque chose comme ça.

– Et pour que ce soit bien clair… – McCormack désigna le carnet de Nicol, son stylo suspendu au-dessus de la feuille. – L'Organisation en question, c'est bien l'IRA ? L'Armée républicaine irlandaise ?

– Si vous leur dites ça… répliqua Quinn. S'ils apprennent que je vous ai parlé, ils me tueront. Vous le savez, non ?

– Eh bien, alors… – McCormack étala ses doigts sur la table. – Ce qui s'est passé est assez clair, pas vrai ? Ils vous ont demandé ce qui se passait, bordel. Vous leur avez dit que c'était Maitland qui avait cramé l'entrepôt. Ils ont envoyé un des leurs ici pour lui rendre la pareille.

– Nan. – Quinn trépignait sur son siège. – Nan, personne est venu de là-bas.

– Vous avez désigné la cible. Ils ont organisé l'opération. C'est comme ça que ça se passe, non ?

– C'est pas eux qu'ont fait ça. Voilà ce que je veux vous dire. C'était pas eux.

Nicole prit la parole, sa voix aiguë et claire dans cette pièce carrelée.

– Comment le savez-vous ?

– Comment je le sais ? – Quinn la dévisagea. – Ils me l'ont dit.

– Ah. D'accord. – McCormack hocha lourdement la tête. – S'ils vous l'ont *dit*, alors, c'est réglé. Affaire classée.

Quinn sourit. Ses épaules semblaient soudain moins tendues. Il s'adressa à McCormack, sans quitter des yeux Nicol.

– Pourquoi ils mentiraient ? C'est pas comme si ça les gênait. De tuer des gens. C'est leur boulot. Ils arrêtent pas de s'en vanter, putain.

McCormack croisa le regard de Nicol. Quinn n'avait pas tort sur ce point. Il se redressa sur sa chaise, fit signe à Nicol de prendre le relais.

Nicol contempla la table pendant une seconde ou deux.

– Je voudrais être sûre de bien comprendre… – Elle pointa son stylo sur Quinn, comme s'il s'agissait d'un sabre. – Maitland brûle votre entrepôt. Vous ne levez même pas le petit doigt. Il y a le whisky de l'IRA dedans. Eux non plus, ils ne lèvent pas le petit doigt. Dans ce cas, selon vous, qui au juste a posé une bombe devant le Barracks Bar ?

– Vous voulez savoir où est passé Lord Lucan, pendant qu'on y est ? – Quinn secouait la tête, incrédule. – C'est votre putain de boulot, madame la fliquette. À vous de retrouver les méchants. Moi, je vous dis qui ne l'a *pas* fait.

– Ah, je vois. – Nicol tapota le carnet du bout de son stylo. – Mais vous avez l'air d'être sacrément proche d'eux, quand même. Je veux dire, vous savez ce qu'ils font et ne font pas, comment ils opèrent. Et vous vendez juste leur whisky ? Le petit coursier de l'IRA ? Voyons, Denny. Vous êtes bien plus mouillé que ça.

McCormack hocha la tête, courbé au-dessus de la table.

– Vous n'arrêtez pas de faire des allers-retours à Londres, ajouta Nicol. C'est vous-même qui nous l'avez dit. Vous ne les aideriez pas, par hasard, Denny ? À mener leur petite campagne d'attentats ?

– Ah, nous y voilà. Maintenant, vous allez me faire porter le chapeau ? Comme vous l'avez fait avec ces gars, à Birmingham ? C'était pas eux, non plus.

– Je vois. C'est eux-mêmes qui vous l'ont dit, j'imagine, répliqua Nicol.

– Non, c'est les putains de gars de l'IRA, si vous voulez savoir. Les putains de soldats de l'IRA. Personne à Belfast pense que ces gars sont responsables.

– Alors, qui a fait ça ? l'interrogea McCormack.

– Une autre unité. Je sais pas. Vous pensez qu'ils me l'auraient dit ? Bon Dieu, vous croyez que je le dirais si c'était le cas ? Que je balancerais les gars de l'IRA ? Autant me flinguer tout de suite. Ça serait plus vite fait.

Il enfonça deux doigts dans sa bouche, comme un pistolet, et mima le tir, la tête giclant vers l'arrière.

– C'est tout ce que vous faisiez pour eux, Denny? Passer de l'alcool en contrebande? C'est ça, votre version?

– Je vous jure devant Dieu. Je veux dire, quand quelqu'un a besoin de faire profil bas un moment, parfois...

– Vous fournissez des planques. Aux putains de soldats de l'IRA, Denny?

– J'ai offert à des gens un endroit où dormir. Je sais pas s'ils étaient de l'IRA ou pas. J'ai jamais posé de questions. Ils m'ont jamais rien dit. Je le referai plus jamais, putain, grâce à vous et à Maitland. J'aurai déjà de la chance s'ils me reparlent un jour.

– Oh, je ne sais pas, Denny. Ces gars à Belfast. C'est peut-être eux qui vont vous offrir une planque avant que vous vous fassiez buter. Vous allez peut-être devoir penser à déménager.

– Ah ouais? Retourner là d'où je viens. C'est ça, le scénario?

– Pas du tout. Je me dis juste que moi, à votre place, je choisirais les flingues et les bombes de Belfast plutôt que Walter Maitland. Vous êtes prêt pour le grand voyage?

Quinn se raidit.

– Vous me laissez partir?

– Je vous l'ai déjà dit. – McCormack sortit son paquet de cigarettes, en passa une à Quinn. – Vous êtes plus en sécurité ici. Vous dureriez pas dix minutes, là-dehors. Mais si vous êtes prêt...

– Mon arrêt de mort, hein? Ouais, ben vous allez voir! – Quinn fanfaronnait à présent. – Je vais remonter Maryhill Road à pied jusqu'à chez moi. Je prendrai un p'tit demi au Duke.

– Très bien, Denny. Avant que vous alliez défier tous les gens des quartiers Nord au combat à mains nues, une dernière chose: vous connaissez quelqu'un qui conduit un van Volkswagen?

– Un quoi ?

Il rajustait les manches de sa chemise, tirait sur les pointes de son gilet. S'agissait-il d'une question piège ?

– Un van Volkswagen. Comme dans *Scooby-Doo*. Vous regardez les dessins animés, Denny ? Vert et blanc.

– C'est quoi, un bus de supporters du Celtic ?

– Répondez à ma question.

– J'ai une tête à rouler en camping-car ? Je conduis une putain de MG, mon pote. Un van Volkswagen !

– Pas vous. Quelqu'un de votre connaissance. Un associé. Un ami. Quelqu'un qui travaille pour vous. N'importe qui.

Quinn commença à secouer la tête, se figea, puis frotta avec précaution la base de son crâne.

– Vous avez failli me fracturer la putain de caboche, c'est clair. Je devrais porter plainte contre vous.

McCormack attendit la suite.

– Non. – Quinn regarda Nicol, puis de nouveau McCormack. – Je connais personne qui conduit un foutu van Volkswagen. Je peux partir, maintenant ?

– Vous feriez bien de dire une neuvaine, Denny. De sacrifier un agneau et de repeindre votre porte avec son sang. En priant pour que la colère de Maitland ne s'abatte pas sur vous.

– Je peindrai ma porte avec le sang de ce connard, s'il tente quoi que ce soit. Vous pouvez lui dire que j'ai dit ça.

Ils le regardèrent passer devant la réception.

Lorsqu'ils rentrèrent à l'Étable, Goldie les attendait debout devant le panneau de liège. Les images punaisées dessus formaient une sorte d'arbre généalogique effrayant. Walter Maitland en haut, son frère Hugh ("DÉCÉDÉ" – inscrit au feutre sous le nom) à droite et un peu plus bas. Puis alignées en dessous, comme leurs quatre impossibles rejetons adultes, des trognes patibulaires : les lieutenants de Maitland.

– Alors, vous penchez pour qui ? demanda Goldie. Faites vos jeux.

– Oubliez ça pour l'instant. – McCormack referma la porte derrière eux. – Ce putain de flingue, Nicol. C'est quoi, cette histoire ?

– Un flingue ? s'étonna Goldie. Quel flingue ?

– Elle a juste perdu le putain de flingue, répondit McCormack. Il a disparu du casier.

– Le flingue que Shand avait récupéré ? Il n'a pas disparu. – Goldie éclata de rire. – Je l'ai pris.

– Qu'est-ce que vous racontez ?

– Je savais qu'ils allaient venir chercher ses affaires. Pour les donner à sa fiancée. J'ai emprunté la clé de Liz dans son bureau. Il est là. – Il pointa du doigt le classeur à tiroirs. – Celui du bas.

– Oh putain, Derek. Vous auriez pas pu nous prévenir ?

– Je vous ai pas vus, bon Dieu. Je vous le dis maintenant. Bon, si tout le monde a fini de piquer sa crise, que pensez-vous de ces bouffons ? Un bonneteau à quatre cartes : lequel est le gagnant ?

Ils se tournèrent pour étudier les clichés sur le panneau.

Maitland était assez malin pour réduire au strict minimum la taille du premier cercle. Il savait que plus on élargissait celui-ci, plus il avait de chances de se briser et que quelqu'un aille voir les flics ou les Quinn. Hormis son frère, il n'avait confiance qu'en quatre hommes. Tous avaient grandi à Maryhill, dans un rayon de trois ou quatre rues autour de la maison des Maitland, sur Fingal Street.

Il y avait John McPhail, le cousin de Maitland, trente-deux ans. La ressemblance familiale se manifestait dans la fossette au menton, les oreilles étrangement bien découpées et l'implantation en V des cheveux, qui leur venait du grand-père highlander de Maitland. McPhail gérait les bordels de Maitland – les maisons de passe sordides de Maryhill, Riddrie, Dennistoun et les saunas un peu plus chics du West End et du centre-ville. Son emploi de façade était l'exploitation d'un kiosque à journaux à Maryhill. En tant que membre de la famille, McPhail avait connu une ascension relativement facile jusqu'au sommet. Il avait passé un temps au "séchoir" – à la Polmont Young Offenders Institution, un centre de détention pour mineurs – à l'adolescence, mais n'avait jamais mis les pieds dans une prison pour adultes. Il avait la réputation d'être un pseudo-caïd, profitant juste du pouvoir de son cousin.

Alex Kerr, lui, s'occupait de la partie racket. Costaud, le visage rougeaud, quarante-cinq ans. Il buvait du whisky sans discontinuer, stoïquement, du matin au soir, sans le moindre effet apparent sur ses facultés. Il supervisait les prêteurs illégaux qui faisaient des affaires dans les quartiers Nord, territoire de Maitland. Il collectait l'argent versé par les boutiques et les entreprises du Northside en échange de sa "protection". Il avait purgé une peine de prison conséquente – douze ans pour cambriolage à main armée – et possédait la tranquillité et l'indépendance d'un homme sachant ce qu'était l'ennui. Kerr était un chrétien évangélique, converti sur le tard, doyen d'un temple baptiste à Possilpark. Il emportait parfois une bible lors de ses tournées, même si la crainte de Dieu était rarement invoquée. Celle de Walter Maitland suffisait, en général.

La troisième photo était celle d'un Jackie Fleeting narquois. Tout en mèches décolorées et incisives refaites. Le regard barbiturique. Les démons de Fleeting, c'étaient la drogue et l'alcool. Il fournissait en whisky détaxé la scène nocturne londonienne – ce trafic que les Quinn s'apprêtaient à menacer depuis leur entrepôt de Tradeston – et chapeautait les dealers de cannabis de Maitland. La chemise hawaïenne à motif flamants roses qu'il portait était ce qu'il avait de plus discret. Il conduisait une

Ford Cortina au moteur gonflé, avec un puissant klaxon musical, et jouait de la basse dans un groupe de reprises rock qui se produisait dans les pubs le week-end. Adolescent, il avait passé trois ans à la prison de Barlinnie pour agression avec une arme mortelle, après avoir poignardé dans le cou le petit ami de sa mère.

Le quatrième visage – un visage qu'on espérait ne jamais voir en ouvrant sa porte d'entrée – était celui de William "Bud" Hunter. L'homme de main de Maitland. Trente-deux ans, un mètre soixante-dix-huit : sec, affûté, méchant. Hunter travaillait à cheval sur toutes les activités du clan Maitland, résolvant les problèmes partout où ils apparaissaient. Hunter avait boxé pour l'équipe d'Écosse lors des jeux du Commonwealth organisés en 1970 à Édimbourg, décrochant le bronze chez les welters face à une fausse patte ghanéenne. Il n'était pas très corpulent pour un gorille, mais il était rapide et dur, et n'avait aucun mal à convaincre les gens qu'il ne plaisantait pas.

Ils devaient donc désigner l'indic de Shand parmi ces quatre suspects, et pas question de se tromper. S'ils coffraient le mauvais type, celui-ci courrait annoncer à Maitland qu'il y avait une balance dans l'équipe. Alors, Maitland identifierait et neutraliserait l'indic avant que McCormack et les siens sachent même de qui il s'agissait. Un jeu à haut risque, mais ils étaient prêts à s'y essayer, dans l'ambiance soudain électrique de l'Étable. C'était comme l'une de ces énigmes où une porte mène à la liberté et l'autre à un lion affamé. Il fallait trouver la bonne.

– Ça pourrait être le cousin, suggéra Goldie, en désignant le cliché de John McPhail. Il a grandi dans l'ombre. Sans aucune reconnaissance. L'éternel second couteau. C'est terrible, la jalousie.

– La jalousie est une chose, répliqua McCormack, la bêtise crasse en est une autre. Pensez à ce qu'il aurait à perdre, Derek. Si les autres se mettent à parler, ils seront juste exclus du gang. Lui, il renoncerait aussi à sa famille.

Ses proches couperaient aussitôt les ponts avec lui, tous autant qu'ils sont. Il n'a pas les épaules pour ça.

Ils rayèrent mentalement John McPhail de la liste. Il n'en restait donc plus que trois : Kerr, Fleeting et Hunter.

– Réfléchissons un peu au flingue, déclara McCormack. Celui qui a tué le dealer a laissé ses empreintes sur l'arme. Maintenant, qui s'occupe de se débarrasser des dealers de drogue concurrents, quand le besoin s'en fait sentir ?

– Hunter.

– Hunter. D'un autre côté, s'il s'agissait d'une histoire personnelle, d'une affaire d'honneur ou un truc dans le genre, alors Kerr ou Fleeting auraient très bien pu appuyer sur la détente. Mais s'il s'agissait juste de protéger les affaires, alors aucun doute : c'est Hunter. C'est le travail de Hunter. Il ne serait pas content si un autre s'en chargeait.

– Attendez un peu, quand même… – Goldie tapota la photo de Hunter. – Si Hunter est un professionnel, s'il a tellement de bouteille, comment se fait-il qu'il ait laissé ses empreintes sur le flingue ? Qu'il ne l'ait pas balancé dans la Clyde ? D'un seul coup, il agit comme un amateur ?

– Qui sait ? répondit McCormack. Excès de confiance, peut-être. Il finit par se croire invincible. Ou bien, c'est juste de l'imprudence. En tout cas, il faut qu'on s'en remette aux probabilités, Derek. C'est tout ce qu'on peut faire. Partons du principe que Hunter est le tireur.

– Alors c'est soit Kerr, soit Fleeting qui l'a balancé. L'indic est un de ces deux-là.

Ils étudièrent les photos, comme si le coupable allait se trahir. Comme si ces deux photos étaient les fenêtres d'un calendrier de l'Avent et que l'une d'elles cachait l'étoile d'or.

– Il faut qu'on trouve qui avait un compte à régler avec Hunter, reprit Goldie. L'un de ces gars veut se débarrasser de lui. Il en meurt tellement d'envie qu'il est prêt à faire tomber toute la baraque…

– Renseignez-vous, alors, ordonna McCormack. Interrogez vos indics pour voir s'ils ont entendu parler d'un différend entre Hunter et l'un ou l'autre de ces bouffons.

Nicol ne disait rien depuis un moment. Elle se leva de son bureau et marcha jusqu'au tableau de liège.

– Un de ces deux-là a déjà vécu hors de Glasgow ? – Elle planta son doigt sur les photos de Kerr puis de Fleeting. – Je veux dire, ils ont passé du temps dans une autre ville ? Dans le Sud, peut-être. Manchester, Londres…

– Je ne vous suis pas. – McCormack était planté devant elle, mains sur les hanches.

Goldie se tourna vers Nicol.

– Vous êtes en train de nous dire que l'indic bossait peut-être pour un clan rival ? Un clan qui envisageait de s'imposer à Glasgow ?

– Non. Je dis juste que celui qui essaie de balancer Hunter sait très bien que Glasgow, après, ce sera fini pour lui. Donc, il s'agit probablement d'un type qui sait qu'il existe un monde en dehors de cette ville. Qu'il peut recommencer sa vie ailleurs. Parce qu'il l'a déjà fait.

– Ce n'est pas bête, Nicol. Bien. Explorez cette piste. Derek : rameutez vos indics. Il faut qu'on avance rapidement là-dessus, avant que Maitland découvre que son bateau prend l'eau.

Il empoigna sa veste.

– Vous prenez le large ?

– J'aimerais bien. Mais je prends le chemin de mon foutu lit. J'arriverai un peu plus tard demain. Ce maudit Haddow veut que j'aille rencontrer un prof de science politique à la fac. Un expert du terrorisme. Perte de temps assurée…

LUNDI 7 JUILLET 1975

27

McCormack suivit la courbe d'University Gardens, savourant le soleil du milieu de la matinée sur son visage. Le semestre était terminé et le campus endormi avait quelque chose de secret et d'optimiste – le tressaillement des feuilles sur les branches des tilleuls, les pierres des bâtiments chauffées par le soleil. Là-haut, à Ballachulish, l'université n'avait jamais été une option. Pas pour McCormack. On travaillait à la carrière ou on s'engageait dans l'armée. La police, éventuellement, si on avait l'esprit aventureux. Mais il se demandait parfois, quand son travail le conduisait jusqu'à Gilmorehill, ce que cela aurait été d'étudier là, de flâner pour de bon dans ces rues, de refaire le monde au Beer Bar de l'Union étudiante, de battre du pied pendant les cours magistraux quand le prof était ennuyeux à mourir.

Il passa devant la pancarte indiquant le département de Géographie. Chacune des maisons bordant la petite rue tortueuse d'University Gardens abritait son département, comme si chaque matière était une famille. La maison de l'Histoire. La maison de l'Archéologie.

Il arriva au coin d'University Avenue. Sur sa droite se déployait la gloire des cours carrées et des cloîtres, la tour de l'horloge gothique, mais il remonta la colline sur sa gauche et bifurqua sur l'allée qui menait à l'édifice le plus laid du campus.

L'Adam Smith Building était un cube de béton recouverte de panneaux de crépi sombres comme des nuages de pluie. L'immense cage d'ascenseur carrée agrippée au flanc du bâtiment lui donnait l'allure d'un incinérateur industriel. McCormack poussa la double porte du hall d'entrée et s'engagea dans l'escalier, laissant derrière lui les pancartes Sociologie, Science économique et Anthropologie.

Au troisième étage, il trouva la réception du département de Science politique et demanda à parler au professeur Barclay. Il suivit les indications jusqu'au fond du couloir ouest. La porte était entrebâillée, avec une coupure de journal scotchée dessus : un dessin humoristique de Richard Nixon, les bras déployés comme des ailes de vautour, ses deux mains dessinant le V de la victoire. Au-dessus de sa main droite, on lisait : "Succès de la politique étrangère" ; surplombant la gauche : "Dissimulation du Watergate." Une voix tonitruante résonna depuis l'intérieur.

– En fait, il faut que vous franchissiez cette porte. Sinon, je ne vous vois pas.

McCormack poussa la porte du bout des doigts. Le professeur John Barclay était assis derrière un grand bureau jonché de dossiers empilés, de feuilles volantes, de tours de livres branlantes. On aurait dit qu'un enfant avait essayé de construire un fort miniature avec d'austères monographies consacrées à la politique étrangère du Royaume-Uni. Le désordre du bureau contrastait fortement avec l'homme assis derrière. Celui-ci portait un costume noir à fines rayures, une chemise blanche étincelante et une cravate de soie grise. Il ressemblait davantage à un banquier qu'à un grand ponte de l'université.

– Inspecteur McCormack. – Barclay se leva pour lui serrer la main par-dessus les fortifications. – Asseyez-vous. J'ai appris que vous aviez perdu l'un de vos collègues…

– C'est exact.

– Je suis vraiment navré de l'apprendre. Toutes mes condoléances. Eh bien, que voulez-vous savoir, inspecteur ? Vous pensez que ce sont nos amis d'Irlande du Nord qui ont fait ça ?

– J'aimerais savoir ce que *vous*, vous pensez, répondit McCormack en désignant d'un geste les étagères de livres. C'est vous, l'expert.

– Eh bien, c'est tout à fait possible. Mais probable ? Je ne le crois pas. Ils ne l'ont pas revendiqué, n'est-ce pas ?

– Ils n'ont jamais revendiqué Birmingham.

– Birmingham a été un désastre, un fiasco total. Ils ont donné l'alerte trop tard, sans laisser le temps aux policiers d'évacuer la zone. Qui voudrait revendiquer cela ? – Barclay jouait avec l'un de ses boutons de manchette. – J'ai cru comprendre qu'il n'y avait pas eu d'avertissement, cette fois ? Aucun appel à la police ou aux journaux ? Aucun nom de code ?

– À notre connaissance, non.

– Alors, il ne s'agit sans doute pas de l'IRA. C'est un protocole établi, chez eux. Quand ils visent une cible civile – même un bar fréquenté par les militaires –, ils préviennent toujours avant.

McCormack acquiesça du chef.

– Et s'il ne s'agit pas de l'IRA ?

Barclay expira.

– Eh bien, voyons… Qui a utilisé des voitures piégées, récemment ? Faites votre choix. Le Front de libération des animaux. L'Angry Brigade. Ici, on a la Tartan Army. L'Armée du gouvernement provisoire, ces types qui ont fait sauter des oléoducs. Mais s'en prendre à un pub de Glasgow ? Ça me paraît inconcevable. Mais bon, ce pub en particulier : les journaux disent qu'il a une clientèle de soldats… il y a d'autres éléments qui le singularisent ?

McCormack était distrait par la vision de la bibliothèque. Des rangées, des piles et des colonnes de livres. Il se demanda combien Barclay en avait lu.

– Il appartient au frère d'un homme que nous pourrions qualifier de suspect potentiel, répondit-il. Avec un très fort potentiel.

– Un gangster ? siffla Barclay. Eh bien, voilà : c'est le gang rival, selon toute probabilité. Ce qui expliquerait pourquoi personne n'a rien revendiqué. Le message ne nous est pas destiné… il est adressé à votre suspect potentiel. Et j'imagine qu'il l'a reçu. Cinq sur cinq.

– Enfin, quand même : des pseudo-caïds qui se mettent à poser des bombes ?

– Mais c'est tout le génie de la chose, inspecteur. Vous ne le comprenez pas ? La voiture piégée, c'est l'arme ultime quand il s'agit d'égaliser les chances. Il suffit d'avoir la moitié d'un cerveau et un jerrycan d'engrais chimique, et vous avez une armée. Vous pouvez être aussi puissant que vous le voulez, aussi bien protégé, vous n'êtes jamais à l'abri d'une voiture piégée. Pensez à la première fois que cette arme a été utilisée… vous savez qui l'a inventée ?

– Pas les Irlandais, j'imagine…

– Des anarchistes italo-américains. Les potes de Sacco et de Vanzetti. Ils ont garé une charrette et son cheval dans une rue de Wall Street. C'était en 1920. Une charrette remplie de plastic, devant la banque JP Morgan and Co. Trente-huit morts, des centaines de blessés. Des immigrés italiens miséreux. On a fermé Wall Street. La première fois que les échanges boursiers étaient suspendus.

– Le Barracks Bar de Maryhill, ça n'est vraiment pas Manhattan.

– Certes, mais le principe demeure le même. – Barclay s'échauffait à présent. Il repoussa à deux mains une pile de documents et de livres sur les côtés de son bureau, se ménageant un espace où gesticuler. – Voyez-vous, il y a deux choses que vous devez comprendre. D'un côté, faire sauter une voiture piégée est un acte atroce. Horrible. Diabolique, même. Mais, du point de vue du terroriste, il n'est pas dépourvu d'une certaine beauté. Une beauté atroce, mais une beauté quand même.

– "*Un trop long sacrifice / Change le cœur en pierre.*"

– Je vois que vous connaissez vos poètes irlandais, inspecteur. Avez-vous étudié ici avant d'entrer dans la police ?

– Je ne suis pas allé jusqu'à l'université, non.

– Dommage. Cela vous aurait épargné les misères du service militaire. Bon Dieu, quel sadique a inventé ça ?

– Je n'ai pas fait non plus mon service militaire.

– Non ? Pardonnez-moi, vous avez l'air assez âgé pour ça.

– Je suis assez âgé pour ça. Simplement, j'ai suivi une autre formation. Ça n'a pas fonctionné.

– Un apprentissage ?

– Quelque chose dans le genre. Vous parliez de beauté, professeur. Il n'y avait pas beaucoup de beauté sur Garrioch Road samedi soir.

– Non, bien sûr. Je suis désolé. Vous avez raison. Mais tâchez d'adopter le point de vue du terroriste. Trois choses. Premièrement… – Barclay pointa son doigt sur le plafond. Pourquoi construisent-ils toujours leurs raisonnements en trois parties ? se demanda McCormack. – Pas moyen d'échapper à un véhicule piégé. Sauf à interdire toutes les voitures dans nos villes… or, nous venons tout juste de démolir la moitié de Glasgow pour y faire *entrer* des voitures, vous ne pouvez pas écarter cette menace. N'importe quelle voiture, dans n'importe quelle rue, pourrait être piégée. Deuxièmement : une voiture piégée constitue une excellente forme de publicité. On ne peut pas dissimuler une explosion. On ne peut pas l'étouffer. Faites sauter une voiture et vous vous retrouvez à la une de tous les journaux. Vous passez en boucle à la télévision.

– Et quel est le troisième point ?

– Vous le savez très bien. – Barclay se fendit d'un sourire. – Vous en avez vous-même fait l'expérience cette semaine. L'explosion détruit toute trace de son auteur. Un groupe peut revendiquer l'attentat, mais impossible de l'attribuer à un individu en particulier. Toutes les empreintes sont réduites en poussière. C'est l'arme du crime idéale. Elle fait disparaître les preuves au moment même où l'on s'en sert.

Barclay se rassit au fond de son fauteuil. Il semblait extrêmement satisfait de sa petite tirade. McCormack hocha la tête et se leva. Il avait fait ce qu'on lui avait demandé, s'était plié au caprice de Haddow. Il était temps de retourner faire son travail.

– Merci d'avoir pris le temps de me recevoir, professeur.

Barclay resta assis, tapotant ses doigts sur ses lèvres.

– Et cette autre histoire, là, ça progresse ?

McCormack reboutonnait sa veste.

– Quelle autre histoire ?

– Gavin Elliot.

– Cette enquête est menée avec toute la diligence nécessaire, professeur. Pourquoi cette question ?

Barclay sortit un stylo argenté de sa poche de poitrine et se pencha sur les feuilles volantes étalées sur son bureau.

– Eh bien, cet homme n'a jamais fait preuve d'une très grande patience, de son vivant. Il est plaisant de voir quelqu'un le faire attendre un peu dans sa mort.

– Vous connaissiez Gavin Elliot ?

McCormack avait ouvert la porte mais se figea, la main sur la poignée.

– Si je le connaissais ? – Barclay leva la tête, son stylo braqué sur McCormack. – Vous n'avez pas bien fait vos devoirs, inspecteur. – Il sourit. – Je l'ai battu.

– Battu ? Comment ça ?

– Je lui ai piqué son siège en 1972.

McCormack referma la porte.

– Vous avez été conseiller municipal ?

– Je le suis encore aujourd'hui. Nous sommes quelques-uns à gérer l'aspect pratique de notre discipline, inspecteur. Pas seulement la théorie.

McCormack se rassit devant le bureau.

– Eh bien, pouvez-vous m'en dire un peu plus ? Je veux dire : Elliot, comment était-il ? Avait-il des ennemis connus dans le monde politique ?

– À part moi, vous voulez dire ? – La mâchoire de Barclay se détendait à présent, facétieuse. – Eh bien, le truc, c'est que par définition nous n'avons pas siégé au même moment. Mais disons que l'ombre projetée par M. Elliot était longue. Un tas de gens à la mairie parlent encore de lui aujourd'hui. Pas en bien.

– Pourquoi donc ?

– Je crois qu'ils ont le sentiment que M. Elliot n'a pas été à la hauteur. Le service public implique une part de sacrifice, inspecteur. Il faut donner un peu de soi. S'engager pour ses idées. À quoi bon, sinon ?

– Vous n'êtes pas en campagne, ici, répliqua McCormack. Pratiquez donc ça devant votre miroir, pas sur moi.

Deux rides se dessinèrent aux coins de la bouche du professeur.

– Corruption, inspecteur. Est-ce assez clair pour vous ? Est-ce assez concis pour retenir votre attention ?

– Ça l'est si vous avez de quoi étayer cette affirmation.

– La commission Transports, répondit Barclay. La commission Logement. Vous savez ce que faisaient ces commissions, en réalité ?

– Vous voulez dire que ces noms n'étaient qu'un leurre ?

Barclay ne releva pas.

– Des routes, inspecteur. Ils décidaient par où allaient passer les routes. Le tracé de l'autoroute M8, plus précisément.

– Et alors ?

– Et alors ? répéta Barclay. Supposons que quelqu'un sache à l'avance par où va passer une autoroute. Quel usage croyez-vous qu'il fera de cette information ?

– J'imagine qu'il pourra acheter des biens immobiliers aux bons endroits. Je suppose aussi que siéger à la fois dans ces commissions et au conseil d'administration d'une agence immobilière constitue un conflit d'intérêts assez flagrant.

– Oh, il a quitté le conseil d'administration, répondit Barclay. Il a coupé tous les liens avec la société Wyndford

Property. Soi-disant. Mais il suffit de jeter un coup d'œil à une carte pour trouver des correspondances intéressantes entre le portfolio immobilier de Wyndford Property et le tracé de l'autoroute M8.

– Ils ont acheté des immeubles en sachant que la mairie de Glasgow serait obligée de les acquérir dans le cadre d'une expropriation pour cause d'utilité publique…

Barclay secoua la tête.

– En fait, c'est pire que ça. La mairie a *donné* une partie de son parc immobilier. Elle l'a confié aux promoteurs qui promettaient de régénérer les quartiers concernés. Et puis soudain, une fois que le tracé de l'autoroute a été décidé, ils ont été obligés de racheter ces biens. Au prix du marché.

– Elliot a offert des immeubles à sa société pour que la mairie puisse les racheter ensuite ?

– Il faut lui reconnaître un certain panache, inspecteur. La main invisible…

McCormack griffonna les noms des commissions dans son carnet.

– Et y avait-il quelqu'un, en particulier, qui semblait préoccupé par les agissements d'Elliot ?

– Vous cherchez des suspects ? Au sein du conseil municipal ? "Que Glasgow prospère à la force de l'épée" ? Je ne crois pas, non. Un tas de gens ont dû se réjouir de la disparition de Gavin Elliot. Mais s'en charger eux-mêmes ? Ce ne sont pas nos façons de faire.

McCormack se leva pour la deuxième fois. Il ouvrit la porte puis se ravisa, comme si quelque chose le travaillait.

– Autre chose, inspecteur ?

– Je ne sais pas. C'est juste que… vous avez gardé ça pour vous jusqu'à aujourd'hui ?

Les boutons de manchette de Barclay miroitèrent lorsqu'il leva les mains.

– L'argent d'Elliot ? Les gros bras de Maitland ? Je ne suis pas stupide, inspecteur. C'était un combat perdu d'avance.

– Parce qu'il ne l'est plus, maintenant ? Seul l'un des deux est mort.

– Oui. Eh bien, je compte sur votre discrétion, inspecteur. Ne mentionnez pas mon nom.

– Ah. J'avais oublié : s'engager pour ses idées… répliqua McCormack. À quoi bon, sinon ?

28

Planté devant la banque sur la grand-rue de Largs, Kidd suivait des yeux Yvonne, qui s'éloignait le long de Bath Street. Il l'avait revue deux fois depuis leur rencontre sur l'île et, à chaque fois, ils avaient davantage de choses à se dire. Il avait l'impression de la connaître depuis des mois. Il attendait de voir si elle allait se retourner et, lorsqu'elle le fit, il lui sourit et lui rendit son geste des deux pouces, avant de se mettre en marche vers Gallowgate Street. Ils s'étaient donné rendez-vous plus tard, devant le Nardini's. Pour partager une soupe de poisson caribéenne, peut-être se promener ensuite jusqu'au Pencil, le monument à la mémoire de la fameuse bataille de Largs.

Par ce bel après-midi, une large bande de soleil illuminant l'estuaire de la Clyde, les voitures faisant la queue devant le ferry, et le mamelon vert pâle de Cumbrae émergeant de l'eau à l'horizon, rien ne semblait irrémédiable. Il pourrait peut-être même les convaincre de renoncer à ce qu'ils avaient prévu de faire à Yvonne, de quoi qu'il puisse s'agir. Les Maitland avaient une dette envers lui, pas de doute. Il avait tué quatre personnes pour Walter Maitland. Il risquait d'aller en prison pour Walter Maitland. Il avait déclenché une guerre contre les Quinn. Et tout ça n'aurait pas compté ?

Devant l'allée de son logement, sur Brisbane Road, il s'attarda un moment sur le trottoir, le soleil sur sa nuque, à humer l'air salé, à sentir la vigueur de ses membres, les battements de son cœur, les fourmillements du sang aux extrémités de ses doigts. Tandis qu'il passait du soleil à la pénombre fraîche de l'allée, Kidd imagina le visage rieur d'Yvonne. Tout se passerait bien.

Il franchit la première volée de marches en trois bonds agiles, puis négocia la seconde d'un sprint rapide, foulant chacune des marches, ses pieds comme l'éclair. Il était déjà à l'intérieur de l'appartement, en train de boire un verre d'eau debout devant l'évier, lorsqu'il réalisa que quelque chose clochait.

Une odeur de cigarette. Pas celles qu'il fumait.

Son verre à la main, il retraversa le vestibule comme dans un rêve et s'arrêta devant la porte du séjour. Elle était entrouverte. Il posa ses doigts dessus et poussa. La porte s'ouvrit sur un homme, assis dans le fauteuil près de la fenêtre.

L'homme regardait dehors. Il tourna la tête vers Kidd, le visage inexpressif, puis de nouveau vers la fenêtre. Il tira longuement sur sa cigarette avant de l'écraser au fond d'un cendrier posé en équilibre sur l'accoudoir.

Kidd n'avait toujours pas bougé. L'homme le regarda une nouvelle fois et, d'un petit coup de tête, lui fit signe d'entrer dans la pièce.

Il désigna le canapé et Kidd se laissa tomber dessus, l'eau du verre éclaboussant son pantalon. Il l'essuya de sa main libre.

– Christopher Kidd, dit l'homme.

– Ouais. C'est moi, acquiesça Kidd.

L'homme l'étudia un moment. Kidd avala sa salive.

– Désolé, je suis juste… – Il fit un geste vague de la main. – Je suis un peu surpris.

– On a été surpris aussi, répliqua L'homme. Juste un peu.

– D'accord, articula Kidd. D'accord.

Il n'eut pas besoin de demander qui ce *on* désignait. Il contempla le verre dans sa main et le souleva comme pour boire une gorgée, avant de se raviser.

– Tu veux pas savoir pourquoi ? demanda l'homme. Tu veux pas savoir pourquoi on a été surpris ?

Kidd haussa à demi les épaules. Il secoua la tête, laissa un peu d'air s'échapper par ses lèvres retroussées. Il y avait forcément des mots. Quelque part dans son cerveau, il y avait forcément des mots, quelque part dans l'univers, des mots, n'importe lesquels. Mais aucun ne venait.

– On a été surpris parce que t'étais censé appeler. C'était ça, le deal.

Kidd hocha la tête.

– Je sais. Je veux dire, j'allais le faire. J'étais sur le point de vous appeler.

– T'étais censé nous appeler dès que t'aurais trouvé la fille. – L'homme empoigna un mug sur l'appui de fenêtre et le souleva devant Kidd. – J'y pense : je me suis fait un thé. J'espère que ça ne te dérange pas.

Il vida le mug et le reposa sur l'appui de fenêtre.

Kidd ne dit rien.

– Tu l'as trouvée, la fille ? – Sourcils dressés, l'homme semblait presque cabotiner. – Je veux dire, j'imagine que c'est Yvonne Gray, non ? La fille que tu as vue plusieurs fois ?

Kidd comprit qu'il savait. L'homme savait. Pas moyen d'esquiver la chose.

– Eh bien, je voulais être sûr, répondit-il. Avant, enfin… avant d'appeler.

– Avant d'appeler, répéta l'homme.

– C'est ça. Comme je vous l'ai dit.

– Tu as sa photo, répliqua l'homme. Tu sais à quoi elle ressemble. T'as besoin de quoi pour être sûr ?

– Je ne voulais pas vous faire perdre votre temps.

L'homme se fendit d'un demi-sourire.

– C'est un peu raté.

Kidd contempla le plancher. La tension des derniers jours était en train de se relâcher. Il se sentait presque soulagé. C'étaient des vacances qu'il venait de prendre. Une petite coupure, un moment de distraction. Ce n'était pas la réalité. Tu croyais quoi ? Que t'allais vivre heureux et avoir beaucoup d'enfants avec une prostituée de Woodlands Road, dans une station balnéaire ? Que tu pouvais juste mettre tes ennuis au fond d'un carton et t'éloigner dans le soleil couchant ?

– Hé ! Sois pas trop dur avec toi-même. Tu l'as trouvée, pas vrai ? T'as fait ton boulot.

Kid releva les yeux sur l'homme, hocha la tête.

– Et maintenant il se passe quoi ? demanda-t-il.

– Ouais… – L'homme fit claquer sa langue. – Ben c'est toute la question, non ?

– Je veux dire, elle doit beaucoup ? Combien d'argent ?

L'homme dévisagea Kidd, l'air presque triste.

– Vraiment ? Tu veux régler ses dettes, aussi ? Tu crois pas que t'es déjà bien assez dans le pétrin, fiston ? Avec ce que t'as fait ? Quatre morts.

– Je vous demande combien d'argent elle doit.

– Quatre morts. Un incendie criminel. Et tous les doigts sont pointés dans la même direction. Sur nous. Sur M. Maitland. Tu devrais peut-être y réfléchir.

– J'ai fait ce qu'on me demandait, répondit Kidd. J'ai suivi les instructions.

– Me dis pas ça à moi, rétorqua l'homme. Tu crois que j'en ai quelque chose à foutre ? Y a eu quatre morts. C'est ça, la réalité. C'est de ta faute. Et c'est le problème de M. Maitland, maintenant.

– Mais c'est quoi, le chiffre ? Y a forcément un chiffre.

L'homme secoua la tête.

– Sincèrement ? Ça va un peu plus loin que ça maintenant, Christopher. Ça va plus loin que des putains de versements hebdomadaires.

Kidd regarda dehors par la fenêtre. On entendait le brouhaha lointain de la fête foraine du bord de mer, la musique des manèges. Les gens là-bas riaient, passaient du bon temps, s'empiffraient de barbe à papa.

– Voilà où on en est, OK ?

Kidd se retourna. L'homme parlait toujours.

– Tu veux jouer les caïds. Tu veux pouvoir traîner dans le coin des gros durs au Duke. Avec ta coupe de cheveux à deux livres et ton costard à cinquante. Ces choses-là ont un prix, fiston. C'est ça, le deal.

Kidd acquiesça. Dès qu'il avait vu l'homme assis dans le fauteuil, il avait su comment tout ça finirait. Peut-être le savait-il depuis le début. Il n'avait plus trop envie, maintenant, de jouer les seigneurs au Duke of Perth. Il ne voulait pas travailler pour Maitland. Mais il n'avait pas non plus envie de faire la corvée de tinettes pendant dix ans à la prison de Peterhead.

– Qu'est-ce qu'elle a fait, alors ? demanda-t-il. Dites-moi au moins ça. Qu'est-ce qu'elle a fait de si grave ?

L'homme se pencha en avant et lui répondit d'une voix calme.

– C'est pas tes putains d'affaires. Ça regarde M. Maitland. Il a fait son boulot, fiston. Fais le tien.

L'homme se rassit au fond du fauteuil, tirant sur le bas de son gilet, époussetant les manches de sa veste de costume. Il sourit à Kidd. Kidd comprit qu'il s'était posé la mauvaise question. La question n'était pas de savoir ce que ça faisait de tuer. La question, c'était ce que ça faisait de *forcer* un homme à tuer.

Mais même la contrainte avait un prix.

– Le faire en échange de quoi ? demanda Kidd. Pour que M. Maitland soit content de moi ?

L'homme haussa les sourcils, le regard voilé d'une sorte d'approbation sardonique.

– Ah… On est pas du genre à empêcher un jeune d'aller de l'avant. T'avais quoi en tête ?

– Pour mille livres, je la bute.

L'homme inclina la tête vers lui.

– Mille livres ? Tu t'es trompé de rôle, là… Ça, c'est pour les stars. Toi, t'es qu'un figurant.

– C'est le boulot que vous payez. Le boulot est le même, quel que soit celui qui le fait.

– Ouais, mais quand même. Cinq cents, ça me semble plus raisonnable. La moitié tout de suite.

Avait-il vraiment le choix ?

– Montrez-les-moi, alors.

L'homme plongea la main dans sa poche et en sortit une liasse pliée. Il compta les billets de dix avec son pouce et les posa sur la table basse. Il les tassa entre ses doigts pour un faire une pile bien nette.

– Non mais, regarde-toi… soupira l'homme. Un vrai tueur à gages. T'as déjà buté quatre personnes, sans même faire exprès. Qui sait de quoi t'es capable si tu t'y mets vraiment ? – Il se leva et s'étira le dos. Marchant vers la porte, il s'arrêta au niveau de Kidd et l'empoigna par l'épaule. – Téléphone-nous quand ce sera réglé, Christopher. Attends le bon moment. Mais traîne pas trop, quand même. Compris ?

Il tapota l'épaule de Kidd, deux fois, un geste d'encouragement ou de condoléances. L'instant d'après il avait disparu, la porte claquant derrière lui. Assis sur le canapé, Kidd écouta l'écho de ses pas dans l'escalier, les bribes d'un sifflement enjoué en bas dans l'entrée. Puis une portière qui se fermait, un moteur qui rugissait avant de s'éloigner.

29

Victor était dans la cuisine, en train d'émincer des carottes avec une détermination d'assassin. Il leva les yeux et hocha la tête, comme si McCormack était une vague connaissance, puis se pencha de nouveau sur sa tâche, la bouche aussi droite et dure que son couteau. *Chonk. Chonk.* McCormack jeta sa veste sur le fauteuil et entreprit de retrousser ses manches. Il aurait voulu marcher jusqu'à Victor et l'embrasser, mais quelque chose dans la tension des épaules de celui-ci, dans l'angle de ses avant-bras, le repoussa comme un champ de force.

– Ça sent bon, lança-t-il. Un ragoût de viande hachée était en train de roussir dans une sauteuse, sur la gazinière. Une odeur de viande presque brûlée flottait dans la cuisine.

– Ouais.

Victor découpait toujours. Les claquements de sa lame sur la planche faisaient un vacarme inquiétant dans cette petite pièce. McCormack s'approcha de la gazinière. Il décrocha une cuillère en bois du porte-ustensiles et remua la viande, la cuillère claquant contre les parois de la casserole. Il trouva le couvercle, le plaqua sur la sauteuse et vida le gras dans l'évier, avant de remettre la mixture à chauffer. Il prit la bouilloire encore brûlante et versa de l'eau bouillante dans la sauteuse, remua et baissa le gaz. Il s'essuya les mains sur le torchon pendu à la barre chromée de la porte du four.

Victor n'avait toujours rien dit. C'est bien qu'un inspecteur de police soit présent, songea ironiquement McCormack. Quelqu'un capable d'en déduire que quelque chose ne va pas. Victor était contrarié et, tout à coup, McCormack le fut aussi. Il était fatigué. Il avait passé les neuf dernières heures à essayer en vain de trouver un sens à un meurtre atroce et à un attentat à la voiture piégée qui avait tué six personnes. Victor, lui, avait préparé un ragoût de viande hachée.

Mais alors, au moment où tout cela menaçait de déborder, la colère de McCormack s'envola. La flamme s'était éteinte d'un coup. Comment pouvait-il savoir quelle journée Victor avait passée ? Il avait tout abandonné – son chez-lui, son travail, sa famille et ses amis – pour monter à Glasgow et tenter sa chance ici. Il avait le droit d'avoir un mauvais jour de temps en temps. Mais comment s'y prendre, alors ? Lui demander directement ce qui n'allait pas ? Ou lui parler en faisant abstraction de son humeur, dans l'espoir qu'elle se dissoudrait d'elle-même ?

McCormack desserra son nœud de cravate. Il tâtonna à la recherche d'un sujet neutre.

– Du courrier ? demanda-t-il d'un ton détaché.

La question sembla exaspérer Victor. Le couteau trembla dans les airs telle une baguette de sourcier.

– Du courrier ? gronda Victor. Du *courrier* ?

McCormack sentit sa propre colère se remettre à bouillonner.

– C'est une question simple, Victor. Un oui ou un non suffit, en général.

– Oui ! – Victor avait prononcé cette syllabe avec une clarté venimeuse. – Oui, Duncan ! Il y a du courrier. Il y a un tas de courrier, à vrai dire.

Il releva les yeux suffisamment longtemps pour désigner un point, à l'autre bout de la pièce. McCormack suivit le regard de Victor jusqu'au manteau de la cheminée où il aperçut, dans un serrement d'estomac, la petite pile de lettres.

– Oh, Victor…

– Quoi ? – Victor cessa de couper ses légumes et se redressa, le bras qui tenait le couteau retombant contre son flanc. Ses sourcils se dressèrent en accents circonflexes. – Quoi, Duncan ? Tu les gardais pour plus tard ? Je veux dire, ne pas y répondre, d'accord, c'est une chose. Mais ne pas *lire* ces foutues lettres ?

Il se remit à jouer du couteau, puis laissa tomber celui-ci dans un cliquetis sonore et s'affaissa sur lui-même, le revers de sa main se posant sur son œil.

McCormack se précipita pour le soutenir, le serra fort contre lui.

– Ah, Victor. Vic. Écoute, je suis désolé. Je suis désolé.

Les bras de Victor pendaient, sans force, mais il endura l'étreinte. McCormack serra encore plus fort.

– Je n'ai pas pu m'y confronter, Vic. Je ne pouvais pas. Je n'en ai pas eu le cran. Je savais ce qu'elles diraient et je n'avais pas de réponses. Je me suis enfui. Je suis désolé.

Les bras de Victor remontèrent, hésitants, et empoignèrent les flancs de McCormack.

– Mais pourquoi, Dunc ? Qu'est-ce qui t'a poussé à partir ?

Une minute durant, seul le souffle haché de McCormack se fit entendre.

– C'est cette… vie à moitié, Vic, finit-il par répondre. Aimer, mais pas trop. Se voir trois fois par semaine, mais ne pas habiter ensemble. Ne pas prendre trop de risques. Toujours être sur ses gardes. Je pouvais le faire, avec les autres. Ça ne me dérangeait pas. Mais pas avec toi. C'était plus facile de tout arrêter que de me contenter de ça.

Ils restèrent plantés là, enlacés. Le carillon métallique d'un marchand de glaces tinta au loin. McCormack laissa son front se glisser au creux du cou de Victor. Il sentit le souffle des narines de Victor sur sa joue. Il sentit la douleur dans ses bras et sa poitrine et ses jambes, d'avoir tant creusé dans les décombres du Barracks Bar. Il ferma les yeux.

– Et le boulot, aussi, ajouta-t-il. Je ne peux pas faire ce métier en regardant toujours par-dessus mon épaule, Vic. Je ne peux pas. C'est déjà bien assez dur comme ça.

Victor l'agrippa par les épaules et l'écarta, le dévisageant avec une gravité tragique.

– Mais je peux t'aider. Tu ne le vois donc pas ? Je peux rendre ça plus facile. Te faire oublier tes ennuis. Pas en rajouter d'autres. On n'aura qu'à être prudents, Dunc. Je trouverai un boulot. Je me trouverai mon propre logement. On peut y arriver. C'est possible.

Alors il tira McCormack à lui et ils s'embrassèrent, un lent baiser profond, puis ils chancelèrent-trébuchèrent telle une créature lourde et maladroite jusqu'à la chambre, où Victor se détacha et repoussa des deux mains la poitrine de McCormack. Celui-ci tomba en arrière sur le lit tandis que Victor se mettait à genoux, défaisant la ceinture de McCormack et lui baissant son pantalon. Ses mains agrippées au lit, de part et d'autre des cuisses de McCormack, Victor baissa la tête. McCormack gisait sur le dos, les bras au-dessus de sa tête, contemplant le plafond, s'efforçant de faire aussi peu de bruit que possible. Dans ces moments-là, McCormack avait l'impression que l'appartement était une cage en grillage suspendue au centre de l'immeuble, ses murs une membrane poreuse. Il était conscient du moindre grincement, des bruits sourds, de la finesse des murs, comme si ce bâtiment avait été une sorte de panoptique auditif canalisant tous les sons des autres habitants et permettant à tous d'écouter en douce ce qu'ils faisaient.

Et l'instant d'après, tout aussi soudainement, il s'en ficha éperdument et se perdit dans le rythme doux et insistant, allongé sur le dos, ses mains battant doucement contre le matelas. Il gisait comme au fond de l'océan, comme si à chaque plongeon de sa tête Victor l'attirait vers la surface, le faisait remonter des profondeurs obscures vers les couches moins denses, inondées de soleil, jusqu'à la surface ondulante dont il briserait bientôt l'enveloppe.

Et alors, au moment d'atteindre le but, à l'instant où McCormack s'arc-boutait tandis que Victor le faisait jouir, quelqu'un toussa.

Le bruit parut si proche que cela aurait pu être un troisième occupant du lit. Ils se figèrent, échangèrent un regard choqué et apeuré. Puis les yeux de Victor s'écarquillèrent, surjouant l'effroi. S'effondrant théâtralement, il fit le mort et McCormack sentit le rire bouillonner, un gloussement étouffé, étranglé. Il serra les poings, mordit l'épaule de Victor, mais son rire était impossible à endiguer, il déferla hors de lui tels une rivière, un torrent, les deux hommes se serrant l'un contre l'autre et tremblant, agités par ce rire.

Ils se laissèrent retomber sur le lit, épuisés. Une porte claqua dans l'appartement voisin et les doigts bandés de McCormack se frayèrent un chemin jusqu'au visage de Victor, sentirent la sueur sur ses tempes, ses boucles mouillées, élastiques.

Plus tard, après le dîner, ils brûlèrent les lettres au-dessus de l'évier, solennellement, l'une après l'autre. Ces lettres étaient compromettantes, elles auraient pu tomber entre de mauvaises mains. Il ne servait à rien de prendre des risques idiots.

30

Liz Nicol remontait Woodlands Road au volant de la Wolseley, contente de tourner le dos à la lugubre vallée à cinq voies de la nouvelle autoroute. Les routes n'étaient-elles pas censées relier les choses entre elles ? La M8 avait scindé la ville en deux, creusant une tranchée de macadam à travers tout le centre et les quartiers ouest. Woodlands Road partageait jadis un peu de l'animation de Sauchiehall Street ; à présent, on se serait cru dans une banlieue dortoir.

Elle tourna sur Lynedoch Street, grimpant vers les trois tours de Trinity College, noires sur le fond sombre de la nuit. Des sacs-poubelles affaissés s'entassaient au pied des murs de cette école privée, luisant dans l'éclat des lampadaires. Elle prit à droite sur Lynedoch Place et redescendit la colline vers Woodlands Gate, s'arrêtant doucement à mi-pente.

Elle se gara à l'abri d'un orme et coupa le contact. De là où elle était, elle apercevait une portion de Woodlands Road incluant l'enseigne au néon rose du Healing Hands, et la porte avec son interphone. Elle se trouvait à moins de cinquante mètres, mais ici, sur la colline, difficile de la repérer. Un talus herbeux sur sa gauche matérialisait la limite de Kelvingrove Park. Sur sa droite se dressait la masse aux volets clos de l'église presbytérienne de St Jude's Free.

Nicol tendit le bras derrière elle pour attraper les poignées d'un sac de courses muni d'un cordon. Elle en sortit un thermos à motif écossais et un gobelet en plastique blanc, cala le tout entre les deux sièges. Puis elle empoigna un petit paquet enveloppé de papier gras et l'ouvrit sur le siège passager. Elle en sortit un sandwich et en croqua une bouchée, mâchant lentement. Elle pensa à Yvonne Gray. Nicol avait réussi à attraper la voisine d'Yvonne Gray, Carol Bissett, la femme qui avait parfois gardé le fils d'Yvonne. Bissett lui avait raconté qu'Yvonne était partie sans prévenir, comme sur un coup de tête. Comme si elle avait peur de quelque chose, songea Nicol. Elle prit une autre bouchée de son sandwich. Le fait qu'Yvonne Gray ait travaillé au Barracks Bar était peut-être une coïncidence, mais Nicol ne le pensait pas. Comme tous les policiers du monde, elle ne croyait pas aux coïncidences. Il n'aurait servi à rien de se rendre une nouvelle fois au sauna, mais si elle parvenait à prendre une des filles à part, elle pourrait peut-être en découvrir davantage sur Yvonne. Elle baissa sa vitre de cinq ou six centimètres pour laisser entrer l'air frais de la nuit. Sans perdre de vue l'entrée du Healing Hands, elle chercha le mécanisme sur le côté du siège et fit pivoter la roue d'un ou deux tours, inclinant juste un peu le dossier.

Elle était là pour un bon moment.

Mais, en fait, elle n'eut pas longtemps à attendre. Moins d'une heure plus tard, elle repéra une femme sortant du Healing Hands. Elle marchait tête basse, vers l'ouest, et Nicol la prit d'abord pour une femme de ménage. Elle avait enfilé un jean et des chaussures de sport, un anorak sombre, et ses cheveux étaient noués en queue de cheval. Mais elle avait la démarche souple et agile d'une jeune femme et portait sur l'épaule une sorte de sac de sport ou de fourre-tout.

En quelques secondes, Nicol était sortie de la voiture et avait traversé la rue. Elle rattrapa la fille alors que celle-ci tournait sur West End Park Street.

La fille accéléra le pas.

– Mademoiselle. Juste un mot, s'il vous plaît. Mademoiselle !

La femme se retourna, en secouant la tête. Son regard s'attarda avec un même dédain sur le badge de Nicol, puis son visage.

– Oh, super ! V'là qu'ils envoient la petite dame harceler les putes.

Nicol glissa le badge dans la poche de son imperméable.

– Attendez. Personne n'a "envoyé" personne. Et encore moins la "petite dame"… Madame l'inspectrice, s'il vous plaît.

– Ah.

La femme l'étudia de bas en haut. – C'est un peu mieux que préparer le thé, j'imagine.

Nicol fit un pas vers elle et répondit d'une voix calme :

– C'est un peu mieux qu'autre chose.

– Ah ouais ? Je vous emmerde.

La femme rajusta la bandoulière de son sac et fit le geste de se retourner. Nicol l'empoigna par le bras.

– Vous voulez faire un petit tour à Anniesland ? Pas de souci. On a une salle d'interrogatoire bien confortable au commissariat de Temple. Moi, ça m'est égal.

La femme baissa les yeux sur la main de Nicol, crispée sur le tissu de son imperméable. Nicol desserra ses doigts.

– À vous de voir.

– Vous n'avez pas de vrais criminels à arrêter ?

– Voyons voir… Des vrais criminels ? – Nicol croisa les bras. – Walter Maitland, ça compte ?

Elle regretta aussitôt ses paroles. L'expression méprisante de la femme s'effondra aussitôt. Volets fermés, extinction des feux.

– J'en ai aucune idée, dit-elle. Elle regardait ses pieds.

– Écoutez, ce que vous avez pu faire ne m'intéresse pas. Honnêtement, je m'en fiche. J'essaie juste de retrouver une de vos collègues. Elle a disparu.

La femme releva la tête, de nouveau méprisante – à cause du mot "collègue", supposa Nicol – et remonta la bandoulière plus haut sur son épaule.

– Personne n'a disparu.

– On est censé regarder l'autre dans les yeux, répliqua Nicol. Quand on ment. Pour montrer qu'on est sincère. Quand je dis que quelqu'un a disparu, c'est d'Yvonne que je parle.

La femme ne dit rien.

– Yvonne Gray, continua Nicol. Vous la connaissez bien ? Vous vous êtes vues en dehors du travail, vous avez passé du temps ensemble ?

– Oh, merde alors ! C'est ça, le plan ? C'est comme ça que vous trouvez votre place parmi les autres flics ? Que vous vous faites bien voir des hommes ? En harcelant les femmes ? En posant des questions idiotes ?

– Vous croyez que c'est comme ça qu'on se fait bien voir des hommes ? Bon sang, vous vous êtes trompée de métier, ma chérie.

La femme sourit malgré elle, entrouvrant ses lèvres soudées ; l'éclat d'un lampadaire glissa sur son rouge à lèvres *glossy* qui donnait l'impression que sa bouche était mouillée. Elle avait changé de tenue mais ne s'était pas démaquillée. Nicol sourit à son tour.

– J'ai juste quelques questions à vous poser. Ça ne prendra pas longtemps. On peut aller dans un café, si vous voulez. Je suis garée à deux pas. Vous pourrez manger un morceau.

– Laissez tomber. – La femme désigna un perron tout proche. – C'est mon immeuble. On n'a qu'à discuter chez moi. Venez.

Nicol la suivit en haut des marches. Elle aperçut un objet pointu – une chaussure à talon aiguille, sans doute – qui faisait pression contre le cuir de son fourre-tout Gola.

Une fois dans l'appartement, la femme alluma la lumière, jeta son sac sur le canapé et fit signe à Nicol de s'asseoir dans un fauteuil. Elle resta plantée là, mains sur les hanches.

– Je m'appelle Rona, au fait. Rona Shaw. Vous voulez un café ?

Nicol dénoua la ceinture de son imperméable, défit les boutons.

– Avec plaisir, Rona. Moi, c'est Liz.

Rona disparut dans la kitchenette et Nicol dressa l'inventaire de la pièce : un canapé en skaï bleu marine et deux fauteuils. Devant le radiateur électrique éteint, un séchoir à linge en bois couvert de bas et de sous-vêtements. Sur le buffet, un plateau brillant avec un tas de bouteilles – gin, Cinzano, le jaune moutarde d'une bouteille d'Advocaat –, à côté d'une carafe à whisky en cristal taillé. Nicol se demanda si Rona recevait ici, si certains de ses clients négociaient des arrangements privés. Elle ouvrit le tiroir du buffet, celui du haut, et resta figée un instant ; puis elle le referma.

Rona revint avec deux grandes tasses de café noir, une bouteille de Bailey's calée sous le bras. La bouteille était perlée de condensation.

Nicol s'assit dans l'un des fauteuils.

– Vous saviez qu'Yvonne avait disparu, non ? Nous sommes allés chez elle : elle n'est plus là. Envolée.

Rona s'agenouilla devant la table basse, posa les tasses dessus, une cuillère à café cliquetant dans la sienne. Le couvercle de la bouteille grinça quand elle le dévissa, et le Bailey's coula en glougloutant dans sa tasse. Sa cuillère tinta lorsqu'elle mélangea le tout.

– Les gens passent à autre chose, dit-elle. C'est comme ça. Avec Yvonne, c'était juste une question de temps. Vous en voulez ?

Elle souleva la bouteille de Bailey's.

– Je vais le boire comme ça, merci. Comment ça, une question de temps ?

Rona fit la moue. Elle s'adossa au canapé, remonta ses genoux contre sa poitrine. Elle pencha sa tasse en direction de Nicol.

– Vous l'avez rencontrée, pas vrai ?

Nicol acquiesça.

– Alors, franchement… Elle a dans les trente-cinq ans, au bas mot. Je veux dire, bon Dieu, elle travaillait déjà pour l'*ancien* patron. Le type qui s'est fait buter.

– John McGlashan ?

– Elle parlait de lui de temps en temps. Putain, un mec à faire peur… Pas étonnant que quelqu'un l'ait liquidé.

Nicol hocha la tête. La hiérarchie des prostituées de Glasgow était aussi impitoyable que le système de castes, mais un peu plus fluide. Yvonne était sur la pente descendante.

– Vous voulez dire que ses jours étaient comptés ? Au Healing Hands ?

Rona but une gorgée de café, lécha la crème sur sa lèvre du haut.

– Elle se serait retrouvée dans l'année à faire le trottoir sur Bothwell Street. Ou dans un bouge de Maryhill. – Elle secoua la tête en y pensant. Elle pouvait se le permettre. Même en jean et tee-shirt noir – elle avait enlevé son anorak dans la kitchenette –, Rona valait le coup d'œil. Son bras gracile se tendit avec grâce pour poser la tasse sur la table basse. Tout en jambes et pommettes, elle avait des yeux verts constellés d'un blanc laiteux et soulignés de khôl. Ce n'était pas demain la veille qu'elle allait devoir s'inquiéter d'un retour à Bothwell Street. Rona parut lire dans les pensées de l'inspectrice.

– Pas de quoi pavoiser, hein, dit-elle. Ça nous arrivera à toutes.

– Sauf qu'Yvonne n'est pas passée à autre chose, répliqua Nicol. Elle a pris la fuite. Elle a tout plaqué et s'est enfuie. Vous saviez qu'elle avait un enfant ?

– Elle me l'a dit, ouais. Un petit garçon. Elle a fui quoi ?

– C'est bien la question. Elle a pris l'enfant avec elle et elle est partie. Nous pensons qu'elle a entendu quelque chose. Ou vu. – Nicol marqua une pause. – Écoutez, Rona, c'est normal de vouloir être loyale envers une amie…

– Je ne sais pas ce qu'elle a vu. Je ne sais pas où elle est partie. C'était pas mon amie.

– C'était ?

Rona agita son fin poignet.

– C'est pas. Peu importe. C'est vous qui dites qu'elle est partie.

Elle empoigna sa grande tasse, enfouit son nez dedans.

– Vous voulez qu'ils la retrouvent ? – Nicol pointa son pouce vers la porte d'entrée. – C'est ça que vous voulez ? Les hommes de Maitland ? Parce qu'ils la cherchent, vous pouvez en être sûre. Il vaut mieux qu'on la retrouve avant eux, Rona.

– Et vous ferez quoi ? Vous l'installerez dans une jolie petite piaule sur la lune ? – Nicol ne répondit rien. Rosa fronça les sourcils. – Non ? Parce que si c'est quelque part sur cette planète, Walter Maitland finira par la retrouver. Et moi aussi il me retrouvera, si je vous dis quoi que ce soit. Comment vous vous appelez, déjà ? Liz comment ?

– Liz Nicol.

Rona sourit.

– Lizzie Nicol ! La p'tite Lizzie Nicol va me sauver de Walter Maitland. – Elle porta un toast avec sa tasse. – Vous ne manquez pas d'humour, en tout cas.

Nicol ne lui rendit pas son sourire.

– Notre gang est légèrement plus grand que le sien, dit-elle. S'il s'agit de choisir son camp…

– Ah ouais ? Je vais tenter ma chance.

– J'aime pas trop m'en remettre à la chance. Je pourrais vous faire coffrer tout de suite pour ce que vous avez dans ce tiroir…

Rona tourna lentement la tête vers le buffet ; sa mâchoire prit les devants lorsqu'elle se retourna vers Nicol.

– Espèce de salope !

– Ouais, ouais. Walter Maitland va vous sauver de la p'tite Lizzie Nicol ? Crachez le morceau, Rona. Où est Yvonne Gray ?

Rona se pencha brusquement pour empoigner la bouteille, fusillant Nicol du regard. Le capuchon grinça méchamment et elle rajouta une mesure d'alcool dans son café. Elle reposa violemment la bouteille sur la table basse et se rassit au fond du canapé. Elle leva une main pour tirer sur le chouchou qui tenait sa queue de cheval et libéra ses cheveux en secouant la tête.

– Elle avait parlé de se tirer, déclara-t-elle.

– Londres ?

– Nan. Juste sur la côte. Dans l'Ayrshire. Elle a grandi là-bas, à ce qu'elle disait.

– Elle a grandi dans un foyer, Rona. À Bishopbriggs. C'était une enfant placée.

– Vraiment ? Bon. Eh bien, peut-être qu'elle s'est inventé une histoire. Je vous ai dit que j'étais pas son amie. Je la connaissais pas très bien.

Nicol la regarda engloutir une autre gorgée de café alcoolisé.

– Qu'est-ce qu'elle vous a dit, alors… sur cet endroit où elle avait grandi ?

– Elle disait que c'était sur la côte. Elle parlait d'une Maison Rouge. Qu'elle retournerait un jour à la Maison Rouge.

– Dans quel sens ? Un toit rouge ? Une façade peinte en rouge ?

– La Maison Rouge. Je sais pas. C'est comme ça qu'elle l'appelait. Et aussi qu'on pouvait voir les bateaux sur la mer. Tous ces bateaux avec leurs voiles blanches. Mais bon, je sais plus si elle a inventé tout ça, maintenant, puisque vous me dites qu'elle a grandi dans un foyer.

Nicol nota ces détails. Elle releva les yeux de son carnet.

– Quoi d'autre, Rona ? Qui vivait dans la Maison Rouge ? S'agissait-il d'une maison de vacances ? D'un bed and breakfast ?

– Je ne sais pas. Mais elle parlait aussi d'une île. Qu'on pouvait voir une île.

– Depuis la Maison Rouge ? Quelle île : Arran ? Bute ?

– Elle n'a pas précisé. Mais elle lui avait donné un nom.

Nicol attendit. Elle tira un trait sous ses notes, laissa la pointe de son stylo posée sur le papier.

– Comment appelait-elle cette île, Rona ?

– Crocodile Island.

Nicol nota le nom. Il semblait tout droit sorti d'une aventure du Club des Cinq, dans les livres d'Enid Blyton.

– Il n'y a pas de crocodiles dans l'estuaire de la Clyde, Rona… enfin, à ma connaissance.

Rona haussa les épaules.

– C'est comme ça qu'elle l'appelait.

Nicol referma son carnet, le fourra dans son sac.

– Vous saviez qu'elle travaillait au Barracks Bar ?

– Elle m'en a parlé, oui.

– Le pub de Hugh Maitland.

– Là, je suis pas au courant.

– Très bien, Rona. – Nicol but le reste de son café. – Merci d'avoir pris le temps.

Rona jouait avec sa tasse. Elle en contemplait le fond, souriant à moitié. Elle releva les yeux.

– Vous voulez me demander, non ? Comment c'est. Allez-y. Ça m'est égal.

Nicol fit cliquer la pointe de son stylo, accrocha celui-ci dans sa poche intérieure. Elle ne regarda pas Rona dans les yeux.

– Comment c'est, quoi ?

– Vous savez bien. Six par nuit. Sept ou huit parfois.

– Je ne suis pas votre curé, Rona. Je ne vous juge pas.

– Ah. – Elle fit courir sa langue sur ses dents du bas. – Si vous étiez mon curé, j'aurais sans doute couché avec vous. Avec votre mari, aussi. Vous êtes mariée ?

Cette question la prit au dépourvu. Nicol enfouit son menton au creux de sa poitrine.

– Non. Je... Plus maintenant.

– Il est mort, vous voulez dire ?

Nicola serra son poing droit, puis le desserra.

– Il est parti, dit-elle. Il est parti avec une sale... – Elle le ravala, ce vilain mot, adressa un sourire au plancher, secouant la tête. – Il est parti... d'accord ?

– Une sale pute ? répliqua Rona. Mais vous ne jugez pas. Bien sûr.

Nicol la regarda dans les yeux.

– Non, *vraiment*, je ne juge pas. Ç'aurait été mieux si elle avait fait ce que vous, vous avez choisi de faire. Plus honnête.

– Il y a pute et pute, c'est ça ?

– Plus ou moins, oui. Écoutez, Rona, je n'ai pas envie de me disputer. Je veux juste retrouver Yvonne. Vous êtes sûre qu'elle n'a rien dit d'autre ? Au sujet de cet endroit sur la côte.

– La Maison Rouge. L'île qu'on voyait. C'est tout. Crocodile Island.

– Tenez-moi au courant... – Nicol posa sa carte sur la table basse et se leva. – Si d'autres détails vous reviennent.

Rona resta assise, serrant dans ses mains son mug de café-whisky. Elle hocha la tête en regardant sa tasse, ne releva pas la tête quand Nicol s'en alla.

31

Victor rentra du pub. Après le dîner, il était sorti boire deux ou trois pintes avec d'anciens potes de l'armée, des gars avec lesquels il avait combattu en Corée et qui étaient restés au régiment à la fin de la guerre, une fois leur service militaire terminé. Ils se réunissaient de temps en temps dans un bar du centre-ville. Quand ils avaient appris que Victor venait s'installer à Glasgow, ils l'avaient invité à se joindre à eux.

– Un toast au fromage ?

Vic se frottait énergiquement les mains. Il avait toujours une petite faim quand il rentrait du pub.

– Ouais, super, Vic. Merci.

McCormack se replongea dans son carnet. Il préparait son discours. L'enterrement avait lieu le lendemain, et la fiancée de Shand lui avait demandé de prononcer quelques mots. Il entendait Vic aller et venir derrière lui dans la cuisine ouverte. Le cliquetis du grille-pain. Le *tonk* irrégulier du couteau sur la planche à découper, Vic découpant des tranches dans le bloc de cheddar. Vic respirant par le nez tel un cheval de trot. La bouilloire se mettant à bouillonner avant de s'éteindre dans un claquement, le tintamarre des cuillères à café.

– Et voilà ! Allez, mange-moi ça…

Vic posa deux assiettes de toasts au fromage sur la table basse, retourna chercher les mugs de thé. Ils s'assirent l'un en face de l'autre, assiettes sur les genoux. L'odeur du fromage fondu et des toasts légèrement brûlés parut décupler la faim de McCormack. Il mordit goulûment dans une tranche, le fromage chaud lui brûlant presque les gencives. Ils mangèrent sans rien dire, buvant leur thé à grand bruit.

– Bon sang, ce que c'était bon…

McCormack s'essuya la bouche avec une serviette en papier et souleva sa tasse pour trinquer avec Vic.

– Tu as passé une bonne soirée ? demanda McCormack.

Vic ne répondit pas. Il posa son assiette sur la table.

– Ce Gavin Elliot… finit-il par dire.

McCormack sortit ses cigarettes.

– Quoi ?

– Tu disais qu'on lui avait écrabouillé les mains.

McCormack faisait ça, parfois, exposer ses problèmes à Vic pour profiter de ses conseils avisés. Des trucs de boulot. Il plissa le front.

– Tu n'as pas discuté de ça avec tes potes ?

– Ne sois pas idiot, Dunc. Mais les mains de ce type… Elles ont été maltraitées, c'est ça ?

– Doigts fracturés. – McCormack alluma sa cigarette, secoua l'allumette. – Deux à chaque main.

– Les pieds aussi ?

McCormack tira une longue bouffée, plissant les yeux à cause de la fumée. Il la recracha lentement, en dévisageant Vic.

– Les pieds d'Elliot étaient couverts d'ecchymoses. Plusieurs métatarses brisés. Une cheville boursouflée, deux fois sa taille normale. L'autre était éraflée, à vif. Il avait perdu deux ongles de son pied droit.

Vic hocha la tête, expira bruyamment par le nez. Nouveau hochement de tête. Il ramassa les assiettes et les emporta jusqu'à l'évier. Il ouvrit le robinet et fit gicler du liquide vaisselle sur chaque assiette, les frotta avec le tampon à récurer et les rinça. Il les mit à sécher sur l'égouttoir et décrocha un torchon avant que McCormack ne perde patience.

– Tu vas me dire ce que tu penses, ou quoi ? Qu'est-ce qui se passe, putain ?

Vic continua d'essuyer les assiettes, ses larges épaules roulant sous sa chemise à carreaux. Une fois qu'il eut rangé les assiettes dans le placard, il se retourna et se cala contre le plan de cuisine, le torchon posé sur une épaule.

– Et ces blessures… comment il s'est fait ça ? Je veux dire, j'imagine que vous avez une théorie là-dessus ?

McCormack bascula d'une fesse sur l'autre.

– Le légiste pense que les blessures aux pieds font penser à des coups de talon qu'on lui aurait donnés. Sans doute avec de grosses chaussures. Et puis, on l'a menotté par une cheville. Les doigts ont été frappés avec un objet rigide, un tube ou un bâton. Un bout de tuyau, peut-être. On l'a torturé, Vic. Ils l'ont torturé. C'est ça, la théorie.

Vic hocha la tête.

– Je crois que je sais, dit-il. Je crois que je sais ce qui s'est passé, Dunc.

– Qu'est-ce que tu racontes, bon sang ?

– Il ne faudra pas me mêler à ça. – Vic pointa son doigt sur McCormack, à travers la pièce. – Je ne plaisante pas, Dunc. Tu ne pourras pas dire que ça vient de moi. OK ?

– Que quoi vient de toi, bon Dieu ? Tu ne m'as rien dit du tout.

– Je suis sérieux.

– Oui, Vic ! Bon sang ! Je te laisserai en dehors de tout ça. C'est quoi, cette histoire, putain ? – McCormack s'était levé. Sans savoir pourquoi, il éprouvait le besoin d'être debout pour entendre ça.

Un sourire déforma le coin de la bouche de Vic, puis il reprit son sérieux.

– Il y a ce gars dans le groupe, reprit-il. Il a quitté le régiment il y a de cela deux ou trois ans. Il a dit un truc, ce soir…

– Je croyais que tu ne leur en avais pas parlé…

– Tu veux bien m'écouter, bon sang !

McCormack attendit. Il contempla le bout de sa cigarette, évitant de croiser le regard de Vic.

– C'est quelque chose qu'il ne raconterait jamais en dehors du groupe. Je devrais même pas t'en parler.

McCormack hocha la tête. Il tira sur sa clope, en contemplant de nouveau le bout incandescent.

Vic était en train de plier le torchon, en deux, puis encore en deux. Il le posa sur le plan de cuisine.

– Il a servi en Ulster, ce type. Il dit que, là-bas, ils ont mené une sorte d'expérience. L'armée et la police de l'Ulster. La Branche spéciale, j'imagine.

McCormack sentit les poils se hérisser sur sa nuque.

– Quel genre d'expérience ?

– Ils chopaient des catholiques. Des défenseurs des droits civiques, pour l'essentiel. Des nationalistes de second rang. Ils les emmenaient en hélico dans un centre d'interrogatoire, en dehors de Belfast. Mais ils faisaient durer un peu le voyage, pour qu'il paraisse plus long. Leur disaient qu'ils étaient en Angleterre, une fois posés.

– Et l'expérience, c'était quoi ?

– Eh bien, avant de se poser – écoute un peu –, ils arrêtaient les hélicos à deux mètres du sol. Puis ils les jetaient dans le vide. Les types étaient cagoulés, ils pensaient que c'était la fin. Bye bye les gars.

– Mais l'expérience, insista McCormack. C'était quoi, cette expérience ?

– Privation sensorielle, en gros, répondit Vic. Ils leur laissaient leur cagoule. Leur enfilaient des bleus de chauffe. Ils étaient nus, à part ces bleus de chauffe et ces cagoules.

McCormack resta silencieux, sa cigarette oubliée dans le cendrier.

– Ils passaient du bruit blanc en boucle, continua Vic. Les maintenaient dans une position de tension pendant deux jours et deux nuits. Tu sais ce que c'est, une position de tension ?

McCormack secoua la tête avec raideur.

– Montre-moi.

– On te met face à un mur… – Vic s'écarta de l'évier et marcha jusqu'au mur de la kitchenette, se planta devant, sa voix à présent étouffée. – Jambes écartées. Penché vers le mur en appui sur le bout des doigts. Tout le poids du corps sur le bout des doigts. Écartés.

McCormack voulut essayer. Il se tourna vers le mur du séjour, déplaça une table. Il écarta les jambes et s'appuya contre le mur.

– Maintenant, essaie de maintenir cette position, dit Vic.

McCormack se sentait comme un pianiste attendant l'inspiration, ses doigts sur le clavier, avant que la musique commence. Et c'est ce qui se passa. Au bout d'une minute ou deux. La peau autour de ses ongles blanchit. Ses mollets étaient contractés et ses doigts donnaient l'impression d'être des points de lumière brûlants s'enfonçant dans le mur. Mais le mur restait ferme et semblait le repousser.

– Maintenant, reste comme ça. Reste comme ça ou je te brise les doigts avec cette matraque, gronda Vic en adoptant ce qu'il pensait être un accent de l'Ulster. Connard de catho. Espèce de feignasse de catho dégueulasse.

McCormack s'étrangla. Il aurait voulu rire mais la douleur était trop forte. Il maintint la position aussi longtemps qu'il put.

– Et merde ! – Il laissa ses doigts se refermer en poings, posa son front contre le mur. Vic fit le geste d'abattre sa matraque sur les poings de McCormack. Celui-ci fit volte-face et se laissa retomber contre le mur, tirant Vic à lui.

– J'ai craqué, lui dit-il. Je te dirai tout. – Il empoigna le col de Vic, serrant la flanelle douce dans ses poings. Ils s'embrassèrent, fugacement, maladroitement, leurs fronts se percutant tandis que McCormack changeait de position. Vic s'écarta doucement. – Mais c'est justement ça, le truc, reprit-il. En fait, ils ne cherchaient pas à obtenir des informations. La plupart des victimes étaient des civils, ou alors des membres de l'IRA mais sans importance. Ils ne détenaient aucune info importante.

– Mais alors, pourquoi ? – McCormack détendait ses doigts douloureux, serrant et desserrant les poings. Il sentait une odeur de bière dans l'haleine de Victor. – Pourquoi faisaient-ils ça ? Qu'est-ce qu'ils voulaient ?

– Ils voulaient savoir comment des êtres humains réagissaient à ce genre de pression. Ce qu'il fallait faire pour briser la résistance d'une douzaine de jeunes hommes en pleine forme. C'était une expérience. Comme avec des rats de laboratoire.

– Mon Dieu… – McCormack se redressa contre le mur. Il marcha vers son fantôme sur la fenêtre, appuya son visage contre la vitre noire et froide. – C'est qu'ils lui ont fait, alors ? Ceux qui ont tué Elliot ? Ils l'ont soumis au même genre d'expérience.

– Les "Cinq Techniques", dit Vic. C'est comme ça qu'ils l'appelaient. – Il compta sur ses doigts. – Cagoule, bruit blanc, privation de sommeil, position de tension. Quoi d'autre ? Ah oui, la nourriture : ils ne leur donnaient rien à boire ni à manger.

L'estomac vide. La vésicule biliaire enflée.

– Écoute, Vic. – Le ton de McCormack se tendit soudain. D'une voix délibérément dénuée d'intimité, il déclara : – Je vais devoir te demander le nom. Tu le savais avant de me raconter ça, pas vrai ? Il faut me le dire.

– Tu n'es pas sérieux, là ? Putain, tu es sérieux ! Va te faire foutre, Dunc. Pas question. Je te l'ai dit tout de suite : pas de noms, pas de punition.

– Meurtre, Vic. C'est une enquête pour meurtre.

– Le putain de Quaker peut bien réapparaître, je m'en fous. Tu n'auras pas de nom, Dunc. Hors de question. – Il regagna l'évier, entreprit d'éponger l'eau sur la paillasse. – J'aurais jamais dû ouvrir ma putain de bouche.

Et cela s'arrêta là. Vic alla se coucher, indigné, et McCormack prit la bouteille de Famous Grouse dans le placard et la posa bruyamment sur la table.

Si Vic se taisait, ils étaient foutus. Pas moyen pour McCormack de dénicher les noms de soldats ayant participé à ce genre d'opération. Une opération dont les autorités nieraient l'existence même. Une opération qui n'avait jamais existé.

Il but une gorgée de whisky. Mais s'il obtenait le nom du copain de Victor, il pourrait questionner ce type discrètement, lui demander de se creuser la tête. Se souvenait-il de quelqu'un, dans cette opération, qui serait ressorti du lot, quelqu'un d'un peu tordu, qui serait sorti un peu des clous ? Quelqu'un qui viendrait de Glasgow, peut-être ?

Mais il n'aurait servi à rien de harceler Vic. Deux disputes le même jour. McCormack commençait déjà à repérer ce repli sur soi de Victor qu'il connaissait si bien, une légère distance, comme si Vic se souvenait de la manière dont les choses avaient terminé la première fois et se demandait s'ils ne prenaient pas le même chemin. Il n'avait pas le choix, il n'y avait pas même à débattre : s'il voulait rester avec Vic, il allait devoir laisser tomber.

Il prit son verre de whisky et vida le reste dans l'évier, avant de se diriger vers la chambre.

Vic était couché sur le flanc, son épaule comme un quartier de bœuf sous les couvertures. McCormack se mit en caleçon et se glissa sous les draps, contre lui. Il eut envie de tirer sur l'épaule de Vic, de retourner vers lui ce large corps ferme, et resta planté là un moment à imaginer avec précision la chaleur de la peau de Vic sous ses mains. Mais il se laissa retomber de son côté froid du lit, cala ses mains sur son ventre, laissa ses yeux s'accoutumer à l'obscurité. Il distinguait la forme de son costume sombre pendu à la porte de l'armoire, une chemise blanche coupée en deux par une cravate noire.

Les quelques fois où il avait été avec des femmes, il y avait eu des moments comme celui-ci, des silences arctiques où une crevasse verte semblait avoir scindé le lit en deux. Il s'était imaginé, alors, en quoi être avec un homme aurait été différent, qu'ils auraient été assez proches ou assez semblables pour éviter ces moments-là, mais ce n'était pas vrai. Il se tourna sur le côté, tapota l'oreiller et sentit l'écho d'une douleur dans ses doigts. Comment avait bien pu se sentir Gavin Elliot après être resté des heures debout contre ce mur, tout son poids appuyé sur ses mains tremblantes ? Tout se résumait peut-être à cela, à la fin. Plus de pensées, plus de sentiments, plus de ressentiment ni de trahison ni d'absence d'amour. Rien que la lancinante brûlure de la douleur. Jusqu'à quel point pouvait-on la supporter ? McCormack gifla l'oreiller et se tourna à nouveau, face au mur nu.

LETTRES NON ENVOYÉES #2

Appartement 4c, 70 Craigpark
Glasgow
18 juillet 1969

Cher Chris

Tu aurais été fier de moi, aujourd'hui. Au lieu de flemmarder au lit, pour une fois, je me suis levée et suis partie à l'aventure. Vers l'ouest, comme Laurel et Hardy. J'ai pris le bus pour le centre-ville et ensuite le métro jusqu'à Kelvinbridge. Dans l'escalier qui remontait vers la rue, le soleil donnait l'impression d'être sous les tropiques. Ça ressemblait plus aux mers du Sud qu'à Great Western Road.

J'ai acheté des petits pains garnis et un *fern cake* dans une boulangerie, et je suis allée les manger à Kelvingrove Park. La foule était sortie profiter du soleil. Des gosses jouaient dans la fontaine, ils remplissaient des flacons de liquide vaisselle en plastique et balançaient de grands jets d'eau dans les airs. Des gens pique-niquaient partout, sur la grande pelouse et plus haut sur les pentes, étalant leurs couvertures comme des serviettes de plage. Je me suis trouvé un coin de banc juste sous l'escalier de Park Gardens. Deux vieux avaient pris possession du banc, mais je leur ai juste lancé un sourire éclatant et ils se sont poussés de côté en tirant la tronche.

J'ai mangé mon déjeuner, puis je suis redescendue de la colline. Les personnes âgées étaient venues en nombre sur les terrains de boules – on entendait leurs petits cris d'encouragement et le claquement des boules. J'ai grimpé l'escalier et je suis entrée dans le musée par la grande porte tournante, j'ai fait un signe de tête au vieux gardien étouffant dans son uniforme vert foncé. La fraîcheur à l'intérieur était agréable, rien que de la pierre, des sols en marbre et des plafonds voûtés. Je me suis baladée dans les salles en regardant les peintures dans leurs cadres dorés. Il y en a une qui m'a plu: "La Femme en noir." Cette bonne femme snob avec son grand chapeau noir, assise devant une table. Elle avait un coude appuyé sur le dossier de sa chaise, l'autre main sur ses genoux. La table derrière elle était toute sculptée et classe et dorée; sur son plateau laqué tout noir, on voyait un vase avec deux roses. La femme portait des gants dorés et un manteau de fourrure noir avec un col et des manchettes gris. À la manière dont la lumière tombait dessus, on avait l'impression de sentir la fourrure du manteau et on aurait voulu l'attraper avec ses mains, enfoncer son visage dedans.

Je regardais encore la peinture quand j'ai entendu des bruits de pas et, en me retournant, j'ai vu cette famille qui traversait la salle - une maman, un papa et leur petit garçon. Le père avait quelque chose de familier. Quand il s'est approché, je l'ai reconnu pour de bon: c'était un de mes clients. Il m'avait vue, aussi. Il a commencé à sourire mais avec un drôle de pli entre les yeux, on voyait presque tourner les rouages de son cerveau: il essayait de se rappeler d'où il me connaissait. En passant il m'a adressé un grand bonjour sympa et je lui ai répondu pareil. Et puis je l'ai suivi des yeux pendant qu'il s'éloignait et j'ai compté jusqu'à trois, peut-être quatre, avant qu'il s'arrête net et se retourne pour me regarder avec un air absolument horrifié. Je lui ai fait un clin d'œil, il s'est retourné et il est reparti à grands pas, et j'ai vu la femme le rattraper pour lui souffler quelque chose à l'oreille, et la main du père se lever pour chasser ce qu'elle venait de lui demander. Ça t'apprendra, monsieur, je me suis dit. Tu t'attendais pas à tomber sur ta pute dans un musée !

Enfin, bref. Écoute, Chris, il faut que je te dise quelque chose. Ça fait un moment que je repousse. M'en veux pas, mais j'étais là la nuit où t'es venu me voir. À Whitehill Street. J'étais là. Je suis désolée. Vraiment.

J'avais le pressentiment que t'allais venir. Ton copain Gavaghan était passé, une semaine ou deux plus tôt. J'ai fait comme si je le reconnaissais pas, mais je savais qu'il m'avait repérée. Je me doutais plus ou moins qu'il allait te le dire et que t'allais te pointer. Je venais d'en terminer avec un client et Rose – la mère maquerelle – est venue me dire que quelqu'un demandait Isobel. On utilise jamais nos vrais prénoms avec les clients, alors j'ai su qu'un truc clochait. Y a un judas dans un des panneaux de la salle d'attente et je t'ai vu, assis bien droit sur la banquette, tes poings serrés posés sur tes genoux. J'ai dit à Rosa que t'étais un ex, et elle t'a envoyé une autre fille.

Je suis désolée, Chris. Tu me manques, j'aimerais bien te voir, mais pas comme ça, pas dans cet endroit. Comme je te l'ai dit, j'avais cette idée que j'aurais bientôt ma maison et que je serais installée, et alors on t'inviterait à dîner. Tu serais oncle Chris. Je pouvais pas faire ça autrement.

Enfin bref, revenons à aujourd'hui. Sur tout le chemin du retour, j'ai pas arrêté de penser, pas au client dans le musée de Kelvingrove et à ce qu'il avait pu dire à sa femme, non, mais au manteau dans cette peinture. C'est comme si le peintre savait, vu comme il a peint le manteau, c'est comme s'il savait à quel point ça compte, les vêtements. Tu sais ce que j'ai fait avec mes premiers gains, quand j'ai commencé à Whitehill Street ? Je suis allée direct chez Fraser's et je me suis acheté des habits. Mes trucs à moi. Un pantalon corsaire et un joli corsage, des sandales à semelles

compensées rouge boîte aux lettres. Tu te rappelles les trucs qu'ils nous obligeaient à porter au foyer d'Auldpark, Chris ? Bon sang... On devait avoir une sacrée touche. Des trucs de vide-greniers, des vieilles affaires récupérées. La seule chose que j'aimais bien, c'était ce manteau que j'avais. Un duffel-coat bleu marine avec boutons en bois et doublure écossaise. Bon Dieu, j'adorais ce manteau. On aurait dit une membre du Club des Cinq. Je le portais tout le temps.
Je me rappelle un jour, à l'église, on faisait la queue pour aller au catéchisme du dimanche et cette petite salope de Kirsty Baird me fait : "C'est mon manteau que tu portes." J'ai même pas compris ce qu'elle voulait dire. "Nan, c'est le mien", j'ai répondu. "Je suis sûre que c'est mon manteau, elle a dit. Une nippe de récup." Je savais pas non plus ce que c'était, une nippe. "Écoute, je peux te le prouver. Enlève-le une seconde." Tout le monde nous regardait, alors j'ai enlevé le manteau et elle m'a montré l'étiquette, où un gribouillis de stylo noir avait raturé un truc, mais on pouvait encore le lire. Deux lettres : KB. "C'est moi, elle a fait avec son air suffisant. C'est mon manteau. Ma maman refile nos vieilles affaires aux enfants d'Auldpark. Quand on les porte plus." C'était comme si j'avais reçu une claque. Mon visage me brûlait, j'avais un bourdonnement dans les oreilles. Je suis restée assise là jusqu'à la fin du catéchisme, je suis remontée dans le bus comme un zombie et j'ai plus jamais mis ce manteau. C'est bête, hein ? Mais bon, qu'elle aille se faire foutre, cette salope de petite snobinarde !!
Je t'écrirai une autre lettre bientôt, Chris. Enfin, si le Quaker m'attrape pas ! Je plaisante !! Mais ces maudites affiches foutent un peu la trouille, non ? Ce type qui vous regarde avec son petit sourire, ça donne la chair de poule. Tu devrais voir les filles au boulot, en ce moment... Elles sont toutes nerveuses, elles ont

que ça à la bouche. Le Quaker par-ci, le Quaker par-là. Elles ont peur que ce soit un de nos clients, qu'il les suive jusqu'à chez elles un soir. Moi, je leur dis : si vous voulez pas que le Quaker vous attrape, laissez tomber les soirées au dancing ! C'est là qu'il les repère, pas vrai ? Il les ramasse au Barrowland.
Walter, le type dont je t'ai parlé, il bosse là-bas comme videur. Enfin, pardon : "steward", il appelle ça ! Bref, il dit qu'il a vu le Quaker au Barrowland. Quand il a vu ce dessin, le portrait-robot, il s'est tout de suite dit : "Je connais ce gars. C'est un habitué." Le type s'est plus pointé depuis des mois, mais s'il revient, Walter dit qu'il le reconnaîtra. C'est pour ça, si tu veux mon avis, je crois que cette histoire est sans doute terminée. Je pense que le Quaker connaît trop de gens qui pourraient l'identifier maintenant, c'est trop risqué pour lui. De toute façon tu me connais, Chris, la danse a jamais trop été mon truc. Alors je crois que je risque pas de tomber dans ses griffes !
D'ailleurs, en parlant de Walter, il dit qu'il va me trouver quelque chose. Un autre job. Je sais, je sais. Je suis pas idiote, je sais qu'il va pas me demander en mariage ou je ne sais quoi ! Mais il m'aime bien, je crois. Il dit qu'il a entendu parler d'un boulot qui va se libérer, un ami à lui qui ouvre une nouvelle adresse. C'est encore un peu vague, mais quand même. On verra bien. Fais attention à toi, Chris, où que tu sois.

Ta sœur,
Isobel

MARDI 8 JUILLET 1975

32

– Des soldats ? répéta encore une fois Goldie, comme s'il apprenait ce mot dans une langue étrangère. Il agitait son stylo entre le pouce et l'index.

Ils étaient de retour au bureau, dans leurs costumes noirs d'enterrement. La cérémonie avait été éprouvante. La fiancée de Shand, Joanna, avait semblé traverser tout cela comme une somnambule, shootée au Mogadon. Les vieux parents du défunt étaient restés effondrés l'un contre l'autre sur leur banc au premier rang de l'église jusqu'à ce que l'on emporte le cercueil, puis avaient frotté mollement leurs mains contre celles que tendaient les participants, tandis que l'église se vidait.

– Vous devriez peut-être vous planter ce machin dans l'oreille, lança McCormack à Goldie. Pour enlever le bouchon de cérumen. Des *soldats*, inspecteur. Nous cherchons des militaires encore en activité ou récemment libérés. Qui auraient servi en Ulster au cours des trois dernières années, ou bien auraient été démobilisés durant cette même période. Pour les soldats encore actifs, ciblons ceux qui étaient en permission entre le 27 juin et le 3 juillet. Domiciliés à Glasgow. Compris ? Contactez le ministère de la Défense et dénichez-moi cette liste. Au boulot.

Goldie nota tous ces détails.

– Une raison particulière ?

McCormack ôta ses lunettes. Il se passa la main sur le visage et les remit.

– Disons qu'il s'agit d'une intuition, Derek. Si ça donne quelque chose, je vous expliquerai. Mais, en attendant, est-ce qu'on peut avancer là-dessus ? Nicol, venez me voir deux minutes.

Il se dirigea vers son bureau. Arrivé sur le seuil, il se retourna. Nicol n'avait pas bougé. Personne n'irait nulle part tant qu'il ne leur aurait pas dit de quoi il retournait.

Les mains de McCormack se calèrent sur ses hanches. Il restait planté là comme un professeur de gym. Il secoua la tête.

– OK. Écoutez : je ne peux pas vous dire d'où je tiens cette info. Et ça ne mènera peut-être nulle part, de toute manière.

McCormack s'interrompit. Les deux autres le fixaient encore comme des labradors.

– Allez-y, l'encouragea Goldie.

– Il existe un endroit à proximité de Belfast… – McCormack fourra ses mains dans les poches de son pantalon, assis sur le rebord d'un des bureaux. – Un site militaire. On y emmène des gens soupçonnés d'appartenir à l'IRA. Ou même de simples catholiques, pris au hasard. Ils les ramassent dans la rue.

– Un centre d'interrogatoire, intervint Goldie.

– Pas exactement, répliqua McCormack en haussant les épaules. Un centre de torture, plutôt. Ils appellent ça les "Cinq Techniques". Ils affament les prisonniers. Les privent de sommeil. Leur passent des bruits assourdissants. Les obligent à se tenir debout contre des murs pendant des heures. Et ils leur mettent une cagoule. – McCormack hocha la tête. – Ils leur enfilent un bleu de chauffe et une cagoule.

Goldie et Nicol échangèrent un regard. Nicol se tourna vers le panneau de liège, où une photo de Gavin Elliot dans son bleu de chauffe délavé était punaisée à côté d'une coupure du *Record*.

– Vous voulez dire qu'il pourrait s'agir d'un militaire ? demanda-t-elle. Vous pensez qu'un soldat a assassiné Gavin Elliot et fait sauter le Barracks Bar ?

Maintenant qu'elle avait formulé la chose, cela donnait soudain à celle-ci une dimension bien plus énorme que McCormack ne l'avait soupçonné jusqu'alors. Plus personne ne disait rien.

Goldie dévisagea McCormack, puis contempla son bureau. McCormack savait à quoi il pensait : au Quaker. La chasse aux soldats. L'une des pistes explorées dans cette enquête s'était fondée sur le fait que le Quaker puisse en être un. Les descriptions de l'assassin – cheveux courts, rasé de près, cravate militaire – suggéraient un tel profil. Au commissariat de The Marine, l'équipe de la "salle des homicides" avait épluché les listes de soldats partis en permission au moment des différents meurtres. Et voilà qu'ils allaient devoir recommencer. Les gens de l'armée allaient se demander ce qu'ils avaient fait pour se mettre ainsi à dos la brigade criminelle de Glasgow.

– Bon… – McCormack se laissa glisser au pied du bureau et resta debout, les bras ballants. – Il ne s'agirait pas d'affoler la population…

– Un militaire qui fait sauter un pub fréquenté par des soldats ? – Nicol mâchouilla sa lèvre. – En pleine saison des marches orangistes ? Et vous ne voulez pas affoler la population ?

– Ils pensent que c'est un coup des Irlandais, fit remarquer Goldie. Ils pensent que c'est un acte terroriste. Et vous comptez dire à Haddow qu'il s'agit d'un *soldat* ?

– Non. – McCormack les dévisagea tour à tour. – Nous n'allons rien dire à personne. Si le ministère de la Défense demande ce que nous sommes en train de faire, dites-leur qu'il s'agit d'une banale agression dans un pub de Glasgow. Qu'un témoin a entendu l'agresseur déclarer qu'il retournait dans son régiment. Vous menez une enquête de routine, en cochant toutes les cases. Nous éplucherons cette liste, et si quelque chose correspond, *alors* on pensera à prévenir Haddow.

– Vous voulez dire qu'on va faire ça en douce ?

– Avons-nous vraiment le choix ? On doit bien ça à Iain, non ? On le doit à Shand.

33

– C’est juste moi !

Nicol se glissa dans la maison de ses parents. Elle referma la porte d’entrée, pendit son imperméable au portemanteau et traversa le vestibule jusqu’au bureau de son père. Elle resta en arrêt devant les lourds panneaux de bois, ses doigts posés sur le cuivre ouvragé de la poignée. Elle entendit le vacarme de la télé dans le salon, puis de brefs éclats de voix et le volume que l’on baissait.

– Elizabeth ?

– Je suis à toi dans une minute ! cria-t-elle, tournant la poignée et pénétrant dans la pièce obscure.

Elle referma la porte derrière elle et s’y adossa, les yeux fermés, humant cette odeur familière. Le bureau de papa. Un mélange de renfermé, de tabac froid, de garniture en cuir, de livres aux pages cassantes et tachées d’humidité, avec une touche citronnée de cire. Les stores baissés protégeaient les lieux de la lumière crépusculaire estivale, et toute la pièce semblait retenir son souffle.

Son père adorait les cartes anciennes. Il avait celle de l’Ayrshire réalisée par Armstrong sur l’un des murs de son bureau. Six feuilles de la taille d’une serviette en papier, collées ensemble dans un grand cadre en bois. Petite, Nicol avait toujours aimé se faufiler dans ce bureau. Elle montait sur une chaise et se perdait dans ce paysage d’encre et de papier. Ce n’était pas à proprement parler une carte illustrée, mais elle comportait des petits dessins en perspective de toutes les collines de l’Ayrshire, avec des ombres projetées vers l’est et de minuscules rangées d’arbres entourant des esquisses des grandes propriétés, croquées comme des maisons de poupées. Il y avait des endroits dont Nicol n’avait jamais entendu parler – un lieu-dit aux confins nord du comté portait la légende : “L’Envers du Monde” – et certains noms adoptaient des graphies anciennes. Crosshouse, où elle s’était rendue aux bals de l’église, apparaissait sous la forme “Corshouse”, et le lugubre village minier de Hurlford portait le nom magique de “Whirlfoord”.

Elle rouvrit les yeux et marcha jusqu’au mur du fond. Elle alluma l’applique fixée sous la carte de l’Ayrshire. Six îles se dessinaient dans l’estuaire de la Clyde. Celles de Great Cumbrae et de Little Cumbrae étaient blotties près de la côte. Derrière elles, on distinguait la masse déchiquetée de Bute. Au sud, l’île d’Arran et le petit point d’Aisla Craig, perdue au milieu de l’estuaire. Enfin, bloquant presque l’entrée de la baie d’Ardrossan Harbour, ce petit tas de cailloux et d’herbe connu sous le nom de Horse Isle.

Elle entendit un coup sur la porte, puis la voix de sa mère.

– Elizabeth ? Ton père a mis la bouilloire à chauffer. Tu resteras dîner ?

– Volontiers, oui. Merci. J’arrive tout de suite.

Elle sentit sa mère rôder derrière la porte.

– C’est pour ton travail, Elizabeth ? Qu’est-ce que tu fais là-dedans ?

– Oui, c’est pour mon travail.

– Ah, très bien. Viens quand tu auras terminé.

Le plancher craqua quand sa mère s’éloigna. Nicol sortit son carnet. Elle griffonna les noms des six îles. Elle regarda la liste, puis de nouveau la carte. Bute était hors jeu, décréta-t-elle. Trop grande, trop éloignée. Elle raya le nom dans son carnet. Arran ? Trop vaste et trop au sud. Il fallait une île assez petite pour pouvoir s’imaginer qu’elle n’appartenait qu’à vous. Ailsa Craig était petite, mais trop écartée de la côte, rien qu’un petit cône bleu à l’horizon. Elle barra Arran et Ailsa Craig. C’était donc Horse Isle ou l’une des deux Cumbrae.

Nicol examina Great Cumbrae – ou plutôt “Great Cumbra”, telle qu’elle figurait sur la carte. Rien de très remarquable. Trois collines au nord de l'île, une petite paroisse ou "Kirktown" vers le centre symbolisée par une église, et une poignée de bâtiments à Millport. Le reste se résumait pour l'essentiel à quelques noms de baies sur la côte ouest, mais Nicol eut un petit choc en repérant une péninsule noueuse au sud-ouest de l'île qui portait le nom de "Red Castle" – le "Château Rouge". Pouvait-il s'agir de la Maison Rouge dont Yvonne Gray avait parlé à Rona ? Sauf que, bien sûr, cette maison rouge devait forcément se trouver sur la côte – puisqu'elle offrait une vue sur Crocodile Island.

Mince. Elle entoura Great Cumbrae, Little Cumbrae et Horse Isle dans son carnet et remit celui-ci dans la poche de sa veste.

Elle trouva ses parents à la cuisine, qui s'affairaient côte à côte sur le plan de travail. Sa mère était en train de beurrer des tartines grillées – du pain *plain loaf*, pas du *pan loaf* – et son père coupait des tranches dans un bloc de cheddar avec la concentration extrême d'un homme désamorçant une bombe.

– Va dans la salle, Lizzie, lui dit-il, sans détacher les yeux du fromage. On va tout apporter.

Elle battit en retraite dans le salon, où un radiateur au gaz brûlait faiblement, ses flammes blanches fantomatiques dans le jour déclinant. La maison était une villa Arts and Crafts du XIXe siècle, pleine de coins et de recoins, avec une loge de gardien près du portail donnant sur son allée de gravier. Depuis sa "séparation" – le terme que ses parents utilisaient pour dire que son mari l'avait quittée –, Nicol vivait dans cette loge, comme une sorte de gardien ou d'agent de sécurité furtif maintenant à distance tout le mal de cette ville, endiguant sa déferlante de violence et de criminalité. La loge avait jadis été une cabane où Nicol et sa sœur venaient jouer et, en ouvrant la porte de la plupart des placards, on trouvait encore une avalanche pétrifiée de raquettes de badminton, de poupées dénudées, de jeux de société et de vieux exemplaires de la revue de BD *Bunty*.

Nicol vivait là depuis près de sept mois. Elle mangeait le plus souvent seule mais remontait parfois l'allée crissante le soir, quand ses horaires le permettaient, pour aller dîner avec ses parents. Il lui arrivait de travailler sur ses enquêtes dans l'étude de son père, étalant ses documents sur le vaste bureau de chêne, pendant que ses parents regardaient la télé au salon.

Enfant, cette maison l'avait embarrassée. Elle était tellement plus imposante que celles de ses amis. La petite Liz aimait se convaincre qu'elle n'avait rien de spécial. Mais à présent, en balayant du regard le séjour aux murs lambrissés, avec sa grande fenêtre à meneaux, sa cheminée de marbre, son abondance de tapis et de parquets cirés, elle ressentit à nouveau la gêne d'antan. La plupart des habitants de Glasgow s'estimaient heureux d'être tassés comme des sardines dans des studios et des deux-pièces miteux ; Lizzie Nicol, elle, pouvait se promener à sa guise dans une villa aussi vaste qu'un paquebot, dans une mer de pelouse impeccablement entretenue. Mais ce n'était que temporaire, se rappela-t-elle, le temps de se bouger le cul pour trouver son propre logement.

Ses parents vinrent la rejoindre, apportant des plateaux avec des toasts au fromage et les ustensiles pour le thé. Ils se mirent à table. Son père alluma le journal télévisé. L'attitude de ses parents face à la télévision avait quelque chose de cérémonial. Ils s'en étaient procuré une très tôt – avant même la retransmission du couronnement de la reine Elizabeth II –, mais n'avaient pas grandi avec, comme Nicol. L'attentat fut évoqué à la fin du journal du soir, le journaliste expliquant que la police n'avait pas progressé dans son enquête et qu'elle était encore loin d'arrêter les coupables. Il y eut quelques images du Barracks Bar protégé par des barrières de sécurité, puis la photo de Shand s'afficha soudain à l'écran, un portrait souriant pris le jour de ses fiançailles – tout en taches de rousseur et dents de traviole.

Sa mère débarrassa les assiettes et les emporta en cuisine. Nicol se tourna vers son père.

– Je voulais te parler, papa. Si tu as un moment.

– C'est pour le travail, Lizzie ?

Son père prit soudain un air très sérieux, se levant pour baisser le son de la télé, tirant sur son pantalon au niveau des genoux pour en lisser les plis, avant de se rasseoir et de croiser ses jambes. Il avait été avocat en droit pénal et retrouvait par procuration ses plaisirs d'autrefois en aidant sa fille dans ses enquêtes. Entre deux bouchées de toast au fromage, Nicol lui raconta Rona, la Maison Rouge, la vue sur Crocodile Island.

– Il y a huit cents îles au large des côtes écossaises, Lizzie, lui répondit son père en souriant. Pour information.

– On ne parle pas de toute l'Écosse, précisa Nicol. Juste de l'Ayrshire.

– Alors là, ça change tout. – Son père posa sa tasse de thé, s'essuya les mains dans une serviette en lin. – Même si je doute qu'il y ait des crocodiles sur aucune de ces îles. Même dans l'Ayrshire.

– Je pense à une île qui en aurait la forme, dit Nicol.

Son père hocha la tête, ses yeux oscillant de gauche à droite tandis qu'il passait en revue, mentalement, la liste.

– Eh bien on surnomme Arran le "Guerrier endormi", pas vrai ? Cinq collines qui ressemblent à un chevalier en armure, couché sur le dos. Les deux Cumbrae ont juste, je crois, une forme d'île. Ou alors de baleine. Pas de crocodile. Ailsa Craig est un petit pain aux groseilles. Horse Isle est une île trop basse pour ressembler à quoi que ce soit, ou alors peut-être depuis les airs. Qu'est-ce qu'il reste ?

Nicol consulta ses notes.

– L'île de Bute. Mais on ne la voit pas en entier depuis la côte. Les deux Cumbrae sont toujours devant.

– Alors ce n'est pas Bute non plus. Je suis désolé, ma jolie. Ta Crocodile Island demeure un mystère. – Il prit son paquet de cigarettes et en alluma une. – Ta mère a réussi à me limiter à cinq par jour. N'est-ce pas, Alice ? Bon, cela aurait-il quelque chose à voir avec notre ami, de l'autre côté du fleuve ?

– Possible, répondit Nicol. Nous n'en sommes pas encore certains.

– Elle ne veut pas en parler, John, intervint la mère de Nicol. On parle déjà trop de travail dans cette maison. Beaucoup trop.

M. Nicol leva les mains au ciel dans un simulacre de reddition.

– Je m'intéresse, ma chérie. Au métier de ma fille. Enfin… Je ne t'ai pas vue te lever pour changer de chaîne quand le journal parle de cet homme.

– C'est différent, répliqua la mère.

Ils restèrent assis un moment en silence, devant la météo.

– Tu es descendue en ville aujourd'hui, maman ?

Nicol avait les yeux dans son carnet en posant cette question, si bien qu'il lui fallut quelques instants pour remarquer la pause dans leur conversation. Sa mère allait toujours en ville le mardi. Nicol releva brusquement les yeux. Sa mère ramassait les miettes sur la nappe, évitant son regard.

– Non, en fait, je n'avais pas envie, répondit sa mère en jetant un regard fugace à son mari.

– Tu n'as pas besoin de me protéger, maman, dit Nicol. Tu avais rendez-vous avec Moira et les garçons. Ce n'est pas grave. Sincèrement. Comment vont-ils ?

Moira était la petite sœur de Nicol. Elle vivait dans une belle maison à Clarkston avec son mari Doug et leurs jumeaux.

La mère de Nicol ferma les yeux. Ses mains sur la toile cirée s'étaient changées en poings.

– Elle voulait te l'annoncer elle-même.

Nicol se tourna vers son père puis de nouveau vers sa mère.

– Elle attend un bébé ? Moira attend un bébé ?

– Elle en est encore au tout début, tempéra sa mère. Tout juste dix semaines. Donc, garde ça pour toi. Juste au cas où.

– Oh, c'est une super nouvelle ! dit Nicol. – Elle entendit sa propre voix, ténue et fragile, avec un léger tremblement de désespoir. – Elle doit être heureuse. Je l'appellerai ce soir pour la féliciter. Génial.

– Elizabeth. – Sa mère se pencha pour prendre la main de Nicol dans les siennes. – Écoute, il n'est pas trop tard pour toi. Ton tour viendra.

– Maman…

– Je dis ça comme ça. Ce qui a eu lieu dans le passé est terminé. C'est fini, Elizabeth. Ne renonce pas, c'est tout.

Nicol retira sa main. Son père fit un geste d'apaisement, pressant l'air sous ses paumes ouvertes.

– Quoi ? – Sa mère fit brusquement pivoter la théière et l'inclina, versant un jet fumant dans sa tasse. – Je dis ça comme ça. Je dis juste la vérité. Ce n'est pas la fin du monde. J'en ai eu deux entre Lizzie et Moira.

Nicol se leva d'un bond, ses genoux heurtant le rebord de la table, faisant trembler assiettes et couverts. Elle laissa tomber sa serviette sur sa chaise et se dirigea d'un pas titubant, à l'aveugle, vers la salle de bains. Elle se rinça le visage au-dessus du lavabo et se fusilla du regard dans la glace. *Reprends-toi, Nicol. Arrête tes conneries.*

Elle aurait voulu retourner dans la salle et hurler à sa mère : *C'était pas une putain de fausse couche ! Combien de fois faudra-t-il te le dire ?* Mais elle s'assit sur le siège des toilettes et reprit ses esprits. Elle se revit assise au même endroit, à se préparer mentalement, le soir où ils avaient annoncé la chose à ses parents. C'était le soir de Noël 1973. Elle était tombée enceinte au début du mois de novembre, c'était donc encore un peu tôt, mais ils l'avaient annoncé quand même – Kenny et elle – le soir de Noël. Il y avait eu des cris de joie et des exclamations, des rires et des toasts portés ; des Buck's Fizz pour sa mère et elle ; du Glenfiddich et des cigares pour Kenny et son père. Au printemps, cela avait commencé à se voir, ses robes devenant trop serrées, sa poitrine se faisant lourde. Les hommes lui tenaient la porte ; les femmes touchaient sa bosse pour se porter chance. Elle s'épanouissait en même temps que l'année, en accord avec les saisons. Elle sentait l'enchantement de cette vie en elle, le petit talon qui déformait en la blanchissant la courbe parfaite de son ventre.

Et puis, avec la soudaineté d'un cauchemar, alors que le bébé était presque à terme, tout avait changé. Elle s'était réveillée un matin après une nuit agitée et le bébé semblait étrangement calme. À l'heure du déjeuner, il n'avait toujours pas bougé. Elle s'était rendue à l'hôpital. Les médecins n'avaient pas trouvé de pouls. Cette chose magique à l'intérieur était brusquement devenue un poids gris, une enclume de chair glaciale. Elle pensait qu'ils allaient lui ouvrir le ventre, mais non, lui avaient-ils expliqué, il restait moins de deux semaines. Son corps allait accoucher naturellement. C'était plus sûr de cette manière. Ces onze jours-là avaient été les plus longs de sa vie. Elle errait dans un hébétement maladif, sous sédatif, vivant dans un monde d'ombre, une horrible parodie de maternité imminente. Son placard rempli de robes de grossesse. Ses seins qui s'emplissaient d'un lait inutile. Quand les contractions avaient commencé, Kenny l'avait aidée à monter dans la voiture. Ils avaient roulé en silence, sans hâte, jusqu'au Victoria Hospital.

Mort au-dedans.

Elle avait toujours pensé que c'était juste une métaphore. Maintenant, elle savait que c'était réel. Le moment venu, elle avait sué et poussé et souffert et crié pour donner naissance à son petit garçon mort. Elle l'avait tenu dans ses mains et avait embrassé ses petites lèvres dures, ses paupières bleues. Elle avait serré dans ses paumes les petites billes de ses talons. Mais la mort était toujours en elle. À tout jamais, elle le savait. L'enchantement avait disparu. Ce n'était pas que la vie avait perdu toute valeur – simplement, Nicol savait maintenant à quel point elle était fragile, et ce qu'elle pouvait coûter. Un nœud dans le cordon ombilical avait privé de vie son fils.

Cette expérience l'avait changée. Kenny avait eu du mal à encaisser le coup. Il voulait réessayer pour laisser ça derrière eux. Elle savait que cela resterait toujours audessus et au-delà, dedans et dehors, derrière et devant elle. Que cela teinterait tout. C'était son milieu, à présent. C'est pour cette raison qu'ils avaient rompu, même si on n'était pas obligé de l'expliquer aux gens. On pouvait mettre ça sur le dos du boulot, des horaires impossibles, dire qu'elle avait sacrifié son mariage à son travail et, d'une certaine manière, c'était d'ailleurs vrai. Parce que tout ce qui s'était passé depuis ce jour dans la maternité du Victoria Hospital avait fait d'elle une meilleure policière. Cela avait tout remis en perspective, lui avait permis d'être plus patiente avec les problèmes des gens. Et lorsqu'elle s'était penchée sur le corps de ce vieil homme, sur Crawford Street, elle avait appris autre chose. Elle ressentait comme un lien de parenté avec les morts désormais, une réelle compassion. En regardant le visage dévasté de cet homme assassiné, elle avait éprouvé une affinité quasi tribale. Elle se sentait proche de cet homme, étant elle-même à moitié morte. Elle ferait tout son possible pour retrouver son assassin.

De retour dans la salle à manger, elle prit sa mère dans ses bras et s'excusa.

– Je ferais mieux d'y aller, maman. J'ai du travail.

Alors qu'elle se débattait avec son imperméable, son père sortit de son bureau. Il arborait un large sourire, dévoilant son dentier impeccable.

– Eh bien, ça m'a pris du temps, déclara-t-il. Mais je l'ai trouvée, ton île.

Il tenait un livre ouvert dans sa main droite. Nicol reconnut la couverture marbrée en skaï bleu de son enfance… c'était un album de famille, retraçant leurs premières vacances ensemble.

– Je ne comprends pas pourquoi je n'y ai pas pensé tout de suite, dit son père. Ça m'est revenu en essuyant la vaisselle. Regarde…

Nicol lui prit l'album des mains. Douze photos s'étalaient sous ses yeux, six par page. Son père tapota du doigt l'un des clichés.

Elle ne l'avait pas vu depuis des années, peut-être même jamais d'ailleurs. Elle n'avait aucun souvenir du jour où cette photographie avait été prise, ni de celui où on l'avait glissée dans cet album.

On y voyait Nicol et sa sœur Moira, âgée de six ou sept ans, debout côte à côte sur un long rocher bas, déchiqueté, souriantes et se tenant par la main. Il y avait de l'eau derrière elles et de grandes villas au loin, mais ce qui attirait le regard, c'était le rocher sous leurs pieds. À l'une de ses extrémités, là où le rocher se faisait plus étroit et se scindait en deux, quelqu'un avait peint deux longues rangées de dents tordues, d'un blanc étincelant, entourées de lèvres rouges et noires, sous le regard fixe d'un œil blanc cerné de rouge.

– Crocodile Rock ! s'exclama son père. Sur la plage de Millport. Tu t'en souviens forcément, Lizzie !

Elle fit non de la tête, suivant de l'index le tracé de ces mâchoires peintes.

– Eh bien, ça alors… – Elle sentit son visage se plisser en un sourire, jusqu'à reproduire celui de ses six ans, sur la photo. – Papa, tu es un génie !

MERCREDI 9 JUILLET 1975

34

La liste fournie par le ministère de la Défense comptait près d'une centaine de noms.

– OK. – McCormack tendit la photocopie à Goldie. – Il y a un tas de soldats dans cette ville. Mais ce n'est pas une surprise. Au boulot : ce que nous cherchons pour l'instant, ce sont des alibis, qu'il faudra tous corroborer. Commençons par rayer ces noms-là de la liste.

– C'est le "Nous" de majesté, hein ? – Goldie souleva l'annuaire téléphonique de son étagère et le lâcha bruyamment sur son bureau. – Vous savez que Quinn s'est fait la malle, n'est-ce pas ?

– De quoi parlez-vous ?

– Denny Quinn. Il a quitté la ville. Paraît qu'il s'est tiré à Belfast. En tout cas, c'est ce que dit mon indic.

McCormack secouait la tête.

– Allons, Derek. Ça ne veut pas dire que c'est Quinn qui a fait le coup. Ça veut juste dire que Quinn pense que *Maitland* croit qu'il l'a fait. Épluchez-moi cette liste.

Nicol se préparait à rouler jusqu'à l'Ayrshire en quête de la Maison Rouge.

– Je suis sûr que l'inspectrice Nicol a le cœur brisé de ne pas pouvoir vous aider, Derek.

– Je me tape la corvée de téléphone et elle, elle va se balader sur la côte. Une excursion au bord de mer. Manger des gaufres à la crème glacée sur la promenade.

Nicol se retourna avant de franchir la porte, envoyant un baiser à Goldie.

– Je vous rapporterai un sucre d'orge.

– Ouais. Et moi, je vous montrerai où vous pouvez vous le mettre.

Nicol arriva à Largs en milieu de matinée. La ville semblait proprette et brillante, le soleil réchauffant les flèches de grès et faisant miroiter les vitrines du glacier local.

Elle tourna sur Gallowgate Street, passa devant le minuscule terminal des ferries et continua vers le nord en longeant l'estuaire scintillant, sur une rue du front de mer bordée de villas.

Si la Maison Rouge d'Yvonne Gray offrait une vue sur Cumbrae, alors il y avait de fortes chances qu'elle se trouve là.

Mais tandis qu'elle parcourait les longues avenues de la ville et remontait les rues secondaires en pente douce, Nicol commença à perdre courage. Nombre de maisons possédaient des façades de grès couleur soupe à la tomate. D'autres avaient des toits de tuile rouge. Il y avait des pavillons aux portes voûtées bordées de briques rouges et blanches, des tranchées écarlates fraîchement peintes au pied des pignons blanchis à la chaux. Même les logements sociaux sur la colline étaient coiffés de grosses tuiles en terre cuite. Des rues entières se paraient de rouge et de blanc, telle une enseigne de coiffeur. Cela donnait à la ville l'allure éblouissante d'un magasin de bonbons, mais cela ne lui facilitait vraiment pas la tâche pour identifier cette fameuse Maison Rouge.

À un moment, sur la route qui quittait la ville vers le nord, Nicol repéra un bâtiment dont tout l'étage était peint de cette couleur. Elle se gara dans l'allée et marcha le long de la pelouse fraîchement tondue avec son palmiste et son banc de jardin public sous une fenêtre panoramique, pour aller sonner à la porte. Elle se retourna pour étudier la vue. L'île de Cumbrae : basse et verte, loin dans l'estuaire.

– Puis-je vous aider ?

La femme avait une petite quarantaine, les cheveux prématurément gris. Elle portait un pantalon confortable et un pull en polyester à manches courtes criblé de minuscules perforations. Nicol brandit sa plaque puis, dans la foulée, la photo d'Yvonne Gray. La femme étudia les deux.

– Non, je suis désolée. Je ne pense pas l'avoir vue. Une fille du coin ? Elle a disparu ?

– Elle n'est pas vraiment du coin. – Nicol posa la photo dans les mains de la femme. – Nous pensons qu'elle a passé du temps à Largs, dans son enfance. Elle est peut-être revenue ici récemment. Prenez bien votre temps.

– J'aimerais pouvoir vous aider. – La femme lui rendit la photo. – Désolée.

– Elle a décrit une "Maison Rouge" où elle aurait pu séjourner. Avez-vous une idée de ce que ce nom pourrait désigner ? Y a-t-il une maison en ville qui correspondrait à cette description ?

– C'est pour ça que vous avez sonné chez moi ? – Le visage de la femme s'illumina. – Vous pensez qu'elle parlait de cette maison ?

– Eh bien, nous l'ignorons. Je cherche simplement un endroit qui aurait le profil.

La femme sembla déçue que sa maison ne soit pas la bonne.

Nicol regagna le centre-ville. Elle montra la photo d'Yvonne dans les pubs et les cafés. Personne ne l'avait vue. Ce n'était pas un très bon cliché et, de toute manière, Yvonne avait probablement teint et coupé ses cheveux. Nicol s'arrêta pour manger un morceau dans un salon de thé de la grand-rue.

Elle commanda une salade au jambon et s'affala devant une table, près de la fenêtre.

Ils avaient eu des mois pour s'en prendre à Maitland. Étaient-ils plus proches qu'au départ de le coincer ? Ils avaient essayé tous les angles. Nicol les compta mentalement.

Il y avait l'incendie de Tradeston qui avait fait quatre victimes. Un message envoyé aux Quinn en faisant cramer l'entrepôt de ces arrivistes – mais Maitland n'était pas débile. Le job avait été accompli de nuit, sans aucun témoin. Sans doute par une petite frappe liée de loin aux troupes de Maitland. Rien pour relier cet incendie à Maitland, aucun moyen de lui attribuer ces morts.

Il avait ensuite l'assassinat de Gavin Elliot. Ancien député, homme d'affaires très en vue à Glasglow, un associé connu de Hugh Maitland. La mort d'Elliot laissait deviner une haine particulièrement amère, une furieuse inimitié personnelle. Un partenariat d'affaires qui avait mal tourné ? La revanche d'un acte de trahison ? Là encore, tout cela n'était que conjectures, pure spéculation. Nul ne savait qui avait tué Gavin Elliot.

Et, à présent, Yvonne Gray. La piste la plus tirée par les cheveux. Gray avait eu une drôle de réaction après leur descente au Healing Hands. Puis elle avait quitté précipitamment la ville. Comme si un truc lui avait fait peur. Elle avait vu – ou entendu – quelque chose, et maintenant, elle voulait se tirer avant que Maitland ne l'apprenne. Mais comment savoir si ce qu'avait découvert Yvonne Gray concernait Maitland ? Elle travaillait dans l'un des saunas de celui-ci. Et alors ? Un tas de femmes travaillaient dans les saunas de Maitland.

Mais elle avait en outre bossé au Barracks Bar, se rappela Nicol. Le pub de Hugh Maitland. Où cette bombe avait explosé. Que répétait toujours McCormack ? Nous sommes des flics. Nous ne croyons pas aux coïncidences. C'est comme les protestants avec le purgatoire – on n'adhère pas à ces choses-là.

Une ombre se posa sur la table.

– Vous voulez autre chose ? – La serveuse était plantée devant Nicol, sourcils froncés.

Nicol poussa du pied la chaise d'en face.

– Asseyez-vous.

La serveuse se tourna vers le comptoir, puis regarda de nouveau Nicol. Ses yeux frôlèrent la plaque de police posée sur la table, et elle se glissa sur la chaise vide. Nicol rangea sa plaque, qu'elle remplaça par la photo d'Yvonne Gray. Posant deux doigts dessus, elle la fit glisser à travers la table vers la serveuse. Elle lui résuma l'histoire : une "Maison Rouge" avec vue sur une île.

– Jamais croisé cette fille, répondit la serveuse. C'est pas une de nos habituées, en tout cas.

– Je commence à me demander si elle a déjà mis les pieds à Largs.

– Vous avez essayé Fairlie ? suggéra la serveuse.

Fairlie était un village situé juste au sud de Largs. Nicol haussa les épaules, remuant son café.

– Eh bien, je l'ai traversé en voiture.

– Je sais. Un clignement d'yeux et on l'a loupé ! Vous n'avez pas marché sur la plage, donc ?

– La plage ? – Nicol repensa à sa traversée de Fairlie. Une seule rue tout en longueur, apparemment, avec des arbres surplombant des trottoirs étroits. Mais pas de plage.

– Ouais. On peut pas y aller en voiture. Y a pas de route. Mais un tas de grosses maisons donnent dessus. La plage de Fairlie. Vous aurez peut-être plus de chance là-bas.

Nicol ne se sentait pas chanceuse. Elle avait l'impression que toute cette journée – tout ce foutu boulot, peut-être – était une perte de temps. Mais elle remercia la serveuse, remonta dans sa voiture et prit la route du sud. Elle traversa Fairlie dans l'autre sens, le long de la grand-rue avec ses arbres majestueux. Pas trace d'une plage, on avait l'impression d'être à des kilomètres de la mer. Mais à l'extrémité sud du village, une baie étroite s'ouvrit bel et bien sur sa droite.

Elle gara la Velox. Il y avait un chemin, qu'elle remonta, passant devant un hôtel désaffecté et, effectivement, elle atteignit la plage en croissant de lune qui, au bout d'un kilomètre et demi environ, rejoignait un promontoire.

Cette plage offrait une vue sur Cumbrae. On apercevait des maisons sur la côte de l'île. Manifestement, ça avait l'air baignable.

Le chemin pavé laissa place à un sentier taillé dans le grès. Sur la droite se dressait la haute digue sans âge, aux pierres irrégulières – Nicol laissa traîner sa main sur sa peau graveleuse – et de l'autre côté, sur les hauteurs, les façades arrière d'imposantes villas. Sans doute les anciennes maisons de villégiature de marchands de Glasgow, songea Nicol. Des hommes venus se libérer un temps du poids de leurs responsabilités en pataugeant dans l'estuaire de la Clyde. Elle se représenta ces capitaines d'industrie en chemisette et bretelles, mine enjouée sous leur chapeau, pantalon de costume retroussé jusqu'aux genoux.

Elle passa devant une villa à l'italienne à la pierre couleur miel, une autre blanchie à la chaux avec un balcon incurvé.

Et alors, elle la vit.

On aurait dit une grange de Nouvelle-Angleterre surplombant la plage dans le prolongement d'une grande villa en bois, tel un immense jardin d'hiver. Elle était longue et rectangulaire, mais arrondie au bout, et son toit d'ardoise pentu épousait cette courbe. Tout là-haut, une girouette : une flèche tournant autour d'un fin poteau, sous un coq stylisé.

Surtout, elle était rouge. Pas celui, joyeusement éclatant, d'un rouge à lèvres. Plutôt un sombre rouge sang. Mais rouge quand même. Et Nicol sut aussitôt. Elle sut sans qu'on ait à le lui confirmer, sans l'ombre d'un doute, qu'elle avait trouvé l'endroit.

Ce qu'elle était venue chercher.

C'était la Maison Rouge.

Nicol escalada les rochers jusqu'au chemin taillé dans la pierre. Il y avait une ouverture dans la digue. Une allée verdoyante, tapissée d'herbes hautes, sous une voûte d'arbres, menait à la Maison Rouge. Nicol s'y engagea.

35

Ils partageaient une Regal, accoudés à la balustrade. Kidd avait plein de cigarettes, mais ils aimaient ça, se passer la clope, petit phare rouge dans la lumière déclinante.

– Je suis déjà venue ici, dit tout bas Yvonne, presque pour elle-même. Il y a des années. Enfin, peut-être pas à cet endroit exactement, mais un qui lui ressemblait. Quelque part sur la côte. – Une brise s'était levée et elle serra contre elle les pans de sa veste. Elle désigna l'horizon d'un geste du menton. – Je me souviens de la forme de l'île, là-bas. Et je me souviens d'un grand bateau blanc. On l'avait regardé passer.

– Genre, un ferry?

– Non, je ne crois pas. – Elle lui prit la cigarette et s'humecta les lèvres avant de tirer dessus. – Il avait des cheminées, et ces grandes roues sur le côté…

– Ah, ça c'est le *Waverley*, dit Kidd. Un célèbre bateau à vapeur. Ils nous ont emmenés dessus, quand on était gosses. Une excursion. On nous a laissés visiter la salle des machines, avec les grands pistons, tout ça… – Il reprit la cigarette. Il tira dessus furtivement en l'abritant au creux de sa paume, le bout incandescent touchant presque la peau. – J'aurais pu passer la journée à le regarder, ce moteur. Il était presque vivant. La manière dont il bougeait.

Il se tourna pour l'embrasser et une forme voleta maladroitement entre eux, un oiseau – non, une chauve-souris, un petit mouchoir de ténèbres. L'animal fit une embardée et virevolta vers les arbres.

Ils échangèrent un sourire, sans un son, puis Yvonne empoigna les revers de sa veste pour l'attirer à lui.

Le fait qu'un baiser puisse être aussi bon que le sexe, c'était nouveau pour Kidd. Un baiser. La surface cireuse de ses lèvres maquillées, l'intimité soudaine et chaude d'une bouche. Parce qu'embrasser, c'est ce qu'elle refusait de donner, pas vrai ? Quand elle faisait son boulot. C'est ce que les Autres – il se les représentait maintenant comme les Autres, une file d'hommes sans visage, traînant les pieds – n'avaient jamais. Seul Kidd y avait droit.

Et alors, quoi ? Qu'est-ce que ça pouvait faire, maintenant ? Il réalisa soudain combien il avait été stupide. Faire sa vie avec Yvonne ? Sur quelle planète vivait-il ? C'était peut-être le fait d'être ici, sur la côte – de marcher sur la plage, de faire des tours de manège, de se gaver de barbe à papa. Ce n'était pas la vraie vie. C'étaient juste des vacances, et les vacances ne duraient qu'un temps.

Ils marchèrent sur la promenade puis quittèrent la ville par le sentier de la côte. Ils atteignirent le petit promontoire herbeux où se dressait le Pencil, le "Crayon" célébrant la bataille de Largs. Les Écossais avaient vaincu les Vikings ici, les renvoyant chez eux de l'autre côté de la mer, les chassant à tout jamais des terres écossaises dont ils avaient pris possession. Un grand obélisque de pierre marquait l'endroit, son extrémité affûtée comme un crayon.

Elle avait un gosse. Elle lui avait parlé de lui alors qu'ils étaient allongés ensemble sur le lit, à la pension. Dans ce moment après l'amour où on baisse la garde. Confuse et engourdie et en confiance. Un petit garçon de trois ans. Il s'appelait David. Le gosse vivait chez une amie, à Rutherglen. Ça rendait cette affaire encore plus moche, mais enfin, avait-il vraiment le choix ?

Yvonne passa sa paume sur les blocs de pierre grossiers, faisant le tour du piédestal.

– C'est bizarre de penser à ça, dit-elle, le regard perdu au-dessus de l'estuaire. On ne les imagine pas vraiment comme des personnes réelles, hein ? Juste des images dans un livre d'histoire, avec des cornes idiotes dépassant de leurs casques.

Kidd ne dit rien.

– Les Vikings, je veux dire, reprit Yvonne. Tu sais : la bataille ?

Tu pourrais faire ça ici, se disait Kidd. Dans les buissons ou plus bas, près des rochers. Il se faisait tard, le soleil plongeait déjà derrière Cumbrae, le ciel était plein de rose et de jaune. Les derniers promeneurs de chiens avaient sifflé leurs labradors et leurs retrievers sur le chemin de Largs. Plus de couples se courtisant sur les bancs déserts. Il avança vers elle dans la pénombre naissante mais elle s'écarta d'un bond léger, virevoltant dans la pente herbeuse vers les rochers.

– Viens ! cria-t-elle.

Elle escaladait les rochers à présent, ces blocs de grès irréguliers, sa silhouette sombre se détachant sur le ciel jaune, son bras dressé pour faire signe à Kidd de la suivre lui donnant l'allure d'un emblème héraldique.

Kidd se fraya un chemin dans l'herbe et la rejoignit sur les rochers. La marée était haute et de petits bras d'eau, des mares, scintillaient parmi les récifs. Il progressa avec précaution, assurant bien ses prises de pied, jusqu'à l'endroit où se trouvait Yvonne, sur un gros rocher au bord de l'eau, surplombant les déferlantes. Il entendait la houle gifler la roche et rouler à leurs pieds, les ultimes lueurs du jour faisant miroiter les bandes d'algues huileuses ballottées par les vagues.

Yvonne attrapa la main de Kidd derrière elle et l'attira contre son dos, elle lui passa les bras autour d'elle et lui attacha les mains comme une ceinture, en s'y agrippant aussi. Il posa le menton sur son épaule et enfouit son nez dans le cou d'Yvonne.

Rien qu'une poussée, songea-t-il. Une petite poussée et tout serait fini.

Serais-tu seulement capable de le faire ? se demanda-t-il. De tuer quelqu'un ? Mais bon, il l'avait déjà fait. Il avait tué quatre personnes dans l'incendie à Tradeston.

Si l'enfer existait, c'est là qu'il irait à sa mort. Il n'avait pas voulu tuer ces gens, mais est-ce que ça changeait quelque chose? Quatre personnes étaient mortes. Ne pas tuer celle-ci ne réparerait rien.

Elle tourna la tête vers lui pour un baiser et il trouva sa bouche. Il sentit le goût vinaigré des frites qu'ils avaient partagées tout à l'heure, la piqûre du sel sur les lèvres d'Yvonne. Il écarta sa bouche.

– Qu'est-ce qu'il y a? – Elle tendit le bras et attrapa la nuque de Kidd, lui fit baisser la tête et ils s'embrassèrent, plus profondément cette fois, la langue charnue d'Yvonne sondant l'intérieur de ses joues. – Là, c'est mieux, dit-elle.

Elle se détacha de lui et ils restèrent à contempler la mer.

– Tu as dit *ils*, au pluriel, murmura Yvonne.

– Hmm? – Il posa la main dans son dos, sentit l'accroche de son soutien-gorge sous le blouson. Au large, l'île de Cumbrae se dessinait sur le ciel sombre, sinistre à présent, ressemblant moins à l'amical dauphin vert de tout à l'heure qu'à un monstre bossu, un obscur Léviathan.

– Quand tu m'as parlé du voyage sur le bateau, reprit Yvonne, tu as dit: "Ils nous ont emmenés." C'est qui, *ils*? Tes parents, tu veux dire?

– Ah, ça. Non. Les gens du foyer. Auldpark.

– T'as été placé, hein?

– Ouais. Toi aussi?

– Je le vois tout de suite, à chaque fois, déclara Yvonne. C'est comme un code secret, ou un truc comme ça.

Quelqu'un les avait-il vus sur le chemin? Deux personnes qui promenaient leur chien, c'est tout. Et Kidd avait tiré Yvonne à lui en les croisant, pressant son visage contre le sien pour qu'on ne puisse pas le reconnaître.

Quelque chose bougea dans l'eau à leurs pieds, à cinq mètres des rochers. Les derniers éclats du jour faisaient ressortir un minuscule disque luisant, et un autre juste à côté. Noirs. Une paire d'yeux. Kidd inspira brusquement, bloqua son souffle. La tête pivota dans l'eau, lisse et arrondie. Un phoque. Kidd allait le montrer à Yvonne quand l'animal disparut. Était-ce un présage ? Une sorte de signe ? Cela voulait-il dire qu'il devait le faire ou qu'il ne devait pas le faire ?

Sous l'odeur de propre des cheveux d'Yvonne, Kidd sentit sa propre peur – cette puanteur cuivrée – et se dit qu'Yvonne aussi devait sûrement l'avoir perçue.

Le Pencil se dressait là-haut, derrière eux. Kidd repensa à cette bataille qui avait eu lieu des siècles plus tôt. Les Vikings avaient-ils eu peur ? Ils avaient établi leur campement là-bas, sur l'île de Cumbrae, cette bosse noire dans l'obscurité. Puis ils avaient traversé l'étroit estuaire, échouant leurs drakkars sur la plage et courant dans le sable à l'assaut des Écossais. On se représentait toujours les Vikings comme les guerriers ultimes, de sacrés durs à cuire, et pourtant les Écossais leur avaient mis une raclée.

Des centaines d'hommes avaient péri là. Des milliers, sans doute. Ici même. Alors une mort de plus, quelle différence ? La mer s'en ficherait, les rochers aussi.

Ils s'étaient battus pour une question de territoire, pas vrai ? Les Vikings et les Écossais. Comme les Maitland et les Quinn. Cette fille dont il sentait l'omoplate osseuse sous sa main n'était pas une armée d'invasion. Mais elle représentait une menace pour Walter Maitland, il fallait donc l'éliminer. Et c'était son boulot à lui, en tant que soldat de Maitland, de s'en occuper.

Il jeta un coup d'œil derrière lui, scrutant le chemin qu'ils avaient emprunté pour descendre jusqu'ici, la pente verte au-dessus d'eux. Les lieux semblaient déserts, mais il faisait trop nuit pour en être certain. Y avait-il quelqu'un là-haut, un civil se mêlant de ce qui ne le regardait pas ?

Il bascula d'un pied sur l'autre derrière Yvonne, passa de nouveau les bras autour d'elle.

Tu pourrais prendre sa place. Basculer dans l'eau, sentir les algues s'enrouler autour de toi, t'entraîner vers le fond.

Mais à quoi ça servirait? On enverrait quelqu'un d'autre à ta place. Un autre la tuerait.

Le temps pour ce genre de pensées était révolu, s'il avait jamais existé. Maintenant, il était temps d'agir.

Rien qu'une petite poussée, se répéta-t-il. Dégager ses bras et la pousser brusquement des deux mains, au creux des reins. Elle n'aurait pas la force de remonter en escaladant ces rochers lisses. Mais il fallait qu'elle sache pourquoi. Il lui devait au moins ça. Son visage toujours collé au sien, il parla tout bas dans la nuit.

– Yvonne. – Il prononça ce mot dans un murmure, comme un sortilège, une incantation magique. – Yvonne Gray, je sais qui tu es.

Elle n'esquissa pas un geste. Il sentit sa joue se plisser sous la sienne dans ce qui semblait être, contre toute attente, un sourire.

Il la fit pivoter vers lui, l'agrippant par les épaules, et, oui : un formidable sourire dévoilait ses belles dents. Son visage blanc était penché en arrière et ses cheveux blonds luisaient dans l'obscurité. Un tas de putes achetaient leur blondeur en flacon, mais celle d'Yvonne était vraie. Ça se voyait à ses sourcils, presque blancs. Tout chez elle, comprit-il soudain, était vrai.

– Tu sais qui je suis, vraiment?

Elle aurait dû avoir peur, songea Kidd. Pourquoi n'avait-elle pas peur, ici, dans le noir, avec un homme qui connaissait ses secrets? Un homme qui aurait pu la souffler comme une bougie.

– Pareil, dit-elle. – Elle souriait encore, Kidd voyait ses dents. – Moi aussi, je sais qui tu es. Christopher Kidd. – Ses yeux noirs scintillaient dans la lumière mourante, scrutant son visage stupéfait. – J'ai connu ta sœur, Chris. J'ai connu Isobel.

36

Tout ce qu'Yvonne Gray savait de son père, c'était son nom et ce qu'il faisait dans la vie. Sam Gray était un marin de la marine marchande qui avait disparu peu après la naissance de sa fille. Sa mère avait tenté de s'en sortir pendant deux ou trois ans, en payant une voisine pour garder Yvonne pendant qu'elle travaillait comme coiffeuse. Mais Sally Gray s'était mariée jeune – elle n'avait que dix-huit ans à la naissance d'Yvonne –, et, comme cela arrive souvent dans ces cas-là, elle avait fini par trouver sa vie triste et étriquée. Elle voyait ses amies faire des mariages avantageux avec des hommes jeunes qui avaient de bons métiers. Elle les voyait suivre des formations de secrétaire, descendre s'installer à Londres, dépenser de l'argent pour s'habiller et faire la fête. Le fait qu'elle était assez jeune pour tout recommencer, à condition de ne pas traîner, ne lui avait pas échappé. Un jour, Sally Gray avait laissé Yvonne chez la voisine et n'était jamais revenue. Alors, Yvonne avait été placée.

Grandir dans un foyer n'était pas aussi sinistre que les gens le pensaient. Yvonne se faisait facilement des amies et il y avait toujours trois ou quatre filles avec qui vous pouviez passer de bons moments à vous faire tresser les cheveux en échangeant des bobards au sujet de vos familles respectives. Mais un jour, au moment de ses treize ans, Yvonne avait eu la chance d'être envoyée dans une famille d'accueil de l'Ayrshire. Bob et Janet Wylie accueillaient des enfants depuis près d'une décennie, en général pour des périodes de cinq à six mois. Ils avaient récemment adopté l'un de ces enfants, une fille qui s'appelait Isobel. Apparemment, celle-ci avait du mal à se faire à sa nouvelle vie, et les Wylie s'étaient dit qu'avoir un autre enfant chez eux – une fille du même âge qu'Isobel, au parcours similaire – faciliterait peut-être cette transition. Alors ils s'étaient arrangés pour faire venir Yvonne depuis Glasgow, comme on apaiserait un mustang en introduisant dans son corral une jument docile. Le rôle d'Yvonne consistait à débourrer Isobel, à l'apprivoiser.

Il s'agissait – même si Yvonne ne s'en était pas rendu compte à l'époque – d'une audition pour décrocher le rôle de la sœur d'Isobel, le rôle de la deuxième fille de Bob et de Janet.

Ça n'avait pas fonctionné. Yvonne aimait bien Isobel et elle était à peu près sûre qu'Isobel l'aimait bien aussi. Mais elle n'avait pas réussi à éloigner Isobel du précipice. On aurait dit qu'Isobel était déterminée à ne pas se laisser amadouer par sa nouvelle vie. Comme si cette nouvelle vie – où vous aviez votre chambre à vous, une armoire pleine de vêtements neufs, un frigo bien rempli, des biscuits au chocolat à la demande, des baisers le soir avant de s'endormir – était un mensonge et que la mission d'Isobel consistait à le révéler. Elle n'arrêtait pas de tester ses nouveaux parents pour voir jusqu'où elle pourrait aller, ce qu'ils étaient prêts à accepter. Elle sortait tard le soir, fumait les cigarettes de M. Wylie, rentrait avec une haleine de cidre, le cou criblé de suçons aussi voyants que des roses brunes. Elle s'est mise à fréquenter des ados plus âgés qui traînaient à la fête foraine du front de mer, à Largs. Elle avait commencé à les ramener à la maison, et les bijoux de Mme Wylie s'étaient mis à disparaître. Quand Mme Wylie l'avait interrogée à ce sujet, Isobel avait répondu que les vieilles personnes aisées ne devraient pas s'accrocher comme des radins à leurs richesses, mais se réjouir de les partager avec des gens moins fortunés. L'un des bijoux manquants était une bague en diamant que Mme Wylie avait héritée de sa grand-mère. Cela n'avait fait aucune différence, pour Isobel.

Finalement, on avait fait venir la police, puis les services sociaux, et avec un petit sourire entendu et sinistre Isobel avait rassemblé toutes ses affaires dans une valise et était rentrée à Glasgow, retournant au foyer d'Auldpark, même si elle avait conservé le nom des Wylie et restait, légalement, leur fille. Isobel partie, il n'y avait plus aucune raison qu'Yvonne reste : elle avait quitté la Maison Rouge, la plage et la vue sur Cumbrae pour regagner son foyer.

Fin de l'histoire. C'était un épisode de sa vie qui semblait aussi fermé et inaccessible qu'une boule à neige. Elle pensait ne jamais revoir Isobel Wylie. Mais lors de sa deuxième ou troisième nuit au bordel de Dennistoun, sur Alexandra Parade, elle avait rencontré une fille qui avait la même démarche, les mêmes dents légèrement en avant qu'Isobel. Elle fumait ses clopes de la même manière, suçant la fumée d'un côté de sa bouche pour la recracher de l'autre, puis tenant la cigarette en l'air entre deux doigts, pouce tendu, tel un pape sur le point d'accorder sa bénédiction. Yvonne lui avait taxé une clope et, en se penchant vers la flamme de son briquet, avait glissé :

– T'es Isobel Wylie, hein ?

Isobel avait longuement dévisagé Yvonne, perplexe.

– On se connaît ?

– Plus ou moins. – Yvonne avait réprimé un rire nerveux. – J'étais ta sœur, dans le temps.

Isobel l'avait regardée puis s'était penchée pour faire claquer son verre contre celui d'Yvonne. Un sourire avait illuminé son visage, et le rire avait jailli.

À compter de ce jour, elles étaient devenues les meilleures copines du monde. Elles veillaient l'une sur l'autre, ne se quittant pas d'une semelle dès qu'un client réputé dangereux entrait dans le bordel. Yvonne avait fini par évoquer la Maison Rouge. Que s'était-il donc passé ? Qu'est-ce qui avait ainsi poussé Isobel à tout foutre en l'air et à se faire renvoyer au foyer pour enfants ? M. Wylie l'avait-il tripotée ? Rien de tout ça, avait répondu Isobel. C'était à cause de son frère. Quand les Wylie avaient adopté Isobel, ils avaient abandonné son frère Christopher. Ils ne voulaient pas l'adopter. Ils voulaient juste une fille. Ne pouvant le supporter, Isobel avait donc fait tout son possible pour les forcer à la renvoyer à Auldpark. Elle semblait ne pas s'être rendu compte qu'en mettant fin à son expérience dans la Maison Rouge, elle en avait aussi chassé Yvonne.

– Et que devient Chris, maintenant ? avait demandé Yvonne, alanguie sur la banquette en skaï vert de la salle où elles attendaient les clients.

– Eh bien, c'est ça le problème, avait répondu Isobel en recrachant sa fumée du coin de la bouche. On s'est perdus de vue.

– Comment ça ? Qu'est-ce qui s'est passé ?

Isobel replia ses jambes sous elle.

– Je ne sais pas. J'étais tellement contente de m'en aller d'Auldpark, je suis jamais retournée le voir, c'est tout. Au début, j'avais trop peur d'y retourner et après, eh bien, c'était trop tard. Tu sais comment ça se passe.

Yvonne avait hoché la tête. Oui, elle savait comment ça se passait. Elle-même n'avait pas de frères et sœurs, mais elle avait déjà été témoin de ça chez des amis passés par le foyer, comment la vie les avait éloignés de leurs proches. Une fois que vos parents avaient renoncé à l'idée de famille, il n'était pas facile de maintenir les liens. Le cœur n'y était plus.

Yvonne et Isobel étaient restées amies, partageant rires et cigarettes entre deux clients au bordel d'Alexandra Parade et sortant parfois boire un verre au Shuna Bar, mais elles n'avaient plus jamais reparlé de la Maison Rouge. Et puis les choses avaient commencé à dégénérer pour Isobel. Elle buvait comme un trou. Un soir, un client s'était plaint qu'elle était trop ivre pour faire le job.

Une autre nuit, elle s'était mise à gifler un quidam qui réclamait un rapport anal et le videur avait dû venir la maîtriser. Elle ne s'était pas pointée une fois. Puis deux. Jusqu'à ce qu'un soir, en arrivant au travail, Yvonne tombe sur une nouvelle fille assise sur la banquette verte. Isobel était grillée; on l'avait laissée partir.

Fin de l'histoire. Yvonne avait été triste de perdre une nouvelle fois de vue sa vieille copine. Pendant un moment, elle s'était même demandé si ce n'était pas sa faute. Peut-être que sa présence avait rappelé à Isobel le passé, la vie qu'elle aurait pu avoir – qu'elles auraient pu avoir toutes les deux – si les choses s'étaient passées autrement; peut-être que c'était ça qui avait fait basculer Isobel. Yvonne était passée une fois ou deux au Shuna Bar et avait essayé d'appeler Isobel jusqu'à ce que sa ligne se retrouve coupée. Elle imaginait qu'Isobel devait faire le trottoir maintenant, plantée devant les magasins de Bothwell Street, ou bien là-haut à Blythswood Square. Jupe courte et chair de poule. S'efforçant d'atténuer les effets de la gueule de bois avec une petite dose de speed. Encore une boule à neige: fermée, terminée pour de bon. Mais, six ans plus tard, Yvonne avait surpris une conversation alcoolisée au Healing Hands.

Tel fut le récit qu'elle raconta à Christopher Kidd dans son petit réduit de la pension du bord de mer, à Largs, le soir où il décida de ne pas la tuer. Ils étaient passés en douce devant la chambre de sa logeuse, au rez-de-chaussée, avaient grimpé l'escalier sur la pointe des pieds, serrés l'un contre l'autre, et maintenant, assis côte à côte sur le lit d'Yvonne, ils murmuraient tout bas, tandis que la lune projetait un losange de lumière bleue et froide sur le plancher de la chambre. Ils devaient encore décider de ce qu'il fallait faire, maintenant. Mais d'abord, Kidd voulait savoir la suite. Qu'avait donc entendu Yvonne dans le placard à linge du Healing Hands?

Comme les autres “saunas”, le Healing Hands utilisait des quantités industrielles de linge et de vêtements : les draps, les serviettes et les tuniques à boutons-pression des filles. Il y avait une petite buanderie où la machine à laver et le sèche-linge tournaient vingt-quatre heures sur vingt-quatre. Tout au fond de cette pièce se trouvait un dressing où l'on stockait le linge fraîchement lavé. L'endroit, qui avait servi de cellier dans une configuration antérieure des lieux, était agréablement frais et calme. Yvonne aimait voler quelques minutes de solitude dans ce placard et profiter de son silence, de sa tranquillité, du parfum chaud et propre du linge plié. Un soir, perchée sur le rebord d'une étagère, elle avait dû s'assoupir un moment. Un rire gras l'avait réveillée, se répercutant dans cette minuscule pièce. Souffle coupé, elle s'était agrippée au rebord de l'étagère.

Il y avait un petit bar au Healing Hands, destiné aux clients qui en avaient terminé avec les filles et voulaient se détendre un peu. Les sbires de Maitland venaient parfois y parler affaires. L'une des banquettes se trouvait de l'autre côté de la paroi du placard. Ce qu'Yvonne avait entendu ce soir-là, c'était la voix sinistre d'Alex Kerr, l'homme qui supervisait les opérations de prêts illégaux de Maitland.

– Non, non ! Glash était encore le boss à ce moment-là, disait-il. Walter était juste son larbin. Il bossait encore comme videur au Barrowlands. Mais c'était son truc, ça, tu vois ? Il voulait que les gens croient qu'il était juste le gorille de Glash. Qu'il réfléchissait juste avec ses poings. T'as vu ce que ça a donné, au final…

– McGlashan assurait grave, pas vrai ? – La voix était plus jeune que celle de Kerr, et plus nasale. Yvonne crut la reconnaître, mais sans remettre la personne à qui elle appartenait. – Je veux dire, on dirigeait cette foutue ville quand Glash était le boss.

Quelqu'un bougea lourdement contre les fines planches qui séparaient le bar du placard à linge.

– John McGlasgan aurait même pas pu lacer les chaussures de Walter Maitland. C'est ça la vérité, fiston. Tu crois que ces foutus cathos représentent une menace pour Walter Maitland ? Cet abruti de Denny Quinn ? Arrête tes conneries. Walter sait ce que Quinn va faire avant qu'il le sache lui-même. Walter est toujours au courant de tout.

– Ouais, enfin, il savait pas ce que Glash magouillait, pas vrai ? avait répliqué l'autre type. Cette voix était si familière : Yvonne ferma les yeux et essaya de lui associer un visage, en vain.

– Tu veux dire qu'il savait pas que Glash était le Quaker ? Tu parles qu'il le savait !

– Mais ils l'auraient poursuivi, non ? Genre, pour complicité…

– Ils ont pas pu le choper. – Quelqu'un posa un verre sur une table. – Il est trop malin pour eux. J'vais te raconter à quel point il est malin… Tu vois, le flic qu'est tombé à cause de l'histoire du Quaker ? Peter Levein ?

– Celui que Glash avait mis dans sa poche ?

– Ouais. Ben, voilà ce qui s'est passé… Je l'ai appris plus tard, de la bouche de McPhail. Glash était devenu parano, tu vois ? Toute cette affaire de Quaker, c'était devenu trop gros. Ça allait forcément se savoir. Alors il essayait de faire le grand nettoyage. Y avait cette nana, là, Helen Thaney. Une sale traînée. Foutue catho, en plus. Mais bon, un vrai canon. Glash sortait avec elle. Mais elle s'est maquée avec Levein. Glash s'est mis dans la caboche qu'elle était au courant, tu me suis ? Qu'Helen Thaney savait qu'il était le Quaker. Peut-être que Levein avait lâché l'info. Sur l'oreiller.

– Alors, qu'est-ce qu'il a fait ?

– Il a dit à Levein qu'elle devait disparaître. Genre, pour de bon.

– Et Levein l'a butée ?

– Nan. Enfin, pas directement. Y avait cette putain au bouge de Dennistoun. Tu vois, celui d'Alexandra Parade ? Elle ressemblait pas mal à Helen Thaney. Même taille, tout ça. On l'a retrouvée étranglée, dans les habits d'Helen, les cheveux teints de la même couleur que ceux de Thaney. Et ils ont fait en sorte qu'on croie que c'était le Quaker.

– Putain. Et c'est le flic qu'a fait ça ?

– Non, Billy. C'est ce que j'essaie de te dire : c'est Maitland qui l'a fait. Il a fait ça pour Levein. Sans sourciller.

– Walter bossait pour les poulets ?

– Bon Dieu, fiston ! Tu m'écoutes, ou quoi ? Les poulets bossaient pour *lui*. Maintenant que Walter avait fait ça pour le flic, c'était le *flic* qui avait du souci à se faire, pas lui.

Un silence se fit pendant une minute, l'autre homme méditant tout cela. Yvonne entendit des cliquetis de glaçons dans les verres, tandis que les deux hommes buvaient.

– Et c'était qui, cette pute ?

– Quoi ? Oh, une pauvre traînée. Izzy quelque chose.

Yvonne avait eu l'impression que le minuscule réduit se mettait à tourbillonner, comme si les tours de draps et de serviettes s'effondraient sur elle. Elle s'était agrippée de plus belle à son étagère. C'était Isobel. Ces types étaient en train de parler d'Isobel Wylie. C'était pour ça qu'elle avait disparu. Walter Maitland avait tué Isobel pour dépanner un copain flic, se le mettre encore plus au fond de la poche. Isobel n'était qu'une pute. Qui allait regretter sa disparition ? Qui saurait même avec certitude qu'elle avait disparu ?

– C'est Walter qui a fait ça ? avait demandé le jeune type.

– Ouais, c'est Walter. Et un tas d'autres choses aussi, mais il vaut mieux que tu saches pas quoi. Et c'est pour ça que personne fera jamais rien contre Walter, à moins d'être vraiment pas futé. Parce qu'il a toujours six coups d'avance. Si tu voulais le balancer, il le saurait avant toi.

La conversation avait continué, dérivant vers un match de boxe auquel un des deux hommes avait assisté. Yvonne tremblait. Les serviettes empilées sur leurs étagères ressemblaient aux barreaux d'une échelle ; Yvonne aurait voulu les escalader jusqu'à la liberté – s'échapper par le haut de sa vie à Glasgow. Mais elle n'osait pas faire un geste. Au bout d'un moment, les deux hommes avaient fini leurs verres et quitté les lieux. Yvonne avait retenu son souffle tandis que leurs pas résonnaient dans le couloir et elle avait compté jusqu'à cent, puis de nouveau jusqu'à cent, avant d'oser ressortir de la buanderie. Elle était allée tout droit aux toilettes et avait vomi, se vidant dans la cuvette entre deux haut-le-cœur. Elle avait l'air si mal en point en regagnant le salon que la mère maquerelle l'avait immédiatement renvoyée chez elle.

À présent, elle était assise au bord de l'étroit lit simple de la pension, à Largs, se demandant si elle devait ou non tendre la main pour prendre celle de Christopher. Kidd était assis près d'elle, coudes posés sur ses genoux, la tête entre les mains, ses épaules se levant et retombant dans ce qui pouvait être une respiration profonde ou des sanglots étouffés. Puis tout à coup il se leva et marcha jusqu'à la fenêtre, posa ses mains sur le rebord, son front contre la vitre. Par-delà la fenêtre, il y avait les galets et les vagues noires incessantes de l'estuaire, mais le verre ne renvoyait que son reflet embué. Les ressorts du lit murmurèrent quand Yvonne se leva pour le rejoindre, passa délicatement les bras autour de la taille de Kidd, collant la joue à l'arête rigide de son dos.

– Ils n'ont même pas pu la tuer en son nom à elle. – Le dos de Christopher se soulevait de manière convulsive. – Ils n'ont même pas pu lui accorder ça.

Yvonne se serra plus fort contre lui.

– Qu'est-ce que tu vas faire, Chris ?

Elle pouvait entendre le cœur de Kidd marteler la structure de sa cage thoracique. Il décolla son front de la vitre puis l'y reposa brusquement. La fenêtre trembla.

– Je vais le tuer, répondit-il simplement d'une voix calme. Je vais me rapprocher de Walter Maitland et le tuer.

37

McCormack s'arrêta pour boire une bière au Tennent's Bar, sur Byres Road. Il avait envie de passer un moment debout au long comptoir en forme de fer à cheval, dans le tourbillon des conversations, le cliquetis des verres et la camaraderie superficielle des hommes en train de s'enivrer. Il commanda une pinte de Guinness et regarda la mousse retomber. Une pinte de Guinness avait quelque chose de simple et de parfait : le corps noir, la mousse d'un blanc laiteux dépassant tout juste du rebord du verre. Laisse-la comme ça aussi longtemps que possible, telle était la philosophie de McCormack. Profite de ce moment de pureté.

Shand, c'était sa faute ? Iain Shand allait-il être un fantôme de plus dans sa collection, vociférant dans les tréfonds de son esprit ? Il vida ses poumons dans un long soupir grave. Il resta planté là à ne pas boire sa Guinness. Le boulot était pourtant simple : protéger les gens. Il n'avait pas su le faire. Il n'arrivait même pas à protéger les membres de son unité. Un mauvais flic. Mais bon, ils étaient tous de mauvais flics. Quand vous étiez policier, l'échec était votre élément. Les résultats – ces fois où vous parveniez à réunir toutes les preuves et à les défendre avec succès devant un tribunal – étaient l'exception. C'était pour cette raison qu'on les fêtait comme des anniversaires. Mais cela arrivait, quand même. Tu ne pourras certes pas faire revenir Shand. Mais tu peux quand même essayer de punir ses assassins.

Mais qui aurait donc pu faire sauter un pub à Glasgow ? Haddow soupçonnait les Irlandais, comme s'il s'agissait d'un nouveau Birmingham. Les gens de l'IRA. Ou même ceux du camp d'en face, les Loyalistes, qui avaient également beaucoup utilisé d'engrais chimique, ces derniers temps, posant des bombes en République d'Irlande. Il y avait aussi les nationalistes écossais, ces types qui avaient fait péter des gazoducs ces deux dernières années. Comment se faisaient-ils appeler, déjà ? L'Armée du gouvernement provisoire. Sauf que… Ces gars ne s'étaient-ils pas retrouvés en prison quelques mois plus tôt, suite à une série de braquages de banque ? Ou alors, il s'agissait des Quinn : un acte destiné à venger l'incendie de Tradeston. Œil pour œil. À toi, à moi.

Toutes ces morts. Toutes ces morts absurdes. Il repensa aux funérailles de Shand, aux oreilles démesurées de son vieux père, assis sur le banc de l'église aux côtés de la jeune fiancée éperdue. Puis à un autre enterrement, celui de la jeune maman et de sa fille, les victimes de l'incendie de Tradeston. L'insondable tristesse de ce cercueil miniature. Le père de la gamine dans son costume de chez Slater – quelque chose chez lui de déplacé, non ? Quelque chose d'un peu étrange, McCormack n'arrivait pas à savoir quoi.

Bon sang, on pouvait passer sa vie à assister à des enterrements, dans ce métier. McCormack empoigna sa pinte, sirota trois gorgées laiteuses. La fumée d'une cigarette abandonnée dans un cendrier sur le comptoir lui piquait les yeux. Il se pencha pour replier le mégot sur lui-même, écrasant les cendres sous le filtre.

– Hé ! – Son voisin s'était retourné de manière grandiloquente et le contemplait d'en bas. Il remonta ses lunettes sur son nez. – Hé, espèce de crétin ! C'était ma clope.

– Ah, vraiment ? – D'un hochement de tête, McCormack désigna la main droite de l'homme, pendant le long de son corps. – Je croyais que cette clope-*là*, c'était la vôtre.

L'homme releva sa main, l'examinant comme s'il ne l'avait jamais vue, une Regal relâchant sa fumée entre index et majeur. Il dévisagea McCormack en plissant les yeux, penché en arrière pour tenter de faire le point, puis se tourna en maugréant vers son pote.

Mais le sortilège était brisé. McCormack tendit la main vers sa pinte et engloutit deux grandes gorgées, l'amertume sombre s'engouffrant à travers la crème blanche sucrée amassée contre ses lèvres, et il n'entendit plus que la voix geignarde de son ivrogne de voisin.

– Putains de cathos, grommelait l'homme. Faire péter un pub à trouffions. Tu te rends compte? Faut oser, quand même. En plein Maryhill.

Son compagnon dit quelque chose et l'homme laissa échapper un rire bref, qui craqua comme des glaçons qu'on écrase.

– Ouais, pas de doute! Ils vont déguster, putain. On va leur faire bouffer leurs foutus chapelets. Ils ont qu'à se barrer à Dublin, si ça leur plaît tellement.

McCormack donna une tape sur l'épaule du type.

– Y a eu des bombes là-bas, dit-il. Juste pour que vous sachiez: il y a eu des bombes à Dublin.

L'homme lui jeta un coup d'œil par-dessus son épaule, se tourna de nouveau vers son ami. Puis il se tordit le cou pour dévisager McCormack.

– Vous m'avez dit quoi?

– J'ai dit qu'il y avait eu des attentats à Dublin. Vous en avez entendu parler, non? L'année dernière. Commis par des protestants. Trente-trois personnes sont mortes. Trente-quatre, en comptant le bébé à naître. – McCormack fit pivoter sa pinte sur le dessous de verre. – Une des victimes était une femme enceinte.

– On se connaît? – Les lunettes du type miroitèrent quand il se retourna brusquement et jaugea McCormack. – Je suis en train de parler à mon pote, là. C'est une conversation privée.

– Ouais. Ben, on est dans un lieu public. Vous parlez un peu fort. Difficile de pas vous entendre. Et vous racontez n'importe quoi.

L'homme roula des épaules, défia McCormack d'un haussement de menton.

– Ah ouais ? Vous en êtes un, ou quoi ?

McCormack cala la pinte contre ses lèvres. Il éclata de rire.

– Vous me demandez si je suis catholique ? Vraiment ? – Il imita un pistolet avec les deux premiers doigts de sa main droite et les pointa lentement sur l'homme avant de faire un signe de croix dans l'air enfumé. – *An ainm an Athar, agus a Mhic, agus an Spioraid Naoimh.*

L'homme hocha la tête, comme s'il s'agissait d'un coup bas mais qu'il s'y attendait. Il passa le dos de sa main sur ses lèvres, en grommelant des mots inaudibles.

McCormack aperçut le serveur du coin de l'œil, le trait brillant de sa cravate rouge, qui se dirigeait vers eux, s'arrêtant à un mètre, bras croisés, bien campé sur ses jambes. La légère électricité dans l'air se diffusa aux groupes alentour, les hommes se taisant soudain et reculant d'un ou deux pas.

L'homme avait enlevé ses lunettes et les avait pliées dans sa poche. Il faisait face à McCormack, bras ballants.

McCormack ferma les yeux. On venait prendre une bière, tranquille, et un binoclard sectaire était prêt à en venir aux mains. Comme il aurait été facile, songea-t-il, de tout envoyer balader. De se battre dans un lieu public. De frapper un civil. Il avait déjà vu ça. Joe Winton, de la Division C. Rétrogradé au rang de simple agent, contraint de remettre l'uniforme, sa pension de retraite percée sous la ligne de flottaison. Tout ça pour le simple plaisir de mettre son poing dans la gueule d'un connard.

Il glissa la main dans la poche de sa veste et un type derrière lui l'empoigna par le bras. McCormack se dégagea et sortit sa plaque d'inspecteur. Il l'ouvrit d'un geste sec et la colla sous le nez de l'ivrogne.

– Ivresse sur la voie publique. Outrage à agent. Et tout ce qui me passera par la tête. Je compte jusqu'à cinq...

L'homme enveloppa McCormack d'un regard plein de haine. Il sortit ses lunettes de sa poche de poitrine, les secoua pour déplier les branches, les enfila avec une lenteur digne, s'écarta du bar en poussant dessus des deux mains et se dirigea d'un pas titubant vers la double porte, qu'il ouvrit sans même un regard en arrière.

McCormack alluma une cigarette, la main tremblante. Les conversations reprirent. Le serveur s'éloigna derrière le bar pour aller servir un client. La plupart des hommes dans la salle n'avaient même pas remarqué qu'il s'était passé quelque chose. D'ailleurs, rien ne s'était vraiment passé. Sauf que la pinte de McCormack avait maintenant un goût amer et que les rires autour de lui semblaient durs et faux. Il leva son verre pour vider ce qu'il en restait mais alors, tout ça – l'odeur de fumée et de bière renversée, les voix monocordes de Glasgow, les tintements de la caisse, le fracas des verres – lui devint soudain insupportable. Il reposa sa pinte et s'engouffra dans la nuit.

Comme il marchait vers Partick, McCormack se rendit compte qu'un de ses lacets était défait. Il s'arrêta devant un immeuble d'Highburgh Road et cala son pied sur un muret. Il refaisait son lacet quand, soudain, il comprit ce qui l'avait troublé chez Gordon Chisholm, le mari séparé de la femme qui était morte lors de l'incendie à Tradeston. Ses chaussettes. Le mari portait un costume d'enterrement, noir. Une chemise blanche et une cravate noire. Des chaussures de ville noires cirées et brillantes comme pour un défilé militaire. Mais ses chaussettes étaient d'un rouge éclatant. Alors il repensa à ce que Vic lui avait raconté, au sujet des soldats envoyés en Irlande du Nord. Lorsqu'ils sortaient boire un verre le soir à Belfast, dans les pubs du centre-ville, ils s'habillaient en civil. Mais ils portaient des chaussettes colorées – rouges, jaunes, roses… C'était une sorte de code, une manière de reconnaître vos camarades. Le problème, c'est que les gens de l'IRA l'avaient craqué, ce code.

Les trois soldats écossais. Trois ados en uniforme qui s'étaient laissés entraîner hors du Mooney's Bar de Belfast, dans le quartier de Cornmarket, par un groupe de jeunes filles qui leur avaient promis une fête. Ils avaient reçu une balle dans la nuque sur une colline déserte, alors qu'ils étaient en train de pisser, les uns à côté des autres.

Trois jeunes gars. Deux frères originaires d'Ayr et leur pote venu de Glasgow.

C'était la couleur de leurs chaussettes qui les avait trahis.

Dix minutes plus tard, McCormack était rentré à l'appartement et secouait Victor par l'épaule.

– Vic ! Vic ! – Vic ne réagissait pas. Il était dans les vapes sur le canapé, trois grandes bouteilles de Bass abandonnées devant lui sur la table basse. Trois soldats morts. McCormack lui donna un coup dans l'épaule. – J'ai trouvé, Vic ! Je sais qui c'est.

Vic lâcha un grognement. Il se redressa brusquement, sourcils arc-boutés. Il se frotta le visage à deux mains.

– Bon Dieu. J'étais KO. Il est quelle heure ?

– Peu importe, Vic. Écoute-moi. Je sais qui c'est. J'ai pigé.

Vic tendit la main vers la bouteille la plus proche et la secoua. Un clapotis creux se fit entendre. Vic pencha la tête en arrière et vida le reste de la bière dans sa bouche. Il reposa la bouteille sur la table, la faisant claquer contre ses sœurs.

McCormack était planté devant le canapé, ses mains agrippées au vide.

– C'est l'incendie, Vic. Cet entrepôt qui a brûlé, tu te souviens ? L'immeuble délabré d'à côté a pris feu, et quatre personnes sont mortes.

Vic cligna deux fois des paupières. Il détendit ses mâchoires et retroussa ses lèvres, comme Tin Man dans le *Magicien d'Oz* après qu'on lui a mis de l'huile.

– OK. D'accord. L'incendie. À Tradeston.

– Cet immeuble appartenait à Gavin Elliot. C'était lui qui louait ces appartements.

Vic passa ses paumes sur son visage, attendant que McCormack s'explique.

– Et l'immeuble en question n'était absolument pas aux normes, en cas d'incendie. Je veux dire, personne n'a porté plainte contre Elliot ni rien, mais il était, eh bien, on peut dire qu'il était coupable. Les ordures s'entassaient dans le hall d'entrée. Certaines fenêtres repeintes ne s'ouvraient plus.

– Mais qu'est-ce que tu racontes, Duncan, putain ?

– C'est le mari, répondit McCormack. Le père. Gordon Chisholm. Une mère et sa fille sont mortes. Le père ne vivait plus avec elles à ce moment-là. Mais ça m'est revenu à l'instant : je me suis souvenu de l'enterrement. Ce Chisholm était un soldat. Le type qui a perdu sa femme et sa petite fille dans l'incendie. Il était dans l'armée, Vic. Comme toi.

Victor était bien réveillé, à présent. Il restait assis là, ses grandes mains calées entre ses genoux.

– Et le Barracks Bar, alors ?

– C'est le même type. Il s'est servi d'un van Volkswagen pour balancer le corps de Gavin Elliot. Et un van identique a été aperçu aux abords du Barracks Bar. En train de repérer les lieux, sans doute. C'est lui, Vic.

Victor frotta sa lèvre inférieure avec le dessous de son pouce.

– Mmh-mmh. Mais alors, dis-moi juste un truc, Duncan : pourquoi un soldat ferait-il sauter le Barracks Bar, putain ?

– Pour la même raison ! La vengeance, Vic. C'est les Maitland qui ont allumé l'incendie qui a tué sa famille. C'était forcément eux. Et quel était le moyen le plus facile de les frapper, eux ?

Victor hocha la tête. Il saisissait la logique. Faites sauter le pub du frangin. Avec un peu de chance – et cet homme en avait eu –, le frère figurera parmi les victimes. Sinon, eh bien, vous avez fait du bruit. Vous vous êtes fait entendre.

McCormack s'approcha et lui donna une nouvelle tape sur l'épaule, affectueuse cette fois, et rassurante.

– C'est grâce à toi, Vic. On n'aurait jamais identifié le coupable sans toi. Tu avais raison depuis le début – tout ça, c'est grâce à toi.

Victor hocha la tête. Il attrapa ses cigarettes. Il semblait tout sauf ravi de cette contribution.

III

LA POMME MORDUE

JEUDI 10 JUILLET 1975

38

McCormack se leva de bonne heure, les nerfs à fleur de peau. C'est pour ces jours-là que tu vis, songea-t-il. Ces jours où tout converge soudain – les heures passées sur le terrain, le travail ingrat, les spéculations – et où la victoire est à portée de main. Il sauta le petit-déjeuner, la perspective de sortir les tranches froides et humides de bacon danois du sachet et de les étaler dans la poêle grésillante lui retournant l'estomac.

Il se coupa en se rasant, une entaille profonde qui déploya sa corolle écarlate et donna à sa mousse à raser des allures de fraises à la chantilly.

Il se doucha, engloutit un demi-mug de thé et, à huit heures moins le quart, il roulait vers Temple. Il pianota sur le volant, frappa du poing la vitre au rythme d'un air pop passant à la radio. Il reconnaissait ces symptômes : c'était une intoxication qui s'emparait de vous à ce stade-là d'une enquête, le vertige d'avoir identifié votre coupable et de se préparer à passer à l'offensive. À le faire tomber.

Un bus à impériale s'écartait de son arrêt juste devant lui et McCormack appuya sur le champignon et donna un coup de volant pour le doubler, se rabattant juste à temps pour éviter une Princess qui le frôla à pleine vitesse, dans un vacarme de klaxon. Il faillit enclencher la sirène et caler le gyrophare sur le toit de la voiture pour rouler à tombeau ouvert sur la longue ligne droite de Great Western Road. Mais non : il respira profondément par le nez et la remonta lentement, se forçant à rester juste sous les cinquante.

Prends ton temps, mon vieux, se dit-il. Réfléchis bien à tout.

Le soldat s'appelait Chisholm. Il avait fait partie des Royal Highland Fusiliers. Le régiment disposerait peut-être de sa dernière adresse, s'il ne figurait ni dans l'annuaire téléphonique, ni sur les listes électorales. Chisholm avait séquestré Gavin Elliot pendant quatre ou cinq jours, l'avait torturé, faisant beaucoup de bruit. Il fallait donc un endroit sûr, à l'écart. Une ferme aux abords de la ville, ou peut-être une grande maison dotée d'une cave insonorisée. Un endroit spacieux, en tout cas. Ce qui supposait sans doute l'existence d'un héritage, car Chisholm n'aurait pas pu s'acheter une propriété conséquente avec sa solde de militaire.

Mais enfin, maintenant qu'ils savaient qui c'était, l'arrestation n'était plus qu'une question de temps.

McCormack se rangea précipitamment sur sa place de parking derrière le commissariat de Temple. Alors qu'il contournait le bâtiment vers l'entrée principale, il repéra une voiture garée devant, racée et tape-à-l'œil, grise comme un navire de guerre, une Jaguar, son conducteur plongé dans la lecture des pages Sport du *Record*, balançant les cendres de sa cigarette d'une pichenette du pouce, par la vitre à peine entrouverte.

À peine entré dans le commissariat, McCormack vit l'agent de garde s'extirper de sa chaise, soulever la trappe du guichet et s'approcher pour l'intercepter.

– Duncan ! J'ai essayé de vous appeler. Vous étiez déjà parti.

Il était en proie à une étrange agitation, ses mains voletant devant lui telles des colombes jaillies du chapeau d'un prestidigitateur.

McCormack hocha la tête.

– OK. Eh bien je suis là maintenant, Brian ? C'est quoi ce cirque ?

– Quelqu'un est là pour vous voir.

– *Un* quelqu'un ? – McCormack poursuivit son chemin, ôtant son imperméable d'un coup d'épaule. – Ou une quelqu'une ? Dans la Grande Maison ? Quelle salle ?

Brian trottinait derrière lui.

– Salle d'interrogatoire numéro 1, Dunc. Mais, Duncan… Ce que je voulais vous dire… – Il s'interrompit, ses bras retombant le long de son corps. – C'est Walter Maitland.

McCormack se figea, se retourna pour faire face à Brian. Il plia son imperméable, le posa sur son avant-bras.

– Walter Maitland m'attend dans la salle numéro 1 ?

– J'ai essayé de vous prévenir.

– Il veut me voir ? Moi, spécifiquement ?

Brian hocha la tête comme un dément et fit un geste d'impuissance, cherchant en vain ses mots.

– C'est bon, Brian. Calmez-vous. Il vous a expliqué de quoi il retournait ?

– Ben non, justement : il ne veut parler qu'à vous. Tout le monde est à cran, là-bas.

– Ah. – McCormack donna une tape sur l'épaule de Brian. – Alors je ferais mieux d'aller voir ce que me veut cet homme, non ?

McCormack continua en direction de l'Étable – ni Goldie ni Nicol n'étaient encore à leur bureau – et tourna la clé dans la serrure de son bureau. Il pendit son imperméable au portemanteau dans le coin et parcourut du regard la petite pièce. Le téléphone sur le bureau paraissait inchangé. Le classeur à tiroirs cabossé était du même vert. Tout semblait normal, hormis le fait que Walter Maitland s'était présenté de lui-même au commissariat de Temple et avait demandé à le voir, lui. Il attendit que la chose prenne sens, mais elle n'en prit aucun, si bien qu'il rajusta sa cravate dans le petit miroir fixé au dos de sa porte et se dirigea vers le couloir.

Walter Maitland se retourna quand McCormack poussa la porte de la salle d'interrogatoire et pénétra à l'intérieur. Les mâchoires de Maitland étaient crispées de rage. Il se planta devant McCormack avec la posture ramassée d'un boxeur.

– Vous avez mis le temps, putain, cracha-t-il.

McCormack marcha jusqu'à la table vissée au sol et tira une des chaises. Il s'assit, le dos tourné à Maitland. Il prit son carnet et le posa sur la table. Il sortit un stylo de sa poche intérieure, le fit cliqueter deux ou trois fois et l'installa à côté du carnet.

– Vous ne voulez pas vous asseoir, MONSIEUR Maitland ?

L'espace d'un instant, McCormack sentit les poils de son cou se hérisser et se demanda si Maitland n'allait pas se jeter sur lui, mais il garda son sang-froid et l'épaisse carcasse de Maitland entra lourdement dans son champ de vision, tirant une chaise de l'autre côté de la table et s'affalant dessus.

Maitland portait une chemise noire bien repassée. Un costume bleu nuit impeccable. Il était rasé de près, sa chevelure noire soigneusement rabattue en arrière, raie sur le côté. Il se courba au-dessus de la table, ses énormes mains calées sur le bois balafré poings légèrement fermés. Un discret parfum d'eau de Cologne émanait de son col ouvert.

McCormack détacha les yeux de son carnet et croisa le regard du gangster. Il y avait de la rage dedans, et peut-être autre chose, que McCormack ne put déchiffrer. Il bascula son poids d'une fesse sur l'autre, resserrant consciemment son attention.

Quelle raison pouvait bien avoir Walter Maitland d'être ici ? McCormack n'en voyait aucune. En temps normal, jamais Maitland n'aurait franchi le seuil d'un poste de police. De par ses activités, Maitland perdait en quelque sorte son droit à être protégé par les forces de l'ordre. Lorsqu'un problème se présentait, Maitland ou ses hommes le réglaient. Donc, à l'évidence, il avait rencontré un problème qu'il ne pouvait régler. Ou alors il était là pour lui faire avaler un truc.

Dévisageant Maitland, McCormack vit qu'il se débattait avec le poids de ce qu'il était venu lui dire.

Les gros poings étaient toujours plantés sur la table, se balançant imperceptiblement d'avant en arrière, tandis que les narines du gangster palpitaient nerveusement.

– C'est mon gosse, finit-il par annoncer d'un ton monocorde. Mon fils a été enlevé.

– Enlevé ?

McCormack avait du mal à envisager la chose. Maitland hocha la tête et passa une pogne dans ses cheveux.

– Ouais. Enlevé.

– Vous êtes en train de me dire qu'on a kidnappé votre fils.

– Vous pigez vite, vous…

McCormack grimaça, rejeta sa tête en arrière. Il avait passé des semaines et des mois à attendre le moment où Maitland serait assis en face de lui dans une salle d'interrogatoire, et maintenant que cela arrivait, il avait l'impression d'être dans un rêve, comme si tout était inversé et que c'était Maitland qui contrôlait cet échange, et pas lui. À coup sûr, personne n'était assez stupide pour kidnapper le fils de Maitland, sauf à être privé de cerveau.

– Et ils savent qui il est ? interrogea McCormack. Je veux dire, ils savent que c'est votre fils qu'ils ont enlevé ?

– Ben, vu qu'ils m'ont envoyé une lettre pour me le dire, j'aurais tendance à croire que oui.

McCormack porta la main à sa mâchoire. Il sentit le bout de mouchoir en papier dont il s'était servi pour endiguer le saignement de sa coupure, le fit tomber par terre. Ni Maitland ni McCormack n'avaient jugé bon de spécifier qui ce "ils" pouvait être, mais il n'y avait pas besoin d'être un foutu voyant pour le comprendre. "Ils" ne pouvaient être que les Quinn. Mais Maitland n'avait pas encore répliqué à l'attentat du Barracks Bar. La balle était donc toujours dans son camp. Qu'avaient donc les Quinn à s'agiter dans tous les sens ? Ce geste avait quelque chose de bizarre, de trop désespéré, même pour les Quinn. Kidnapper le fils d'un rival était une déclaration de guerre totale. Cela signifiait que plus rien n'était interdit, qu'il n'y avait plus à respecter la moindre règle, le moindre code de conduite. C'était le retour à l'état de nature, la guerre de tous contre chacun.

Mais ce n'était pas cela qui le troublait le plus. Ce qui l'embêtait surtout, c'était ceci : si les Quinn avaient enlevé le fils de Walter Maitland, pourquoi Walter Maitland était-il venu trouver la police ?

– Et que disaient les Quinn ? Dans cette lettre, je veux dire.

– C'est pas les Quinn, rétorqua Maitland.

– C'est forcément eux. Vous êtes en train de me dire que quelqu'un d'autre aurait eu les couilles d'enlever votre fils ?

– C'est pas les Quinn, répéta Maitland.

Malgré toute sa rage, Maitland avait du mal à se confier à l'inspecteur des Highlands, et tout à coup McCormack comprit ce qu'était l'autre chose, derrière la rage. De la honte. Venir ici comme un simple citoyen, pour supplier, lui avait tant coûté. Difficile de ne pas savourer un peu ce moment, de ne pas avoir envie de le laisser souffrir encore un peu.

– C'est une rançon qu'ils veulent ?

– Non. – Une mèche des cheveux de Maitland se libéra lorsqu'il secoua la tête. – Pas de rançon.

McCormack fut de nouveau frappé par l'aspect irréel de cette situation. Des gens avaient élaboré le projet de kidnapper l'enfant de Walter Maitland. Et au lieu de l'enfouir dans les profondeurs de leur conscience et de remercier Dieu de l'avoir échappé belle, ils étaient passés à l'action.

– Désolé, monsieur Maitland. C'est arrivé quand ? Comment s'y sont-ils pris ? Je veux dire, où se trouvait votre fils ?

– Il vit avec sa mère, répondit Maitland. Dans l'Ayrshire.

Comme si cela expliquait tout. Comme si ça n'aurait pas pu arriver si le gamin avait vécu à Glasgow.

– Et donc, quoi : ils se sont juste pointés comme ça et l'ont embarqué ?

Il n'arrivait pas à se représenter la chose ; tout ça semblait surréaliste.

La mâchoire de Maitland parut soudain s'allonger.

– Vous croyez qu'on le balade partout dans une putain de voiture blindée ? C'est un garçon ordinaire. Sa mère n'est pas impliquée. Et lui non plus.

– Il est impliqué, maintenant.

Les poings de Maitland se refermèrent, juste une fois, sur la table. Son souffle se fit plus haché, avant de se stabiliser.

– Il n'est pas le seul.

McCormack posa d'autres questions. Il nota tous les détails, le parc où le garçon s'était fait enlever, son adresse dans l'Ayrshire, le nom de la mère et son numéro de téléphone, l'âge du petit (douze ans), son nom (Robert), le numéro où l'on pouvait joindre Maitland.

– Vous avez apporté la lettre ?

– Vous l'aurez, cette lettre. Je veux juste savoir d'abord ce que vous allez faire.

– Eh bien, vous pouvez compter sur nous pour tout mettre en œuvre, monsieur Maitland.

– Ça veut dire quoi ça, putain ?

– Ça veut dire que le mieux que vous puissiez faire pour le moment, c'est attendre, M. Maitland. Et peut-être aussi surveiller votre langage.

– Mon *langage* ? Mon fils a été kidnappé, pauvre con. Et vous me reprenez à cause d'un juron ?

McCormack referma son carnet, posa son stylo dessus.

– Vous savez, monsieur Maitland… Quand on passe son temps à incendier des bâtiments, à faire abattre ou poignarder des gens… Les autres ont tendance à se fâcher. Ça les agace.

– Vous pensez que je le mérite ? Vous pensez que je l'ai bien cherché ?

– Il ne s'agit pas de vous, monsieur Maitland. Est-ce que je pense que votre fils le mérite ? C'est ça, la question. Eh bien, non. Il ne le mérite pas. Il était là, c'est tout. Mais vous ? Vous méritez tout ce qui va vous tomber dessus. J'espère juste être là pour le voir.

– Vous prenez votre pied, hein ? Quel genre d'homme…

– Vous, monsieur Maitland ! Vous êtes le genre d'homme qui prend son pied en voyant les gens souffrir. Pas moi. Je suis désolé pour votre fils. Je suis désolé qu'on l'ait enlevé.

– Épargnez-moi votre foutue pitié. Gardez-la pour le connard qui a fait ça. C'est lui qui va en avoir besoin.

Les deux hommes se dévisagèrent par-dessus ce mètre vingt de bois balafré.

– Je comprends votre colère. Toutefois… – McCormack tapota son stylo sur la table. – Aussi triste que cela puisse être, le monde ne s'arrête pas de tourner parce que votre fils a disparu. Écoutez, nous avons une piste concernant l'attentat du Barracks Bar. Nous savons qui a tué votre frère, monsieur Maitland. Et Gavin Elliot, aussi. Nous savons qui a fait ça.

Maitland se rassit au fond de sa chaise, hochant la tête. Il semblait plus calme, soudain, le regard qu'il lança à McCormack tandis qu'il croisait ses jambes, empoignant sa cheville à pleine main, était presque sardonique. McCormack remarqua le miroitement de l'alliance au doigt de Maitland, les diamants anguleux imprimés sur ses chaussettes.

– Bien sûr, cette information demeure confidentielle pour le moment, poursuivit McCormack. Nous ne pouvons pas révéler l'identité de cette personne, mais soyez assuré que nous le ferons... il y a quelque chose de *drôle* ?

Le sourire crispé de Maitland se détendit.

– Pas besoin de me donner son nom, monsieur le flicard. Je le connais, son putain de nom.

McCormack leva les yeux sur l'horloge murale, comme s'il était essentiel de noter l'heure de cet échange, comme s'il lui serait demandé par la suite de fournir ce détail. Un pressentiment aussi fugace que vertigineux le traversa soudain, il sut dans un recoin obscur de son cerveau ce que Maitland s'apprêtait à dire, les pièces du puzzle se mirent en place d'elles-mêmes, mais pas assez vite pour devancer la voix du gangster.

– Je connais son putain de nom parce que c'est le même gars. Le type qui a buté Elliot, le type qui a fait sauter le Barracks Bar, le type qui a tué Hughie. C'est le gars qui a pris mon petit. Il s'appelle Gordon Chisholm.

Alors, Maitland plongea la main dans sa poche intérieure et posa sur la table, avec délicatesse, une enveloppe grossièrement décachetée. Sans le quitter des yeux, McCormack tendit le bras pour la prendre.

Un cachet de poste circulaire était tamponné dessus : "Bearsden, Glasgow" autour du cercle et, au centre : "14 heures, 8 juillet 1975." Elle avait donc été postée la veille. Elle contenait une feuille de papier, format A4, pliée en trois. Comme McCormack la dépliait, un petit carré de papier noir, bordé de blanc, s'en échappa et tomba sur la table. C'était un polaroïd. McCormack sortit son mouchoir pour le retourner.

On y voyait un garçon de douze ou treize ans, pris au-dessus du torse, debout contre un mur de parpaings. Rien ne permettait de dater la photographie, aucun journal dans les mains de l'enfant, un fond totalement anonyme. On aurait dit une sorte de dépendance ou de hangar industriel, avec cette simple paroi d'agglos aux joints grossiers. C'était un mur intérieur ; l'éclat du flash avait blanchi le visage de l'enfant, rougi ses pupilles. Le garçon avait l'air sombre, sans détresse ni peur visibles, malgré l'entaille béante sur l'arête de son nez. Ses traits adolescents étaient encore trop prononcés pour son visage, mais il aurait bientôt la beauté légèrement quelconque de son père, la même mâchoire carrée.

S'il vivait assez longtemps pour en hériter.

McCormack s'intéressa à la lettre. Il l'aplanit avec son poing. Elle était écrite à la main avec un stylo noir, sur une feuille de papier blanc. En attaché. Sans même essayer de camoufler l'écriture en ayant recours à des lettres capitales :

Monsieur Maitland,
L'incendie que vous avez déclenché à Tradeston le mois dernier a tué ma femme et ma fille unique. Ma fille s'appelait Kirsty. Elle avait quatre ans. Vous ne pouvez pas imaginer combien il est douloureux de perdre son enfant de cette manière. Mais, bientôt, vous pourrez. Je n'ai aucune demande à formuler. Je ne veux pas de rançon. Je vous accorde juste la faveur d'un peu de temps pour vous préparer à cette perte, qui ne tardera pas à venir.
Bien à vous,
Gordon Chisholm

McCormack relut la lettre. Il retourna la feuille pour examiner le verso et la tendit devant la lumière en quête d'un filigrane : rien.

– C'est une photo récente de votre garçon ?

– C'est Robert, ouais. Et il portait ce tee-shirt-là.

– Qu'est-il arrivé à son nez ?

Maitland haussa les épaules.

– J'imagine qu'il a résisté.

McCormack reposa la lettre sur la table.

– Pas d'appels téléphoniques ? Pas d'autre échange ?

– Non, juste la lettre.

– OK. Eh bien, attendons de voir ce qu'il va faire, maintenant. Il va vous recontacter, monsieur Maitland. C'est une certitude. En attendant, nous allons diffuser la photo de Chisholm dans tous les journaux et dans les actualités du soir à la télé. Nous retrouverons Gordon Chisholm. Et si nous le pouvons, nous retrouverons votre fils.

Maitland se leva et reboutonna sa veste. Il passa devant McCormack comme un homme pataugeant dans l'eau.

39

– Nous savons qui a fait ça, annonça McCormack. Nous avons identifié l'homme qui a assassiné Gavin Elliot. L'homme qui a posé une bombe devant le Barracks Bar. Qui a tué Iain Shand et les autres.

Cette fois, au moins, ses interlocuteurs ne hochèrent pas la tête et ne le dévisagèrent pas avec un sourire entendu. Ils échangèrent des regards, sans rien dire.

– Walter Maitland aussi le sait. Il le savait sans que j'aie besoin de le lui dire. Il est venu ici ce matin, avant votre arrivée.

Ça, ils le savaient. La nouvelle que Walter Maitland était venu trouver McCormack s'était répandue comme une traînée de poudre dans tout le commissariat. McCormack n'avait pas encore terminé de faire son rapport à Haddow sur cette entrevue que la plupart de ses collègues s'entassaient déjà dans l'Étable, mitraillant Goldie et Nicol de questions sur les liens que leur chef entretenait avec Maitland.

– L'homme que nous cherchons, poursuivit McCormack, est Gordon Chisholm.

Il attendit que ce nom percute. Les yeux fermés, Nicol était en train de faire défiler sa base de données mentale. Goldie avait le regard vide. Au bout d'un moment, Nicol rouvrit les yeux et secoua la tête.

– Ce nom me dit quelque chose, *sir*. Mais je n'arrive pas à le remettre.

– L'incendie à Tradeston, leur expliqua McCormack. Chisholm est le mari de la femme qui est morte. Le père de la fillette. Il a servi en Ulster au sein des Royal Highland Fusiliers, en 1971.

Goldie passa son pouce sur la surface ondulée de son front.

– Je saisis toujours pas, Duncan. Un soldat qui fait sauter le Barracks Bar ? Un pub à trouffions ? Un gars qui a servi en Ulster ?

– Il n'a pas fait sauter un bar à soldats, répliqua McCormack. Il a fait sauter un pub appartenant aux Maitland.

– Il voulait se venger de l'incendie, *sir*, c'est ça ?

– Nous le pensons, oui, Nicol. Nous savons que Maitland a commandité l'incendie de Tradeston. Chisholm le tient pour responsable de la mort de sa famille.

Goldie se leva de son bureau, remonta son pantalon.

– Mais pourquoi Elliot ? Le Barracks Bar, encore, je veux bien. Il reproche aux Maitland d'avoir incendié cet immeuble. C'est eux qui ont tué sa femme et sa gamine. Il se venge sur le pub de Maitland. Mais Elliot, qu'est-ce qu'il vient faire là ? Il aurait buté Elliot – après l'avoir torturé – parce qu'il a fait un peu de business avec Hugh Maitland ? Parce qu'ils possèdent deux, trois immeubles ensemble ? Ça tient pas debout, Dunc.

– Elliot possédait un immeuble en particulier, répliqua McCormack. Vous vous rappelez ?

Goldie se tourna vers Nicol, puis reporta son attention sur McCormack.

– L'immeuble délabré de Tradeston ? C'était Elliot le proprio ?

– Exactement. Je pense que Chisholm en voulait à Elliot à cause de l'état pitoyable de ce bâtiment. Des ordures dans les parties communes. Des vieux meubles entassés dans le hall du fond. Cet endroit ne respectait absolument pas les normes incendie.

– Mais il y a autre chose, dit Nicol. Quelque chose que vous ne nous dites pas…

– Effectivement, admit McCormack.

– Sinon vous seriez comme un fou, d'avoir identifié Chisholm. Qu'est-ce qui s'est passé, *sir* ?

– Il a enlevé le fils de Maitland. – Un silence accueillit cette annonce. McCormack ôta ses lunettes et se frotta le visage. Il remit ses lunettes. – Gordon Chisholm a kidnappé le fils de Walter Maitland, dit-il, détachant bien chaque syllabe.

– Oh putain ! s'exclama Goldie. On sait où il est ? Il a dit ce qu'il voulait ?

McCormack sortit la lettre de sa poche intérieure, la lissa sur le bureau de Nicol.

– Il ne demande rien du tout. Il veut juste que Maitland sache qu'il va tuer le gamin. Il veut que Maitland souffre.

Goldie s'approcha du bureau de Nicol, se pencha pour lire la lettre par-dessus l'épaule de celle-ci.

– Alors y a rien à faire. – Goldie se redressa. – Le gosse est foutu. Il a quel âge ?

– Douze ans.

– Vous croyez qu'il l'a déjà tué ? demanda Nicol.

– Je l'ignore. Mais quoi qu'il arrive maintenant, Chisholm est un homme mort.

– Ça, c'est sûr, acquiesça Goldie. Enlever le fils de Maitland ? Putain ! Même s'il le rend, Maitland le butera. Alors il se dit sans doute : oh et puis merde, autant aller jusqu'au bout.

– Il a enlevé le garçon lundi soir, précisa McCormack d'une voix neutre.

– Presque deux jours.

Goldie secoua la tête.

– Écoutez, nous savons comment ces choses-là se passent. – McCormack ramassa la lettre et la replia, avant de la glisser dans sa poche. – Plus ça dure, plus la victime a de risque d'être tuée. Mais quand même. Ça fait seulement deux jours. Partons du principe que le gosse est encore vivant.

– Comment a-t-il fait pour l'enlever ? interrogea Nicol.

– Il l'a ramassé dans un jardin public à côté de chez sa mère. Dans l'Ayrshire. À West Kilbride. La lettre porte le cachet de Bearsden. Postée hier. J'imagine que Bearsden était juste un leurre, mais peut-être que quelqu'un l'a remarqué là-bas et a vu vers où il repartait.

Nicol avait les poings serrés, les paupières aussi. Puis ses yeux se rouvrirent brusquement.

– *Sir!* Le van Volkswagen!

– Quoi?

– Un van a été aperçu sur Crawford Street le soir où le corps d'Elliot a été balancé. Il a également été aperçu devant le Barracks Bar. Chisholm roule en van Volkswagen. Nous avons la liste de tous les gens qui en possèdent un, n'est-ce pas? Gordon Chisholm figurera forcément dessus.

– Il figurera dessus si ce véhicule est immatriculé à Glasgow ou s'il l'a acheté ici, répondit Goldie. Pas s'il l'a acheté ailleurs.

– Pouvez-vous nous trouver cette liste, Derek? Si Chisholm apparaît dessus, alors nous aurons son adresse.

Nicol fronça les sourcils.

– Et s'il n'a pas d'adresse? C'est un peu le principe, non, *sir*? De ce genre de camping-car: on va où on veut.

– Il a séquestré Gavin Elliot pendant cinq jours, Nicol. Il a enlevé le fils de Walter Maitland. Il n'allait pas faire ça dans un camping-car. Bien sûr qu'il a une adresse.

Goldie avait retrouvé la liste. Plusieurs pages, agrafées ensemble. Il les feuilleta lentement. Nicol et McCormack virent ses yeux parcourir les pages une par une. Secouant la tête une dernière fois, il jeta la liste sur le bureau.

– Nan. Que dalle.

– OK. Gardons la tête froide. Nous finirons bien par l'avoir. Derek: envoyez un agent au bureau des immatriculations de Bothwell Street. Qu'il épluche le registre. Tous les vans Volkswagen achetés et immatriculés en

Écosse. Ces dix dernières années. Il faut qu'il vérifie les cartes grises une par une, pour voir si le nom de Chisholm apparaît quelque part. Qu'il ne revienne pas avant d'avoir trouvé l'adresse de Gordon Chisholm. Compris ?

– Compris.

– Pendant ce temps, Derek, occupez-vous du ministère de la Défense. Il nous faut le dossier complet de Chisholm. Les noms de ses camarades, des gens dont il était le plus proche. Toutes les adresses qu'il a pu donner à l'armée. Nicol ?

– *Sir ?*

– La famille de Chisholm : je veux les noms de ses tantes, de ses oncles, ses proches les plus âgés. Tous ceux qui auraient pu mourir et lui léguer une maison. Il faut qu'on sache qui est mort, quand, le contenu détaillé de leur testament. Chisholm est planqué dans un endroit vaste ou isolé. Sans doute les deux. Il se trouve dans une ferme, peut-être un cottage au milieu de la lande. Un truc dans le genre. Il nous faut l'adresse, et vite. Quoi d'autre ? – McCormack avait décroché son imper de la porte et l'enfilait. – Ah, une photo. Nous avons besoin d'une photo récente. Un gros plan du visage. L'armée doit en avoir une. Il nous faut le signalement de Chisholm et sa photo dans tous les journaux, à commencer par l'*Evening Times* de ce soir. Un numéro d'appel renvoyant à notre bureau : trouvez-moi un agent pour s'en occuper.

– *Sir.* Les journaux n'auraient-ils pas une photo ? Prise à l'enterrement ?

McCormack s'immobilisa, le bras à moitié glissé dans la manche de l'imperméable, et se tourna vers Nicol.

– Oui, c'est bien possible. Mais il faut qu'elle soit nette, en gros plan. OK ? J'y pense : votre petit voyage dans l'Ayrshire, ça a donné quoi ? J'ai oublié de vous demander.

– La Maison Rouge ? Oh, je l'ai trouvée, *sir*. Un certain Wylie. Veuf. Sa femme et lui accueillaient des enfants placés, dans le temps. Ils ont hébergé Yvonne Gray pendant un an ou deux dans les années 1950. Yvonne et une autre gamine. Mais ça n'a pas marché. Wylie dit qu'il n'a pas revu Yvonne depuis son adolescence.

– OK. Eh bien, Nicol, continuons à chercher. Elle finira bien par réapparaître. D'ici là, dénichez-moi une photo potable de Chisholm. Passez un coup de fil à Fiona Morrison, du *Record*: dites-lui que je lui enverrai quelques indices plus tard si elle met en avant la photo de Chisholm.

– Je m'en occupe, *sir*.

McCormack avait la main posée sur la poignée.

– Attendez une seconde, Duncan. – Goldie venait d'avoir une idée. – Chisholm envoie une lettre à Maitland. Pas de demande de rançon, rien, il veut juste que Maitland sache pourquoi on le punit.

– C'est exact.

– Alors comment ça se fait qu'il n'ait rien envoyé à la famille d'Elliot ?

McCormack réfléchit quelques instants. Il lissa les pans de son imper, rabattit le col.

– Il s'est peut-être dit qu'il préférait l'annoncer directement à Elliot. Vous savez, pendant qu'il le torturait à mort quatre jours durant…

– Ouais, mais dans ce cas Elliot emporterait ça dans sa tombe. Mais Chisholm devait avoir envie que d'autres gens le sachent, non ? Les proches d'Elliot ?

– OK. Peut-être. – McCormack parut ployer sous le poids de son fin imperméable. Il redressa péniblement ses épaules. – Eh bien, il faudra intégrer ça à notre réflexion, Derek. Allez, je file à Ingram Street.

– Pour y faire quoi ?

– Rencontrer l'enquêteur incendie. Toute cette histoire semble avoir découlé du feu à Tradeston. C'est ça qui a déclenché la réaction de Chisholm. C'est également cet incendie qui a provoqué les états d'âme de la taupe mystère de Shand. Je crois que la clé, c'est ce feu. Enfin, l'une des clés. Et pas mal de détails nous échappent encore. OK. On se voit tout à l'heure. En ville. Vous connaissez le café Varani's, sur Gallowgate ? Sous le viaduc ? Venez m'y retrouver tous les deux. À quatorze heures. Vous me reconnaîtrez : je serai le type en train de vider des triples whiskys.

Deux minutes après le départ de McCormack, Haddow débarqua à l'Étable. Il avait dû guetter en douce, en conclut Nicol ; attendre le bon moment. Il hochait la tête, l'air fuyant, avançant comme un instituteur au milieu des bureaux, s'arrêtant un instant pour examiner leur travail. Nicol chercha le regard de Goldie : Qu'est-ce qu'il va encore nous inventer, putain ?

– Je voulais vous dire… commença Haddow. Il s'était immobilisé au pied du tableau blanc. – Je l'ai dit à McCormack tout à l'heure, mais je voulais vous en parler moi-même. C'est du bon boulot. Le big boss aussi est content.

Eh bien, c'est le plus important, songea Nicol. Du moment que le chef de la police te fiche un peu la paix.

– Ça n'a pas toujours été facile, poursuivit Haddow. Entre l'inspecteur principal McCormack et moi. Mais ça ? C'est un résultat, pas de doute.

– Merci, *sir*, répondit Goldie, sur ses gardes. Mais bon, faut encore qu'on l'attrape.

– Oh, vous allez le coincer. – Haddow écarta de la main l'idée même d'un échec. – Ça ne fait aucun doute, inspecteur.

Cela ressemblait à de la confiance, se dit Nicol, mais en fait c'était du soulagement. Haddow était soulagé qu'il ne s'agisse pas des Irlandais. Ils n'allaient pas devoir gérer une menace terroriste. Et pas non plus une guerre des gangs, puisque ce n'étaient pas les Quinn. Haddow était bien content que ces deux scénarios aient été écartés. L'adolescent enlevé était le fils d'un gangster, pas de vrais citoyens. Ils avaient identifié le coupable ; ils avaient un nom et un visage pour la une du *Record*, et c'était tout ce qui comptait. Après, il ne resterait plus que quelques problèmes à régler, et un autre que lui s'en chargerait, comme d'habitude.

– Et si on ne l'attrape pas, *nous*… ajouta Haddow… vous pouvez être sûrs que Walter Maitland le fera.

Haddow venait de franchir le seuil de la porte quand il s'arrêta.

– Je glisserai un mot sur vous deux, bien sûr, le moment venu. Pour une promotion, je veux dire.

Ils grommelèrent un merci. Et alors, comme s'il venait juste de se rappeler un truc, Haddow revint dans la pièce et referma la porte derrière lui.

– Mais, écoutez-moi… Je sais que ça n'a pas été facile de bosser avec McCormack. Je veux dire, c'est pas un joueur d'équipe. Nous le savons tous. Il se la joue toujours perso. Alors, s'il y a quoi que ce soit qui vous dérange. Quoi que ce soit que je devrais savoir. Ma porte est toujours ouverte. OK ? Confidentialité totale. Je n'en dirai pas plus.

L'instant d'après, il avait disparu dans le couloir, son sifflement haut perché et mélodieux se répercutant sur la pierre froide des murs.

40

Gordon Chisholm se réveilla comme un homme en train de se noyer. S'agitant dans tous les sens, battant des bras et des pieds, trempé de sueur. Il avait oublié ce que c'était que de commencer une journée normalement, s'étirer et se lever de son lit. Le raclement des corn-flakes dans le bol. Le journal du matin. Le joyeux éclat orangé d'un verre de jus.

Chaque nuit, son esprit repassait inlassablement une version du même film. Celui-ci défilait encore, là, tandis qu'il repoussait les couvertures et restait vautré sur les draps froissés, et Chisholm devait l'endurer, à la fois acteur et spectateur, au cœur de l'action et totalement extérieur.

Quatre soldats avancent en file indienne dans les rues du centre. Quatre hommes en tenue de camouflage, à dix mètres les uns des autres. Rangers aux pieds et fusils d'assaut. Calots écossais à pompon rouge. Le dernier homme tourné vers l'arrière. Quand l'homme de tête s'arrête, tous l'imitent, maintenant la distance entre eux. Puis, au signal, la patrouille se remet en marche. Les badauds sortis faire leurs courses sur la Royal Avenue de Belfast vaquent à leurs occupations sans même un regard aux soldats. On dirait qu'une guerre se déroule dans une autre dimension que la vie quotidienne. À moins qu'il ne s'agisse d'une colonne fantôme, d'une patrouille sortie d'un conflit passé et depuis longtemps oublié, et ces soldats vont traverser le mur de grès rouge du siège du *Telegraph* et disparaître à nouveau dans le passé.

L'homme qui ferme la marche est Gordon Chisholm. Il ouvre et referme ses doigts sur le fusil. Ses paumes sont moites. Il voudrait les essuyer sur son pantalon de treillis mais il ne peut pas se permettre de relâcher son attention. Il est les yeux derrière la tête de la bête kaki en train de serpenter parmi la foule sortie à l'heure du déjeuner. Il guette le moindre signe de danger, le miroitement de la lunette de tir d'un sniper sur le toit d'un immeuble, le bras dressé d'un jeune jaillissant d'une porte pour lancer un pavé ou une bouteille de lait remplie d'essence, d'où émerge un chiffon enflammé. Il doit sans cesse jeter des regards derrière lui pour vérifier qu'il n'y a pas d'obstacles par terre et garder le contact visuel avec ses camarades.

Il tourne la tête vers le sac à dos du troisième homme, puis braque à nouveau ses yeux sur la rue. C'est une journée froide, couverte, le ciel bas est lourd de nuages violets. Un petit chien marron et blanc traverse la rue en trottinant, sans se soucier des voitures freinant en catastrophe. Une mère tire sur le bras de son bambin qui traînasse. Deux hommes se penchent pour allumer leurs clopes avec la même allumette. Chisholm passe la langue sur ses gencives pour apaiser la sécheresse de sa bouche. Il se sent invisible. Il voudrait que quelqu'un croise son regard, reconnaisse qu'il existe, qu'il se trouve bien ici dans cette rue, en cet instant. Il se sent invisible, mais les poils sur sa nuque sont hérissés de peur. *Regardez-moi*, les enjoint-il. *Regardez-moi, putain.*

Et, soudain, quelqu'un le fait.

Un homme adossé à la façade de la Central Library, près de l'entrée de la bibliothèque. Veste en jean et longs cheveux noirs. Il jette un regard furtif à travers sa frange et croise celui de Chisholm. Il y a dans ces yeux un éclat que Chisholm ne parvient pas à déchiffrer, puis l'homme pousse sur le mur pour s'en écarter et entreprend de traverser la rue. Chisholm a tout juste le temps de saisir qu'il se passe quelque chose, quand il entend le rugissement d'un moteur et un grincement de freins et, en se tournant, il voit une camionnette débouler à toute vitesse d'une rue perpendiculaire et s'arrêter net devant lui. Le reste de la patrouille se trouve de l'autre côté du van et, maintenant, la portière s'ouvre brusquement et le conducteur traverse en courant Royal Avenue, sprintant comme un malade. Chisholm referme ses mains sur le fusil et songe à poser un genou à terre, mais le chauffeur a déjà disparu parmi les badauds affairés, et c'est alors que Chisholm sent un choc sec sur son épaule et se retrouve assis sur le trottoir, son arme en travers des genoux.

Le temps s'est quasiment arrêté, à présent, et Chisholm contemple sans le son le bout luisant de ses chaussures, une demi-orange épluchée au fond du caniveau et les visages des passants, qui le regardent maintenant, yeux écarquillés et bouche bée, mâchouillant l'air, avant que le monde ne retrouve sa vitesse normale, alors des cris et des tirs se font entendre et Chisholm se relève tant bien que mal dans un raclement de rangers et se précipite dans la rue perpendiculaire.

Les autres sont là, eux aussi, et ils se jettent derrière la camionnette, agrippés à leurs fusils, le souffle court. Chisholm palpe son corps et courbe l'épaule, cherchant la blessure. Il n'a pas été touché ; la balle a frappé son sac à dos, le projetant au sol. Il sourit, peinant à retrouver son souffle, lorsqu'il aperçoit le visage tordu de Mitchell. Mitch désigne le van d'un geste du pouce et articule : "Bombe !", puis ils courent à grand fracas dans la rue et, trente mètres plus loin, se laissent tomber dans un renfoncement de porte. Et c'est alors seulement, tandis que Mitch sort sa radio pour appeler des renforts et que les hululements de la sirène tourbillonnent dans l'air, c'est alors seulement que les trois soldats lisent cette question sur les visages dévastés de leurs compagnons : *Le sergent… Putain, où est passé le sergent ?*

Et voilà qu'ils remontent la petite rue, longent la camionnette à la portière toujours ouverte et s'engagent dans l'avenue, où un petit groupe s'est formé autour d'une femme agenouillée, un foulard sur la tête. Devant elle, les semelles des rangers du sergent, ses genoux en treillis et maintenant son visage blanc, étrangement paisible, et la mare de sang qui se répand derrière son crâne.

Ils n'ont compris que plus tard. Ce qui s'était passé. Deux snipers. Quand la camionnette a déboulé de Ken Street, le premier a tiré sur Chisholm. Le reste de la patrouille, voyant que Chisholm se retrouvait coupé d'eux, a fait demi-tour pour le retrouver. C'est à ce moment-là que le second sniper a touché le sergent Skilling à l'arrière du crâne. On a identifié deux appartements vides au dernier étage, loués sous de faux noms et payés d'avance. Pas d'empreintes, pas de douilles. Rien que des voilages s'agitant devant la fenêtre à guillotine laissée ouverte.

Après la mort du sergent Skilling, Chisholm était devenu une sorte de talisman aux yeux des autres Fusiliers. Tout le monde voulait l'avoir dans son groupe de patrouille. Il ne pouvait rien vous arriver si Chisholm était avec vous, lui qui avait échappé sans une égratignure à la balle d'un sniper. Lui-même était devenu aussi brutal que téméraire. Quand ils débarquaient dans le quartier de Short Strand ou dans les rues autour de Falls Road, cherchant des caches d'armes, Chisholm disjonctait, saccageant les petites maisons, brisant les saints de plâtre. Dans la première maison où ils avaient fait une descente après la mort de Skilling, Chisholm était tombé sur un Jésus pointant du doigt, tristement, son cœur à nu, et il avait abattu la crosse de son fusil sur le cadre. Jésus les attendait dans toutes les maisons qu'ils fouillaient, attirant le regard de Chisholm, au point que désormais la première chose qu'il faisait chaque fois que son groupe enfonçait la porte d'une famille catholique, c'était chercher l'image du Sacré-Cœur et la détruire, la piétiner sous ses rangers. *Va te faire foutre, sale Jésus catho.*

Ses chefs s'étaient servis de sa fureur. Ils l'avaient utilisée dans le cadre d'une opération secrète consistant à interroger des cathos dans une caserne située au nord de

Belfast. Les Cinq Techniques. La torture. Mais il savait déjà. C'était fini pour lui, tout ça. Il fallait qu'il se tire. Il partait en vrille. Il ne pouvait plus croiser le pompon rouge d'un béret écossais sans voir aussitôt la balle qui frappait le crâne du sergent Skilling, le sang qui jaillissait.

Alors, il était rentré chez lui. À Glasgow. Pour retrouver Denise et leur petite Kirsty. L'appartement miteux à Tradeston. Mais c'était comme s'il était encore là-bas. Denise était catholique. Il y avait un Sacré-Cœur dans le couloir de leur appartement et, chaque fois qu'il passait devant, Chisholm se retrouvait à Belfast. Un soir, en rentrant du pub, il avait pris un marteau et avait brisé le cadre en mille morceaux, puis il avait continué, dévastant tout l'appartement. Quand les policiers avaient débarqué, ils l'avaient trouvé en pleurs dans la petite cuisine, à genoux au milieu des chaises brisées, Denise lui caressait les cheveux pour l'apaiser. Les flics ne l'avaient pas embarqué, se contentant d'un simple avertissement, mais Denise avait atteint sa limite.

Chisholm aussi, à sa manière. Il avait repensé à ces soirées de son enfance – ses souvenirs les plus anciens, ses seuls souvenirs, se disait-il parfois – où son père, dans une rage alcoolisée, fracassait tout dans leur chambre-cuisine, les assiettes posées sur le buffet s'entrechoquant bruyamment. Le rictus mauvais de son père sous sa moustache dorée. Ses épaules cruelles roulant sous les bretelles de son uniforme. Avant même ses trois ou quatre ans, Chisholm avait été capable de deviner, au bruit de la clé dans la serrure, le degré d'ivresse exact de son père et combien lui-même devait avoir peur. Et après la mort de son père, pendant toutes ces années passées au foyer pour enfants, Chisholm s'était fait la promesse qu'ils se font tous : il serait différent. Il ne ferait pas subir ça à sa famille. Et pourtant, scoop de dernière minute, voilà ce qu'il était devenu : un putain de troufion alcoolique comme son bon à rien de père.

Il avait déménagé. Juste le temps de se reprendre. Ne sachant où aller, il s'était rendu chez le sergent Skilling, dans l'Ayshire, où il était passé saluer la mère du sergent à son retour d'Irlande. Mme Skilling était veuve. Vivant seule, elle avait été ravie d'accueillir Chisholm chez elle. Juste pour quelques semaines, lui avait-il promis. Denise et lui se remettraient ensemble. Tout allait s'arranger.

C'est là que c'était arrivé.

L'incendie.

Il avait vu ça dans le *Record*, une photographie des échelles de pompiers et de l'immeuble calciné, qu'il avait tout de suite reconnu. Il se demandait si cet incendie n'était pas une sorte de châtiment pour toutes ces maisonnettes qu'il avait lui-même profanées à Belfast. Il n'arrêtait pas d'imaginer le feu en train de prendre, le petit pompon rouge de flammes apparaissant et se déployant en une fleur, puis un buisson, puis un immense arbre de feu. Cela ressemblait à un fléau de Dieu, ou de Jésus peut-être, et il repensait aux langues orangées des flammes entourant l'éclatant Sacré-Cœur. Puis on avait découvert que l'incendie était d'origine criminelle. Quelqu'un avait mis le feu à l'entrepôt voisin et qui cela pouvait-il être, à part les Maitland ? Voilà qu'apparaissait le chemin de la rédemption, comme en réponse à une prière que Chisholm n'avait pas prononcée. Cet incendie était un acte terroriste, un acte de guerre. Très bien : répondons de la même manière. Elliot d'abord, le marchand de sommeil avec ses logements insalubres ne respectant aucune norme en matière d'incendie. Les Cinq Techniques, une fois de plus. Et quand tout serait terminé, le balancer dans la décharge de Crawford Street. Les Maitland ensuite, une voiture piégée devant leur pub, un samedi soir. Chisholm avait partagé son savoir-faire en matière d'explosifs avec les Loyalistes de Belfast, formant quatre ou cinq miliciens de l'Ulster Volunteer Force. Au tour des Maitland d'y goûter un peu. Et maintenant, ça. Le bouquet final. Le gamin de Walter Maitland. Œil pour œil, dent pour dent. Le gosse n'avait pas froid aux yeux, il fallait lui accorder ça. Il s'était bien défendu quand Chisholm lui était tombé dessus. Il avait fallu lui écraser la crosse du pistolet sur la tronche, lui casser le nez. Un bon gamin visiblement, mais putain, Kirsty aussi. Et qu'est-ce que Walter Maitland en avait eu à faire ?

Chisholm se leva du lit où il était resté à fumer. Il était temps d'aller voir le garçon, il n'était pas passé vérifier depuis quatre ou cinq heures. Il descendit de la chambre étroite sous les combles et s'arrêta dans le petit couloir pavé. Il entendait les bruits de casseroles de Mme Skilling dans la cuisine. Elle avait pris l'habitude de l'appeler Malcolm, comme si Chisholm avait été son fils, son pauvre fils assassiné revenu en titubant frapper à sa porte, comme dans *La Patte de singe*, l'histoire d'horreur de W.W. Jacobs.

Il sortit du cottage, en plein jour. Tout n'était que ciel et silence, l'odeur boisée de la bruyère emplissait l'air. La lande s'étendait à l'infini dans toutes les directions, sauf en contrebas où l'étroit ruban de la route passait au pied de la ferme blanchie à la chaux, avec la retenue d'eau de l'autre côté. Un courlis s'envola lourdement en lâchant son cri liquide qui grimpait crescendo dans les aigus, et Chisholm se retrouva emporté dans un vertige de bleu en essayant de le suivre des yeux. Tout se serait peut-être passé autrement. Peut-être que s'ils étaient venus s'installer ici à son retour de Belfast, et pas dans un immeuble délabré à Tradeston, ils seraient encore ensemble, et Denise et la petite Kirsty seraient toujours vivantes. Il écarta les bras et huma l'air de la lande. Puis il traversa la cour jusqu'à la dépendance. C'était l'endroit idéal pour séquestrer quelqu'un. Peu de chance d'être découvert, aucune qu'on vous entende. Le garçon était enchaîné à un anneau dans le mur. Cagoulé. Bâillonné. Il aurait pu brailler jusqu'à la fin des temps : personne ne l'entendrait jamais. Personne ne viendrait.

41

Nicol faillit ne pas entendre le téléphone. Elle était en train de papoter dans le couloir avec l'agent de garde. La femme de celui-ci venait de donner naissance à leur premier enfant au Southern General, un garçon, quatre kilos cent, baptisé Michael en l'honneur de son grand-père et propriétaire d'une grosse tignasse noire (contrairement à son père, nota Nicol, dont les mèches clairsemées étaient rabattues à coups de peigne dans l'espoir de cacher une calvitie galopante). La vie continuait, même au beau milieu d'une enquête pour meurtre. Elle écoutait le récit des exploits de dormeur du jeune Michael ("De huit heures du soir à huit heures du matin, d'une seule traite, rien le dérange ce gosse…") lorsqu'elle perçut l'infime sonnerie qui lui parvenait par la porte ouverte.

– Excusez-moi, Brian : ce ne serait pas… ?

Elle décrocha juste à temps.

– Liz Nicol ?

La voix était incertaine, dubitative. On aurait dit qu'elle se brisait, s'égarait.

Nicol adopta un ton plus dur et plus catégorique qu'à l'accoutumée, comme pour compenser.

– C'est l'inspectrice Liz Nicol, oui.

– C'est moi, reprit la voix puis, comme Nicol ne réagissait guère : Rona.

Rona ? Nicol ferma les yeux pour se concentrer. Est-ce que je connais une Rona ?

– Du sauna, ajouta la voix, irritée. Le Healing Hands.

– Oh, *Rona*. Bien sûr. Pardon. Vous avez quelque chose à me dire, Rona ?

– Pas au téléphone.

Elles se donnèrent rendez-vous un quart d'heure plus tard à Kelvingrove Park, devant le monument à Lord Roberts.

Nicol se gara sur Park Terrace et se précipita vers les grilles du jardin public. La statue de Lord Roberts – un homme coiffé d'un casque empanaché, caracolant sur son destrier – se dressait non loin de l'entrée, à l'endroit le plus élevé du parc. De l'autre côté de la vallée, on apercevait les tours et les clochers de l'université de Glasgow. Plantée devant la balustrade, dans l'ombre de l'énorme piédestal, Nicol lut les inscriptions : RÉVOLTE EN INDE, UMBEYLA, ABYSSINIE, LUSHAI, AFGHANISTAN, BIRMANIE, AFRIQUE DU SUD.

Elle entendit des pas et vit Rona qui remontait l'allée. Elle portait à peu près la même tenue que lors de leur dernière rencontre : jean et chemise à carreaux moulante, pas de maquillage, un chouchou dans les cheveux – mais la ride soucieuse entre ses yeux était visible à trente mètres.

Elle salua Nicol d'un hochement de tête et les deux femmes se mirent en marche sur le chemin qui menait à la rivière.

– Elle m'a téléphoné, dit Rona. Ce matin.

– La femme qui n'est pas votre copine, vous voulez dire ? La femme que vous connaissez à peine ? Cette femme-là ?

– Ouais, OK. – La voix de Rona se crispa un peu. – Bon, on est plus proches que j'ai bien voulu le dire. Mais tout le reste est vrai. Je savais pas ce qui s'était passé. Je savais pas où elle était.

– Mais maintenant, vous savez ?

Rona croisa les bras, enfouit son menton dans sa poitrine, comme si le vent soufflait de face.

– Yvonne a des ennuis, Liz. Elle pense que moi aussi. Je crois qu'elle a peut-être raison.

Il y avait un pigeon ramier quelque part dans les arbres ; Nicol ne le voyait pas, mais son cri mélancolique – grave et lourd de menace, comme la plainte d'un hautbois – résonnait au-dessus d'elles.

– Comment ça, vous avez des ennuis?

Rona ignora la question de Nicol.

– Elle a peur, Liz. Elle a entendu quelque chose au sauna. Il y a une petite buanderie, à côté du bar. Elle a surpris une discussion entre deux des gars de Maitland.

– J'en étais sûre! C'est ce que je disais – enfin, peu importe. Qu'est-ce qu'elle a entendu?

– Ils parlaient d'une femme qui a été assassinée il y a quelques années. Au moment de cette histoire de Quaker. Ils disaient que des gens avaient voulu faire croire qu'une femme qui s'appelait Helen Thaney était morte. Alors ils ont tué cette autre fille. Enfin, c'est Walter Maitland qui l'a tuée. En la faisant ressembler à cette Helen Thaney.

– La quatrième victime, souffla Nicol. Mon Dieu.

– Quoi?

– La quatrième victime du Quaker. L'assassin a fait en sorte que ça ait l'air d'être le Quaker, mais ce n'était pas lui. La victime a été identifiée à tort comme étant Helen Thaney. C'est même ce nom-là qui est inscrit sur sa tombe. Mais ce n'était pas elle. Yvonne ne sait pas qui était cette femme?

Rona serra les bras plus fort autour de sa poitrine.

– C'était une fille qui travaillait au bouge de Dennistoun. C'est pour ça qu'elle pense que je suis en danger, moi aussi. On est toutes en danger. S'ils sont capables d'éliminer une fille aussi facilement, juste pour la faire passer pour une autre…

– Qui était cette femme, Rona? Qui ont-ils tué?

Rona détourna le regard, contemplant le parc. Elle se tourna de nouveau vers Nicol.

– Isobel Wylie.

– La gamine que les Wylie avaient adoptée, dans l'Ayrshire.

Rona acquiesça.

– Donc vous avez retrouvé la Maison Rouge…

– Ça oui, je l'ai retrouvée. Elle se trouve à Fairlie, tout près de Largs. J'ai parlé à l'homme qui avait accueilli Yvonne et Isobel dans les années 1950. Mais je n'ai pas trouvé Yvonne.

Elles avaient atteint la fontaine commémorative et prirent le sentier qui descendait vers la rivière.

– Ouais, mais eux, ils l'ont trouvée.

Nicol se figea net.

– Maitland l'a retrouvée ?

– Ils ont envoyé un gars là-bas, depuis Glasgow. Et, ouais, il l'a trouvée. Mais écoutez un peu : en discutant avec lui, Yvonne s'est rendu compte qu'elle savait qui il était…

– Le gars de Maitland ?

– C'est le frère d'Isobel. Christopher Kidd. C'était le nom d'Isobel avant que les Wylie l'adoptent : Isobel Kidd. Il traînait autour de la bande de Maitland, faisait de petits jobs pour eux. Il savait qu'Izzy avait bossé dans un des bordels de Maitland et il essayait de savoir ce qui lui était arrivé. En douce, quoi.

– Alors Yvonne Gray lui a tout raconté.

– Elle dit qu'il a pété les plombs. Elle croit qu'il va faire quelque chose. Genre, un truc stupide.

Vouloir s'en prendre à Walter Maitland pouvait effectivement être qualifié de stupide. Quelqu'un avait tracé un cœur d'amoureux à la main sur le sentier, avec flèche et initiales, et Nicol en racla les contours avec la semelle de sa chaussure, tout en réfléchissant. Qui que soit ce Christopher Kidd, il ne serait pas de taille à affronter Maitland et ses troupes. Il n'arriverait pas à s'approcher de Walter Maitland. Ils lui arracheraient son couteau ou son flingue et le réduiraient en miettes.

– Elle pense qu'ils vont le tuer, déclara Rona, comme si elle lisait dans ses pensées. Comme ils ont tué sa sœur.

– Ils feront pire que ça, répliqua Nicol. Ils vont le forcer à leur dire où Yvonne se trouve.

Elles se remirent en marche, sans rien dire. Elles entendaient la rivière à présent, la Kelvin, et bientôt la virent, miroitant à travers les ramées. Tout n'était que verdure et ombre. Nicol fit glisser sa main sur la balustrade, attendant que Rona prenne sa décision.

– Elle m'a parlé parce qu'elle savait que je dirais rien. – Rona secoua la tête. – Ce serait pas bien.

– Rona. – Nicol s'arrêta et empoigna la jeune fille par le bras. – Vous raisonnez de travers, Rona. Servez-vous de votre tête. Comment ont-ils fait pour la retrouver à Largs ? D'après vous ?

Rona farfouilla dans la poche de sa chemise, en tira une cigarette roulée toute ratatinée. Enleva une peluche qui s'était coincée au bout, sortit un briquet de son jean.

– Ils sont mieux renseignés que nous, voilà comment ils ont fait, poursuivit Nicol. Combien de temps leur faudra-t-il pour la localiser maintenant, d'après vous ? Même sans l'aide de Christopher Kidd ?

Elles s'étaient arrêtées devant le mémorial en l'honneur du Highland Light Infantry, en face du Prince of Wales Bridge. Un soldat d'infanterie perché sur un rocher déchiqueté, avec casque colonial et bandes molletières, une main posée sur le genou, sa besace sur l'épaule. On aurait dit qu'il était sur le point de balancer ses jambes par-dessus le rebord et de sauter du piédestal pour atterrir sur ses deux pieds et disparaître au petit trot parmi les arbres. Comme si toutes les guerres étaient finies.

Rona tira sur sa cigarette. Elle contempla Kelvin Way, de l'autre côté du pont, puis fixa de nouveau Nicol.

– Je vous ai rien dit, souffla-t-elle.

42

Richard Boyd, l'enquêteur des pompiers, était un homme de petite taille, bedaine serrée sous son polo gris, avec l'air serein et détaché de qui sait des choses que vous ignorez.

– Merci de me recevoir, dit McCormack.

– Y a pas de quoi. – Boyd lui fit signe de s'asseoir. – J'ai parlé à l'inspecteur principal McCoy, à Cumberland Street. Il a reçu mon rapport.

Les deux hommes se trouvaient dans le bureau de Boyd à la caserne centrale des pompiers de Glasgow, sur Ingram Street. Un bureau en métal vert citron, avec une machine à écrire encapuchonnée dessus. Derrière Boyd, une affiche destinée au grand public était punaisée au mur. *L'électricité peut tuer : protégez-vous.*

– Je sais. J'ai pensé que je gagnerais du temps en allant directement à la source. Je vous remercie de m'accorder un moment, monsieur Boyd.

– Très bien, alors. Je vous écoute…

McCormack avait sorti son carnet.

– Tout d'abord, j'ai cru comprendre que l'incendie était d'origine criminelle. Vous en êtes absolument sûr ?

– Sans l'ombre d'un doute.

– Comment le savez-vous ?

Boyd se leva.

– Prenons les choses dans l'ordre, vous voulez bien ? – Il se dirigea vers un grand bureau dans un coin de la pièce, fit signe à McCormack de le rejoindre. Des plans de l'entrepôt et de l'immeuble voisin étaient étalés dessus, des photos en noir et blanc brillantes des deux bâtiments éventrés. – Au début, pour être honnête, l'incendie paraissait accidentel. La source la plus probable semblait être un chauffage sur le mur est du premier étage. Là… – Il planta son doigt sur le plan.

– Un problème électrique ?

– Ça en avait tout l'air. Une table ou un bureau se trouvait manifestement sous ce chauffage. J'en ai conclu qu'il y avait du papier dessus. Des dossiers, des serviettes en papier, des rouleaux de papier-toilette, ce genre de trucs.

– Du papier ?

– C'est un puissant accélérateur d'incendie, inspecteur. Les gens pensent toujours à l'essence ou à l'eau de Javel ; le papier, ça marche aussi bien. Mieux, parfois.

– Vous dites que ce bureau se trouvait sous le chauffage ?

– C'est exact.

– Mais les flammes ne seraient-elles pas plutôt allées vers le haut ?

– Généralement, mais pas toujours. La règle, en gros, est celle-ci : un feu brûle à soixante-dix pour cent vers le haut, trente pour cent vers le bas. Davantage, lorsqu'il y a des substances inflammables dessous.

McCormack hocha la tête. Il fit pivoter l'un des clichés pour le regarder dans le bon sens. La structure nue de l'entrepôt, ses poutres calcinées pendant dans le vide. Tout le reste flou et de travers. On aurait dit une photographie de Dresde après les bombardements alliés.

– Et alors le whisky s'enflamme et là, y a plus rien à faire.

– Eh bien, oui. Mais pas seulement le whisky. L'entrepôt a servi à stocker de la laine pendant la plus grande partie de son existence. Des ballots destinés aux manufactures textiles. Des décennies de lanoline ont imprégné ces planchers de bois.

– De lanoline ?

McCormack pencha la tête de côté.

– L'huile qui suinte de la laine, inspecteur. Hautement inflammable. On m'avait pourtant dit que vous étiez des Highlands…

– Je suis un Highlander différent. Donc pas besoin d'aller chercher une origine criminelle ?

– C'est ce que j'ai d'abord cru. Mais regardez… – Boyd tapota de son index trois photographies, tour à tour. – Sur ces photos-là, on voit qu'il ne reste pas grand-chose de l'entrepôt. Toutefois, une partie des planchers ont survécu, au niveau du premier étage. Je les ai récupérés pour les analyser. Je reviens tout de suite… – Boyd se dirigea vers une porte, tapa le code sur le système de verrouillage. Il revint quelques secondes plus tard, des gants en latex sur les mains, avec ce qui ressemblait à une planche de bois. – Rainure et languette, inspecteur. Rainure et languette. Sentez-moi ça.

Boyd souriait. Il tendit la planche à McCormack. Il s'agissait en fait de deux éléments de plancher, soudés l'un à l'autre au milieu, et dont l'une des extrémités avait été dévorée par le feu. McCormack se pencha sur la partie calcinée.

– Non, non, inspecteur. La jointure. Sentez la jointure.

À peine eut-il penché la tête qu'il huma l'odeur : capiteuse, chimique, reconnaissable entre toutes.

– De l'essence, dit-il.

Boyd se fendit d'un sourire triomphal. Il alla ranger les planches dans le réduit réservé aux pièces à conviction et revint en ôtant ses gants, jubilant presque.

– C'était un coup de chance, inspecteur. Un coup de chance que ces planches aient survécu. Nous en avons deux autres là-dedans. Bref. Mon interprétation des éléments de preuve ? Celui qui a fait ça a disposé ses substances inflammables sous le bureau, à l'aplomb du chauffage mural. – De nouveau, Boyd tapota le plan. – Ensuite… – Il tendit son index en l'air. – Il a versé une traînée d'eau du bureau jusqu'à la porte d'entrée. – Boyd fit glisser son doigt sur le plan.

– De l'eau ? s'étonna McCormack.

– J'allais y venir, inspecteur. Vous versez une épaisse traînée d'eau. Et, *ensuite*, une traînée plus fine d'essence par-dessus. Le pétrole reste en surface. Vous l'enflammez au niveau de la porte et le feu court jusqu'au bureau. Boum ! Indétectable, sauf si, manque de bol, il s'agit d'un plancher à rainure et languette, qu'une partie de l'essence s'infiltre dans le sillon et qu'*en plus* une fraction du plancher survit. Ces planches ont été récupérées ici et ici. – Boyd tapotait à nouveau le plan. – Sur une ligne directe entre le bureau et la porte.

Il se leva du bureau et croisa les bras, tête penchée de côté d'une manière un rien suffisante.

McCormack appréciait la démonstration.

– C'est du beau travail, monsieur Boyd. Donc, quelqu'un a mis le feu en essayant de faire passer ça pour un accident.

– Si vous pensez arnaque à l'assurance, répondit Boyd, je dirais que vous êtes sur la bonne voie.

Boyd le raccompagna jusqu'à la rue. Ils échangèrent une poignée de main sur le trottoir.

– Mais pour être bien clair… insista McCormack. L'entrepôt était un acte délibéré, mais l'immeuble un accident, c'est bien ça ? Je veux dire, celui ou ceux qui ont mis le feu à l'entrepôt ne s'attendaient pas à ce que l'immeuble s'embrase aussi ? Ils ne savaient pas que l'incendie allait se propager ?

Le bus pour Dennistoun passa devant eux en grinçant, et Boyd attendit qu'il ait tourné au coin de la rue, sur High Street.

– Eh bien, d'un point de vue technique, répondit-il, le feu ne s'est pas propagé.

McCormack ne put cacher son étonnement. Le but de cet homme dans la vie était-il de vous faire sentir comme un idiot ? Et fallait-il vraiment lui faciliter la tâche à ce point ?

– Je vous demande pardon ?

– Il faut que vous compreniez une chose : les flammes n'ont pas besoin d'atteindre le bâtiment voisin. Une fois que la chaleur devient suffisamment intense, les voilages s'enflamment d'eux-mêmes à travers les vitres. Nous pensons que c'est ce qui s'est passé dans ce cas précis.

– Oh, mon Dieu.

– L'appartement du troisième étage le plus proche de l'entrepôt a pris feu en premier. Puis les flammes se sont propagées à l'appartement du dessus, puis au studio du dernier étage. Personne n'a eu la moindre chance. De s'échapper, je veux dire.

– Mais celui qui a fait ça ne pouvait pas savoir à coup sûr que les rideaux prendraient feu ?

– Non. Notre pyromane n'a pas eu de chance, c'est tout. – Il grimaça. – Les malheureux dans cet immeuble non plus, d'ailleurs. J'espère que vous retrouverez celui ou ceux qui ont fait ça, inspecteur.

McCormack serra la main de Boyd, le remercia encore d'avoir pris le temps.

Dehors, les nuages s'étaient dissipés, le ciel était du même bleu clair que le maillot de Manchester City et le soleil découpait Ingram Street en un damier d'ombre et de lumière. McCormack traversa vers le côté ensoleillé de la rue et resta planté là un moment, le visage tourné vers le ciel, savourant la chaleur du soleil sur ses paupières. En ouvrant la Velox, il décida de faire un détour avant de rentrer à Temple et fit demi-tour pour traverser le fleuve par le King George V Bridge. Passant sous l'arche du viaduc ferroviaire et poursuivant vers l'est le long de Bedford Street, il s'approcha des Gorbals.

La mauvaise réputation de la ville lui venait en grande partie de cet amas de rues. Un roman calomnieux des années 1930 avait rendu célèbre ce quartier et la presse avait déblatéré sans fin sur ces histoires de lits-clos, de gangs ultra violents se battant à coups de rasoir et d'*electric soup*, ce breuvage destructeur obtenu en insufflant du gaz de ville dans du lait, de bordels et d'énormes bagarres. Le gang des Cumbie et celui des Tongs. À présent, le quartier était pour l'essentiel nettoyé et la tour d'Hutchie C se dressait telle la coque d'un navire au-dessus des derniers immeubles délabrés.

Le poste local de la Division F au cœur des Gorbals se trouvait sur Cumberland Street. McCormack se gara devant l'église catholique de St Francis – histoire de donner à cette voiture une petite chance de survie – et parcourut à pied les derniers pâtés de maisons qui le séparaient du commissariat.

– J'aimerais parler à McCoy.

McCormack s'adressait aux fronts courbés du bureau de la Crim'. Une femme avec des anneaux d'oreilles et une impeccable permanente blonde leva les yeux de sa machine à écrire.

– Vous le trouverez au coin de la rue. Un besoin urgent de biscuits Empire.

Le Silver Spoon Café était calme. McCoy était assis dans un box, avec une théière et une tartelette écossaise devant lui, le *Tribune* du jour ouvert sur la table. McCormack commanda un café et se glissa sur la banquette en face de lui.

McCoy tourna la page, poursuivant sa lecture.

– L'usage veut qu'on demande d'abord, déclara-t-il sans relever la tête.

– Demander quoi ?

– Si le siège est pris. On appelle ça les bonnes manières.

McCormack parcourut du regard la salle déserte. Il s'éclaircit la voix.

– Excusez-moi. Cette banquette est prise ?

– Eh bien oui, en fait. Désolé.

– Je vois. Je n'en ai pas pour très longtemps. Duncan McCormack, brigade de Répression du banditisme.

McCoy détacha les yeux de son journal. Ils étaient enfoncés, paupières tombantes ; une étroite bande d'un bleu intense étincelait dans cette fissure. Elle vous faisait l'effet d'une lame partiellement dégainée.

– Vous avez fait tomber Peter Levein.

Putain de Levein, songea McCormack. Arrêterait-il un jour de croiser des gens dont la carrière avait été contrariée par la chute de cet homme ?

– Il était votre ange gardien et moi je suis le grand méchant loup, c'est ça ?

– Loin de là. – McCoy lui sourit. – Peter Levein était un connard de première. Il pouvait pas me blairer. Je suis ravi qu'il ait dégagé. Bien joué.

McCormack lui rendit son sourire et expliqua leur intérêt pour l'incendie de Tradeston.

– Vous étiez chargé d'enquête sur cet incendie ? interrogea-t-il.

– Nan, mon vieux. J'ai juste filé un coup de main. C'est Frank Clarke qui s'en occupait. Mais il est au tribunal aujourd'hui, sinon vous auriez pu lui poser directement la question. Mais bon, vous avez discuté avec votre homme, là, ce Boyd ?

– L'enquêteur des pompiers ? Ouais. Quelqu'un a mis le feu, il est catégorique là-dessus. Il pense à une arnaque à l'assurance.

– Possible. – McCoy était en train de mâcher une grosse bouchée de tartelette ; il but une gorgée de thé pour la faire passer. – C'est bien possible, oui. Mais j'ai un indic dans le coin. D'après lui, les Quinn pensent que c'est un coup de Maitland. Il dit qu'ils sont fous furieux. Vous croyez que le Barracks Bar, c'étaient les Quinn ?

McCormack recula sur la banquette quand son café arriva. Il ne voulait pas que le nom de Chisholm se répande trop vite. Une fois la serveuse repartie, il remua son café.

– Peut-être. Comment les Quinn peuvent-ils être si sûrs que c'est Maitland qui a mis le feu ?

– Eh bien ça lui ressemble assez, non ? Je veux dire, c'est une prise de risque insensée mais, en même temps, il se montre malin quand même. Il brûle leur entrepôt mais on dirait un accident. Et s'il s'avère que l'incendie est d'origine criminelle, eh bien, tout le monde pensera que les Quinn voulaient toucher le fric de l'assurance.

McCormack était en train d'éplucher un petit paquet de sucre en morceaux.

– Je ne sais pas, Harry. Le truc de Maitland, à ma connaissance, ce sont les déclarations fracassantes. Or, là… *J'ai cramé votre entrepôt, mais j'ai peur de le reconnaître ?* Tu parles d'une déclaration…

Il enfourna un carré de sucre dans sa bouche.

– Il n'a pas besoin d'en faire plus, répliqua McCoy. Les Quinn le savent… je veux dire, ils savent au fond de leurs tripes que c'est Maitland qui a fait le coup, même s'il reste un léger soupçon de doute. Qui les retient de se venger à tout prix. C'est mignon.

– Maitland se serait donné tout ce mal pour quelques caisses de whisky dans un entrepôt ?

– Allons, mon vieux… On parle de Walter Maitland, là. Il serait prêt à dépenser cent pour empêcher un autre de se faire cinquante.

McCormack broya le cube entre ses dents. Le goût de sucre bon marché inonda sa bouche et il grimaça en avalant.

McCoy n'en avait pas fini avec Maitland.

– Parce que c'est sans conséquences pour lui, pas vrai ? Quatre personnes sont mortes. D'accord. Il a donné l'ordre… et alors ? Ce sont des victimes civiles. Il est comme un politicien. Comme ce foutu Spiro Agnew, l'Amerloque.

McCormack rentra au commissariat avec McCoy pour jeter un coup d'œil au dossier de l'incendie. On lui prêta un bureau dans une salle d'interrogatoire inoccupée. Quelqu'un lui apporta un mug de thé au lait avec le dossier.

Il n'y avait pas grand-chose à étudier : le rapport de l'enquêteur des pompiers et une liasse de dépositions de témoins. L'équipe de Clarke avait interrogé tous les occupants des immeubles donnant sur l'entrepôt. Trois témoins avaient vu les flammes s'élever dans le ciel noir. Un autre disait avoir repéré un véhicule inhabituel garé sur Centre Street, la nuit de l'incendie. Une camionnette Morris Minor de couleur sombre. Mais personne n'avait vu le coupable. Et faute de signalement précis, en l'absence de toute empreinte ou fibre sur les lieux du crime, les policiers n'avaient rien sur quoi s'appuyer. Soit les Quinn avaient mis le feu dans une tentative foireuse d'arnaque à l'assurance, soit, plus probablement, Maitland avait fait cramer l'endroit pour mettre fin à leur opération. Dans un cas comme dans l'autre, personne ne s'était bousculé pour dire quoi que ce soit aux flics.

McCormack recopia dans son carnet les noms et adresses des témoins et laissa son thé intouché. Il salua Harry McCoy d'un geste en repartant.

43

Dix minutes plus tard, il se garait devant l'entrepôt dévasté.

Le ciel était couvert, comme enveloppé de gaze. On aurait dit que l'armée n'était pas encore venue ramasser les ordures dans ces rues. À moins qu'il ne s'agisse de leur allure habituelle.

McCormack se promena dans Tradeston, cherchant les adresses qu'il avait notées parmi les quelques immeubles tenant encore debout. Il y avait des terrains vagues et des bâtiments à demi détruits, mais il était clair pour lui, au bout de quinze minutes à errer dans le quartier, à grimper des escaliers et à se pencher par les fenêtres des paliers, que l'équipe chargée du porte-à-porte avait effectivement quadrillé tous les immeubles offrant une vue sur l'entrepôt. Ce qu'ils n'avaient pas fait, apparemment, c'était visiter tous les endroits donnant sur l'immeuble qui avait pris feu.

D'après ses estimations, seuls deux bâtiments offraient une vue sur celui-ci mais pas sur l'entrepôt. Les deux étaient condamnés. Le plus proche avait des vitres brisées du rez-de-chaussée jusqu'au troisième et dernier étage, mais le deuxième bâtiment, sur Kingston Street, montrait quelques signes de vie. Des panneaux de liège jaunes avaient remplacé les vitres du rez-de-chaussée et des slogans étaient peints en blanc autour de l'entrée, mais les vitres des étages supérieurs étaient intactes et un pot de fleurs trônait tristement sur le rebord d'une fenêtre du troisième étage.

McCormack marcha vers l'entrée de l'immeuble. Un but de foot avait été tracé à la peinture blanche sur la façade, juste à côté ; "CELTIC FC" à gros coups de pinceau sur la transversale. Un garçon de trois ou quatre ans était assis sur le trottoir, jambes écartées, jouant avec un gros caillou avec lequel il raclait le sol, en frottant le bout pointu pour graver des traits blancs sur les pavés craquelés. Il était totalement absorbé dans son jeu, oubliant les vitres brisées, les noms peinturlurés et les acronymes de gangs sur les façades, les canettes et les bouteilles qui jonchaient la rue. Il était heureux. Il était chez lui.

McCormack passa par-dessus la jambe tendue du gamin pour accéder au hall d'entrée.

Une insoutenable puanteur d'ordures, de bois calciné et d'urine l'accueillit, aussi âcre que du vinaigre. McCormack sortit son mouchoir et le pressa contre son nez en s'engageant dans l'escalier. Au troisième étage, une plaque sur une porte portait le nom : "SWEENEY." Il frappa et un chien aboya en retour, un jappement hargneux. Jack Russell, supposa-t-il.

Il entendit la clé tourner dans la serrure. Deux verrous s'ouvrirent en claquant, puis le pêne du barillet coulissa.

Une silhouette se dressait dans la pénombre, un homme, deux yeux brillant d'un éclat dur au milieu d'un visage ridé et grisonnant. Un grognement sourd résonna et McCormack baissa les yeux sur l'endroit où un pied en chausson empêchait un Westie querelleur de se jeter sur lui.

– Misty ! cria l'homme. Recule, ma fille ! Allez, recule ! Que puis-je faire pour vous, fiston ?

McCormack brandissait sa plaque de policier.

– Inspecteur principal Duncan McCormack. J'aimerais entrer, si ça ne vous dérange pas.

– C'est au sujet de l'incendie ? demanda l'homme. Vous en avez mis du temps.

Le séjour était comme une machine à remonter le temps, un peu comme celui de McCormack. Un grand tapis rouge à motif cachemire – de belle qualité, mais usé jusqu'à la corde – formait une île sur le lino. Une cheminée de marbre blanc encadrait le carrelage vert de l'âtre.

Il y avait un seau à charbon en cuivre rutilant rempli à ras bord, et des ustensiles de cheminée en laiton poli – pinces, pelle et tisonnier. Le pot de fleur sur le rebord de la fenêtre était un avertissement adressé aux vandales : *Quelqu'un vit là ; ne brisez pas ces vitres.* Il disait d'ailleurs la même chose aux autorités, les enjoignant de ne pas démolir l'immeuble avec cet homme dedans.

– Vous êtes monsieur Sweeney ?

D'un geste du pouce, McCormack désigna la porte, s'asseyant dans l'un des deux fauteuils en cuir installés devant la cheminée.

– Ouais, c'est moi. Frank Sweeney.

Le vieil homme prit place dans le second fauteuil. Il y avait un panier à côté, pour le chien. Après avoir reniflé les chaussures de McCormack, le chien se retira dans le panier et se roula en boule pour une sieste.

– Vous avez vu le feu, monsieur Sweeney ?

– Ouais. Enfin, je l'ai pas vu prendre. Mais bien sûr que je l'ai vu. Cette pauvre petite gamine et sa maman… Et le vieux type de l'étage en dessous. Jim Stewart. On se croisait chez le bookmaker de temps en temps.

– La quatrième victime, aussi…

– Ouais, c'est vrai. C'est vraiment pas de chance, ça. Le type venait d'emménager.

McCormack marqua une pause.

– Pourquoi dites-vous qu'il n'a pas eu de chance, lui, en particulier ?

Le vieil homme agita la main avec impatience.

– Ben, ce que je veux dire, c'est qu'il venait vraiment d'emménager. Juste la veille.

– Vous l'avez vu s'installer, vous voulez dire ?

– Allons, allons… – Sweeney agitait son index. – J'ai pas dit ça, si ?

– Alors comment le savez-vous ?

– Les rideaux ! – L'homme prenait visiblement plaisir à tout lui expliquer. – La veille de l'incendie, quelqu'un a posé des voilages derrière une fenêtre, au troisième étage.

Les paroles de Boyd, le petit enquêteur des pompiers, résonnèrent sous le crâne de McCormack. *Une fois que la chaleur devient suffisamment intense, les voilages s'enflamment d'eux-mêmes à travers les vitres.*

– Vous en êtes certain ?

McCormack se tourna sur son fauteuil pour contempler les ruines.

– Fiston… – Le vieil homme riait, à présent. – Ça fait quatorze ans que je regarde ce bâtiment depuis mon fauteuil. Vous croyez qu'un détail comme ça m'aurait échappé ?

– Et vous n'en avez parlé à personne ? Vous ne l'avez pas dit aux policiers ?

– Personne m'a demandé, répliqua le vieillard. Vous êtes le premier à frapper à ma porte. Alors, je vous le dis à vous.

– Vous avez vu qui les installait ?

– Je crois que ça s'est fait pendant la nuit. Je me suis levé le matin et ils étaient là. On voyait qu'eux. Ça a l'air de rien comme ça, mais je vais vous dire : ça m'a fait du bien de les voir.

Soudain, le chien se réveilla, dressa la tête pour jeter un long regard à McCormack, avant de se laisser retomber pour poursuivre sa sieste. McCormack se tourna à nouveau vers le vieux.

– Et la nuit de l'incendie… avez-vous vu quelqu'un entrer et sortir ?

– Je sais pas. – Le vieillard frottait les poils épars de sa barbe. – Les gens vont et viennent, difficile à dire.

Il se baissa pour caresser le chien.

– Les gens ? répéta McCormack.

Le vieil homme grimaça.

– Des hommes. La femme du troisième, fiston. Elle a des visiteurs, parfois.

– Elle tapinait, vous voulez dire ?

McCormack pensa à Yvonne Gray, la prostituée du sauna de Woodlands Road qui manquait à l'appel.

– Eh bien, non. Je crois pas. C'était pas aussi clair que ça. Des types venaient la voir de temps en temps. Je crois qu'ils l'aidaient peut-être un peu. – Il lui montra ses paumes. – Écoutez, fiston, ça porte malheur de dire du mal des morts.

– Je comprends. Mais revenons à la nuit de l'incendie : cette femme a eu de la visite, ce soir-là ?

Le vieil homme baissa les yeux. Il entreprit d'enlever les poils de chien sur son pantalon, de lisser les faux-plis. Puis il releva les yeux.

– Trois, dit-il. Trois hommes. Dont un qui avait l'air dans le cirage.

– Il était soûl ?

– Les deux autres l'ont soutenu pour entrer dans l'immeuble. Il tenait pas debout, visiblement.

– Quelle heure était-il ?

– Je suis pas sûr. Minuit, peut-être. J'allais me mettre au lit.

– Donc vous ne les avez pas vus ressortir ?

– Je suis allé au lit, fiston. Vingt minutes après, plus ou moins. Et puis je me réveille, et l'endroit est en train de cramer. Mais ils ont dû sortir avant que ça flambe. Enfin, ça paraît évident.

McCormack se tourna de nouveau vers la fenêtre. L'immeuble calciné se détachait, lugubre, sur le fond du ciel.

– Combien de gens vivaient là-bas, monsieur Sweeney ?

– Je vous l'ai dit : ces trois-là. La femme et sa petite gamine. Et le vieux type du deuxième.

– L'homme qui venait d'emménager… c'était qui ?

– Ben on n'a pas pu le savoir, pas vrai ? Sûrement un pauvre clodo qui cherchait un endroit où crécher. Y a des logeurs qui seraient prêts à vendre les clés d'une piaule pour quelques pièces, même s'ils savent qu'elle est condamnée. Le monde est plein de salopards sans scrupules, fiston.

Comme s'il l'avait entendu, le chien sortit de son panier et trottina jusqu'à la fenêtre. Il posa ses pattes de devant sur le rebord et scruta la rue en remuant la queue.

– Pour en revenir à ces trois hommes, reprit McCormack. Vous n'avez rien remarqué de particulier chez eux ? L'ivrogne, ou les deux autres. Un signe distinctif, quel qu'il soit ?

Le vieil homme inclina la tête de côté, se repassant la scène, faisant défiler le film sous son crâne.

– Je sais pas, fiston. C'étaient trois types. Pas jeunes… la cinquantaine peut-être, tous les trois. J'ai pas vraiment fait attention. Mais, par contre, je vais vous dire ce que j'ai remarqué. – Il agitait son doigt. – Ils sont arrivés en taxi, un black cab. Mais le truc bizarre, c'est que le taxi est pas reparti. Je veux dire, quand ces trois-là sont entrés dans l'immeuble.

– Vous voulez dire que le taxi les a attendus, avec le compteur qui tournait ?

– Ben, non. Il était juste garé là. Phares et moteur éteints.

– Le chauffeur était encore au volant ?

Le vieux pencha de nouveau la tête sur le côté, ferma les yeux. Il pinça sa lèvre inférieure entre pouce et index. Au bout d'un moment, il secoua la tête et un sourire timide découvrit ses dents.

– *Ach*, je regrette, fiston. Je saurais pas vous dire. Je ferais que deviner, vous comprenez ?

– Ce n'est pas grave. Et le taxi… combien de temps est-il resté ?

– Comme je vous disais, je suis allé me coucher. Le taxi était encore là quand je suis parti dans ma chambre.

– Et c'était quand, exactement ? Je veux dire, combien de temps après son arrivée ?

– Vingt minutes, peut-être, répondit le vieillard. J'ai bu un petit verre avant d'aller me coucher. Une demiheure, max.

Le chien quitta son poste devant la fenêtre et regagna son panier d'osier en trottinant. Il attrapa sa couverture en flanelle rose entre ses dents et la remit en place avant de s'affaler, tête calée sur le rebord du panier, les sourcils tressautant.

– Vous auriez pas une clope, fiston ? J'aime pas trop demander.

McCormack sortit son paquet de Benson & Hedges, lui en offrit une, puis se servit. Il fouilla la poche de son pantalon en quête d'un billet de cinq livres, le glissa dans le paquet de cigarettes et posa celui-ci sur l'accoudoir du vieil homme. Ils allumèrent leurs cigarettes.

– Z'êtes un gentleman, fiston. Chapeau bas.

Ils fumèrent en silence pendant un moment.

– Où irez-vous ? – McCormack désigna d'un geste la pièce miteuse. – Quand il faudra partir d'ici…

Le vieillard se pencha pour caresser le chien.

– À la Nécropole, j'espère. Je compte bien finir mes jours ici, fiston. Avec ma Misty.

– Et si ce n'est pas le cas ?

– Ma fille vit à Easterhouse. Mais, bon Dieu… Faut deux bus pour revenir à la civilisation. La Nécropole, c'est plus pratique. Et plus vivant, aussi.

Il partit d'un rire faux.

– Vous avez été d'une grande aide, monsieur Sweeney. – McCormack se leva pour partir. – Je reviendrai vous voir si j'ai d'autres questions.

– Tardez pas trop, hein ? Je vais plus faire long feu, fiston. En route pour la gloire, comme on dit.

– Mais non, regardez-vous donc : fort comme un bœuf. Vous nous enterrerez tous.

Le vieux éclata de rire. Le chien les accompagna jusqu'à la porte. McCormack entendit les verrous se refermer, la clé tourner dans la serrure, tandis qu'il redescendait d'un pas lourd l'escalier sonore.

Le petit garçon qui jouait sur le trottoir avait disparu. Marchant vers la voiture, McCormack poussa une demi-brique du bout du pied. Il pivota sur lui-même, dribbla entre deux mares et frappa son ballon improvisé en direction du mur où était peint le but. La brique frappa un point au ras du poteau droit. 1-0 ! Il se tourna vers la Velox, le bras levé comme Denis Law pour attiser les acclamations du public.

44

Nicol contemplait le flot des piétons sur les trottoirs de Gallowgate, en cette fin de matinée. Les employés des magasins s'aventurant dehors pour déjeuner avant les autres, un ivrogne en costume gris qui se dirigeait en titubant vers l'est, laissant l'empreinte de ses mains sur les vitrines. Deux adolescents qui jouaient à taper dans une canette.

Une jeune maman gara son landau – un énorme Silver Cross au châssis chromé rutilant – sur le trottoir et se baissa pour actionner le frein. Elle referma la capote pour protéger son bébé du soleil avant d'ouvrir péniblement la porte du café et de s'asseoir lourdement à une table avec vue sur la rue. Nicol croisa le regard de la femme et lui sourit. La femme baissa les épaules dans un geste théâtral et souffla sur une mèche tombée devant ses yeux.

Nicol consulta sa montre. Elle avait dix minutes d'avance pour son rendez-vous avec McCormack et Goldie.

Ce café, elle y était venue tous les jours à l'époque où elle travaillait au commissariat central. Toutes les serveuses l'appelaient par son prénom. À présent, elle était juste une cliente occasionnelle. Elle n'était personne.

Cela lui faisait, étrangement, l'effet d'une injustice. Le Central avait été sa première affectation une fois sa formation achevée. Toutes les filles de sa promotion à Tulliallan avaient été jalouses. Le Central, à peine sortie de l'école. C'était là que l'action se passait. Meurtres. Vols à main armée. Prostitution. Le commissariat central abritait le QG de la police de Glasgow, le poste de commandement qui couvrait toute la ville. Elle se rappelait avoir croisé le chef de la brigade criminelle dans le couloir, auquel on n'osait jamais parler s'il ne vous adressait pas d'abord la parole.

Puis elle avait elle-même postulé pour la Criminelle. Ils ne prenaient que trois nouvelles recrues chaque année, mais Liz Nicol en avait fait partie. On l'avait affectée à la Division E, à Shettleston. L'East End de Glasgow. Un vrai truc de gendarmes et de voleurs. Cambriolages. Attaques de fourgons livrant la paie hebdomadaire. Braqueurs brandissant des fusils à canon scié dans de petits bureaux de poste. Il régnait une vraie camaraderie à Chester Street, c'était eux contre nous et Nicol avait tout de suite été acceptée, un garçon comme les autres, éclusant des bières au Shieling Bar, accomplissant sa part de toutes les tâches, participant à la même rotation que tout le monde.

Un vrai régal, jusqu'au jour où on l'avait transférée à la brigade criminelle écossaise, à Airdrie.

Airdrie.

Le trou du cul cancéreux du Lanarkshire, une ville tellement grise et sinistre et désolée que même son nom sonnait comme un soupir de défaite. *Airdrie*. Où, dès le premier jour, Nicol avait découvert que le bureau qu'on lui avait attribué avait été réquisitionné par un inspecteur obèse nommé Wade, qui lui avait dit d'aller se faire foutre quand elle avait essayé de réclamer son dû. Elle avait attendu qu'il prenne une pause, puis avait balayé du bras toutes ses affaires – carnets, stylos, dossiers, photo encadrée de sa petite femme, *Daily Express* du jour – dans une corbeille à papier, avant d'arroser le tout avec les deux centimètres de thé au lait froid qu'il restait dans le mug de Wade. Elle avait posé le mug vide sur le dessus. Le chef d'équipe lui avait expliqué ensuite pourquoi il n'était pas intervenu ; il voulait voir comment elle allait réagir. Plus tard dans la journée, ils avaient été appelés en renfort sur un braquage de banque à Wishaw. Nicol s'était assise sur le siège passager d'une Austin 1100 banalisée et le sergent qui conduisait était resté assis là à souffler par les narines, pianotant nerveusement sur le volant, jusqu'à ce qu'elle saisisse le message, défasse sa ceinture et aille s'asseoir sur la banquette arrière, laissant sa place à Wade. Voilà comment les choses s'étaient passées. Pendant près de trois ans.

Nicol trempa un doigt de sablé dans son café, en croqua le bout. Elle avait le sentiment, comme cela lui arrivait parfois, que ces six dernières années avaient été une erreur et que tout se serait arrangé si seulement elle avait pu redevenir une simple agente de police au Central. Elle jeta un coup d'œil vers la serveuse, debout près du comptoir, main posée sur la caisse, rongeant mécaniquement l'un de ses ongles. Elle eut soudain envie de dire à cette serveuse qu'elle était flic, de lui coller sa plaque sous le nez et de l'interroger agressivement sur un cambriolage fictif à la boutique de bas et de collants d'à côté.

Elle tripotait sa plaque de police dans sa poche quand McCormack entra dans le café.

Il fronçait les sourcils, l'air concentré, ses gros traits compressés, les épaules voûtées. Il se débarrassa de sa veste et la posa sur le dossier d'une chaise. La serveuse s'approcha avec une carte qu'il chassa d'un revers de main, commandant deux petits pains au bacon et un thé. Il alluma une cigarette.

– C'était criminel, Nicol. – Il la fixa droit dans les yeux en hochant fiévreusement la tête. – L'incendie de l'immeuble. C'était intentionnel.

Nicol plissa le front.

– Mais on le savait déjà, *sir*. Ils ont mis le feu à l'entrepôt. Le feu s'est propagé à cet immeuble.

– Non, il ne s'est pas propagé. Ils ont fait cramer l'entrepôt. Puis ils ont fait cramer l'immeuble. Ce sont deux incendies, Nicol. Deux feux distincts.

Il lui expliqua les voilages apparus à la fenêtre du troisième, la veille du sinistre, l'ivrogne qu'on avait dû porter jusqu'à l'immeuble.

– Vous voulez dire que les hommes de Maitland ont mis le feu pour tuer cet homme soûl ?

– Soûl ou drogué. Peut-être qu'il était déjà mort et qu'ils voulaient juste se débarrasser du cadavre.

Nicol secoua la tête. Pour elle, le compte n'y était pas.

– Mais les autres victimes, *sir* ?

– Dommages collatéraux. – McCormack haussa les épaules. – Ou bien ils croyaient que l'immeuble était inoccupé. En tout cas, ce n'était pas un accident. On a mis le feu à cet immeuble pour dissimuler un meurtre.

Nicol se redressa sur sa chaise.

– Mais pourquoi se donner tant de mal ? Ça n'a pas de sens. Pourquoi ne pas juste le tuer ? Et le balancer dans la forêt de Bluebell Woods ou la lande autour de Fenwick ?

La serveuse apporta le thé de McCormack dans une tasse en verre, soucoupe assortie. Il attendit qu'elle l'ait posé et se soit éloignée, puis il se pencha en avant en posant les coudes sur la table.

– C'est moins de travail, brûler un corps au lieu de l'enterrer. Et puis, un cadavre enterré risque toujours de réapparaître. C'était quelqu'un que Maitland voulait éliminer. À tout prix. Mais il ne pouvait pas courir le risque que le corps soit découvert dans une tombe mal creusée, poignardé à mort ou tué par balle ou étranglé. Il fallait que ça ait l'air d'un accident.

Un clapotis métallique résonna à la table voisine. Un bébé, qui jouait avec un trousseau de clés sur le plateau de sa chaise haute, les avait jetées par terre. McCormack se baissa pour les ramasser, et les secoua devant les petites mains dodues avant de les poser sur le plateau.

– Qu'est-ce qu'on dit ? lança la mère au bébé.

Celui-ci frappa les clés sur le bois de la chaise, sans répondre.

– Mais alors, de qui s'agit-il ? interrogea Nicol.

– Ouais. Eh bien… – McCormack se redressa sur sa chaise. – Vous n'avez pas une question plus facile à me poser ? Quelqu'un qui en savait beaucoup trop. À part ça, on n'a pas grand-chose.

– Le corps est totalement carbonisé, *sir*, pas vrai ? On n'a pas pu l'identifier.

– Exact. Mais on n'a pas trop insisté non plus, n'est-ce pas ? Si vous croyez que votre macchabée est un clochard sans domicile fixe, vous n'allez pas perdre trop de temps à tenter de l'identifier. Personne ne le regrette. Personne ne saura même qu'il a disparu.

Nicol remua son café. C'était l'une des règles fondamentales du métier de policier. Ne jamais vouloir faire un nœud trop compliqué là où le plus simple suffit. Le crime est sans fin. Le temps est limité. La serveuse était de retour avec les pains au bacon de McCormack. Celui-ci les ouvrit, donna des petits coups sur la bouteille de HP jusqu'à ce que la sauce brune et visqueuse sorte en deux gros pâtés gargouillants, qu'il étala sur le bacon avec son couteau. Il en arracha une bouchée d'un coup de dents, agita dans sa main le petit pain à moitié mangé.

– En plus, tout le monde a l'esprit tourné vers ce qui va se passer ensuite. Les Quinn vont-ils se venger une fois leur entrepôt cramé ? Faut-il s'attendre à une nouvelle guerre des gangs ? Alors, on oublie cet immeuble. Un accident tragique. C'est triste que des gens aient péri, mais bon… Les incendies dans ce genre de taudis, à Glasgow, c'est comme les bus : il y en aura un autre dans une minute. Vous en voulez une bouchée ?

McCormack désigna l'autre pain au bacon d'un geste du menton.

– Non, merci. Mais c'est le crime parfait, *sir*, pas vrai ? Vous tuez votre homme. Vous n'avez même pas à vous soucier du corps.

– Vous le laissez juste là, à la vue de tous. Une fois l'immeuble cramé, la police pensera forcément que c'est celui d'un vagabond. Le clochard lambda, sans domicile fixe.

– Et même si quelqu'un constate la disparition du type que vous avez tué, personne ne retrouvera jamais son corps.

– Tout à fait. Et vous, alors ? – McCormack s'attaqua au second petit pain. – Vous avez réussi à retrouver la famille de Chisholm ?

– C'était facile. Il n'en a pas.

McCormack posa son petit pain.

– Chisholm est orphelin ?

– Il a été placé toute sa jeunesse. Dans différentes familles, aux quatre coins de la ville. Personne ne lui a légué de maison, ça, c'est sûr. Il n'y avait personne pour lui laisser quoi que ce soit, à ce qu'on en sait.

– Mais alors où se planque-t-il, bon sang ? Il ne peut pas s'agir d'un entrepôt abandonné ou d'un immeuble condamné. C'est une maison privée, et isolée. Forcément.

Ils contemplaient pensivement la porte du café quand Derek Goldie la poussa.

– Quoi ? – Goldie jeta un regard derrière lui, tandis qu'il s'approchait de leur table. – J'ai la braguette ouverte ? Qu'est-ce que vous avez à me regarder comme ça ?

Il s'assit, commanda un thé, et les deux autres le mirent au parfum.

– Alors qu'est-ce qu'on fait, maintenant ?

– On cherche une personne disparue, Derek.

– Attendez une minute : comment auraient-ils pu le savoir ? – Goldie tapota la table avec son doigt. – Vous partez du principe que Maitland était au courant, pour les voilages ? Que la simple chaleur d'un feu, à proximité, peut suffire à les enflammer ?

– Derek. Il a des taupes partout dans la police. Qu'est-ce qui l'empêcherait d'en avoir chez les pompiers ? C'est son boulot, de savoir ce genre de choses. Bref, monsieur Campervan Man. Chante-moi une chanson, pour citer Dylan…

– J'aimerais bien, Dunc. Aucun van de ce type n'est enregistré sous le nom de Chisholm. L'agent en uniforme a fait chou blanc au bureau des immatriculations. Moi, de mon côté, j'ai fait un saut au bureau du Casier judiciaire écossais pour farfouiller dans le fichier. Et je ne suis pas revenu bredouille…

– Chisholm a un casier ?

– Pas exactement. – Goldie consulta ses notes. – Sa femme et lui se sont séparés en fin d'année dernière. Mais, avant cela, il y a eu quelques incidents. Les gars de la Division B ont été appelés deux fois. Violences conjugales. Les voisins ont prévenu la police. La deuxième fois, la femme était dans un sale état. Lèvre éclatée. Joue gonflée. Mais bon, elle a pas voulu porter plainte.

– Ouais, ça m'étonne pas. Il les traitait comme de la merde de leur vivant. Et maintenant qu'elles sont mortes, voilà qu'il joue les justiciers au grand cœur…

La serveuse apporta le thé de Goldie.

– Comment ça, Dunc ?

– Il essaie de montrer quel bon père et mari il était en châtiant tous ceux qui sont liés à cet incendie. Il devrait se regarder dans la glace s'il veut s'en prendre à quelqu'un. Vous avez eu le ministère de la Défense ?

– Ils m'ont dit ce qu'on savait déjà : démobilisé en 1972, dossier exemplaire.

– Vous les avez interrogés sur ses missions en Irlande ? Les Cinq Techniques ?

Goldie fit non de la tête.

– Circulez, y a rien à voir. “Nous ne pouvons pas fournir de détails concernant les opérations sur le terrain.” “Secrets d'État.” Bla bla bla…

– Pas même à cette bonne vieille police de Glasgow ? Vous me surprenez.

– Du Strathclyde, Duncan. Du Strathclyde. Faut vous mettre à la page.

McCormack ne s'était jamais fait à la réorganisation du département.

– Vous avez obtenu des adresses ?

– Juste celle qu'on avait déjà : Nelson Street, à Tradeston. Ils avaient une adresse antérieure, de l'époque où il s'est engagé, mais c'était dans les Gorbals. Un immeuble sur Florence Street. Disparu. Démoli.

Il y a de quoi commencer à prendre ça personnellement, songea McCormack. Tous les bâtiments susceptibles de les intéresser avaient été pulvérisés par les boulets de démolition.

– Super. Encore une impasse. Bon. Dans ce cas, continuez d'éplucher cette liste. Les types avec qui il a servi. Ceux dont il était proche. Quelqu'un sait forcément où Gordon Chisholm serait allé se planquer. Il faut que nous trouvions ce quelqu'un.

Goldie planta ses doigts sur sa tempe en une parodie de salut militaire.

– Oui, chef!

– Nicol: faites au saut au Central pour jeter un coup d'œil au fichier des personnes disparues. Dans toutes les divisions… juste au niveau de la ville pour l'instant, pas à l'échelle du Strathclyde. Les hommes adultes. L'incendie a eu lieu, quoi, le 22? Focalisons-nous sur les hommes dont la disparition a été signalée entre le 22 juin et la fin de la semaine suivante.

– Et s'ils l'ont séquestré pendant plusieurs jours, *sir*? Comme Elliot?

McCormack se tourna vers elle.

– Vous avez raison, Nicol. Bien vu. Il était probablement déjà mort quand ils l'ont emmené dans cet immeuble. OK. Donc les hommes adultes, dans toute la ville, sur la deuxième quinzaine de juin.

– Je m'en occupe, patron. J'y vais tout de suite.

Elle attrapa son sac et s'en alla, saluant d'un petit geste de la main le bébé sur sa chaise haute.

Goldie et McCormack burent leur thé.

45

Il y a un homme dans une pièce avec une cagoule sur la tête, et d'autres hommes en cercle autour de lui qui le bousculent et le font tournoyer en le tirant par les épaules. Ça pourrait ressembler à un jeu de colin-maillard, jusqu'à ce que les premiers coups de poing se mettent à pleuvoir. Des acclamations s'élèvent. Les coups redoublent. Une frappe puissante sur la tempe jette l'homme à genoux. Un coup de pied dans l'épaule l'envoie s'effondrer sur le sol en ciment où il se contorsionne pour tenter d'esquiver l'essaim de rangers qui s'en prennent à ses reins, ses côtes, son ventre, ses parties. Il a les deux mains menottées dans le dos. Le bleu de chauffe qu'ils lui ont enfilé, trois ou quatre tailles trop grand, glisse par-dessus l'une de ses épaules tandis qu'il se tortille.

Puis les coups de pied cessent et les hommes reculent en s'essuyant la bouche d'un revers de main. L'un d'eux pose son index sur ses lèvres en traversant la pièce jusqu'à la porte, près de laquelle une boîte noire est posée sur une table. Les autres se bousculent avec nonchalance, les yeux écarquillés, souriant en silence, les mains posées sur les épaules, les dos de leurs voisins. L'homme à terre ne grogne pas, ne crie pas ; ça viendra plus tard. Pour le moment, il respire juste fort et sa tête pivote dans tous les sens, guettant le moindre son. Le seul bruit qu'on entend dans cette pièce, c'est son souffle haché. Maintenant, l'homme près de la porte appuie sur un bouton de la boîte et le hurlement assourdissant d'une sirène, lancinant, emplit les lieux. Les hommes se bouchent les oreilles avec leurs mains, tandis que l'homme à terre recommence à se tortiller, comme si les sons émanant de ce boîtier noir étaient autant de coups. Les hommes sortent à la queue leu leu et referment la porte, laissant l'homme à terre avec le bruit et sa douleur.

Gordon Chisholm se réveilla dans la chambre dépouillée, en nage, le cœur battant. Dans ce rêve, étrangement, Chisholm était l'homme cagoulé, alors que dans la réalité il avait été l'un des bourreaux, l'un de ces méchants au sourire mauvais.

Il enfila son pantalon, glissa le Glock sous la ceinture, dans son dos, et descendit voir le garçon.

Dans la cuisine, il remplit d'eau un gobelet de fer-blanc et prit deux Mars dans un bol, sur la table, avant de sortir dans la cour.

Deux jours que le gamin était avec Chisholm, enfermé dans l'une des dépendances. Deux jours seulement ? Deux jours, c'était rien. Il allait laisser Maitland transpirer un peu, il allait laisser la peur et l'effroi mijoter sous son crâne un jour de plus. Alors, il passerait ce coup de fil. Communiquerait à Walter Maitland l'heure exacte où son fils serait exécuté.

Dehors, c'était un jour venteux, des rafales tourbillonnantes chargées d'humidité. Chisholm resta planté une minute dans la cour, son tee-shirt battant au vent tandis qu'il se remplissait les poumons du bon air des collines. La lande se déployait en tous sens alentour. Au sud, la cuvette grise de la retenue d'eau, à la surface froncée. Hormis la ferme de Blairpark, un peu plus loin sur la grand-route, nulle présence humaine à l'horizon.

Il traversa la cour, fit coulisser les verrous de la lourde porte blanche, tourna la grosse clé dans la serrure.

La lumière du jour s'engouffra dans la grange. Le garçon s'assit tant bien que mal, adossé au mur. Sa main gauche était menottée à un anneau rouillé scellé dans un parpaing. Sa tête tressaillit sous la cagoule noire quand les rangers de Chisholm raclèrent le sol en ciment.

Il y avait une lampe à pétrole par terre près de l'entrée. Chisholm s'agenouilla, posa le gobelet d'eau et les

Mars. Il chercha ses allumettes, souleva le verre de la lampe et enflamma la mèche. Une fois la lampe allumée, il referma la porte derrière lui et la verrouilla avec la clé en fonte brunie.

Dans l'éclat rougeâtre de la lampe, il traversa la grange et posa le gobelet et les Mars à côté du captif. Il empoigna les bords de la cagoule et l'ôta du crâne en sueur du gamin, desserra son bâillon en coton souillé. Le visage du garçon était tout rouge. L'entaille sur l'arête du nez cicatrisait déjà mais le nez lui-même était encore gonflé. Un trait de morve verte avait séché sur sa lèvre du haut.

Chisholm détacha les mains du garçon et recula jusqu'au mur du fond.

Le gamin mangea voracement, observant Chisholm à travers ses mèches sales.

Chisholm alluma une cigarette. Il sentait le contenu du seau en zinc, pouvait même distinguer la puanteur citronnée de l'urine, l'odeur de terre des selles, sous la brûlure chlorée du désinfectant.

– Tu sais ce qu'il a fait ? – Adossé au mur, Chisholm contemplait d'en haut le gosse accroupi. – Ton fameux paternel ?

Le garçon ne dit rien, continua de mâcher les barres chocolatées. Ses yeux d'animal scrutaient ce fou au crâne rasé.

– Tu donnes ta langue au chat ? Il a tué ma famille. – Chisholm étudia le bout de sa cigarette. En prononçant ces mots, il parut éprouver de nouveau le choc. Il poursuivit : – Il a tué ma famille. Ma femme. Ma petite gamine.

Le garçon dit quelque chose cette fois, marmonnant entre ses dents. Chisholm se tourna brusquement.

– Quoi ? T'as quelque chose à dire ?

Le garçon avala un morceau de Mars, se racla la gorge.

– J'ai dit : il a tué la mienne, aussi.

Chisholm éclata de rire.

– Tu crois que je plaisante, là ? Tu trouves ça drôle ?

– Y a pas qu'une façon de tuer une famille, répliqua le gamin.

Il prit une autre bouchée et adressa à Chisholm un hochement de tête, tout en mâchant.

– De quoi tu parles, putain ? – Chisholm écarta brusquement les bras, montrant la pièce vide autour d'eux. – T'es encore là !

– Ouais, mais pas ma famille, dit calmement le garçon. Ma famille est morte. Lui, je le vois un samedi sur deux. Ma mère me déteste parce que je lui rappelle mon père. Ma sœur et ma maman se disputent sans arrêt. Jane attend juste de pouvoir se tirer. Tout le monde reproche à tout le monde ce qui s'est passé.

– C'est pas... c'est pas le problème, là, rétorqua Chisholm. Tout le monde s'en fout, de ça.

Le garçon haussa les épaules, comme pour dire : *Si ma réponse te plaît pas, fallait pas poser la question.*

Chisholm recommença.

– Bref. Il va voir ce que c'est, maintenant. Il va comprendre ce que ça fait.

– Il le sait déjà, dit le garçon. Il *sait* ce que ça fait. S'il en avait quelque chose à foutre, il aurait jamais agi comme ça.

Chisholm toussa, cracha par terre. Il n'arrivait pas à se débarrasser du sentiment qu'il était encore dans le rêve, tenait encore le mauvais rôle. C'est lui qui était censé être aux commandes, mener le bal. Mais alors, pourquoi avait-il l'impression d'être l'homme en bleu de chauffe avec une cagoule sur la tête, que la foule hilare et hurlante faisait tourner en rond ?

– Il vous le donnera pas, disait à présent le garçon.

– Me donner quoi ?

– Ce que vous lui avez demandé. La rançon. – Le ton du garçon était presque joyeux. – Vous savez vraiment pas à qui vous avez affaire, mon vieux. Vous en avez vraiment aucune putain d'idée.

Le garçon avait fini de manger. Il engloutit d'un trait le reste de l'eau, dans le gobelet. Chisholm s'agenouilla pour resserrer son bâillon, attacher de nouveau ses mains. Il rabattit la cagoule sur la tête du garçon et se pencha en avant jusqu'à ce que ses lèvres touchent presque le tissu noir.

Doucement, presque distraitement, il souffla :

– J'ai pas demandé de rançon.

LETTRES NON ENVOYÉES #3

Appartement 4c, 70 Craigpark
Glasgow
25 juillet 1969

Cher Chris

Au cas où tu voudrais m'imaginer, je suis assise à la table de ma salle à manger devant un verre de whisky soda, et je regarde la ville. Enfin, quand je dis "Je regarde la ville"... J'aperçois la Nécropole, derrière la manufacture de cigarettes Wills. Tu parles d'une vue sur Glasgow, la classe! Je suis au dernier étage d'un vieil immeuble, à Dennistoun. Il y a une église de l'autre côté de la rue, qui s'appelle Notre-Dame-du-Bon-Conseil, et ça me fait marrer. J'aurais peut-être dû l'écouter. C'est trop tard maintenant, tu crois pas?

Je commence à prendre le coup, à force de t'écrire. Ça m'aide beaucoup. Y a des choses que je peux coucher là. Des choses que j'aurais pas pu te dire en face. Je peux pas te parler des Amis d'Auldpark et de ce qu'ils ont fait, Chris. Pas encore. Un jour, peut-être. Mais je peux te parler d'autres trucs. J'ai jamais vraiment parlé de la Maison Rouge. Ni à toi, ni à personne d'autre. Des Wylie, et de pourquoi j'ai gardé leur nom. J'ai mis tout ça de côté et j'ai essayé d'oublier, comme si c'était arrivé à quelqu'un d'autre. D'une certaine manière, c'est le cas. Tout le temps que j'ai passé là-bas dans l'Ayrshire, dans cette grande maison au bord de la mer, j'ai eu l'impression de vivre la vie d'une autre. Tu vois ce que je veux dire?

C'était en partie à cause de la maison elle-même. Carrément immense, et vide, et pleine d'échos. Toutes

ces pièces froides, où rien ne bougeait. Ces plafonds hauts. Ces fenêtres à guillotine. On marchait sur la pointe des pieds en n'osant pas respirer. On se sentait comme un fantôme. Et puis, elle était si propre, cette maison. Je te jure. Mme Wylie faisait venir une dame deux fois par semaine pour nettoyer et faire la poussière, et c'était à se demander ce que cette femme pouvait bien trouver à faire, dans cet endroit qui était comme une foutue maison-témoin.
Attends, je me plains pas. C'était la belle vie. J'avais une chambre pour moi toute seule. Mon armoire à moi. Mes propres vêtements. Mes propres toilettes… t'y crois, toi, Chris ? Une salle d'eau rien qu'à moi ! À Auldpark, y avait toujours la queue ou quelqu'un qui frappait pour réclamer la place. Mais dans la Maison Rouge, je pouvais rester assise là comme une reine sur son trône. Et les bains ! Je passais des heures allongée dans cette grande baignoire pleine de bulles, je piquais des sommes, je rajoutais un peu d'eau chaude de temps en temps, et quand j'avais terminé, Mme Wylie – elle me disait tout le temps : Appelle-moi Margaret, mais j'ai jamais voulu – me demandait ce que je voulais pour le dîner. Comme dans un country club ou je ne sais quoi.
Mais ce qu'il y avait de mieux, c'était la mer, Chris, la plage. Une fois par an, quand on avait de la chance, à la maison ou à Auldpark, on nous emmenait à la plage. Mais là, tous les jours, il suffisait que je sorte par la porte de derrière pour me retrouver au bord de l'eau. Les bateaux blancs sur l'estuaire et l'île verte derrière eux. C'était comme vivre dans un livre de contes. Les Wylie avaient fait construire une extension en bois directement sur les rochers et, à marée haute, on était encerclés par l'eau sur trois côtés. J'imaginais que c'était un bateau, je naviguais avec le long de la côte ouest pour passer te prendre et on

partait à l'aventure, en Irlande, en Espagne ou en Amérique. Ah!
Au lieu de quoi je suis retournée à Auldpark. Tu parles d'une aventure.
Je voulais t'expliquer quelque chose, Chris. Quand je suis partie pour aller chez les Wylie, je voulais pas t'abandonner. Il fallait juste que je m'en aille. À cause des Amis. De ce vieux vautour d'Elliot et de ses potes. Jenny, l'assistante sociale qui a organisé mon départ, je crois qu'elle se doutait de ce qui se passait. Je me suis échappée, Chris. Et c'était génial au début, là-bas. Vraiment. Mais au bout de quelques mois, tout a commencé à changer. Les choses se sont gâtées. C'était comme si j'y croyais plus. Aux Wylie. À tout cet arrangement. À la porte de derrière donnant sur la plage. Les Wylie avaient déjà accueilli d'autres gamins, mais là, c'était différent. Ils voulaient tellement devenir de vrais parents, ils voulaient tellement avoir leur enfant à eux. Et d'un seul coup, c'est devenu trop. Tu sais comment ça se passe, Chris. Le doute s'installe, il te grignote petit à petit. Tes propres parents, les gens qui sont censés t'aimer, parce qu'ils ont pas le choix, t'es leur chair et leur sang: eh bien, ils t'aiment pas. Mais d'un seul coup, ces deux étrangers là-bas? Qui te connaissent ni d'Ève ni d'Adam? Eux, ils t'aiment? Alors tu te dis: Naaaan. On me la fait pas. Ils aiment l'idée d'avoir un enfant. Voilà ce qu'ils aiment. C'est pas pareil.
Alors j'ai commencé à faire n'importe quoi. Des petites choses, d'abord. Je laissais le lait dehors jusqu'à ce qu'il tourne. J'oubliais d'éteindre le thermoplongeur. Je marchais sur la moquette de l'entrée avec de la merde de chien plein mes baskets. Et ainsi de suite. C'est allé de mal en pis. Je taxais des clopes dans le paquet de Rothmans de M. Wylie. Je piquais des pièces d'une livre dans le sac de Mme Wylie. Je me soûlais.

Je rentrais à pas d'heure. Je traînais avec des gens louches. La police est venue quand une bague a disparu du coffre à bijoux de Mme Wylie. Ils croyaient que c'était un de mes potes. C'était moi. J'arrêtais pas de pousser les limites et repousser les limites, pour voir quand ça allait craquer. Et un beau jour, comme si c'était ça que je cherchais depuis le début, je me suis retrouvée dans une voiture qui me ramenait à Glasgow.
Mais c'étaient pas les Wylie. Eux, ils ont jamais flanché. Ils voulaient vraiment attendre que ça passe, ils m'aimaient telle que j'étais – cette petite merde que j'étais –, quoi que je fasse. Les Wylie, c'étaient des gens bien.
Non.
C'est autre chose qui s'est passé et qui m'a fait retourner à Auldpark. Je t'en parlerai plus tard. Un jour. Quand tu viendras dîner, hein ? D'accord ?
Le pire dans tout ça, c'était l'autre fille. Ils l'ont fait venir de Glasgow, une autre gamine placée. Pour m'aider à trouver ma place, pour que j'aie quelqu'un dont je pourrais me sentir proche. Et quand je suis rentré à Auldpark, la pauvre Yvonne, on l'a renvoyée aussi là d'où elle venait, quelque part dans le South Side. Elle aussi, sa chance d'avoir une nouvelle vie était passée. Enfin, c'est une autre histoire.
Mais je dois te dire ça :
Même si mon cœur s'est arrêté et que mon estomac s'est noué et que j'avais de la bile plein le gosier quand les pavés sales d'Auldpark ont crissé sous les pneus, j'étais contente d'une chose. J'étais contente de te revoir. C'est la pure vérité.
Ach, écoute-moi un peu, Chris... Voilà que je recommence, pas vrai ? À nous déprimer tous les deux, un vrai boulet. Mais écoute, tout n'est pas si noir. En fait, attends que je t'explique. Ce Walter dont je t'ai parlé ?

Hier, il m'a emmenée dans ce restaurant. Carrément chic ! Y avait des serveurs avec des costards en tartan rouge, du champagne dans des verres ronds comme des bols. J'avais l'impression d'être la princesse Margaret. C'était en pleine cambrousse, un genre de manoir près de Drymen.
Bref : on a fait un dîner à quatre. Y avait cet autre couple avec nous – Peter et Helen, ils s'appellent – et on a passé une super soirée. La spécialité de la maison, c'était le homard. Fallait se pencher sur l'aquarium et pointer du doigt celui qu'on voulait. J'étais si désolée pour eux, de les voir ramper les uns sur les autres avec leurs pinces scotchées, les pauvres. Ils savaient même pas qu'ils étaient au menu.
Il se trouve que Peter – il est un peu plus vieux que nous, dans les cinquante-cinq ans peut-être – va ouvrir un restaurant dans le centre-ville cette année. Il cherche une hôtesse – quelqu'un pour accueillir les clients et les conduire jusqu'à leur table – et Walter pense que je serais parfaite. Donc j'imagine qu'en plus d'un dîner au resto, c'était aussi une sorte d'entretien d'embauche. Je crois que je m'en suis bien sortie, mais on verra ! Walter pense que c'est du tout cuit. Faudra voir. Peter était en super forme, c'est sûr. J'ai eu l'impression qu'ils fêtaient quelque chose, un contrat peut-être, un truc archi secret. On venait d'entamer notre deuxième bouteille de champagne et j'ai parlé des verres, alors Peter m'a dit qu'ils étaient faits sur le modèle du sein gauche de Marie-Antoinette. Je me suis sentie super raffinée, Chris, à boire du champagne dans le sein de la reine de France !
Et Helen... Ça va te paraître bizarre, mais si tu la voyais – sans blague –, tu pourrais presque croire que c'est moi. On dirait mon double. Elle est comme moi si j'avais les cheveux blonds et plein de fric ! Je plaisante, mais elle était super bien sapée. Des diamants

aux oreilles. Cette robe en crêpe noir. Mais sa veste ? Écoute ce que je vais te dire, Chris : elle portait cette magnifique veste en pied-de-poule – du cachemire, avec des bordures en vinyle noir sur les poches. Une très belle coupe, bien ajustée ; deux boutons, et un col Claudine. Oh je sais que ça te dit rien, Chris, mais c'était superbe. Ok ? Et quand je le lui ai fait remarquer, elle m'a répondu, genre : "Oh, il faut que tu l'essaies !" Alors je l'ai essayée, et ils se sont tous extasiés comme quoi elle m'allait comme un gant, comme un rêve. Et c'était vrai. On pourrait être jumelles, Helen et moi. Elle a fait : "Écoute, Isobel, elle te va tellement mieux à toi ! Tu devrais la garder. S'il te plaît." Elle a rien voulu savoir. Et c'est seulement en rentrant chez moi que j'ai vu l'étiquette : Pierre Cardin ! Même toi, Chris, t'as dû entendre parler de Pierre Cardin. Ça a plus de gueule que le duffel-coat bleu de Kirsty Baird, ça c'est sûr ! On va encore sortir ensemble la semaine prochaine, tous les quatre. Walter m'a même réservé un rendez-vous chez le coiffeur. Tu me reconnaîtras pas quand on se reverra !

Les choses s'arrangent, Chris. Et écoute bien : tu vas me revoir. Je me suis fixé comme mission de te faire sortir de l'appart minable où tu te planques. Je vais demander à Walter de m'aider. Il connaît plein de gens, il va se renseigner. Je vais te retrouver, et alors je te donnerai cette lettre en personne. Et on pourra revenir à la normale. On sera de nouveau une famille. Tu viendras me voir. T'apporteras des fleurs.

Ta sœur,
Isobel

VENDREDI 11 JUILLET 1975

46

Ça lui faisait tout drôle, de pousser les portes du Central. C'est comme retrouver son ancienne école, songea Nicol. Tout était à la fois familier et vaguement étrange. Les agents en uniforme de l'équipe de jour s'affairaient autour d'elle sans même lui prêter attention. Elle se sentait comme un fantôme. Le policier de garde à la réception l'envoya au deuxième étage où un agent du service des personnes disparues la conduisit dans un box vide et lui apporta les dossiers.

– Vous voulez aussi ceux des autres divisions ? On centralise tout, maintenant.

– Non, juste Glasgow pour le moment, merci.

Il resta planté sur le seuil.

– Les autres départements de tout le Royaume-Uni nous envoient aussi leurs dossiers par télex. Et si c'est une affaire récente, vous pourriez essayer l'Armée du salut. Ils nous refilent un tas d'infos.

Il était jeune, ne devait pas être sorti de Tulliallan depuis plus d'un an ou deux. Un garçon mince, blond-roux ; il dévisageait Nicol, plein d'espoir, à travers ses cils blancs. Ce n'était sans doute pas le poste dont il rêvait en s'engageant dans la police.

Nicol le gratifia d'un sourire.

– Vous vous appelez comment ?

– Yuill, m'dame. Robert Yuill.

– OK, Robert Yuill. Je travaille sur une enquête pour meurtre. Multiples homicides. Alors votre aide m'est très précieuse. Elle pourrait s'avérer déterminante.

Yuill hocha solennellement la tête. Il serra et desserra ses poings, qui pendaient le long de son corps.

– Ah. Eh bien, je suis votre homme.

– C'est aussi un boulot qui donne soif, continua Nicol en se penchant sur le bureau. Deux sucres, Robert. Pas de lait. Vous êtes un bon garçon.

Tandis que Yuill s'éclipsait, Nicol déplaça sa chaise au coin du bureau pour jeter un coup d'œil par la fenêtre. Cette pièce se trouvait du côté de Turnbull Street et là-bas, l'air un peu guindé sous un rayon de soleil, se dressait l'église St Andrew's in the Square, petit miracle de géométrie des Lumières en plein cœur enchevêtré de la ville. Elle se rappela sa stupéfaction, à l'époque où elle s'occupait des attaques au couteau, des viols et des cambriolages, de voir, en se tournant vers ces portiques et ces colonnes, la haute flèche gracile couronnée d'une coupole, vision tout droit sortie d'un monde rêvé sous l'ère de la Raison, un lieu où le crime n'existait pas, où régnaient l'ordre, la beauté et l'harmonie.

Elle sourit toute seule, se pencha sur les dossiers.

Deux heures plus tard, elle était de retour à l'Étable.

– Ça s'est bien passé, au Central ? – McCormack avait ouvert la porte de son bureau. – Vous avez trouvé quelque chose ?

– Je crois, oui. – Elle sortit son carnet de la poche de sa veste, chercha la page.

Comme Nicol l'avait appris en discutant plus avant avec l'agent Yuill, les gens disparaissaient dans la ville de Glasgow au rythme de deux cents par mois. Pour la deuxième quinzaine de juin, quatre-vingt-dix-sept individus étaient portés disparus. Les deux tiers environ étaient des enfants, dont une grande partie s'étaient échappés de foyers ou de familles d'accueil. Une douzaine d'autres personnes étaient des fugueurs récidivistes. Sur les dix-huit qui restaient, huit étaient des femmes. Il ne restait donc que onze disparus. Dont huit avaient été localisés ou étaient rentrés dans les vingt-quatre heures.

– Pour faire bref, seuls trois d'entre eux nous intéressent, expliqua Nicol. Les seuls hommes adultes disparus dans la deuxième quinzaine de juin et dont on reste sans nouvelles. Donald Naismith, vingt-sept ans, ouvrier sans emploi. Campbell Sneddon, soixante-six ans, chauffeur de taxi pour la compagnie Clyde Cabs. George Maloney, cinquante-deux ans, peintre-décorateur.

– Un chauffeur de taxi ? – McCormack s'avança dans la pièce et vint s'asseoir en face de Nicol. – Un taxi a été aperçu au pied de l'immeuble, le soir de l'incendie. Qui a signalé sa disparition ?

Nicol consulta ses notes.

– Le voisin d'à côté. Les bouteilles de lait commençaient à s'empiler sur le perron. À Knightswood. Monksbridge Avenue.

– OK. Bien. Intéressez-vous d'abord au taxi. Parlez au voisin. Puis, si nécessaire, vous vérifierez les deux autres. Cherchez d'éventuels liens avec Maitland, aussi ténus soient-ils.

– Compris.

McCormack regagna son bureau. Nicol se maudit. Elle revenait tout juste du Central. Elle aurait dû penser à faire un saut chez les Hacks pendant qu'elle était sur place. Elle décrocha son téléphone.

La Hackney Carriage Branch était une unité restreinte essentiellement composée de policiers d'un certain âge, des types qui se préparaient déjà à la retraite en supervisant la flotte des taxis de la ville. Tous les taxis de Glasgow étaient enregistrés auprès de la municipalité. Le boulot de la Hackney Carriage Branch consistait à examiner les candidatures de chauffeurs potentiels et à écarter tous ceux qui avaient un casier. Ses agents s'efforçaient en outre de faire en sorte que les compagnies de taxis respectent au moins une partie des règles instaurées par la mairie. Et, plus généralement, ils veillaient sur les chauffeurs.

– Hackney Branch. Ritchie à l'appareil…

Bingo, songea Nicol. Elle avait bossé avec Malcolm Ritchie en arrivant au Central. Un grand type austère du South Side, avec une horrible mèche rabattue sur sa calvitie.

– Malcolm, c'est Liz. Liz Nicol.

– Lizzie Nic ! Vous n'avez donc pas de secrétaires, vous autres, pour passer vos coups de fil pendant que vous partez déjouer des tentatives d'assassinat ou coincer des voleurs de diamants internationaux ?

– J'ai donné la journée au mien, répliqua Nicol. Il doit emmener la Bentley au garage, pour une révision.

– Que puis-je faire pour vous ?

– À tout hasard, Malcolm : il y a deux semaines, le 22 juin. La nuit du grand incendie dans un entrepôt de Tradeston. Un taxi a été aperçu devant l'immeuble d'à côté. Celui qui a pris feu. Sur Nelson Street, à Tradeston.

– Quelle heure ?

– Onze heures et demie du soir, minuit.

– On parle d'une dépose, là ?

– Non, justement, c'est ça le truc. Ce taxi est resté sur place pendant environ vingt minutes. Peut-être davantage. Moteur éteint. Un témoin a vu deux types qui soutenaient un homme soûl. Ils sont entrés avec lui dans le bâtiment.

– Et vous pensez qu'un de ces deux types était le chauffeur.

– C'est l'hypothèse, oui.

Ritchie laissa échapper un soupir sceptique.

– Je peux me renseigner. Je dois pouvoir trouver quels taxis se trouvaient dans le coin à cette heure-là. Mais, Liz… Si le gars est là pendant vingt minutes avec son voyant éteint, il n'est pas en service. S'il est en train de faire des choses louches dans cet immeuble, son compteur ne tourne plus.

– OK, Malc. Faites ce que vous pouvez. J'apprécie votre aide. Et puis, autre chose encore : un certain Campbell Sneddon. Il a travaillé comme chauffeur pour la compagnie Clyde Cabs jusqu'à il y a deux semaines environ. Tout ce que vous pourrez trouver sur lui. Merci infiniment, Malc.

Elle entendit le petit baiser de Ritchie tirant sur sa clope.

– Vous allez me dire de quoi il retourne, Lizzie ?

Nicol jeta un coup d'œil à travers la porte ouverte du bureau de McCormack, penché sur un dossier, le front calé dans sa paume, coude en appui sur le bureau, et elle prit sa décision. Malcolm Ritchie était un bon flic. Plus il en saurait, et plus il avait de chances de pouvoir l'aider.

– Je ne peux pas entrer dans les détails, Malc, mais l'ivrogne que ces types ont aidé à entrer dans l'immeuble a peut-être péri dans l'incendie.

– Le corps non identifié ? Ce serait Campbell Sneddon ?

– Nous l'ignorons, Malc. C'est possible. Et le chauffeur ? L'homme qui a porté le mec soûl jusqu'au bâtiment ? Nous pensons qu'il bosse peut-être pour Walter Maitland.

– OK. Bon, Maitland a des flics dans sa poche. Nous le savons tous. Pourquoi n'aurait-il pas aussi des chauffeurs de taxi ? Je vais me renseigner. Vous pourriez peut-être m'emmener faire un tour dans la Bentley un jour, quand vous passerez dans notre quartier. Pour vous encanailler.

Elle donna à Ritchie le numéro de sa ligne directe à Temple et raccrocha. Une demi-heure plus tard, en revenant des toilettes, elle trouva son téléphone en train de sonner.

– Nicol ? Bon sang, vous preniez un bain ou quoi ?

– Je faisais mon boulot de flic, Malcolm. – Nicol tira sa chaise d'une main, s'assit, sortit son carnet de sa poche intérieure, le posa à plat sur le bureau. – Ce truc qu'on fait dans le monde extérieur, où il faut enlever ses pieds de sur son bureau ? Vous vous rappelez ?

– Je vous emmerde, Lizzie Nicol. J'use plus mes semelles en une journée de patrouille en uniforme que vous autres en un mois, avec vos foutus costumes.

– En sprintant pour être le premier à la cantine, Malc ? Ça compte pas.

– Vous voulez savoir, ou pas ?

– Je suis tout ouïe. J'ai le souffle coupé d'impatience…

– OK. Les chauffeurs qui sont copains avec Maitland : aucun n'a de casier, déjà, pour commencer. C'est peut-être différent pour les minicabs. Mais on ne peut pas conduire un taxi de Glasgow si on a un casier.

Le ton de Ritchie s'était durci. Il défendait l'honneur de la Hackney Carriage Branch. Mais Nicol savait déjà tout cela. Une condamnation, quelle qu'elle soit, vous empêchait de décrocher une licence municipale.

– Compris, Malcolm.

– Ceci étant dit, je me suis renseigné. De l'avis général, il y a deux ou trois gars, autour de Maryhill, qui pourraient être proches de Maitland.

Nicol fit cliqueter son stylo et traça un cercle sur son carnet. Elle inscrivit "Maryhill" dedans et tira trois traits qui fusaient hors du cercle comme les rayons d'une roue ou du soleil.

– Proches, c'est-à-dire ?

– C'est-à-dire que lorsqu'ils voient quelque chose, ou disons qu'ils entendent une conversation à l'arrière de leur taxi, ils font leur rapport. Ils prêtent leurs yeux et leurs oreilles. Des indics, en gros, sauf qu'ils rancardent les méchants, pas nous.

– Vous avez les noms ?

Ritchie lui communiqua les détails, et Nicol les nota. Des adresses à Maryhill. Trois noms qui ne lui disaient rien. Andrew Greig. Tom McLennan. Michael Weir.

– Et ils bossaient bien le 22 ?

– Deux d'entre eux, oui. Ils tournaient dans le West End, à Partick, à cette heure-là. Ils n'ont pas traversé le fleuve.

– Et le troisième ?

– De repos. Il s'agit de McLennan. Chauffeur pour la compagnie Clyde Cabs.

Nicol entoura le nom de McLennan.

– C'est noté. Et cette nuit-là, Malcolm, il y a eu de nombreuses courses vers Nelson Street ?

– Nada. Pas de dépose ni de ramassage sur Nelson Street de toute la nuit. Deux ou trois à proximité, pendant cette plage de temps. J'ai vérifié : ils n'ont rien vu. Je peux vous filer leurs coordonnées, si vous voulez.

– Ça ira, Malc. Écoutez… j'apprécie vraiment votre aide.

– Ben, faut qu'on s'occupe des rock-stars, hein.

Nicol appela la compagnie de taxis Clyde Cabs et dit à son interlocuteur qu'elle voulait voir Tom McLennan immédiatement. Non, pas dans une demi-heure ni à la fin de son service. Immédiatement. Dès qu'il aura déposé son client actuel, envoyez-le au commissariat de Temple.

Quinze minutes plus tard, l'agent de garde se pencha par la porte du bureau, derrière un homme de grande taille, vingt-cinq ans environ, qui enveloppait Nicol d'un regard incendiaire, en agitant son trousseau de clés.

– Merci, Brian. – Nicol se leva, s'étira. – La salle 1 est libre, n'est-ce pas ?

– En principe, oui. – L'agent de garde battait déjà en retraite vers sa tanière.

L'homme avait les cheveux longs jusqu'aux épaules. Il restait planté là à étudier cette pièce miteuse.

– Si vous voulez m'accompagner, monsieur McLennan… – Nicol le guida jusqu'au fond du couloir. Il lui lançait des regards en coin, en secouant la tête.

– Une honte, pestait-il. Vous savez ce que c'est ? Une véritable honte. J'ai raté une course jusqu'à l'aéroport à cause de vous. Vous me faites perdre un paquet de fric.

Ils avaient atteint la salle d'interrogatoire numéro 1. Nicol lui tint la porte.

– Nous vous laisserons repartir aussi vite que possible, monsieur McLennan. Asseyez-vous.

Elle le regarda entrer dans la pièce d'un pas raide, agitant toujours ses clés. Il portait un blouson de cuir serré, très court, élastiqué au niveau de la taille et des poignets, un jean Wrangler moulant à pattes d'eph' sur des bottines en vachette à talons cubains.

Il jeta ses clés sur la table, s'affala lourdement sur la chaise en plastique, tapota le bois avec ses mains ; roulement de tambour.

– Vous êtes payée à l'heure, pas vrai ? – Il adressa un geste du menton à Nicol, en la regardant s'asseoir.

Nicol ne répondit rien. Enveloppant McLennan d'un regard inexpressif, elle sortit son carnet, son Bic, les disposa sur la table.

McLennan passa la langue sur ses dents du haut.

– Imaginons que vous soyez payée à l'interrogatoire. Vous commencez à me poser des questions et là, quelqu'un débarque et vous emmène dehors pour réparer ma bagnole. Vous seriez contente ? Vous accepteriez sans broncher ?

Nicol redressa son carnet pour l'aligner avec le rebord de la table. Elle leva les yeux sur McLennan et se tapota le sternum.

– Moi, dit-elle, je suis le flic. Je pose les questions. Votre partie à vous, c'est les réponses.

McLennan posa ses deux mains sur sa nuque et repoussa ses longs cheveux par-dessus son col.

– Vous exigeriez une compensation, poursuivit-il. Vous voudriez qu'on vous dédommage pour ce manque à gagner.

Le raclement des pieds de la chaise de Nicol fut aussi brusque que tonitruant. McLennan la contempla, les yeux plissés, comme ébloui par le soleil.

– Venez avec moi, monsieur McLennan. – Nicol ramassa carnet et stylo d'un geste rageur, et marcha vers la porte. – Il faut que je vous montre quelque chose.

Ils remontèrent à nouveau le couloir, les talons de McLennan claquant bruyamment sur le sol. Descendirent une marche, pénétrèrent dans le bloc des cellules.

McLennan se tourna vers Nicol. Ils se tenaient debout sur le ciment irrégulier et graisseux d'un sol en pente, qui descendait vers un trou d'évacuation. D'un côté de cette pièce se trouvaient les cellules : trois portes étroites et lourdes, entrebâillées ; trois sinistres intérieurs carrelés.

– Elles sont toutes inoccupées. – Nicol désigna la rangée de portes. – Toutes libres. Vous pouvez choisir. Il s'agit d'une enquête pour meurtre. Des gens sont morts. Plusieurs personnes. Et vous m'embêtez avec le prix d'une course ?

McLennan jeta un bref regard aux portes des cellules. Il passa un doigt jauni sous son nez.

– Faut vous mettre à ma place, dit-il.

– Vraiment ? Moi, figurez-vous, je me mets à la place de quatre personnes qui sont mortes brûlées dans un immeuble de Tradeston. D'un homme qui a été torturé, tabassé à mort et balancé sur un tas d'ordures à Partick.

McLennan ferma les yeux. Il hocha la tête.

– C'est bon, dit-il. Je suis désolé. Retournons là-bas. Je répondrai à vos questions.

Il fit le geste de repartir, mais Nicol posa la main à plat sur sa poitrine pour le retenir.

– Non. On va faire ça ici. Choisissez une cellule.

McLennan se retourna, étudia les trois portes comme s'il s'agissait d'une énigme. Puis il s'avança vers celle du milieu, ouvrit la porte.

– Asseyez-vous.

Le seul endroit où s'asseoir était le fin matelas nu dans son alcôve en béton. McLennan se plia en deux pour se glisser dans cet espace. Nicol le contemplait d'en haut.

– Monsieur McLennan. Vous travaillez pour Walter Maitland. Que faites-vous pour lui, au juste ?

La voix de McLennan grimpa d'une octave.

– Maitland ? Je travaille pour Clyde Cabs. J'suis chauffeur de taxi !

– Mais vous le connaissez, non ?

– Walter Maitland ? Non, je le connais pas.

– Vous ne savez pas qui est Walter Maitland ?

– J'habite à Maryhill, ma chérie. Pas sur la Lune. Mais je bosse pas pour lui.

– Moi, c'est "Inspectrice". Vous conduisez un taxi. Sur le territoire de Maitland. Mais vous n'avez rien à voir avec lui ?

McLennan grimaça.

– Pas vraiment. On est censés, je sais pas, faire notre rapport. Si on voit des trucs. Vous me suivez ?

– Vous voulez dire que vous faites des repérages pour Maitland ?

– Non ! Rien de tout ça. Juste si on tombe sur quelque chose d'utile. Je sais pas. Genre, quelqu'un doit de l'argent. L'info circule. Si on voit cette personne, on est censés prévenir. C'est tout. Ça va pas plus loin.

Il leva la tête, avec un sourire incertain. Nicol croisa les bras.

– Vous faites autre chose pour lui ? Ça vous arrive de transporter des trucs pour Walter Maitland ? Des gens ? – Elle marqua une pause. – Des cadavres ?

McLennan se tourna vers la porte de la cellule.

– Putain, qu'est-ce que vous racontez ? Vous essayez de me foutre la trouille, ou quoi ? C'est réussi, d'accord ? Des *cadavres* ?

Nicol fit un pas dans sa direction.

– La nuit du 22 juin. Un dimanche. Vous étiez de service ce soir-là ?

McLennan fit non de la tête.

– Non. Pas du tout. J'étais à la maison avec ma copine.

– Quoi, vous n'avez même pas besoin de vérifier ? Vous vous en souvenez, comme ça ?

– Vous dites que c'était un dimanche. Je travaille pas le dimanche.

– Mais vous savez ce qui s'est passé cette nuit-là, non ?

– Le 22 juin ? Eh bien, j'imagine que c'est cet entrepôt qui a cramé. Le gros incendie à Tradeston.

– Quatre morts. Vous étiez au courant que ça allait arriver, monsieur McLennan ? On vous avait prévenu à l'avance ?

– Ouah, c'est quoi ça, putain ? D'un seul coup, je suis le foutu bras droit de Walter Maitland ? Pourquoi on m'aurait prévenu ?

– Donc c'est bien Walter Maitland qui a fait le coup ? Il a donné l'ordre ?

– Non ! Je veux dire, comment je le saurais ? J'imagine, c'est tout. Vous arrêtez pas de mentionner Maitland.

– Il y avait un taxi dans les parages, monsieur McLennan. Devant l'immeuble de Nelson Street. La nuit de l'incendie. Avec un homme de Maitland, pensons-nous.

McLennan ne dit rien.

– C'était vous le chauffeur, monsieur McLennan ?

– Moi ? Non. J'étais chez moi. Je vous l'ai déjà dit, putain.

– Connaissez-vous Campbell Sneddon ?

– Campbell... ouais. Je bosse avec lui chez Clyde. Enfin, je bossais. Il s'est tiré, y a deux semaines.

– Pourquoi a-t-il démissionné ?

– C'est à lui qu'il faut demander. Comment je le saurais, moi ?

– Qui pouvait être le chauffeur ? Cette nuit-là, à Tradeston...

– Comment voulez-vous que je le sache, putain ? Ça pourrait être n'importe qui.

– Il nous faut un nom, monsieur McLennan. Sinon, je vais devoir en toucher un mot à mes collègues de la

Hackney Carriage Branch. Pas facile de conduire un taxi quand on n'a plus de licence.

– Pas facile de conduire un taxi avec les doigts brisés, rétorqua McLennan. Pas facile de conduire quand on est mort.

– Donc vous avez reçu des menaces ? Vous avez été directement menacé par Walter Maitland ?

– Vous croyez que je vais balancer Walter Maitland ? Sur quoi que ce soit ? Je vais me répéter, puisque vous avez l'air de pas piger très vite : je vis à Maryhill. Si vous êtes prêts à me faire déménager à Bornéo avec toute ma famille, je parlerai volontiers. Au fin fond de la Mongolie. Ou du Kalahari, putain. Mais en attendant ? Je crois que je préfère passer mon tour.

Elle le laissa repartir. Puis elle prit la Wolsey et roula vers Knightwswood pour aller rendre visite au voisin de Campbell Sneddon.

McCormack était assis à son bureau de Temple, devant une grosse pile de journaux. Ceux-ci affichaient tous une photo de Gordon Chisholm, sa description et le numéro du commissariat. *Recherché en lien avec l'attentat du Barracks Bar et l'assassinat de Gavin Elliot.* Avec un peu de chance, cette exposition médiatique allait provoquer des signalements authentiques, dans la masse des faux concoctés par ces éternels affabulateurs qui vous faisaient perdre votre temps. Elle allait peut-être aussi, raisonna McCormack, apaiser un peu les petits feux de tension sectaire qui flambaient dans cette ville. "Chisholm" n'était pas un nom catholique. Ou, du moins, pas irlandais, ce qui était le nœud du problème en l'occurrence. Et ce Chisholm-là en particulier – comme les journaux l'annonçaient dans leurs gros titres et les chapeaux de leurs articles – avait été soldat, caporal de l'armée britannique. Et même si le ministère de la Défense s'était arrangé pour fournir une photographie de Chisholm en tenue de civil (chemise à col ouvert, pull-over sombre), sa coupe de cheveux et ses épaules carrées lui conféraient une allure résolument militaire. Par conséquent, en tout état de cause, Glasgow n'était pas à la merci d'une unité active de l'IRA. Et la grande marche Orangiste annuelle, qui devait avoir lieu dans deux jours, ne serait plus considérée maintenant comme une menaçante démonstration de force loyaliste. Elle redevenait le regrettable carnaval d'ignorance et de préjugés qu'elle avait toujours été.

La sonnerie du téléphone l'interrompit dans ses pensées.

– *Sir ?* C'est Nicol.

Il devina à sa voix tendue, à son ton, qu'elle avait trouvé quelque chose. Il jeta un coup d'œil par la porte à demi ouverte de son bureau vers l'endroit où les pieds de Goldie – croisés et enrobés de brogues marron au cuir éraflé, qui avaient l'air confortables – étaient posés sur un bureau.

– Qu'est-ce que vous avez ?

– Le chauffeur de taxi... Campbell Sneddon ?

– Oui, eh bien ?

– J'ai interrogé le voisin. Ça fait pas longtemps que Sneddon conduit des taxis. Vous savez ce qu'il faisait, avant ?

McCormack haussa les épaules comme si Nicol était avec lui dans la pièce. Son esprit dériva vers l'affiche "Les gens qui nous aident" punaisée au mur de la salle de cours, à l'école primaire de Ballachulish : le facteur, le docteur, le pompier, l'infirmière.

– Il était serveur au restaurant de l'Albany Hotel. Il était gouverneur de la Banque d'Angleterre ? Je n'en ai aucune idée, Nicol.

– Il était concierge, dit-elle.

Dans l'encadrement de la porte, Goldie décroisa ses pieds, les recroisa. Il y avait un petit point blanc cassé de chewing-gum sur la semelle de sa chaussure gauche.

– Nicol, je ne vois pas…
– Dans un foyer pour enfants, *sir*.
Il voyait, à présent.
– Auldpark ?
– Auldpark.
– Ah, je vois. C'est du bon boulot, Nicol. On dirait bien que nous avons trouvé notre homme. Les empreintes dentaires le confirmeront, mais ça paraît bien embarqué. Vous êtes encore sur place ? À Knightswood ?
– Ouais. J'appelle d'une cabine téléphonique au bord de Knightswood Road, *sir*. Vous voulez que je revienne ?
– Parlez aux autres voisins, Nicol. S'il y a un pub dans le coin, un bookmaker, interrogez les gens sur lui. Je vais aller voir la compagnie de taxis. On se retrouve au ranch après.

47

Clyde Cabs se trouvait au bord de Broomielaw, dans la pénombre crépusculaire qui régnait sous le pont de chemin de fer. McCormack sentit le froid humide s'emparer de lui dès qu'il quitta le soleil pour pénétrer dans l'ombre des poutrelles d'acier. Un train passait là-haut, dans un vacarme métallique. Les murs du viaduc étaient tapissés de carreaux blancs, comme dans une pissotière.

Des commerces douteux – un cordonnier, un bookmaker – avaient élu domicile sous deux arches du viaduc. La troisième abritait Clyde Cabs. McCormack montra sa plaque à la réceptionniste, qui le conduisit dans une petite pièce près du fond.

Celle-ci contenait un bureau croulant sous les annuaires et jonché de gobelets en polystyrène. Derrière, un petit homme obèse qui portait une chemisette d'un vert putride – chartreuse peut-être. Ou alors, vert morve. Son journal était ouvert aux pages sport. C'était l'intersaison, sans aucun sport digne de ce nom, à part le golf, Wimbledon à la rigueur. Mais l'homme avait trouvé son bonheur. Il leva les yeux sur McCormack.

– Vous avez vu le tirage ? Du gâteau pour nos deux clubs.

Le tirage des coupes d'Europe de football avait été annoncé ce jour-là. Les Rangers avaient hérité des Bohemians de Dublin au premier tour de la Coupe des clubs champions ; les Celtic allaient affronter le Valur de Reykjavik dans la Coupe des vainqueurs de coupe.

– Super glamour comme affiches, fit remarquer McCormack en s'asseyant sur une chaise. Inspecteur principal Duncan McCormack. Vous êtes… ?

– Eddie Irvine.

– Cette compagnie est à vous ?

– Ouais, j'en suis l'heureux propriétaire.

– C'est à propos d'un de vos chauffeurs. Campbell Sneddon.

– *Ex*-chauffeur. – Irvine tendit l'index en l'air. – Ça fait des semaines que Sneddon n'a pas franchi cette porte.

– Deux semaines, pour être précis, fit remarquer McCormack. Il a disparu il y a deux semaines et trois jours.

– Si vous le dites.

Un train fila bruyamment au-dessus d'eux et McCormack dut attendre qu'il soit passé.

– Or, vous n'avez pas signalé sa disparition. Pourquoi, monsieur Irvine ?

– Il n'avait pas disparu. Il avait posé sa démission.

– Il vous l'a annoncée lui-même, vous voulez dire ? Il vous l'a signifiée formellement ?

Irvine haussa les épaules.

– Ce n'est pas moi qui ai pris l'appel. Si j'ai bien compris, quelqu'un a téléphoné pour lui. Les chauffeurs se bousculaient pour reprendre ses heures. Alors ça ne m'a pas empêché de dormir.

– Vous avez noté quelque part qui vous a appelé ?

– Écoutez, chef : je dirige une entreprise, moi. On a reçu un message comme quoi il viendrait plus. Peu importe qui nous a prévenus…

– OK. – McCormack desserra son nœud de cravate, fit sauter le dernier bouton de sa chemise. – C'est vous qui aviez embauché Sneddon ?

– Quoi ?

– Je veux dire, vous, personnellement. Avez-vous fait passer un entretien à M. Sneddon avant de l'engager ?

– Eh bien, oui. C'est toujours moi qui décide qui conduit mes taxis. Il avait un permis clean. De bonnes lettres de recommandation. Dont une d'un conseiller municipal, si je me rappelle bien. Il était poli. Propre sur lui. J'avais aucune raison de pas l'embaucher. S'il a fait une bêtise, s'il s'est retrouvé impliqué dans quelque chose, ça n'a rien à voir avec nous.

McCormack entendit un rire quelque part dans le bâtiment.

– Dans quoi aurait-il pu se retrouver impliqué ?

– Je dis juste ça parce que, si vous êtes là, à l'évidence, c'est qu'il a… je sais pas, moi. Il s'est passé quelque chose et vous pensez qu'il est impliqué. Il a travaillé quatre ans comme chauffeur chez nous. Jamais une réclamation. Ni de sa part, ni contre lui. C'est tout ce que je peux vous dire.

McCormack acquiesça. Irvine sourit, guettant sa réaction. Derrière lui était accroché le calendrier Pirelli de 1974, une femme noire sur une plage, le visage presque entièrement plongé dans l'ombre, hormis le rouge glossy de ses lèvres maquillées, légèrement entrouvertes, qui étincelait au soleil.

– Vous évoquiez des lettres de recommandation, reprit McCormack.

– Ouais.

– J'aimerais les voir. À vrai dire, j'aimerais voir tout son dossier. Pourriez-vous me l'apporter maintenant, s'il vous plaît ?

Irvine décrocha son téléphone pour composer le numéro, puis reposa le combiné. Il respira profondément et hurla : "Sandra !" La fille pointa son nez à la porte d'une pièce voisine.

– Sandra, vous voulez bien nous apporter le dossier de Cammie Sneddon, pour ce gentleman ?

Le dossier n'était pas épais, juste un exemplaire du contrat de Sneddon comportant son adresse personnelle, et des copies carbone de lettres stipulant de légères modifications de ses conditions de travail. Il y avait en outre deux lettres de recommandation – l'une du directeur du foyer pour enfants d'Auldpark, à Bishopbriggs, décrivant les quinze années de bons et loyaux services de Sneddon en qualité de concierge, et l'autre de Gavin Elliot. Dans ce témoignage un peu abrupt rédigé sur un papier à en-tête de la mairie de Glasgow, Elliot affirmait connaître Campbell Sneddon depuis de longues années, en tant que mécène du foyer pour enfants d'Auldpark, et avoir pu constater combien Sneddon s'était montré assidu et compétent dans l'exercice de ses fonctions.

McCormack sortit son carnet pour griffonner l'adresse du domicile de Sneddon. Il se leva pour partir.

– Très bien. Merci de votre aide.

Irvine ne fit même pas mine de se lever pour le raccompagner jusqu'à la porte.

– Alors, qu'est-ce qu'il a fait ? demanda-t-il, avec une petite bulle de rire dans la voix. Il a braqué une banque ? Étranglé sa femme ?

McCormack s'arrêta sur le seuil.

– D'après les informations dont nous disposons, monsieur Irvine, tout porte à croire qu'il a péri carbonisé dans un incendie. Je vous souhaite une bonne journée.

McCormack referma la porte du bureau d'Irvine derrière lui. Au lieu de prendre à gauche pour regagner la rue, il s'enfonça plus avant dans le bâtiment. Gagnant une porte tout au fond du petit couloir, il l'ouvrit sans frapper.

Trois hommes jouaient aux cartes autour d'une table. Il y avait un grand tas de longues allumettes Cook's amoncelées devant l'un d'eux, des tas plus modestes devant les autres. *Vingt et un*, en conclut McCormack. Un quatrième homme se tenait debout sur la gauche, près de l'évier, qui versait l'eau d'une bouilloire dans plusieurs mugs. Un cinquième était assis à une autre table, tordant dans sa main les pages d'un livre de poche et observant McCormack par-dessus ses lunettes de lecture. Les cinq hommes portaient des chemisettes bleu clair et des cravates sombres. Un tube vieux déjà de deux ou trois ans passait tout bas à la radio : "Sunday Morning Symphony."

– Désolé de vous interrompre, messieurs… – McCormack avait sorti sa plaque. – J'ai quelques questions à vous poser.

– Si c'est pour la disparition de Lord Lucan, répliqua l'un des joueurs, c'est pas moi. J'étais de service ce soir-là.

Les autres s'esclaffèrent. McCormack tira l'une des chaises de la table du lecteur jusqu'au centre de la pièce. Il s'assit.

– C'est au sujet de Campbell Sneddon, annonça-t-il. Je voudrais savoir quand vous l'avez vu pour la dernière fois. De quoi vous avez parlé. De quelle humeur il était.

Il y eut un raidissement sensible dans la pièce, comme si la température venait brusquement de chuter. Les joueurs se redressèrent sur leurs chaises et posèrent leurs cartes à l'envers sur la table. L'homme devant l'évier reposa doucement la bouilloire sur le formica. Le lecteur ôta ses lunettes et les posa sur la table.

– Il est censé avoir fait quoi ? demanda-t-il.

– Campbell Sneddon ? Il n'a rien fait. Enfin, à notre connaissance.

– Alors pourquoi vous le cherchez ?

– Nous ne le cherchons pas, rétorqua McCormack. C'est tout l'inverse : nous pensons l'avoir retrouvé.

La signification des paroles de McCormack parut se répandre dans la petite salle jusqu'à la remplir.

– Cammie est mort ? souffla le lecteur.

– S'il s'agit bien de lui, oui, j'en ai peur.

– Comment ?

– Je ne peux pas vous en dire plus pour le moment. J'aimerais savoir s'il s'est passé quoi que ce soit pendant les semaines qui ont précédé son départ, s'il a dit ou fait quoi que ce soit qui sortait de l'ordinaire et qui pourrait nous donner une idée de son état d'esprit.

– Son état d'esprit ? – L'un des joueurs de cartes, celui qui avait devant lui le plus grand tas d'allumettes.

Le banquier, donc. – Vous voulez dire que Cammie s'est suicidé ?

– Non, non. Ce n'est pas du tout ce que je dis. Nous pensons qu'il était impliqué dans quelque chose et qu'il s'est retrouvé dépassé par les événements.

– Bon Dieu…

L'homme devant l'évier était en train de mettre du lait et des sucres dans les tasses de thé. Il en apporta trois aux joueurs, retourna chercher les deux autres.

– Vous en voulez ?

Il tendait un mug à McCormack.

– Non, je vous remercie. Vous le connaissiez bien ? Quelqu'un, parmi vous ?

Le banquier empoigna sa tasse, retira le sachet de thé et le jeta dans le cendrier.

– Je crois que personne ne connaissait vraiment Cammie. Il restait dans son coin, vous comprenez ? Certains chauffeurs font partie de l'équipe de fléchettes, ou bien participent aux week-ends de golf. Cammie, ç'a jamais été son truc. Il faisait juste ses heures, passait ici de temps en temps pour boire un thé. Ça n'allait pas plus loin.

– Donc, quand il est parti… – McCormack passa en revue les cinq visages. – C'est arrivé comme ça, sans prévenir ?

Les joueurs de cartes échangèrent des regards.

– Ben, pour être honnête… – Le plus jeune, un rouquin maigre, avec les cheveux longs et des pattes impressionnantes, lança un coup d'œil au banquier. – Ça n'a pas été la surprise du siècle.

– Il avait parlé de démissionner, vous voulez dire ?

– Non, pas vraiment. C'est juste qu'il arrêtait pas de faire des sous-entendus. Vous voyez ce que je veux dire ? Qu'il allait toucher un pactole. Ce genre de truc. Que tout allait changer.

– Il vous a dit de quoi il s'agissait ?

Le jeunot secoua la tête.

– Il gardait ça pour lui. Je me disais que c'était peut-être un héritage. Une vieille tante qui allait clamser. Mais il en a jamais dit plus.

– Et vous, les autres ? Il vous a parlé de ça, aussi ?

Hochements de tête, grommellements.

– C'était juste un truc qu'il rabâchait sans arrêt, dit l'homme qui avait préparé le thé. Personne faisait trop attention. Enfin, jusqu'à ce qu'il s'en aille.

– OK, les gars. – McCormack se leva. – Désolé d'avoir interrompu votre pause. – Il sortit plusieurs cartes de visite de son portefeuille et les posa sur la table des joueurs, telle une quatrième main. – Si d'autres détails vous reviennent, appelez ce numéro, compris ? À bientôt.

Il marchait de nouveau sur Broomielaw, au pied du bureau des Douanes, quand il entendit le fracas d'une course. Il pivota sur ses talons et s'adossa à la façade du bureau des Douanes, déjà en garde. C'était toujours là, dans un coin de votre tête, quand vous marchiez dans la ville, la possibilité de tomber sur quelqu'un que vous aviez aidé à envoyer en taule et qui vous tenait pour personnellement responsable de ces dix années passées derrière les barreaux de Saughton, Perth ou Peterhead. Chaque fois qu'un homme marchait vers vous dans une rue déserte, que quelqu'un traversait la chaussée en courant dans votre direction, vous vous demandiez si votre heure n'était pas venue. Alors quand on entendait des bruits de course, on se retournait, poings levés.

L'autre homme aussi avait les mains levées, mais les paumes grandes ouvertes, et il reculait maintenant, les yeux écarquillés.

– Pardon ! Pardon ! C'est juste moi !

Le jeune taxi, avec ses favoris broussailleux. McCormack baissa les bras.

– Désolé, gamin. J'ai cru que vous étiez un client mécontent. C'est un peu notre risque professionnel à nous. Vous avez repensé à quelque chose ?

Le chauffeur jeta un coup d'œil derrière lui.

– J'aurais dû en parler avant à quelqu'un. C'est juste que j'ai vraiment jamais eu l'occasion.

Un taxi passa devant eux au ralenti, le chauffeur tendant le cou pour les regarder.

– Venez, dit McCormack en prenant le jeune chauffeur par la manche. Allons faire un tour.

Ils traversèrent Clyde Street. Un chemin longeait le fleuve et ils s'y engagèrent vers l'est, en direction du Glasgow Green.

– Moi c'est Alan Russel, au fait.

Le chauffeur lui tendit la main, que McCormack s'empressa de serrer.

– Ravi de faire votre connaissance, Alan. Je m'appelle Duncan. Alors, qu'est-ce qui vous travaille ?

– C'était l'année dernière, répondit Russell. À peu près à cette époque, d'ailleurs. On a fait une grande sortie jusqu'à Troon. Tous les chauffeurs, je veux dire. Un truc de charité. On a emmené des gosses défavorisés passer une journée sur la côte. On avait décoré les bagnoles avec des serpentins, tout le tralala.

– Je vois de quoi vous parlez, dit McCormack. J'ai vu ça dans le journal.

– Bref. Tout ce convoi descend jusqu'à la côte. Je veux dire, genre, tous les taxis de la ville, pas juste nous. Un truc de dingue. Des black cabs à perte de vue !

Sur l'autre rive du fleuve, McCormack apercevait les belles maisons mitoyennes de Carlton Place, brillant de toute leur symétrie classique derrière le rideau intermittent des peupliers. On aurait dit un autre pays. Un autre siècle.

– On arrive sur place, poursuivit Russell. Et c'est une journée top. La canicule, vraiment. Et les enfants s'éclatent. Des adultes sont là pour les accompagner, mais les chauffeurs aussi filent un coup de main. On paie des glaces aux gamins, on leur file un peu d'argent pour les manèges de la foire. Bref, j'ai trois enfants avec moi – deux petites filles et un garçon – et je les emmène au mini-golf. On commence à jouer et je remarque qu'une des gamines reste à l'écart, vous voyez?

McCormack acquiesça. Il fit un pas de côté pour laisser passer un cycliste.

– Elle se planquait derrière mes jambes. J'ai d'abord cru que c'était pour rire, mais ensuite j'ai compris. Y avait deux garçons qui jouaient le trou suivant, avec leur chauffeur. Et ce chauffeur, c'était Campbell Sneddon. C'est de Cammie qu'elle avait peur. Chaque fois qu'il se retournait, elle s'agitait vraiment, vous voyez? Elle était toute paniquée. Et puis, bon, elle a eu un accident.

– Comment ça... elle a trébuché?

– Non, elle... Bon. Elle s'est fait pipi dessus, d'accord? Au beau milieu du mini-golf.

– Ah. Et qu'est-ce qui s'est passé ensuite?

– Je l'ai emmenée se nettoyer. La serveuse d'un café l'a aidée. Et, ensuite, on est allés dans une boutique de la grand-rue pour lui acheter des habits neufs. Elle s'est un peu refermée, vous comprenez? Elle parlait plus. J'ai cru qu'elle était juste, genre, perturbée. Une gosse perturbée. Ou que peut-être Cammie lui rappelait quelqu'un d'autre. Mais maintenant je me dis qu'elle le connaissait peut-être.

Les deux hommes s'arrêtèrent juste avant les arches trapues du Victoria Bridge. Ils étaient allés assez loin, il était temps de faire demi-tour.

– Vous vous rappelez d'où elle venait? Je veux dire, où vous êtes passé la prendre?

– Ouais, c'était un foyer là-bas, à Bishopbriggs. Longpark. Ou Parklands? Un truc dans le genre.

– Auldpark?

– Oui, c'est ça. Comment vous avez...?

– Sneddon y a travaillé. Il a été concierge à Auldpark pendant quinze ans.

– Bon Dieu… Alors cette gamine le connaissait. C'est à cause de ça qu'il… que quelqu'un l'a tué ?

– Nous l'ignorons, Alan. – Ils continuèrent de marcher. McCormack sortit ses cigarettes, lui en offrit une. – Vous vous souvenez de son nom, à cette gamine ?

Russell secoua la tête.

– Non, désolé. – Il se pencha sur la flamme du briquet de McCormack. Les deux hommes repartirent. Russell donna un coup de pied dans un caillou, sur le chemin, qui alla claquer contre la balustrade au bord du fleuve. – Peut-être que le foyer a gardé ça quelque part… vous savez, qui est monté dans quel taxi ?

– Auldpark a fermé l'an dernier, répliqua McCormack. Il semblerait que la mairie ait égaré toutes les archives.

Ils étaient revenus à leur point de départ, devant la Maison des douanes. Russell gratta le dessous de sa mâchoire.

– Je regrette de pas l'avoir dit. Plus tôt, quoi. Peut-être que j'aurais empêché que ça arrive à d'autres.

– Vous avez fait ce qu'il fallait, Alan. Ne vous en faites pas. Votre aide nous est précieuse.

Il regarda Russell traverser la rue en se faufilant habilement entre les bus. Comme il se retournait pour partir, McCormack remarqua la petite statue sur son piédestal, près de l'escalier. Elle était nouvelle… il ne l'avait jamais vue. On aurait dit une bonne sœur, juchée sur un socle étroit et élevé, une femme dans une longue tunique – les bras levés triomphalement, pieds bien écartés. Elle ressemblait à la lettre X, à une croix de Saint-André. Il s'approcha. C'était un monument en l'honneur de Dolores Ibarruri, héroïne de la guerre civile espagnole.

Sur le piédestal était gravée une citation : "Mieux vaut mourir debout que vivre éternellement à genoux."

McCormack s'éloigna vers Jamaica Street. Mourir debout ? songea-t-il. Ça, c'est déjà réglé. J'ai passé tout l'été à me tuer à la tâche.

48

Assis à la petite table du Duke of Perth, Kidd guettait la porte. Il se représentait cette table comme la sienne, même si c'était juste la deuxième fois qu'il y prenait place. La sempiternelle grappe de caïds occupait le coin du comptoir, même si, ce soir-là, ils portaient des tenues décontractées – pantalons et vestes en jean, polos, baskets Adidas – au lieu de leurs costumes habituels. Kidd se demanda s'ils se téléphonaient tous à l'avance, comme des lycéennes avant d'aller en discothèque : tu portes quoi ce soir ?

Le rendez-vous avec McPhail était fixé à sept heures. Il but une gorgée de sa pinte et jeta un coup d'œil à la grande horloge derrière le bar : sept heures et quart. Il avait encore le nez dans sa bière quand la porte s'ouvrit en grinçant. Il posa son verre sur la table et une ombre tomba dessus : McPhail.

– Prends ta pinte… suis-moi.

McPhail marcha vers le fond du pub. Kidd crut d'abord qu'il l'emmenait rejoindre le cercle des caïds, mais McPhail passa devant eux en les saluant de la tête et continua jusqu'à une porte estampillée "Privé". Il fit signe à Kidd d'entrer en lui tenant la porte.

C'était une salle de réception, avec le même papier peint que dans la pièce qu'ils venaient de quitter, les mêmes tables et chaises en bois sombre, les mêmes cendriers métalliques. Une version plus petite, et privée, du pub.

– Assieds-toi.

Kidd tira l'une des chaises de la table la plus proche ; McPhail prit place sur la banquette rembourrée, dos au mur.

– Tu veux un autre verre ?

– Ça va.

– Moi, je vais en prendre un. On a quelque chose à fêter, non ?

Il pressa un bouton fixé sur le mur, à côté de lui, et le serveur ouvrit la porte.

– Un verre de Grouse, Harry. Et une autre pinte pour mon ami.

McPhail dévisagea posément Kidd, sans rien dire, ses mains bien écartées en appui sur la banquette. Il semblait détendu, joyeux presque. Kidd parcourut la salle du regard, tripota son verre. S'il s'agissait d'un petit jeu où McPhail attendait qu'il parle le premier, eh bien, il pouvait attendre.

– T'as rencontré Bud, alors ? finit par lancer McPhail.

C'était donc Bud Hunter, songea Kidd. Le type dans son appartement, à Largs. L'homme qui lui avait dit de tuer Yvonne, sans tout à fait le dire.

– Exact, répondit Kidd.

– Il nous a dit que tu prenais tout ton temps.

La porte s'ouvrit de nouveau et le serveur entra, un plateau sur les bras. Il posa sur la table le whisky de McPhail et un petit pichet d'eau. Et, devant Kidd, une nouvelle pinte de brune. Il étudia un instant la disposition des verres puis hocha la tête, le plateau pendant le long de sa cuisse.

– Je ne savais pas que c'était une course, répliqua Kidd. Je croyais qu'il s'agissait seulement de faire le job. Je l'ai tuée, oui ou non ?

McPhail versa un filet d'eau dans son whisky.

– Eh bien, puisque tu abordes le sujet…

– Allez vous faire foutre. Vous pensez que je mens ?

– C'est une question légitime. – McPhail fit tournoyer son verre pour mélanger l'eau, sirota une gorgée de whisky. – Bud Hunter t'a filé deux cent cinquante livres. Comment savoir si tu les as pas données à Yvonne Gray pour qu'elle continue ailleurs son petit bonhomme de chemin ? Bud trouve que vous aviez l'air assez proches, tous les deux. Assez *affectueux*, pour reprendre son terme.

Kidd ne craignait pas de se trahir. Toute sa vie, il avait fait semblant. C'était la seule manière de survivre à Auldpark. Faire semblant d'avoir fait des choses. Faire semblant de ne pas les avoir faites. Faire semblant d'être un dur. Faire semblant que les choses ne vous atteignaient pas. Faire semblant n'était pas un problème pour lui. Sa seule inquiétude, c'était que quelqu'un ait pu repérer Yvonne à la gare. Elle avait pris le train pour Ardrossan, puis un bus jusqu'à Kilmarnock. À Kilmarnock, elle était montée dans le train pour Carlisle, où elle avait pris une correspondance pour Manchester. Un ami vivant à Manchester avait accepté de l'héberger. Elle attendrait là-bas jusqu'à ce que tout soit réglé au pays. D'une manière ou d'une autre.

Mais Yvonne avait quitté la pension de Largs par le jardin de derrière et une allée détournée, les cheveux teints en noir, avec un foulard sur la tête et des lunettes de soleil, et une veste qu'elle avait achetée à la fille de sa logeuse. Pas moyen qu'on l'ait repérée.

Kidd vida sa première bière, la poussa de côté. Posa la nouvelle à sa place sur le dessous de verre.

– Il fallait que j'apprenne à la connaître, dit-il à McPhail. Établir un peu de confiance.

– C'est pas faux. La confiance, tout repose là-dessus, rétorqua McPhail. Et si tu me racontais comment tu t'y es pris, Christopher ? Pour ma tranquillité d'esprit.

– Facile, répondit Kidd. Je l'ai étranglée. Je l'ai emmenée à l'écart de la ville, sur le sentier du bord de mer. Y a un monument là-bas, le Crayon.

– Le truc des Vikings, ouais, je vois. Continue.

– Eh bien, j'ai fait ça là. En bas, dans les rochers.

– Et ensuite ?

Kidd entendit des rires de l'autre côté de la porte. Il fixa McPhail dans les yeux.

– J'ai emprunté une barque.

– Tu l'as balancée dans l'estuaire ?

– Ouais.

– Où, exactement ? Devant Fairlie ? À la prochaine marée basse, t'as des gamins avec leur seau et leur pelle qui vont trébucher dessus.

– Nan. – Kidd secoua la tête. – Je l'ai balancée dans le chenal, au large de Cumbrae. Y a vingt mètres de fond, là-bas. Je l'ai lestée. On la retrouvera pas.

– J'espère pour toi.

Il vaut toujours mieux passer à l'offensive, songea Kidd, quand on a un truc à cacher. Feindre l'indignation. Il se rassit au fond de sa chaise, alluma une cigarette sans en offrir, jeta l'allumette dans le cendrier.

– Je sais ce que vous êtes en train de faire, McPhail, au fait. Faut pas croire.

McPhail l'enveloppa d'un regard dur.

– Ah ouais ? Qu'est-ce que je suis en train de faire, alors ?

– Vous allez vous servir de ça comme une excuse, pas vrai ? Oh, t'as pas rapporté de photo d'Yvonne Gray morte au fond de cette putain de barque, comme preuve, alors je te paie pas. C'est ça votre plan, hein ?

– Nan. C'est pas…

– Et vous êtes assis là dans votre putain de costard à cinquante livres. À commander des whiskys en poussant sur un bouton. Foutu mauvais payeur. J'ai pris des putains de risques…

– Chris ! Chris ! – McPhail avait levé les mains au ciel. – T'emballe pas, bon Dieu. – Il plongea la main dans la poche intérieure de sa veste, jeta un paquet sur la table.

Kidd baissa les yeux sur la table puis regarda de nouveau McPhail sans changer d'expression. Il tendit le bras. C'était une liasse de billets pliée en deux et tenue par un élastique.

– Compté et recompté. Tout est là. Personne n'avait l'intention de t'arnaquer, Chris. Bon Dieu. Garde ton sang-froid, mon pote.

Kidd fourra l'argent dans la poche de son blouson de cuir.

– Bon, alors ça va.

– Tu connais les gars, là-bas ? – D'un geste du pouce, McPhail désignait la porte. – Burgess et les autres ?

Kidd haussa les épaules.

– Je les connais de vue.

– Viens. – McPhail se leva. – Je vais te présenter.

Kidd se leva à son tour, vida sa pinte.

– Bien. Mais vous savez qui j'aimerais rencontrer, surtout.

McPhail éclata de rire.

– Tu as le temps pour ça, Chris. Il est reconnaissant, si c'est ça qui t'inquiète. Il apprécie tout ce que t'as fait. Tu peux me croire.

SAMEDI 12 JUILLET 1975

49

– Toc, toc.

Goldie se tenait debout sur le seuil du bureau de McCormack, frappant sur le panneau de verre nervuré de sa porte restée ouverte. McCormack leva les yeux de ses dossiers.

– Vous tenez quelque chose, Derek ?

– Je ne suis pas sûr. Peut-être.

McCormack le suivit dans l'autre salle. Une carte d'état-major était dépliée sur le bureau de Goldie. McCormack reconnut la côte en forme de faucille de l'Ayrshire, l'éparpillement d'îles et de péninsules de l'Argyll.

– J'ai vérifié tous les noms que le ministère de la Défense m'a fournis. Les potes de régiment de Chisholm. – Goldie grimaça. – Ça n'a rien donné. Personne ne sait rien.

– Vous me l'avez déjà dit.

– Exact. Mais ensuite, je suis allé voir du côté des pertes officielles. Les soldats tués au combat, dans la compagnie à laquelle appartenait Chisholm.

Goldie était penché sur la carte, paumes plantées sur le bureau, scrutant le document comme si l'histoire qu'il était en train de raconter était codée dans ses lignes de contour et ses routes secondaires.

– Je vous écoute.

– Bon. Il y a un type qui s'appelait Malcolm Skilling. Un sergent. Il a fait deux périodes de service en Ulster avec Chisholm. Il a été tué par les gars de l'IRA en 1972. Une balle en pleine tête. Pendant une patrouille à Belfast.

Goldie avait soulevé l'un des coins de la carte pour fouiller dans une liasse de documents. Il finit par trouver la photocopie d'une coupure de journal.

– Regardez.

L'article s'accompagnait de la photo d'un jeune homme aux yeux sombres, en uniforme de cérémonie – béret écossais sur le crâne, avec son bandeau à carreaux –, qui regardait sur le côté, par-delà l'objectif. "Un Fusilier tué par une balle de l'IRA", proclamait le gros titre.

– Chisholm le connaissait ?

– Eh bien forcément, oui, j'imagine. Mais voilà le truc… – D'un geste du menton, Goldie désigna la coupure de presse dans les mains de McCormack. – Comme on peut le lire là, il était le fils unique de Mme Martha Skilling, une veuve âgée de soixante-trois ans – elle a dû l'avoir sur le tard – résidant aux abords de Largs, dans un endroit qui s'appelle Howcraig Cottage.

Goldie se pencha de nouveau sur la carte et planta l'index dessus.

McCormack s'approcha pour voir.

La route qui reliait Largs à Glasgow serpentait vers l'est à travers une lande élevée. Au-dessus de la retenue d'eau de Muirhead se trouvait une ferme solitaire baptisée Blairpark. Grimpant au nord de Blairpark jusqu'à une étendue de lande désolée, puis faisant un brusque crochet avant de reprendre sa course vers le nord, il y avait une piste qui s'arrêtait subitement à huit cents mètres environ de la route de Glasgow. Tout au bout de cette piste au milieu de nulle part, McCormack aperçut un petit carré noir, une vieille ferme peut-être, ou un cottage isolé. L'endroit ne portait pas de nom mais il s'agissait, à l'évidence, du Howcraig Cottage. Qui comportait des dépendances, minuscules rectangles entourant le bâtiment principal.

– Vous avez contacté la police locale ? Pour qu'ils aillent jeter un coup d'œil ?

Goldie fit non de la tête.

– Pas encore. S'agirait pas de l'effrayer. Enfin, s'il est bien là-bas.

McCormack traça un cercle avec son doigt autour du Howcraig Cottage.

– OK, Derek. Eh bien, le lieu est intéressant. Ce serait logique.

– Qu'est-ce qui serait logique ?

Nicol venait d'entrer dans l'Étable. Elle se débarrassa de sa veste, la posa sur le dossier de sa chaise, tira sur les épaules pour la défroisser. Goldie lui expliqua la situation, pointa du doigt l'emplacement sur la carte. Nicol rejeta ses cheveux en arrière des deux mains, les serra dans un poing et enroula un élastique autour.

– Bien placé par rapport à West Kilbride, pas de doute, estima-t-elle. West Kilbride, où vivait l'ancienne femme de Maitland. Il aurait pu les espionner facilement depuis cet endroit. En plus... – Nicol remonta du doigt le tracé de la côte – ... le bus qui va de Largs à Glasgow passe par Greenock.

– Où Chisholm a volé la Rover.

Nicol hocha la tête.

– Bon, alors on fait quoi ?

– Ce qu'on fait ? – McCormack souriait. – On part en vacances. Prenez vos seaux et vos pelles, les enfants. On file à la mer !

Une heure et demie plus tard, ils laissaient derrière eux Paisley à bord d'une Wolseley 1100 banalisée, roulant vers l'Ayrshire. Puisqu'il ne s'agissait que d'une première mission de reconnaissance et qu'aucun renseignement fiable ne confirmait la présence de Chisholm sur place, Haddow n'avait pas validé l'envoi d'une escorte armée. Mais il avait accepté qu'ils partent tous les trois armés de revolvers, si bien que McCormack, Nicol et Goldie étaient passés récupérer des Webley calibre 38 à l'armurerie de Stewart Street.

Après Lochwinnoch, le paysage commença à changer. Une lande dénudée se déployait devant eux, qui enflait en crêtes escarpées. Les ombres des nuages ondulaient sur les flancs des collines. De grosses touffes d'herbe se balançaient d'un côté puis de l'autre dans la brise et çà et là un arbre solitaire, courbé et rachitique, donnait la direction des vents dominants.

À Kilbirnie, ils s'arrêtèrent dans une boulangerie pour acheter des petits pains garnis qu'ils mangèrent dans la voiture, buvant du thé dans des gobelets en polystyrène.

Ils se remirent en route, chaque bosse élevant leur vue au-delà des murets en pierre sèche du bas-côté et leur offrant des aperçus de l'estuaire et de ses îles, des pics bleus d'Arran. Lorsqu'ils atteignirent la retenue d'eau de Muirhead, McCormack se pencha en avant.

– Ralentissez, ordonna-t-il à Nicol. C'est tout près. Là !

Ils apercevaient maintenant le portail de la ferme de Blairpak sur la droite. Nicol mit le clignotant, tourna dans l'allée et s'arrêta dans un bruit de graviers au milieu de la vaste cour. Un collie noir et blanc bondit de nulle part et plaqua son menton au sol, agitant son postérieur.

Ils descendirent de voiture et une femme apparut dans l'encadrement de la porte, s'essuyant les mains dans un torchon. McCormack tendit sa main vers le chien et s'accroupit pour lui ébouriffer les oreilles. Puis il se dirigea vers le corps de ferme, ouvrant sa plaque d'une pichenette.

– Inspecteur principal Duncan McCormack, annonça-t-il. Et voici le lieutenant Goldie et l'inspectrice Nicol.

La femme acquiesça, sans un sourire.

– Qu'est-ce que vous venez faire chez nous ?

– Il s'agit plutôt de votre voisine, plus haut sur la colline, répondit McCormack. Une certaine Mme Skilling ?

La femme dévisagea tour à tour Nicol puis Goldie. Elle tendit le cou pour regarder la Wolseley garée dans la cour.

– Alors vous en avez après son locataire. Le soldat.

– C'est fort possible, madame… ?

– Anna Blackie. Mon mari exploite ce pan de colline. Vous feriez mieux de venir à l'intérieur.

Mme Blackie les guida jusqu'à une cuisine au plafond bas qui sentait le chou et le brillant à cuivre Brasso. La pièce était fraîche après la chaleur du dehors, avec son sol de pierre et son gros évier double en céramique. La bouilloire tremblait sur son feu et, sans un mot, Mme Blackie sortit des mugs, un pot de sucre et un pichet de lait, fit claquer des cuillères dans les tasses. Les trois policiers prirent place autour de la table.

– Vous évoquiez un locataire, madame Blackie… – McCormack souleva une salière en forme d'oiseau ; un moineau peut-être, ou une bergeronnette. – Comment savez-vous qu'il s'agit d'un soldat ?

– Elle me l'a dit. – Mme Blackie prit la bouilloire et remplit une théière en porcelaine verte. – Elle m'a confié que c'était un ami de Malcolm. Son fils. Il a été tué il y a de cela plusieurs années, là-bas, en Irlande.

– Effectivement. Mais qu'est-ce qui vous a fait penser que nous venions le voir, lui ? Le soldat.

– Vous ne l'avez jamais rencontré, pas vrai ?

Elle avait des vaisseaux éclatés sur les joues, zigzags roses dentelés, mais elle avait l'air presque jeune lorsqu'elle jeta un regard malicieux à McCormack, souriant sans desserrer ses lèvres.

– Gordon Chisholm ? – McCormack reposa la salière. – Non, nous ne l'avons jamais rencontré.

Ce n'est pas tout à fait vrai, songea McCormack. Il avait fait la queue pour serrer la main de Chisholm à l'enterrement de son épouse et de sa fille. Mais ça ne comptait pas vraiment comme une rencontre.

– Parce que, sinon, vous auriez compris, conclut Mme Blackie. – Elle empoigna le plateau à thé, traversa la cuisine et le déposa sur la table. – Vous sauriez, si vous l'aviez vu. Y a quelque chose qui ne tourne pas rond, chez lui. Ça se voit dans ses yeux. Il a fait des trucs. Ou alors il en a vu. J'aimerais pas être derrière ces yeux-là. Même si on me payait pour ça.

Elle agrippa l'anse de la théière et remplit les quatre mugs, les tendons de son avant-bras s'arc-boutant sous le poids.

McCormack attendit qu'elle s'asseye avant de sortir la petite affiche avec le visage de Chisholm dessus.

– C'est bien lui, madame Blackie ? Le locataire ?

– C'est lui. – Elle prit l'affiche à deux mains. – Il s'est laissé pousser les cheveux. La barbe, aussi. Mais oui, c'est votre homme.

Les trois inspecteurs échangèrent des regards.

– Il est là-haut en ce moment ? interrogea Nicol.

– Je ne crois pas, non. J'ai entendu sa camionnette descendre l'allée ce matin. Peu après dix heures.

Goldie parla d'une voix douce.

– De quel genre de camionnette s'agit-il ?

– Un de ces vans Volkswagen, vous voyez ? Bicolore. Vert pâle et crème. Qu'est-ce qu'il a fait ?

McCormack parut ne pas avoir entendu la question.

– Madame Blackie… Il faut que vous me décriviez les bâtiments, là-haut. La disposition des lieux.

Mme Blackie sirota son thé.

– Il n'y a pas grand-chose à en dire. Un corps de ferme sans étage. Ou plutôt, un genre de cottage. Avec deux dépendances. C'est tout.

– Et si en fait il est là-haut, est-ce qu'il nous verra arriver ?

– Il vous *entendra*, rectifia Mme Blackie. Ce n'est pas vraiment une autoroute, ce chemin.

– Mais si nous laissons notre voiture ici ?

Mme Blackie serra son mug entre ses mains et se tourna vers la fenêtre.

– Eh bien, c'est une piste assez pentue. Donc je dirais que vous serez couverts par le relief jusqu'au petit bosquet d'arbres. À partir de là, vous serez à découvert, mais la maison est orientée à l'est, vers la lande. Le pignon est aveugle. Il n'y a aucune fenêtre qui donne sur la piste.

– Et la dame ? Mme Skilling ?

– Elle ne vous verra pas venir. – Mme Blackie souriait dans son mug. – De ce côté-là, vous êtes tranquilles.

Ils laissèrent Mme Blackie dans sa cuisine et s'engagèrent à pied dans la pente, McCormack ouvrant la marche, dévorant la piste de ses longues foulées nerveuses. Nicol secouait la tête, trottinant pour le suivre.

– On ne devrait pas appeler des renforts, *sir* ? Les attendre ici ?

– Pas le temps.

McCormack continua de grimper sans même ralentir.

– Mais c'est ce qui était convenu avec l'inspecteur divisionnaire Haddow. Je veux dire, c'est le protocole, *sir*.

McCormack s'arrêta, pivota brusquement sur lui-même. Il passa la main sous sa veste pour rajuster son holster.

– Nicol. Il y a de grandes chances que Chisholm soit parti. Si le garçon est séquestré dans cet endroit, alors nous pourrons probablement le trouver et le libérer avant le retour de Chisholm. Pas de complications. Pas de danger. Si on attend les renforts, on risque de laisser filer cette opportunité.

– On ne devrait pas au moins les prévenir de ce que nous sommes en train de faire ?

McCormack se tourna vers Goldie, qui les rejoignait seulement, le visage rougi, à bout de souffle. Goldie se racla la gorge.

– Ça pourrait être la règle numéro 1 du métier d'inspecteur, lança-t-il à Nicol. Quand on fait quelque chose qu'on devrait pas faire, faut jamais donner aux huiles une chance de vous en empêcher.

Ils se remirent en marche à la queue leu leu sur la piste abrupte. McCormack, Nicol, Goldie. La piste était pierreuse, avec un sursaut herbeux au milieu. Le soleil passa derrière un nuage et l'atmosphère s'épaissit, virant au bleu. McCormack continuait d'avancer à grands pas réguliers. En vérité, il était moins sûr de lui qu'il n'avait fait semblant de l'être devant Nicol. Depuis le début, McCormack était déstabilisé par cette histoire de kidnapping. Habituellement, en cas d'enlèvement, on inondait la zone d'agents en uniforme, on faisait un porte-à-porte éclair pour collecter des descriptions d'étrangers et de véhicules, récupérer éventuellement tout ou partie d'un numéro d'immatriculation, et on priait pour que le kidnappeur soit identifié avant d'avoir pu faire du mal à la victime. Mais, dans ce cas précis, rien de tout cela n'avait été nécessaire. Les policiers n'avaient eu vent de ce kidnapping que lorsque Walter Maitland en personne s'était pointé au commissariat de Temple pour leur annoncer qu'on avait enlevé son fils. Il connaissait déjà l'identité du kidnappeur. Chisholm avait eu le temps de lui envoyer une foutue lettre – incluant même un polaroïd de l'enfant – avant que la police apprenne ce qui s'était passé.

Cela donnait à McCormack le sentiment de jouer avec un coup de retard, comme si Chisholm savait toujours avant eux ce qu'ils allaient faire. Ce qui expliquait – du moins l'espérait-il – le sentiment nauséeux de déjà-vu qui l'étreignait à présent comme un étourdissant sortilège alors qu'il guidait Nicol et Goldie vers le haut de ce chemin pierreux. Sur la droite, une colline verdoyante s'élevait jusqu'à un sommet conique et un faucon sortit du soleil en planant, descendant en spirale, porté par les courants thermiques. Les lointains bêlements plaintifs d'un troupeau de moutons résonnaient dans l'air vide. McCormack sentait la sueur sourdre entre ses omoplates, couler en ruisselets le long de ses côtes.

Il s'arrêta au niveau du bosquet d'arbres, laissa le temps aux autres de le rattraper. Les branches se rejoignaient au-dessus de leurs têtes comme une sorte de charmille, et les trois policiers, depuis cette ombre, étudièrent le pignon en crépi du cottage, à une cinquantaine de mètres en contrehaut.

– Il y a des dépendances derrière le cottage. – McCormack se tourna vers Goldie. – Fouillez de ce côté-là, Derek. Nous, on va aller occuper la vieille dame. Criez si vous trouvez quelque chose. Le gamin. Ou Chisholm, d'ailleurs.

Ils parcoururent les dernières centaines de mètres en silence. Goldie se glissa de l'autre côté du cottage, tandis que McCormack et Nicol empruntaient l'allée principale.

Quand la femme vint ouvrir la porte, elle gratifia les deux inspecteurs d'une moue désespérée, son visage se tordant comme la gueule d'un chien humant le vent. Ses yeux étaient recouverts d'un voile blanc, telles des vitres couvertes de givre.

– Madame Blackie ? C'est vous, madame Blackie ?

McCormack referma sa plaque et la remit dans sa poche.

– Madame Skilling ?

– Oui ? Oui ?

– Madame Skilling. C'est la police. Je suis l'inspecteur principal Duncan McCormack. Et voici l'inspectrice Elizabeth Nicol. Pourrions-nous entrer, s'il vous plaît ?

– La police ? – La tête de Mme Skilling tremblotait, ses cheveux filasse oscillant devant son visage. – Personne n'a appelé la police. C'est une erreur.

– Ce n'est rien de grave, madame Skilling. Aucune raison de vous inquiéter. Nous voulions juste vous poser quelques questions. – Il y eut un silence. – Vous voulez bien nous laisser entrer ?

La tête de la femme sursauta, sa bouche s'ouvrit de travers, elle fit volte-face et remonta le couloir en se cognant, sa fine main brunie donnant des tapes sur le mur. Au bout de trois mètres environ, elle donna un coup de hanche pour écarter un horrible secrétaire noir qui encombrait le passage et poussa une porte blanche, disparaissant de l'autre côté. McCormack rattrapa la porte juste avant qu'elle ne claque. Mme Skilling était déjà en train de s'installer dans un fauteuil face à deux fenêtres jumelles. Son tricot était posé sur l'accoudoir du fauteuil et elle le tira à elle, ses doigts se refermant comme une araignée sur la pelote de laine avant que les aiguilles ne se mettent à cliqueter.

McCormack et Nicol prirent place sur le canapé à imprimé floral, dos aux fenêtres.

– Madame Skilling, commença McCormack. Vous avez un locataire chez vous en ce moment, n'est-ce pas ?

– Un locataire ? – La tête sursauta et les aiguilles s'immobilisèrent. – Pourquoi je m'enbêterais avec un locataire ?

McCormack chercha le regard de Nicol et inclina discrètement la tête en direction de la vieille dame. Nicol se pencha en avant.

– Madame Skilling. Il y a une paire de bottes en caoutchouc d'homme dans le couloir.

La femme éclata de rire.

– Vous voudriez qu'il monte dans la colline en chaussons, c'est ça ?

– Qui donc, madame Skilling ?

– Malcolm ! Mon fils Malcolm ! – Elle s'avachit un peu vers l'avant en secouant la tête, ses poignets lâches maintenant les aiguilles croisées. Puis elle se redressa dans le fauteuil et ses aiguilles se remirent à cliqueter. – De qui voulez-vous qu'il s'agisse ?

– Vous avez d'autres fils, madame Skilling ?

Peut-être en a-t-elle deux, songea McCormack. Peut-être les confond-elle.

– On en *voulait* d'autres. Enfin, lui, il voulait. Mais faut prendre ce qu'on vous donne. Selon la volonté de

Dieu. Je ne me suis jamais plainte. Pas même quand j'ai perdu la vue.

– Madame Skilling… – McCormack sentit la peau de son crâne se contracter. – Votre fils est mort. Il a été tué en Irlande. L'IRA l'a abattu.

Elle n'interrompit même pas son tricot, se contenta de dévoiler sa dentition dans un sourire fragile.

– Vous ne me bernerez pas, monsieur. Oh non. Ils ont essayé de me faire croire que mon fils avait disparu. Mais n'empêche, il est revenu. Il est revenu s'occuper de sa maman.

Elle hocha la tête, satisfaite. Sa tête se souleva dans ce qui ressemblait à une attitude de triomphe.

– Vous croyez que je ne reconnais pas ma propre chair ? Vous croyez que je sais pas… Tenez : vous allez pouvoir le vérifier par vous-mêmes !

Peut-être la défaillance de sa vue avait-elle aiguisé ses autres sens – en tout cas, ils entendirent soudain ce que la femme avait déjà capté : le grondement lointain d'un camion ou d'un van, le gémissement modulé des vitesses qui rétrogradaient pour s'adapter à la pente.

Nicol se raidit, prête à se lever, mais McCormack l'empoigna par la manche en secouant la tête. Il sortit néanmoins son Webley du Holster et laissa tomber son bras sur le côté du canapé, l'extrémité du revolver au ras de la moquette. Ils entendirent les graviers giclant de sous les pneus, puis la lumière baissa lorsque le van s'arrêta doucement devant les fenêtres.

Le claquement net d'une portière qui se fermait ; des pas dans les graviers ; le frottement d'une clé dans la serrure.

50

Il y eut un bref silence, suivi d'une série de chocs assourdis, comme si quelqu'un laissait tomber un sac de courses sur une table de cuisine avant de les ranger dans un placard. Puis les pas résonnèrent dans le couloir et la porte s'ouvrit brusquement.

Gordon Chisholm s'était effectivement laissé pousser la barbe. Il portait des lunettes de soleil polarisées à verres dégradés. Mais il s'agissait bien de lui. Il resta planté sur le seuil avec son pantalon et sa veste en jean, assimilant la présence de ces flics sur le canapé, sa bouche s'ouvrant comme si le temps avait ralenti et que le film du monde défilait soudain à la moitié de sa vitesse normale. Avant qu'il ait pu articuler un mot, Mme Skilling tendit le cou vers lui.

– Malcolm ! Malcolm, je te présente… eh bien, j'ai oublié leurs noms. Mais ce sont des policiers. Ils voulaient te voir.

Chisholm tourna à moitié la tête, comme si les paroles de la vieille dame étaient un crochet qui s'était fiché dans sa joue pour la faire pivoter, mais sans quitter des yeux McCormack et Nicol.

– Très bien, articula-t-il lentement. Il faut juste que j'aille chercher quelque chose dans la camionnette.

Il n'avait pas fini sa phrase qu'il bondissait déjà dans le couloir, la porte claquant derrière lui. Nicol et McCormack se levèrent comme un seul homme. Il y eut un grand bruit dans le couloir, comme si Chisholm avait percuté le secrétaire en bois, mais quand McCormack poussa la porte de l'épaule, celle-ci refusa de s'ouvrir et il comprit alors que Chisholm avait poussé le lourd meuble devant. McCormack recula et fonça dans la porte, qui ploya comme la planche d'un plongeoir mais resta fermée. Le bois était trop flexible. McCormack fit volte-face, cala son dos contre la porte, s'accroupit, jambes bien écartées, et se mit à pousser. Le secrétaire commença à bouger, il entendit ses pieds racler les pierres du couloir. Il arc-bouta ses cuisses de plus belle et sentit le meuble reculer un peu encore, puis il se retourna, se faufila dans l'ouverture et se mit à courir, Nicol sur ses talons.

Il avait parcouru la moitié du couloir quand il entendit une détonation, un craquement sec comme un bâton qu'on casse en deux. Il déboucha dans la lumière du jour, l'arme au poing, et décrivit un demi-cercle, la scène lui sautant aux yeux par petits éclats flous – une colline, le van bleu, un mur chaulé, le miroitement du soleil sur la retenue d'eau. Il entendit un bruit de course, un homme qui criait et, contournant la camionnette, il découvrit Goldie gisant à terre et une pluie de glace lui cingla le visage. Chisholm gravissait la colline au sprint, tache de bleu mouvante sur cette mer verte qui dansait dans la brise. Goldie essayait de se redresser, se lançant vers l'avant, bras tendus, comme un homme faisant ses abdos, ses mains s'agitant, tremblantes, autour de son genou gauche. Un trou déchiqueté s'était formé dans la jambe de son pantalon et la bosse blanche d'un os émergeait d'un amas de sang noir et de chair broyée.

McCormack se retourna vers Nicol en agitant le Webley.

– Posez-lui un garrot, Liz ! – Il se lançait déjà à la poursuite de Chisholm. – Et appelez le Central !

Il la vit s'agenouiller à côté de Goldie, tandis qu'il s'éloignait à fond de train. Il avait vraiment déconné. Il aurait dû écouter Nicol, appeler les renforts, laisser l'artillerie lourde gérer cette situation. Maintenant, un de ses hommes était blessé et lui-même s'arrachait les poumons pour tenter de rattraper un tueur armé au milieu des collines. Comme le putain d'idiot de compète qu'il était.

Oh, et puis merde.

Plus rien d'autre à faire, maintenant, que d'aller jusqu'au bout.

De la glace tombait de ses cheveux à chacune de ses foulées, tintant sur ses épaules. Non, pas de la glace : du verre. Chisholm avait dû lui tirer dessus pendant qu'il contournait le van, brisant une vitre et l'aspergeant d'éclats. La colline était raide, ses jambes se faisaient lourdes, ses articulations grinçaient, les muscles de ses cuisses commençaient à se tétaniser. Il atteignit un petit replat et s'arrêta, la poitrine au bord de l'implosion, le cœur à cent à l'heure. Il scruta les environs en quête des vêtements bleus de Chisholm : rien. Il poursuivit son ascension, courbé en deux, mains sur les cuisses, le canon du Webley s'enfonçant dans son genou, il mordait de grandes bouffées d'air, sentait le sang lui monter au cerveau.

– Hé, flicard !

La voix le fit se redresser brusquement. Il serra plus fort la crosse du Webley et le fit tourner devant lui, balayant la pente déserte.

– Ici, flicard. Plus bas.

McCormack aperçut le sentier jaune à demi effacé, saupoudré de crottes de moutons, sur sa droite, le long d'un étroite plateforme. Il descendit dans cette direction, suivant le canon du Webley.

– Ouais, c'est ça. Continue.

McCormack contourna un arbuste et Chisholm sortit de nulle part, tel un épouvantail hilare, le bras passé comme deux copains autour des épaules du garçon, son pistolet braqué sur la tempe de ce dernier. McCormack chancela en arrière, manquant basculer dans le vide, il planta son pied gauche dans la terre pour récupérer l'équilibre et sentit sa cheville céder en heurtant le sol spongieux et hérissé de touffes – entorse, peut-être même une fracture. Il posa un genou à terre mais se releva dans la seconde, grimaçant, à bout de souffle.

– Doucement, flicard. Faut garder la tête froide.

McCormack restait planté là, en équilibre instable, en s'appuyant essentiellement sur sa jambe droite. Il distingua un trou noir sur le flanc de la colline, entre les deux silhouettes – une cavité rocheuse, basse et peu profonde. McCormack y aperçut l'enveloppe en nylon bleu d'un sac de couchage, les restes calcinés d'un feu.

– Robert ! Robert Maitland ! – Il fixa le garçon du regard, son revolver toujours braqué sur Chisholm. Sa voix semblait intense, dérangée presque, comme celle d'un prêcheur de rue. Il avala sa salive. – Robert, ça va ?

C'était une question idiote. Le gamin tremblait de tous ses membres, il était livide, vêtu d'un fin tee-shirt blanc et d'un jean, le visage strié de crasse et de sang, et un assassin le braquait avec son flingue.

Le garçon fit oui de la tête. Il ne pouvait pas développer, car un bâillon gris et sale était enfoncé dans sa bouche. Ses chevilles étaient ligotées avec une sorte de ficelle et ses mains aussi semblaient attachées dans son dos.

Mais il était vivant.

McCormack avala une bouffée d'air, la relâcha. Puis une autre. Le sang tourbillonnait dans ses veines. Nicol avait dû appeler les renforts – des voitures de patrouille viendraient bientôt de Largs, sans doute un hélico pour Goldie. Il ne restait plus qu'à attendre. Chisholm ne bougerait pas de là. Lui non plus.

– Gordon Chisholm, dit-il. *Sergent* Chisholm.

– Je suis plus dans l'armée.

McCormack commençait à reprendre son souffle, sa voix se détendait, reprenant son ton habituel.

– Oh, arrêtez un peu. Regardez-vous : vous êtes sur le champ de bataille. Vous avez tiré sur l'ennemi. Vous pointez un pistolet sur la tête de quelqu'un.

Chisholm ne dit rien.

– Et Gavin Elliot. C'était un truc de soldat, pas vrai ? Même si ça ne respectait pas vraiment la Convention de

Genève. Mais bon, vous ne vous embêtiez pas trop avec ce genre de détails, hein ? Là-bas, je veux dire.

– Là-bas ?

– Je vous parle des Cinq Techniques, Gordon. Je vous parle de l'Ulster.

– T'as été dans l'armée ?

Les yeux de Chisholm s'étaient plissés.

– Pas moi, mon vieux. Une connaissance. – Sa cheville lui lançait, il aurait voulu s'asseoir, ne plus s'appuyer du tout sur ce pied. – Mais Gavin Elliot n'était pas un catho anonyme du Short Strand ou de Falls, pas vrai ? C'était un ancien député. Un putain de chevalier. Un soldat décoré. Et vous l'avez torturé pendant, quoi, quatre jours ? Vous l'avez laissé mariner dans sa propre merde ? Vos supérieurs, ils en penseraient quoi ?

– Ils penseraient que j'ai eu raison de le faire. S'ils savaient ce que je sais. Il méritait bien pire que ce qu'il a eu. Ce que je lui ai donné. Je l'aurais fait durer plus longtemps, si j'avais pu.

– Vous prenez votre pied, c'est ça ? En torturant des innocents ?

Chisholm resserra encore son coude autour du cou du garçon, pressa plus fort le canon du revolver sur sa tempe.

– Là-bas, tu veux dire ? Qu'est-ce que t'en sais ? C'est une putain de guerre, flicard. Cette dame, en bas ? Ils ont abattu son gamin comme un chien, en pleine rue. J'avais trois potes, aussi. Les gars de l'IRA les ont piégés avec des filles. Une balle dans la tête pendant qu'ils pissaient au bord de la route. On les a laissés là, en tas, la bite à l'air.

– Ouais, sauf que c'étaient pas ces types-là que vous torturiez, si ? Vous ne ramassiez pas les gens de l'IRA. C'étaient des catholiques innocents.

Chisholm s'esclaffa, méprisant.

– Cette espèce-là, ça existe pas.

– Oh, je vois. Un catho, c'est un catho… Comme votre catho de femme, hein ? Votre catho de fille.

– Laisse-les en dehors de ça, sale flic.

– Pourquoi ? Pour que vous puissiez vous faire passer pour le gentil ? Vous avez fait sauter un pub plein de soldats ! À Glasgow ! Même l'IRA n'a jamais fait ça. Vous êtes un traître, mon gars. Un putain d'hérétique, voilà ce que vous êtes.

Chisholm se détourna, comme si ces mots étaient des coups.

– Non ! Mensonge. C'était le pub de Maitland.

– Tout ça pourquoi ? Parce qu'il a allumé un incendie qui a tué votre femme et votre gamine. Lui, au moins, il n'avait pas l'intention de leur faire du mal. Et vous, Chisholm ? Pouvez-vous en dire de même ?

Il vit les narines de Chisholm tressaillir et avança d'un pas, ignorant la douleur au creux de sa cheville.

– Elle a dû appeler la police. Deux fois. Pour se protéger. Pour protéger sa fille de son propre père.

– Tu mens, putain ! C'est pas vrai !

– Ah ouais ? Pourtant, j'ai lu votre dossier. Vous leur avez fait du mal. Vous avez fait du mal à votre propre famille. Et maintenant, quoi ? Vous allez tout réparer en tuant ce gamin ? Qu'est-ce qu'il a fait de mal, putain ?

– Ça, c'est le problème de Maitland. Il aurait dû y penser avant de faire ce qu'il a fait.

Tout à coup, McCormack l'entendit, vaguement d'abord : l'air se repliant sur lui-même. Sa bouche s'assécha soudain, mais il parvint à avaler, détendit le bras qui tenait son revolver pour apaiser la brûlure qui lui déchirait le biceps.

– Génial. Alors vous serez exactement comme lui. Pire, même. Vous croyez qu'il en a quelque chose à foutre de ce gamin ? La seule chose qui intéresse Walter Maitland, c'est Walter Maitland. Point. Vous voulez faire du mal à Walter Maitland ? Prenez-vous-en à lui directement. Y a pas d'autre moyen. Sauf que maintenant c'est trop tard : vous n'arriverez plus jamais à l'approcher.

Chisholm ouvrit la bouche comme pour parler mais le regard de McCormack grimpa vers le ciel, loin au-dessus de l'épaule de Chisholm. Alors, l'hélico apparut, bête de métal noir tressaillant dans les airs, et survola dans un bruit de tonnerre le sommet de la colline. Chisholm tendit le cou pour le regarder, son flingue se détachant de la tempe du garçon pour viser le ciel, et McCormack saisit sa chance. Une rose vermillon s'ouvrit dans le cou exposé de Chisholm qui tituba vers l'avant, une deuxième balle arrachant un filet de fumée au bord de son crâne, tandis qu'il s'effondrait. McCormack bondit vers lui, bras tendu, continuant de tirer tout en avançant, et le corps de Chisholm rebondit sur les herbes au rythme des impacts.

Le garçon se débattait dans tous les sens, les yeux écarquillés, comme si le bâillon l'étouffait. McCormack plongea la main dans sa poche pour prendre son canif, il déplia la lame et trancha le tissu. Le garçon cracha, au bord de l'asphyxie, comme s'il remontait d'une plongée en eau profonde. Il resta allongé dans l'herbe tandis que McCormack cisaillait les liens qui entravaient ses mains et ses pieds. Le garçon se mit péniblement à genoux, les doigts noirs de sang coagulé. Il se pencha en avant, les mains sur les genoux, et cracha une dernière fois par terre.

– Ça va aller. – McCormack lui donna une tape dans le dos, tandis que les pales de l'hélicoptère couchaient les herbes et avalaient ses paroles. – Tu as assuré, fiston. Tu as assuré.

IV

LA COLOMBE FEND L'AIR

DIMANCHE 13 JUILLET 1975

51

Il se réveilla avant l'aube dans une chambre étrangère. La lueur pâle d'une veilleuse. Un pichet d'eau sur une table de chevet. Il ne pouvait pas bouger. Ses bras et ses jambes étaient bloqués par les draps d'hôpital bordés, et, l'espace d'une seconde, elle lui revint, près de vingt ans après, cette peur maladive qu'il avait ressentie en 1956, quand les femmes du village articulaient en silence ce mot qu'elles avaient peur de dire tout haut. *Polio.* La plupart des victimes étaient des enfants, mais il était quand même possible pour un homme de dix-neuf ans – l'âge de McCormack à l'époque – de l'attraper. Jusqu'à cet été-là, il n'avait jamais su ce qu'était la peur. Tout le monde avait peur. Chacun avait une théorie sur la manière dont on attrapait ce virus. En restant trop longtemps au soleil. En empruntant la serviette d'un autre à la plage. Ou bien c'était la piqûre du moustique des Highlands. La salive des chats. La nuit, allongé sur son petit lit à West Laroch, il s'imaginait incapable de bouger, prisonnier d'un “poumon d'acier”. Rien que ces mots, “poumon d'acier”, – suffisaient à le tétaniser, en proie à une sueur froide.

Il tenta de bouger son pied, en vain. Il se rendit compte, alors, en levant sa tête de la montagne d'oreillers, que cette sensation d'écrasement ne venait pas juste d'un lit trop bordé. Son pied gauche, calé sur un oreiller et dépassant des draps et des couvertures remontés, était plâtré jusqu'à la cheville.

Il s'assoupit et, quand il ouvrit à nouveau les yeux, la silhouette d'un homme se découpait à contre-jour devant la grande fenêtre, à deux mètres du lit de McCormack.

– Bon Dieu, Vic. Qui t'a laissé entrer ?

– Comment ça ? Tu crois qu'ils allaient empêcher ton cousin de venir te voir ? Ton cousin anglais venu exprès de Londres ?

McCormack se fendit d'un sourire.

– La famille d'abord, cousin. – Victor s'assit sur le lit, tendant les draps encore davantage. Il avait l'air plus vieux dans la lumière des grandes fenêtres, de petits filaments argentés luisant dans sa barbe de deux jours, sur son menton. – Alors, tu tiens le coup ?

McCormack plissa le front. Il n'arrivait pas à se rappeler ce qui l'avait conduit à l'hôpital. Puis, d'un seul coup, tout lui revint. *Tu as assuré, fiston. Tu as assuré.* Le vrombissement de l'hélico. La rose écarlate dans le cou de Chisholm. La bile lui remonta dans la gorge.

Il ferma les yeux et avala. Puis il les rouvrit.

– J'ai une entorse de la cheville, Vic. Même pas une fracture. Je pense que je survivrai.

– Je ne parle pas de ça.

– Je sais bien.

McCormack se laissa retomber sur le lit, tourna la tête vers la fenêtre. Du haut de ce cinquième étage, on surplombait toute la ville, de la flèche noircie de la cathédrale jusqu'aux pentes de la Nécropole, où John Knox, le grand réformateur de l'Église écossaise, du haut de sa colonne de grès, présidait l'assemblée de sa ville des morts. On apercevait les collines de l'Ayrshire et McCormack revit la scène, la colline verdoyante, Chisholm trébuchant vers l'avant, les yeux terrifiés du jeune Maitland. Il sentit le recul du flingue au creux de son poignet. Il ferma les yeux. Il ne voulait pas entrer là-dedans. Même s'il avait souhaité en parler, il n'aurait pas su par où commencer.

– Tu as sauvé une vie, Duncan. C'est comme ça qu'il faut voir les choses. Deux, peut-être.

– Tu crois qu'il se serait tué ?

– Je crois qu'il t'aurait tué, toi, Duncan.

McCormack se pencha pour attraper le pichet d'eau. Victor s'était levé d'un bond.

– Attends, laisse-moi faire.

Il remplit un verre, le passa à McCormack et le regarda boire.

– Je m'inquiète juste, reprit Victor. Cette affaire. Cette ville.

– Dit l'homme qui s'est engagé dans l'armée.

– L'homme qui a *quitté* l'armée.

– Tu crois que je devrais démissionner ? Et faire quoi, à la place ?

– Ce n'est pas ce que j'ai dit. En revanche, je crois que tu devrais prendre du recul par rapport à cette affaire-là en particulier.

– Eh bien, ce sera facile. J'ai tiré avec mon arme, Vic. Je suis suspendu jusqu'à ce qu'ils me disculpent. S'ils me disculpent.

– Te disculper ? Ils vont te filer une médaille !

Une infirmière vint s'enquérir de l'état du patient, gratifiant au passage Victor d'un sourire sec. Elle remplit le pichet au-dessus du grand évier en céramique. Puis elle décrocha la planchette à pince au pied du lit de McCormack et griffonna quelque chose dessus. Quand elle fut repartie, McCormack fronça les sourcils.

– Écoute, Vic, si on veut faire les choses comme il faut…

– Quoi ?

– Les gens n'emménagent pas avec leurs "cousins", Vic. – McCormack sirota son verre d'eau. – Pas dans les immeubles de Partick.

Victor acquiesça. Il se leva et marcha jusqu'à la fenêtre, d'où il contempla le flanc de la colline, parsemé de tombes et de mausolées.

– Pas la plus inspirante des vues, hein ? Enfin, quand on est allongé là à essayer de se remettre. Pas très réconfortant.

– C'est Glasgow, répliqua McCormack. On n'est trop pas du genre à réconforter.

Victor était toujours tourné vers la fenêtre.

– Tu le pensais vraiment ? Ce que t'as dit ?

– Quoi ?

– Quand tu parlais de faire les choses comme il faut ?

– Je ne l'aurais pas dit sinon, Vic. Si je ne le pensais pas.

Victor se retourna. Il prit le verre vide des mains de McCormack et le reposa sur la table de chevet.

– J'ai reçu un coup de fil de Ross Holland, annonça-t-il. Hier soir. – McCormack haussa les épaules. – Mon copain de régiment ! Il dit qu'un job se libère à l'entrepôt où il bosse. Si je veux le prendre. Il m'a donné le numéro à appeler.

– Super. C'est bien, Vic.

– Après, je chercherai un appart. Dans les quartiers ouest. Je veux que ça marche, Dunc. Pour de vrai, cette fois. Mais bon. Je vais te laisser te reposer. Tu rentres à la maison cet après-midi, c'est ça ?

– Ouais. À moins qu'ils m'amputent.

Victor lui sourit. Il jeta un coup d'œil vers la porte puis prit la main de McCormack. Il parut hésiter à risquer davantage. Il se penchait en avant quand la porte s'ouvrit et Nicol se planta sur le seuil, serrant une bouteille de boisson énergisante Lucozade contre sa poitrine, tel un pilote automobile sur le podium de Silverstone.

– Nicol ! Bon sang. – McCormack se redressa tant bien que mal sur son lit. – Je vous présente mon cousin Victor. Victor, voici l'inspectrice Nicol.

Victor contourna prestement le lit, main tendue devant lui.

– C'est vous qui lui causez tous ces ennuis, pas vrai ?

– Oh, il se débrouille très bien tout seul.

Nicol souriait. Elle empoigna la bouteille de sa main gauche et fixa Victor dans les yeux en lui tendant l'autre.

– Je n'en doute pas. Ravi de faire votre connaissance, inspectrice Nicol. Duncan : tiens-moi au courant.

L'instant d'après il avait disparu, la porte claquant derrière lui, et son sifflement dépourvu de mélodie parut un peu surjoué aux oreilles de McCormack.

Nicol s'avança d'un pas dans la chambre. Elle se retourna de manière théâtrale pour assister au départ de Victor, puis fit de nouveau face à McCormack, tête penchée de côté.

– Quoi ?

– Votre cousin, dit-elle sans aucune intonation.

– Je n'ai pas le droit d'avoir un cousin ?

– Un des, quoi… des fameux McCormack de Londres ? La branche du clan exilée dans l'East End ? Mais comment allez-vous, *sir* ?

– Je survivrai. Même si je crois que ma carrière de champion de course à pied de Partickhill est sans doute terminée. Et Goldie ?

Elle fit la grimace.

– Pas terrible, *sir*. Il est au Western Infirmary. Ils vont pouvoir sauver sa jambe, mais il aura besoin d'une canne. Il boitera pour le restant de ses jours.

– Travail de bureau… soupira McCormack. Foutu gâchis. Bon Dieu, Nicol, vous êtes le dernier homme valide. Enfin, la dernière femme.

– N'importe quoi, *sir*. Vous serez vite retapé.

– Ouais. Sans plaque d'inspecteur. Je suis sur la touche jusqu'à ce que l'enquête soit terminée.

– Vous n'avez pas lu les journaux ?

– Ce n'est pas toujours si simple, Nicol. Les huiles verront peut-être ça d'un autre œil. On a déjà vu des choses plus étranges arriver.

– Vous sortirez gagnant à coup sûr, *sir*. Ne vous en faites pas pour ça.

– Comment va le gamin ?

– Le fils de Maitland ? Il va bien. Un peu déshydraté, un peu secoué. Chisholm lui a cassé le nez au moment de l'enlèvement ; un coup de crosse dans la figure. Mais c'est un grand gaillard. Il va se remettre en un rien de temps, *sir*. Comme vous.

– Eh bien, si ce foutu docteur daigne faire sa tournée, on ne va pas tarder à le savoir. Merci d'être passée, Nicol. Vous me tiendrez informé, d'accord ? Jusqu'à ce que je sois d'attaque.

Mais avant que le docteur passe le voir, McCormack reçut un dernier visiteur. Walter Maitland se pointa pour le remercier d'avoir sauvé son fils.

– Je vous ai sauvé aussi, lui fit remarquer McCormack. Chisholm allait s'en prendre à vous, après.

Maitland se dirigea vers la fenêtre et se planta devant, tournant le dos à la pièce.

– J'aime assez l'idée. Avez-vous une idée du nombre de gens qui veulent ma mort, McCormack ?

– Et tous sont des soldats, c'est ça ? Des gens formés pour tuer ?

– Eh bien, sa formation n'était pas si efficace, hein ? Au bout du compte.

– Parce que je l'ai tué, vous voulez dire ? Vous pensez que j'ai eu de la chance ?

Maitland se retourna vers lui.

– Je suis sûr que vous êtes très bon dans ce que vous faites, inspecteur.

– Ah ouais. Eh bien, vous aurez sans doute bientôt l'occasion de vous en rendre compte. – McCormack se redressa péniblement. – Peut-être que vous regretterez, alors, que je n'aie pas laissé Chisholm s'en prendre à vous. Quand vous finirez vos jours dans une cellule de deux mètres sur deux à Peterhead.

– OK, inspecteur, acquiesça Maitland. J'ai dit ce que j'étais venu vous dire : bon rétablissement.

– Oh, ne vous inquiétez pas pour ça. Mais moi, j'ai encore un truc à vous dire : Chisholm a peut-être disparu, mais pas moi. Je suis à vos trousses, Maitland. Et je suis sacrément plus dangereux que Gordon Chisholm ne l'a jamais été.

– Oh, vous êtes tout excité maintenant, inspecteur. Laissez-moi appeler l'infirmière.

La porte se referma bruyamment derrière lui.

McCormack se laissa retomber sur le lit, tandis que le claquement des talons de Maitland s'estompait peu à peu comme si le couloir était vide.

52

Quand McCormack quitta l'hôpital, c'était la fin de matinée. Il sortit dans le soleil étincelant de Castle Street tel Lazare, laissant derrière lui les couloirs froids et les murs de pierre noircis du Glasgow Royal Infirmary et revenant vers la lumière. On lui avait donné des béquilles pour ménager sa cheville enflée. D'abord méfiant, il ne tarda pas à se rendre compte que cela l'amusait. Les extrémités caoutchoutées des béquilles accrochaient agréablement sur le ciment du trottoir et la petite impulsion, quand on se lançait en avant, faisait comme un jeu d'enfant. Il descendit en se balançant Cathedral Street jusqu'au centre-ville, longeant les immeubles modernistes dominant le campus de l'université du Strathclyde. Sur le pont enjambant les voies ferrées, au niveau du demi-cercle en verre de la façade de la gare de Queen Street qui surplombait la balustrade comme une immense horloge de verre, McCormack fut arrêté par un petit homme au costume bleu froissé, qui tendait devant lui sa main noircie, tel un policier crasseux chargé de faire la circulation, penché en avant comme pour résister à un vent fort.

– Je suis alcoolique, fiston. T'aurais de quoi me payer un demi ?

McCormack sourit. Il s'était campé sur ses béquilles, prêt à écouter le récit baroque et extravagant d'une longue série de péripéties et de mésaventures débouchant, à la fin, sur une chute exigeant de lui une pièce de cinquante pence. Impressionné par la franchise du petit homme, qui lui apparaissait comme un troll sorti d'un vieux livre de contes, réclamant le droit de passage sur le pont le ramenant vers la pleine santé, McCormack cala l'une de ses béquilles contre la balustrade, sortit une liasse de sa poche de pantalon et en tira un impeccable billet d'une livre.

Le petit homme s'en empara, le tendit à deux mains au-dessus de sa tête comme s'il s'agissait de la plus petite écharpe de supporter au monde, l'embrassa, le fourra dans sa poche de poitrine, serra la main de McCormack dans les siennes, pria Dieu de le bénir et partit d'un pas décidé vers le pub le plus proche – très certainement le Sammy Dow's, sur Dundas Street.

Arrivé à Buchanan Street, McCormack prit le métro pour Partick. Il acheta une pleine brassée de journaux chez un marchand de Dumbarton Road et escalada la colline jusqu'à chez lui.

Assis avec une tasse de thé et une cigarette, il feuilleta la presse. Nicol avait dit vrai : les journaux ronronnaient. *La colline de la mort. Un flic héroïque abat le terroriste. La fine gâchette McCormack neutralise un soldat perdu.* Dans le *Record*, Fiona Morrison le qualifiait de "meilleur inspecteur du Strathclyde". Il savait que le communiqué officiel de la police avait strictement préservé son anonymat, en attendant les conclusions de l'enquête sur la fusillade – quelqu'un avait donc, à l'évidence, fait fuiter son nom. Mais cela importait peu. S'il restait le moindre doute sur le fait que cette enquête n'était qu'une formalité, il était maintenant dissipé.

Le téléphone sonna. C'était l'un des inspecteurs principaux de Temple qui tenait à lui adresser ses vœux. Les sonneries se succédèrent au fil des minutes, tous ses collègues lui adressant leurs félicitations. Rien de tel qu'une fusillade mortelle pour vous rendre populaire. Haddow n'avait certes pas fait partie des appelants, mais on ne pouvait pas s'attendre à des miracles. Le téléphone sonna de nouveau et McCormack tendit la main vers le combiné, en se disant qu'il s'agissait peut-être de son inspecteur divisionnaire. Les miracles, cela arrivait.

C'était Nicol.

– Quelqu'un voudrait vous voir, annonça-t-elle. Pour se débarrasser d'un poids…

– De quoi s'agit-il ? Je suis suspendu, Nicol. Je ne peux pas prendre de dépositions.

– Je sais. Mais il a entendu parler de vous par les gars de Maitland. C'est à vous qu'il veut se confier.

McCormack jeta un coup d'œil à l'horloge, sur le manteau de la cheminée.

– Quand ?

– Il a dit qu'il vous attendrait à deux heures au musée de Kelvingrove.

À deux heures moins cinq, McCormack descendit d'un taxi à l'extrémité ouest d'Argyle Street et grimpa en clopinant les marches menant au majestueux édifice de grès rouge. Poussant la barre en cuivre de la porte à tambour, McCormack eut l'impression de pénétrer dans un autre monde : le calme souverain du musée, la fraîcheur des dalles en marbre, l'odeur boisée municipale.

Il trouva Christopher Kidd au premier étage, devant le Dalí. Tandis qu'il s'approchait le long de l'étroit balcon, le tableau le frappa comme s'il le découvrait. Le Christ crucifié, d'un jaune cireux sur fond noir, vu d'en haut, de telle sorte que seul le dessus de sa tête avachie était visible, l'arc magnifique de ses bras écartés. Et la croix elle-même, suspendue dans les airs comme sur le point de s'abattre tel un poignard sur le paysage banal qui se déployait au pied du tableau : un lac, de jour, deux pêcheurs avec leur filet.

Le jeune homme se retourna en le sentant approcher.

– Christopher ? – McCormack lui tendit la main. – Duncan McCormack.

Kidd contempla la main de l'inspecteur, laissant les siennes dans les poches de sa veste militaire.

– Il n'y a pas de clous, déclara-t-il.

– Je vous demande pardon ?

Kidd désigna la toile d'un geste du menton.

– Il n'a pas de clous dans ses mains. Qu'est-ce qui le retient là-haut ?

McCormack étudia le tableau. Pas de couronne d'épines non plus.

– Le pouvoir de sa volonté ? suggéra-t-il. Certaines personnes n'ont pas besoin d'aide pour se crucifier elles-mêmes.

Un changement de lumière quasi imperceptible se fit sentir. Un gardien en train de faire sa ronde s'était arrêté à l'autre bout du balcon. Il regardait dans leur direction. Kidd plongea ses mains encore plus profond dans les poches de sa veste. Ses épaules se soulevèrent.

– Cet endroit me fout les jetons.

– Allons discuter dehors, proposa McCormack. En faisant un tour dans le parc. Venez.

Dehors, le soleil cognait plaisamment sur leurs crânes. Ils longèrent les terrains de boules et se dirigèrent vers Kelvin Way, Kidd marchant lentement pour que McCormack puisse suivre.

– Je sais même pas ce que je fais là, dit Kidd. Je suis juste venu parce qu'Yvonne…

Sa phrase s'évapora, comme si elle n'avait pas pu survivre à l'atmosphère joyeuse du parc. McCormack regarda un vieil homme en pantalon blanc et chemisette se ramasser sur lui-même pour libérer sa boule, puis se dresser sur la pointe des pieds afin de mieux suivre la lente parabole.

– Yvonne a parlé à l'inspectrice Nicol, fit remarquer McCormack. L'inspectrice Nicol a pensé que je pourrais peut-être aider. Nous aider à atteindre la vérité.

Kidd s'esclaffa.

– Un menteur va m'aider à atteindre la vérité ? C'est la meilleure, celle-là.

McCormack s'arrêta dans un craquement de graviers.

– Qu'est-ce qui vous fait croire que je suis un menteur ?

– Vous êtes un flic, pas vrai ?

La question était rhétorique. Kidd s'arrêta à son tour quand McCormack y répondit.

– Pas en ce moment, non.

– Mais je croyais. Yvonne m'avait dit...

– J'ai été suspendu de mes fonctions, lui expliqua McCormack. En attendant les conclusions d'une enquête.

Kidd le gratifia d'un sourire lugubre. Ses mains étaient toujours enfoncées dans ses poches, et il les écarta brusquement, dévoilant la doublure de la veste.

– Quoi, vous avez cassé votre matraque sur le crâne de quelqu'un ? Poussé un type dans l'escalier ?

– Un truc dans le genre, répondit McCormack. Puisqu'on se dit la vérité.

Kidd lui jeta un regard de biais, comme s'il le voyait pour la première fois. Il hocha la tête puis les deux hommes se remirent en marche, un peu moins vite qu'avant.

– Qu'est-ce qui est arrivé à votre jambe ? lui demanda Kidd. Ça a quelque chose à voir avec votre suspension ?

McCormack fit non de la tête.

– Accident de randonnée. Écoutez, pourquoi ne pas me raconter ce qui vous amène ici ?

Ils marchèrent un moment en silence. Puis Kidd s'éclaircit la voix.

– J'ai rendu un service à quelqu'un.

– On parle de Walter Maitland, là ?

– Elle vous l'a dit.

– L'inspectrice Nicol m'a expliqué que Maitland faisait partie du tableau. Elle n'a pas précisé comment.

Kidd passa la main dans ses longs cheveux, les écartant de ses yeux.

– On peut dire ça comme ça, commenta-t-il. Maitland fait partie du tableau, c'est sûr.

Mais cette toile, Kidd semblait ne pas savoir comment la peindre. Il y avait un banc devant eux, un peu plus haut dans la pente, et ils grimpèrent jusque-là. Kidd s'extirpa de sa veste avant de s'asseoir. Courbé sur le banc, coudes sur ses genoux, il contempla la pelouse devant lui, où des gens prenaient le soleil. Il avait FLEET tatoué sur le poignet droit, en petits points bleu-vert irrégulièrement espacés. Sa peau était d'un blanc maladif.

– Pourquoi ne pas commencer par le commencement ? suggéra McCormack.

– Je saurais même pas vous dire quand c'était.

– Eh bien, dites-moi quel était ce service que vous avez rendu…

Kidd hocha la tête. Il passa ses deux mains dans ses cheveux, se redressa sur le banc.

– Vous avez une famille ? demanda-t-il à McCormack.

– Une famille ? Non. Plus maintenant.

Kidd hocha la tête.

– Moi, j'ai une sœur. J'*avais*. Isobel. – Il prononça la suite d'un ton plat et monotone, comme un prêtre récitant sa messe à l'église. – On vivait à Maryhill. Sur Oran Street. Mon vieux s'est tiré quand j'avais six ans. Izzy en avait dix. Ma mère a pas pu gérer. Elle était malade depuis un moment. Izzy et moi, on s'est retrouvés placés dans un foyer. Pour qu'on s'occupe de nous.

L'expression semblait étrange. Non, les gens dont c'était pourtant le boulot ne s'étaient pas occupés d'eux.

– Vous étiez à Auldpark, tous les deux ?

Kidd fit oui de la tête.

– Pendant un moment, ouais. Mais Izzy a eu la chance de pouvoir s'en aller. Un couple, là-bas, dans l'Ayrshire. Près de Largs, je crois. Ils voulaient l'adopter.

– Mais pas vous.

Kidd regardait un bébé qui titubait sur la pelouse, marchant de cet éternel pas chancelant, les jambes raides. Sa mère le suivait, un mètre derrière, bras tendus pour le rattraper au cas où il tomberait.

– Ils voulaient une fille. Izzy avait déjà été chez eux. Ils accueillaient des gamins du foyer. Genre, pour des week-ends. Des petits séjours à la mer. Mais bon, ça n'a pas fonctionné.

– Pourquoi donc ?

– Ils ont pas su comment s'y prendre avec Izzy, j'imagine. – Il sourit en se souvenant. – Elle était incontrôlable, des fois. Je me disais qu'elle avait peut-être fait ça, genre, pour revenir au foyer. Pour me retrouver.

– Mais vous ne vous dites plus ça, maintenant.

Le nourrisson fonçait droit sur eux. Son élan l'amena jusqu'au pied du banc et Kidd tendit la main devant lui pour l'empêcher de tomber. Le gamin se cogna dans les genoux de Kidd et s'agrippa à son jean. Il leva la tête et lui sourit, yeux grand ouverts et gencives nues.

– Oh, je suis désolée. – La mère écarta les cheveux de ses yeux. – Celui-là, alors… Je vous jure. Il me fait courir dans tous les sens, j'en peux plus.

– C'est un bon garçon.

Kidd plongea la main dans sa poche pour prendre une pièce de dix pence. Le gamin referma son petit poing dessus.

– Qu'est-ce qu'on dit, Callum ? On remercie le gentil monsieur ? Tu dis merci ?

Elle le prit dans ses bras et le porta jusqu'à sa poussette, le garçon tordant le cou pour ne pas perdre de vue Kidd.

– Quand j'étais un petit garçon… reprit Kid. Avant.

Il n'y eut pas de pause suspendue après ce mot, et McCormack comprit soudain avec quelle netteté le passé de Kidd était scindé en deux. "Avant" était une ère, un monde en soi. Il y avait le monde avant que son père ne les quitte, avant que sa mère ne "puisse plus gérer", avant qu'on ne le place dans un foyer. Et il y avait tout le reste, après. Le monde déchu où il vivait désormais.

– Je vous écoute, l'encouragea McCormack.

– On jouait dans les arrière-cours. – Il dévisagea McCormack comme si celui-ci ne voyait peut-être pas de quoi il parlait. – On avait enlevé les grillages derrière les immeubles. Genre, pendant la guerre. Et certains murs aussi avaient été abattus. Si bien qu'on pouvait aller d'un bout à l'autre de notre rue sans sortir de ces cours d'immeuble. C'était comme une rue secrète.

Ce souvenir lui tira un sourire. McCormack avait lu dans son dossier que Kidd avait été placé en 1954. Il ne devait donc pas avoir plus de six ou sept ans, à l'époque.

– Je sais, lui dit-il. Les voyous se servaient souvent de ces cours pour nous échapper. On poursuivait un délinquant et il se glissait dans un immeuble. Le temps qu'on atteigne la cour de derrière, il s'était évaporé. Ils entraient dans un immeuble et ressortaient par un autre en un clin œil.

Kidd souriait.

– Ouais, c'est vrai. Les grands faisaient ça. Mais nous, c'était juste pour se marrer. Le truc dont je me souviens, c'est qu'il y avait des gens qui vous regardaient même pas quand vous les croisiez dans la rue, mais dans les arrière-cours ? Ils vous disaient bonjour, ils vous filaient même parfois une petite pièce. Au point que, moi, je voulais plus aller que dans des endroits qu'on pouvait atteindre par la rue secrète.

– Ça a dû être dur, fit remarquer McCormack.

– Quand je suis parti, vous voulez dire ? Ben, c'est ça le truc : le foyer, c'était un peu pareil. Il y avait le monde du dehors, et le monde du foyer.

– La rue secrète.

– Et ça m'a manqué, après. Aussi terrible qu'il était, le foyer m'a manqué, vous comprenez ? Quand je suis sorti. Ça peut paraître idiot.

– Terrible, comment ?

Kidd contempla le sol entre ses pieds.

– D'après vous ? Les trucs habituels. Mais, au moins, on était tous dans le même bateau. Les gens normaux nous détestaient. On allait à l'école dans un bus spécial. Pour eux, on n'était pas de vraies personnes. On était comme des Mongols ou je ne sais quoi. Des clodos. Ou pire. Mais, à l'intérieur du foyer, on était tous pareils.

– Et vous vous êtes dit, quoi : qu'entrer dans le gang de Maitland vous permettrait de retrouver cette sensation bien confortable ?

– Je vous emmerde. Votre police aussi, c'est un gang. Faut dire les choses comme elles sont.

– Mon gang à moi ne passe pas son temps à incendier des bâtiments. À brûler des gens.

– Nan, vous les balancez juste dans les escaliers. Ça va plus vite. Vous avez bossé pour le Met, à Londres, pas vrai ? Salopards de fascistes.

La soudaineté de leur colère les surprit tous les deux. Ils restèrent assis en silence pendant un moment. Kidd sortit ses cigarettes, lui en offrit une. Ils allumèrent chacun leur clope. Kidd tira sur la sienne jusqu'à ce qu'elle brille d'un orange incandescent et recracha lentement la fumée.

– Je suis désolé. J'aurais pas dû dire ça. J'ai tué quatre personnes. Pas vous.

– Vous non plus.

– Si, c'était moi. J'ai allumé ce feu. C'est de ma faute si ces gens sont morts. J'irai en enfer. – Son sourire était celui d'un loup. – Si on veut bien de moi.

– Non, vous n'irez pas en enfer. Et non, c'était pas vous.

– Mais c'est ce que je suis en train de vous dire, flicard. – La voix de Kidd se teinta à nouveau d'une touche de colère. – C'est moi qui ai mis le feu. Je vous balance tout, putain. Je passe aux aveux.

McCormack secoua la tête.

– Désolé, mais non.

Kidd se tourna brusquement vers lui.

– Qu'est-ce que vous racontez, putain ?

McCormack tendit ses deux mains devant lui, paumes vers le ciel, comme une balance pesant le vide.

– Il y a eu deux incendies, Christopher. Deux feux séparés. Vous avez incendié l'entrepôt. Et, ensuite, quelqu'un d'autre en a profité pour allumer un feu dans l'immeuble d'à côté.

La main droite de Kidd chercha à tâtons son visage. Il passa ses doigts sur ses lèvres, dans un sens puis dans l'autre. Sa voix, quand elle sortit, était un murmure tendu.

– Qu'est-ce que vous racontez, putain ? Pourquoi ils auraient fait ça ?

– Deux hommes ont été aperçus en train d'en porter un troisième à l'intérieur de cet immeuble, la nuit de l'incendie. Nous pensons qu'ils étaient en train de se débarrasser d'un corps. Ils voulaient faire passer ça pour un accident.

Le regard de Kidd vacilla tandis qu'il intégrait la chose.

– Et les autres gens, dans l'immeuble ?

– Les autres gens ? Dégâts collatéraux. Qu'est-ce qu'on en a à foutre, d'eux ? C'est à ça qu'on a affaire ici, fiston. C'est ce qu'on a en face de nous.

– Putain ! – Kidd se tenait la tête à deux mains. Il se leva du banc, fit quelques pas, se retourna, décolla sa jambe du sol et donna un coup avec la semelle de sa chaussure. – Putain ! – Il se tourna vers McCormack. Il avait les mains croisées sur la nuque, les coudes en l'air. McCormack repensa soudain au Christ jaune de Dalí. Kidd laissa retomber ses bras. – Comment ça se fait que vous sachiez ça que maintenant ?

– Personne n'avait pensé à se poser la question, jusqu'à présent. Il paraissait évident que le feu s'était propagé depuis l'entrepôt. Nous n'avons pas pris la peine de nous en assurer. On ne peut pas perdre de temps à s'interroger sur ce qu'on sait déjà. Ce qu'on *croit* savoir.

– Merde. Vous savez qui c'est ?

– Le cadavre dans l'immeuble ? Oui. Nous pensons qu'il s'agit de Campbell Sneddon.

– Celui d'Auldpark ? Le p'tit Cammy ? – Les épaules de Kidd semblaient s'être soudain libérées de leur tension. Il plissa le front. – Pourquoi ils auraient tué Cammy ?

McCormack le dévisagea. Au bout d'un moment, il déclara :

– Je crois que vous connaissez sans doute la réponse à cette question. Mieux que moi. Pourquoi ne pas vous rasseoir, Christopher ?

53

Kidd se laissa tomber à côté de lui sur le banc. Parfois, McCormack le savait, le mieux à faire était de ne rien dire, de laisser le silence se remplir de lui-même. Mais, à d'autres moments, un coup de pouce était nécessaire.

– Isobel, souffla McCormack. Votre sœur Isobel. Parlez-moi un peu d'elle, Christopher.

Kidd ramassa sa veste sur le banc et l'enfila maladroitement. Il faisait toujours aussi chaud, mais il s'emmitoufla dedans, remonta le col, croisa les bras.

– Ça a commencé quand elle est revenue, répondit-il. De l'Ayrshire, je veux dire. Avec son nouveau nom.

– Qu'est-ce qui a commencé ?

– Quand les Amis débarquaient. On faisait venir certains enfants. Izzy en faisait partie.

Kidd était en train de se retirer dans le passé, recroquevillé sur lui-même, les yeux rivés au sol. Même la cigarette était cachée au creux de sa main, seule une fine rondelle de filtre était encore visible.

– Débarquaient où, Christopher ? Qui étaient ces Amis ?

Kidd releva les yeux.

– Un truc de charité. Les Amis d'Auldpark. Des businessmen. Des élus de la mairie. Des avocats de luxe. On les connaissait pas à l'époque, on savait juste que c'était des gens importants. De gros bonnets. C'était nos bienfaiteurs. – Il sourit. – Je croyais que ça voulait dire qu'ils étaient nos patrons. Je savais pas ce que voulait dire ce mot-là, *bienfaiteur*.

– Et que faisaient-ils ?

Kidd haussa les épaules.

– Ils organisaient des combats de boxe, vous savez ? Des dîners de charité. Ils récoltaient de l'argent pour le foyer. De quoi payer du matériel pour la salle de gym. Des voyages dans les Highlands. Ce genre de trucs. Une fois par mois, à peu près, ils venaient à Auldpark pour un dîner spécial. Certaines filles avaient le droit d'y aller. Des garçons aussi, des fois. Pour dire merci. – Kidd secoua la tête, cracha par terre. – C'était comme une petite récompense. Mais bon, ceux qui avaient le droit d'y aller, ils n'en parlaient jamais après. Ils baissaient juste la tête et changeaient de sujet quand on leur posait la question.

– Ils ne voulaient pas raconter ce qui leur était arrivé ?

– Ben, on avait deviné. Y avait, genre, des rumeurs. Je veux dire, qu'est-ce que ça aurait pu être d'autre ?

– Et Izzy, alors ?

– Quoi, Izzy ? Ils l'ont débourrée, comme un cheval. C'est ça qu'ils faisaient. Ils les habituaient. Comme ça, ensuite, ils pouvaient les faire bosser dans les bordels de Glash quand ces enfants quittaient Auldpark.

– Et Campbell Sneddon ? Il était au courant de tout ça ?

– C'était le concierge du foyer. Il pouvait pas ne pas savoir. Il était pas impliqué, à ce que j'en sais. Mais ouais, il savait forcément.

McCormack repensa à la cantine des chauffeurs de Clyde Cabs. Campbell Sneddon avait confié à ses collègues qu'il allait toucher un pactole. Un pactole qui s'appelait *chantage*. Après des années de silence, il menaçait de déballer ce qu'il avait vu à Auldpark. Mais qui avait-il menacé ? Certainement pas Maitland. Peut-être Elliot ou l'un des autres "Amis". Des politiciens. Des hommes d'affaires. Quelle que soit leur identité, ils avaient prévenu Maitland et celui-ci avait pris les choses en main.

Kidd contemplait le parc mais ce qu'il voyait, c'était le passé.

– À l'époque, je pensais qu'elle et moi, on traversait tout ça ensemble. Comme dans les contes pour enfants, genre, *Hansel et Gretel*. Mais, je sais pas… Je crois que je lui rappelais juste ces trucs-là.

– Que voulez-vous dire ?

– Tous les mauvais moments. À la maison. À Auldpark. J'étais toujours là à regarder, sans rien faire.

– Qu'auriez-vous pu faire ?

Il se pinça l'arête du nez.

– Je sais pas. Plus que ce que j'ai fait, en tout cas. Quelque chose. – Il se tourna vers McCormack. – J'ai été faible, vous comprenez ? J'ai eu les foies.

Cette expression ramena McCormack dans les Highlands de son enfance, où on avait *les foies* pour tout. On avait les foies de l'obscurité. On avait les foies de la vieille dame du magasin Sutherland's. On avait les foies de Dieu. On avait les foies de l'eau noire qui s'accumulait au fond de la carrière. On avait les foies de mourir dans son sommeil (*Si je devais mourir avant de me réveiller*, disait la prière). Par-dessus tout, on avait les foies des hommes. La lanière de cuir de M. Rankin, fendue au bout comme une langue de serpent. Votre paternel après son septième verre. Le père McGee dans le confessionnal.

– Vous n'étiez qu'un enfant, Christopher.

Kidd secoua la tête et McCormack réalisa soudain que le jeune homme assis à ses côtés n'avait jamais été un enfant, enfin, pas vraiment. Depuis qu'il était doué de pensée, Kidd avait toujours été seul au monde, responsable de lui-même.

Il parlait presque tout seul, maintenant, se repassant cette histoire qu'il ruminait depuis tant d'années.

– On s'est un peu perdus de vue quand Izzy est partie. Enfin… elle a arrêté de revenir, c'est ça qui s'est passé. Je peux pas lui en vouloir.

– Et quand vous êtes sorti… vous êtes parti à sa recherche, à ce moment-là ?

Les yeux de Kidd se plissèrent, comme s'il scrutait un objet très lointain ; comme si, à travers la foule réunie sur la pelouse en pente, il pouvait voir ce passé partagé avec sa défunte sœur.

– Je savais qu'elle avait pas vraiment envie de me voir, dit Kidd. Alors je me suis dit, Va te faire foutre. Je m'approcherai plus. Je te laisse mijoter dans ton coin. Et à chaque mois qui passait, je me disais que je la faisais souffrir encore plus. Mais la vérité, c'est qu'elle s'en foutait. Ça lui faisait ni chaud ni froid que je la laisse toute seule. Et puis un jour, je me suis dit : peut-être qu'elle est mieux comme ça. Vous comprenez ? Sans moi. À quoi je lui servais ? Est-ce que je lui avais jamais servi à quoi que ce soit ?

– Vous étiez son frère, Chris. C'était à ça que vous lui serviez.

Kidd secoua de nouveau la tête.

– Ouais, mais c'est ce qu'on finit par penser. C'est ce qu'on pensait tous. Et c'est là-dessus qu'ils comptaient. Avec Izzy, vous comprenez ? On pense qu'on vaut rien, que personne en a rien à foutre de vous. Vous êtes rien… et pas entre guillemets. C'est comme ça qu'ils vous ont.

– Mais alors, qu'est-ce que vous comptiez faire ?

Les muscles de la mâchoire de Kidd se contractèrent et il secoua la tête avec raideur, les yeux toujours fixés au sol.

– Oh non, Chris. Vous en prendre à Maitland ? Le liquider ?

Kidd frotta sa lèvre inférieure avec la chair de son pouce.

– Vous pensez que j'en suis pas capable ?

– Nan, fiston. C'est trop facile. Vous voulez la prison à vie, pas la peine de mort. Vous voulez que Maitland croupisse pendant vingt ans au fond d'une cellule, à Peterhead. Qu'il ne soit plus personne. Juste un numéro. Un petit bonhomme en uniforme bleu dans une pièce grande comme une boîte à chaussure blanchie à la chaux.

Kidd regarda McCormack, le visage aussi lisse et vide que celui d'un enfant.

– Pourquoi il devrait vivre, alors qu'Isobel est morte ?

– Ce n'est pas ça la question, fiston. Il y a un tas de gens dans cette ville – vous en faites partie – qui vont devoir vivre avec ce que Maitland a fait pendant le restant de leurs jours. Ça devrait être pareil pour lui. Il devrait vivre avec les conséquences. Tous les jours. La mort, c'est trop facile.

Kidd répondit tout bas.

– Pas celle que j'avais prévue.

– Non, fiston. Vous voulez faire mal à Walter Maitland ? Vous voulez venger Izzy ? C'est comme ça que vous devez vous y prendre : approchez-vous de Maitland. Découvrez ses secrets. Aidez-nous à le coincer.

– Une *balance* ? – Dans son intonation, il y avait toute une culture du mépris. – Venger Izzy en balançant aux flics ?

– Vous réfléchissez à ce que vous dites, fiston ? – McCormack fut surpris de sa propre colère, qui comprimait sa voix en un sifflement étouffé. – Balancer qui ? C'est le connard qui a tué votre sœur. Yvonne vous a dit ce qu'elle avait entendu, pas vrai ? Walter Maitland a assassiné votre sœur. Réunir des preuves contre lui, c'est pas balancer. C'est se rebeller. Il serait peut-être temps pour vous d'essayer.

Il se demanda un instant s'il n'était pas allé trop loin, si Kidd n'allait pas l'envoyer paître et, hors de lui, se lancer dans la pente au milieu des grappes de gens profitant du soleil, dans le tapage métallique des transistors. Mais ce n'est pas ce qui se passa. Kidd s'effondra sur lui-même. Il n'avait plus la force de se battre. Ses mains pendaient, sans force, entre ses cuisses, et sa tête s'était écroulée sur sa poitrine.

Quand il prit la parole, sa voix sonnait creux.

– Alors, comment on s'y prend ? Dites-moi ce que je dois faire.

54

Ils décidèrent de s'appuyer sur ce que Kidd avait déjà fait. Il avait dit à McPhail qu'il voulait d'autres missions, qu'il voulait rencontrer Maitland, devenir un membre à part entière de son gang. Ils tombèrent d'accord sur le fait que Kidd devait retourner au Duke, traîner avec les caïds au coin du bar, prendre McPhail à part et lui annoncer qu'il avait des infos pour Maitland.

En attendant, McCormack avait un petit problème à régler : sauver sa carrière. À trois heures de l'après-midi, ce jour-là, il se retrouva dans une salle d'interrogatoire au Central. Le commissaire Bob Skelton, de la division C, était assis de l'autre côté de la table, son carnet ouvert devant lui.

– Vous voulez boire quelque chose avant de commencer, inspecteur ? Une tasse de thé ? De l'eau ?

– Non merci, *sir*.

– Et vous vous sentez de faire ça maintenant ? Nous pouvons vous laisser plus de temps, ce n'est pas un problème.

– Ça ira.

Skelton hocha la tête. Il consulta l'horloge murale, griffonna dans son carnet.

– Vous n'avez pas besoin d'un représentant ?

– Eh bien, à vous de me le dire, *sir*. Ça ne me semblait pas nécessaire.

– OK. Bien. Commençons. Vous savez pourquoi nous sommes là, inspecteur principal McCormack : pour examiner les tirs mortels sur la personne de Gordon Chisholm, qui ont eu lieu le samedi 12 juillet 1975 à Howcraig Cottage, près de Largs, dans le comté de l'Ayrshire. Vous voulez bien m'expliquer ce qui s'est passé, inspecteur ?

McCormack se redressa lourdement sur sa chaise en plastique et entreprit de raconter toute l'histoire, depuis leur arrivée à Howcraig Cottage jusqu'au moment où il avait abattu Gordon Chisholm. Skelton resta silencieux tout au long du récit, hochant la tête de temps à autre, prenant des notes dans son carnet.

– Je vous remercie, inspecteur. Dites-moi : à son arrivée à Howcraig Cottage, Gordon Chisholm est entré dans la salle de séjour. C'est bien ça ?

– Pas exactement. Pour faire bref, il a passé la tête à l'intérieur. Il a constaté ma présence et celle de l'inspectrice Nicol. Puis il s'est sauvé en courant.

– Mais vous avez pu avoir confirmation qu'il était armé ?

– Non.

– Pourtant, vous avez dégainé votre revolver en vous lançant à sa poursuite… avant d'avoir pu déterminer si Chisholm était armé ou non ?

– Non. J'ai entendu une détonation en courant dans le couloir. C'est à ce moment-là que j'ai dégainé mon arme.

– Je vois. Puis vous avez pris en chasse M. Chisholm quand il s'est enfui sur la colline, et vous vous êtes retrouvé face à face avec lui devant ce que vous décrivez comme une petite grotte.

– C'est exact.

Skelton hocha la tête.

– Avez-vous crié "Police, je suis armé !" quand vous vous êtes retrouvé devant M. Chisholm ?

– Je ne me rappelle pas. Mon arme était braquée sur sa tête. Il savait qui j'étais. J'imagine qu'il n'avait pas besoin d'explication.

– Ne faites pas le malin, inspecteur. Lui avez-vous demandé de lâcher son arme et de mettre les mains en l'air ?

– Je lui ai dit de relâcher le garçon.

– Et quelle a été sa réaction ?

– Il a décliné mon invitation. Il était de plus en plus agité. Il a serré plus fort le cou du garçon. J'ai jugé qu'il était sur le point de l'abattre.

– Alors vous l'avez tué ?

– L'hélico a débarqué et j'ai saisi ma chance.

Skelton se pencha sur son carnet et écrivit pendant un long moment. Puis, relevant les yeux, il reprit :

– Votre inspecteur divisionnaire, Alan Haddow. Il m'a confié que vous aviez passé beaucoup de temps à bâtir un dossier sur Walter Maitland.

– Maitland est une figure du crime organisé. Je suis inspecteur dans la brigade de Répression du grand banditisme.

– Cela ne fait aucun doute. Mais n'est-il pas possible, toutefois, que ce lien vous ait rendu plus enclin à abattre Gordon Chisholm ?

– Je ne vous suis pas.

– Je veux dire, vous tuez le type qui a enlevé le fils de Maitland. Ça vous donne une sorte d'ascendant sur Maitland, pas vrai ?

– Chisholm braquait son pistolet sur la tempe du garçon. Je n'ai pensé qu'à une chose : protéger ce gamin. Pas à qui était son père.

– D'accord. – Skelton pointa le bout arrondi de son stylo sur McCormack. – Pour en revenir à l'inspecteur divisionnaire Alan Haddow… Comment décririez-vous vos relations avec votre supérieur hiérarchique ?

McCormack se tortilla sur sa chaise.

– Je ne saisis pas la pertinence de cette question.

– Eh bien, l'inspecteur divisionnaire Alan Haddow semble penser que vous ne saisissez pas sa pertinence à lui, pour dire les choses franchement.

– Il me semble que c'est réciproque.

– Vous voulez dire que votre chef ne vous soutient pas dans votre travail de policier ?

– Ce que je veux dire, c'est qu'il ne peut pas me blairer.

– À cause de… ?

– À cause de ce qui s'est passé avec Peter Levein. Il pense que j'ai balancé un collègue policier.

– Et vous, vous pensez quoi ?

– Je pense que j'ai envoyé un méchant en prison. Sauf erreur de ma part, c'est ce qu'on est censé faire dans ce métier.

– Mais comment le savez-vous ? Que l'inspecteur divisionnaire Alan Haddow pense que vous êtes une balance ?

– Sans doute parce qu'il a utilisé le terme "balance". C'est là que j'ai su.

– D'accord, inspecteur. – Skelton sortit un mouchoir de sa poche. Il ôta ses lunettes et entreprit de les essuyer. – Votre intérêt pour Walter Maitland… Parler d'obsession serait exagéré, d'après vous ?

– Mon objectif, c'est de l'envoyer en tôle. C'est ce que j'ai l'intention de faire. Malgré l'inspecteur divisionnaire Haddow. Malgré vous, si nécessaire.

Skelton remit ses lunettes.

– Vous n'enverrez personne en tôle, inspecteur – vous ne ferez rien du tout, jusqu'à ce que je donne mon feu vert. C'est bien clair ?

– C'est vous qui êtes du bon côté de cette table.

– Et faire preuve d'irrespect et de provocation à l'encontre de votre supérieur hiérarchique n'est pas le meilleur moyen de démontrer que vous êtes apte à reprendre le service actif.

McCormack sentait sa cheville palpiter, l'enflure des tissus sous le strapping serré. En pliant légèrement l'articulation, la douleur semblait faire gonfler le ligament, chassant aussitôt de votre esprit toutes les remarques bien senties que vous auriez été prêt à balancer autrement.

Skelton avait fini de prendre ses notes. Il referma son carnet et posa son stylo dessus.

– Aimeriez-vous ajouter autre chose, inspecteur principal McCormack? Des circonstances atténuantes, peut-être?

McCormack secoua la tête.

– Ah, nous y voilà. Je ne crois pas que ce que j'ai fait ait besoin de circonstances atténuantes. J'ai abattu un homme qui braquait son flingue sur la tempe d'un gamin de douze ans. Un homme qui avait torturé et assassiné un vieillard, tué six personnes dans un attentat à la bombe, dont l'un de mes collègues. Je suis fier de ce que j'ai fait. Je le referais. Sans hésiter.

– OK, inspecteur. Merci de votre coopération. Je crois que j'ai tout ce qu'il me faut. Je ferai mes recommandations par écrit au chef de la police. Vous devriez avoir de nos nouvelles sous peu.

Il se leva à moitié de sa chaise pour serrer la main de McCormack.

McCormack ressortit en clopinant sur Turnbull Street, dans le soleil de l'après-midi. Il se repassa l'entretien, pensa à toutes les choses qu'il aurait pu dire. Il aurait dû donner raison à Skelton, faire preuve de la repentance de rigueur, émettre les bons bruits. Et alors, quoi? Retrouver la joie de rendre à nouveau des comptes à Haddow? Qu'ils aillent se faire foutre. L'Empire Bar se trouvait au coin de la rue. Il prendrait une pinte en passant et téléphonerait à Nicol.

55

C'était un article de la page "Actualités municipales" du *Tribune*, daté du 8 septembre 1967 : "Une église renaît de ses cendres." Il racontait comment l'Alexander Peden Memorial Church de Saracen Street, à Possilpark, détruite deux ans auparavant à la suite d'un incendie accidentel, venait de rouvrir au même endroit, entièrement reconstruite. Un homme d'affaires et paroissien local avait avancé l'argent pour les travaux.

La photo montrait un prêtre souriant en soutane noire et rabat blanc, flanqué de doyens en costume sombre. Alex Kerr figurait parmi eux, mais ce qui attira l'attention de Nicol, ce fut l'église elle-même. Un édifice de brique nue dans le plus pur style des *preaching-boxes* traditionnelles de l'Église écossaise, avec toit en pente et portique d'entrée.

C'était l'église où elle s'était rendue la semaine précédente pour assister aux funérailles d'Iain Shand.

Elle était à son bureau, au commissariat de Temple, quand McCormack téléphona.

– Bon sang, Nicol. Kerr était doyen de l'église d'Iain Shand ? C'est donc ça, le lien ?

Elle entendit le grognement dans la voix de McCormack.

– Je sais, *sir*. Comment avons-nous pu passer à côté ?

– Bon. Ne vous tracassez pas pour ça. C'est ce que vous allez faire maintenant qui compte. Vous pensez à quoi ?

– L'amener ici pour l'interroger ?

– Ouais. Mais pas seulement lui. Ramassez-les tous les quatre. Kerr, Fleeting, Hunter, McPhail. Même heure, différents commissariats.

Nicol saisissait la logique. Les séparer pour ne leur laisser aucune chance de coordonner leurs versions.

– Et ensuite, *sir*, comment je m'y prends ?

– Avec Kerr ? Comme vous le sentez, Nicol. C'est à vous de jouer, maintenant. Fiez-vous à votre jugement.

– Le confronter directement au flingue, peut-être ? S'il était prêt à parler à Shand, peut-être qu'il se confiera à moi.

– Effectivement. Donnez-lui une raison de parler. Ça vaut la peine d'essayer, Nicol. Tenez-moi au jus.

Ils alpaguèrent les quatre lieutenants de Maitland le soir même. Les autres furent emmenés dans différents postes de police : Stewart Street, le Central, le vieux commissariat de The Marine, à Partick. Kerr, lui, fut conduit à Temple.

– Je vous connais. – Kerr se pencha en avant quand Nicol entra dans la salle d'interrogatoire. Il poussa d'un coup de pied une chaise, du côté de la table réservé à Nicol. Un geste, supposa-t-elle, de courtoisie. – Vous étiez à l'enterrement d'Iain.

– Oui, j'étais présente.

Nicol s'assit, fixa Kerr et détourna aussitôt le regard. Elle ne l'avait vu qu'en photo mais, du premier coup d'œil, elle saisit le grand changement qui s'était emparé de lui. Ses joues s'étaient creusées. L'arête de son nez brillait d'un éclat blanc à travers la peau. Ses cheveux s'étaient clairsemés jusqu'à quasiment disparaître sur le rose furieux de son cuir chevelu. On aurait dit que son crâne voulait s'affirmer, dessiner avant l'heure la tête de mort qu'il serait bientôt.

– C'est bon, lui dit-il. J'ai un miroir. Je sais de quoi j'ai l'air.

Elle releva les yeux et sourit, lèvres closes. Elle ne savait pas quoi dire. Elle posa son carnet sur la table, son stylo juste à côté. Cet interrogatoire était déjà en train de lui échapper, s'éloignant de la forme qu'elle avait prévue.

– Cancer, déclara fermement Kerr, comme en réponse à une question que Nicol lui aurait posée. C'est le poumon. Ils m'ont ouvert il y a six semaines pour m'en enlever la moitié, mais le cancer s'est répandu. Alors ils ont tout coupé.

Il s'exprimait avec un étrange détachement, comme s'il commentait les maux d'un autre.

– Je suis désolé de l'apprendre, répondit Nicol. Puis, s'excusant presque, comme si elle savait que le moment de se présenter était passé mais qu'elle voulait quand même le faire :

– Je suis l'inspectrice Nicol.

– Vous êtes romaine ? l'interrogea Kerr.

– Pardon ?

Le visage de Kerr était une ruine – fissuré, érodé, à vif – mais ses yeux étaient encore jeunes. Pâles, farouches, bleus comme la flamme d'un chalumeau, ils enveloppaient Nicol de leurs faisceaux.

– Catholique romaine.

Il avait prononcé ces mots avec un dégoût exagéré. Elle le dévisagea.

– J'appartiens à l'Église d'Écosse. Qu'est-ce que ça peut faire ?

– Je me suis toujours demandé, dit-il. Si cela rendait la chose plus facile ou pas. Je parle de la confession, inspectrice Nicol. On passe sa vie à se confesser devant un prêtre. Est-ce que ça veut dire qu'on peut pas s'empêcher de le faire quand on se retrouve assis en face d'un flic ? Ou au contraire qu'on connaît toutes les ficelles, les techniques pour cacher des trucs ?

– Vous voulez dire que vous avez quelque chose à me confesser ?

Kerr retroussa ses lèvres.

– Appelons ça un galop d'essai.

– Ah non. – Nicol tira sur les revers de sa veste pour la rajuster, puis sur les manchettes de son chemisier. Elle était consciente que sa bonne santé, sa jeunesse, sa beauté constituaient une sorte d'affront à cet homme. – On n'est pas là pour jouer à des petits jeux, monsieur Kerr. Si vous voulez vous libérer d'un poids, allez-y, je vous écoute. Sinon, j'ai des questions à vous poser et vous pouvez choisir de rester assis là jusqu'à ce que vous y ayez répondu.

Le rire de Kerr était le sifflement d'un soufflet de forge éventré, une bouffée d'air mort.

– Vous pouvez pas me menacer, ma p'tite dame. Je serai mort d'ici quinze jours. Un mois, maximum. Jouer à des petits jeux ? Vous savez pas de quoi vous parlez, putain.

Nicol le regarda avec la froide fascination des gens sains pour les malades.

Kerr lécha ses lèvres craquelées.

– Ce que je veux dire, c'est que je vais devoir rendre des comptes à une cour un peu plus haute que celle-ci. Dans pas longtemps.

Nicol comprit soudain. Une dureté s'empara de ses yeux et elle réprima un sourire.

– Et vous croyez qu'une confession ici va vous aider là-bas ?

Les mains de Kerr étaient posées sur la table. Nicol remarqua l'alliance qui flottait à son doigt, tel un anneau autour de cette planète noueuse. Kerr écarta les mains.

– Oh, j'irai droit en enfer, inspectrice. S'il y a une justice. Rien de plus sûr. Sauf que c'est pas comme ça que ça marche. On n'est pas sauvé par nos actes terrestres. C'est la grâce de notre Seigneur Jésus-Christ, librement accordée, indépendamment des mérites de chacun, qui offre le salut.

– Comme c'est pratique… Mais il y a un truc que je ne saisis pas : si vous vous croyez déjà sauvé, pourquoi vous confesser ?

– Protéger ses arrières, ça ne vous parle pas ? – Ses lèvres s'ouvrirent sur des dents-stèles jaunâtres, dans ce qui aurait pu être un sourire. – Enfin… Vous disiez avoir des questions…

Nicol marqua une pause. Elle connaissait l'art d'interroger un suspect. Leur faire raconter leur version des événements. Les pousser à la développer. Puis la démonter, la décortiquer, prendre les événements dans le désordre. Trouver une incohérence et la forcer au pied-de-biche, question après question, jusqu'à obtenir la vérité.

Rien de tout cela ne pouvait s'appliquer à Kerr. Il n'était pas venu répondre d'un crime en particulier. L'unique objectif de Nicol était de découvrir si Kerr était bien l'indic de Shand. Elle n'avait qu'une carte à jouer, qu'une manière de la poser.

Le flingue se trouvait dans un fourre-tout, à ses pieds. Elle le sortit d'un sac en plastique destiné aux pièces à conviction et l'abattit lourdement sur la table.

– Savez-vous de quoi il s'agit ? demanda-t-elle à Kerr.

– Et vous ?

– C'est l'arme qui a tué un dealer de drogue nommé Kenny Hinshelwood en septembre dernier. Il a été remis à l'inspecteur Shand par un proche de Walter Maitland. Je crois que cette personne, c'est vous. Vous connaissiez Iain Shand par le biais de l'église. Vous saviez que vous pouviez lui faire confiance.

Kerr ne regarda même pas le revolver.

– C'est ce qu'il vous a raconté? Iain ? Il vous a dit que c'était le flingue qui avait buté Hinshelwood ?

– Vous affirmez que ce n'est pas le cas ?

Kerr répondit doucement, comme s'il expliquait quelque chose à un enfant.

– C'est le flingue qui a tué John McGlashan.

Les oreilles de Nicol se mirent à siffler. La pièce parut se rétrécir autour d'eux, se contracter, désormais réduite aux deux chaises, à la table, à l'objet noir posé dessus, la lumière qui se concentrait et glissait sur les contours du sac en plastique.

La question suivante n'eut pas besoin d'être exprimée. Nicol se contenta de fixer Kerr et de froncer les sourcils imperceptiblement.

Kerr dressa le menton et bomba le torse. Il avait été un bel homme, réalisa Nicol – mâchoire carrée, ossature puissante – avant que le cancer ne le dévaste. Elle sentit ses yeux bleus farouches s'attarder sur elle. Il cligna lentement des paupières.

– Walter Maitland, dit-il. Walter Maitland a appuyé sur la gâchette.

Nicol s'efforça de garder un ton neutre et plat.

– Et comment le savez-vous ?

– J'étais le chauffeur, répondit Kerr. J'étais garé de l'autre côté de la rue quand il l'a fait. Il m'a lui-même donné le flingue. C'était toujours mon job : faire disparaître l'arme.

– Sauf que, cette fois-là, vous ne l'avez pas fait.

– Je me suis dit que j'allais peut-être avoir besoin d'une assurance.

Nicol aurait voulu se précipiter hors de cette pièce, téléphoner à McCormack. *On a réussi, sir. On a coincé Maitland.*

Sauf que ce n'était pas le cas. Pas encore.

Nicol poursuivit d'une voix précautionneuse, ses mots s'aventurant vers Kerr comme un homme au bord d'un lac gelé se risque sur la glace.

– Et vous accepterez de témoigner ? Vous répéterez tout cela devant un tribunal ?

– Témoigner ? Je serai mort, inspectrice. Je serai six pieds sous terre bien avant qu'un procès ait lieu. Mais bon, vous avez le flingue, non ? Y a les empreintes de Maitland partout dessus.

– Mais vous signerez une déposition, au moins ? Vous ferez ça ?

Kerr fixa le sol entre ses pieds. Puis il releva les yeux, évitant le regard de Nicol.

– Vous voulez quelque chose, déclara Nicol. De quoi s'agit-il ?

– On s'était mis d'accord, répondit Kerr. Avec le petit Iain. Enfin, c'était une proposition. Il prévoyait de refiler ça aux huiles, de voir comment elles réagiraient.

– Je peux le faire, se hâta d'acquiescer Nicol. Aucun problème. Dites-moi ce que vous avez dit à Shand.

Pendant tout ce temps, elle se demandait : qu'allons-nous pouvoir lui donner ? Il sera mort d'ici un mois. Que peut-il bien vouloir ?

– C'est mon gamin, dit Kerr. Le petit Alex.

– Il a des ennuis.

– La drogue. Il deale. Il risque quatre ans, d'après l'avocat. Avec moi parti, ben, ça tuera ma petite femme de voir son gosse finir en tôle.

– Vous signerez cette déposition si on abandonne les poursuites ?

– C'était le deal.

– OK. Enfin, il faut que je valide ça avec mon chef mais, ouais, je vois pas pourquoi ça poserait problème.

– Bon. – Kerr rajusta son nœud de cravate. – C'est parfait, alors. Je vais vous donner Maitland.

– Puis-je vous poser une question, quand même ? – Nicol avait empoigné son stylo et l'agitait devant Kerr. – C'était un arrangement à long terme avec l'inspecteur Shand ? Vous aviez prévu de lui servir d'indic ?

Kerr sourit à la table, en secouant la tête.

– À long terme ? Mon terme à *moi* est assez proche, putain. Laissez-moi vous expliquer un truc, inspectrice Nicol. Quand j'ai filé ce flingue à Iain Shand, ça s'est fait sur un terrain vague à Possilpark. Mais j'ai un pote, voyez, qui fait partie d'un club photo. Il adore ça. Il a un de ces gros téléobjectifs…

– Vous aviez l'intention de faire chanter l'inspecteur Shand ?

– Je sais comment ça fonctionne, inspectrice. Quand une source vous refile un truc, n'importe quoi – drogue, fric, munitions –, il faut le faire enregistrer. Iain, lui, n'allait pas déclarer ce flingue. Ça, je le savais. Et puis, ces photos ? Elles auraient pas fait bon effet. Surtout pour un gars comme Iain.

– J'en étais sûre. – Nicol tapota le stylo sur la table. – C'est pas lui qui vous tenait. C'est vous qui le teniez.

– Pour être honnête, ça aurait marché dans les deux sens. On lui aurait filé un coup de main, il se serait bien occupé de nous. Il avait de l'avenir, ce Iain. Ça aurait pu être intéressant.

– *Nous?*

– Ben, moi j'allais plus être là, pas vrai ? Je me suis dit qu'il pourrait être utile à mon gamin. Qu'Alex et lui pourraient bosser ensemble après ma mort. Mais bon, je pouvais pas prévoir que cette bombe allait péter, hein ?

Nicol repensa soudain à quelque chose.

– Il avait déjà commencé ? Iain, je veux dire. Il vous aidait déjà ?

Tous l'avaient remarqué. Depuis des mois. Comment Maitland et ses troupes semblaient toujours savoir à l'avance quand une descente se préparait.

– Disons que Iain avait prouvé sa bonne foi, répondit Kerr. Disons-le comme ça.

Alors, Nicol revit Shand en train de mettre la pression sur McCormack, de l'enjoindre de continuer à traquer Maitland, même après que Haddow leur avait ordonné de laisser tomber. Shand voulait que McCormack continue de s'intéresser à Maitland car il avait besoin d'informations pour les filer à Kerr.

Nicol savait qu'elle aurait dû en rester là, sceller ce deal avant que Kerr ne change d'avis, mais elle s'entendit demander :

– Et Auldpark ? Il faut nous parler d'Auldpark, aussi.

Kerr se redressa sur sa chaise. Il passa la main sur son crâne comme s'il avait encore des cheveux.

– Vous savez ce que je fais, inspectrice ?

– Ce que vous faites ?

– Mon *boulot*, ma p'tite dame.

– Vous recouvrez les dettes.

– C'est ça. Quelqu'un fait un emprunt. Ou bien a une ardoise chez le bookmaker. Il faut qu'il rembourse. Sinon, c'est la pagaille. C'est simple, en fait. Crédit et débit, profits et pertes. Faut juste faire passer les choses d'une colonne à l'autre.

– Rétablir l'équilibre, ajouta Nicol.

– Exactement. Et parfois, y a des gens qui, ben, ils se mettent trop dans le rouge. Ils deviennent un problème. Et des fois, faut s'en débarrasser. Et c'est normal. C'est une dette, aussi. Ils paient ce qu'ils doivent. Pas sous forme d'argent, c'est tout. Mais c'est normal. Ils savaient dans quoi ils s'engageaient. C'est juste du business. Campbell Sneddon savait dans quoi il s'engageait. Mais les autres ? La p'tite gamine et sa maman ? Ce vieux à l'étage du dessous ? – Kerr secoua la tête. – C'étaient des civils. Ça n'avait rien à voir avec tout ça.

– Vous voulez parler de l'incendie à Tradeston ?

– Ils n'étaient pas impliqués. On n'aurait pas dû s'en prendre à eux.

– Mais Walter Maitland voyait ça d'un autre œil.

– Walter, il en avait rien à foutre. Il se donnait le droit de décider de qui devait vivre et qui devait mourir.

Elle comprenait à présent ce qui avait provoqué les états d'âme de Kerr. Le racket, les putes, les drogues, les meurtres : ça, c'était le business. Mais l'incendie de cet immeuble, les morts de la mère, de la fillette et d'un vieillard inoffensif ? Ça, c'était Maitland qui se prenait pour Dieu. C'était un blasphème.

– Et Auldpark, alors ?

– Maintenant, comprenez-moi bien, répondit Kerr. Y avait des facettes du business de Walter dans lesquelles j'intervenais pas. Mais alors, pas du tout. – Il la regarda droit dans les yeux, comme pour s'entraîner à l'épreuve autrement plus grave qui l'attendait bientôt. – Mais bon, je connais peut-être d'autres personnes qui, elles, étaient impliquées.

Lundi 14 juillet 1975

56

Christopher Kidd jeta la serviette sale dans le panier. Il se signa en enfilant ses vêtements, parlant à Isobel dans sa tête. *Ça sera plus très long, maintenant.* Il s'était rasé avec un soin particulier, comme s'il se rendait à un mariage. Une première communion.

Ça va te plaire, lui dit-il. *Je plaisante pas. Regarde bien sa tête quand il comprendra que ça va arriver.*

Il enfila le tee-shirt moulant sur son maigre torse. Son jean était un peu évasé en bas, suffisamment pour couvrir quasiment ses bottines à talons cubains. Il décrocha la veste militaire de sa patère.

En descendant l'escalier de l'immeuble, il laissa ses jambes se détendre, comme toujours, dansant de palier en palier telle une marionnette aux pattes désarticulées, comme si c'étaient les marches qui venaient frapper le dessous de ses pieds, pas l'inverse. Arrivé au rez-de-chaussée, il passa de la pénombre fraîche du hall au rectangle de soleil jaune de l'entrée.

Il se sentait étrangement normal à l'exception de ses oreilles, assourdies comme sous l'eau, comme si elles avaient besoin de claquer. Kidd fit rouler sa mâchoire deux ou trois fois mais rien ne changea, et les bruits de la rue – les mouettes se chamaillant autour d'un reste de petit pain à la saucisse, deux garçons qui passaient devant lui en criant, le sifflement pneumatique des freins du bus n° 12 – lui parvenaient tout étouffés, comme venant de très loin.

Il monta au premier étage du bus et s'assit à l'avant, posa sa veste sur le siège d'à côté.

C'est parti, Izzy. Rien ne pourra plus nous arrêter maintenant.

Les flics avaient failli l'arrêter. Une fois fixé le rendez-fois avec Maitland, il était censé appeler le type de la

Criminelle, McCormack. Il n'avait pas voulu s'embêter avec ça, mais la femme flic, Nicol, avait téléphoné à Yvonne. Où a lieu le rendez-vous ? avait-elle demandé. Est-ce qu'il a arrangé ce rendez-vous ? Yvonne avait vu là une occasion de les rouler. Ouais, leur avait-elle dit. Il a tout arrangé. Elle leur avait communiqué l'heure exacte mais en leur disant que la rencontre aurait lieu au domicile de Maitland, à Bearsden. Le temps que les flics se rendent compte qu'on les avait bernés, il serait trop tard.

Les rues défilaient à toute allure. Il sauta du bus sur Maryhill Road et poussa les portes du Duke.

Il eut l'impression de tout absorber à la fois, le tableau tout entier : le serveur levant la tête de sa page Sport, le soleil s'infiltrant à travers le verre à moitié dépoli de la vitrine et qui traversait les volutes de fumée en rayons bien nets, les deux vieux, l'homme et la femme, en pardessus par cette chaleur, qui soulevaient leurs verres à l'unisson de la petite table ronde en bois, les caïds accaparant le coin du comptoir, le bras de McPhail levé dans un salut.

Hormis les gars de Maitland dans leur coin, le pub était tranquille. Les clients du Duke ne s'étaient pas encore faits à l'ouverture le dimanche.

– Il est au fond, annonça McPhail quand Kidd s'approcha du coin. Tu veux boire quelque chose ?

– Une pinte de brune, répondit Kidd, et McPhail se retourna pour faire signe au serveur.

C'était pour de vrai, maintenant. C'était en train d'arriver, mais Kidd n'arrivait pas à se débarrasser de cette curieuse sensation sous-marine. L'air était trop visqueux. Tous les sons étaient assourdis. Même sa vision semblait un peu brumeuse.

– Ils nous ont embarqués hier. T'es au courant ?

– Quoi ?

– Les flics. – McPhail compta sur son pouce et trois doigts : – Moi. Alex Kerr. Bud Hunter. Fleeting. Ils nous ont fait passer la nuit au poste, ces connards.

Walter pense qu'ils préparent un mauvais coup, putain. Ils croient qu'ils peuvent nous faire tomber. Laisser ces bâtards de Quinn piquer notre place.

La pinte était pleine à ras bord. Kidd sirota une gorgée.

– Les Quinn ?

– Mais qu'ils y viennent, hein ? – McPhail se pencha vers Kidd et écarta les pans de sa veste. – V'là mon petit comité d'accueil.

Kidd baissa les yeux. La doublure de la veste avait été modifiée. Des poches carniers longues et étroites, des deux côtés, d'où dépassaient des crosses recouvertes de scotch.

– D'ailleurs, en parlant de ça…

McPhail laissa retomber les pans de sa veste et tendit les bras pour fouiller Kidd. Il tapota ses épaules, palpa les aisselles, passa ses pouces tout autour de sa ceinture, écrasa les poches de sa veste militaire.

– C'est bon, mon pote. Tu peux y aller. – McPhail avait ouvert la porte et la tenait pour lui. Kidd se glissa sous son bras tendu.

Walter Maitland était assis à une table, dans une chemise blanche au col ouvert dont les manches étaient retroussées jusqu'aux coudes. Des papiers étaient éparpillés sur la table devant lui, une liasse de billets, un livre de comptes ouvert. Un cigare allumé dans un cendrier en verre fumé. Une grosse bouteille marron de Bass et un verre droit étaient posés près de son coude.

Il ne se leva pas et n'offrit pas sa main, mais regarda Kidd par-dessus ses lunettes de lecture et lui fit signe de s'asseoir.

Il ôta ses lunettes et les lança sur la table.

– Tu connais Bud, dit-il.

Tout en s'asseyant sur la chaise, Kidd jeta un coup d'œil à l'autre bout de la pièce et salua d'un hochement de tête l'homme au costume bleu. L'homme qui était venu lui rendre visite à Largs.

Bud Hunder hocha la tête en retour, assis de profil par rapport à la table sur laquelle était posé, intouché, un grand verre rempli d'un truc pétillant. On aurait dit un soda au citron vert.

Maitland se pencha en avant.

– Christopher, c'est bien ça ?

Kidd acquiesça.

– Oui c'est ça, monsieur Maitland. Christopher Kidd.

– M. Hunter m'a dit que tu t'en étais bien sorti. Pour ce truc sur la côte. Et ce truc de l'autre côté du fleuve, aussi. – Kidd se trémoussa sur sa chaise, mal à l'aise. Il n'avait pas l'habitude des compliments. – Et maintenant, j'apprends que tu as une nouvelle à nous communiquer. Une info de dernière minute…

– Ouais. – Kidd but une gorgée de brune. – C'est à propos des Quinn.

– Des Quinn ? T'es un vrai putain de spécialiste des Quinn, ou quoi ? On pourrait finir par penser que t'as quelqu'un chez eux qui te rancarde. Qu'est-ce qui se passe avec les Quinn, Christopher ?

– Ils préparent une attaque. Pas ici. Chez vous. Ils ont fait venir quelqu'un d'Irlande. Ils veulent mettre une bombe sous votre voiture. Avec un interrupteur à mercure. Cette semaine. Sans doute le 12.

Maitland et Hunter échangèrent un regard et Kidd comprit, trop tard, ce qui clochait. C'était trop parfait. Trop spécifique. Si ça ne venait pas des Quinn eux-mêmes, ça ne pouvait venir que des flics.

Maitland versa un peu de bière dans son verre droit, fit tournoyer le liquide brun.

– Ben, ça… Ils nous avaient dit que t'étais le roi des scoops. Ils se trompaient pas.

Kidd tenta de sourire, jetant des regards désespérés à Maitland, puis à Hunter. Ces yeux morts. Ces visages de pierre.

– Mais voilà le truc… – Maitland vida ses trois centimètres de bière, en versa trois autres dans le verre. – J'ai connu une fille dans le temps. Pas connu *connu*. Genre, une relation de travail. Isobel Wylie, qu'elle s'appelait.

Il capta le regard de Kidd et s'en empara. Kidd ne répondit rien.

– Et il se trouve… – Maitland serra fort ses paupières et secoua la tête, levant la main comme s'il avait mal et attendait que le spasme soit passé. – Il se trouve que cette fille est ta sœur.

Kidd resta impassible, enveloppant Maitland d'un regard vitreux. *Il a pas idée, Izzy. Putain, il a rien capté du tout.*

– C'est ta putain de *sœur* ?

Toujours aucune réaction de Kidd.

– Tu crois que t'es le seul à être bien renseigné, gamin ? Quoi, t'avais juste oublié de nous le dire ?

Kidd s'éclaircit la voix.

– J'attendais.

– T'attendais quoi ?

– Je sais pas. Le bon moment. Je me disais que vous sauriez peut-être ce qui est arrivé. À Izzy, je veux dire. Je me disais que vous pourriez peut-être me le dire.

– Tu ne sais pas ce qui est arrivé à ta sœur ?

– Je l'ai perdue de vue. La dernière fois que j'ai entendu parler d'elle, elle bossait dans un… elle bossait à Dennistoun. Pour John McGlashan. Je me suis dit…

Il leva la main, impuissant.

– Tu t'es dit quoi, fiston ?

– Je me suis dit que peut-être, s'il lui était arrivé quelque chose. Si elle était partie ailleurs, peut-être. Eh bien, que vous le sauriez.

Maitland prit son cigare dans le cendrier. Il le tapota de manière à ce que deux centimètres de cendres, un cylindre parfait, blanc-gris, s'en détache sans bruit. Il pointa le bout luisant du cigare sur Kidd.

– Ta sœur était une pute, fiston. Une pute à trois sous. Pourquoi voudrais-tu que je sache ce qu'elle est devenue ?

Kidd sentit son cuir chevelu se resserrer. Il plongea la main dans la poche de sa veste militaire et Bud Hunter bondit de sa chaise.

– C'est juste mes clopes ! – Kidd tendit dans les airs son paquet noir de John Player Special, sa boîte d'allumettes Swan Vesta calée sous le pouce.

Hunter se laissa retomber sur sa chaise.

– Vous devriez pas l'appeler comme ça.

Kidd tira sur la jambe de son jean, la gauche, remontant l'ourlet de quelques centimètres. Il sortit une cigarette du paquet, la cala maladroitement entre ses lèvres.

– Je t'ai fait de la peine ? rétorqua Maitland. Quel dommage. Je devrais faire plus attention à pas froisser les gens.

Kidd tira de nouveau sur son jean, dévoilant le haut de sa bottine gauche, qui bâillait légèrement. Un objet noir et lisse luisait dans l'ouverture. Il prit une allumette. Celle-ci se brisa entre ses doigts tremblants. Il voulut en sortir une autre, la boîte lui échappa et tomba par terre, éparpillant son contenu.

– Merde.

Kidd se baissa et se redressa aussitôt, un pistolet Glock au creux du poing.

Plus de tremblements, à présent ; sa main était aussi dure et froide que le flingue.

Il se leva, la chaise se renversant derrière lui, et il fit pivoter son bras pour braquer l'arme sur Hunter.

– Bouge un sourcil, putain, et je te dégomme.

Hunter leva les bras, une boule au coin de la mâchoire, un éclat soudain dans le regard, et Kidd lui tira une balle en pleine poitrine, puis une autre qui fit bondir en arrière la tête de Hunter, comme sous l'effet d'un coup de fouet, avant qu'il ne bascule sur le côté, son crâne heurtant la table dans un craquement, renversant son verre.

Alors, les bruits l'assaillirent à nouveau, comme si ses oreilles s'étaient enfin débouchées. Il entendit le léger sifflement de la boisson de Hunter qui s'égouttait sur le lino, tandis que Maitland se redressait péniblement sur sa chaise, bouche bée, comme si sa mâchoire s'était décrochée. Il avait mis les mains en l'air, comme Hunter avant lui, et, semblant réaliser soudain ce mimétisme, il les laissa retomber sur la table, paumes vers le ciel, surjouant la supplication.

– Christopher. Chris. Écoute…

Des bruits leur parvenaient à présent de la salle du pub et Kidd braqua le Glock sur la porte, mais celle-ci resta fermée. Kidd imaginait parfaitement les caïds se raidissant brusquement en entendant les détonations, s'empoignant les uns les autres par le col avec des yeux de cheval affolé, les narines qui palpitent, se tournant avec effroi vers la petite pièce du fond. Mais personne ne se portait volontaire pour se faire exploser la tête en la pointant par l'embrasure de la porte. Pas pour l'instant, en tout cas.

Kidd se dressait devant Maitland. Il s'était si souvent représenté ce moment qu'il avait une impression de déjà-vu. L'homme était assis à la table avec ses papiers devant lui, le torse épaissi par les ans, les yeux rouges et cernés. Il y avait des touches de gris dans le noir de ses cheveux gominés, rabattus vers l'arrière, deux sillons de part et d'autre de son nez, là où ses lunettes étaient encore calées la minute d'avant. Il n'y avait rien besoin de dire. Maitland savait qui il était, pourquoi il était là. Quand Kidd prit la parole, il ne s'adressa pas à l'homme en face de lui.

– C'est maintenant, Izzy.

Il vit l'espoir s'envoler des yeux de Maitland, ses épaules s'affaisser, un tassement généralisé s'emparer de sa carcasse. Ses pupilles se resserrèrent dans une expression de défi impuissant et sa lèvre du haut se vrilla.

Kidd referma son index. La balle fracassa les dents de Maitland, trancha sa langue, lui broya le fond de la gorge. Le sang giclait de sa bouche dévastée quand Maitland s'effondra sur la table.

Kidd se sentait étrangement calme. La mèche rabattue de Maitland avait sauté, dévoilant un début de calvitie, un disque de peau luisant. L'homme était mort mais Kidd pointa son arme sur lui une dernière fois et de fines gouttelettes éclaboussèrent ses joues comme une bruine fraîche.

Alors il sentit l'épuisement l'envahir, manqua s'asseoir mais se frappa le front du bas de sa paume et se rua hors de la pièce. La suite se déroula au ralenti. Cela ne dura certainement pas plus d'une seconde ou deux, mais pour Kidd ce fut comme une éternité. En traversant le pub, il eut conscience d'une sorte d'éclair argenté au coin de son champ de vision et, se tournant dans cette direction, il vit McPhail en train de bondir vers lui les deux bras en l'air, armés de machettes, sa bouche un trou rugissant. Kidd se pencha calmement en arrière. La première balle, au centre de la poitrine de McPhail, n'arrêta pas celui-ci dans son élan, mais le tir en pleine tête le coucha. Les autres caïds reculèrent dans leur coin, paniqués, Kidd fit volte-face et marcha d'un pas lourd vers la porte. En passant devant le serveur, il jeta sa main sur le côté et le braqua sans regarder, du coin de l'œil il vit les bras de l'homme bondir vers le plafond. Les deux vieux en pardessus n'esquissèrent pas le moindre geste. Ils auraient tout aussi bien pu être coulés dans du béton.

Dehors, sur Maryhill Road, Kidd s'arrêta pour glisser le pistolet sous sa ceinture. Il avala une grande lampée d'air. La brise parut le revigorer. Il avait l'impression de pouvoir traverser les murs en courant, sauter par-dessus les immeubles, mais quand une voiture garée de l'autre côté de la rue fit un appel de phares, il attendit une pause dans la circulation et la rejoignit au petit trot.

Assis sur le siège passager, il prit le mouchoir que lui tendait la femme, baissa le pare-soleil avec son petit miroir rectangulaire et essuya le sang sur son visage. Il se retourna pour sourire au petit garçon attaché sur le siège arrière, à côté d'une grosse valise.

Yvonne Gray jeta un coup d'œil dans son rétroviseur, mit consciencieusement son clignotant et s'engagea sans traîner dans la circulation de l'heure du déjeuner.

57

Quand McCormack et Nicol tournèrent dans Maryhill Road, le cirque avait déjà commencé. Une ambulance, garée en double file devant le Duke, un agent en uniforme faisant signe aux voitures de la contourner. Des voitures de patrouille sur le trottoir, une grappe de badauds effarés.

Un agent en uniforme souleva pour eux le ruban et ils se glissèrent dessous en rangeant leurs plaques.

McCormack parcourut le pub du regard. Le papier peint cireux, jauni de nicotine ; le lambris sombre. Il y avait deux verres à vin vides sur une table, à gauche, trois pintes abandonnées sur le comptoir. Un homme en chemise blanche, avec un gilet gris plein de saletés était assis à une table, la tête enfouie dans ses mains. Le serveur, songea McCormack. Le seul homme qui ne pouvait pas quitter son poste.

L'agent qui surveillait la porte du fond l'ouvrit pour eux lorsqu'ils approchèrent. McCormack apercevait déjà l'éclat des projecteurs, le photographe qui reculait dans l'encadrement de la porte, coude dressé au-dessus de la tête, cherchant le meilleur angle.

On aurait dit le lendemain d'une nuit de débauche épique ; deux hommes effondrés sur leurs tables. Si l'on faisait abstraction des éclaboussures rouges et grises sur le papier peint floqué derrière Walter Maitland, de la mare de sang sur les cuisses de Bud Hunter.

Un homme de la brigade criminelle se tenait debout au centre de la pièce, mains sur les hanches. Il fit un drôle de rictus en apercevant McCormack et Nicol.

– Inspecteur principal McCormack. – McCormack désigna Nicol d'un coup de menton. – Inspectrice Nicol. Brigade de Répression du banditisme.

– Anderson. Division F. Qu'est-ce qui vous amène ?

– Nous savons qui a fait ça.

Anderson ne put cacher sa stupéfaction.

– Vraiment ? Waouh. Je comprends pourquoi vous avez réussi, vous autres. De vrais putains de cadors. Et maintenant vous allez m'annoncer qu'il s'agit des Quinn.

– Il ne s'agit pas des Quinn.

– Nan : sans doute une mauvaise pinte. Enfin, deux mauvaises pintes.

– L'assassin s'appelle Christopher Kidd. Avec deux D. Il gravitait autour des hommes de Maitland. Un habitué de ce pub. Mais bon… Vous avez ce qu'il vous faut. Tout roule sur des putains de roulettes. Nous allons vous laisser bosser.

En ressortant, McCormack s'arrêta au milieu du trottoir pour allumer une cigarette. Kidd devait être sur la route maintenant, roulant vers la frontière s'il avait un peu de jugeote. *Le jeune Lochinvar est venu de l'ouest / Sur toute la vaste frontière il n'est pas de coursier meilleur que le sien.* Les vers d'un autre poème revinrent à l'esprit de McCormack, un texte que ses camarades et lui avaient étudié au lycée d'Oban : *Et les voilà partis ! Oui, il y a bien longtemps / Que ces amoureux s'enfuirent dans la tempête.*

Une tempête allait venir. Une tempête allait s'abattre sur Christopher Kidd. C'était certain. Les hommes de Maitland allaient le pourchasser. Lui et Yvonne Gray. Sauf que… vraiment ? Qui restait-il, au juste ? Maitland était mort – les deux Maitland. McPhail et Hunter, aussi. Kerr était en train de crever d'un cancer. Fleeting n'était qu'un poids plume. Les autres parasites allaient se disperser. Le sale petit empire de Maitland était terminé.

– Elle savait forcément, fit remarquer Nicol. Yvonne. Quand elle nous a envoyés chez Maitland. Elle savait forcément que le rendez-vous était ici.

– Bien sûr qu'elle savait. – McCormack jeta sa clope dans le caniveau, tandis qu'ils traversaient Maryhill Road.

– Elle l'attendait sûrement devant le pub. La foutue complice du tueur, pilotant la voiture. Bonnie and Clyde.

– Vous croyez ?

– Oh, et puis merde. Bonne chance à eux.

McCormack s'assit sur le siège passager. Nicol mit sa ceinture et tambourina de ses mains sur le volant.

– On rentre au ranch, *sir* ?

McCormack tambourina sur le tableau de bord.

– En fait, je crois que nous avons encore une commission à faire, inspectrice, non ?

– Annoncer la nouvelle au fils de Maitland, vous voulez dire ? À son ex-femme ?

– Pas du tout. C'est la division F qui s'en chargera. Le charmant inspecteur Anderson.

– Quoi, alors ?

McCormack se contenta de lui sourire.

C'est la fille qui vint ouvrir la porte – l'adolescente qu'ils avaient tous deux prise à tort pour la fille d'Eileen Elliot. Elle les conduisit jusqu'à une véranda au fond de la maison, où Elliot était assise dans un fauteuil en osier, un livre ouvert sur les genoux.

– Vous ! – Son livre se referma dans un claquement sec. – Mais qu'est-ce que vous avez, vous autres ? Vous n'avez pas causé assez de douleur ?

McCormack s'assit sans qu'on le lui propose sur un canapé en rotin. Nicol l'imita. McCormack se pencha en avant, calant ses avant-bras sur ses genoux.

– Je pourrais vous poser la même question, mademoiselle Elliot.

La fille était restée plantée sur le seuil de la véranda.

– Du thé, Sarah, lui lança Eileen d'un ton irrité. Même dans les pires épreuves, les petits rituels de l'hospitalité devaient être respectés.

Quand l'adolescente fut partie, Eileen Elliot dévisagea ses visiteurs avec un mépris non dissimulé. Elle portait une robe-chemisier en jean, tenue au niveau de la taille par une large ceinture en cuir. Ses cheveux étaient attachés sous un foulard coloré. Une odeur flottait dans la pièce, que McCormack n'arrivait pas à identifier. Une senteur amère, âpre.

– Quelque chose m'interpelle, déclara McCormack. Votre père. Quand je vous ai parlé de ses blessures, vous avez semblé presque soulagée. Sur le moment, je n'ai pas compris cette réaction. Maintenant, je saisis : vous pensiez que je savais. Vous pensiez que j'étais venu vous parler d'Auldpark. Des œuvres de "charité" de votre père.

Eileen Elliot posa le livre sur le plateau de verre d'une petite table, à côté de son fauteuil, et croisa les mains sur ses cuisses. Elle fixait McCormack sans rien dire, attendant la suite.

– Ce que je ne saisis pas, reprit McCormack, c'est pourquoi vous le protégez...

– Pourquoi en serait-il autrement ? – Ses narines palpitèrent. – Je suis sa fille.

– Mais n'était-ce pas son rôle à lui ? De vous protéger ?

Eileen Elliot éclata de rire.

– Vous n'avez jamais rencontré mon père, inspecteur, n'est-ce pas ?

– Non, pas de son vivant.

– C'était un enfant. Voilà ce qu'il était. Dès qu'un truc lui faisait envie, il s'en emparait. Quand il ne pouvait pas l'avoir, il cassait des choses. C'est lui qui avait besoin qu'on le protège.

– Par "des choses", vous voulez dire "des gens" ? Des jeunes filles ?

Le menton d'Eileen Elliot se dressa, belliqueux.

– Mon père travaillait jour et nuit pour ces filles. Toutes ces œuvres de charité... Vous n'avez pas idée. Et puis, les casser ? Ces filles étaient déjà brisées avant de poser les pieds à Auldpark. C'est pour ça qu'elles étaient là. Mon père les aidait.

– Les *aidait*? – McCormack jeta ses mains au ciel. – En les violant? En se les tapant? En les repassant à ses riches amis?

– Ce n'étaient pas de jeunes éclaireuses, inspecteur. Elles venaient de foyers brisés. Leurs mères étaient des alcooliques. Mon père faisait simplement preuve de réalisme. Il leur préparait une vie en dehors du foyer.

– Comme *prostituées*? Vous vous rendez compte de ce que vous dites?

– C'était une manière pour elles de devenir des membres productifs de la société. De fournir un service. D'être payées en retour. Qu'y a-t-il de mal à cela? C'est comme ça que le monde fonctionne.

McCormack ferma les yeux. Il avait dépassé le stade de la colère. Qu'est-ce qui pouvait bien pousser une personne – une femme – à penser que soumettre des jeunes filles à de telles épreuves puisse être un acte de charité?

Nicol prit la parole.

– Mais on a abusé de ces filles. Elles ont subi des agressions sexuelles. Des gamines de neuf ou dix ans.

– Elles avaient droit à un peu d'attention.

– De l'attention! – À présent, McCormack était en colère, s'étouffant presque avec ses mots. – Bon Dieu, qu'est-ce que vous racontez?

L'adolescente était revenue. Elle posa le plateau et repartit. Quand elle passa près de son fauteuil, Eileen Elliot tendit la main vers elle, presque distraitement, et caressa son bras.

– Merci, mon enfant. – Elle souleva la théière en porcelaine anglaise et la fit tourner. – Je vais faire le service, vous voulez bien? – Elle versa du thé dans les trois tasses, ajouta un peu de lait dans la sienne avec un petit pichet. – Vous n'avez jamais souffert d'abandon, dit-elle en contemplant la main qui mélangeait son thé. Aucun de vous. Cela saute aux yeux. – Elle releva gaiement la tête. – Moi, si.

– Qu'est-ce que vous racontez ?

– Les études sont formelles sur ce point, inspecteur. Un enfant préfèrera toujours une attention négative – même s'il s'agit de ce qu'une personne extérieure pourrait qualifier d'abus – à la négligence pure et simple. C'est la négligence que l'enfant ne peut pas supporter.

L'enfant dont elle parlait, c'était elle-même. Mais de quel droit pouvait-elle faire ce choix à la place des gamines d'Auldpark ?

À côté de lui, Nicol se racla la gorge. Ses mots sortirent en craquant comme de la glace.

– Et Isobel Wylie, alors ? Est-ce que vous n'auriez pas pu la négliger ?

La petite cuillère d'Eileen Elliot cliqueta contre les parois de sa tasse.

– Isobel... Pardonnez-moi... qui donc ? Je ne vois pas de qui vous parlez.

Les yeux, sous l'éclat rougeoyant du foulard, disaient tout autre chose. Ces yeux savaient pertinemment qui était Isobel Wylie.

– Isobel Wylie. Isobel Kidd, à l'origine. Avant son adoption. Une petite fille blonde. Vous ne vous rappelez pas ? Un projet très spécial pour vous, pourrait-on dire.

Eileen Elliot enfouit son nez dans sa tasse, qu'elle tenait à deux mains.

– Et Bob Wylie ? Vous vous rappelez ? Lui, il se souvient de vous. Je suis passé le voir, l'autre jour. Là-bas, à Fairlie. La maison rouge au bord de la plage.

Eileen Elliot posa lentement la tasse de thé. Elle restait assise là, mains sur les cuisses, le front courbé.

McCormack reprit la parole, d'une voix délicate.

– C'était votre père, Eileen ? Votre père voulait qu'elle revienne ?

Elle resta immobile pendant ce qui parut être une éternité. Puis elle hocha la tête, une fois. Elle ne releva pas les yeux.

– Et alors, quoi… vous êtes allée la chercher là-bas ? Mon Dieu… Elle avait une chance de vivre une autre vie, une vie en dehors du foyer. Et vous l'avez ramenée de force. Vous avez payé les Wylie pour qu'ils la laissent partir.

– Vous ne comprenez pas. Elle était sa favorite. Il avait besoin de ses filles préférées. S'il ne pouvait pas les avoir…

Elle s'interrompit brusquement. Elle était pliée en deux maintenant, ses mains couvrant tout son visage.

– Alors quoi, Eileen ? – La voix de Nicol était un prédateur marchant à pas feutrés dans le sous-bois, un grand chat sur ses coussinets. – S'il ne pouvait pas avoir ses filles préférées, alors quoi ?

Eileen Elliot écarta les mains de son visage et redressa la tête. Elle était incapable de parler mais n'en eut pas besoin. Ses traits racontaient toute l'histoire.

– Mon Dieu… – McCormack se détourna, abasourdi. – Et Sarah ? Sarah est… ?

La tête d'Eileen Elliot s'effondra à nouveau. McCormack et Nicol contemplaient le foulard. Il tomba et se redressa, une fois.

– Oh, bon Dieu.

Il avait deviné en voyant Eileen caresser le bras de la petite, mais quand même, cette révélation le laissa sans voix.

– Je suis désolée. – Eileen étala son mascara du bas de sa paume. – Je ne savais pas quoi faire. Je savais juste que je ne pouvais pas endurer ça. Je ne pouvais plus. Quand il était occupé avec une autre, il ne s'en prenait pas à moi. C'est comme ça que je voyais les choses. Je suis désolée. Je sais que ce n'est pas une excuse.

Ils restèrent assis là, dans cette véranda spacieuse et baignée de soleil, sans que personne ne sache quoi dire. McCormack sentit de nouveau cette odeur et se pencha pour jeter un coup d'œil au fond de la corbeille à papier, au pied du canapé : une pelure orange, enroulée comme un serpent.

– J'aurais dû agir mieux, reprit Eileen Elliot. J'aurais dû sauver cette malheureuse. J'étais une adulte alors, j'aurais pu aller trouver la police. Le forcer à arrêter. Isobel ne savait même pas. Elle avait fait des siennes et elle pensait que c'était pour ça qu'on la renvoyait au foyer. Boire de l'alcool. Rentrer tard le soir. Elle croyait que les Wylie en avaient juste assez d'elle. Mais les Wylie l'auraient gardée. Ils *voulaient* la garder.

Rien de ce qu'on pouvait dire n'aurait pu rendre ça moins grave. Le silence en soi était un jugement.

– Où est-elle, à présent ? – Le regard désespéré d'Eileen rebondissait entre Nicol et McCormack. – Je veux dire, je pourrais peut-être l'aider ? Réparer ça d'une manière ou d'une autre.

– Elle est morte, mademoiselle Elliot.

– Oh, mon Dieu.

– Il y a six ans. Assassinée.

La voix d'Eileen Elliot se réduisit à presque rien.

– Assassinée ?

– Elle a été tuée par Walter Maitland. Maitland et un autre individu ont décidé de mettre en scène la fausse mort d'une femme nommée Helen Thaney. Ils se sont servis d'Isobel Wylie : ils l'ont tuée en s'arrangeant pour qu'elle ressemble à l'autre.

En entendant ces mots, Eileen Elliot parut se flétrir comme une fleur. Elle referma ses bras autour de sa poitrine, inclinée en avant, et laissa échapper un gémissement presque inaudible.

– C'est eux qui l'ont tuée, reprit McCormack. Pas vous.

Elle secoua la tête.

– Je l'ai fait revenir. Elle était partie et je l'ai fait revenir. C'est de ma faute.

Elle ne voulait pas de leur compassion. Elle énonçait les faits, s'avouant ce qu'elle savait depuis toujours.

– Vous faisiez ce qu'ils vous disaient de faire, lui dit McCormack. Vous aussi vous êtes une victime dans cette affaire.

Elle fixait le sol, se balançant doucement d'avant en arrière.

– Ils prenaient des photos, dit-elle. Ils prenaient des photos des filles. Certaines d'entre elles avaient encore une famille. Elles espéraient que leur famille allait revenir les chercher. Elles savaient que si elles racontaient à quelqu'un ce qui se passait, on enverrait ces photos à leurs proches.

Ils entendirent une chasse d'eau quelque part, des bruits de pas dans le couloir. La fille d'Eileen Elliot. Sa demi-sœur.

– Vous voudriez trouver un moyen de racheter tout ça, Eileen. D'atténuer ce qui s'est passé. Il n'y en a pas. Mais ce que vous pouvez faire, ce que vous allez faire, c'est ceci : nous donner les noms, jusqu'au dernier. Tous les hommes qui s'en sont pris à ces filles, vous allez nous donner leurs noms. Ceux des filles, aussi. Et nous allons envoyer derrière les barreaux le plus grand nombre possible de ces types.

Eileen Elliot avait le souffle court, comme si elle venait juste de remonter à la surface pour respirer. Elle se frotta le visage et ses ongles se prirent dans le foulard, qui tomba. Avec ses cheveux défaits et son mascara étalé, elle avait de nouveau l'air d'une petite fille. Elle dénoua maladroitement le foulard puis se figea, regardant Nicol puis McCormack.

– Je sais ce que c'était, dit-elle tout bas. Je sais ce qu'ils cherchaient.

– De qui parlez-vous ?

– Quand ils ont retourné son bureau. Je sais ce que c'était. – Elle marqua une pause. – Je l'ai trouvé, vous savez.

McCormack sentit les poils de ses bras se hérisser, comme soulevés par une brise. Il revit l'homme au costume vert dévalant en courant le perron de la maison d'Elliot.

– C'était une liste, poursuivit Eileen Elliot. Les invités qui venaient à Auldpark. Les noms, et les dates. Les Amis. Les hommes qui faisaient des dons au foyer et qui, eh bien… Vous savez ce qu'ils faisaient.

Elle avait ramassé son sac à main au pied du fauteuil et farfouillait dedans. Ses efforts pour serrer les dents faisaient trembler son menton, et McCormack vit que ses yeux étaient rougis. Elle sortit quelques feuilles de son sac et la main de McCormack se referma dessus.

– Merci, dit-il.

Ils se levèrent pour partir. Arrivé sur le seuil, McCormack se retourna.

– Avant que j'oublie… dit-il.

Elliot redressa son visage froissé.

– Chisholm vous a-t-il contactée ? Au sujet de votre père, je veux dire.

Elle s'essuya les yeux du bas de sa paume.

– Je crois, oui, répondit-elle.

McCormack attendit.

– J'ai reçu une lettre. Deux jours avant que le corps de mon père ne soit abandonné sur cette décharge. Je ne l'ai pas gardée. Désolée.

– Vous rappelez-vous ce qu'elle disait ?

– Mot pour mot. – Elle les gratifia d'un sourire fragile. – Elle disait : *Les souffrances que votre père a endurées pendant ses derniers jours ne sont rien comparées à celles qu'il endurera pour l'éternité.* Je croyais qu'il faisait référence à autre chose. À Auldpark. C'est pour ça que je l'ai brûlée. Elle n'était pas signée. Je suis désolée.

– Ce n'est rien, dit McCormack. C'était bien Chisholm, pas de doute.

MERCREDI 16 JUILLET 1975

58

McCormack retourna au travail le lendemain matin. Le rapport de Skelton l'avait innocenté ; il était de nouveau un flic. Pour ce que ça vaut, songea-t-il. En arrivant à Temple, il découvrit que les autres unités – celles d'Armstrong et de Patterson – s'étaient massées dans l'Étable pour une petite fête. Des canettes d'Export et de Tennent's Lager. Une bouteille de whisky et des gobelets en papier. Ils portèrent un toast en son honneur et l'acclamèrent, le forcèrent à boire. Il n'était plus l'homme du passé, l'homme qui avait jadis attrapé le Quaker. Il était l'homme qui avait résolu l'affaire Elliot et abattu Gordon Chisholm. Les choses avaient un peu dégénéré à la fin, mais ils étaient également débarrassés de Walter Maitland. C'était un genre de résultat.

Vers l'heure du déjeuner, McCormack remonta le couloir en direction des toilettes pour hommes. Haddow s'affairait au-dessus d'un des urinoirs. McCormack en laissa un entre eux. Cordon sanitaire. Haddow remonta sa braguette et alla se laver les mains. Quand McCormack le rejoignit devant les lavabos, Haddow le dévisageait dans le miroir avec un sourire suffisant.

– Bien joué, McCormack. Bravo. Vous l'avez eu, votre homme.

McCormack se savonna les mains.

– Je n'ai pas eu mon homme, *sir*. Je voulais que Walter Maitland finisse ses jours à Peterhead.

– Bien sûr. C'est pour ça que vous avez envoyé votre indic le tuer.

Les serviettes en papier crissèrent quand McCormack tira dessus pour les sortir du distributeur.

– À notre connaissance, Christopher Kidd était là pour récolter des informations.

Haddow éclata de rire.

– Vraiment ? Récolter des informations ? Si vous me prenez pour un idiot, c'est que les vôtres sont erronées, McCormack. Vous saviez que Kidd en voulait à Maitland. À cause de ce qu'il avait fait à sa sœur. Vous l'avez envoyé quand même.

– Je savais que Kidd avait accepté de coopérer. De nous aider à interpeller Maitland.

– L'interpeller, c'est une chose. Juge, jury et bourreau : ce n'est pas comme ça qu'on fait les choses dans cette unité, McCormack. Je ne soutiendrai pas les cowboys qui règlent les problèmes à coups de pistolet. On n'est pas dans le putain de Far West, ici.

McCormack froissa les serviettes en papier, jeta la boule dans la corbeille.

– Qu'est-ce que vous en savez au juste, *sir* ? De ce qui se passe là, dehors ?

– Vous croyez que parce que votre nom est dans les journaux, vous êtes un foutu héros ? Rien n'a changé, McCormack.

– Rien ne change jamais, *sir*. Pas quand on a la tête aussi dure que du béton armé.

Il laissa la porte se refermer en claquant sur ce que Haddow était en train de dire ou sur le point de dire. Dans l'Étable, la fête commençait à s'essouffler, les autres équipes regagnaient leurs bureaux. McCormack dénoua sa cravate et l'enleva. Il fouilla dans le tiroir de son bureau, en quête de l'autre, la noire.

Une demi-heure plus tard, il était à l'Eastern Necropolis, planté devant la tombe d'Isobel Wylie. Il avait lui-même financé la nouvelle stèle, rien que le nom et les dates, sans fioritures, mais c'était bon de voir ces lettres gravées dans le grès sang de bœuf. L'ancienne stèle, la mauvaise, qui portait le nom d'une femme toujours en vie, avait été enlevée. Peut-être fallait-il la conserver dans les réserves jusqu'à ce qu'Helen Thaney meure à nouveau.

Nicol l'avait accompagné. Eileen Elliot était présente aussi, avec Sarah. Elles ressemblaient plus à deux sœurs qu'à une mère et sa fille. On avait contacté Bob Wylie, qui avait préféré ne pas venir. Il ne méritait pas d'être là, avait-il confié à Nicol ; pas après ce qu'il avait fait.

Le prêtre de St Michael's allait commencer sa bénédiction quand une portière claqua. C'était Rona Shaw, l'ancienne collègue d'Yvonne Gray au Healing Hands. Elle prit place devant la tombe, à côté de Nicol.

– Je sais qu'Yvonne aurait voulu être là, murmura Rona. Mais puisqu'elle peut pas, je me suis dit, enfin…

Nicol tendit le bras vers elle et serra sa main dans la sienne.

– Merci, dit-elle.

Le prêtre ne perdit pas de temps. Ce n'était pas un service funèbre (le corps avait été enterré là six ans plus tôt), juste une brève consécration de la pierre tombale. Quand ce fut terminé, le prêtre serra la main des endeuillés – McCormack lui glissa au passage une enveloppe pour les bonnes œuvres de l'église – et se dirigea à pied vers St Michael's, non loin de là.

Les autres s'en allèrent aussi. Nicol s'approcha derrière McCormack, qui contemplait la stèle. Elle posa la main sur son bras.

– Je vous attends dans la voiture, *sir*, dit-elle. Prenez votre temps.

Il acquiesça. Une fois seul, il courba le front. Il voulut prier, mais rien ne vint. Rien que l'image d'Isobel Wylie telle qu'il l'avait vue pour la dernière fois, morte sur le plancher d'un immeuble délabré de Bridgeton, ses traits blanchis par le flash du Leica du photographe. Ils l'avaient abandonnée, tous les hommes de sa vie, de son père et du personnel d'Auldpark à Gavin Elliot et Bob Wylie. McCormack lui-même. Seul son frère, seul Christopher, avait tenté de la sauver. Mais il n'était qu'un enfant, alors, impuissant devant les hommes qui faisaient ce qu'ils voulaient de sa sœur.

Il entendit claquer la portière d'une camionnette et vit un homme qui venait du parking, une énorme couronne sur les bras. McCormack fit un pas de côté pour qu'il puisse la poser sur la pierre tombale. Roses blanches et hortensias. L'homme se fendit d'une petite révérence et McCormack hocha la tête. L'homme regagna sa camionnette, les mains jointes devant lui. McCormack se retournait pour partir quand il remarqua la petite carte qui dépassait de la couronne. Il se baissa pour l'examiner et lut son nom sur l'enveloppe.

C'était un rectangle blanc, un peu plus grand qu'une carte de visite. Il était signé "C. K." et le message tenait en quatre mots : "Je me suis rebellé."

Le Jeune Lochinvar, songea McCormack.

Il glissa la carte dans sa poche de poitrine et se fraya un chemin vers sa voiture, parmi les tombes.

LETTRES NON ENVOYÉES #4

Appartement 4c, 70 Craigpark
Glasgow
21 août 1969

Cher Chris

Juste un petit mot, cette fois-ci. Walter vient me chercher dans vingt minutes. J'aurais pu passer ces vingt minutes devant le miroir de la salle de bains, mais j'ai déjà creusé un trou dans le lino, au pied du lavabo, alors je me suis dit que j'allais faire un meilleur usage de ce temps !

Quoi de neuf, de ton côté ? Tu vas au dancing, tout à l'heure ? Soirée femmes mûres au Barrowland ! Je te verrai peut-être là-bas ! À vrai dire, je sais pas où on va. C'est une grande surprise. Secret d'État. Ça doit être un endroit chic, en tout cas, parce qu'il m'a dit de me mettre sur mon trente et un. Et je vais t'en confier un, de secret : je suis sur mon foutu trente et un ! (Je t'entends d'ici : "Ça veut pas dire grand-chose !")

Je te jure, Chris, t'aurais du mal à me reconnaître. Je suis allée chez le coiffeur ce matin. Blonde platine. J'ai l'air de Jayne Mansfield. Enfin, les cheveux en tout cas ! Je porte une nouvelle robe que Walter m'a achetée – en crêpe de Chine gris, puisque tu veux savoir – et le manteau Pierre Cardin d'Helen. On sera juste tous les deux, ce soir, pas à quatre avec Peter et Helen. Je crois que je préfère. Avec mes cheveux et ce manteau, je ressemble au fantôme d'Helen. Je crois que Walter doit avoir secrètement le béguin pour Helen et qu'il essaie de me transformer en elle !

Je devrais pas rire. Il a été bon avec moi, Walter. Pas comme je croyais qu'il serait. Quand il surveille l'entrée sur Whitehill Street, on dirait un grizzly en smoking. Mais il est pas du tout comme ça. Il est adorable, en fait. Un vrai gentleman. Il m'a offert ce pendentif – je crois que c'était peut-être celui de sa grand-mère ou un truc comme ça, une vraie antiquité – et t'aurais dû voir son sourire quand je l'ai enfilé. Comme si j'étais sa princesse ou je ne sais quoi. Je le porte, ce soir. C'est ce que je dis toujours, Chris : on croit connaître les gens, on pense les avoir cernés, mais en fait pas du tout.
Bon, j'allais te dire que j'avais pas d'autres nouvelles mais, écoute, tu seras heureux de l'apprendre : je suis plus une femme de mauvaise vie, autrement dit une pute ! Mais c'est juste parce que je suis plus rien du tout. Ils m'ont virée ! T'y crois, toi ? J'ai loupé deux ou trois nuits. Bon, j'en ai loupé quatre. Je croyais que Walter allait leur en toucher un mot, mais il dit que c'est mieux comme ça. Le job au restaurant de Peter est confirmé maintenant et Walter m'avancera un peu de fric jusqu'à ce que je commence. C'est comme dans la chanson de papa : "Bye Bye Blackbird." Ça faisait comment, déjà ? "Remiser tous mes soucis et mes malheurs…" C'est moi, ça, Chris. Tous ces malheurs, je les remise.
Je t'ai pas encore retrouvé, Chris, mais ça viendra. T'auras un sacré paquet de lettres à lire quand j'aurais mis la main sur toi ! Et on rattrapera le temps perdu. On laissera le passé derrière nous, comme je te le disais. Je sais que tu repenses à ce qui s'est passé à Auldpark. Moi aussi, ça m'arrive. Je peux pas m'en empêcher. Mais se retrouver noyé dans la haine et la colère, c'est pas bon. Elles font juste que te voler encore ta vie. C'est comme ça que je vois les choses. La meilleure vengeance, c'est de vivre une vie heureuse.

Trouver une personne qu'on aime. Peut-être que je l'ai déjà trouvée. Peut-être que toi aussi. Enfin, j'entends Walter qui klaxonne. Souhaite-moi bonne chance! *Bye bye, Blackbird.*

Ta sœur,
Isobel

REMERCIEMENTS

C'est toujours le même privilège de travailler avec Jim Gill et Lucy Joyce de l'agence United Agents, et avec Julia Wisdom et Sophie Churcher chez HarperCollins. Je suis une nouvelle fois éminemment redevable à l'œil acéré de la meilleure correctrice d'édition de la planète, Anne O'Brien. David Goldie a eu la gentillesse de lire une édition intermédiaire de cet ouvrage et de l'améliorer grâce à sa perspicacité et à son regard avisé. Nanette Pollock a généreusement partagé avec moi sa grande connaissance des procédures policières, de même que Jim Fraser avec son expertise du travail médico-légal. Allan Macinnes et Calum McLeod m'ont guidé pour tout ce qui touchait au gaélique et aux Highlands. La vie au Centre d'études irlandaises et écossaises de l'Université de l'Otago, en Nouvelle-Zélande, où j'exerce mon métier, est rendue beaucoup plus agréable par la sympathique présence des professeurs Sonja Tiernan et Charlotte Hall-Tiernan, et des professeurs associés Val McDermid et Jo Sharp. Pour leur aide et leurs conseils divers et variés, je tiens à remercier Damian Barr, Bob Barrowman, Julia Bell, Ralph Bouhaidar, Claire et Gerard Campbell, Alastair Dinsmor, le Dunedin Detection Club, Edin Gay Book Group, Wendy English, Julie et Alan Hill, Barry Hurford, Liz Lammers, Abby Ludeman, Bob McDevitt, Hamish McNeilly, Denise Mina, le personnel de la Bibliothèque Mitchell, Ian Nicol, Alan Parks, Maureen Scott, John Stenhouse, le Stuart Residence Halls Council, et Dave Webb. Je n'aurais pu faire tout cela sans l'amour et le soutien de Valerie McIlvanney : je souhaite comme toujours lui exprimer tout mon amour, ainsi qu'à Andrew, Caleb, Isaac et Diarmid.

BIBLIOTHÈQUE ÉCOSSAISE
dirigée par Keith Dixon

Chris BROOKMYRE
Sombre avec moi
Les Ombres de la toile
L'Ange déchu
Coupez!
La Maison sur la falaise

John BURNSIDE
La Maison muette
Une vie nulle part
Les Empreintes du diable
Un mensonge sur mon père
Scintillation
L'Été des noyés
Le Bruit du dégel

Dominic COOPER
Le Cœur de l'hiver
Vers l'aube
Nuage de cendre

Meaghan DELAHUNT
Le Livre rouge

Chris DOLAN
La Colonie
Une femme infréquentable

Jennie ERDAL
La Mystérieuse Nuance de bleu

Jenni FAGAN

La Sauvage

Les Buveurs de lumière

La Fille du Diable

Lewis GRASSIC GIBBON

Sunset Song

La Vallée des nuages

Alasdair GRAY

Lanark

Le Faiseur d'histoire

Kirstin INNES

Reine d'un jour

Doug JOHNSTONE

Voyous

Jackie KAY

Poussière rouge

James KELMAN

Le Poinçonneur Hines

Le Mécontentement

Faut être prudent au pays de la liberté

Si tard, il était si tard

Mo a dit

La Route de Lafayette

Mick KITSON

Manuel de survie à l'usage des jeunes filles

Analphabète

Poids plume

Liam MCILVANNEY

Les Couleurs de la ville

Là où vont les morts

Le Quaker

Retour de flamme

James MEEK

Un acte d'amour

Nous commençons notre descente

Le Cœur par effraction

Vers Calais, en Temps ordinaire

James ROBERTSON

Le Fanatique

Le Nègre de Dundee

Le Chercheur de vérité

Suhayl SAADI

Psychoraag

Alexander TROCCHI

Young Adam

Louise WELSH

Le Tour maudit

De vieux os

La Fille dans l'escalier

Cet ouvrage a été composé par
Atlant'Communication
au Bernard (Vendée)

ACHEVÉ D'IMPRIMER SUR ROTO-PAGE
PAR L'IMPRIMERIE FLOCH À MAYENNE
EN JANVIER 2024

N° d'édition : 2553001 – N° d'impression : 104139
Dépôt légal : mars 2024

Imprimé en France